Sie sind eine mächtige und berühmte Dynastie von Pelzhändlern. Um 1900 trägt ganz Paris die Kreationen der Fonteroys. Aber der junge Léon Fonteroy sucht das Abenteuer. Während er nach Kananda und Russland reist, muss sein Bruder André die Tradition des Hauses weiterführen. In seiner Ehe mit der schönen Valentine ahnt er nicht, dass sie ein Geheimnis vor ihm verbirgt. Andrés Kinder werden in die Wirren der Geschichte verstrickt, als sie im Zweiten Weltkrieg Sergei begegnen, dem Sohn von Léon. Eine verbotene Liebe droht die Familie der Fonteroys zu zerreißen.

*Theresa Révay* wurde 1965 in Paris geboren. Sie lebt als freie Schriftstellerin und Übersetzerin in Paris und arbeitet an ihrem neuen Roman.

*Unsere Andresse im Internet: www.fischerverlage.de*

# Theresa Révay
# Das Erbe der Fonteroys

Roman

Aus dem Französischen von
Doris Heinemann

Fischer Taschenbuch Verlag

Veröffentlicht im Fischer Taschenbuch Verlag,
einem Unternehmen der S. Fischer Verlag GmbH,
Frankfurt am Main, August 2006

Die Originalausgabe erschien 2002 unter dem Titel
›Valentine ou le temps des adieux‹ bei Éditions Belfond, Paris

Druck und Bindung: AIT Norhaven A/S, Viborg
Printed in Denmark
ISBN-13: 978-3-596-16621-3
ISBN-10: 3-596-16621-7

Für meinen Vater

# *Erster Teil*

*Ich habe keine Begabung für das Glück.*

Dieser Gedanke drängte sich ihr mit schneidender Schärfe auf. Ihr war beklommen zumute. Betäubt. Genügte im Leben ein Augenblick, eine Intuition, damit das Glück nicht mehr selbstverständlich war? Wie sollte man dann zur Sorglosigkeit der Kindheit zurückfinden?

Valentine dachte an ihren Bruder, den Mitverschworenen langer Sommertage mit Angelausflügen und kalten gepressten Zitronen im Café in Chalon. Geduldig hatte ihr Édouard beigebracht, wie man auf Bäume kletterte und worauf es beim Schachspielen ankam. Sie war so stolz gewesen auf diese Jungsfertigkeiten. Mit seinen zehn Jahren Altersvorsprung war er ihre Zuflucht gewesen, Festung und Hüter ihrer Geheimnisse. Sie hatte ihn verehrt, zumal er sie nur selten neckte, gerade nur so viel wie nötig, ganz als hätte er hinter dem Großtun des einsamen kleinen Mädchens seine Verletzlichkeit erahnt.

Plötzlich überrollte sie das Gewirr von Stimmen und Lachen wie eine Woge. Für einen Augenblick war sie weit weg gewesen, weit entfernt von diesem Pariser Salon voller geräuschvoller Menschen und gelb-weißer Blumenpyramiden. Nervös strich sie den perlenbestickten Brokatrock glatt, wich einen Schritt zurück, als wolle sie fliehen, und trat auf ihren Spitzenschleier.

André warf ihr einen besorgten Blick zu. In seinen Hochzeitscut gezwängt, hielt er sich fast militärisch gerade. Immer wenn er sie beobachtete, verlor sein sanftes Gesicht den Ernst, und stille Freude belebte seine braunen Augen. Fast ärgerte es sie, fast beneidete sie ihn um diese Freude, die sie selbst nicht empfand.

*Was habe ich getan?*, dachte sie erschrocken, sie hatte den Eindruck, neben einem völlig Fremden zu stehen. Er war ein Freund ihres Bruders gewesen, das war das Einzige, was sie sicher wusste.

Die Fonteroys hatten ebenfalls einen Besitz in Burgund, nicht weit von Chalon-sur-Saône. In den Sommern vor dem Krieg waren ihr Vater und Édouard gelegentlich zum Abendessen dorthin gebeten worden. Da es in Montvallon kein Kind in ihrem Alter gab, hatte Valentine sie nie begleitet. In ihrer Kleinmädchen-Phantasie war das Haus der Fonteroys zu einem verwunschenen Ort geworden, an den sich bei Sonnenuntergang prachtvoll gekleidete Menschen begaben. Édouard hatte ihr versprochen, sie mit dorthin zu nehmen, wenn sie groß wäre; sie würden im Mondschein tanzen und Champagner trinken, der in der Nase kitzelte. Er hatte sein Versprechen nicht gehalten. Er war nicht aus dem Krieg zurückgekehrt.

Sie deutete ein Lächeln an, um André zu beruhigen. Nervöses Lachen stieg ihr in die Kehle. Stand nicht alles zum Besten? Wie hätte es anders sein können, schließlich hatte sie gerade ihr Jawort gegeben, und nun warteten etwa hundert Gäste in Abendroben und Stehkragen geduldig darauf, ihr gratulieren zu dürfen. Und doch beseelte sie nur ein Wunsch: das Orangenblütenbouquet fallen zu lassen, sich den Schleier vom Kopf zu reißen und zu fliehen, durch die Straßen von Paris zu fliehen, wo ein feiner, aber tückischer Regen das Licht der Straßenlaternen ertränkte und die vor dem Stadtpalais aufgereiht wartenden Wagen durchnässte.

André griff nach ihrer Hand. Sie entschuldigte sich leise, gleich werde sie zurückkommen.

Sie flüchtete sich aus dem großen Salon in den erstbesten Gang, dann in einen weiteren. Seit ihrer Verlobung war sie mehrmals bei ihrem Schwiegervater gewesen, doch plötzlich fühlte sie sich verloren und wie ein Eindringling. Rechts von ihr ging eine Fenstertür zum Garten. Die kalte Luft tat gut. Sie stützte sich mit beiden Händen auf die Balustrade der Terrasse. Der körnige Stein drückte sich in ihre Handflächen.

Absurd! Wozu die Aufregung? Vor einigen Jahren hatte sie

denselben Schwindel empfunden, als ihr Vater sie zu sich in den Salon gebeten hatte. Er stand am Fenster und hielt ein Telegramm in der Hand. Wortlos hatte er es ihr hingehalten. Sie hatte die wenigen Zeilen überflogen, die den Tod ihres Bruders meldeten, und ein Schraubstock hatte sich um ihre Schläfen gelegt. Ganz bewusst hatte sie das Blatt zerrissen und die Fetzen auf den Teppich gestreut. Sie hatte keine Träne vergossen, nicht einmal, als die persönlichen Gegenstände Édouards gebracht wurden: drei blutbefleckte Fotos, ein Messer, der Siegelring mit dem Familienwappen. Seither trug sie den schweren Ring an einem Band um den Hals.

In ihre Gedanken verloren, tastete Valentine über den Ring, der ihr Hochzeitskleid ausbeulte. Bei den Anproben hatte die Schneiderin protestiert: »Mademoiselle, der Faltenfall, sehen Sie nur, die Linie wird durchbrochen ...« Sie hatte sich zu der aufgeregten kleinen Frau umgedreht und sie mit einem Blick aus ihren hellen Augen durchbohrt: »O ja, Madame, auch am Chemin des Dames wurden die Linien durchbrochen.« Der Ring blieb an seinem Baumwollband, das Valentine immer wieder erneuerte, sobald es sich durchzuscheuern begann.

Von nun an trug sie noch einen weiteren. Einen Ehering aus Gold, in den der Juwelier *»André, 1921«* graviert hatte. Und einen Smaragd, tief wie eine Wunde.

»Es ist offen.«

Sie schrak zusammen. Ein Mann lehnte mit verschränkten Armen im Halbschatten an der Wand und betrachtete sie.

»Pardon?«

»Dieses Tor am Ende des Gartens, das Sie so anstarren, ist offen. Ich habe gerade gesehen, wie die Kellner es benutzten.«

»Ich verstehe nicht ...«

»Ich beobachte Sie schon eine Zeit lang. Sie gleichen einem Tier in der Falle. Dabei ist die Freiheit keine zwei Schritte entfernt. Vorausgesetzt, es gibt sie, die Freiheit. Und vorausgesetzt, Sie haben den nötigen Mut.«

Er trat näher, und in dem aus dem Korridor fallenden Licht sah sie ein klares Profil, eine scharf geschnittene Nase, seltsam anziehende graue, durchscheinende Augen, die noch betont wurden vom dunklen, im Nacken etwas zu langen Haar. Er trug einen purpurvioletten Anzug mit Seidenaufschlägen, eine goldene Uhrkette glänzte auf der weißen Croisé-Weste. Sie hatte ihn noch nie gesehen; sie konnte sich nicht einmal erinnern, ihm beim Empfang der Gäste die Hand gegeben zu haben. Sein leicht arrogantes Lächeln irritierte sie. Sie mochte es nicht, wenn man ihre Gedanken zu lesen versuchte. Ihr Blick verhärtete sich.

»Entschuldigen Sie, Monsieur, aber ich verstehe kein einziges Wort von dem, was Sie sagen.«

Dann machte sie klopfenden Herzens auf dem Absatz kehrt.

Im Gang kam sie an einem Spiegel vorbei und vergewisserte sich, dass ihr Gesicht nichts von ihrer Verwirrung verriet. Sie sah das Bild einer schlanken, fast zerbrechlichen Frau mit schwarzem, im Nacken zu einer Rolle zusammengefasstem Haar und zu den Schläfen hin spitz zulaufenden Augen, in denen ein distanziert, fast kalt forschender Blick mit grünen Reflexen stand. Eine gerade Nase, ein wie mit dem Pinsel gemalter Mund, blassrote Lippen. »Du bist das Ebenbild deiner Mutter«, hatte ihr Vater wenige Stunden zuvor bewegt zu ihr gesagt. Wie hätte sie das wissen sollen? Ihre Mutter war bei ihrer Geburt gestorben, und während ihrer ganzen Kindheit hatte sie diese Abwesenheit als Ungerechtigkeit empfunden.

»Mademoiselle Valentine Despresle … Madame André Fonteroy …«, murmelte sie halblaut.

Ein und dieselbe Person, und doch war sie sich selbst fremd.

Die Kerzen waren geschmolzen und hatten weiße Wachsstalaktiten auf den Kerzenhaltern hinterlassen. Das Silberbesteck glänzte auf den Damasttischdecken. Während des Abendessens hatte sich die Steifheit der Gäste verloren, die Schultern der Männer lockerten sich unter den Anzügen, die Frauen hielten ihre Fächer lässiger. Die festliche Erregtheit, die zu Beginn des Abends geherrscht hatte, war dank der Burgunderweine, des eisgekühlten Champagners und der perfekt zubereiteten Gerichte träger Vertrautheit gewichen.

Valentine hatte die verschiedenen Gerichte kaum angerührt. Manchmal traf ihr Blick auf den aufmerksam forschenden ihres Vaters, der ihr Unbehagen zu spüren schien. Fühlte er sich schuldig? Er hatte diese Heirat vorgeschlagen, was sie ihm jedoch keineswegs übel nahm.

Als er André Fonteroys Namen nannte, hatte sie zu ihrem Erstaunen nichts gespürt, nur eine seltsame Niedergeschlagenheit. »Eine Familie, die seit dem 18. Jahrhundert prosperiert, das ist schon etwas«, hatte er noch gesagt mit diesem sorgenvollen Gesicht, das er aufsetzte, seit seine Tochter kein folgsames Kind mehr war, sondern eine junge Frau mit unergründlichem Blick. »Die Männer sind rar geworden«, hatte er hinzugefügt, als stritten sich Kohorten vereinsamter junger Mädchen um die von den Schlachtfeldern zurückgekehrten Männer.

Wozu kämpfen?, hatte sich Valentine gefragt. Nach Kriegsende war sie nach Paris gezogen. Diese Stadt hatte ihr das Gefühl vermittelt, alles sei möglich, sie müsse nur herausfinden, wo das Leben anzupacken sei. Sie hatte kunstgeschichtliche Vorlesungen belegt, aber rasch die Lust daran verloren.

Und eines Tages, sie war gerade zu Besuch in Burgund, hatte ihr Vater die Frage ihrer Zukunft angeschnitten. Es beunruhigte ihn, dass sie sich so treiben ließ. In einer alten Hose, deren Beine sie in die Stiefelschäfte gestopft hatte, und mit einem Kopftuch über dem Haar hatte Valentine den Tag in den Weinbergen der Nachbarn verbracht. Ihr Rücken schmerzte, ihre Hände waren zerkratzt, ihre Fingernägel abgebrochen. Ihr Vater hatte Andrés Vorzüge gerühmt, seine Tapferkeit im Krieg, die ehrenvollen Erwähnungen in den Tagesbefehlen und seine viel versprechende Zukunft an der Spitze des Familienunternehmens, eines renommierten Pariser Pelzgeschäfts. Jede elegante Dame kannte die

Adresse am Boulevard des Capucines, gleich neben der Oper und der Kirche Sainte-Madeleine. Sie hatte ihm zerstreut zugehört. Vielleicht lag es an der körperlichen Erschöpfung. Mit ihren zwanzig Jahren empfand sie sich als alt.

Mitten in einem Satz ihres Vaters war sie aufgestanden. »Ja, gern, Papa«, hatte sie leise gesagt. Sie war André Fonteroy gelegentlich begegnet, in Burgund, aber auch in Paris. Ein zurückhaltender Mann, aber keineswegs ohne Charme. Keiner der Verehrer, die ihr heftig den Hof machten, hatte vor ihren Augen Gnade gefunden. Und Édouard, hätte er diese Verbindung nicht gutgeheißen?

Sie lächelte ihrem Vater zu, was ihn zu erleichtern schien. Im selben Augenblick schob ihr Schwiegervater seinen Stuhl zurück. Nach und nach wandten sich die Gesichter der Gäste in seine Richtung.

»Meine lieben Freunde, keine Sorge, ich werde mich kurz fassen!«, tönte Augustin Fonteroys Tenor, und nun erstarben auch die letzten leisen Gespräche. »Ich möchte Ihnen sagen, meine liebe Valentine, wie stolz und glücklich wir sind, Sie in unsere Familie aufnehmen zu dürfen. Und ich möchte heute Abend meinen lieben Freund René Despresle begrüßen. Wer hätte damals, als wir uns kennen lernten, gedacht, dass wir eines Tages dieselben Enkelkinder haben würden!« Valentines Vater hob lächelnd sein Glas. »Einmal, René, sprachen wir über diesen großen Teil unseres Lebens, den wir unserer Arbeit, Sie der Finanzwirtschaft und ich dem Kürschnergewerbe, gewidmet haben. Aber das Kürschnerhandwerk sei kein Gewerbe, sondern eine Leidenschaft, sagten Sie mir damals. Und diejenigen meiner Kollegen, die mir heute Abend die Ehre erweisen, werden Ihnen nicht widersprechen.« Hier und da applaudierte man belustigt. »Die Kürschnerei ist eine Passion, in der Tat, aber wir haben auch eine Mission, eine der schönsten, denn wir widmen unser Leben der Aufgabe, die Schönheit der Frauen zu würdigen.« Er schwieg kurz und lächelte Valentine zu. »Mein liebes Kind, Ihre strahlende Schönheit und Ihre Anmut mussten ja eine Inspiration bedeuten für die Maison Fonteroy. Gestatten Sie mir also, Ihnen für Ihre Aussteuer diesen Mantel zu schenken, den ich für Sie entworfen habe: la Valentine!«

Die zweiflügelige Tür wurde feierlich geöffnet. Und herein schritt eine junge Frau in einem langen, weich fallenden Mantel aus edelsteinbesticktem Samt. Ein großer, rein weißer Fuchskragen umrahmte ihr Gesicht, und auch die Ärmelaufschläge waren mit Fuchs besetzt. Voller Begeisterung lobten die Gäste den modernen, raffinierten Schnitt und diese Kombination von strahlendem Weiß und schimmerndem Schwarz.

Augustin ergriff die Hand seiner Schwiegertochter und küsste sie. Valentine, gerührt, dass er sich ihretwegen so viel Mühe gemacht hatte, dankte ihm mit jenem leuchtenden Lächeln, das seine Wirkung auf ihre Mitmenschen nie verfehlte, weil es in so starkem Gegensatz zu ihrem distanzierten Blick und ihrer oft ernsten Miene stand.

Auch André erhob sich nun, um seinem Vater zu danken. Er schien überrascht und eine Spur bewegt. Offensichtlich war der Mantel ein gut gehütetes Geheimnis gewesen. Wenngleich ebenso groß wie sein Vater und sehr viel jünger, wirkte er geradezu zart neben diesem Mann mit der geschwellten Brust, dem weißen Haar und den struppigen Brauen. Während André leise mit ihm sprach, legte Augustin ihm väterlich die Hand auf die Schulter. Es muss schwer sein, dachte Valentine, im Schatten einer derart raumgreifenden Persönlichkeit zu leben und zu arbeiten.

Das Diner ging zu Ende, die Gäste erhoben sich. Valentine kannte nur wenige, zu dem Empfang waren vor allem Freunde der Fonteroys geladen worden. Sie hielt nach ihrer besten Freundin Ausschau und wandte sich um, als sie hinter sich ihr Lachen hörte.

Nach langem Zögern hatte sich Odile wagemutig zu einem Abendkleid aus perlenbesticktem rotem Crêpe entschlossen, ein glücklicher Entschluss. Die leuchtende Farbe ergab keinen harschen Missklang zu ihrer roten Haarpracht, sie ließ sie ganz im

Gegenteil leuchten wie ein Irrlicht. Die temperamentvolle junge Frau ließ ihren Fächer fallen. Sofort bückte sich der Mann neben ihr danach. Als er sich wieder aufrichtete, traf sein Blick auf Valentines. Der Unbekannte von der Terrasse zeigte immer noch dieses hochmütige Lächeln, doch seine Augen glänzten nun auch verschwörerisch. Er ließ Valentine nicht aus den Augen, als er Odile den Fächer reichte. Sie erschauerte.

Nach alter Tradition sollte das Brautpaar das Fest zuerst verlassen. Odile umarmte sie mit einer Heftigkeit, als ginge die Reise ans Ende der Welt. Ein wenig verärgert wandte Valentine sich ab. Der Mann stand immer noch da, ganz reglos. Spöttisch deutete er eine Verbeugung an. Eine freudig juchzende Matrone drängte sich vor. Valentine ließ sich auf die Wange küssen. Als sie danach nach dem Mann Ausschau hielt, war er verschwunden.

André nahm ihre Hand. Draußen hatte es zu regnen aufgehört. Am klaren Himmel leuchteten die Sterne. Auf der Treppe bewarf man sie mit Reis und Rosenblütenblättern. Valentine duckte sich lachend. Sie sprangen in den Hispano. Noch bevor sie richtig saß, fuhr der Chauffeur schon mit quietschenden Reifen an. Die Freunde winkten ihnen nach, sie würden noch bis zum Morgengrauen tanzen.

André hatte ihre Hand in seiner behalten. Sie wollte sein Schweigen nicht stören und beobachtete einen Reiter auf dem Reitweg neben der Straße. Welche Einsamkeit mochte ihn wohl bewogen haben, mitten in der Nacht die Gesellschaft seines Pferdes zu suchen?

Als der Chauffeur beschleunigte, kurbelte sie die Scheibe herunter und atmete die feuchte, fast salzige Luft von Paris ein. Der Wind stach ihr in Stirn und Wangen. Als sie auf die Place de l'Étoile fuhren, überkam sie eine Welle freudiger Heiterkeit.

Pierre Venailles lehnte immer noch an einer steinernen Säule in der Nähe des Eingangs zum Stadtpalais. Der Wagen war schon lange außer Sicht.

*Ich hasse sie alle*, dachte er. Und die Verbitterung, die er schon immer gegenüber den Fonteroys gehegt hatte, überflutete ihn.

Im Laufe der Jahre hatte er gelernt, seine Bitterkeit zu beherrschen. Er hatte sich etwas geschworen, und er wusste, seine Stunde würde kommen. Und doch war selbst er, den so leicht nichts überraschen konnte, erstaunt über die Schönheit der frisch verheirateten Madame Fonteroy. Wer hätte André zugetraut, eine solche Frau zu erobern? Unter seine Ressentiments mischte sich etwas wie Eifersucht.

In der Kirche hatte er die auf dem mit rotem Samt bezogenen Bänkchen vor dem Altar kniende junge Frau scharf beobachtet. Betete sie?

Und es hatte ihn amüsiert, dass sie sich vor dem Festessen wie ein in die Enge getriebenes Reh auf die Terrasse geflüchtet hatte. Sie war aufs Äußerste erregt gewesen. Er liebte es, diese Augenblicke äußerster Gefährdung zu erhaschen, in denen alles ins Wanken geraten konnte. Ein einziges Wort, ein Blick genügte dann, um den anderen zu einer nicht wieder gutzumachenden Geste hinzureißen. So hatte er auch Jahre zuvor absolute Macht genießen wollen. Er hatte etwas gesagt, das, wie er wohl wusste, schicksalhaft sein würde für den ratlosen jungen Mann, als dessen Freund er sich ausgab und der seine einfältige Liebe zu einem bedeutungslosen Mädchen bekundete. Die Reaktion des Opfers hatte ihn dann doch überrascht: Er hatte sich eine Pistolenkugel durch den Kopf gejagt, sein Hirn war bis an die Wände seines Zimmers gespritzt. Als Pierre davon hörte, wurde ihm klar, dass man beim Spiel mit Menschen Vorsicht walten lassen musste, Reue hatte er jedoch nicht empfunden: Der Tod beeindruckte ihn schon lange nicht mehr.

Auch in Valentine Fonteroys Augen hatte diese Verzweiflung gestanden. Er hatte ihre Verwundbarkeit erahnt, ihre Bereitschaft, alles zu tun, um der Schlinge um ihren Hals zu entkommen, doch trotz ihrer Verwirrung hatte sie sich wehren können. Sie hatte ihn mit jener Unverschämtheit gemustert, die einen in

Momenten der Gefahr immer rettet. Eine Unverschämtheit, die er gut kannte, denn auch er besaß sie.

Während der selbstgefälligen Rede des alten Fonteroy hatte er das Brautpaar nicht aus den Augen gelassen. Andrés Genugtuung hatte ihn verärgert, die hochmütige Distinktion seiner Gattin hatte ihn gefesselt. *Eines Tages gehörst du mir*, hatte er ein wenig später gedacht, als er dem Blick der Braut begegnete, bevor sie sich zum Gehen anschickte. Und sein wie in Stein gehauenes Gesicht war bleich geworden.

»Warum stehen Sie hier ganz allein im Dunkeln herum?«, erkundigte sich eine fröhliche Stimme hinter ihm. »Bei dieser Kälte!«

Er zog noch einmal an seiner Zigarre und trat sie dann mit dem Absatz aus.

»Ich habe auf Sie gewartet.«

»Kommen Sie und tanzen Sie mit mir«, befahl ihm Odile.

»Ich tanze nicht.«

»Wie ärgerlich! Ich hasse Männer, die sich alle Vergnügungen versagen, bloß um sich wichtig zu machen.«

»Es gibt auch andere Möglichkeiten, sich zu vergnügen.«

Plötzlich verunsichert, spürte Odile, wie sich ihr Herzschlag beschleunigte. Sie hatte nicht den Mut, ihn zu necken, wie sie es mit den anderen jungen Leuten aus ihrer Verehrerschar gemacht hätte. Noch nie hatte sie einen solchen Menschen kennen gelernt, von solch eisiger Zurückhaltung, gepaart jedoch mit einer besonderen Anziehungskraft. Während des Abendessens hatte sie sich, obgleich sie sich sonst von Männern prinzipiell nicht beeindrucken ließ, nackt gefühlt vor seinen hellen Augen.

»Ich wüsste einen netten Ort, wo wir noch ein letztes Gläschen trinken könnten.«

»Ich … Ich weiß nicht …«

»Stellen Sie sich nicht an. Meine tägliche Ration Unschuld hatte ich schon für heute, aber nehmen Sie ruhig einen Anstandswauwau mit, wenn es Sie beruhigt.«

»Ich bin alt genug, um zu wissen, was ich will«, gab sie heftig zurück. »Warten Sie, ich lasse mir nur meinen Mantel geben.«

Valentine saß vor dem lackierten Frisiertisch im Bad und bürstete sich das Haar. Das Licht wurde zwischen den Spiegeln hin- und hergeworfen. Sie fürchtete sich nicht vor der Nacht, die vor ihr lag, doch sie bedauerte, nicht die nötige Willenskraft aufgebracht und sich schon früher ihrer Jungfräulichkeit entledigt zu haben wie Odile, die zur Feier des Waffenstillstands ihre Unschuld verschenkt hatte. Ihrer Erziehung wegen, aber auch aus Trägheit, hatte sie auf diese heikle Wahl des ersten Geliebten verzichtet, des Geliebten, dessen man sich immer erinnert, manchmal auch wider eigenes Wollen. Sie hatte eine Enttäuschung befürchtet. Valentine mochte keine Enttäuschungen. Sie hatte ihren Teil Enttäuschungen schon erlebt.

Die erste, die schmerzlichste, war, dass sie ihre Mutter nie gekannt hatte. Als kleines Mädchen hatte sie ihre Spielkameradinnen beneidet, deren Mütter sich wie duftende Feen über sie beugten und sie küssten. Eines Tages, nach einem Spaziergang, bei dem sie als Einzige nur von ihrer Gouvernante begleitet worden war, hatte sie den Salon ihres Vaters betreten und sich dem über dem Kamin hängenden Porträt der Dame in Blau genähert. Zum ersten Mal hatte sie das Gemälde mit echter Aufmerksamkeit betrachtet.

Melancholisch lächelnd fixierte die Fremde einen Punkt in der Ferne. Das kleine Mädchen hatte sie in aller Ruhe gemustert: die sittsam übereinander gelegten behandschuhten Hände, die schmale Taille, den von einer Perlenkette betonten Hals, das schwarze Haar, in das Blumen gesteckt waren.

Sie hielt den Atem an, so sehr beeindruckte sie die anmutige Reglosigkeit dieser Unbekannten. Ihr schien, sie habe nie etwas derart Vollkommenes gesehen. Sie schämte sich ihres von Grasflecken verunzierten Rocks und der schmutzigen Stiefelchen und versteckte rasch die Hände mit den abgekauten Fingernägeln hinter dem Rücken.

Diese Reinheit, die sie als Sechsjährige so sehr bewundert hatte, sollte sie später als unnachahmliches Beispiel fürchten lernen. Auch jetzt konnte sich Valentine in dieser ätherischen Weiblichkeit nicht wiedererkennen, und sollte auch sie einmal zufällig für ein Porträt sitzen müssen, würde sie es nackt tun, als Provokation, als Herausforderung, denn ihr war die Vollkommenheit verwehrt.

An jenem Tag hatte das kleine Mädchen plötzlich das Rasierwasser ihres Bruders gerochen. »Sie ist in den Himmel gekommen, aber sie wacht noch über dich. Wie ein Schutzengel, verstehst du?«, hatte Édouard leise gesagt.

Er hatte sie auf seine Knie gesetzt und ihr seine Erinnerungen an ihre Mutter erzählt. Im Laufe der Jahre hatte er immer wieder und unermüdlich dieselben Geschichten erzählt, sie waren zu Fabeln geworden, die sich die kleine Valentine nachts selbst erzählte, wenn das Dunkel gar zu schwarz war.

Mit ihrem Vater hatte sie lieber nicht darüber gesprochen. Dieser Mann mit dem Vertrauen erweckenden Embonpoint schenkte ihr zuweilen ein zerstreutes Lächeln, strich ihr übers Haar und erkundigte sich besorgt nach ihren Hausaufgaben. Immer adrett in seinen schwarzen, bis oben hin geknöpften Sergeanzügen und den schwarzen Lackstiefeletten mit Wildlederschäften, schüchterte er sie ein wenig ein.

Einmal war sie mitten in einer Gewitternacht aufgewacht. Sie war aus ihrem Bett geklettert und die Treppe hinuntergerannt. Die Fliesen der Eingangshalle waren eiskalt unter ihren kleinen Füßen. Sie hatte den hohen, dunklen Raum durchquert und war auf das durch die halb offene Salontür fallende Rechteck aus Licht zugegangen. Sie war gekommen, um ihren Engel zu sehen, aber was sie sah, war ihr Vater, in einem Sessel zusammengesunken, den Kragen aufgeknöpft, schluchzend. In jener Nacht war für sie eine Welt zusammengebrochen. Mit klopfendem Herzen und auf Zehenspitzen war sie in ihr Zimmer zurückgekehrt. Und künftig sollte sich Valentine, ohne die Gründe hierfür genau zu kennen, stets vor Gewittern, halb offenen Türen und weinenden Männern fürchten.

Glücklicherweise hatte Édouard ihre Ängste zerstreuen können. Sie hatte ihn für unverletzlich gehalten. Selbst als er in seiner blauen Uniform mit der hübschen roten Hose in den Krieg gezogen war, hatte sie keine Angst gehabt. Aber seine Abwesenheit hatte sie bedrückt. Die Tage waren lang, es gab wenig Ablenkung. Zweimal war er auf Urlaub zurückgekehrt, und er erschien ihr verändert, aber sie hatte sich nicht gefragt, wieso, sie war viel zu sehr damit beschäftigt gewesen, ihm zu zeigen, wie groß sie geworden war, ein richtiges großes Mädchen, sie hatte sein trauriges Lächeln nicht bemerkt, als er sie – mit affektierten Gesten und aufgestecktem Haar – Hausherrin spielen sah.

Die Bürste glitt ihr aus der Hand und fiel auf den Boden. Valentine erhob sich und drehte den Hahn zu, aus dem Wasser in die Badewanne floss. Dann schloss sie kurz die Augen. Würde dieser Schmerz je vergehen?

André zog die Hausjacke über und band sie mit der Kordel zu. Er goss sich einen Cognac ein und setzte sich in einen Lehnsessel. Gott sei Lob und Dank, sie hatten es überstanden. Es hatte ihn so gegraust vor der Hochzeitszeremonie, den Glückwünschen, den Reden … Dieser ganze Gefühlsüberschwang, den man gewissermaßen in der Geschenkpackung verabreicht bekam. Er hätte eine stille Messe vorgezogen, mit einigen wenigen guten Freunden, in einer romanischen Kapelle, in der die reinen Steine die einzige für ihn noch geltende Spiritualität widergespiegelt hätten, die der Schönheit.

André war ein Mann der Stille, ein schlichter Mensch, Umwegen und Abkürzungen abgeneigt. Als Kind wurde er für störrisch, manchmal sogar für beschränkt gehalten. Seine Beharrlichkeit hatte mit den Jahren zugenommen. Und so musste er seiner zukünftigen Frau nur ein einziges Mal begegnen, um sekundenschnell zu beschließen, sie und keine andere solle die Seine werden.

Es geschah während eines Fronturlaubs: Édouard Despresle hatte ihn zum Mittagessen eingeladen. »Ich hoffe, es langweilt dich nicht, meine kleine Schwester wird auch dabei sein.« Aus dem dunkelhaarigen kleinen Mädchen, dessen er sich noch vage erinnerte, war jedoch eine ernste, schwermütige junge Frau geworden. So schön hatte er sie gefunden, dass er während des Essens kaum ein Wort hervorgebracht und es Édouard überlassen hatte, die wenigen Kriegsanekdoten zu erzählen, die man Valentine zumuten konnte. Und seit jenem Tag hatte ihr Bild ihn unablässig verfolgt.

Nun, da Valentine seine Frau geworden war und niemand sie ihm mehr streitig machen konnte, war ihm, als hätten ihn seine Kräfte verlassen. Als er ihr seinen Antrag gemacht hatte, den sie ohne Zögern annahm, hatte ihn diese rasche Zustimmung überrascht. Er wusste zwar René Despresle auf seiner Seite, aber die Zeiten, in denen junge Mädchen ihren Vätern gehorchten, waren vorbei.

Gleich nach seiner Demobilisierung hatte er sich nach ihr erkundigt. Dann hatte er sich zwei lange Jahre in Geduld gefasst, immer darauf bedacht, ihr bei den Pariser Empfängen und den kurzen Aufenthalten in Montvallon über den Weg zu laufen, und bewusst das Risiko in Kauf genommen, sie an einen anderen zu verlieren, weil er das Gefühl hatte, zu viel Eile würde nur zu einer abschlägigen Antwort führen. Dank gemeinsamer Freunde hatte er ein regelrechtes Spionagenetz aufgebaut, jedoch so diskret, dass niemand ahnte, wie sehr ihm an ihr lag. Und eines Abends hatte er nicht einschlafen können. Er hatte ins Dunkel gestarrt, sein Herzschlag hatte sich ein wenig beschleunigt. Nun war es so weit, er musste sie fragen, und von der Antwort hing seine ganze Zukunft ab: Dieser zurückhaltende Mann mit dem gemessenen Betragen hatte sich Hals über Kopf in Valentine Despresle verliebt.

Zu seiner Rechten öffnete sich eine Tür. Valentine hatte das Hochzeitskleid abgelegt, sie trug einen schwarz-grünen Pyjama mit ausgestellten Ärmeln und chinesischer Stickerei. Sie setzte sich unter den Lichtkegel der Lampe. Sie erschien ihm so in sich ruhend, so vollkommen, dass er diesen Augenblick nicht mit müßigem Geplauder zu stören wagte.

Er schenkte ihr einen Cognac ein. Sie umfasste das Glas mit beiden Händen, als wäre es eine Tasse voll heißer Schokolade.

»Sie wirken traurig«, sagte er besorgt.

»Ein wenig Weltschmerz, ganz unbedeutend.« Sie schlüpfte aus den bestickten Pantoffeln und schlug die Beine unter. »Wollen Sie mir nicht ein wenig über sich erzählen, André? Nun, da wir das ganze Leben vor uns haben ...«

Er vermutete, dass sie ein wenig großtat. Er hätte sie gern beruhigt, fürchtete aber, sie könne sein Mitgefühl für Herablassung halten. Ihm war, als stünde er vor einem scheuen Tier der Wildnis, das er zähmen müsse. Bis zu diesem Augenblick hatte er sich seiner sicher gefühlt, doch unter diesem klaren Blick schwand diese Sicherheit.

»Setzen Sie sich doch, André. Mir wird ganz schwindelig, wenn Sie so auf und ab laufen.«

Sie bückte sich und nahm eine Zigarre vom Tisch. Als er ihr Feuer gab, streifte sie seine Hand. Er fuhr zusammen. Besorgt blickend blies sie eine Rauchwolke zur Decke.

»Sie rauchen Zigarren?«

»Manchmal zünde ich mir eine an, um die Freunde meines Vaters zu schockieren, aber richtig gut schmecken sie mir nicht«, gab sie amüsiert zurück.

Er lächelte. Valentines Mutwillen war ihm fremd. Er war immer ernsthaft gewesen. Vernünftig. Und doch hatte er schon als Kind nie die Gesellschaft Gleichgearteter gesucht. Insgeheim liebte er jene, die sich auflehnten. Wie Léon.

Verärgert dachte er, dass ihn die Erinnerung an seinen Bruder immer in den unpassendsten Momenten überfiel.

Als wäre es gestern gewesen, waren ihm noch die entflammten Reden, die schneidenden Sätze, die vom strahlenden Lächeln verzauberten Frauen gegenwärtig. Léon verachtete Nuancen und Vagheiten. Er stellte Behauptungen auf, und er hatte immer Recht. Gegenüber Zauderern, Zweiflern fehlte ihm jede Geduld. *Wie ich ihn manchmal verabscheut habe*, dachte André beklommen. *Und wie gern ich ihm geglichen hätte ...*

Léon war es gewesen, der ihn mit ins Bordell genommen hatte, zu den Huren mit ihren weißen Socken in den schwarzen Tretern. Er hatte ihm auch den Kopf gehalten, als er sich nach seinem ersten Rausch übergab. Und er hatte die richtigen Ausreden gefunden, um ihre Jugendtorheiten zu bemänteln. Obgleich ein Jahr jünger, hatte er ihn doch an Phantasie, an Energie und an Willenskraft übertroffen.

Hatte er nicht sogar ihren Vater dazu gebracht, ihn nach Kanada reisen zu lassen, um dort Felle direkt bei den Trappern zu kaufen? Einen langen Winter hatte er in diesen eisigen Weiten verbracht und bei seiner Rückkehr war er André verändert erschienen. Dieser mitteilsame Mensch, der sonst unablässig redete, hatte eine Entdeckung gemacht, die er nicht mit anderen teilen wollte. Und diese seltsame Verschlossenheit hatte André verletzt.

Dann, nach zwei Moskaureisen, hatte Léon in Sibirien das Gleiche wie in Kanada versuchen wollen. Monatelang hatte er Russisch gelernt, hatte es verbissen mit einem Privatlehrer gepaukt. Aber im Frühjahr 1914 hatte sich die politische Lage in Europa verschlechtert. Niemand rechnete eigentlich mit einem Krieg, aber Augustin, der alte Fuchs, hatte seinem Sohn befohlen, bis auf weiteres in Frankreich zu bleiben.

»Ich werde doch nicht Däumchen drehen, während andere Soldat spielen! Und überhaupt, Uniformen, Befehle, im Gleichschritt marschieren, dafür bin ich nicht geschaffen!«, hatte Léon protestiert und die Türe hinter sich zugeknallt. Man hatte ihn nie wieder gesehen.

Am 3. August, dem Tag, als Deutschland Frankreich den Krieg erklärte, hatte sich Augustin in Montvallon aufgehalten. Er war in den ersten Stock hinaufgegangen und hatte sich in das Schlafzimmer seines jüngeren Sohnes eingeschlossen. Von da an war Léons Name nicht mehr über seine Lippen gekommen.

Valentine und André schwiegen lange Minuten. Sie schien ganz in sich versunken. Er hätte gern ihre Gedanken gelesen. Wie konnte er sich ihr nähern? So lange schon hatte er auf diesen Moment gewartet und nun fürchtete er, ungeschickt zu sein, sie zu verschrecken.

Sie hob den Kopf und streckte ihre Beine.

»Kommen Sie«, sagte sie und streckte die Hand aus.

*Sie hat also vor gar nichts Angst*, dachte er.

Vor dem Ankleidespiegel des Schlafzimmers überprüfte Valentine mit kundigem Blick, wie ihr Kleid fiel.

*Nun sind wir schon drei Monate verheiratet, und ich kenne sie immer noch nicht*, dachte André ein wenig traurig. Sie behandelte ihn mit dem freundschaftlichen, jedoch distanzierten Wohlwollen, das man einer Reisebekanntschaft entgegenbringt. In den Nächten, während sie ruhig atmete, forschte er manchmal nach einer Unregelmäßigkeit in ihrem Gesicht, als würde sie dadurch menschlicher. Er begehrte sie mit einer Inbrunst, die ihn selbst erstaunte, sein Durst nach ihrer Haut, dem Duft ihres Körpers war unstillbar.

Sie beugte sich vor, trug noch ein wenig Lippenrot auf und befestigte zwei mit Diamanten und Smaragden besetzte Gehänge an ihren Ohren. Der geraffte Rock ihres Seidensamtkleides wurde in der Taille von einem Kristallclip zusammengehalten. André, selbst Fachmann, erkannte es als Schöpfung von Jean Patou.

Er sah auf seine Armbanduhr. Bis zum Theater würden sie zwanzig Minuten brauchen. Sollte er das Gespräch, das zum Streitgespräch zu werden drohte, versiegen lassen oder sie doch zu überzeugen versuchen?

»Ich dachte, mein Vorschlag, mich zu begleiten, würde dir Freude machen. Wir hatten keine Hochzeitsreise, und ich muss zu dieser Frühjahrsmesse. Leipzig ist eine sehr interessante Stadt, wirklich. Außerdem würde ich dir gern meinen Freund Karl Krüger vorstellen. Er wird dir gefallen. Ich habe ihn seit dem Krieg nicht mehr gesehen ...«

»Kommt nicht in Frage«, gab sie knapp zurück. »Niemals werde ich deutschen Boden betreten.«

»Valentine, ich kann dich wahrhaftig nicht verstehen. Der Krieg ist aus. Wir können Deutschland nicht immer weiter ignorieren.«

Sie fuhr zu ihm herum, ihr Gesicht war verkrampft, ihre Augen schleuderten Blitze.

»Ich hasse sie, diese Boches! Hörst du? Ich hasse sie! Und solltest du jemals darauf verfallen, sie hierher einzuladen, spucke ich ihnen ins Gesicht!«

André hatte seine Frau noch nie derart wütend erlebt. Mit dem verzerrten Mund, den zusammengekniffenen Nasenflügeln war sie fast hässlich.

»Aber, es tut mir entsetzlich Leid ... Ich wollte dich nicht ...«

Sie holte tief Lust. Nervös tastete sie nach dem Ring unter ihrem Kleid.

»Sie haben meinen Bruder umgebracht«, sagte sie rau. »Das werde ich ihnen nie verzeihen. Wenn du das nicht verstehen kannst ...«

Sie ging an ihm vorbei aus dem Zimmer. Er hörte, wie sie im Gang zu Lucie, der Kammerzofe, sagte, sie solle nicht auf sie warten, sie würden nach der Vorstellung essen gehen.

In der Pause, als Valentine kurz von André getrennt war, wurde ihre Schulter leicht berührt. Überrascht wandte sie sich um. Eine Frau schaute sie an. Sie hatte eins dieser dramatischen Gesichter, die man nicht vergisst, gewölbte Stirn, vorspringende Nase, blutrote Lippen, Züge, die nicht harmonisch, aber kraftvoll waren.

»Madame, ich bin Ludmilla Tikonow. Ich bin Malerin. Seit Wochen schon treibt mich ein Bild um. Ich weiß nicht, wie ich es Ihnen erklären soll ... Ich war auf der Suche nach ... Würden Sie mir Modell stehen? Aber ich muss Sie warnen ... Es geht um ein Aktbild.«

So viel Unverfrorenheit machte Valentine stumm. Zornig straffte sie sich, eine schneidende Antwort auf den Lippen. Aber etwas im Gesicht der Künstlerin ließ sie zögern. Ludmilla Tikonow war sehr bleich geworden, ihre schwarzen Augen musterten sie mit verstörender Gier, ihre Fingerknöchel glänzten weiß, so fest umklammerte sie ihr perlenbesticktes Täschchen. Eine fremde Frau anzusprechen und eine derart gewagte Bitte an sie zu richten, erforderte einige Kaltblütigkeit, und Valentine fand es auf einmal schmeichelhaft, dass sie so begehrt war. Doch da sah sie André, der sich mit zwei Sektkelchen den Weg zu ihr zurück bahnte.

»Wer war diese Frau, mit der du gerade sprachst? Sie wirkte irgendwie seltsam.«

»Ich weiß nicht. Sie hat mich mit jemand verwechselt. Schau, da ist Odile. Gehen wir zu ihr.«

Vom letzten Akt des Stücks hörte Valentine kein Wort. Im Halbdunkel des Theaters in ihren Sessel geschmiegt, dachte sie an Ludmilla Tikonow. Diese Frau mit dem aggressiven Mund und den geschminkten Augen hatte etwas Wildes, Unkontrolliertes. Eine Verzweiflung, die sie anzog wie eine Kerzenflamme.

Auf der Lehne berührte Andrés Arm den ihren. Sie hatte in die Ehe mit André Fonteroy eingewilligt, wie man durch Verschweigen lügt, in der Hoffnung, dieser noch junge Mann, der ihr schon so alt erschien, würde ihre geheime Unruhe beschwichtigen. Seit ihrer Hochzeit hatte sie indessen das Gefühl, er sei immer da, ein treuer, aufmerksamer Schatten, und zuweilen wurde Valentine von einer Gereiztheit überfallen, die wie Feuerzungen durch ihre Adern lief.

Punkt elf Uhr am nächsten Morgen klopfte sie an die Tür des Ateliers in der Rue Campagne-Première, einer engen, belebten Straße des Montparnasse-Viertels. Die Malerin trug einen Turban, einen farbenbekleckten Kittel und in der Hand eine Palette. Sie schien erstaunt über ihren Anblick, als wäre sie sicher gewesen, Valentine würde sich im letzten Augenblick drücken.

Sie bat sie einzutreten. Der berauschende Geruch von Ölen und Lösungsmitteln raubte der jungen Frau den Atem. Eine Wand war teilweise von einem Mosaik bedeckt. Fotos und Skizzen. In den Ecken Dutzende unterschiedlich großer auf Rahmen gespannter Leinwände. Auf einem kleinen Holztisch bildeten die Farbkleckse eine dicke, unregelmäßige Schicht.

Ludmilla bat sie, sich hinter einem Wandschirm auszuziehen. An einem Kleiderhaken hing ein Morgenmantel. Valentine hielt ihn an ihr Gesicht und roch ein billiges Parfüm. Ludmillas oder das eines anderen Modells? Ein so intimes Kleidungsstück einer anderen Frau überzuziehen, hatte etwas Schamloses.

Dann nahm Ludmilla sie bei der Hand und half ihr auf eine kleine Empore mit einem strohgepolsterten Stuhl. Schwer wie ein Wasserfall fiel das Licht durch die Atelierfenster. Der Morgenmantel flog in eine Ecke. Ludmilla bedeutete ihr, sie solle sich setzen. Das Strohgeflecht war unangenehm.

Konzentriert machte sich die Künstlerin daran, Arme und Beine ihres Modells in verschiedene Positionen zu bringen. Jedes Mal trat sie einige Schritte zurück, um das Ergebnis zu überprüfen. Ein Arm auf der Rückenlehne, der andere lag am Körper an. Die Beine übergeschlagen oder ein Knie abgewinkelt. Sie tat es ohne Scham, fast grob. Valentine ließ sie gewähren, sie lieferte sich ganz dieser Unbekannten aus, die ihren Körper mit demselben unbeteiligten Blick studierte wie sie selbst. Endlich war Ludmilla mit der Position zufrieden und begann zu arbeiten.

Sie fertigte einige Skizzen in einem Spiralheft an, wobei sie hin und wieder einen Blick auf ihr Modell warf. Ihr ungeschminktes Gesicht hatte einen fahlen Teint. Manchmal biss sie sich auf die blassen Lippen, riss ein Blatt aus dem Heft, knüllte es zusammen und warf es in Richtung eines Papierkorbs.

Dann stellte sie eine Leinwand auf eine Staffelei und warf mit Zeichenkohle große Striche darauf. Valentine war fasziniert, sie ließ sie nicht aus den Augen. Ludmilla zog Grimassen, holte wütend aus, hielt plötzlich inne, knetete ihre Wange, um dann die Arbeit mit unvermuteter Zartheit fortzusetzen.

Eine Dreiviertelstunde später legte Ludmilla den Pinsel ab.

»Schluss für heute«, sagte sie, drehte sich um und zündete sich eine Zigarette an.

Valentine stieg ohne Hilfe vom Podest und schritt nackt zum Wandschirm, hinter dem sie sich wieder anzog. Dann ging sie zur Tür.

»Morgen zur selben Uhrzeit?«, fragte sie.

Ludmilla saß auf einem Schemel, sie wirkte erschöpft. Ihr Blick war abwesend, sie nickte nur mit dem Kopf. Valentine schloss sanft die Tür und ging die Treppe hinunter.

Draußen beschleunigte sie ihren Schritt, erschrocken über ihren eigenen Wagemut. Wie hatte sie sich zu dergleichen hinreißen lassen können? Sie hatte Ludmilla Tikonows Vorschlag angenommen, weil es ihr natürlich erschienen war, sie hatte einfach für diese Frau, über die sie nichts wusste und auch nichts wissen wollte, Modell stehen müssen. *Ich bin verrückt*, dachte sie. Sie lächelte.

Drei Wochen lang ging Valentine jeden Tag außer sonntags ins Atelier. Und nach jeder Sitzung fragte sie: »Morgen?«, und Ludmilla nickte so wütend, als kämpfe sie gegen einen Dämon an. Ihre Intensität, die Art, wie sie ganz in ihrer Arbeit aufging, so sehr, dass sie manchmal nackter war als ihr Modell, machte Valentine in verstörender Weise die Leere ihrer eigenen Existenz deutlich.

Diese Sitzungen wurden zu Augenblicken inniger Gemeinsamkeit, auch wenn sie kein Wort miteinander wechselten. Jeden Tag zog sie sich für fast eine Stunde vor einer Fremden aus und entledigte sich ihrer Persönlichkeit, um sie desto besser kennen zu lernen.

Eines Tages legte Ludmilla den Spachtel hin.

»Fertig«, seufzte sie.

Valentine erschauerte. Sie verspürte etwas wie Trauer, ein seltsames Verlassensein. Drei Wochen lang hatte sie das Gefühl gehabt, zu wachsen, sich von einer Reihe von Ängsten zu befreien. In diesen schweigsamen Sitzungen hatte sie nachdenken können. Während sie Ludmillas Energie bewunderte, den täglichen Kampf der Künstlerin gegen sich selbst, hatte sich eine neue Lust auf Leben in sie eingeschlichen. Die Verletzlichkeit ihres dargebotenen Körpers hatte ihren Charakter gestärkt.

Langsam stand sie auf. Kleidete sich zum letzten Mal an. Dann zog sie ihre Handschuhe über und rückte den Hut mit der langen Feder zurecht.

»Ich danke Ihnen, Madame, dass Sie mir Ihre Zeit gewidmet haben«, sagte die Malerin mit dem intensiven Blick. »Ich würde Ihnen gern etwas schenken, ein Buch, Blumen?«

»Das wäre unangebracht. Ich habe Ihnen zu danken.«

»Ich vermute, Sie wollen das Bild sehen …«

Ludmilla wirkte gereizt, aber Valentine erriet, dass sie lediglich nervös war. Als die Malerin die Staffelei zu ihrem Modell herumdrehte, fiel Valentine plötzlich das Porträt ihrer Mutter ein, und sie verstand, was sie eigentlich bewogen hatte, diese Herausforderung anzunehmen. Mit einem Mal hatte sie, wie ein unartiges Kind, das Gefühl, eine Dummheit begangen zu haben.

Als sie das Porträt erblickte, griff sie sich an die Kehle. *Ich habe keine Ähnlichkeit mit ihr*, dachte sie, und Tränen traten ihr in die Augen. Es war nichts Sanftes oder Anmutiges, nichts Heiteres oder Zärtliches, nichts von einem Engel oder einer Fee an dieser lasziven Frau, die auf einem ordinären Stuhl mit Strohsitz saß und deren weißes Fleisch vor einem roten Stoff leuchtete. Valentine stand sprachlos und verletzt vor dieser sich darbietenden Nacktheit, sie war noch zu jung, um die Magie dieses Bildes zu begreifen, den fesselnden Kontrast zwischen dem verletzlichen Blick und der Schamlosigkeit des Fleisches.

Sie wich einen Schritt zurück, griff nach der Türklinke und stürzte ins Treppenhaus.

Allein geblieben, zog Ludmilla ihren Kittel aus und rieb sich die Hände mit einem terpentingetränkten Lappen ab. Sie war im Begriff, das Atelier zu verlassen, doch eine plötzliche Eingebung trieb sie zum Bild zurück. Im Allgemeinen gab sie ihren Bildern keine Titel, aber dieses Mal war es stärker als sie. »Die Ungeliebte« schrieb sie mit ihren kraft- und schwungvollen Lettern in die rechte untere Ecke.

Pierre Venailles traute seinen Augen kaum. Das Bierglas noch in der Hand, trat er aus der *Rotonde*, um ganz sicherzugehen. Doch es war tatsächlich Valentine Fonteroy, die den Boulevard Raspail überquerte. *Was zum Teufel hat sie hier im Viertel zu suchen?*, wunderte er sich. Mit gesenktem Blick ging sie geradeaus.

»Guten Tag«, sagte er.

Überrascht hob sie den Blick. Als sie ihn erkannte, wurde sie rot wie ein junges Mädchen.

»Kommen Sie, trinken Sie ein Bier mit mir.«

»Trinken Sie immer auf dem Bürgersteig?«

»Nur, wenn ich allein bin. Nun, da wir zu zweit sind, kann ich mich den Gepflogenheiten der Normalsterblichen anpassen.«

Er hielt ihr die Tür auf. Sie zögerte noch ein wenig, bevor sie einwilligte. Er wies den Kellner an, ihnen einen Tisch zu suchen, half ihr auf die Bank und ließ sich ihr gegenüber nieder.

»Ein Bier, das ist doch recht?«

»Warum nicht?«

Sie betrachtete die Bilder, die kaum Platz an den Wänden fanden.

»Künstler sind oft völlig pleite«, erklärte er. »Deshalb lässt sie der Wirt manchmal mit ihren Bildern bezahlen. Er behauptet, dann sähe die Kneipe netter aus.«

Valentine fragte sich, ob man die berstenden Formen auf diesen Bildern wirklich als dekorativ bezeichnen konnte.

»Kommen Sie oft hierher?«, erkundigte sie sich, als ihr der Kellner ein Glas hinstellte.

»Ich treffe mich hier mit Malerfreunden, solchen, die den Montmartre lieber den Touristen überlassen.«

»Seltsam. Sie sehen gar nicht aus wie jemand, der viel Kontakt mit Künstlern hat.«

»Sie auch nicht. Und Sie sind trotzdem hier.«

Sie senkte den Kopf und trank einen Schluck Bier.

»Denn es wird ja wohl kein Liebhaber sein, den Sie in einem so weit von zu Hause entfernten Viertel verstecken?«, scherzte er, ihr Unbehagen amüsierte ihn.

»Hat man Ihnen nie gesagt, wie unverschämt und ungezogen Sie sind?«

»Oft. Aber mir ist aufgefallen, dass die Frauen das mögen.«

»Und zur Krönung des Ganzen auch noch eingebildet.«

»Erzählen Sie mir von Ihrer Freundin Odile.«

»Die würde sich wenigstens gegen Ihre abscheulichen Bemerkungen zur Wehr setzen können. Sie kann entsetzlich wütend werden.«

»Sicher wegen der roten Haare.« Er lächelte. »Rothaarige sind für ihren aufbrausenden Charakter bekannt.«

Belustigt gestand sich Valentine ein, dass sie sich von Odile Anwürfe gefallen ließ, die sich sonst niemand erlauben durfte.

Valentine hatte lange nicht gewusst, was Freundschaft war. Sie war auf dem Land aufgewachsen, mit einer Gouvernante und einem Hauslehrer. Die kleinen Mädchen aus der Umgebung waren zwar Spielkameradinnen gewesen, aber keine Herzensschwestern. In Wahrheit hatte sie nie vertrauen gelernt. Wenn man eine Freundschaft wachsen lassen wollte, musste man sich der Gefahr der Niedertracht aussetzen. Valentine ging ungern Risiken ein. Zumindest, was Herzensangelegenheiten betraf.

Odile war in Valentines Leben getreten, als diese wenige Tage nach dem Waffenstillstand gerade in der Pariser Wohnung ihres Vaters angekommen war. Aus dem Treppenhaus hörte sie Weinen. Sie hatte die Ohren gespitzt.

»Scheiße, Scheiße und nochmals Scheiße!«, schimpfte eine Frauenstimme.

Neugierig war sie bis zur dritten Etage hinaufgestiegen. Ein junges Mädchen saß schluchzend auf der Treppe. Valentine war näher getreten. Ob sie helfen könne? Das fremde Mädchen hatte ihr ein tränenverschmiertes Gesicht entgegengehoben, Haarsträhnen klebten an der schweißfeuchten Stirn. »Ich hab meinen Schlüssel verloren, meine Handtasche ist geklaut worden, und ... ich liebe ihn!« Valentine hatte sich neben sie gesetzt, verblüfft über die vertraulichen Mitteilungen dieser völlig Fremden, die sich in ihre Arme geworfen und an ihrer Schulter weitergeweint hatte. Unbeholfen hatte Valentine ihr den Rücken getätschelt. »Es ist doch schön, wenn man verliebt ist«, hatte sie leise gesagt. Mit dem Ahnungsvermögen ihres Alters war sie gleich zum Kern des Problems vorgestoßen.

»Er hat mir geschworen, er liebe mich, ich habe mich ihm hingegeben, und jetzt kommt dieser Schuft und erklärt mir, alles sei aus zwischen uns.« Und dann hatte sich die junge Frau plötzlich aufgerichtet: »Dieses Ungeheuer, das wird er mir büßen!« Valentine war fasziniert gewesen.

Sie betrachtete Venailles und trank noch einen Schluck Bier. Sie wusste, dass Odile sich hin und wieder mit ihm traf. Sie sagte, er habe sie in den Bann geschlagen, aber sie wisse nicht, wieso. Noch vor wenigen Monaten hätte Valentine es nicht ertragen, einem derart sibyllinischen Menschen gegenüberzusitzen. Gewöhnlich beeindruckte sie die Männer, Pierre Venailles jedoch schien sich über sie lustig zu machen.

»Warum interessieren Sie sich für Odile?«

»Ich bin ihr auf Ihrer Hochzeit begegnet. Sie ist eine sympathische junge Frau. Und da Sie ja leider verheiratet sind ...«

Zu ihrer Verwirrung stand etwas wie Bedauern in seinem

Blick, vor allem aber Spott. Verärgert stellte sie fest, dass er viel zu viel Selbstvertrauen hatte. Außerdem gehörte es sich nicht, einer Jungverheirateten den Hof zu machen.

»Ich muss jetzt leider gehen«, sagte sie knapp. »Mein Mann erwartet mich zum Mittagessen.«

»Ach ja, der gute André ... Er ist ja immer so pünktlich, nicht wahr?«

»Kennen Sie sich schon länger?«

»Nein«, sagte Venailles und dachte dabei: Seit je. »Ich bin einer der Bankiers des hohen Hauses. Ich kümmere mich um ein paar seiner Angelegenheiten, weiter nichts.«

Valentine wollte weggehen. Das Bier schmeckte widerlich. Der Lärm in dem verräucherten Raum verursachte ihr Kopfweh. Mit angespanntem Gesicht beugte sie sich ein wenig vor.

»Odile ist meine beste Freundin. Hüten Sie sich, ihr etwas anzutun!«

Ein amüsiertes Leuchten trat in Venailles' helle Augen. Mit einem Finger wischte er eine Schaumspur von Valentines Oberlippe, dann führte er den Finger an seinen Mund und leckte ihn ab.

»Bis bald also?«

Sie wollte kein Aufsehen erregen, deshalb ohrfeigte sie ihn nicht. Als sie wütend den Tisch zurückstieß, musste er das kaum angerührte Bier auffangen. Mit erhobenem Kopf und ohne sich umzusehen verließ sie die *Rotonde*.

André schloss die Tür seines Büros und machte sich in den vierten Stock auf. Der Werkstattleiter hatte um ein Gespräch gebeten.

Das Gebäude am Boulevard des Capucines glich einem emsigen Bienenkorb. Und er kannte jeden Winkel: die Kühlräume im Untergeschoss, wo die Felle gelagert wurden, das Erdgeschoss mit dem Pelzhandel und den geräumigen Salons für die Anprobe, die beiden Büroetagen und dann die verschiedenen Schnitt- und Entwurfateliers, die sich bis unters Dach zogen.

Er stieg eine der engen Treppen zu den Werkstätten hinauf.

»Guten Tag, Worms.«

Der Mann mit dem ergrauenden Haar erhob sich mit einer kleinen Grimasse.

»Macht Ihnen Ihr Rücken wieder zu schaffen?«

»Ja, leider, Monsieur André, ich hab mir den Rücken wirklich gründlich verrenkt. Wie kann man auch drei Stapel auf einmal anheben wollen!«

»Nun, Ihre Frau wird sich gefreut haben.«

»Hören Sie mir damit auf. Sonntag musste ich den ganzen Tag flach liegen.«

»Sie hatten mich hergebeten?«

»Ja, Monsieur, ich wollte Ihnen da ein paar Zobel zeigen, die gerade angekommen sind.«

»Ich weiß, was Sie meinen«, seufzte André, während er die erstaunlich glanzlosen Felle musterte. »Sie sind nicht so schön wie sonst, aber was sollen wir machen, einige unserer Zwischenhändler sind ausgefallen, die Kontakte mit den Russen schwierig, es gab nicht viel Auswahl. Ich habe noch das Beste genommen.«

»Glücklicherweise sind wenigstens die kanadischen Felle herrlich«, fuhr Worms in fröhlicherem Ton fort. »Monsieur Léon hat gut daran getan, dort eigene Kontore einzurichten. Er sagte ja immer, wer mit einem guten Kauf anfängt, hat die Hauptarbeit schon hinter sich. Pardon, Monsieur, ich wollte nicht ...«

Er stotterte, voller Sorge, einen Fauxpas begangen zu haben. Seit fünfundzwanzig Jahren schon arbeitete er für die Fonteroys. Er hatte die beiden heranwachsen sehen, die Messieurs André und Léon, und ihnen alle Kniffe des Metiers erklärt. Monsieur Léons Verschwinden hatte ihn getroffen wie der Verlust eines eigenen Sohnes.

»Machen Sie sich keine Gedanken, lieber Worms. Im Gegensatz zu meinem Vater wüsste ich nicht, warum der Name meines Bruders tabu sein sollte.«

»Wäre bloß dieser verfluchte Krieg nicht dazwischengekommen, dann hätte man nach ihm suchen können.«

»Das bolschewistische Russland ist vom Rest der Welt abgeschnitten. Das Moskauer Lager ist geplündert, alle Mäntel sind gestohlen worden. Und nun ist auch noch Sibirien den Roten in die Hände gefallen. Wie soll man in einem Land eine Suchaktion durchführen, das sich mitten in einer Revolution befindet? All meine Bemühungen waren vergeblich. Nach dem Streit mit meinem Vater hat Monsieur Léon kein Lebenszeichen mehr gegeben, aber Sie wissen ja, er ist ein Dickkopf. Ich habe die Hoffnung nicht aufgegeben, dass er noch lebt.«

Der Werkstattleiter nickte. Monsieur Andrés sichtlicher Kummer tat ihm weh. Das ist ein guter Mensch, ein zu guter Mensch, dachte er manchmal, wenn sein Chef Hemmungen hatte, einen Arbeiter zu entlassen. In einem Leben, in dem nur die Stärksten überlebten, durfte man nicht zu freundlich sein.

André hatte die Fellbeschau beendet.

»Sagen Sie dem Modellisten, er möchte zu mir kommen. Wir überlegen dann, was wir mit diesen traurigen Zobeln anfangen. Schließlich habe ich sie teuer bezahlt.«

Sorgenvoll verließ er Worms' Büro. Auf der Treppe hätte er beinahe einen Mann umgelaufen, der gerade heraufkam.

»Entschuldigen Sie bitte«, sagte André.

Der schwarzhaarige junge Mann presste sich an die Wand, um ihn vorbeizulassen. Immer noch in seine Gedanken versunken, ging André an ihm vorbei.

Worms war in den Gang getreten. Er musterte den jungen Mann, der eine Kappe in den Händen drehte. Die verschlissenen Kleider waren stellenweise geflickt, das weiße Hemd hatte schon bessere Tage gesehen, aber das Gesicht war sauber. *Noch einer auf Arbeitssuche*, dachte er. *Aber der sieht irgendwie nicht nach einem Franzosen aus.*

»Sie wünschen?«, fragte er unwirsch.

»Guten Tag, Monsieur. Ich suche Arbeit, Monsieur.«

Er hatte tatsächlich einen ausländischen Akzent, aber die Höflichkeit, die aufrichtig wirkte, gefiel Worms. Der junge Mann hatte einen offenen Blick und leuchtend blaue Augen. Er schien etwa achtzehn Jahre alt zu sein.

Der Atelierleiter stieß die Tür zu seinem Büro auf, räumte einen Stapel Persianer von einem Stuhl und bedeutete dem jungen Mann, er solle sich setzen. Der zögerte kurz und setzte sich dann auf die Stuhlkante, als wolle er von einer Sekunde zur nächsten wieder aufspringen.

»Bist du vom Fach?«

»Ja, Monsieur. Ich komme aus Kastoria.«

Worms wirkte erstaunt.

»Was suchst du dann hier? Ich dachte, die Griechen arbeiten nur unter sich?«

Der Junge errötete, wandte den Blick aber nicht ab.

»Ich suche mir lieber anderswo eine Stelle, Monsieur.«

Worms strich sich nachdenklich über den Schnurrbart. Der gute Ruf der griechischen Kürschner ließ sich nicht leugnen. In Kastoria, im mazedonischen Gebirge, war das Kürschnerhandwerk schon seit dem 10. Jahrhundert ansässig. Er hatte keinen Zweifel daran, dass der junge Mann sich in seinem Fach auskannte, aber ihm missfiel, dass er vielleicht Probleme haben könnte. Das Leben im Exil ist niemals einfach. Wenn man sich mit seinen Angehörigen überworfen hatte, dann wegen seines schlechten Charakters oder weil man eine große Dummheit begangen hatte.

»Wir brauchen niemanden …«, setzte er an.

Der junge Mann straffte sich.

»Verzeihen Sie, Monsieur, aber das stimmt nicht. Viele Arbeiter sind im Krieg gefallen. Die Geschäfte kommen wieder in Gang. Sie brauchen qualifizierte Arbeitskräfte.«

»Die Geschäfte kommen wieder in Gang, was du nicht sagst! Der Kurs von Kaninchenfellen und von Bälgen hiesiger Provenienz verfällt. Einer meiner Lieblingshändler ist mir gerade verschütt gegangen«, murrte Worms.

»Das ist nur eine kurze schwierige Periode, die man durchstehen muss. Jetzt, wo der Krieg vorbei ist, werden die Frauen bald wieder auf den Geschmack kommen und Pelze kaufen.«

»Liest du das aus Kristallkugeln oder hältst du dich für einen gewieften Geschäftsmann?«, erkundigte sich der Werkstattleiter spöttisch. »Und wieso sprichst du so gut Französisch?«

»In der Schule hatte ich einen französischen Lehrer, und danach habe ich sechs Monate in Marseille gearbeitet. Im Hafen.«

»Das ist ein anderes Arbeitsgebiet.«

»Eben, Monsieur. Und deshalb bin ich nach Paris gekommen.«

»Und du hast natürlich kein Empfehlungsschreiben?«

»Nein, Monsieur, aber meine Papiere sind in Ordnung.«

»Das wäre ja auch noch schöner!«, grollte Worms.

Er ärgerte sich über diesen jungen Mann, an dem er unwillkürlich Gefallen fand. Vielleicht konnte er ihn ja doch auf Probe nehmen.

»Na schön, ich will dir eine Chance geben. Ich nehme an, mit der Pelznähmaschine kennst du dich aus?«

»Besser als jeder andere, Monsieur«, sagte der Junge stolz.

»Aber du weißt, dass hier nur Frauen an den Maschinen arbeiten?«

»Das macht nichts, Monsieur.«

»Gut, ich nehme dich für einen Monat auf Probe. Und danach sehen wir weiter.«

»Danke, Monsieur, Sie werden es nicht bereuen.«

»Das will ich hoffen. Morgen fängst du an. Acht Stunden. Und komm bloß pünktlich.«

Der junge Mann sprang auf, als hätte er auf einer Sprungfeder gesessen.

»Natürlich, Monsieur. Und vielen Dank, Monsieur.«

»Übrigens, wie heißt du überhaupt?« Worms zog Zettel und Bleistift aus der Tasche des weißen Kittels.

»Alexandre Manokis, Monsieur.«

Angesichts des strahlenden Lächelns auf dem Gesicht des jungen Griechen zuckte der alte Daniel Worms zusammen. *Du lieber Himmel, er ist schön wie ein Gott*, dachte er.

Auf der Straße sprang Alexandre mit einem Freudenschrei in die Luft und boxte ins Leere. Die Leute drehten sich nach ihm um, aber was machte es, dass sie ihn für verrückt hielten: Arbeit, endlich hatte er Arbeit! Jetzt musste er nur noch seine Zimmerwirtin überreden, ihm Kredit zu gewähren, bis er seinen ersten Lohn in Händen hätte.

Um das Metrogeld zu sparen, ging er zu Fuß zur Place Vendôme, er lief durch die Tuilerien und über den Pont Royal. In der Rue Saint-André-des-Arts angekommen, stieg er die sechs Etagen bis zu seinem Mansardenzimmerchen hinauf. Aufs Bett werfen oder sich auf den Stuhl setzen, er hatte die Wahl. Er entschied sich für Ersteres, verschränkte die Hände im Nacken und betrachtete durch die Dachluke hindurch den Himmel.

Seit er den Fuß auf den Bahnsteig des Pariser Gare de Lyon gesetzt hatte, hatte es ihn wie einen Verliebten in dieses Viertel gezogen, in dem sich in den letzten fünfzehn Jahren mehrere Familien aus Kastoria niedergelassen hatten. Er hatte sich geschworen, es allein und ohne irgendjemandes Hilfe zu etwas zu bringen, und war zu stolz, Kontakt zu ihnen zu suchen, aber das Wissen um die Anwesenheit seiner Landsleute in den benachbarten Gebäuden beruhigte ihn.

»Bald, bald ...«, summte er.

Er sah sich schon, höflich vom Portier begrüßt, vor dem *Waldorf* aus einer Limousine steigen oder, die Haare im Wind und geblendet von den zwischen den Wolkenkratzern flirrenden Sonnenstrahlen, durch Manhattans Straßen schlendern. Das nämlich war Alexandre Manokis' einziges Ziel im Leben: New York. Das liebenswerte kleine Paris war lediglich eine Etappe. Hier wollte er sich so kurz wie möglich aufhalten, allerdings waren seine bisherigen Anträge auf ein Visum für Amerika vergeblich gewesen.

Sein Magen knurrte. Wenn er anbot, das Geschirr zu spülen, bekäme er in dem Restaurant in der Rue Mazarine, dessen Wirtin ihm schöne Augen machte, vielleicht eine Gratismahlzeit. Wenn er erst reich wäre, würde er sein Leben lang keinen Teller mehr spülen!

Sein Vater hätte sich die Haare gerauft, hätte er gewusst, mit welch erbärmlichen kleinen Arbeiten sich sein Sohn durchschlug, seit er Kastoria verlassen hatte. Vielleicht aber auch nicht. Sein Vater machte sich wohl nicht mehr viele Illusionen über seinen dritten Sohn, den er mit dem strengen Befehl, erst zurückzukommen, wenn er zu gehorchen bereit sei, vor die Tür gesetzt hatte. An jenem Tag hatte Alexandre das Patrizierhaus mit den holzgeschnitzten Decken, den Seidenteppichen und den schweren Sofas zum letzten Mal gesehen. Er trauerte dem Reichtum seiner Kindheit nicht nach.

Und doch: Verfluchtes Schicksal, das ihn dazu bewogen hatte, gegen seinen Vater zu rebellieren und ins Exil zu gehen. Er verfluchte sie alle: die Türken, die seinen ältesten Bruder mit Gewalt ins ottomanische Heer gepresst hatten – einen ältesten Bruder, der ihm fast fremd war und von dem die Familie seither nie wieder etwas gehört hatte; die Griechen, die den Zweitältesten dazu überredet hatten, für die Befreiung Mazedoniens zu kämpfen, mit der Waffe in der Hand war er gefallen, er hatte den Anschluss Mazedoniens an Griechenland im Jahr 1913 nicht mehr erlebt; und schließlich seinen Vater, diesen Tyrannen, der ihn zur Heirat mit der Tochter aus dem Hause Kozani hatte zwingen wollen. Nun, da Alexandre sein Erbe war, hatte ihm der alte Mann diese schon vor zwei Generationen verabredete Verbindung mit einem Handelshaus, das dem ihren gleichrangig war, aufzwingen wollen. Aber Alexandre wollte keine arrangierte Ehe. Außerdem schielte die Tochter der Kozanis, und sie kicherte mit ihren Freundinnen, wenn sie ihm in den Straßen begegnete. Er hatte protestiert, aber seinen Vater zur Vernunft zu bringen war ein aussichtsloses Unterfangen. Seine Mutter hatte bleich daneben gesessen und die Hände gerungen. Er schämte sich, ihr nach allem, was sie schon durchgemacht hatte, auch noch dieses Leid zuzufügen, aber er hatte das Opfer verweigert.

Sein knurrender Magen trieb ihn aus dem Bett. Er schloss die Tür hinter sich ab.

Als er die Tür des Bistros aufstieß, kam die Wirtin lächelnd und sich die Hände an einem Tuch trocknend aus der Küche:

»Setz dich und iss, Kleiner. Heute Abend wird es voll, du wirst lange arbeiten müssen.«

Im Vorbeigehen strich sie ihm über den Nacken. Alexandre schloss traurig die Augen, er dachte an eine andere Hand, einen anderen Duft, den einer jungen Witwe in Kastoria, die ihn in die Liebe eingeweiht hatte. Sie hatte geweint, als er zu ihr gekommen war, um Lebewohl zu sagen.

Valentine legte sich flach auf den Badezimmerboden. Ihre Haut war feucht, die Beine zitterten, am liebsten wäre sie gestorben. Warum hatte sie abends zuvor die Austern gegessen, obwohl sie doch gar keine Meeresfrüchte mochte? Mühsam stand sie auf und betrachtete sich im Badezimmerspiegel. Furchtbar! Augenringe im bleichen Gesicht, das Haar glanzlos und matt. Und was war das für ein Fleck auf der Stirn? Sie würde den Tag über im Bett bleiben. Selbst wenn sie die Kraft gehabt hätte, wäre sie in einem solchen Zustand nicht ausgegangen.

Sie legte sich wieder ins Bett, klingelte nach ihrer Zofe und bat sie, den Arzt zu rufen. Und ansonsten dürfe sie unter keinen Umständen gestört werden. Das Frühstückstablett wurde ohne weitere Umstände zurückgeschickt.

Mit einem trockenen Knacken schloss der Arzt sein altes Köfferchen.

»Nichts Ernstes, Madame. Ein paar Monate Geduld und Schonung, und Sie werden vollkommen geheilt sein.«

Sein verschmitztes Gehabe verärgerte die junge Frau.

»Sie wollen damit sagen, dass ich schwanger bin, nehme ich an.«

»Ganz genau, Madame! Ist das nicht eine wundervolle Neuigkeit? Keine Sorge, alles wird problemlos verlaufen. Ich gebe Ihnen etwas gegen die Übelkeiten, aber am besten lässt man die Natur einfach gewähren.«

Valentine dankte ihm knapp und klingelte nach Lucie, damit sie ihn hinausbegleitete. Dann drehte sie sich im Bett herum und schloss die Augen.

Ein Kind ... Jetzt schon! Gestern noch war sie ein kleines Mädchen gewesen. Ihre Kehle war ausgedörrt, das Blut klopfte in ihren Schläfen, sie dachte an ihre Mutter. Noch nie hatten ihr die Arme der Dame in Blau so sehr gefehlt. Sie hätte sich so gern hineingeschmiegt, eine sanfte, fröhliche Stimme gehört, die ihr versicherte, alles werde gut werden: die Geburt des Kindes, aber auch ihr künftiges Leben. Sie wollte an diese Vorstellung glauben, die sie sich von der Zärtlichkeit machte.

»Jedenfalls hast du gar nichts zu sagen! Du hast deine Mutter umgebracht …« Sie hatten Fangen gespielt, sie war zu schnell gelaufen und ihr siegestrunkenes Lachen hatte ihre Spielkameradinnen verärgert. Dieser Satz aus dem Mund eines missmutigen kleinen Mädchens hatte sie mitten ins Herz getroffen. Augenblicklich hatte sich unheilschwangeres Schweigen über die Kinderschar gelegt. Die Feindin richtete sich auf in ihren schwarzen Stiefelchen, die Fäuste in die Hüften gestemmt, und hinter ihr standen wie eine Prätorianergarde die anderen kleinen Mädchen. Vor diesen anklagenden Blicken war sie plötzlich eine verabscheuungswürdige Verbrecherin. Leise hatte sie protestiert. Aber, mit unglaublich grausamem Lächeln: »O doch, das stimmt! Es heißt, sie ist gestorben, weil du zur Welt gekommen bist!« Der Himmel stürzt ein. Gleißendes Licht zerreißt ihr Hirn. Die Achtjährige zögert. Ein entsetzlicher Vorwurf. Vor allem, wenn man nichts weiß. Und zu zweifeln beginnt. Sie muss sich entscheiden: fliehen oder kämpfen.

Sie hatte sich für die Flucht entschieden. Blind vor Tränen war sie davongerannt und hatte dabei gelernt, was Scham ist. Sie hatte nie gewagt, ihren Bruder nach der Wahrheit zu fragen. Aus der vagen Furcht heraus, auch Édouard würde sie anklagen. Wie hätte sie seinen Zorn oder seinen Kummer ertragen können? Mit diesem Geheimnis auf der Seele hatte sie sich zum Schweigen entschlossen.

Valentine tastete schüchtern nach ihrem Bauch und spürte, wie Übelkeit in ihr hochstieg. Sie schaffte es gerade noch bis ins Badezimmer, bevor sie ihre Tasse Tee wieder von sich gab. Gedemütigt und erschöpft strich sie sich mit zitternden Händen über die aufgesprungenen Lippen. Niemals würde sie sieben Monate solcher Leiden ertragen.

Er leerte den Rest aus der Whiskykaraffe in den Silberbecher, fügte Eiswürfel hinzu und setzte sich wieder in den Sessel. Die Stille war so tief, dass er seinen eigenen Atem hörte. Schon seit zwei Stunden saß er hier zu Hause vor diesem Bild, das er gerade erworben hatte. Ein unverhoffter Glücksfall, jenes Glück, das nur den Ausdauernden lächelt, denen, die bereit sind, bei Morgengrauen aufzustehen und nach dem Stück zu jagen, das ihrer Sammlung fehlt, die regelmäßig die obskursten Ateliers besuchen und mit den unsympathischsten Künstlern das Gespräch suchen. Denen, die eine Leidenschaft haben, eine echte. Und Pierre Venailles' Leidenschaft war die zeitgenössische Malerei.

Er war zufällig daran geraten, aus Einsamkeit, eines Märzabends vor dem Krieg, als er in einem Bistro Schutz vor dem Regen gesucht hatte, und er war Stammgast geworden im *Chez Rosalie*. Dort traf er junge Künstler, begleitete sie in ihre Ateliers, kaufte von seinen Ersparnissen ihre Bilder und stapelte sie in seinem Zimmer, weil er sie nur im Wechsel an der Wand aufhängen konnte.

Er hatte die Karriere gemacht, die man von ihm erwartete. Seine scharfe Intelligenz, sein Geschäftssinn, sein Gespür für Zwischenmenschliches hatte ihn die Stufen der Karriereleiter schneller erklimmen lassen als andere. Der alte Fourcroy, Bankier in der dritten Generation, hatte ihn genau beobachtet. Nachdem ihm die Deutschen beide Söhne genommen hatten, hatte er Pierre Venailles zu seinem Schützling gemacht und schließlich zu seinem Erben. Nach Fourcroys Tod hatte sich Pierre in einer geräumigen Wohnung in der Nähe des Champs-de-Mars niedergelassen, wo alle Bilder seiner Freunde Platz an den hellen Wänden hatten.

Im Vorjahr hatte er von Ludmilla Tikonow, deren aggressive Pinselführung ihn beeindruckte, ein kleinformatiges Bild gekauft, einen Panther im Dschungel. Das Tier tauchte sprungbereit aus dem Laub auf. Es lag ein solcher Hunger in dem gelben Blick, eine solche Energie in den Schultermuskeln, dass diese verhaltene Kraft Pierre von Anfang an in ihren Bann schlug.

Abends zuvor hatte er, wie jeden Monat, das Atelier der Malerin aufgesucht. Ein von einem Tuch bedecktes Bild hatte seine Aufmerksamkeit erregt. Es sei für die Herbstausstellung bestimmt, hatte ihm Ludmilla erklärt. Er hatte viel Überredungskunst aufgewandt, bis sie es ihm endlich widerwillig gezeigt hatte.

Er war zusammengefahren angesichts dieser Nackten auf dem strohgeflochtenen Stuhl, deren abgewinkeltes linkes Bein ihr Geschlecht enthüllte. Mit unerhörter Gewalt und beängstigender Leidenschaft triumphierte unter dem Firnis der Körper und gebot, diese herrlichen Formen zu streicheln, in die roten Lippen zu beißen, um sich dieser Vollkommenheit zu bemächtigen, die den anderen auf seine allzu menschliche Natur reduzierte. Und dann dieser Blick, schneidend, ohne jede Koketterie, in der gelassenen Sicherheit der Macht des Fleisches, und doch verletzlich, als bleibe ein Zweifel, als müsse solche Anmut das Unglück anziehen, Krankheit und Tod.

Pierre hob sein Glas und prostete dem vor ihm stehenden Bild zu. *Die Ungeliebte* überraschte ihn wirklich immer wieder.

»Ich werde ihn heiraten.«

Mit unverhohlenem Genuss schwelgte Odile in den Schokoladen-Windbeuteln. André und Valentine wechselten einen belustigten Blick. Unter der Woche hielt Odile strenge Diät, aber sonntags gab sie ihrer Vernaschtheit nach.

»Findest du das nicht ein wenig überstürzt?«, fragte Valentine und knabberte an einem trockenen Sesamkeks.

Sie hatten gerade in dem auf die Avenue de Messine hinausgehenden Speisezimmer zu Mittag gegessen. Das kalte Februarlicht konnte den ovalen Ebenholztisch nicht erwärmen. Valentine kehrte dem Buffet den Rücken zu, um sich nicht in dem großen

Spiegel darüber zu sehen. Ihre Schwangerschaft belastete sie. Je mehr sich ihr Leib rundete, desto weniger erkannte sie sich wieder. Hässliche braune Linien zogen sich über die gedehnte Haut. Sie schämte sich ihrer schweren Brüste. Sie litt unter diffusen Schmerzen und beständiger Übelkeit. Widerwillig hatte sie sich den alten Hausmitteln unterworfen, den eigenartigen Kräutertees, die angeblich das aufbegehrende Fleisch besänftigten. Doch vergeblich. Sie hatte sich nie sehr geliebt, nun verabscheute sie sich.

»Ein interessanter Mensch«, bemerkte André. »Eher verschlossen. Ich kenne ihn schon einige Jahre. Er hat immer einen guten Eindruck auf mich gemacht. Ein seriöser Mann.«

Valentine sah ihren Mann von der Seite an. Seriös, Pierre Venailles? Eher gefährlich. Sie hütete sich vor dieser Sorte Mensch wie vor einer ansteckenden Krankheit.

»Er ist zu alt für dich«, erklärte sie.

»Du machst wohl Witze?«, rief Odile. »Er ist erst fünfunddreißig! Vier Jahre älter als André.«

»Das hat nichts zu sagen.«

André brach in Gelächter aus.

»Das sieht euch Frauen ähnlich. Euch und eurer undurchdringlichen Logik!«

»Es ist eine Frage des Charakters. Odile braucht einen jungen Mann, jemanden voller Energie und Vitalität ... Sie ertrüge keine langen Abende in trauter Zweisamkeit mit diesem Venailles, der sie misstrauisch beäugt.«

Odile nahm das letzte Löffelchen Dessert und tupfte sich dann mit der Serviette vorsichtig die Mundwinkel sauber.

»Hier unter uns kann ich dir versichern, dass die Abende mit Pierre niemals ›lang‹ sind.«

André fand diese Offenheit belustigend. Valentine zuckte die Achseln. Sie fühlte sich wie ein gestrandeter Wal, und der Gedanke, dass andere ein erfülltes Liebesleben hatten, konnte sie nur zusätzlich irritieren.

Sie gingen in den Salon hinüber, um den Kaffee zu trinken. Valentine machte es sich auf dem Sofa so bequem wie irgend möglich, André brachte ihr einige der bestickten Kissen, die mit wohlerwogener Zufälligkeit im Raum verteilt waren, stopfte sie ihr in den Rücken und verließ die beiden Frauen dann.

»Nun aber mal im Ernst, Odile. Hast du wirklich vor, ihn zu heiraten?«

»Er fasziniert mich. Ich bin noch nie jemandem wie ihm begegnet. Er ist so entschlossen, so selbstsicher, und gar nicht autoritär.«

»Aber am Ende tust du trotzdem immer, was er will«, spottete Valentine.

»Aber es stört mich nicht. Ich bin in einer völlig verrückten Familie aufgewachsen. Mein Vater hat sich mit Pferderennen ruiniert, und meine Mutter hat ihre Zeit mit der Suche nach einem Mann verbracht, der sich für sie statt für Vierbeiner interessieren könnte. Wir sind immer wieder umgezogen. Sie haben mich wie Unkraut heranwachsen lassen. Ich habe unzählige Gouvernanten in die Flucht geschlagen. Es ist ein Wunder, dass ich nicht völlig asozial bin.«

»Aber gerade deswegen liebt man dich doch, Odile. Weil du anders bist. Ich habe Angst, ein Mann wie Venailles könnte dich ersticken. Er wird dich in eine Zwangsjacke stecken, dich allen möglichen idiotischen Regeln unterwerfen ...«

»Woher willst du das wissen? Du kennst ihn doch gar nicht. Ich dachte, ihr habt euch nur das eine Mal auf deiner Hochzeit gesehen.«

»Wir sind uns einmal zufällig begegnet und haben etwas zusammen getrunken. Und man braucht Leute nicht näher zu kennen, um ihren Charakter einzuschätzen. Der erste Eindruck ist oft der richtige, meinst du nicht?«

Nervös rückte Odile den geflochtenen Gürtel ihres Kostüms zurecht, dann schritt sie im Zimmer auf und ab.

»Du hast es hier nicht schlecht«, murmelte sie mit einer Spur

Neid in der Stimme. »Einen Mann, eine schöne Wohnung und bald auch ein Kind ... Und das brauche ich auch, Valentine. Ich will nicht mit einem Jungen meines Alters kämpfen müssen. Ich möchte endlich Stabilität erleben. Ich brauche Ruhe ...«

Zu ihrem Erstaunen sah Valentine Tränen in den Augen ihrer Freundin. So viel Angst und Sorge hatte sie unter Odiles Überschwang nicht vermutet.

»In diesem Fall hast du meinen Segen«, sagte sie lächelnd. »Aber ich flehe dich an, warte mit dem Heiratstermin, bis ich wieder ein vernünftiges Kleid anziehen kann!«

Odile klatschte in die Hände und umarmte sie.

»Und morgen fährst du nach Montvallon?«, fragte sie und reichte ihr den Kaffee.

»Ja, leider«, seufzte Valentine. »In Chalon findet ein Kongress statt, und mein Schwiegervater gibt ein Abendessen für die Vertreter der Syndikalkammer. Er wünscht meine Anwesenheit. Willst du nicht mitkommen? Du kennst Montvallon noch nicht. Es ist eine hübsche Gegend. Ein paar Tage auf dem Land würden dir gut tun.«

Odile schauerte zusammen.

»Mitten im Winter! Nein, danke. Und außerdem will Pierre übermorgen mit mir in die Oper.« Sie sah auf die Uhr. »Guter Gott, schon drei Uhr! Ich muss gehen. Bis bald, meine Liebe.« Sie beugte sich zu Valentine hinunter und küsste sie auf die Wange. »Sag Bescheid, sobald du zurück bist.«

Wie von tausend Teufeln gehetzt, verließ sie den Salon.

Einige Tage später ließ Valentine das Buch sinken, in dem sie vergeblich zu lesen versucht hatte. Der Salon von Montvallon war dunkel geworden. Draußen regnete es. Das Wasser lief an den Scheiben herunter. Die Tropfen prallten von der Schubkarre ab, die der Gärtner vor dem Fenster hatte stehen lassen. Der Nachmittag war erst halb vergangen, und der Tag schien nie enden zu wollen.

Sie spürte ein leichtes Reißen in der Nierengegend und stand auf. Das Haus war still. Ihr Schwiegervater und André waren vormittags nach Chalon aufgebrochen und würden erst zum Abendessen zurückkehren.

Sie beschloss, sich hinzulegen. Da sie ja ohnehin nicht hinauskonnte, konnte sie genauso gut schlafen. Mühsam stieg sie die Treppe zum ersten Stock hinauf. Als sie in ihr Zimmer treten wollte, fühlte sie einen kalten Luftzug. Am Ende des Flures hatte jemand ein Fenster offen stehen lassen. Sie ging hin, um es zu schließen, und sah, dass der Regen schon eine Pfütze auf dem Parkett hinterlassen hatte.

Bisher hatte sie es nie für nötig befunden, bis zum Ende dieses Flures zu gehen. Sie betrachtete ein kleines Ölbild an der Wand, es zeigte Bauern auf dem Felde, dann blieb sie vor einer Tür stehen. Wahrscheinlich ein selten benutztes Gästezimmer, dachte sie. Erstaunlicherweise leistete der Türgriff Widerstand. Ansonsten gab es kein verschlossenes Zimmer in diesem Haus.

Aus Neugier und weil sie sich schrecklich langweilte, kehrte sie in ihr Schlafzimmer zurück und klingelte nach der Zofe.

»Ja, Madame?«, fragte das pausbäckige junge Mädchen, noch ganz atemlos, weil sie die Treppe hinaufgerannt war.

»Unter dem Flurfenster muss gewischt werden. Sonst verdirbt der Regen noch das Parkett.«

»Natürlich, Madame, ich werde mich sofort darum kümmern.«

»Sagen Sie, Manon, haben Sie zufällig den Schlüssel zu der Tür am Ende des Ganges? Sie ist merkwürdigerweise abgeschlossen.«

»O nein, Madame. Nur Monsieur hat den Schlüssel zum Zimmer von Monsieur Léon. Wir anderen gehen nie hinein.«

»Das ist alles, danke, Manon.«

Valentine schloss die Tür hinter ihr und machte Licht in ihrem Zimmer. Ein Windstoß ließ den Regen gegen das Fenster prasseln. Valentine erschrak. Fröstelnd nahm sie ein Umschlagtuch aus dem Schrank.

Nach Léons Verschwinden hatte es hässlichen Klatsch gegeben, aber sie fand es absurd, sein Zimmer zu verschließen wie das eines Pestkranken. Allerdings hatte André sie gewarnt: Sein Vater duldete es nicht, dass auch nur der Name seines jüngeren Sohnes in seiner Gegenwart fiel.

Sie musste in dieses Zimmer! Hastig ging sie wieder ins Erdgeschoss hinunter. Die Eingangshalle war leer. Ihr Schwiegervater bewahrte die Schlüssel in einer Schublade seines Sekretärs auf. Einmal hatte er sie gebeten, die Kellerschlüssel dort herauszusuchen. Eilig trat sie in die Bibliothek und zog die Schublade auf. Drei Schlüsselbunde! Sie würde Stunden brauchen, um den gesuchten zu finden. Und da bemerkte sie einen einzelnen Schlüssel an einem Band.

Der Wind heulte im Kamin, und die Feuchtigkeit versuchte durch die Hauswände zu dringen. Wie eine Diebin schlich sie wieder nach oben.

Die Tür öffnete sich lautlos. Mit klopfendem Herzen schloss sie sie und lehnte sich einen Augenblick mit dem Rücken dagegen. Es war völlig finster. Sie tastete sich an der Wand entlang bis zu einem Fenster und zog die Vorhänge zur Seite. Das regennasse Nachmittagslicht erhellte das geräumige Zimmer: Bett, Schrank, Kommode, Schreibtisch. Geduldig und still standen die Möbel da.

Sie schaltete die Nachttischlampe an. Auf der Kommode standen Fotos in angelaufenen Silberrahmen. Sie betrachtete sie eins nach dem anderen. Ihre Schwiegereltern im Sonntagsstaat. Zwei kleine Jungen im Matrosenanzug, das freimütige Lächeln des einen entblößte unbefangen einige Zahnlücken, der andere starrte so furchtsam ins Objektiv, als wolle er am liebsten fortlaufen. Die beiden, nun erwachsen, lässig an die Motorhaube eines Sportwagens gelehnt.

Léon hatte ein lang gezogenes Gesicht mit regelmäßigen Zügen und einem entschlossenen Unterkiefer. Erstaunlich schmale Handgelenke und ausdrucksvolle schlanke Hände. Er war größer als André und er hatte helleres Haar. Auf dem letzten Foto eine Gruppe fröhlicher junger Leute. In ihren Sommeranzügen, die Strohhüte in der Hand, posierten sie auf einer Treppe. Léon rechts, den Ellbogen auf die Schulter des Nachbarn gestützt. Valentine starrte ihn gebannt an, es war ihr Bruder Édouard.

Sie drehte den Rahmen um und löste das Foto heraus. Auf der Rückseite eine Bleistiftaufschrift: Rom, 1914. Sie sah es lange an, bevor sie es wieder an seinen Platz stellte.

In der Schreibtischschublade fand sie einen Federhalter, ein Tintenfläschchen, ein Skizzenbuch. Mit sehr sicherem Strich hatte Léon Frauen und Kinder mit schmalen Augen und hohen Wangenknochen gezeichnet, deren runde Gesichter von Pelzkapuzen umrahmt wurden. Ein Bär richtete sich auf seine Hintertatzen auf, ein Mann angelte durch ein Loch im Packeis. Die letzte Skizze war die eines europäisch wirkenden Bärtigen mit Sternen von Augenfältchen. »McBride, mein Retter!«, stand darunter.

In einer anderen Schublade ein Wust von Briefen. Valentine spürte, wie ihr die Röte ins Gesicht stieg. Mit welchem Recht wühlte sie in den privaten Dingen ihres Schwagers? Aber mit einem Mal war sie sicher, dass Léon Fonteroy im umgekehrten Falle genauso gehandelt hätte.

Sie fand violett beschriebene, vor dem Versiegeln mit Parfüm getränkte Bögen, kurze Grüße von Freunden, ein von André in London abgeschicktes Telegramm. Dann fand sie, wonach sie unbewusst gesucht hatte, einen langen Brief ihres Bruders Édouard, vom Mai 1914.

*Mein guter Alter!*

*Ich möchte dir für diese römische Eskapade danken. Was für eine erstaunliche Stadt! Du hast Recht, die Italienerinnen sind charmant, aber du hättest dich auch an den Museen erfreuen können. Man erlebt dort manche interessante Begegnung.*

*Nein, ich glaube nicht, dass Marguerite die Frau deines Lebens ist, was immer sie auch behaupten mag. Mich wundert, dass du überhaupt auf den Gedanken kommen konntest, sie zu heiraten. Bei deiner Wesensart ist es noch viel zu früh, sich die Schlinge um den Hals zu legen. Sie wäre doch ganz verloren während deiner Reisen ans Ende der Welt. Nein, du kannst dir nicht in jedem Hafen eine Frau erlauben!*

*Ich wünsche dir viel Erfolg bei deiner Expedition nach Sibirien. Ich kann deine Russischkenntnisse nicht beurteilen, aber ich hoffe trotz all deiner Unterrichtsstunden, dass du einen Dolmetscher auftreiben kannst, sonst findest du noch allerlei Seltsames auf deinem Teller und engagierst weiß Gott welche trunksüchtigen Trapper als Vorposten. Hüte dich vor dem slawischen Charme und trink einen Wodka auf meine Gesundheit, sobald du in dem weltverlorenen Loch angekommen bist, von dem du mir erzählt hast.*

*Schade, dass deine Reisen immer Monate dauern. Ich will ja nicht rührselig werden, aber manchmal fehlst du uns allen, vor allem André und mir. Ich erwarte deine Rückkehr mit Ungeduld. Deine Geschichten werden uns wieder mal schlaflose Nächte bereiten.*

*Mach's gut, alter Freund, und viel Glück!*

*Dein Freund Édouard*

Drei Jahre nachdem er diesen Brief geschrieben hatte, war Édouard gefallen. Hatte sein letzter Gedanke dieser Romreise gegolten? Hübschen Mädchen, schlummernden alten Steinen, seinen Freunden, die sich so viel vom Leben erwarteten, diesen jungen Leuten, die für immer auf ein vergessenes Foto gebannt waren?

Und Léon, lebte er noch? Russland hatte ihn verschluckt, als hätte es ihn nie gegeben. André hatte ihr erzählt, Sibirien sei sechsmal so groß wie Europa, ein riesiges Gebiet am Ende der Welt.

Schrank und Kommode bargen nur ein paar Anzüge, Hemden und seidene Taschentücher. Fast verschämt führte sie einen Schal an ihre Wange, aber wenn je eine Spur Eau de Toilette in den Falten genistet hatte, dann war der Duft längst verflogen.

In der letzten Schublade entdeckte sie ausgetrockneten Tabak, eine Taschenuhr mit zerbrochenem Ziffernblatt und ein Paar geriffelter Lederhandschuhe mit dunklen Flecken. Sie zog einen davon über. Er war natürlich zu groß. Langsam schloss sie die Hand zur Faust.

Dann hörte sie auf dem Kies in der Einfahrt Räder knirschen. Hastig zog sie die Vorhänge wieder zu, löschte das Licht und schloss den Staub des verlassenen Zimmers wieder ein. In ihrer Rocktasche nahm sie den Brief ihres Bruders und das Paar rissiger Lederhandschuhe mit.

André rieb sich über die rauen Wangen. Er hatte sich seit vierundzwanzig Stunden nicht rasiert, seit Valentine die ersten Wehen gespürt hatte. Man hatte ihm den Zutritt zum Schlafzimmer verboten. Und er wäre ohnehin um nichts in der Welt dort eingedrungen. Mit ernstem Gesicht gingen die Hebamme, der Arzt und Lucie dort ein und aus. Manchmal sagten sie ihm ein paar beruhigende Worte. Lucie hatte ihm die Hand auf die Schulter gelegt.

Es musste gegen vier Uhr morgens sein, jene gefährliche Stunde der Nacht, in der die Seelen zu einem Gott strebten, an den André nicht mehr glaubte. Er fragte sich, ob seine Frau die Niederkunft überleben würde. War es vorherbestimmt, dass Valentine ihrem Kind ihr Leben opfern musste, wie es ihre eigene Mutter getan hatte? Lastete ein Fluch auf den Despresles? Wenn sie nicht beide starben, Mutter und Kind. Es verschwamm ihm vor den Augen.

»Wen soll ich gegebenenfalls retten, Monsieur?«, hatte der Arzt gefragt. »Meine Frau«, hatte André ohne zu zögern geantwortet. Die Antwort schien dem alten Arzt missfallen zu haben. Normalerweise versuche man immer das Leben des Kindes zu retten. »Meine Frau«, hatte André unbeugsam bekräftigt. *Die ich mir erwählt habe, die ich liebe, auch wenn sie mich nicht liebt.*

An diesen ersten Apriltagen war es noch kalt wie im Winter. Frühmorgens brachten die vereisten Pfützen unvorsichtige Fußgänger zu Fall. Trotz der Kälte stand das Fenster halb offen. André war im Sessel zusammengesunken. Ein bösartiger Geruch kroch unter den Türen hindurch. Nach Blut, nach Schweiß, nach Desinfektionsmittel. Träumte er diesen Geruch? Nie war ihm sein steif gewordener Körper so schwer erschienen. Er fühlte sich nutzlos, fehl am Platze. Er fühlte sich schuldig.

Draußen war kein Laut zu hören. Das Licht der Straßenlaternen ertrank im Nebel. Hin und wieder knarrte das Parkett. Das Holz seufzte. Das Schweigen der Nacht antwortete dem Schweigen seiner Seele. Und mitten in dieses Schweigen wurde Camille geboren.

André sah, dass sein Vater gealtert war. Seit einiger Zeit bewegte Augustin sich langsamer, und manchmal starrte er reglos und minutenlang ins Leere.

»Ich bin müde«, sagte er leise.

Eiseskälte erfasste André. Noch nie hatte er seinen Vater eine Schwäche eingestehen hören.

Augustin zündete sich eine Zigarre an. Unter den scharf blickenden Augen hingen Tränensäcke.

»Ich werde bald achtzig, André. Die Nachfrage der Kunden steigt unablässig. Hier habe ich die letzten Zahlen aus unserem New Yorker Lager.« Er hob ein Blatt hoch. »Sehr erfreulich, muss ich sagen, aber ich habe keine Lust mehr, mich mit all diesen Problemen bei der Einfuhr von Fellen zu befassen, mit den Zöllen und dem fallenden Kurs des Franc. Jetzt, wo du verheiratet bist, wirst du bald Nachkommen haben, und für mich ist es an der Zeit, mich zurückzuziehen.«

»Ich habe bereits Nachkommenschaft.«

»Ja, natürlich, Camille, aber sie ist ein Mädchen. Valentine wird dir gewiss bald einen Sohn schenken. Du solltest dich übrigens beeilen. Für ein Haus wie unseres sind Erben wichtig. Dann sind alle beruhigt.«

André stand auf und trat ans Fenster. Unauffällig schob er einen Finger unter seinen Kragen. Er hatte dieses Büro immer bedrückend gefunden. Es war derjenige Raum des Gebäudes am Boulevard des Capucines, in dem er sich am wenigstens wohl fühlte. Er schob den Vorhang beiseite und sah zu, wie der Chauffeur im Innenhof die Motorhaube des Wagens polierte. Wie immer in Gegenwart seines Vaters empfand er eine mit Wut und Zuneigung vermischte Gereiztheit.

»Sind Sie sich da ganz sicher?«

»Ja. Du weißt, dass ich mich nie leichthin äußere. Für mich ist es an der Zeit, dir die Zügel zu übergeben. Du wirst schon zurechtkommen. Schließlich stammst du aus meiner Schule.«

André fühlte eine Last, sein Nacken wurde steif. Er fragte sich, wieso er keinerlei Freude empfand. Jeder andere Erbe an seiner Stelle wäre froh gewesen, den autoritären Patriarchen loszuwerden.

Er wandte sich um. Mit gebeugten Schultern, die Unterarme auf den mit Papieren übersäten Tisch gestützt, saß Augustin zusammengesunken in seinem Lehnstuhl. In diesem Büro mit den schweren Möbeln aus kupferbeschlagenem Mahagoni, den adlerverzierten Lampen, den Vorhängen in unbestimmbarem Grün und dem Aktenregal, das eine Wand bedeckte, erinnerte er an einen erschöpften Bären. Der Raum war groß, und doch meinte André dort zu ersticken. *Valentine fände es hässlich*, dachte er. *Hier hat sich ja seit einem Jahrhundert nichts geändert, würde sie sagen.*

»Wollen Sie es auf der nächsten Verwaltungsratssitzung mitteilen?«

»Natürlich. Ich muss auch unsere Büros in London und New York benachrichtigen. Aber ich will keine großen Erklärungen, hörst du? Ich ziehe mich zurück, weiter nichts. Ihr braucht mich nur noch zum Ehrenpräsidenten oder so zu ernennen.«

*Dacht ich's mir doch.* André deutete ein Lächeln an. *So kann er alles im Auge behalten. Alle Vorteile, keine Nachteile.*

»Gut, nun kannst du gehen«, schloss Augustin und setzte seinen Kneifer wieder auf. »Das war's, was ich dir sagen wollte.«

André schloss die Tür hinter sich. Langsam schritt er unter den Blicken der Vorfahren den Flur hinunter. Sein Vater hatte ihm sein Büro angeboten, aber er hatte höflich abgelehnt. Wenn er in seinem blieb, war das Gefühl, einer unvermeidlichen, ihm schon bei der Geburt auferlegten Bestimmung zu folgen, wenigstens nicht ganz so stark.

*Aber wenn du die Wahl gehabt hättest, hättest du dich anders entschieden?*, fragte er sich. Was er an seinem Beruf über alles liebte, war die Sinnlichkeit des Materials. Seit fast einem halben Jahrhundert bearbeiteten sie den Pelz wie Stoff. Man wagte sich an Garnierungen entsprechend dem herrschenden Geschmack. Winters wie sommers statteten die Modeschöpfer Kleider, Kostüme und Mäntel mit Pelzbesatz am Kragen und an den Ärmeln aus. Die Frauen verlangten nach seidigen Stolen, nach Muffen, nach Pelzstickereien. Wenn sich eine Kundin für eine Breitschwanzjacke oder eine Hermelinmantille entschied und er ihre leuchtenden Augen dabei sah, empfand André für einen Augenblick reines Glück. *Man muss wirklich vermuten, dass ich dafür geschaffen bin*, dachte er mit einem Seufzer.

»Monsieur?«, fragte seine Sekretärin und steckte den Kopf zur Tür herein, als er wieder in seinem Büro war. In den drei Jahren, die sie schon für ihn arbeitete, hatte sich André oft gefragt, wie eine so junge Frau schon Eigenschaften beweisen konnte, die man gewöhnlich Älteren zuordnete: Diskretion, Einsatzbereitschaft und ein gewisses Maß an Stoizismus.

»Wer ist es?«

»Madame Pierre Venailles.«

»Ach, Odile! Sagen Sie ihr, sie möchte heraufkommen.«

Madeleine verschwand. Wenige Augenblicke später erschien Odile, umgeben von einer Parfümwolke, in einer tabakbraunen, mit einem Schal unter den Hüften verknoteten Tunika und passendem Cape.

»Ich störe doch hoffentlich nicht? Aber ich musste Ihnen unbedingt etwas sagen: Ihre Schaufenster sind eine Katastrophe, mein lieber, armer Freund. Man wundert sich, dass die Leute noch das Geschäft betreten mögen, nachdem sie sie gesehen haben.«

»Guten Tag, Odile«, begrüßte sie André, er war an den Wirbel gewöhnt, den die beste Freundin seiner Frau unweigerlich auslöste. »Setzen Sie sich doch. Darf ich Ihnen etwas zu trinken anbieten?«

»Nein, danke. Ich kam nur gerade vorbei, aber als ich da diese Mäntel auf diesen grotesken Puppen sah ... Wirklich, André, das ist Ihrer nicht würdig. Man muss mit der Zeit gehen. Die Schaufenster eines Geschäfts sind von größter Bedeutung. Und Sie begnügen sich mit einer Art Wandschirm als Hintergrund und hängen davor die armen Mäntelchen auf diese komischen Zaunpfähle. Einfach lächerlich! Man muss sich eine echte Kulisse ausdenken, wie im Theater, sie den Jahreszeiten und den gesellschaftlichen Ereignissen anpassen, eine Geschichte erzählen, eine Bewegung schaffen ... Ich weiß auch nicht.«

Atemlos stockte sie.

Obwohl Andrés Vater ihm oft seine scheinbare Indolenz vorhielt, konnte André sehr schnell nachdenken. Er erkannte eine gute Idee sofort, und er war bescheiden genug, sich nicht zu ärgern, wenn andere sie hatten.

»Kommen Sie mit mir herunter, ich zeige Ihnen, was ich meine«, schlug Odile vor und ging schon auf die Tür zu.

»Unnötig, ich kenne meine Schaufenster genau, aber ich gebe zu, Sie haben Recht. Wir haben in letzter Zeit nicht genug darauf geachtet. Ich weiß noch nicht einmal, wer dafür zuständig ist.«

»Das darf nicht sein, mein Lieber. Die Konkurrenz ist viel appetitanregender als Sie. Sie sollten mal einen Spaziergang durch die Stadt machen. So, jetzt muss ich gehen. Sie haben sicher viel Arbeit.«

»Und wenn Sie sich darum kümmern wollten, Odile?«, bot er plötzlich an. »Valentine erzählte mir, Sie bräuchten ein wenig Zerstreuung. Ich überlasse Ihnen die Regie über die Weihnachtsdekoration, was sagen Sie dazu?«

Odile überlegte einen Augenblick, dann warf sie ihm einen spöttischen Seitenblick zu:

»Wie viel bieten Sie mir für meine wertvollen Dienste?«

»Keine Sorge«, erwiderte er amüsiert. »Ich bin ein ordentlicher Chef.«

»Dann also abgemacht! Ich denke darüber nach und komme in ein paar Tagen wieder. Aber ich möchte freie Hand haben, ist das klar?«

»Vergessen Sie nicht, Pierre um Erlaubnis zu bitten«, erinnerte André sie, als sie ihm schon den Rücken zukehrte.

»Sie scherzen wohl! Die Frauen unterstehen schon lange nicht mehr dem Befehl ihrer Ehemänner! Oder, Mademoiselle?« Sie strahlte Madeleine an.

»Mag sein, Madame«, erwiderte die Sekretärin erstaunt, aber Odile war schon nicht mehr zu sehen.

»Du hast also Odile engagiert, höre ich«, sagte Valentine am selben Abend, als André sich zum Abendessen setzte.

Er entfaltete die Serviette und legte sie sich auf den Schoß.

»Das stimmt nicht ganz. Ich habe ihr angeboten, die Schaufenster für Weihnachten zu dekorieren. Der Gedanke schien ihr zu gefallen.«

Valentine nahm sich von der Kressesuppe.

»Sie hat dergleichen noch nie gemacht.«

»Na und? Ihr lauft doch die ganze Zeit durch Kunstausstellungen. Sie dürfte schon einige Ideen haben. Und wenn sie Erfolg hat, überlasse ich ihr vielleicht die Gestaltung unseres Stands auf einer der nächsten internationalen Messen.«

Er hatte den Eindruck, dass Valentine zu schmollen begann.

»Ist irgendetwas daran nicht in Ordnung?«

Sie antwortete nicht, sondern konzentrierte sich auf ihre Suppe. Er verkniff sich die neckende Frage, ob sie vielleicht eifersüchtig sei. Er hatte einen anstrengenden Tag hinter sich und wollte sich nicht schon wieder einem Wutausbruch seiner Frau aussetzen.

Seit Camilles Geburt sechs Monate zuvor schien sie immer mehr auf Distanz zu ihm zu gehen. Sie hatte Wochen gebraucht, um sich von der Entbindung zu erholen, die in der Tat nicht leicht gewesen, aber vom Arzt als nicht bedrohlich für ihre Gesundheit bezeichnet worden war. Manchmal verbummelte sie ganze Tage in der Wohnung. Dann war sie von einer wahren Kaufwut befallen worden, hatte die Modegeschäfte leer gekauft und darauf bestanden, allabendlich auszugehen, in die Oper, ins Theater, ins Restaurant. André wusste nicht mehr, wie er sie bei Laune halten sollte: Er sah sie nur blass, mager, hektisch.

Sie hatte ihn um eine einwöchige Reise nach Rom gebeten, als Ersatz für die ausgefallene Hochzeitsreise, und er hatte sich gefreut, wieder in Italien zu sein. Doch sie hatte darauf bestanden, jeden Tag auf einer Caféterrasse am Fuß der Spanischen Treppe zu rasten, und dann schweigsam und nachdenklich ins Leere starrend dagesessen. Schließlich hatte er dieses Ritual doch ermüdend gefunden.

»Und wie ist es Camille heute ergangen?«

Erstaunt sah sie ihn an.

»Gut, nehme ich an. Warum?«

»Ich dachte gerade an sie, weiter nichts.«

Nach Camilles Geburt hatte André Valentine, die – da war er sich ganz sicher – nie eine deutsche Gouvernante unter ihrem Dach geduldet hätte, dazu überreden können, ein elsässisches Kindermädchen zu engagieren. Diese seien für ihre erzieherischen Qualitäten bekannt, hatte er ihr erklärt. In der Familie Fonteroy war es üblich, dass die Kinder im Hinblick auf die Geschäftsreisen, die sie später ins östliche Europa führen würden, vom zartesten Alter an Deutsch sprachen, und André sah nicht ein, warum seine Tochter darauf verzichten sollte.

Er wusste, dass Jeanne Liesbach mit ihrem grauen, zu einem strengen Knoten aufgesteckten Haar und den scharfen Augen die Situation von der Höhe ihrer fünfundvierzig Jahre und hundertsechzig Zentimeter auf den ersten Blick richtig eingeschätzt hatte: Madame war eine dieser Frauen, die man wie die explosiven Materialien in der Liesbach'schen Feuerwerksfabrik behandeln musste, mit Geduld, Vorsicht und Fingerspitzengefühl.

»Mein Vater hat beschlossen, sich vom Geschäft zurückzuziehen«, sagte er unvermittelt.

»Umso besser für dich.«

»Warum sagst du das?« Er war entrüstet.

»Ich schätze meinen Schwiegervater sehr, aber seine Neigung, alles bestimmen zu wollen, kann einen durchaus aufbringen. Ohne ihn hast du es ruhiger.«

Sie warf ihm einen Seitenblick zu und senkte dann die Lider. Er erriet ihre Gedanken. Einige Wochen zuvor hatte sie ihm schon einmal vorgeworfen, er sei nicht bestimmt und energisch genug. *Hält sie mich für derart unbedeutend?*, dachte er betrübt.

Er schwieg, er bedauerte, dass sie seine Andeutungen nicht verstand. Er fühlte sich nicht imstande, ihr seine geheimsten Befürchtungen zu enthüllen, das Gefühl, in der Falle zu sitzen, Ängste, die ihn manchmal mitten in der Nacht aufschrecken ließen, das Gesicht schweißnass und mit klopfendem Herzen. Er fürchtete, sie mit seinen unguten Vorgefühlen nur zu behelligen, so sehr beeindruckten ihn ihre weiblich-jugendliche Vitalität, ihre Launenhaftigkeit und vor allem ihre Zärtlichkeiten, die sie manchmal in der Geborgenheit ihres Schlafzimmers andeutete, wenn ihre Körper sich einer seltenen und daher umso kostbaren Gemeinschaft hingaben und ihrer beider Einsamkeit wenigstens für einen Augenblick linderten.

Alexandre hatte gerade an der Pelznähmaschine zwei Biberfelle aneinander genäht. Seine Geschicklichkeit wurde von allen im Atelier bewundert. Der Raum rings um ihn war vom Surren der Excelsior-Maschinen erfüllt.

In der Vorweihnachtszeit wurde rund um die Uhr gearbeitet. »Ich wäre besser Buchhändler oder Schankwirt geworden«, schimpfte der alte Worms. »Das ist wenigstens keine Saisonarbeit!« Die Arbeiter lächelten nur, die Worms waren seit vier Generationen im Kürschnergewerbe, und der Werkstattleiter liebte es mit ganzer Seele.

Alexandre arbeitete bereits seit mehreren Jahren für die Fonteroys. Im Laufe der Monate hatte er immer neue Aufgaben zugeteilt bekommen. Alles hatte kurz nach seiner Ankunft begonnen, als der für die Auswahl der Felle zuständige Angestellte mitten in einer großen Lieferung aus Leipzig und Kanada krank geworden war. Worms wäre fast verrückt geworden. Er legte größten Wert auf die genaue Überprüfung von Länge und Dichte der Behaarung. Schließlich mussten die einzelnen Felle, die zum selben Kleidungsstück verarbeitet wurden, miteinander harmonieren. Alexandre hatte angeboten einzuspringen. Sein sicherer Blick hatte den Atelierchef begeistert, seither wurden ihm die Zobel- und Hermelinfelle zur Überprüfung anvertraut. Alexandre warf nur einen kundigen Blick auf die subtilen Farbschattierungen, strich sanft mit der Hand darüber, um die Textur zu erspüren, und sortierte sie dann für die Zuschneider.

Sein Geschick im Umgang mit der Pelznähmaschine machte ihn in der hektischsten Jahreszeit unentbehrlich. Im Dezember plünderten die Kunden regelmäßig das Geschäft, und es gab immer noch einen Auftrag in letzter Minute.

Alexandre nieste und nahm die Füße von den Pedalen. Das

feine Biberunterhaar kitzelte ihn in der Nase und reizte seine Augen, die gefärbten Grannen blieben an seinen Händen kleben. Er wandte sich zur Wanduhr um. Noch zehn Minuten, dann musste er mit den von Madame Venailles gewünschten drei Mänteln und der Decke hinunter zu den Schaufenstern. Dieses Jahr hatte sie sich eine Dekoration mit aus Pappe ausgeschnittenen geometrischen Formen und beweglichen Marionetten einfallen lassen. Seit sie sich um die saisonabgestimmte Gestaltung der Schaufenster der Maison Fonteroy kümmerte, hatten diese eine gewisse Bekanntheit erlangt. Die Passanten blieben stehen, um sie zu bewundern, und manche Leute machten sogar ihren Sonntagsspaziergang hierher. Ein *Vogue*-Artikel hatte davon geschwärmt, wie originell sie waren: von einem Ventilator aufgewirbelter Kunstschnee, Goldfische, Papageien, ein Wasserfall, eine Darstellung der afrikanischen Savanne … Manchmal hatten Madame Venailles' Einfälle so wenig Bezug zu den Pelzen, dass sich Alexandre fragte, wozu man sich noch die Mühe machte, sie mit auszustellen.

Er zog sich einen Kamm durchs störrische Haar, band seine Krawatte neu und knöpfte den weißen Kittel zu. Er hatte die Pelze am frühen Nachmittag aus den Kühlräumen geholt und in einem Büro nah am Treppenhaus zwischengelagert. Zu seinem Erstaunen stand die Tür zu dem Büro halb offen, er knipste das Licht an. Auf die Pelzdecke gekuschelt und einen Ärmel des Zobelmantels wie eine Puppe in den Arm geschmiegt, lag dort ein kleines Mädchen, der Daumen war ganz nah am Mund. Lange dunkle Wimpern beschatteten die Wangen.

Alexandre schlich auf Zehenspitzen näher. Sie hatte sehr weiße Haut und rosige Wangen. Ein kleines Näschen, ein niedlicher Mund. Die Haube war ihr vom Kopf geglitten, man sah dichtes braunes Haar, das hier und da wie Mahagoni schimmerte. Er hockte sich neben sie und strich ihr mit einem Finger über die Wange.

»Guten Tag, Prinzessin«, murmelte er und dachte dabei an

seine kleine Schwester, die er schon seit Jahren nicht mehr gesehen hatte.

Das Mädchen wachte auf und richtete einen strengen, klaren Blick auf Alexandre. Er hatte gedacht, ihre Augen wären dunkel wie ihr Haar, aber sie waren schillernd grün. Wie zum Schutz zog sie den Mantel enger an sich.

»Hab keine Angst«, flüsterte er. »Ich heiße Alexandre. Und du?«

»Camille.«

»Und was machst du hier?«

»Ich wollte die neuen Schaufenster von Tante Odile anschauen.«

»Aber die Schaufenster sind im Erdgeschoss. Und hier bist du im fünften Stock. Wie bist du ganz allein hier heraufgekommen?«

»Ich hab Papa gesucht. Aber ich hab ihn nicht gefunden.«

»Und wer ist das, dein Papa?«

»Mein Papa.«

»Ja, das hab ich verstanden. Aber wie heißt er?«

»Papa«, wiederholte sie mit gerunzelter Stirn, die Begriffsstutzigkeit dieses Fremden ärgerte sie sichtlich.

Alexandre lächelte.

»Und deine Mama, weißt du, wie sie heißt?«

»Valentine.«

»Ich verstehe«, sagte er, war aber auch nicht klüger als zuvor. »Ich glaube, wir gehen besser hinunter, man sucht sicher schon nach dir. Möchtest du mit mir kommen? Ich muss nämlich gerade diese Mäntel nach unten bringen.«

Das Mädchen sprang auf. Alexandre legte sich die drei Mäntel über den Arm. Gut, dass der Zobel federleicht war. Er wollte gerade nach der Decke greifen, als das Mädchen nach seiner Hand fasste und ihm ein strahlendes Lächeln schenkte, dem ein einzelner Zahn fehlte.

»Gehen wir also, Prinzesschen«, sagte er belustigt.

Sie waren kaum in der Eingangshalle des Erdgeschosses angekommen, da stürzte ihnen auch schon eine rundliche kleine Frau entgegen.

»Mademoiselle Camille! Wo haben Sie sich herumgetrieben? Ich bekomme noch graue Haare von Ihren Dummheiten!«

»Deine Haare sind doch schon ganz grau, *Nana*«, erwiderte die Kleine, während ihr die Gouvernante energisch das rote Samtmäntelchen abklopfte.

»Da bist du ja, Camille! Wir suchen schon eine geschlagene Stunde nach dir. Dabei hatte ich dir doch gesagt, du solltest bei Jeanne bleiben. Warum gehorchst du eigentlich nie?«

Eine schlanke Frau in einem dunkelgrauen Kostüm mit Schalkragen und Ärmelbesätzen aus Hermelin sah die Kleine ärgerlich an. Dann wandte sie sich an Alexandre, der immer noch mit den Mänteln beladen dastand.

Unter dem tief ins Gesicht gezogenen Filz-Glockenhut hervor traf ihn ein heller Blick. Schmale Nase, rote Lippen, durchscheinender Teint: ganz sicher die Mutter des Mädchens. Er war von ihrer Schönheit gebannt. Mit einem Blick erfasste er die vollkommene Eleganz, die schlanken Knöchel in den Seidenstrümpfen, die behandschuhten Hände, die zarte Haut, die er unter dem Perlenkollier erriet. Sie war sehr groß, fast so groß wie er.

»Waren Sie es, der sie gefunden hat, Monsieur?«, fragte sie.

»Papa!«, schrie die kleine Camille und rannte in die Arme André Fonteroys, der sie hoch in die Luft schwang.

»Aber, aber, mein Schatz, du hast uns vielleicht einen Schrecken eingejagt! Man darf doch nicht einfach so verschwinden! Wo hast du nur gesteckt?«

»Ich hab dich gesucht, aber es gab so viele Treppen, und da war ich ganz müde und deshalb hab ich geschlafen. Und dann hat Alexandre mich aufgeweckt.«

Verlegen spürte Alexandre, wie alle ihn ansahen.

»Die Kleine ... Sie war im fünften Stock, bei den Mänteln«, sagte er fast entschuldigend.

»Na schön, machen wir weiter«, drängte Odile ungeduldig, die gerade aus dem Schaufenster links von der Eingangstür aufgetaucht war. »Ich wusste doch, dass mein Patenkind nicht so dumm sein würde, einfach aus dem Geschäft hinauszulaufen. Kommen Sie mit, junger Mann, ich brauche Ihre Hilfe.«

Alexandre folgte ihr eilig, heilfroh, nicht mehr im Mittelpunkt des Interesses stehen zu müssen. Madame Venailles zeigte ihm, wie er die Mäntel um eine in bunte Schals gehüllte Wachspuppe drapieren sollte, besann sich aber eines Besseren, ließ die Puppe wegräumen und hängte den Zobel auf einen durchsichtigen Bügel, der mit einem unsichtbaren Faden an einer Leiste befestigt war. Der Mantel schien nun zwischen den Pappwürfeln zu schweben.

Als er gerade die vielen Nadeln vom Boden auflas, hörte er eine leise Stimme.

»Auf Wiedersehen.«

Immer noch in der Hocke, drehte er sich um und hatte Camilles Gesicht vor den Augen.

»Auf Wiedersehen, Mademoiselle. Ich freue mich sehr, Sie kennen gelernt zu haben.«

Mit einem Mal umschlang das Mädchen seinen Hals und küsste ihn auf die Wange.

»Du darfst mich weiter Prinzesschen nennen, wenn du magst«, sagte sie verschmitzt.

Und schnell wie der Blitz rannte sie zu ihrer Gouvernante, die an der Tür auf sie wartete.

Auch Valentine Fonteroy trat nun näher. Alexandre stand langsam auf.

»Danke, Monsieur, dass Sie meine Tochter zurückgebracht haben«, sagte sie ernst.

»O bitte, gern geschehen, Madame … Sie ist sehr hübsch.«

*Aber nicht so schön wie ihre Mutter*, dachte er.

»Hübsch, aber kapriziös, wie alle Kinder ihres Alters.«

»Meine Mutter pflegte zu sagen, meine kleine Schwester habe

in diesem Alter allein mehr Dummheiten gemacht als wir Jungs zusammen.«

»Sehen Sie. Die armen Mütter ...«

Einen Augenblick lang, der ihm eine Ewigkeit zu dauern schien, sah sie ihn noch an, dann wandte sie sich mit einem letzten Lächeln zum Gehen.

Durchs Schaufenster sah er sie in einen lang gestreckten schwarzen Wagen steigen. Der Chauffeur in grauer Livree schloss die Tür hinter ihr und setzte sich nach vorn hinters Steuer. Als der Wagen anrollte, fühlte er sich seltsam verlassen, als habe gerade ein Schiff abgelegt und ihn allein auf dem Kai zurückgelassen.

Camille konnte einfach nicht stillsitzen im Wagen.

»Wenn mein Kopf gegen die Decke stößt, bin ich groß«, verkündete sie.

»Setz dich hin«, sagte Valentine.

Die Kleine gehorchte. Sie saß zwischen den beiden Frauen und versuchte eine Hand in die Hand ihrer Mutter zu schieben, doch Valentine verschränkte die Hände über den Knien und sah aus dem Fenster. Schweigend fuhren sie zur Avenue de Messine.

Valentine stand unter Schock. Als der junge Mann sich langsam erhoben und sie dabei unentwegt angesehen hatte, war sie wie versteinert gewesen. *Herr im Himmel, ist der schön!*, hatte sie gedacht. Wie absurd! Sie glaubte nicht an Liebe auf den ersten Blick und den ganzen Unsinn. Aber die Reinheit seiner Züge, der gerade Nasenrücken, die intensiv blauen Augen ...

Im Geiste ließ sie jeden Augenblick ihrer Begegnung noch einmal an sich vorüberziehen. Als er mit den Mänteln in den Armen vor ihr gestanden hatte, war ihr noch nichts Besonderes an ihm aufgefallen. In seinem weißen Kittel war er nur irgendein Angestellter ihres Mannes. Sie hatte gehört, wie Odile ihm Anweisungen erteilte, aber auch da hatte sie noch an anderes gedacht, und dann, mit einem Mal, wie die Sonne durch Wolken bricht, hatte sie gespürt, wie ihr Herz zu jagen begann. Und während sie mit ihm gesprochen hatte, hatte sie die verrückte Lust verspürt, seine Wange zu streicheln, seine Haut unter ihren Händen zu spüren, seine Lippen zu spüren. Sie erschauerte: Sie war im Begriff, den Kopf zu verlieren.

»Hör auf mit diesem Gesumme, Camille!«, befahl sie. »Das macht einen nervös.«

Das Mädchen verstummte, ihr Gesicht verdüsterte sich.

Eine Hand unter dem Arm seiner Frau, stieg Pierre Venailles die Treppe der Oper hinauf. Widerwillig hatte er sich dazu überreden lassen, Odile zum Ball der Kürschner zu begleiten, einer Wohltätigkeitsveranstaltung im Palais Garnier, auf der Gelder für die Lehrlingsbetreuung gesammelt wurden. Pierre hatte wenig Sinn für derlei Festlichkeiten. Er mied Menschenmassen und blieb unbeeindruckt von der Inszenierung der prächtigen Feste, die das Pariser Leben durchzogen. Immerhin kein Maskenball, Gott sei's gedankt! Dennoch hatte er sich nur höchst ungern in Schale geworfen.

In diesem Herbst 1928 hatte er andere Sorgen. Er kam gerade von einer New-York-Reise zurück. Die Börsenkurse erreichten ungeahnte Höhen, die Kunden wollten Kredite für weitere Aktienkäufe, und in den Augen seiner Mitarbeiter stand die Gewinngier. Doch dieses Überhitzte war ihm nicht geheuer. Als der alte Bankier Fourcroy ihn zu seinem Erben bestimmte, hatte er ihm einen letzten Rat mit auf den Weg gegeben: »Nehmen Sie die Ratschläge der Bankiers immer mit einem Körnchen Salz, dann haben Sie eine Chance davonzukommen.« Dieser Scherz war nicht auf taube Ohren gestoßen. Schon vom Charakter her misstrauisch, hatte Pierre nie eine wichtige Entscheidung getroffen, ohne seine innere Stimme zu befragen. Und die hatte ihm zugeraunt, dass der Riese Wall Street auf tönernen Füßen stand.

»Wundervoll, findest du nicht?«, flüsterte ihm Odile ins Ohr.

Er betrachtete die von perlenbestickten Pelzen umrahmten

nackten Frauenrücken und die Crêpedrapierungen, die bei jedem Schritt die Beine enthüllten.

»Ich meinte die Dekoration der Räume«, mahnte Odile. »Und wenn du meine Rivalinnen weiterhin mit so viel Appetit beobachtest, werde ich mich an die republikanischen Garden auf der Treppe halten müssen!«

»Wirklich, es gibt doch nichts Besseres als eine Uniform, wenn man eine Frau verführen will!«, scherzte er und führte Odiles Hand an die Lippen.

In der letzten Sekunde drehte er ihre Hand um und küsste sie auf die Innenseite des Handgelenks. Sie senkte den Blick. Obwohl sie schon mehrere Jahre verheiratet waren, konnte Pierre sie immer noch in Verwirrung stürzen, als wäre sie ein naives Mädchen. Sie hatte nie bereut, ihn geheiratet zu haben, obschon sie sich manchmal fragte, was ihn an ihr angezogen haben mochte.

»Ich liebe dich doch, Chérie«, murmelte er, als hätte er gerade ihre Gedanken gelesen.

»Ich glaube nicht, dass du zur Liebe imstande bist«, erwiderte sie, plötzlich ernst, um dann in fröhlicherem Ton fortzufahren: »Komm, die Vorführung wird gleich beginnen. Vorher müssen wir noch zu André und Valentine.«

Odiles Scharfsinn war für Pierre eine ständige Quelle des Vergnügens. Er hatte sie um ihrer Frische willen geheiratet, weil sie viel redete, sodass sein Schweigen nicht auffiel, und weil er genug davon hatte, abends in eine leere Wohnung zu kommen. Sie war fröhlich, lebhaft, neigte zu rasch vorübergehenden Wutausbrüchen und liebte in ihrer sprunghaften Art das Lachen und den Champagner. Und er liebte, wie sie den Charleston tanzte: mit hemmungsloser Hingabe. *Und wenn ich sie tatsächlich lieben sollte?*, fragte er sich zu seiner eigenen Überraschung und folgte ihr zu der für die Fonteroys reservierten Loge.

Mit einer fließenden Bewegung erhob sich Valentine aus dem Sesselchen und umarmte Odile, bevor sie ihren Blick auf ihn richtete. Wie immer lag ein gewisses Misstrauen darin. Sie trug ein mit einer Strasssonne verziertes schwarzes Moiré-Kleid. Ein paillettenbesetztes Band umschloss ihre Stirn und betonte den einzigartigen Glanz ihrer Augen. Und Pierre begriff, dass es nur eines Zeichens, eines einzigen Zeichens der Ungeliebten bedurfte, dann würde er alles verlassen, um dieser verstörenden Frau zu folgen.

Während der Vorführung ließ er Valentines Nacken und ihre Schultern nicht aus den Augen. Im Halbschatten tanzten Lichter auf ihrer perlmuttfarbenen Haut. Als sie den Kopf neigte, um Odile etwas zuzuflüstern, glitt der mit Seidenfransen besetzte Schal auf ihren bloßen Arm, Schatten zeichneten sich auf ihrem Hals ab, und als sie eine Hand hob, um eine dunkle Strähne hinter ihrem Ohr glatt zu streichen, musste er an sich halten, um nicht das zarte Handgelenk zu ergreifen und ihre Armbeuge zu küssen.

Eine schmeichelnde Stimme kündigte Nummer und Namen der vorgeführten Pelze an. Es war viel von Erinnerungen an das untergegangene zaristische Russland die Rede. André rutschte unruhig auf seinem Sessel herum.

»Sollen wir für einen Augenblick hinausgehen«, schlug Pierre leise vor. »Sie wirken ungeduldig.«

André lächelte flüchtig.

»Meine Kollegen werden es mir übel nehmen, aber was soll's.«

Sie erhoben sich und verließen die Loge so leise wie möglich. Im Gang zog André sein Zigarettenetui aus der Tasche und bot es Venailles an, der ihm seinerseits Feuer gab. André nahm einen langen Zug.

»Ist alles in Ordnung?«, fragte Pierre. »Ich möchte nicht indiskret sein, aber irgendetwas scheint Sie zu beschäftigen.«

»Nichts Schwerwiegendes. Ein an mein Geschäftshaus angrenzendes Gebäude am Boulevard des Capucines steht zum Verkauf. Ich bräuchte Platz, weil ich weitere Werkstätten fürs Auslassen einrichten möchte, und der Eigentümer verlangt Unsummen, da er weiß, dass ich interessiert bin.«

»Was meinen Sie mit Auslassen?«

»Auslassen ist eine Technik, bei der breite, kurze Felle wie Bison oder Marder zu langen, schmalen Bändern verarbeitet werden, was hinterher auf dem fertigen Kleidungsstück zu interessanten Fischgrät-Effekten führt. Eine sehr heikle Schneidearbeit mit feinster Klinge. Die Arbeiter brauchen eine sehr sichere Hand. Aber ich langweile sie mit diesen nichtigen Einzelheiten.«

»Überhaupt nicht. Ich verstehe zwar nichts von den Geheimnissen Ihrer Arbeit, aber die Ergebnisse weiß ich sehr wohl zu würdigen. Aber zurück zu Ihren Finanzierungssorgen. Die Maison Fonteroy ist eine Aktiengesellschaft. Wenn Sie an die Börse gingen, könnten Sie Ihr Kapital durch Aktienverkäufe aufstocken.«

»Die Börse?« André zog skeptisch die Brauen hoch. »Da tummeln sich doch eher die Industriellen?«

»Da täuschen Sie sich. Dort sind alle Unternehmensarten vertreten. Es wäre zumindest näherer Betrachtung wert, glauben Sie mir. Sie könnten zu mir ins Büro kommen, und wir sprechen es durch.«

Sie hörten Applaus aus dem Saal.

»Bald wird das Diner eröffnet«, sagte Pierre. »Ich habe einen Bärenhunger. Außerdem muss ich mich wappnen, Odile wird sicher die ganze Nacht tanzen wollen. Sobald sie einem Orchester zu nahe kommt, kennt sie keine Müdigkeit mehr.«

Nach und nach öffneten sich die Logentüren und entließen die zufriedenen Zuschauer. André lächelte, er sah einen seiner besten Freunde auf sich zukommen. Max Goldmann, Träger des Kriegsverdienstkreuzes, zudem gutem Essen und gutem Leben durchaus nicht abgeneigt, hatte eines der größten Fellhandelshäuser Frankreichs geerbt.

Mit seinem blonden Haar, den hellen Augen und der stattlichen Gestalt hatte er Erfolg bei den Damen. Sogar Valentine hatte André gestanden, wie anziehend sie ihn finde, doch Max hatte nur Augen für Judith, seine neunzehnjährige frisch angetraute Ehefrau, aus deren melancholischen Augen eine gewisse Schüchternheit herauszulesen war. Max überragte sie um Haupteslänge und wurde von ihr sichtlich als Fels in der Brandung betrachtet.

»Ich bin bis über beide Ohren verliebt, mein Alter«, raunte er seinem Freund zu. »Unglaublich, wie die Ehe einen Mann verändern kann. Du hättest mich eher dazu überreden sollen. Andererseits danke ich dem Himmel, dass er mich auf Judith hat warten lassen. Findest du sie nicht auch göttlich?«, beschloss er seine Eloge und ließ seinen Blick liebevoll auf seiner Frau ruhen, die gerade mit Valentine plauderte, während sie alle auf die Salons zustrebten, wo die Tische fürs Festessen gedeckt waren.

»Sie ist bezaubernd«, bestätigte André. »Ich freue mich für dich, du hast dein Glück verdient.«

»Hat man je verdient, was einem auf Erden an Gutem wie an Schlechtem zustößt?«, seufzte Max. »Ich denke, wir haben das Schlimmste kennen gelernt, meinst du nicht auch? Was könnte es Höllischeres geben als diesen schrecklichen Krieg, den man uns aufgezwungen hat?« Sein Gesicht verfinsterte sich kurz. »Aber das ist glücklicherweise alles Vergangenheit! Stell dir vor, ich bin im Begriff, an der Börse ein Vermögen zu verdienen. Zum ersten Mal in meinem Leben verdiene ich Geld, ohne einen Finger krumm zu machen.«

»Du also auch! Du bist schon der Zweite heute Abend, der mir von der Börse erzählt. Anscheinend hab ich was verpasst.«

»Noch ist nichts verloren. Ich geb dir gern die Adresse meines Börsenmaklers. Er ist wirklich bemerkenswert und hat einen unglaublichen Riecher ... Ah, da sind Sie ja, Valentine, Sie Herrliche!«, rief er aus und küsste Valentines Hand. »Überwältigend, wie immer.«

»Hören Sie auf mit Ihren Schmeicheleien, mein Lieber. Ich weiß doch, dass Ihr Herz nicht frei ist. Für Sie gibt es nur eine

Frau auf der Welt, nicht wahr?« Valentine lächelte Judith zu, die unter ihrem federgeschmückten Turban errötete.

Valentine bemerkte Pierre Venailles' spöttischen Gesichtsausdruck und warf ihm einen bitterbösen Blick zu, bevor sie Judith fragte, wie ihr die Hochzeitsreise nach Capri gefallen habe. Die junge Frau antwortete so leise, dass Valentine sich ihr leicht zuneigen musste, um sie zu verstehen.

Nach dem Diner gab es eine Tombola. Judith Goldmann starb fast vor Scham, als sie einen handbemalten Schal gewann und ihn vor aller Augen vorn abholen musste.

»Sie würden sich vor dergleichen nicht fürchten«, flüsterte Pierre Venailles Valentine zu. »Ich frage mich, ob Sie überhaupt jemals in Ihrem Leben vor etwas Angst gehabt haben.«

»Nur die Dummen haben niemals Angst. Halten Sie mich für dumm?«, gab sie zurück. »Nein? Dann lassen Sie sich gesagt sein, dass ich mir meine Angst für Wichtiges aufhebe, nicht für die Nichtigkeiten des tägliches Lebens. Und ebendeshalb habe ich auch keine Angst vor Ihnen, mein Lieber.«

Sie schob ihren Stuhl zurück, griff nach ihrer bestickten Abendtasche und stand auf. Erhobenen Hauptes und mit geschmeidigen Bewegungen ging sie quer durch den Saal auf ihren Mann zu, ohne sich um die bewundernden Blicke zu kümmern, die ihr folgten.

Als sie wenig später miteinander tanzten, fragte sie André unvermittelt:

»Wann findet die Weihnachtsfeier für die Angestellten statt?«

»Nächste Woche, warum?«

»Da doch dein Vater dieses Jahr nicht dabei ist, dachte ich, ich könnte dich diesmal begleiten.«

Überrascht fragte sich André, warum Valentine ihm plötzlich eine Freude zu machen versuchte. Immer wenn er sie in den Jahren zuvor gebeten hatte, an dieser alljährlich stattfindenden Veranstaltung teilzunehmen, hatte sie sich unter einem Vorwand geweigert. Aber er freute sich zu sehr, er wollte nicht nachfragen.

»Wir freuen uns, wenn du kommst. Es ist Dienstagabend, um sieben.«

Valentine nickte nur. Sie hatte ein schlechtes Gewissen: Das war die einzige Möglichkeit, Alexandre Manokis wiederzusehen, und sie schämte sich dieser List.

Die Erinnerung an den jungen Mann verfolgte sie. Tag und Nacht kämpfte sie gegen dieses Gesicht an, das ihr ständig vor Augen stand. Wie konnte sie sich derart von einem Fremden gefangen nehmen lassen, der noch nicht einmal zu ihren Kreisen gehörte? Verwirrende Träume weckten sie mitten in der Nacht, und das friedliche Atmen ihres Mannes hinderte sie daran, wieder einzuschlafen. Das Gefühl des Verrats an André quälte sie weniger als ihr Unvermögen, sich selbst zu beherrschen. Einige Tage zuvor, als sie wieder einmal kurz vor Morgengrauen mit offenen Augen ins Dunkel starrte, hatte sie beschlossen, Alexandre Manokis wiederzusehen. Damit erst würde sie sich davon überzeugen können, dass diese Besessenheit nur eine vorübergehende Grille war.

Ein Glas Champagner in der Hand, plauderte Alexandre mit Madeleine, der Sekretärin des Chefs. Er schätzte diese zierliche, blonde junge Frau, die seit dem Tod der Eltern allein ihre Brüder und ihre Schwester großzog. Einmal hatte er sie an einem Sonntag ins Kino eingeladen, aber sie war so zurückhaltend gewesen, dass es ihn verlegen gemacht hatte.

Die große Eingangshalle am Boulevard des Capucines war brechend voll. Die mit Glasperlenfransen behängten Lüster spiegelten sich in den goldgerahmten Spiegeln. Auf den weiß gedeckten Ladentischen standen Petits Fours, Champagner und Fruchtsäfte bereit.

Bei seiner ersten Weihnachtsfeier hier hatte sich Alexandre über die Großzügigkeit seines Chefs gewundert. Er hatte noch nie gehört, dass ein Unternehmer seine Angestellten mit Champagner bewirtete, allenfalls mit einem Gläschen Sekt. Worms hatte ihm erklärt, wenn der Chef seinen Arbeitern und Angestellten die Ehre gebe, dann wolle er sie auch wie besondere Gäste feiern. Und voller Begeisterung hatte Alexandre zum ersten Mal in seinem Leben Champagner getrunken und Käsegebäck geknabbert, das auf der Zunge zerging.

Die Angestellten hatten sich alle in Schale geworfen. Weit und breit kein weißer Kittel. Hier und da zeigten die Mannequins ihre schmalen russischen Aristokratinnengesichter mit ausgezupften Augenbrauen und dunkelrot geschminkten Lippen.

»Guten Abend, Madeleine«, sagte eine leicht verschleierte Stimme hinter ihm.

Er wandte sich um. Madame Fonteroy lächelte ihnen beiden zu.

»Da ist ja der Retter meiner Tochter«, sagte sie amüsiert. »Wie geht es Ihnen?«

»Gut, sehr gut.« Er wusste nicht, ob er sich verbeugen, die Hacken zusammenknallen oder ihr die Hand schütteln sollte.

Madeleine entschuldigte sich, weil Worms sie mit einem Zeichen ans andere Ende des Raumes rief. Allein mit Valentine Fonteroy, hatte Alexandre plötzlich das Gefühl, es herrsche eine teuflische Hitze.

»Sie haben ja nichts zu trinken, Madame. Darf ich Ihnen etwas holen?«

»Nein, nein, bemühen Sie sich nicht. Früher oder später kommt schon ein Tablett vorbei. Ich hörte, Sie seien Grieche. Seit wann arbeiten Sie für meinen Mann?«

Er begann stotternd, aber als er von seiner Jugend sprach, dämpfte eine gewisse Heiterkeit und Milde seine Aufregung. Was konnte eine Dame von Welt schon an einem jungen Arbeiter interessieren? Eine ihrer Hände spielte leise klickend mit den langen Halsketten. Sie schien die Unruhe ringsum vergessen zu haben, sie schaute ihm in die Augen und lauschte, während er Kastoria beschrieb, die Wohnungen über den Vorratskellern, die Werkstätten in fensterlosen Erdgeschossen, die sich zum Himmel öffnenden Balkons, die mit byzantinischen Ziegeln gedeckten Dächer, den Fischerhafen mit den bunten Booten und in der Ferne die roten Berge, die tiefen Täler und den Geruch der Heide, den er mit einem Mal völlig unvernünftigerweise wieder einzuatmen meinte.

Hin und wieder stellte sie eine kluge Frage. Je länger er von seiner Geburtsstadt sprach, desto mehr strafften sich seine Schultern. Er war nicht mehr ein unbedeutender griechischer Arbeiter, der im Exil in Paris lebte, in einer winzigen Zweizimmerwohnung, sondern der Abkömmling einer alten mazedonischen Patrizierfamilie. Nicht ohne Stolz dachte er, dass er dieser Sylphide in ihrem roten Kleid aus broschiertem Musselin in einer anderen Stadt und zu einer anderen Zeit hätte den Hof machen können und dass sie ihn vielleicht sogar attraktiv gefunden hätte.

Das Schweigen, das sich über den Saal gelegt hatte, war ihm gar nicht aufgefallen. Sie legte ihm die Hand auf den Unterarm und flüsterte:

»Ich glaube, mein Mann hält jetzt eine Rede.«

André Fonteroy ergriff das Wort und dankte zunächst allen für die im zu Ende gehenden Jahr erwiesene Treue. Valentine hob leicht den Kopf und neigte sich zu Alexandre. Das Licht fing sich in ihren langen Ohrgehängen, ihre Lippen streiften seine Wange. Leise sagte sie etwas, das er nicht verstand. Er roch ihr gewagtes, nach Rosen und Gewürzen duftendes Parfüm, sah ihre Brust nur wenige Zentimeter von seinem Arm entfernt, und sein Körper erstarrte, während sich sein Kopf mit einem Dröhnen füllte.

Sie schien seine Verwirrung zu bemerken und warf ihm einen mutwilligen Blick zu. Mit einem Schlag war sie verwandelt. Alexandre konnte gar nicht anders als auf dieses neckende Lächeln antworten, er hatte das verrückte Verlangen, dieses wilde Mädchen bei der Hand zu packen und fortzulaufen, weg von dieser schwermütigen, konzentrierten Pariserin, die ihn eben noch so ernst betrachtet hatte.

*Ich will ihn*, dachte Valentine atemlos. *Ich möchte mit ihm schlafen, hier und jetzt, jetzt sofort!*

Noch nie hatte sie dieses verheerende Verlangen nach einem Mann verspürt. Sie konnte nichts mehr beherrschen, nicht ihre Ungeduld, nicht ihre Wut, auch nicht die köstliche und schmerzhafte Schwere zwischen ihren Schenkeln, und immer wieder sagte sie sich, wie in einer Litanei: *Du bist verrückt ... Du bist lächerlich ... Schämst du dich nicht ...*

Sie beschimpfte sich nach Kräften, denn so schön war er gar nicht, mit diesem leichten Höcker auf der Nase, den schwarzen, buschigen Brauen, der zu schmalen Oberlippe. Verzweifelt suchte sie nach etwas Abstoßendem an diesem Fremden, aber genau das war ihr Fehler, denn Alexandre war für sie kein Fremder. Er entsprach der mysteriösen Legierung ungeordneter Schwingungen und Gedanken, einer dunklen Alchemie von Sehnsucht und Wut, von Leidenschaft und einer gefährlichen Schwäche, die man mangels besserer Namen als Begehren bezeichnete.

Jäh brandete Beifall auf. Valentine schrak zusammen. Ihr Blick irrte zu André, der seine Rede beendet hatte, kehrte aber sofort wieder zu Alexandres angespanntem Gesicht zurück. Und sie begriff, dass sie in der Falle saß, denn sie brauchte ihren Mann zum Überleben, den Mann jedoch, der neben ihr stand, den brauchte sie unbedingt, ganz einfach zum Leben.

## *Leipzig, 1930*

Sehr gut!«, sagte Eva Krüger mit beifälligem Lächeln.

Der kleine Junge blickte hingebungsvoll zu ihr auf, rutschte von der Bank und ergriff den Stapel Schulbücher auf einem Stuhl.

»Bis nächste Woche, Frau Krüger!«, rief er, die Mütze an die Brust gedrückt, bevor er durch die Tür entwischte, hinaus in den sonnigen Nachmittag.

Eva klappte das Notenheft zu. Der Fleiß der Kinder und ihre Freude, wenn sie von ihr gelobt wurden, erstaunte sie immer wieder. Ihr Sohn Peter hatte sich seit je gegen die Musik gesperrt, und dank dieser Erfahrung fand sie es fast undenkbar, dass Jungen seines Alters Gefallen daran finden konnten, mit einer Fuge von Bach oder einem Rubato bei Chopin zu kämpfen. Und doch hatten gleich nach Erscheinen der Anzeige alle möglichen Eltern bei ihr angerufen und ihre Kinder bei ihr angemeldet. »Eva Krüger, Konzertpianistin, erteilt Sechs- bis Zwölfjährigen Klavierunterricht.« Sie konnte sich sogar den Luxus erlauben, sich ihre Schüler auszusuchen und jene, die ihr auf die Nerven zu gehen drohten, abzulehnen.

Das Mädchen brachte ihr den Tee. Eva setzte sich in ihren Lieblingssessel rechts neben dem Kamin. Offenbach, der graue Kater, rieb sich an ihren Knöcheln. Sie sog den zarten Duft ein, der aus der Porzellantasse stieg.

Aufgrund der Wirtschaftskrise hatte sich Karl damit abfinden müssen, dass sie Klavierlehrerin wurde. Er war unglücklich darüber, denn er hatte das Gefühl, seiner Pflicht als Familienvater nicht gerecht zu werden. Er hätte es lieber gesehen, wenn sich seine Frau weiterhin ihrer Kunst gewidmet hätte, ohne ihre Zeit an Schüler zu verschwenden. Eva war sogar gezwungen gewesen, sich um eine Stelle am Konservatorium zu bewerben, obwohl sie sich mit dem Direktor nicht verstand. An drei Tagen in der Woche irrte sie ein wenig verloren durch die Säle der ältesten deutschen Musikakademie.

Sie schüttelte abwehrend den Kopf: Sie wollte sich ihre halbe Stunde der Ruhe nicht durch solche Sorgen stören lassen. Auch vor ihren Konzerten gönnte sie sich eine Erholungspause, in der sie niemand stören durfte. Allein in ihrer Garderobe oder im Hotelzimmer, schloss sie die Augen und ließ sich von der Musik ergreifen. Sie überließ sich einer inneren Welt, in die einzudringen sie schon in frühester Kindheit gelernt hatte. In diesem sie weich umhüllenden Kosmos stellte sie sich eine Farbe vor, einen Ton, der je nach ihrer Laune und dem zu interpretierenden Stück wechselte. Als kleines Mädchen schon hatte sie ihre Eltern mit diesen seltsamen Trancezuständen erstaunt und erschreckt. Ihre Mutter hatte sie zu einem Arzt gebracht. Er hatte Bewegung an frischer Luft verordnet, aber auch mitten auf dem Pausenhof konnte sich Eva ganz in sich selbst zurückziehen, wenn ihr der Sinn danach stand. Als Erwachsene hatte sie festgestellt, dass diese innere Zuflucht ihr manchen schmerzhaften Moment des Lebens erträglicher machte.

Mit geschlossenen Augen und entspannten Händen konzentrierte sie sich auf eine warme Farbe. Ein leuchtendes Gelb. Sie stellte sich vor, wie Sonnenlicht auf ihre Stirn, ihren Hals, ihre Schultern floss. Sie verband einen kristallinen Ton damit, harmonisch klingende Glöckchen. Der Duft des Tees steigerte das Behagen dieser Empfindung noch.

Seltsamerweise erinnerte dieses Wohlgefühl sie an ihre erste Begegnung mit Karl.

Nach einem Konzert war er mit einigen Freunden zu ihr gekommen, um sie zu ihrem Erfolg zu beglückwünschen. Sie war reizbar gewesen an jenem Abend. Voller Leidenschaft und Wut hatte sie auf die Elfenbeintasten eingehämmert, als habe sie sie bestrafen wollen. Danach hatte sie, immer noch fiebrig und flammenden Blicks, die Honoratioren der Stadt empfangen und ihre Komplimente mit einer Handbewegung beiseite gefegt. Ein junger Mann in grauer Uniform hatte sich vor ihr verbeugt. Als er ihre Hand ergriff, wurde sie von einer Glutwelle überflutet. Erschrocken zog sie ihre Hand zurück. Überrascht, fast beunruhigt sah er sie an. Sie deutete ein entschuldigendes Lächeln an. Er sei auf Fronturlaub, erzählte er ihr, bald müsse er wieder zur Somme aufbrechen. In Frankreich, erläuterte er. »Ich weiß, wo die Somme ist«, hatte sie ihn angefahren, um dann, verwirrt von ihrer eigenen Schroffheit, hinzuzufügen: »Ist es nicht gar zu fürchterlich?« Ein verkrampftes Lächeln war über die Lippen des jungen Offiziers gehuscht: »Noch schlimmer.« Und sein verschlossenes Gesicht sagte ihr, dass er nicht vom Krieg sprechen wollte.

Da sie nicht allein bleiben wollte, hatte sie eingewilligt, mit ihm und seinen Kameraden zum Abendessen in ein Restaurant zu gehen. Der Gastraum war dunkel vertäfelt und die Decke mit Fresken und Faust-Zitaten in gotischen Lettern ausgeschmückt. Das Essen allerdings war eine Zumutung, wegen der Blockade der Alliierten. Karl hatte darauf bestanden, nur von Erfreulichem zu sprechen, und einige Stunden lang hatten die jungen Leute einander zugeprostet und gescherzt, als hätten sie noch eine Zukunft vor sich. Sogar dieser gewisse Geruch, der seit Kriegsausbruch über den Städten lag, eine Mischung von schlechtem Fett, Brennholz und billigem Parfüm, wenn es nicht einfach nur der Geruch nach Angst war, hatte sich verflüchtigt.

Länger als ein Jahr hatten sie sich geschrieben. Nach seiner Verwundung hatte sie ihn im Lazarett besucht und dort Autogramme gegeben und für die Kriegsversehrten und die Nonnen auf einem alten, verstimmten Klavier gespielt. Und als der Krieg zu Ende war, hatte Karl um ihre Hand angehalten. Und sie hatte keinen Augenblick lang gezögert. An jenem Tag waren die Farben unendlich zärtlich gewesen.

»Mutti!«, schrie eine herrische Stimme.

Eva schrak zusammen. Sie öffnete die Augen, und im selben

Moment wurde lärmend die Tür aufgerissen. Ihr Sohn stürzte ins Wohnzimmer.

»Mutti!«, schrie er noch einmal, und Eva empfand verwunderte Freude über diesen Schrei, über seine Sicherheit, dass seine Mutter genau da sein würde, wo er sie vermutet hatte, dieses anmaßende Selbstvertrauen, das ein Vorrecht der Kinder ist.

Der Anblick ihres Sohnes, so mitten in einem Sonnenstrahl aufgebaut, die Hände in die Hüften gestützt, das Haar verstrubbelt, den strahlend blauen Blick fest auf sie gerichtet, schnürte ihr das Herz ab. Manchmal sah sie ihn wie zum ersten Mal. Wie kam sie zu diesem von Gesundheit strotzenden Kind voller überbordender Energie? Sie, die schon die Hoffnung auf ein Kind aufgegeben hatte. Die vor ihm schon zwei Kinder verloren hatte und noch drei in den zehn Jahren nach seiner Geburt. Sie, die sich so sehr eine große Familie gewünscht hatte. Trotz Karls Liebe und seiner flehentlichen Bitten, diese gefährlichen und verzweifelten Versuche aufzugeben. Dabei hätte sie alles darum gegeben, sogar ihre Musik und ihre Begabung, um Kinder zu bekommen.

Es war ihre Schuld. Ob ihr Leib fruchtbarer gewesen wäre, wenn sie früher geheiratet hätte? Aber sie hatte sich zu keiner Verbindung entschließen können, die nicht eine Liebesehe gewesen wäre. Die Musik hatte sie gelehrt, immer nach dem Ideal zu streben, und die Liebe zwischen Mann und Frau war zweifellos eine der wenigen Vollendungen, die man auf Erden erreichen konnte.

Voller Illusionen, Starrsinn und Strenge hatte sie die Jahre vergehen lassen. Sie hatte sich mit Liebhabern eingelassen, um die Lust kennen zu lernen, aber es hatte sie nie befriedigt. Mit zunehmendem Erfolg war das Bild, das sie sich vom Vater ihrer Kinder machte, verschwommener geworden. Sie hatte begriffen, dass sie zu idealistisch war; sie hatte versucht, nicht zu verbittern. Bis zu dem Tag, an dem sie Karl begegnet war, diesem jungen Soldaten, fünf Jahre jünger als sie.

Als sie sich zum ersten Mal geliebt hatten, hatte sie ihren Höhepunkt lang hinausgezögert und Karl zum Warten gezwungen. Sie nahm nicht an, dass sie ihn unbedingt wiedersehen würde. Ihre Gedanken waren schon anderswo, in einer anderen Stadt. Sie hatte keine Bindungen und zog anonyme Hotelzimmer einem Haus vor, in dem ihre Einsamkeit zu greifbar gewesen wäre. Sie war erschrocken gewesen, als sie die ersten Tränen auf ihren Hals fließen spürte, sie hatte über die Wange ihres Liebhabers gestreichelt, um sicher zu sein, dass es keine Schweißtropfen waren. Sie hatte noch nie erlebt, dass jemand ohne Schluchzen weinte, ohne nach Luft zu ringen, fast ohne zu atmen; mit leicht offenem Mund ließ er einen Vorhang warmer, salziger Tränen fließen. Schüchtern hatte sie ihre Arme um diesen Mann geschlungen, und er hatte seinen Kopf auf ihre Brust gelegt. Sie hatte sich auf ihn gerollt, diesen herben Körper mit ihren Brüsten, ihrem Bauch und ihren Schenkeln beschwert, als wollte sie ihn an die Erde fesseln.

Lange Minuten waren verstrichen. Eva hätte ihn gern getröstet, aber sie fand keine Worte. Worte waren nicht ihre Stärke. Ihre tiefsten Gefühle drückte sie in Musik aus. Sie hatte sich fürs Schweigen entschieden und Karl lange in ihrer Umarmung gehalten. Er hatte nicht versucht, sich zu entschuldigen oder etwas zu erklären. Er war eingeschlafen. Und nach dem Aufwachen hatte er den Körper seiner Geliebten gestreichelt und Eva hatte unter diesen zarten und zärtlichen Händen eine unvermutete Schönheit an sich entdeckt.

Einige Wochen später hatten sie in Leipzig geheiratet. Eva war in das Patrizierhaus in der Katharinenstraße gezogen, das er von seinen Eltern geerbt hatte. Sie hatte ihren Flügel, ihre Koffer und ihren Kater mitgebracht. An den ersten Tagen war sie, befangen wie ein Eindringling, ziellos zwischen dem Ofen, dem Sofa und den ovalen Tischen mit den Säulenbeinen umhergewandert. Sie hatte die Tapeten, die Topfblumen und die Porzellanfigürchen berührt und dem Schlagen der Wanduhr gelauscht. Sie hatte Angst gehabt, in diesem ihr so wenig bekannten Sachsen Wurzeln zu schlagen, sie, deren ungarische Mutter dem Wiener Vater an der

Küste der Adria begegnet war, in Triest, einer von erbarmungslosen Windböen, von Sonne und Gischt gepeitschten Stadt, in der jedoch im Morgendunst die Schiffshörner zur Abreise rufen. Vielleicht war es das, was ihr an Leipzig gefallen hatte, der Gedanke, dass auch diese Stadt Kreuzungspunkt vieler Wege war.

Als kleines Triester Mädchen war sie nah beim Bahnhof aufgewachsen, wo die Lokomotiven dicke Rauchwolken ausstießen, bevor sie sich Richtung Budapest oder Moskau in Bewegung setzten. Ihre Pianistenlaufbahn, ihre Auftritte hatten sie nach Wien geführt, dann durch ganz Europa, von Portugal bis England, von Frankreich bis Russland. Aber im Grunde ihres Herzens hatte sie die geheime, brennende Sehnsucht mit sich getragen, die ihr Triest und seine Wunder eingeprägt hatten. Und aus Liebe hatte sie nun zum ersten Mal in ihrem Leben eingewilligt, ihr Gepäck abzusetzen.

Anfangs hatte sie Leipzig misstraut, wo es keinen Fluss und kein Meer gab, die seelische Verstimmungen einfach wegspülten. Die Stadt war ihr grau erschienen, trotz mancher brauner und lindgrüner Nuancen. In diesen brunnentiefen Gebäuden mit ihren wie russische Puppen ineinander geschachtelten Höfen gab es keine Leichtigkeit, keine Sorglosigkeit.

Beklommenen Herzens war sie rasch durch die Straßen geschritten, im Zweifel darüber, ob sie sich diese neue Stadt würde zu Eigen machen können. Es hatte zu schneien begonnen. Sie hatte sich in ein Gasthaus geflüchtet. Um einen Tisch saßen Arbeiter und diskutierten. Auf den Bänken lagen Flugschriften und Zeitungen. Die Bierkrüge schäumten über. Sie riefen zu einer Demonstration und zum Streik auf und schlugen mit den Fäusten auf den Tisch. In einer Ecke standen aufgerollte rote Fahnen. Daneben zogen die Drucker in farbbekleckten Kitteln noch ein letztes Mal an ihren Pfeifen, bevor sie sich wieder an die Arbeit machten. Ein Luftzug hatte den Vorhang zwischen Schankraum und Eingangstür gebläht. Zwei Männer in dunklem Anzug und steifem Kragen hatten ihre abgewetzten Taschen abgestellt und sich, die kalten Hände reibend, an einen Tisch gesetzt. Sie unterhielten sich in einer kehligen, ihr unverständlichen Sprache.

Sie hatte erschöpft die Augen geschlossen. Der Krieg war verloren. Die Revolution schien in vollem Gange. Aber in jenem verräucherten, von vielen Stimmen summenden Schankraum hatte sie verstanden, woher ihr Mann seinen Optimismus und seine Entschlossenheit nahm. Diese Männer und Frauen waren schon seit je von einer Lebenskraft und Energie beseelt gewesen, die auf Ausländer eine gewisse Anziehung und Faszination ausübte. In dieser Stadt, in der Johann Sebastian Bach begraben lag und Richard Wagner das Licht der Welt erblickt hatte, fühlte sie sich fast apathisch. Sie würde sich an diesen neuen Geist gewöhnen müssen und an diese Stadt, die nicht wie Triest ein Schmelztiegel der Emotionen war, sondern ein Ort voller Funken und Explosionen, in der man, wenn man die Augen schloss, das Herz der Welt schlagen hörte.

Eva hatte ihren Haarknoten fast fertig. Sie steckte die letzte Haarnadel fest, legte die langen Perlenketten um und erklärte sich mit ihrem Werk zufrieden.

Sie war nervös. Karl hatte ihr oft von seinem französischen Freund erzählt, der nun für die Dauer der internationalen Jagd- und Rauchwarenmesse bei ihnen logieren würde. Karl kannte ihn schon lange. Sie hatten sich bei einem Empfang im Neuen Rathaus kennen gelernt; der Bürgermeister pflegte anlässlich der zweimal im Jahr – im Frühling und im Herbst – stattfindenden Messe einen Empfang für die Honoratioren und für wichtige Aussteller und Besucher auszurichten. In einem Gespräch hatten die beiden jungen Leute herausgefunden, dass sie beide mit zwanzig ihr Berufsleben begonnen hatten, Karl im Verlag seines Vaters und André Fonteroy »auf dem Brühl«, wie die deutschen Kürschner sagten.

Eva ging täglich durch den Brühl. Sie freute sich am Getriebe in dieser Kürschnerstraße, in der die Fellballen abgeladen und bis zum Sortieren in die Keller geschafft wurden. In den Häusern ringsum gab es Hunderte mehr oder weniger kleiner Werkstätten. Der Brühl war eine der Hauptadern dieser Stadt, eine bunte und lebendige lange Straße, in der sich die osteuropäischen Sprachen zu einer fröhlichen Kakophonie mischten. Hier fühlte sie sich ein wenig zu Hause. Ein alter, ungarischstämmiger Jude in einem Kaftan grüßte sie jedes Mal, wenn sie vorbeiging, mit einer tiefen Verbeugung und einem Kompliment, das sie stets mit einem Scherz beantwortete. Sie hatte sich mit der Frau eines Händlers angefreundet und gab ihrem Sohn Klavierunterricht. Karl fand es erstaunlich, dass sie so leicht mit Menschen derart unterschiedlicher Herkunft in Kontakt kam. Bei manchen ihrer Freunde, die sie zum Abendessen einlud, dachte Karl an seine Eltern, die sich gewiss im Grab herumgedreht hätten angesichts der um ihren Esstisch versammelten höchst gemischten Gesellschaft.

In den Nachkriegsmonaten, als die Arbeiter- und Soldatenräte die rote Fahne hissten und die Stadt hin- und hergerissen wurde zwischen Konservativen, Spartakisten und Volkskommissaren, als die Streiks blutige Repressalien nach sich zogen, hatten sich Eva und Karl oft über die Berechtigung der Revolution gestritten. Sie unterstützte den Gedanken von der Freiheit und Gleichheit aller und misstraute den Freikorps, die ihrer Meinung aus skrupellosen Trunkenbolden bestanden. Karl hatte ihr zu beweisen versucht, dass ihre Argumentation zu einfach sei. Sie sei romantisch und naiv, hatte er gesagt. »Eine Revolution macht man nicht mit Samthandschuhen«, sagte er immer wieder. »Und vergiss nicht, du würdest zu den Ersten gehören, denen man die Kehle durchschnitte.« Sie war bei Demonstrationen für die Rechte der Frau mitgegangen und hatte sich über das Frauenwahlrecht gefreut. Er hatte nur hilflos die Schultern gezuckt.

Für diesen Abend hatte sie ein leichtes Abendessen geplant. Die Qualität der französischen Küche schüchterte sie ein. Schade, dass André Fonteroy seine Frau nicht mitbrachte, sie hätte so gern mit ihr über die neue Pariser Mode geplaudert. Gab man sich in Frankreich immer noch mit dieser Ungezwungenheit, die ihr vor dem Krieg so gefallen hatte? Mit einem Mal hatte sie Lust, Paris wiederzusehen, an den Ufern der Seine zu promenieren. Sie vermeinte, den Duft von Milchkaffee und frischen Croissants zu spüren und schlanken jungen Frauen mit ihren temperamentvollen Begleitern nachzublicken.

Im Wohnzimmer klopfte sie hier und da noch ein Kissen zurecht. Und weil sie sich langweilte, setzte sie sich an den Flügel und spielte einige schwungvolle Melodien. Das Mädchen blieb einen Augenblick lang stehen, einen Weinkrug in der Hand. Eva spielte eins der Lieblingslieder dieses jungen Mädchens, in dem es um einen untreuen Schatz ging. Gerda ließ sich nicht lange bitten: Mit ihrer hübschen Stimme besang sie das Unglück des Liebespaares. Die beiden ließen sich von dem volkstümlichen Lied mitreißen, Gerda verhielt auf einem hohen Ton, und Eva untermalte ihn mit Akkorden eigener Erfindung.

»Bravo!«

In Rahmen der Tür zur Eingangshalle stand ein Mann und applaudierte. Gerda errötete bis über beide Ohren und knickste, bevor sie mit der Weinkaraffe entfloh. Eva stand lächelnd auf.

»Verzeihen Sie bitte, Monsieur, ich habe Sie nicht kommen hören.« Sie ging ihm entgegen.

»Aber, bitte, sagen Sie André zu mir. Welch wunderbarer Empfang! Sie haben da ja eine bemerkenswerte junge Sängerin im Haus. Von Ihrem eigenen Talent ganz zu schweigen, gnädige Frau, doch Ihr Ruf ist ja längst über die Grenzen gedrungen.«

Sein Deutsch hatte eine leichte französische Melodie. Er verbeugte sich und küsste ihr die Hand.

»Sind Sie Musikliebhaber … André?«

»Ja, schon. Aber ich könnte nicht mit Ihnen musizieren. Ich singe wie ein rostiger Wetterhahn.«

»Ich werde Ihnen ein Geheimnis verraten: ich auch«, erwiderte sie amüsiert. »Ist Karl nicht mit Ihnen gekommen?«

»Er musste noch etwas im Büro erledigen. Er hat mich hier abgesetzt, ich soll Ihnen ausrichten, er käme pünktlich zum Abendessen.«

Eva seufzte.

»Im Augenblick hat er es nicht leicht. Ich mache mir Sorgen um ihn.«

»Es ist eine schwierige Zeit. Wir leiden alle unter dieser schrecklichen Wirtschaftskrise. Und wenn man bedenkt, dass alles mit dem Konkurs einer Wiener Bank angefangen hat. Wer hätte sich ausgemalt, dass dadurch eine so verheerende Kettenreaktion ausgelöst würde?«

»Deutschland steckt seit dem Ende des Krieges in der Krise, aber ich dachte, Frankreich sei weniger betroffen.«

»Auch wenn die Lage sich ein wenig unterscheidet, optimistisch bin ich nicht.«

»Aber ich vergesse ja all meine Pflichten!«, rief sie plötzlich. »Bitte setzen Sie sich doch. Sie trinken doch ein Glas Wein? Oder möchten Sie sich lieber erst Ihr Zimmer ansehen?«

André legte seinen Filzhut und die Handschuhe auf einer Konsole ab.

»Der Verlockung, Ihren sächsischen Wein zu probieren, kann ich natürlich nicht widerstehen. Pflegt Karl immer noch so einen guten Weinkeller?«

»Natürlich, und er wird Ihnen gewiss so manche Kostprobe kredenzen. Jedes Mal, wenn er einen guten Burgunder entkorkt, erzählt er mir von Ihnen, und so lebendig, dass ich manchmal glaube, Sie schon seit langem zu kennen.«

André nahm lächelnd das Glas entgegen, das sie ihm reichte.

»Karl ist mir ein wahrer Freund. Ich freue mich immer sehr, wenn ich ihn sehe.«

Sie setzten sich einander gegenüber. Offenbach sprang auf Evas Schoß.

Sie studierte dieses runde Gesicht mit den üppigen Wangen und dem für ihren Geschmack etwas zu fliehenden Kinn. Er hatte herrliches Haar, in einem Karamellton, über den Bronzereflexe liefen. Braune Augen hinter einer runden Schildpattbrille. Ein intelligenter Blick. Er trug einen unaufdringlich eleganten grauen Flanellanzug mit weiter Hose. Er war nicht sehr groß und bewegte sich mit rührender Ungeschicklichkeit, so, als kämpfe er gegen eine Art Schüchternheit an. Fast fürchtete man um das Kristallglas in seinen Händen.

»Sie bleiben also einige Tage bei uns.«

»Ich hoffe, ich störe Sie nicht. Ich hätte im Hotel absteigen können, aber Karl war strikt dagegen. Ich gebe zu, ich war neugierig auf Sie. Bei meinen früheren Reisen haben wir uns immer verpasst.«

»Vor einigen Jahren hat Karl mich dazu überredet, wieder Konzertreisen zu unternehmen. Vielleicht hatte er Angst, dass ich hier versauere und langweilig werde, eine echte deutsche Hausfrau eben«, sagte sie scherzend.

Sie log. Karl hatte befürchtet, sie könne in eine gefährliche Melancholie versinken. Eines Abends, sie hatte das Haus schon wochenlang nicht mehr verlassen, aß seit ihrer Fehlgeburt fast nichts mehr und weigerte sich sogar, den dreijährigen Peter zu sehen, der nach seiner Mutter weinte, hatte er sie bei den Schultern genommen und rücksichtslos geschüttelt. Sie habe kein Recht, sich so gehen zu lassen! Es sei eine Schande, eine Verschwendung! Sie lebe! Sie hätten einen Sohn, ein wunderbares Kind! Es sei ein Verbrechen, nach dem Unmöglichen zu streben, wo Gott ihr doch ein solches Talent geschenkt habe! Rau und wütend hatte er ihr das ins Gesicht geschrien, zitternd vor Angst und Zorn. Als er sie losließ, war Eva zusammengebrochen, ihre Beine trugen sie nicht mehr. Zusammengekrümmt, das Gesicht in den Händen, das lange Haar auf dem Teppich ausgebreitet, hatte sie den säuerlichen Geruch ihres eigenen Schweißes gerochen. Karl hatte sich neben sie gekniet, sie in die Arme genommen und um Verzeihung gebeten. »Wenn du nicht wieder zu spielen beginnst, Eva, dann stirbst du … Dann verliert Peter seine Mutter und ich verliere die Frau, die ich liebe.« Am nächsten Tag schrieb sie ihrem Agenten, von dem sie schon Jahre nichts mehr gehört hatte. Er antwortete sofort. Er habe schon alle Hoffnung aufgegeben, sie je wiederzusehen ... Sie sei genau die Pianistin, die er brauche. Ob sie nach Berlin kommen könne, um eine Platte aufzunehmen?

»Ja, Karl ist wirklich ein treuer Freund«, sagte sie leise. »Er hat mir das Leben gerettet, müssen Sie wissen.«

André wunderte sich über ihren ernsten Ton. Meinte sie es ernst, oder war es nur eine Redensart? Diese Frau erstaunte ihn. In ihrem wenig eleganten Kleid erschien sie nicht besonders schön. Ein nichts sagendes Gesicht, die obligaten blauen Augen, im Nacken zusammengefasstes, mit Kämmen festgestecktes Haar. Ihre Züge waren weder fein noch rundlich. Nah bei der Oberlippe saß ein Leberfleck. Keine Frau, nach der man sich umdrehte. Und doch hatte er, als er sie spielen sah, an ihr eine Kraft entdeckt, die ihn faszinierte. Sie streichelte gerade abwesend ihren Kater. Er schnurrte und zeigte die Krallen, um sie dann entspannt einzuziehen.

Ihm wurde bewusst, dass er sie unhöflich anstarrte. Verlegen wandte er den Blick ab.

»Ihre Frau ist nicht mit Ihnen gekommen?« Sie hatte sich plötzlich aus ihrer Verträumtheit gerissen.

»Leider nicht. Sie war in Paris nicht abkömmlich.«

»Ich hätte mich gefreut, sie kennen zu lernen. Vielleicht, wenn Karl und ich eines Tages nach Frankreich kommen?«

»Natürlich. Dann kommen Sie zum Abendessen zu uns. Valentine ist ... Wie soll ich sagen? Sie wird sich auf Ihren Besuch freuen.«

Eva bemerkte sein Unbehagen.

»Haben Sie Kinder?«

»Ein kleines Mädchen, Camille. Sie ist acht Jahre alt.«

Sein Gesicht hatte sich aufgeheitert wie der Himmel nach einem Gewitter. Eva war gerührt. Im Allgemeinen maßen Männer ihren Kindern nicht so viel Bedeutung bei, insbesondere, wenn es sich um Töchter handelte.

Das Mädchen klopfte an die Tür. Eva bat sie, den Gast zu seinem Zimmer zu führen. Abendessen gebe es um halb acht. Gesetzt den Fall, Karl habe sich bis dahin herbeibemüht, fügte sie mit liebevollem Tadel in der Stimme hinzu.

Drei Tage lang durchschritt André gemeinsam mit dem ständigen Vertreter der Maison Fonteroy in Leipzig die fünf Messegebäude. Unter den Tausenden Fellarten aus über zwanzig Ländern entdeckte er manche, die er noch nie im Leben gesehen hatte. Sorgsam suchte er einige Posten aus, immer auf beste Qualität und kleine Mengen bedacht, denn die Verkäufe waren nach dem berüchtigten Schwarzen Freitag in der Wall Street stark zurückgegangen.

Ein Drittel des Pelzwelthandels wurde über Leipzig abgewickelt. Auf diesen großen Messen hatte André, berauscht von der erregten kosmopolitischen Menge, immer den Eindruck, einer großen Familie anzugehören, der Familie der Pelzhändler und Kürschner, die alle Nationalitäten und Religionen einschloss und in der die Traditionen und Geheimnisse schon seit Jahrhunderten vom Vater auf den Sohn weitergegeben wurden. Bei diesem ehrwürdigen jüdischen Pelzhändler hatte sein Großvater weiße Kaninchenfelle für die Pelzmäntel der Domherren gekauft. Und die hervorragende Arbeit jenes Leipziger Lüstrierbetriebs hatte seinen Vater Augustin zur Herstellung von Stolen inspiriert, die sich die Kundinnen dann gegenseitig aus den Händen rissen.

Vor ihm unterhielten sich zwei alte Herren leise über die vor ihnen liegenden grau-rötlichen Murmeltierfelle mit silbrigen Grannen. Abkömmlinge der durch die Pogrome aus ihren Dörfern in Polen, Galizien und Litauen vertriebenen Familien, wie André vermutete, die von ihren Ahnen das Geschick für dieses zugleich derbe und phantasievolle zeitlose Gewerbe mit auf den Weg bekommen hatten.

Er sah auch einige russische Vertreter, doch die Handelsbeziehungen zur Sowjetunion erwiesen sich seit der Revolution als schwierig. Es gab kein freies Unternehmertum mehr, die Ausfuhr der Pelze wurde nunmehr von einer staatlichen Organisation geregelt. Im kommenden Jahr sollte es in Leningrad eine Versteigerung geben. Ob es sinnvoll war, dorthin zu fahren?, fragte er sich und ließ einen Mann mit Turban vorbei.

Am frühen Abend verließ André das Haus der Krügers und ging zum Marktplatz, zum alten Rathaus mit seinem barocken Glockenturm. Dort fand das offizielle Festessen der Messe statt. Das goldene Licht des Sonnenuntergangs wärmte das Ocker der langen Renaissancefassade und ließ den Porphyr der Simse aufleuchten. Er gesellte sich zu seinen französischen Kollegen, die unter den Arkaden plauderten, bester Laune angesichts des bevorstehenden Mahls. Leipzig stand in dem Ruf, seinen Gästen unvergessliche Festessen auszurichten.

»Hoffen wir, dass sie uns heute Abend wieder verwöhnen«, sagte Max Goldmann. Er war gerade angekommen.

Als sie in den mit Fahnen und Standbildern geschmückten Saal traten, bemerkte André, dass sein Freund sorgenvoll aussah.

»Hast du Schwierigkeiten?«, erkundigte er sich.

Max zuckte verdrossen die Achseln.

»Ich habe ein Vermögen verloren, mein Alter. Wenigstens habe ich kein Geld geliehen für meine Spekulationen, sonst könnte ich mir jetzt eine Kugel in den Kopf jagen. Aber der Rest ... in Luft aufgelöst. Ich musste meinen Schwiegervater um Hilfe bitten. Diese Demütigung!«

Er wirkte so niedergeschlagen, dass André ihm freundschaftlich auf die Schulter klopfte.

»Ich hatte das Glück der Dummen. Pierre Venailles hatte mich dazu überredet, mit unserem Unternehmen an die Börse zu gehen, um an Kapital zu kommen, aber als ich mit meinem Vater darüber sprach, erklärte er mir, zu seinen Lebzeiten dürfe der Name Fonteroy nicht an der Börse auftauchen. ›Die Börse ist nur was für Spekulanten und Geschäftemacher ... Wir sind anständige Leute, unser Geld ist der Lohn unserer Arbeit‹«, ahmte André seinen Vater nach. »Du kennst ihn ja. Er liebt große Worte. Aber dieses eine Mal bin ich ihm dankbar. Das Geld, das ich von meinem eigenen investiert habe, hat sich genauso in Luft aufgelöst wie deins, aber ich kann mich wirklich noch glücklich schätzen, wenn ich mich so umschaue.«

Voller Ernst dachten sie beide an den Konkurs, den einige ihrer Freunde hatten erleben müssen. Seit Beginn der Krise machten sich die Kundinnen rar, und so mancher Kürschner musste den Schlüssel unter die Matte legen. Auch die Maison Fonteroy war nicht unbetroffen: Der Verwaltungsrat hatte Entlassungen gefordert.

Desinteressiert musterte André das herrliche Speisenangebot. Er ließ sich ein halbes Dutzend Austern servieren und setzte sich neben Max.

»Machst du etwa eine Diät?«, fragte ihn dieser.

»Morgen früh muss ich der Studienkommission einen Bericht vorlegen. Ich will mich nicht lächerlicher machen als nötig.«

»Ich komme und lausche dir.«

»Nein danke! Ich kenne dich. Du willst mir nur nach meinem Vortrag schlaue Fragen stellen. Den Streich hast du mir schon vor zwei Jahren gespielt, weißt du noch?«

»Ich werde mustergültig brav sein, ich schwör's«, versprach Max und steckte die Serviette zwischen den Westenknöpfen fest. »Auf euer Wohl, liebe Freunde, und lang mögen sie leben, unsere sächsischen Gastgeber!«, rief er mit erhobenem Glas.

Es hatte den ganzen Tag geregnet. André konnte sich nicht erinnern, schon einmal einen so trüben Frühling erlebt zu haben. Glücklicherweise heiterte es sich am späten Nachmittag noch einmal auf, die Sonne belebte die sanften Grüntöne des Laubs und der Rasenflächen in den Parks.

Neben ihm trippelte eine kleine Gestalt und leckte ernsthaft an einem Schokoladeneis. Der Zoobesuch hatte alle Erwartungen übertroffen. Peter hatte ihm die Löwen vorgestellt, die Schimpansen, den Bärenfelsen und ihn zweimal ins Schlangenhaus geführt, das Eva anscheinend nie hatte betreten wollen. Sogar das Planetarium hatte der Kleine mit einem Besuch beehrt.

Bei der Rückkehr von seinen Geschäftsterminen hatte André ihn zu Hause angetroffen, er spielte gerade mit seinen Zinnsoldaten. Als er ihm einen kleinen Spaziergang vorschlug, hatte Peter hüpfend vor Freude die Vorzüge des Zoos gerühmt. Das Kindermädchen hatte ihm bereitwillig den Weg dorthin erklärt, hocherfreut über die Aussicht auf einen ruhigen Nachmittag.

Der Junge war bezaubernd. Seine vorzüglichen Manieren hatten seine Spontaneität nicht unterdrücken können, und er hatte André mehrfach zum Lachen gebracht. Wie zwei einträchtige Kameraden spazierten sie durch die Straßen. André überlegte, was er Camille von dieser Reise mitbringen könnte. Vielleicht konnte ihn der kleine Peter in dieser Sache beraten.

Als sie auf dem Platz vor der Matthäi-Kirche ankamen, prallte André zurück. Er legte Peter die Hand auf die Schulter und hielt ihn fest. Mit Maschinenpistolen bewaffnete Polizisten riegelten einen Teil des Platzes ab. Vereinzelt wurden Beleidigungen gebrüllt. Die einen trugen rote Fahnen, die anderen das Braunhemd der Nationalsozialisten. Der Hass war fast greifbar. Die Passanten drückten sich an den Wänden entlang und entfernten sich möglichst rasch.

Eine kleine, klebrige Hand stahl sich in die Andrés.

»Ich glaube, Peter, wir gehen jetzt besser heim«, sagte er leise.

»Was ist das, Monsieur?«, fragte der Kleine und versuchte dabei vergeblich das Zittern in seiner Stimme zu verbergen.

»Die Zukunft, mein Junge«, erwiderte André mit zugeschnürter Kehle und zog Peter, dessen Eis auf den Gehsteig gefallen war, hinter sich her.

»Ich habe es gerochen heute Nachmittag, Karl. Regelrecht gerochen. Und glaub mir, es stank. Wie in den Schützengräben. Du müsstest wissen, was ich meine, du hast es ja auch erlebt.«

Karl beobachtete seinen Freund, der im Wohnzimmer auf und ab schritt, weil er es im Sessel nicht mehr aushielt. Er dachte an ihre erste Begegnung, vor mehr als zwanzig Jahren. Schon damals verbarg André sein Temperament hinter seinen guten Manieren. Um diese Fassade eines seriösen jungen Mannes zu durchbrechen, hatte es einer langen Nacht und zahlreicher Biere bedurft. Die Geburt einer Freundschaft, einer dieser unerklärlichen spontanen Freundschaften, bei denen ein einziges Wort, ein einziger Tonfall eine Verschworenheit bewirken, die Bestand hat.

»Also, was meinst du dazu, Karl?«, fragte André ungeduldig.

»Was du heute gesehen hast, finde ich nicht weiter erstaunlich. Im April hat sich die kommunistische Jugend Deutschlands hier versammelt. Es hat Zusammenstöße gegeben, sogar Tote. Im September finden wieder Wahlen statt. Übrigens inzwischen unser Hauptzeitvertreib: Zettel in Wahlurnen werfen. Die Lage ist sehr angespannt.«

Karl stopfte bedächtig seine Pfeife.

»Vor einigen Jahren, im Frühjahr 1921, war ich in München. Bei einem Abendessen mit den Honoratioren wurde mir ein gewisser Adolf Hitler vorgestellt. Damals bildeten sich überall diese völkischen Grüppchen, die alle in etwa das Gleiche verbreiteten. Der Krieg war verloren, es fehlte an Geld, und über unseren Köpfen schwebte das Damoklesschwert der Reparationszahlungen. Dieser junge Mann redete sehr viel. Er hatte einen starken österreichischen Akzent und war geschickt in seinen Formulierungen. Ich dachte, er sei nur ein weiterer kleiner Aktivist und würde eine Zeit lang Unruhe verbreiten, um dann wieder in der Bedeutungslosigkeit zu versinken. Doch dann las ich sein Buch.«

»Welches Buch?«

»*Mein Kampf.* In meiner näheren Umgebung gehöre ich zu den ganz Wenigen, die es je aufgeschlagen haben. Der Stil lässt zu wünschen übrig, aber es ist von erschreckendem Freimut.«

»Und beängstigend«, ergänzte Eva, die gerade ins Wohnzimmer getreten war. »Peter ist endlich eingeschlafen. Ihr Abenteuer heute Nachmittag hat ihn völlig durcheinander gebracht.«

»Was willst du mir eigentlich genau sagen, Karl?«, nahm André den Gesprächsfaden wieder auf.

Karl stand jäh auf, sein Gesicht war angespannt.

»Die Nationalsozialistische Arbeiterpartei zählt inzwischen zweihunderttausend Mitglieder. Im letzten Jahr hat es aufgrund des Youngplans zwanzigtausend Neuanmeldungen gegeben. Es ist absurd, die Reparationszahlungen auf mehr als fünfzig Jahre festlegen zu wollen ... Seit dem Börsenkrach haben wir eine Arbeitslosenquote von mehr als zwanzig Prozent! Die Leute haben Hunger, und sie haben Angst. Hitler behauptet, der Versailler Vertrag sei an all unserem Unglück schuld, worin ich ihm nicht ganz und gar Unrecht geben kann. Er ist der Macht schon sehr nahe gerückt, und ich fürchte, er hat das nötige Geschick und bald auch die nötigen Mittel, sie zu ergreifen.«

Karl verstummte, Stille senkte sich über den Raum. Aus der Küche hörte man Gelächter. André sah seine Freunde an.

»Also?«

Karl seufzte auf.

»Ich danke dem Himmel, dass Peter erst zehn Jahre alt ist. Und dass wir keine Juden sind.«

»Aber wieso?«

Karl hob hilflos die Hände.

»Die Braunhemden erinnern mich an religiöse Fanatiker. Sie appellieren an das Irrationale in uns, und sie wissen wirklich gut umzugehen mit den Mitteln der Propaganda. Ihre Speerspitze ist der Judenhass, die Juden werden für das auf Deutschland lastende Unglück verantwortlich gemacht. Ich sehe ja, welche Verheerungen diese Theorien sogar an der Universität anrichten. Wir veröffentlichen viele Dissertationen, und letztes Jahr hat der nationalsozialistische Studentenbund bei den Studentenschaftswahlen in vielen Städten die absolute Mehrheit erhalten. Manche der Manuskripte, die bei mir eingereicht werden, sind furchtbar.

Für dieses Gedankengut sind offenbar alle Bevölkerungsschichten empfänglich.«

Gerda klopfte an, das Essen sei angerichtet.

»Hier in Leipzig habt ihr doch eine große jüdische Gemeinde«, sagte André. »Sie müsste dagegen protestieren.«

»Diese Stadt ist schon seit dem Mittelalter ein Kreuzungspunkt der großen Handelsrouten. Aus ganz Europa kamen die Händler hierher. Die Juden haben Aufenthaltsverbote, Besteuerungen ihrer Waren und selbst ihrer eigenen Person hinnehmen müssen. Eine Zeit lang mussten sie sogar zahlen, um heiraten zu dürfen ... du weißt es so gut wie ich: Viele von ihnen haben sich wegen des Pelzhandels hier niedergelassen. Dabei ist es erst etwa sechzig Jahre her, dass in Sachsen alle gegen sie gerichteten Restriktionen aufgehoben wurden. Sie haben es wahrhaftig nicht leicht.«

»Aber dieser Adolf Hitler ist doch grotesk!«, rief André. »Niemand kann ihm auch nur den geringsten Glauben schenken.«

»Täusch dich nicht. Dieser Mann verfügt über eine große intuitive Intelligenz. Wenn er im Namen der Ärmsten und Schwächsten spricht, hat er etwas von einem Prediger. Seit letztem Jahr haben wir drei Vertreter der Nationalsozialistischen Partei im Stadtrat, und glaub mir, ich würde keinen von ihnen zu mir nach Hause einladen.«

Während des Essens gingen sie in stillem Einvernehmen zu erfreulicheren Themen über.

Wenn André später an das von Kerzen erhellte Speisezimmer zurückdachte, an die roten Samtvorhänge und die stoffbespannten Wände, an die hübsche Gerda, wie sie mit ihrem zu einem braven Kranz geflochtenen Haar den Lachs in Sauerampfersauce servierte, an Evas lange Perlenketten, an Karls Lachen, als er den Chablis nachschenkte, dann erinnerte er sich auch immer daran, dass er an jenem Abend seine bösen Vorahnungen aus Trägheit und um des Behagens willen von einer zarten Wehmut hatte ersticken lassen.

Valentine schenkte sich einen Cognac ein und trank ihn in einem Zug. Das Brennen in der Kehle weckte in ihr wieder das Gefühl, sie lebe. Seit dem Gesprächstermin, den sie am frühen Nachmittag in der Fourcroy-Bank gehabt hatte, fühlte sie sich wie gelähmt.

Einige Tage zuvor war ihr Vater plötzlich an einem Herzinfarkt gestorben. Als sie davon erfahren hatte, war sie von einem Schüttelfrost überfallen worden. Sie nahm es ihm übel, dass er so unvermittelt davongegangen war, ohne ihr Zeit zu lassen, sich darauf vorzubereiten, und dabei das letzte Band, das sie noch mit ihrer Kindheit verknüpfte, gekappt hatte.

Der Notar hatte ihr gesagt, René Despresle sei infolge riskanter Investitionen völlig verarmt gestorben. Das Haus in Burgund war mit Hypotheken belastet. Die Hände ineinander gekrampft, hatte Valentine ihm zugehört, reglos, obwohl ihr Herz so laut schlug, dass sie kaum verstehen konnte, was der kleine, gebeugte Mann vor sich hin murmelte. Gott sei Dank war André in New York! Wie sehr hätte sie es gehasst, wenn er jetzt bei ihr gewesen wäre in diesem Büro, das von Ordnung und Fleiß zeugte. Der Gedanke, dass ihr Mann womöglich die Schulden ihres Vaters bezahlen musste, war ihr fürchterlich.

Als der Notar ihr erklärte, wer ihr über die weiteren Schritte Auskunft geben könne, nämlich ein gewisser Pierre Venailles des Bankhauses Fourcroy, war Valentine zusammengeschrocken: Pierre hatte ihr nie erzählt, dass er mit ihrem Vater in Geschäftsbeziehungen stand. Der Gedanke, mit ihm verhandeln zu müssen, steigerte ihr Unbehagen noch, doch sie hatte ihn sofort angerufen, und Pierre hatte sie gebeten, zu ihm ins Büro zu kommen.

Als sie sich vom Chauffeur vor dem Eingang absetzen ließ, hatte sie tiefe Ringe um die Augen. Auf den Fluren der Bank verströmten Wandlampen milchiges Licht, und ein Teppichboden dämpfte das Geräusch der Schritte.

Pierre küsste sie auf die Wange, murmelte ein paar Beileidsworte und schob ihr einen Sessel hin. Dann schilderte er ihr die miserable Finanzlage ihres Vaters. Wenn sie die Schulden bezahlen wollte, musste sie verkaufen, sie konnte das Erbe jedoch auch ausschlagen. Bestürzt dachte Valentine an das Porträt der Dame in Blau. Wie sollte sie darauf verzichten können? Womöglich, um es dann bei einer Auktion zurückzuerwerben ... Sie dachte an den Sekretär ihres Vaters, die Kommoden, das Tafelsilber ... versteigert, verkauft! Für einen kurzen Moment überwältigte sie die Scham so sehr, dass sie die Augen schloss.

»Sie haben meinen Vater in den Ruin getrieben!«, sagte sie anklagend. »Ich könnte Sie vor Gericht bringen ...«

»Aber, aber, Valentine, Ihr Vater war Bankier, genau wie ich. Er hat nie auf meine Ratschläge hören wollen.«

Sie presste die Hände an die Schläfen.

»Ich brauche ein wenig Zeit. Ich muss nachdenken.«

»André kann Ihnen gewiss einen Rat geben. Sie hätten gemeinsam mit ihm kommen sollen.«

Wütend über den herablassenden Ton, hob sie den Kopf.

»Eigenartig, Sie haben meine beste Freundin geheiratet, aber jedes Mal, wenn ich Sie sehe, finde ich Sie abscheulich.«

»Und ich Sie jedes Mal noch begehrenswerter ...«, murmelte Pierre.

Sie sprang auf und starrte ihn verächtlich an.

»Wenn man Sie so hört, fragt man sich, welche Erziehung Ihre Eltern Ihnen haben angedeihen lassen!«

Venailles erbleichte, er wusste, er hatte einen Fauxpas begangen.

Sie hatte die Bank verlassen und war in die Avenue de Messine zurückgekehrt, und seither drehte sich alles in ihrem Kopf.

*Ich kann nicht mehr!*, dachte sie plötzlich. Sie ging hinaus in die Diele und nahm ihren Mantel.

»Maman?«, fragte eine schüchterne Stimme.

Camille näherte sich, ein Bild in der Hand.

»Ich muss gehen, Camille. Wir sehen uns morgen.«

Wenige Minuten später sah Jeanne Liesbach nach, ob die Kleine ihre Mutter angetroffen hatte. Sie fand Camille in eine dunkle Ecke der Diele gekauert, im Schoß ihr zerknittertes Bild. Die Gouvernante nahm sie bei der Hand und führte sie in ihr Zimmer zurück.

»Ihre Maman hat Sie bestimmt nicht gesehen, mein kleiner Liebling ... Sie können ihr das hübsche Bild nachher schenken ... Ihre Mutter hat im Augenblick viele Sorgen ...«

Valentine saß in dem Bistro an der Ecke der Rue Mazarine, dicht am Fenster und in ihren Mantel mit dem Fuchskragen verkrochen. Man ließ sie in Ruhe vor ihrem leeren Glas sitzen. Die Blicke der anderen Gäste glitten über die hochgezogenen Schultern und die glatte Stirn unter dem schwarzen Samtturban. Hin und wieder wischte sie mit der Handkante ein Stückchen der beschlagenen Scheibe frei. Um acht Uhr sah sie Alexandre die Tür zu seinem Wohnhaus aufstoßen. Sie zahlte und ging über die Straße. Eine Windbö erfasste sie. Der Dezember würde nun für immer der Todesmonat ihres Vaters sein, dachte sie, und das Weihnachtsfest, das sie schon immer ein wenig gefürchtet hatte, umso mühsamer.

Sie stieg die Treppe bis zur ersten Etage hinauf und klopfte an die Holztür. Sie wusste, dass ihr Gesicht ganz aufgelöst war. Die Wimperntusche war bestimmt verschmiert, und der Lippenstift verschwunden, doch zum ersten Mal in ihrem Leben war ihr ihr Äußeres egal, sie war ganz besessen von dem Bild ihres im Sarg liegenden Vaters und der absurden Vorstellung, es müsse ihm kalt sein im Familiengrab, wo er an der Seite seiner Frau ruhte, unter einer Marmorplatte, die auch an ihren für Frankreich gefallenen Sohn erinnerte. Einen kurzen Moment lang beneidete sie die drei, denn sie waren zusammen, während sie niemanden mehr hatte.

Alexandre öffnete ihr die Tür. Der Kragen seines weißen Hemdes war aufgeknöpft, er hatte sich gerade das Gesicht mit kaltem Wasser abgespült, in seinem Haar hingen noch Wassertröpfchen. Bei ihrem Anblick hellte sich sein Gesichtsausdruck auf, doch dann sah er ihr Schwanken. Besorgt ergriff er ihren Arm und schloss die Tür mit einem Fußtritt. Sie klapperte mit den Zähnen. Ohne ein Wort nahm er ihr den Hut ab, den Mantel, die Handschuhe. Sie ließ alles geschehen. Er rieb die eiskalten Hände zwischen den seinen, küsste die weißen Wangen, die durchscheinenden Lippen. Sie protestierte nicht, als er sie auszog, aufs Bett legte und mit Küssen bedeckte.

Sie spürte, wie ihr Körper nach und nach erwachte und dem Mund und den sensiblen Händen ihres Geliebten antwortete, und es rührte sie, mit welcher Sanftheit er sie zu sich selbst zurückrief, als sei er ihr dankbar, dass sie zu ihm gekommen war in ihrer offensichtlichen Not.

Sie dachte an ihren Mann, seine Narben aus dem Krieg, diese leichten Schwellungen an seiner rechten Seite, die sie so gern weggewischt hätte wie Kreidespuren von einer schwarzen Tafel. Wenn sie mit Alexandre schlief, dachte sie manchmal an André, so wie sie auch in den Armen ihres Mannes immer an Alexandre dachte. Sie staunte über diese Duplizität, diese geistige Schamlosigkeit. Ihrer Ansicht nach sollten untreue Frauen wenigstens so viel Anstand haben, dass sie in derart intimen Momenten die Erinnerung an ihre Ehemänner nicht mit dem Liebesspiel ihrer Liebhaber durcheinander brachten.

Sie atmete den Geruch seiner Haut ein, bohrte ihre Fingernägel in seine Schultern und öffnete ihre Lippen zu einem stummen Schrei, ganz diesem Begehren hingegeben, dessen Intensität sie erschreckte. Im selben Augenblick wurden sie von der Lust fortgetragen. Dann rollte er neben sie. Sie lagen eng aneinander geschmiegt, die Beine verflochten, und kamen wieder zu Atem, manchmal noch von einem Schauer überlaufen wie von einem Widerhall der Liebe.

Alexandre öffnete die Augen. Es machte ihn ein wenig stolz, dass Valentine Erfüllung gefunden zu haben schien. Er wollte sprechen, doch sie legte ihm den Finger auf die Lippen, bevor sie hinter dem Wandschirm verschwand, der das Waschbecken verbarg.

Einige Minuten später war sie angezogen, das Gesicht war gepudert, die Lippen nachgezogen. Mit ernstem Gesicht richtete sie graziös ihren Strumpf, und Alexandre dachte, er habe niemals etwas Sanfteres und Aufregenderes gesehen als diesen zwischen Strumpfhalter und Seide gefangenen Streifen Haut.

Sie kehrte zum Bett zurück, in dem er, an die Wand gelehnt und das Laken bis zu den Hüften hochgezogen, eine Zigarette rauchte.

»Mein Vater ist gestorben. Er war völlig verschuldet. Ich werde alles verkaufen müssen, was ihm gehörte, um die Gläubiger auszuzahlen.«

Sie schenkte sich ein Glas Wasser ein und trank es langsam, den Kopf in den Nacken gelegt. Er wusste nicht, was er antworten sollte. Was hatte sie mehr getroffen, der Tod ihres Vaters oder der Verlust ihres Erbes? Er hatte geglaubt, einen Vorwurf aus ihren Worten heraushören zu können, doch er verstand, dass sie vor allem zornig war.

Es gab ihm einen Stich. Es war so ermüdend, hinter der Maske der hochmütigen Frau ständig nach dem jungen Mädchen Ausschau zu halten, das er in einem Lachen oder einem Blick zu erraten meinte.

Er erinnerte sich, mit welcher Selbstsicherheit sie sich ihm genähert hatte, eines Winterabends vor zwei Jahren, als er gerade auf den Boulevard des Capucines trat, um heimzugehen. Der Wagen hatte am Bordstein gehalten. Sie saß am Steuer. »Steigen Sie ein, ich bringe Sie nach Hause«, hatte sie gesagt. Er hatte nicht gezögert. Seit ihrer Begegnung auf der Weihnachtsfeier hatte er sich ins Unvermeidliche geschickt. Schweigend hatten sie die Seine überquert.

Nicht weit von seiner Wohnung entfernt hatte sie gehalten. Sie hatten sich angesehen, die kleinsten Details ihrer Gesichter ausgeforscht. In einer Aufwallung von Trotz hatte er ihr Handgelenk ergriffen: »Und wenn ich mich weigere? Wenn ich Sie nach Hause zurückschicke, zu Ihrer Familie, zu Ihrem Mann und Ihrer Tochter? Haben Sie gar keine Angst, sich lächerlich zu machen?« – »Sie haben Lust auf mich, ich habe Lust auf Sie. Warum alles verkomplizieren?« Von so viel Kaltblütigkeit überfordert, hatte er sie wild geküsst.

Und dann hatten sie sich geliebt, miteinander gekämpft wie Feinde, bevor sie auseinander gingen mit dem festen Vorsatz, diese Tollheit zu vergessen, doch einige Wochen später war sie zurückgekehrt, wie er insgeheim gehofft hatte, und seither trafen sie sich hin und wieder und gaben vor, diese Liebesbeziehung mit ihrem bitteren Nachgeschmack der Unvollkommenheit zu meistern.

»Ich werde die Maison Fonteroy verlassen«, sagte er brüsk, sie hob jäh den Kopf, zu seiner Genugtuung war es ihm gelungen, sie zu überraschen.

»Du bist ja verrückt! Warum?«

Er zuckte die Achseln. Er konnte sich diesen unerwarteten Beschluss selbst nicht erklären, aber nun, da er ausgesprochen war, schien er ihm völlig nahe liegend.

»Ich habe zu viel Zeit verschwendet. Ich bin nicht von Kastoria weggegangen, um Angestellter zu werden. Ich hatte immer die Absicht, mich selbständig zu machen. Anscheinend hat mein Vater doch Recht: Ich bin faul.«

»Aus einer Laune heraus triffst du eine derartige Entscheidung, und noch dazu mitten in einer Wirtschaftskrise! Wo man in den Zeitungen fast nur noch über Konkurse und Selbstmorde berichtet …«

»Eine Wirtschaftskrise ist wie eine Revolution, man muss sie vorhersehen und nutzen«, erklärte er feierlich.

Valentine lächelte leise.

»Beide bringen Elend und Hungersnot mit sich«, sagte sie und zog ihre Handschuhe an. »Ich rate dir, behalt deine Arbeit und deinen Lohn. Bei den Fonteroys bist du sicher.«

Er unterdrückte eine Aufwallung von Zorn. Wirklich, am liebsten mochte er sie, wenn sie den Mund hielt!

»Ich muss jetzt gehen«, sagte sie unschlüssig. »Bis bald.«

Als sie die Hand auf den Türknauf legte, sprang er aus dem Bett und griff nach seiner Hose.

»Genau! Du hast ein nettes Stündchen mit deinem Geliebten verbracht, nun bist du wieder munter und kannst gehen, bis zum nächsten Mal. Ich hab genug davon, Valentine! Ich möchte mich nicht mehr zu deiner Verfügung halten, den armen Teufel spielen, der darauf wartet, dass Madame sich seiner Existenz zu erinnern geruht!«

Langsam drehte sie sich um, eine Braue hochgezogen, sichtlich erstaunt über die Bitterkeit, die er hatte durchklingen lassen.

»Ich habe dir nie etwas versprochen«, sagte sie vorsichtig. »Wir waren uns einig, dass wir uns treffen würden, wann immer uns der Sinn danach stünde.«

»Und ich? Wie oft habe ich dich in den letzten zwei Jahren einbestellt? Kein einziges Mal! Wie hätte ich es auch anstellen sollen? Wenn ich deinem Mann auf der Treppe begegnete oder einfach durch einen Telefonanruf? ›Guten Tag, Monsieur, könnte ich mit Ihrer Gattin sprechen? Ich würde mich gern heute Abend mit ihr treffen, so gegen neun, wenn es Ihnen recht ist.‹ Du verfügst nach Belieben über die anderen, Valentine. Du glaubst, wir stehen immer da und warten auf dich. Für wen hältst du dich eigentlich?«

»Was erwartest du denn von mir?«, unterbrach sie ihn unfreundlich. »Soll ich meinen Mann verlassen? Soll ich hier mit dir zusammenwohnen?«

Der herablassende Blick, den sie über die zerrissene Tapete, die verschlissenen Vorhänge und den vom Taschenmesser eines Vormieters zerkratzten Tisch gleiten ließ, traf ihn schmerzhafter, als alle bitteren Vorhaltungen seines Vaters es vermocht hatten.

»Raus!«, sagte er mit geballten Fäusten, dann wandte er ihr den Rücken zu.

Valentine erschauerte, ihr war eiskalt. Das war die erste Szene, die Alexandre ihr machte, und sie fragte sich, ob er gerade diesen Zeitpunkt gewählt hatte, weil er ihre Verletzlichkeit erahnte. Sie hatte in dieser Liaison immer die Oberhand behalten, nicht unbedingt weil sie unterschiedlichen Sphären angehörten und ihre die der Macht und des Geldes war, sondern weil sie sich nie einem Mann hingegeben hätte, den sie nicht dominierte. Und dennoch brauchte sie Alexandre, unerklärlicherweise, aber es war so, und sie würde sich nicht so weit erniedrigen, nach Entschuldigungen dafür zu suchen.

Bei den großen Diners betrachtete Valentine manchmal bestimmte Bekannte ihres Mannes, als wären sie Tiere im Zoo. Ihr war, als zeugten diese durch und durch bürgerlichen Damen und ihre ehrbaren Männer von einem gewissenhaften Frankreich, das ähnlich wie Damenkorsetts und anständige Politiker längst nicht mehr existierte. Sie äußerten ihr Entsetzen darüber, dass ein von der Inflation in die Enge getriebener Édouard Herriot die Banque de France um weitere Vorschüsse hatte bitten müssen, was ihn schließlich die Regierung gekostet hatte. Auch André war schockiert gewesen, als diese Vorgänge ans Licht gekommen waren.

Valentine fühlte keinerlei Übereinstimmung mit diesen Leuten. Sie zog ihnen das forsche Auftreten eines Max Goldmann, das Funkeln einer Odile Venailles oder die Originalität einer Ludmilla Tikonow vor, obwohl sie es nie gewagt hatte, die Malerin, von der inzwischen auch in den Zeitungen die Rede war, noch einmal aufzusuchen. Valentines Bewunderung galt nur jenen, die ihren Eingebungen folgten. Die Begriffe Pflicht und Disziplin langweilten sie tödlich, und sie musste jedes Mal ein Gähnen unterdrücken, wenn sie ihren Schwiegervater predigen hörte.

Ihre Liaison mit Alexandre entsprang dem instinktiven Bedürfnis nach einem Flirt mit der Gefahr. Im Laufe der Jahre hatte sie feststellen müssen, dass sie die Gefahr liebte. Sie war jedoch klug genug, ihre Grenzüberschreitungen als recht zaghafte Versuche zu erkennen. Denn sie beschränkte sich darauf, das gewagteste Abendkleid einer Kollektion zu tragen, bei Pferderennen zu wetten und sich einen Geliebten zu nehmen, der für ihren Mann arbeitete ... Doch sie liebte ihre Bequemlichkeit viel zu sehr und hätte sich niemals scheiden lassen, um zu leben wie ihre Lieblingsheldinnen bei Victor Margueritte, die in künstlichen Paradiesen Kinder der Liebe großzogen.

Sie hatte für sich die Persönlichkeit einer unfehlbar eleganten Frau erfunden, die alle anderen ihren Entschlüssen und Launen unterwarf. Der einzige Mensch, dem sie ein wenig von ihrem wahren Selbst zeigte, war Odile, aber selbst ihrer besten Freundin gegenüber blieb sie auf der Hut, denn sie konnte sich denken, dass eine liebende Gattin ihrem Mann nichts verheimlichen würde.

Pierre Venailles kam ihr in den Sinn. Mit einem Mal erschien ihr der Streit mit Alexandre nur noch kindisch. Sie waren Geliebte, na und? Warum sollten sie sich alles verderben? Die wenigen Male, die er, berauscht von einer vorübergehenden Euphorie »Ich liebe dich« geflüstert und vage Zukunftspläne angedeutet hatte, hatte sie sich taub gestellt.

»Ich fürchte, wir haben es zu einem Missverständnis kommen lassen«, sagte sie leise. »Mehr kann ich dir nicht geben, Alexandre. Wenn es dir nicht genug ist, sehen wir uns besser nicht wieder.«

Als sie die Tür öffnete, begann ihr Herz wild zu schlagen. Sie konnte nicht glauben, dass sie sich gerade völlig grundlos trennten. Warum stellte er die Spielregeln in Frage? Sie dachte an die Tage zurück, als sie ganz besessen war vom Gedanken an Alexandre, als ihm jeder Augenblick gehörte, bis sie endlich wieder in seinen Armen war, und bemerkte, dass sie am ganzen Leibe zitterte.

Er starrte aus dem Fenster. Sie betrachtete die langen Beine, die schmale Taille, den geraden Rücken und musste den Wunsch unterdrücken, ihre Wange an seine Schulter zu schmiegen. Es war zwecklos. Es würde sich wieder ein Anlass für derartige Zerfleischungen ergeben. Alexandre steckte noch voller Illusionen. Diese Liebe, von der er sprach, hätte der Zeit nicht standgehalten, sie hätte Brüche bekommen, wäre geschrumpft, und schließlich wären nur noch, schneidend wie Glas, Scherben der Reue übrig geblieben.

Sie suchte nach Worten, sie wollte ihm sagen, dass es ihr Leid tat, dass sie ihn nicht hatte leiden lassen wollen. Plötzlich stiegen ihr die Tränen in die Augen, und da sie ihm um nichts in der Welt ihre Schwäche zeigen wollte, zog sie an der Tür, die ihr entglitt und sich mit einem scharfen Knall schloss.

## *Iwanowo, 1930*

Vergeblich versuchte Sergej das letzte Leuchten seines Traums festzuhalten, doch der Schlaf floh ihn erbarmungslos. Er hörte das Klappern der Teller mit kaltem Fleisch, Eiern und Gurken, die seine Mutter auf den Tisch stellte. Gleich würde er ihren Atem auf seiner Wange spüren und das Kreuz, das sie sonntags morgens immer auf seine Stirn zeichnete. Eine konterrevolutionäre Geste, doch Anna Feodorowna weigerte sich, darauf zu verzichten. Auch diesmal stellte er sich schlafend. Er hätte sich geschämt zuzugeben, wie viel ihm dieses sonntägliche Ritual bedeutete.

An diesem Morgen jedoch hätte er sich fast von dem Gedanken ablenken lassen, dass es kein gewöhnlicher Sonntag war, sondern sein Geburtstag: Er würde nicht nur zwölf Jahre alt, sondern auch stolzer Besitzer eines Jagdkarabiners werden.

Der Daumen seiner Mutter streifte seine Stirn.

»Aufstehen, Sergej«, sagte sie leise.

Er schlang die Arme um ihren Hals, doch schon war ihm diese aus frühester Kindheit stammende Geste ein wenig peinlich. *Das war das letzte Mal*, schwor er sich. *Ab jetzt bist du ein Mann!*

Wenige Minuten später, er hatte eine warme Hose und ein Festtagshemd mit Stickereibordüren angezogen, setzte er sich auf seinen Platz auf der Holzbank an den Tisch. Zu seiner Verwunderung war sein Vater bereits fort. Seine Mutter stellte ihm eine Schale mit heißer Milch und Getreideflocken hin, dann setzte auch sie sich, mit dem Rücken zum Ofen, und schenkte sich eine Tasse schwarzen Tee ein. Bevor sie mit ihrem Frühstück begann, schloss sie kurz die Augen. Sergej wusste, dass sie stumm betete.

Einige Jahre zuvor war er einmal mitten in der Nacht aufgewacht und hatte gehört, wie seine Eltern leise miteinander stritten. Besorgt hatte er die Ohren gespitzt. Sie waren beide ausgeglichen und eher fröhlich, wenngleich man seinem Vater besser aus dem Weg ging, wenn er gerade seine Migräne hatte. Seine Freunde beneideten ihn, weil sich sein Vater nie betrank. Und in der Tat fand Sergej, dass er Glück gehabt hatte. Er hätte ja auch so viel Pech haben können wie der arme Wolodja Nikolajewitsch, der von seinem trunksüchtigen Vater regelmäßig verprügelt wurde.

In jener Nacht hatte sein Vater, und zwar in einem sehr drängenden Ton, den Sergej gar nicht an ihm kannte, seine Mutter gewarnt: Die Zeiten hätten sich geändert, die Roten besäßen nun im ganzen Land die Macht, sogar in Sibirien, und ob sie nun wolle oder nicht, offiziell existiere Gott nicht mehr. Sie müsse auf die Gebräuche der alten Zeit verzichten, es gehe um ihr Leben und das ihrer Familie. Mit Schrecken hatte der Junge den Ernst und die Verstörung seines Vaters gehört, doch Anna Feodorowna war nicht so leicht zu überzeugen. Es erzürnte sie, dass man den Popen des Nachbardorfs davongejagt hatte.

»Diese Barbaren ... Diese Ungläubigen, an deren Händen Blut klebt ...«, hatte sie gemurmelt und dabei jene fremden Leute mit dem roten Stern auf der Mütze gemeint, die überall ihre frohe Botschaft verkündeten. »Ich bin die Tochter eines Kosakenoffiziers, unter dem Zar wurde mein Vater zu zehn Jahren Zwangsarbeit verurteilt und anschließend in die Verbannung geschickt, weil er für ein autonomes Sibirien gekämpft hat. Ich werde mich doch nicht von irgendwelchen Lümmeln, die zuallermeist noch nicht einmal hier geboren sind, ins Bockshorn jagen lassen!«

Sergej hatte sich halb aufgerichtet und den Vorhang, der ihn vom Zimmer trennte, leicht zur Seite geschoben. Mit seinen vom Schlaf geschwollenen Augen sah er, wie sein Vater die Hände seiner Mutter ergriffen und sie angefleht hatte, sich nicht für unverwundbar zu halten. Das Ende des Gesprächs hatte er nicht mehr gehört, aber am nächsten Morgen waren die heiligen Ikonen und das kleine ewige Licht aus dem Altarwinkel ihrer Bauernhütte, ihrer *Isba*, verschwunden.

Anna Feodorowna betete heimlich weiter, und Sergej amüsierte sich über ihre Marotten. Schließlich herrschte unter den Einwohnern ihrer Gegend wahrhaftig kein Mangel an Aberglauben, und sie tat niemandem etwas zu Leide. Aber irgendetwas hielt ihn davon ab, darüber zu sprechen. So wie er auch die seltsamen Gewohnheiten seines Vaters, der seiner Mutter manchmal die Hand küsste, aufstand, um ihr einen Stuhl zurechtzurücken, und seinem Sohn gute Tischmanieren abverlangte, niemandem gegenüber erwähnte. Manchmal hatte der Junge das Gefühl, dieser Raum, der so hell und geräumig war, wenn die weißen Vorhänge aufgezogen waren, berge eine andere Welt.

Der kupferne Samowar summte. Er strich Blaubeerkonfitüre auf sein Schwarzbrot. Ein Lächeln spielte auf seinen Lippen, als er an den bevorstehenden Tag dachte. Sie würden gemeinsam nach einigen Fallen sehen, hatte sein Vater ihm versprochen, und zum Abendessen würden sich alle beim Dorfältesten treffen. Und zwar zu einem dem Anlass würdigen Abendessen: Specksuppe, Lachs, Gänsebraten und Kuchen. Sie würden singen, tanzen, und die hübsche Marussia, die Enkelin des Ältesten, würde ihm ihr Geschenk überreichen. Seit Wochen schon versuchte er ihr die Würmer aus der Nase zu ziehen. Vor lauter Aufregung begann sein Herz schneller zu schlagen.

An der Tür war ein Scharren zu hören. Seine Mutter und er hoben den Kopf. Seit die Roten Garden mit Armbinde und um die Brust gelegten Patronengürteln durch die Dörfer streiften, war jedes unerwartete Geräusch verdächtig. Allerdings waren die Sibiriaken ohnehin traditionell wachsam. Im Laufe der Jahrhunderte hatten sie gelernt, nicht nur entsprungenen Häftlingen zu misstrauen, sondern auch Bären und Wölfen, trügerischen Sümpfen, undurchdringlichen Wäldern, der sechs Monate dauernden Winternacht, den Blitzen, die im Sommer verheerende Brände auslösten, dem Wahnsinn der von einer unerbittlichen Natur zermürbten Seelen, den Launen des Zaren und dem Zorn Gottes. Und so misstrauten sie auch den Bolschewiken.

Doch als sie die in den Filzumhang, die *Burka*, gehüllte hohe

Gestalt erkannten, entspannten sie sich. Sergej sah zu, wie sein Vater ein Bündel auf die Bank legte und sich dann langsam, fast zeremoniell auszog und den pelzgefütterten Umhang, die Mütze, die zwei Paar Handschuhe und die Fellweste an einen Kleiderhaken hängte. Dann zog er sich die hohen Filzstiefel von den Füßen und stellte sie nebeneinander an ihren Platz. Er war peinlich ordentlich, denn in diesen extremen Gegenden, in denen das Thermometer im Winter unter minus fünfzig Grad sank, kam noch der kleinsten Geste eine besondere Bedeutung zu. An der Seite seines Vaters hatte Sergej die für einen Trapper unerlässlichen Eigenschaften erworben: Genauigkeit und Geduld. Und daher wartete er ruhig ab, bis sein Vater alles weggeräumt hatte und, das rechte Bein ein wenig nachziehend und noch kleine Eiszapfen im dichten blonden Bart, an den Tisch trat, dann erst stand er höflich auf.

»Herzlichen Glückwunsch zum Geburtstag, mein Junge!«, rief Iwan Michailowitsch.

Er hielt seinem Sohn das längliche, in braune Leinwand gehüllte Paket hin. Eifrig und mit geröteten Wangen schlug Sergej die Leinwand auseinander und betrachtete dann in stummer Bewunderung den schimmernden Lauf und den Kolben, in den seine Initialen geschnitzt waren.

»Erweise dich dieser Waffe würdig, Serjoscha. Achte die Natur, die Menschen und die Tiere, wie ich es dich lehrte.«

Der Junge hob den Blick zu seinem Vater auf und warf sich, ganz Kind, das er noch war, in seine Arme.

Iwan Michailowitsch setzte sich auf die Bank und streckte das schmerzende Bein aus, während ihm Anna Tee eingoss. Zwölf Jahre sind schon vergangen seit Sergejs Geburt, dachte er. Wie schnell die Zeit verging. Aber in Sibirien bedeuteten auch Zeit und Raum etwas anderes als an anderen Orten. In dieser einsamen Landschaft musste man unter Umständen Hunderte von Kilometern zurücklegen, um einen Freund zu besuchen, und brauchte Wochen, um ein paar Fallen zu kontrollieren. Die Entfernungen bemaßen sich nach Schlittenstunden. Der Kalender hatte keine Bedeutung, was zählte, war die Intensität, mit der man den Augenblick erlebte.

Das Leben verlangte viel von den Menschen und dankte es ihnen selten. Meistens lebte Iwan Michailowitsch vom Abend zum Morgen und vom Morgen zum Abend.

Manchmal musste er für lange Zeit fort, um die am weitesten entfernten Fallen zu kontrollieren. Wenn er dann allein war in der Taiga mit den frosterstarrten Lärchen, erfasste ihn manchmal ein Schwindel, eine überwältigende Trunkenheit, die ihm den Atem raubte, sein Herz wild klopfen und seine Hände zittern ließ. Gekrümmt, unendlich klein und elend in dieser Landschaft von entsetzlicher Einsamkeit und Monotonie, kämpfte er gegen sich selbst, um seine Furcht zu bezwingen. Vor allem durfte er nicht schwitzen, denn ein Körper, der sich bei derart niedrigen Temperaturen zu sehr erhitzt, wird zur tödlichen Falle. Er zwang sich, langsam zu atmen. Die Schauer ließen langsam nach, und er konnte sich endlich wieder aufrichten.

Und dann kehrte, tropfenweise wie hochprozentiger Alkohol, die Begeisterung zurück, die ihm dieser klirrend blaue Himmel, das Glitzern der Kristalle, die schneidende Kälte, die er nun nicht mehr fürchtete, einflößten. Nie fühlte er sich lebendiger, menschlicher als in dieser Welt aus Licht und Eis.

In dem kleinen Blockhaus bearbeitete er sorgfältig seine Felle und legte alles Essbare beiseite. Das Überleben seiner Familie und der Einwohner der kleinen Siedlung hing von seiner Geschicklichkeit und der seiner Freunde ab, die im Umkreis von Dutzenden von Kilometern die ihnen von der Regierung zugeteilten Jagdreviere bewirtschafteten.

Manchmal tauchten, wenn er die Gedanken so schweifen ließ, Fetzen der Erinnerung an ein anderes Leben auf, Erinnerungen, die ihm für Monate verloren gegangen waren, damals, fünfzehn Jahre zuvor, als er zwischen Tod und Leben geschwebt hatte. Als ihn Anna gepflegt hatte, obwohl sie nichts über ihn wusste. »Ein Christ musste es tun«, hatte sie ihm erklärt, als er nach den Gründen für ihre Aufopferungsbereitschaft gefragt hatte.

Während jener schrecklichen Zeit, in der er sich an nichts erinnern konnte, nicht einmal an seinen Namen, hatte er hinter einer Mauer des Schweigens gelebt. Die fremde junge Frau hatte ihn löffelchenweise mit Kohlsuppe, mit Kartoffelbrei und mit gezuckerten Blaubeeren gefüttert.

Und wenn er manchmal, erschrocken über seine völlige Orientierungslosigkeit, die Augen aufschlug, war sie immer da, spann Wolle, blätterte in einem Buch oder scherzte mit einem Nachbarn, der gekommen war, um sich nach seinen Genesungsfortschritten zu erkundigen. Abends legte sie sich auf die an der Wand stehende Bank, doch sobald er zu stöhnen begann, war sie wieder an seiner Seite.

Anfangs waren die körperlichen Schmerzen so heftig, dass er andauernd das Bewusstsein verlor. Sie hatte ihm aus Pflanzen einen bitteren Trank zubereitet, der ihn in einen segensreichen, traumlosen Schlaf hatte fallen lassen, aus dem er am liebsten nie erwacht wäre.

Das rechte Bein mehrfach gebrochen, Rippenfrakturen, Blutergüsse im Gesicht, an Rumpf und Armen, eine tiefe Kopfwunde ... Anna hatte ihm den blutenden Körper beschrieben, den ihr die Nachbarn gebracht hatten. »Du warst mehr tot als lebendig! Ich habe ihnen sogar Vorwürfe gemacht und sie gefragt, wieso sie dich transportiert haben. Die Schüttelei im *Tarantás* hätte dir fast den Rest gegeben! Sie haben mir gesagt, sie hätten dich am Wegesrand begraben, wenn du den Geist aufgegeben hättest, aber falls du durch ein Wunder überleben solltest, dann müsse der Segen Gottes auf dir ruhen.« Und sie hatte gelacht, dieses spontane, unwiderstehliche Lachen, das in der Kehle rollte und den anderen unweigerlich ein Lächeln entlockte. Er hatte überlebt, aber sich nur sehr langsam erholt, zermürbt von seinem schrecklichen Gedächtnisschwund. Als er endlich wieder aufstehen konnte, war schon tiefer Winter. Und dann hatte Anna ihm von seinem Unglück erzählt.

Man hatte ihn Ende August in einem von entsprungenen Häftlingen überfallenen Zug entdeckt. Die Fallensteller von Iwanowo waren von ihrem jährlichen Ausflug nach Nischni-Nowgorod zurückgekehrt, laut lachend und scherzend, denn sie hatten ihre Felle zu guten Preisen verkaufen können. Sie trieben ihre zähen, kleinen Pferde vor den Karren an, die beladen waren mit Pfannen, Kochtöpfen und Geschirr, Kisten voller Schießpulver und Blei und, nicht zu vergessen, mit bunten Stoffen und Schmuck aus gehämmertem Silber für ihre Frauen.

Mit einem Mal brachen die *Laiki*, die kräftigen Vorstehhunde, in deren Adern Wolfsblut fließt und die äußerst geschickt sind im Aufspüren von Zobeln und sibirischen Eichhörnchen, in wildes Geheul aus. Die Männer, die ein Wolfsrudel in der Nähe vermuteten, griffen nach ihren Gewehren.

Doch hinter einem Zedernwäldchen fanden sie einen stehenden Zug und auf dem Bahndamm verstreut Leichen und aufgebrochene Koffer. Mit entsicherter Waffe durchsuchten sie die Waggons nach Überlebenden. Die Hochsommerhitze hatte die Verwesung beschleunigt, wegen des Gestanks mussten sie sich Taschentücher vor das Gesicht halten. Sie waren abgestoßen von der Brutalität des Massakers und dem Summen der schillernden Schmeißfliegen, die sich an Blut und Schleim derart gütlich getan hatten, dass sie beim Nahen der Männer nicht einmal mehr aufflogen.

Ihnen wurde übel angesichts mancher halb nackter Frauenkörper. Die Blusen waren zerrissen und die Röcke über blutverschmierte Schenkel von schamloser Weiße hochgeschoben worden. Nur der Älteste wagte sich ihnen leise betend zu nähern, um ihnen die Augen zuzudrücken. Als die anderen schon darauf drängten, möglichst rasch zu verschwinden, bemerkte er den schwachen Atem, der die Brust eines der Opfer hob.

Der Mann lag im Korridor eines Erste-Klasse-Waggons. Man

hatte ihm alle Wertsachen gestohlen, Papiere, Brieftasche, Uhr und Manschettenknöpfe. Eine rote Spur deutete darauf hin, dass man ihm eine Kette vom Hals gerissen hatte.

Der Älteste brüllte Befehle. Sie hoben den blutenden Körper auf und legten ihn ins Stroh eines der Pferdekarren. Dann riefen sie zungenschnalzend ihre Hunde und zogen schweigend weiter, sie hatten es eilig, diesen traurigen, nach Tod stinkenden Ort zu verlassen. Bald würden sich die Behörden auf die Suche nach dem verschollenen Zug machen, und die Trapper wollten heiklen Fragen aus dem Weg gehen. Sie kannten die Regierung, ihre Schikanen und ihre Inkompetenz, und sie misstrauten den Beamten, die sie für arrogante Pedanten und Profiteure hielten. Aber durfte man den Fremden deshalb sterben lassen? Sie mussten ihm eine Chance geben. Sie durften sich auf keinen Fall länger aufhalten – sie wagten es noch nicht einmal, Gräber für die Toten auszuheben, aus Angst, jemand könne plötzlich auftauchen und sie des Halsabschneidens und Plünderns bezichtigen –, also nahmen sie ihn mit.

Und so bekam Anna Feodorowna zehn Tage später diesen Sterbenden beschert, der die Reise nur durch ein Wunder überlebt hatte. Die junge Witwe hatte zwar hilflos die Arme gehoben, aber sie hatte sich sofort an die Arbeit gemacht. Sie hatte die entzündeten Wunden gesäubert und verbunden und ihr ganzes Heilerinnenwissen eingesetzt, um diesen Fremden ins Leben zurückzuholen.

Als Anna ihm die Geschichte erzählte, meinte Iwan sich an den Geruch nach Schießpulver und Blut zu erinnern, an die Schreie der vergewaltigten Frauen, das Röcheln der Sterbenden. Und vage an eine Horde wütender Plünderer in formlosen graubraunen Kleidungsstücken und mit runden Zwangsarbeiterkappen auf den kahlen Köpfen. Aber war das womöglich keine Realität, sondern nur ein aus ihrem Bericht geborener Albtraum?

Im Laufe der Wochen kam er wieder zu Kräften und nahm am Leben in Iwanowo teil. Die Einwohner des Dorfes waren überrascht, denn er erwies sich als mit den Gewohnheiten der Pelztierjäger vertraut. Er wusste, wie man eine Tierhaut abzog, mit dem Schabeisen Fleisch und Fett entfernte und sie zum Trocknen auf ein Brett nagelte. Höchst erfreut über diese Hilfe, hatten ihm die anderen Männer sogar die kostbaren Biberhäute anvertraut, deren Fell so dunkel war, dass es fast schwarz schien.

Auch Anna hatte sich an seine Gegenwart gewöhnt, wenngleich sie dieser schweigsame Mann mit dem Gehabe eines Vornehmen, der gern die einfachsten Trapper-Arbeiten übernahm, vor einige Rätsel stellte. Inzwischen war ihm ein Bart gewachsen, und in den Kleidern seiner neuen Gefährten begann er ihnen durch eine Art Mimikry auch zu ähneln. Er schwieg immer noch, aber jeder wusste, dass er Russisch verstand, denn er reagierte, wenn sie ihm etwas sagten.

Eines Nachts, er war etwa ein halbes Jahr da, war sie aufgeschreckt und hatte sich gefragt, was sie aus ihrem tiefen Schlaf gerissen hatte. Der Mann stöhnte, er hatte einen Albtraum. Sie hatte sich in einen Umhang gehüllt und dann die Petroleumlampe angezündet.

Bleich und schwitzend, die Hände zu Fäusten geballt, wand er sich auf seinem Bett und murmelte unverständliche Worte. Sie hatte ihm die Hand auf die Schulter gelegt, um ihn zu wecken. Er hatte zu kämpfen begonnen, als wolle er sich wehren, und sie ins Gesicht geschlagen. Sie war hintenüber gefallen und hatte sich am Tisch gestoßen. Wütend schimpfend war sie wieder aufgestanden: Das würde einen schönen blauen Fleck geben am nächsten Morgen!

»Es reicht!«, hatte sie geschrien, sie wollte ihn nicht seinem Albtraum überlassen, aber vergeblich. Da hatte sie sich auf ihn geworfen, um nicht noch einen weiteren unabsichtlichen Fausthieb abzubekommen. Er hatte sich weiter gewehrt, doch mit nachlassenden Kräften. »Wachen Sie auf!«, hatte sie ihm befohlen, während er unruhig den Kopf auf dem Kissen hin und her bewegte. Sie hatte ihm das Gesicht gestreichelt. Ganz langsam hatte er sich beruhigt, aber immer weiter gestöhnt. »Keine Angst, ich bin doch da«, hatte sie geflüstert. Wie dumm sie war! Was hatte sie ihm noch zu bieten, nun, da er fast genesen war? Sein Leben war anderswo, wahrscheinlich hatte er eine Frau und Kinder, die sich um ihn sorgten. Und sobald die Wege wieder passierbar wären, würde er zu ihnen zurückkehren.

Der Gedanke an sein Fortgehen hatte sie traurig gemacht. Ihr Mann war zwei Jahre zuvor gestorben, er war im Frühjahr von einem hungrigen Bären angefallen worden – für die Sibiriaken ein würdiger, fast ein heiliger Tod. Für Anna der Verlust des Mannes, den sie liebte. Seither lebte sie allein in der Hütte, die sie zu ihrer Hochzeit gebaut hatten. Sie pflegte die Kranken in ihrem Dorf und auch solche, die aus anderen Dörfern zu ihr kamen, ihr Ruf hatte sich weit verbreitet. Bezahlt wurden ihre Dienste mit Nahrungsmitteln, Häuten oder Stoffen. Sie kannte die Wirkungsweisen von Wurzeln und Pflanzen, verschrieb Brennnessel-, Rhabarber- oder Rainfarntee, doch sie hatte auch fertige Medikamente im Haus, die sie zweimal im Jahr in der Stadt besorgte.

Nach dem Tod ihres Mannes hatte der Dorfälteste sie gefragt, ob sie nicht lieber in die Stadt ziehen wolle. Das Leben mitten in der Taiga erschien ihm zu hart für eine allein stehende Frau. Aber sie hatte sich geweigert, diesen kleinen, aus wenigen verstreuten *Isbas* bestehenden Weiler zu verlassen, in dem sie mit Pawel Alexejeff fünf glückliche Jahre verbracht hatte. Bis nach Iwdiel, wo die Eisenbahnlinie endete, waren es zwei Wochen Fußmarsch, und dann fuhr man noch zwei Tage mit der Eisenbahn bis Perm. Sie fand es schön, durch die Straßen der Stadt zu bummeln und in den Geschäften zu stöbern, doch zu Hause fühlte sie sich dort nicht.

Auf ihrer Hochzeitsreise hatte Pawel Alexejeff sie nach Sankt Petersburg gebracht. In den weißen Sommernächten waren sie an den Ufern der Newa entlangspaziert. Sie hatte die eleganten Frauen in ihren Seiden- und Spitzenkleidern bewundert, die westeuropäisch wirkenden Häuser mit den hohen Fenstern und den schmiedeeisernen Balkonen, die breiten Prachtstraßen, durch die die Straßenbahnen klingelten. Sie hatte das städtische Getriebe unterhaltsam gefunden, aber nach einer Woche war sie froh gewesen, wieder nach Hause zu dürfen.

Ihr Vater, ein Kosakenoffizier, einer der Abkömmlinge des Bauern- und Kriegervolkes, das nie dienstbar sein musste, weil es die Grenzen des Zarenreiches sicherte, war zu Zwangsarbeit mit anschließendem Hausarrest verurteilt worden. Seine Frau war ihm gefolgt. Nach seiner Entlassung aus dem Lager hatten sie sich in einem Dorf niedergelassen, wo dieser kultivierte Mann die Erziehung seiner drei Kinder beaufsichtigt hatte. An den Abenden ließ er die Eroberung Sibiriens unter der Herrschaft Iwans des Schrecklichen wieder aufleben, die Armee des Kosaken Jermak, der die Tataren unterwarf und den Händlern im Gefolge des mächtigen Stroganow den Weg zu den Salz-, Gold-, Silber-, Eisen- und Fellvorkommen öffnete, die dieser unerschöpfliche Kontinent zu bieten hatte.

An jenem Abend hatte Anna, ganz in ihre Gedanken verloren, gar nicht bemerkt, dass der Fremde aus seinem Albtraum erwacht war. Sie erschrak, als sie seinen auf sie gerichteten blauen Blick bemerkte. Es war ihr unangenehm, dass sie so auf ihm lag. »Tut mir Leid, Sie hatten einen Albtraum«, entschuldigte sie sich. Fragend strich er ihr über die geschwollene Wange. »Das macht nichts«, stotterte sie. »Sie haben es ja nicht absichtlich getan.« Entsetzt und mit rauer Stimme murmelte er: »Es tut mir … schrecklich Leid …« – »Sie sprechen! Ich dachte schon, Sie seien stumm. Wer sind Sie? Wie heißen Sie?« – »Ich … ich weiß nicht …«, flüsterte er. »Machen Sie sich keine Sorgen, Sie werden sich schon noch daran erinnern, da bin ich sicher«, redete sie ihm gut zu. Seine Verzweiflung rührte sie.

Aufmerksam betrachtete er die mandelförmigen dunklen Augen, die hervorstehenden Backenknochen, die gewölbte Stirn, auf der sich eine feine Narbe abzeichnete. Ein Birkenzweig war der kleinen Anna ins Gesicht geschnellt, als sie durch den Wald gerannt war. Er streichelte die Haare, die sich rebellisch aus dem Zopf lösten, und hielt sie, als sie sich aufrichten wollte, zurück.

In jener Nacht wurden sie Liebende. Am nächsten Tag hielt er um ihre Hand an. Sie erklärte ihn für verrückt, aber er bestand darauf: Sie habe ihm das Leben gerettet, er wolle sie auf keinen Fall entehren. Wochenlang schwankte sie, unter dem Vorwand, das sei unmöglich, er sei gewiss schon verheiratet – wie wolle er das genau wissen? – sie sei sich nicht sicher, ob sie noch einmal heiraten wolle. »Und wenn du schwanger bist?« – »Unmöglich, ich war fünf Jahre lang verheiratet, und wir hatten keine Kinder.«

Die kleine Tanja kam am 3. November zur Welt. Ihr Vater hielt sie nach der Geburt in den Armen, das Herz erfüllt von Dankbarkeit und Liebe, und er hielt sie in den Armen, als ihr kleiner, vom Fieber geschüttelter Körper dreieinhalb Jahre später um den letzten Atemzug kämpfte.

Weder die Heilmittel ihrer Mutter noch die eiskalten Bäder, die ihr Vater mit ihr im Fluss nahm, um das Fieber zu senken, konnten sie retten. Ihre dunklen Augen hatten die Unschuld verloren. »Papa, lass mich gehen …«, flehte sie.

In der von Bremsen und Mücken durchsummten Bruthitze, sein totes Töchterchen im Arm und verrückt vor Trauer und Zorn, hatte Léon Fonteroy begriffen, dass er die sibirische Erde, in der seine Tochter ruhen sollte, nie verlassen würde.

Anna hatte Recht behalten: Sein Gedächtnis war zurückgekehrt wie ein Unwetter und marterte seinen Kopf mit entsetzlichen Migräneanfällen. Ein Ton, ein Geruch, ein Erlebnis ließ ein Kaleidoskop herumwirbeln, aus dem wie durch ein Wunder ganze Bruchstücke seines Lebens auftauchten.

Er hatte diese kostbaren Erinnerungen mit Anna und dem Ältesten geteilt, Anna war erleichtert, dass er vorher noch nicht verheiratet gewesen war. Er gewann ein wenig von seiner früheren Fröhlichkeit zurück, aber auch neue Sorgen. Wie ging es seinen

Eltern und André? Sie hielten ihn gewiss für tot. Ein furchtbarer Krieg zerriss Europa, und er schämte sich, weil er nicht daran teilnahm. »Dein Zustand erlaubt es dir nicht, mitzukämpfen«, hatte der Älteste befunden. »Deine Pflicht besteht darin, hier bei deiner Frau und deiner Tochter zu bleiben. Nun, da du jagen kannst wie wir alle, brauchen wir dich hier.«

Léon wusste, dass er mit dem versehrten Bein und den Betäubungszuständen, die ihn in den unpassendsten Momenten überfielen, felduntauglich war. Also fand er sich damit ab. Der Älteste hatte ihm geraten, den Namen eines etwa gleichaltrigen allein stehenden Trappers anzunehmen, der kurz zuvor verstorben war. Die vier Familien im Dorf wussten, dass der Fremde die Identität eines anderen übernommen hatte, aber niemand außer Anna, dem Ältesten und dem starken Grigori Ilitsch, der ihm ein Freund und Vertrauter geworden war, wusste, dass er sein Gedächtnis wiedergefunden hatte. Und so hatte sich sein Geheimnis wie so viele andere im Dunst der Taiga aufgelöst.

Im Laufe der Jahre hatte Iwan Michailowitsch die Oberhand über Léon Fonteroy gewonnen, der langsam fast unsichtbar geworden war. Nachdem er sich so sehr bemüht hatte, seine Erinnerungen zurückzugewinnen, zog er es nach dem Tod seiner Tochter vor, sie nach und nach loszuwerden, sie in sich einzuschließen, ein anderer Mann zu werden: der Gatte Annas und der Vater Sergejs, dessen Geburt im Dezember 1918 ihn noch tiefere Wurzeln in diese ferne Erde hatte treiben lassen. Mit der Zeit nahm man von ihm nur noch wahr, was er zu zeigen bereit war: die Gestalt eines groß gewachsenen sibirischen Pelztierjägers mit blauen Augen und einem dichten blonden Bart.

Eines Tages hatte er seine Freunde in ein nahe gelegenes Dorf begleitet, nur vier Tagesmärsche entfernt, um einige Einkäufe zu erledigen. Auf dem Kirchplatz waren sie einem von der neuen bolschewistischen Regierung ausgesandten Volkskommissar begegnet.

Der Mann mit der runden Brille und dem verschlissenen Uniformrock hatte genug von den Mückenschwärmen und den verdammten unwissenden Bauern. Er wurde von heftigen Magenschmerzen gequält und hatte keinerlei Lust, die x-te Wahl eines lokalen Vertreters zu organisieren. Er war von dem Gedanken besessen, möglichst schnell in die Stadt zurückzukehren und sich ein Mädchen samt einer Flasche Wodka zu verschaffen, kurz: in die Zivilisation zurückzukehren. Da Iwan Michailowitsch seine untersetzten Gefährten um Haupteslänge überragte und den etwas verlorenen Blick eines fügsamen Einfältigen zur Schau trug, ernannte ihn der Kommissar zum Vertreter der Zelle, zu der ab sofort die fünf im Wald verlorenen Siedlungen, in die er sich auf keinen Fall mehr begeben wollte, zusammengeschlossen waren. Er drückte ihm noch einen roten Stern in die Hand, den er an seine Mütze nähen solle, schlug ihm kurz auf die Schulter und befahl ihm, sich zwei Wochen später zu der Sitzung einzufinden, die in der nächsten Stadt stattfinde, sofern man das Stadt nennen könne, na, wie hieß dieser erbärmliche Marktflecken noch? Dann hatte der Kommissar unter den ausdruckslosen Blicken der feindseligen Dörfler seine Papiere zusammengepackt und war am Steuer seines Militärfahrzeugs in einer Staubwolke entschwunden.

Die Bewohner der Taiga brachten der Revolution, die das Land in Brand setzte und viele Menschenleben kostete, größtmögliches Misstrauen entgegen. Eines Abends hatte der Älteste alle Familien zusammengerufen. Die Zukunft sehe düster aus. Man müsse vorsorgen. Und so kam es, dass an mit bloßem Auge kaum erkennbaren Pfaden, mitten im Wald oder auf Inseln und hinter Dornengesträuch verborgen, geheime Hütten gebaut worden waren. Dort hatten sie Nahrungsmittelvorräte, Waffen und Munition eingelagert, denn das neue Russland der Bolschewiken mit ihren absurden Beschlagnahmungen und ihrer Arroganz war ihnen noch weniger geheuer als das der Zaren.

Ein wenig später am Tag wurde er beim Dorfältesten erwartet. Er ging zu seiner Hütte. Die Tür und eins der Fenster waren freigeschaufelt. Hinter den Eisblumen auf der Fensterscheibe tanzten Lichter. Er klopfte und trat ein.

Der Älteste stand auf und begrüßte ihn. Ein kräftiger Sechziger mit scharf blickenden Augen. Er wartete, bis Iwan Michailowitsch sich von seiner Schaffelljacke und der Bärenfellkappe befreit hatte, bevor er ihm freundschaftlich die Hand drückte.

»Du kannst stolz sein auf deinen Sohn, Brüderchen!«

Iwan warf einen belustigten Blick auf Sergej, der in einer Ecke mit Marussia, seiner besten Freundin, plauderte. Er begrüßte den Sohn des Alten, einen soliden Burschen, der Karten spielte wie kein anderer, dessen schüchterne Ehefrau und die beiden halbwüchsigen Söhne. Dann wandte er sich Grigori Ilitsch zu, dem Fallensteller, der ihn mit dem Land vertraut gemacht hatte, als er sich von seinen Verletzungen erholt hatte.

Grigori umarmte ihn überschwänglich. Er war gerade von einer dreiwöchigen Reise zurückgekommen und hatte in Iwdiel Station gemacht, um Felle abzugeben und sich nach Neuigkeiten umzuhören. Iwan setzte sich auf die Bank und legte die Hände auf die Knie. Man brachte Wodka. Grigori trank lieber Wapak, einen aus Pilzen hergestellten Schnaps, den Iwan ungenießbar fand.

Die drei Männer beobachteten die jungen Leute, die miteinander alberten. Sergej hielt stolz seinen Karabiner auf den Knien. Der Älteste entkorkte die Flasche mit einem kurzen Schlag gegen den Flaschenboden. Iwan trank sein Glas in einem Zug leer und lehnte nicht ab, als es ein zweites Mal gefüllt wurde.

Eine Stunde später kehrten sie nach Hause zurück. Die Bäume zeichneten Truggestalten gegen den Himmel. Der Frost ließ einen Ast abbrechen, es klang wie ein Gewehrschuss. Sergej ging voran, unter dem Arm den Karabiner und Marussias Geschenk, ein Festtagshemd, das sie ihm selbst bestickt hatte. Grigori hatte ihm stolz ein Teleskop überreicht, das er in der Stadt aufgetrieben hatte.

*Welche Zukunft hat mein Sohn zu erwarten?*, dachte Iwan plötzlich. *Ob er auch Fallensteller wird, wie ich? Muss ich ihm sagen, woher ich komme und dass es noch eine andere Welt gibt als die unsrige, in der er ein anderes Leben führen könnte? Darf ich ihm diese Chance verwehren?*

Doch das Schicksal hatte ihm eine Frau und einen Sohn geschenkt, Freunde, eine neue Identität. Warum nach etwas anderem verlangen? So war es, und so war es gut.

Es hatte geregnet. Der Geruch nach nasser Erde stieg von den durchweichten Wiesen des Parc Monceau auf. Zaghafte Knospen und zartgrüne Blätter kündigten den Frühling an.

Auf einer Bank, deren Anstrich abblätterte, saß Alexandre, den Kopf in den Händen und völlig unbekümmert um das Hin und Her der Kindermädchen, die mit ihren Kinderwagen immer einen weiten Bogen um ihn schlugen, als könne sein Unglück ansteckend sein.

Mit einem Mal sprang er auf und entfernte sich entschlossenen Schritts. Seit drei Monaten hatte Valentine kein Lebenszeichen mehr gegeben. Er musste sie sehen, mit ihr sprechen, sich vergewissern, dass sie wirklich existierte, dass das alles kein Traum gewesen war, dass er nicht um einer Illusion willen litt.

Er trat aus dem hohen vergoldeten Parktor und ging die Avenue de Messine hinunter. Vor dem stattlichen Gebäude blieb er stehen und hob den Kopf. Auf allen Etagen steinerne oder schmiedeeiserne Balkone. Lichter. Irgendwo da war sie. Allein. Er wusste, dass der Chef nicht da war.

Er trat an den Eingang und klingelte.

»Ja, bitte?«, erkundigte sich die Concièrge, eine unter Wollschals begrabene kleine, magere Frau.

»Monsieur Fonteroy.«

»Zweiter Stock rechts.«

Alexandre ging durch den Torbogen, öffnete eine Glastür und stieg eine mit einem dicken Läufer ausgelegte Treppe hinauf. Durch Glasscheiben mit eingeschliffenen stilisierten Blüten sickerte Licht ins Treppenhaus. Im zweiten Stock klingelte er.

»Monsieur?« Der Butler hatte die Tür geöffnet.

»Ist Madame zu Hause?«

»Worum geht es, Monsieur?«

»Mein Name ist Alexandre Manokis. Sie erwartet mich«, log er.

»Bitte treten Sie ein, Monsieur. Ich schaue nach, ob Madame Sie empfangen kann.«

In der Eingangshalle nahm Alexandre seine Kappe ab. Regentropfen fielen auf die schwarzen und weißen Marmorfliesen. Auf einem Ziertischchen standen drei weiße Orchideen. Er hatte die glatte, giftige Sinnlichkeit dieser Blumen noch nie leiden können.

»Wenn Sie bitte in den Salon kommen möchten, Monsieur«, sagte der Butler und ging ihm zu einem großen Raum mit Blick auf die Straßenbäume voraus.

Trotz zweier brennender Lampen lag der Salon im Halbdunkel. Rechts öffnete sich eine Tür. Valentine trat ein, schloss die Tür sorgfältig hinter sich und lehnte sich dann dagegen, als wage sie sich nicht weiter in das Zimmer hinein.

»Was willst du?«, fragte sie.

Er konnte ihr Gesicht nur schlecht erkennen, aber er spürte, dass sie auf der Hut war. Sie trug eine Bluse aus rotem Seidenmusselin und einen schmalen grauen Glockenrock, der ihre langen Beine zur Geltung brachte. Er schwieg. Seufzend löste sie sich von der Tür und ging auf ihn zu. An ihrem Handgelenk klimperten Armreifen.

»Was willst du?«, wiederholte sie mit erhobenem Kinn. »Warum kommst du zu mir nach Hause?«

Das Gesicht hatte sich nicht verändert, und doch war sie nicht mehr dieselbe. Das zarte, verschmitzte junge Mädchen, das ihm in seiner Hilflosigkeit zu ähneln schien, war von dieser unsympathischen Frau verdrängt worden. Und die Geliebte? Die sich ihm hingegeben hatte, schamlos und entschlossen? Mit einem Mal wurde ihm mit einer gewissen Trauer bewusst, dass sie sich ohne echte Zärtlichkeit geliebt hatten. Und dass ihm bloßes Verlangen nie genügen würde.

»Ich wollte dich sehen. Du hast drei Monate nichts von dir hören lassen.«

»Ich dachte, wir hätten uns nichts mehr zu sagen.«

Sie trat ans Fenster. Leichter Dunst hatte sich über den Nachmittag gelegt.

Sie schrak zusammen, als er ihr die Hände auf die Schultern legte, dann entzog sie sich. Ihr Gesicht war angespannt, sie sah aus, als wolle sie zubeißen.

»Wirklich, Alexandre. Du musst doch wissen, dass mein Mann nicht zu Hause ist. Ich mag dieses Spielchen nicht. Sag, was du willst, und dann geh.«

Ein verkrampftes Lächeln verzog seinen Mund.

»Du bist erbarmungslos.«

»Immer große Worte!«, rief sie und hob gereizt die Hände. »Es ist zu einfach. Man klebt ein Etikett auf die Augenblicke der Lust, und schon hat man das große Drama. Ich habe dich zu nichts gezwungen, ich habe dir nichts weggenommen, nichts gestohlen. Warum klagst du mich an?«

»Warum fühlst du dich schuldig?«

Sie öffnete die beiden Türen des Spirituosenschranks, sah blicklos auf die Flaschen und Gläser und wandte sich dann ab. Auf einem niedrigen Tisch stand eine silberne Zigarettendose. Sie bückte sich und griff nach einer Zigarette. Das Flämmchen des Feuerzeugs beleuchtete ihren Nasenrücken. Sie inhalierte, als hinge ihr Heil davon ab.

»Ich konnte nicht ahnen, dass du es so tragisch nehmen würdest.«

»Zwei Jahre, Valentine. Zwei Jahre lang haben wir uns geliebt ... es sei denn ... Für dich war es keine Liebe, oder? Du hast nie etwas für mich empfunden.«

Sie antwortete nicht. Wie sollte sie ihm die Wahrheit sagen? Sein Körper und seine Vitalität hatten sie überwältigt. Es hatte eine Zeit gegeben, zu Beginn ihrer Liaison, da hatten ihr die Gedanken an ihn den Schlaf geraubt. Die Gewalt ihrer Gefühle für diesen Mann hatte ihr Angst gemacht. Sie hatte sich geschworen, nie wieder eine solche Schwäche zu offenbaren, und sie hatte ihm nie verziehen, dass er so viel Macht über sie gehabt hatte.

Sie setzte sich aufs Sofa und schlug die Beine übereinander. Seit sie von ihrer Schwangerschaft wusste, war die Lage für sie gefährlich geworden. Er durfte es nie erfahren. Sie fürchtete seine Reaktion: Er war zu idealistisch, als dass es ihn nicht erschüttern würde. Wer konnte voraussagen, ob er sich zurückziehen oder sich ganz im Gegenteil zu einer Mission berufen fühlen würde? Da sie ihr Leben mit André auf keinen Fall aufs Spiel setzen wollte, musste sie die Bindung endgültig kappen. Verzweiflung stahl sich in ihre Stimme.

»Es war eine Episode in unserem Leben, Alexandre. Das musst du einsehen. Du bist jung, du wirst heiraten und eine Familie gründen. Und New York. Hast du das vergessen? Warum fragst du meinen Mann nicht, ob er dir da eine Stelle verschaffen kann?«

Warum war ihr das nicht früher eingefallen? Doch dann schämte sie sich. Alexandre litt, ganz offensichtlich, doch sie durfte sich nicht erweichen lassen. Ihr Blick verweilte auf seinem schönen Gesicht. Sie fühlte, wie ihr Puls sich beschleunigte. Verflixt!, dachte sie, erbost darüber, dass er ihr nicht gleichgültig war.

»Hast du jemals jemanden gebraucht, Valentine?«, fragte er brüsk. »Wirklich gebraucht?«

Sie wusste, er sprach nicht von körperlichem Begehren, sondern von dieser allumfassenden Zuneigung, die einem die Liebe auferlegt, die einen lähmt und unterjocht und angeblich glücklich macht. Sollte man so lieben, bis zur Selbstaufgabe?

»Anscheinend bin ich da auf irgendeine Weise nicht normal«, sagte sie leise.

Dieses Geständnis überraschte ihn. Das war, was einen an Valentine am meisten aufbrachte. Manchmal ließ sie Brüche und Risse sehen, aber sie erlaubte nie, dass man sie erkundete. Jedes Mal, wenn man eine Facette ihrer Persönlichkeit erhascht zu haben glaubte, entzog sie sich, verwischte die Spuren und ließ einen ratlos zurück.

»Wenn du nicht verheiratet gewesen wärst, wenn ich reicher gewesen wäre ... Glaubst du, wir hätten ...?«

Er biss sich wütend auf die Lippen, er hätte sich nicht demütigen sollen. Plötzlich verabscheute er sie. Er spürte, dass sie in seinem Leben etwas nicht wieder Gutzumachendes angerichtet hatte, denn von nun an würde er jede Frau an Valentine Fonteroy messen und keine würde Gnade vor seinen Augen finden.

Und er verübelte ihr, dass sie bei ihm eine Feigheit bloßgelegt hatte, die er nicht vermutet hätte. Wovor hatte er Angst? Müsste er sie nicht überreden, sie dazu zwingen, ihrer beider Liebe anzuerkennen? Begeisterung stieg in ihm auf wie eine Woge, die jedoch gleich wieder in sich zusammenbrach. Wozu? Man musste nur Valentines undurchdringliches Gesicht betrachten, die stummen Lippen, den starren Körper, der wie in sich selbst verkrochen auf der Sofakante saß. Er war wehrlos und besiegt, weil er den Fehler gemacht hatte, sie zu lieben, und sie auch in Zukunft lieben würde, bis zum letzten Atemzug.

»Es tut mir Leid«, flüsterte sie.

»Mir nicht«, gab er gereizt zurück. »Ich hätte mein Leben lang versucht, dein Herz zu bewegen, aber es wäre mir nie gelungen. Du hättest mich zerstört, langsam, aber sicher, genau wie du auch deinen Mann zerstörst. In dir steckt etwas Schreckliches, Valentine ...«

»Schweig!«, schrie sie.

Sie stand auf und ging im Salon auf und ab.

»Du unterstellst mir eine Macht, die ich nicht habe. Ich bin eine Frau wie alle anderen, mit Wünschen, Leidenschaften, Schwächen ... Wir alle plagen uns mit unseren erbärmlichen kleinen Leben. Wie stellst du dir das alles überhaupt vor, Alexandre? Man möchte meinen, du stelltest jeden auf einen Piedestal und schriebst alle Gefühle groß: LIEBE, LEIDENSCHAFT, TREUE, EHRE ... Ach!« Sie lachte ironisch auf. »Ich habe nie an diese hohen Werte geglaubt, mit denen man uns ständig in den Ohren liegt. Der Apfel ist immer schon wurmstichig, wusstest du das nicht? Die Welt besteht aus habsüchtigen und egoistischen Menschen voller geheimer Absichten. Niemand ist je um seiner schönen Seele willen geliebt worden. Seien wir doch einmal ehrlich. Wir alle streben nach Geld, Macht, Lust ... Aber niemand hat den Mut, es zuzugeben. Ich liebe meinen Mann nicht, aber unser Leben gefällt mir, und ich weiß, dass ich nicht auf ihn verzichten kann. Und du, ich gebe zu, auch auf dich konnte ich eine Zeit lang nicht verzichten. Ich werde dich nie vergessen. Unsere Geschichte ist Teil meiner selbst geworden. Aber ich will nicht mit dir zusammenleben. Es gibt keine Gemeinsamkeiten zwischen uns, das hat nichts mit Geld oder sozialem Rang zu tun. Selbst wenn du zehnmal reicher wärst als André, würde ich nicht bei dir bleiben.«

Sie holte tief Atem. Sie wollte es ihm so gern verständlich machen!

»Du bist viel zu gut für mich, Alexandre«, fuhr sie sanfter fort. »Wie soll ich es dir sagen? Du hast keine dunkle Seite. In gewisser Weise ist André in den Schützengräben von Verdun gestorben. Selbst wenn er schallend lacht, ein Teil von ihm ist unwiederbringlich verloren. Er ist jemand, der nie ganz glücklich sein wird – ich frage mich sogar, ob er es je war. Ich habe Jahre gebraucht, um ihn zu verstehen, und vielleicht hätte ich ihn nie verstanden, wenn ich dich nicht kennen gelernt hätte, deinen Optimismus, eine gewisse Unschuld ... Ich liebe André nicht, aber ich habe gelernt, in seinem Schweigen zu lesen. Das ist schon viel. Vielleicht sogar das Wesentliche.«

Sie brach ab und sah ihn an. Sie hatte aus einer Gefühlswallung heraus gesprochen, versucht, ihm zu erklären, was sie unklar empfand, und dabei war ihr klar geworden, dass sie mehr an André hing, als sie selbst geglaubt hatte, und dass sie sich ohne ihn verloren gefühlt hätte.

Alexandre ließ sie nicht aus den Augen. Einerseits ärgerte es ihn, dass sie ihn für so naiv hielt, andererseits traf es ihn, dass dieser Mann, den er wegen seiner untreuen Ehefrau verachtet hatte, eine solche Bedeutung für sie hatte. Er begriff plötzlich, dass eine Frau einen Mann betrügen kann, ohne ihn zu verraten.

»Dann bleibt mir nur noch zu gehen«, erwiderte er. »Heute Nachmittag habe ich bei der Firma Fonteroy meine Kündigung eingereicht. Vielleicht verlasse ich Paris, ich weiß es noch nicht. In jedem Fall scheint es wegen der Wirtschaftskrise aussichtslos, auf ein Visum für Amerika zu hoffen.«

Er ging auf die Tür zu. Valentine stand reglos und mit hängenden Armen da, zart und aufrecht. Fiebrig starrte sie ihn an.

Er blieb bei ihr stehen und hob die Hand zu ihrer Wange, wie sie es getan hatte, vor zwei Jahren im Wagen unten vor seiner Wohnung, doch damals war Valentines sanfte Berührung eine Geste unwiderstehlichen Begehrens gewesen, dieses irrsinnigen Hoffens, das eine der Lügen des Begehrens ist, und damals war er der kühlen Hand auf seiner Haut erlegen. Doch nun verharrte seine Hand wenige Zentimeter vor dem geliebten Gesicht.

Sie zuckte nicht mit der Wimper, ihre wassergrünen Augen suchten in seinen. Er ließ seine Hand fallen.

In der Eingangshalle griff er nach seinem Mantel und der auf einer Bank liegenden Kappe, kämpfte mit der Tür, stürzte ins Treppenhaus und sprang, immer zwei Stufen auf einmal nehmend, die Treppe hinab. Draußen begann er zu rennen.

## *Leipzig, 1933*

»Warum darf ich nicht, was die anderen dürfen?«, beklagte sich Peter und sah seine Eltern flehentlich an. »Alle sind dabei. Nur Haderer und ich machen noch nicht mit. Was sollen die anderen von mir denken?«

Beim letzten Wort brach seine Stimme. Seit einigen Wochen war er im Stimmbruch, und Eva erschauerte jedes Mal, wenn unter der hellen Kinderstimme ihres Sohnes der Mann sichtbar wurde.

Sie aßen in *Auerbachs Keller* zu Mittag, in dem gemütlichen Raum mit den Holzschnitzereien, den hübsch gedeckten Tischen, den alten Fresken und dem großen Weinfass. Eigentlich mochte Eva diesen Ort, wo sie im Krieg zum ersten Mal mit Karl und seinen Freunden gegessen hatte, doch heute empfand sie die Atmosphäre als bedrückend.

Am 30. Januar hatte Hindenburg Hitler zum Reichskanzler ernannt, und seither war ihr, als schlösse sich langsam ein Schraubstock um das Land. In den Zeitungen und im Radio waren immer häufiger Ausfälle gegen die Sozialisten und die Juden zu lesen und zu hören. Die *Leipziger Volkszeitung*, in der Eva zu blättern pflegte, wenn sie nach dem Unterricht am Konservatorium noch einen Kaffee bei *Hannes* trank, war verboten worden. Die Leute beobachteten sich gegenseitig und redeten nicht mehr offen. Die Telefone würden abgehört, hieß es. Man hatte wirklich allen Anlass, einen Verfolgungswahn zu entwickeln.

Sie warf einen Blick auf zwei ladestocksteife Damen mit altmodischen schwarzen Hüten. Die dazugehörigen Männer diskutierten Bier trinkend die Reichstagsbrand-Prozesse, die im Herbst vor dem Reichsgericht stattfinden würden. *Die haben bestimmt letzten Monat auch die jüdischen Geschäfte boykottiert*, dachte sie wütend.

Die Kellnerin brachte ihr ein Glas Rotwein. Als sie danach

griff, bemerkte sie, dass ihre Hand zitterte. *Wie ärgerlich!*, dachte sie. *Ich werde schrecklich lange brauchen, um mich vor dem Konzert heute Abend zu konzentrieren.* Ihre Wut nahm noch zu bei dem Gedanken, dass der Dirigent und mehrere Mitglieder des Gewandhausorchesters entlassen und die Werke Mendelssohns, Strawinskis und Mahlers aus dem Repertoire genommen worden waren. Gerade war ein zweimonatiges Wagner-Festival zu Ende gegangen. *Ich hasse Wagner*, dachte sie mit zusammengepressten Lippen.

Peter starrte in sein Limonadenglas und trug seinen Schmollmund zur Schau, er ärgerte sich. Sein kurzes blondes Haar, das er mit so viel Sorgfalt vor dem Spiegel geglättet hatte, fiel ihm rebellisch in die Stirn. Aus seiner Tasche ragte sein Lieblingsbuch, *Der Hitlerjunge Quex*. Er hatte es sich aus der Schulbücherei ausgeliehen, zum großen Kummer seiner Mutter, die ihn lieber in Karl May und die Abenteuer Winnetous und Old Shatterhands vertieft gesehen hätte. Eva war wütend über seine Widerborstigkeit. *Er hätte eine Tracht Prügel verdient*, dachte sie, *aber wahrscheinlich würde man mich wegen Widerstands gegen die deutsche Zukunft verhaften.*

Ihre Augen trafen auf Karls Blick. Er gab sich höflich gleichgültig, doch sie wusste, wie sehr es ihn quälte, dass er keine Möglichkeit sah, Peter vom Eintritt in die Hitlerjugend abzuhalten. Nicht nur würde ein schlichtes Verbot Schwierigkeiten für den Jungen mit sich bringen, der mit seinen fast vierzehn Jahren langsam zum jungen Mann wurde, nein, die ganze Familie zöge möglicherweise unliebsame Aufmerksamkeit auf sich. Und Karl wusste, dass man ihn bereits im Auge hatte.

All das hatte im März angefangen, als die SA sich, genau wie bei allen anderen deutschen Verlagen, Zutritt in seine Redaktionsräume verschafft hatte.

Stiefeltritte auf der breiten Holztreppe, dann flog zum Erschrecken der Empfangsdame die Tür auf. Befehle brüllend stießen die fünf Männer Bücherstapel um, rissen Schubladen auf, blätterten in den Akten und schwenkten stolz Verträge mit jüdischen Autoren ... Einer zog ein für die deutschen Universitäten bestimmtes Flugblatt aus der Tasche und hielt es Karl unter die Nase, der absichtlich langsam seine Brille aufsetzte und dann laut vorlas: »Wenn der Jude deutsch schreibt, lügt er. In deutscher Sprache verfasste Bücher müssen als Übersetzungen aus dem Hebräischen ausgewiesen werden.«

Meisterhaft inszenierte Einschüchterungsmanöver, genau wie die öffentlichen Versammlungen mit Fackelschein, patriotischen Liedern und fanatischen Reden.

Die Sekretärinnen hatten sich, ängstlich die Strickwesten um die Schultern ziehend, in eine Ecke geflüchtet, und Karl musste der Verwüstung machtlos zusehen; wie einen Kriminellen behandelte man ihn, und zum ersten Mal in seinem Leben empfand er Hass.

Eins der Braunhemden mit einer Epaulette auf der rechten Schulter und stolzgeschwellter Brust unter dem Gehänge wandte sich an einen der literarischen Cheflektoren: »Sind Sie Jakob Klausner?« Der junge Mann fuhr zusammen wie unter einem Stromschlag. »Nein, das ist der da!«, rief er und deutete auf seinen Kollegen am anderen Ende des Raums. Und Karl begriff, dass es von nun an immer so sein würde: Die Feigen würden mit dem Finger auf die Schwächeren zeigen, bis zu dem Tag, an dem sie selbst die Angeklagten wären, und immer so weiter.

Der Uniformierte sprach Karl an: »Ihr Angestellter ist Jude, wissen Sie das?« »Seine Mutter ist Arierin«, war Karls ruhige Antwort. »Fünfundzwanzig Prozent jüdisches Blut reichen, dann ist man artfremd.« – »Sie müssen verzeihen, aber ich gehöre zur Welt der Literatur, mit Zahlen habe ich nie etwas anfangen können.«

Tödliche Stille senkte sich über den Raum. Der Nazi trat auf ihn zu. Dicht vor Karls Augen prangte das goldgestickte Abzeichen auf der flachen Mütze, sein Herz klopfte. Die blassen Augen des Sturmbannführers bohrten sich in seine. »Ich mag Ihren Ton nicht, Krüger. Noch ein Wort, ein einziges, und wir nehmen Sie mit!« Langsam zerriss er die Verträge, die er in der Hand hielt, und warf sie ihm ins Gesicht. Dann rief er seine Leute zusammen, und sie gingen türenschlagend fort, leer gefegte Schränke und blasse Gesichter hinter sich lassend.

Eine der Sekretärinnen war in Ohnmacht gefallen, sehr graziös war sie in sich zusammengesunken. Karl hatte sich die letzten Papierfetzen von der Jacke gezupft. »Herr Klausner, seien Sie so nett und kümmern Sie sich um Fräulein Rosa. Sie hatte schon immer zarte Nerven.«

Karl trank noch einen Schluck von dem kühlen Bier. Einige Tage zuvor, als er mit Eva aus dem Theater kam, hatten sie eine Szene erlebt, deren symbolische Bedeutung sich ihm ein für alle Mal eingeprägt hatte. Braunhemden und Studenten in Korpsuniform schwenkten Fackeln und brüllten die Namen verfemter Autoren – Heinrich Mann, Sigmund Freud, Erich Maria Remarque … –, deren Bücher sie auf einen Scheiterhaufen warfen, immer wieder stoben neue Funkengarben auf. Als Verlegersohn und -enkel und Kind einer Stadt, in der etwa fünfunddreißig Jahre nach Gutenbergs Erfindung das erste Buch gedruckt worden war, hatte ihn diese Verbrennung zutiefst verstört. Eva musste ihn am Arm zurückhalten, sonst hätte er protestiert. Er hatte die ganze Nacht nicht schlafen können.

Am nächsten Tag hatte die Jahrestagung der Verleger und Buchdrucker stattgefunden. Propagandaminister Joseph Goebbels war, geschickt sein Hinken verbergend, ans Rednerpult getreten, und Karl hatte ungläubig gehört, wie er die Verbrennung subversiver Literatur rechtfertigte.

»Wir werden ihn gewähren lassen müssen«, sagte er leise zu Eva.

»Ich weiß«, antwortete sie niedergeschlagen.

»Es gilt also?« Peter strahlte. »Ich darf Mitglied werden, genau wie meine Spielkameraden? Die machen da nämlich Wanderungen und Zeltlager …«

Eva beugte sich vor, griff nach seiner Hand und presste sie in ihrer. Peter verzog schmerzvoll das Gesicht.

»Hör zu, Peter, du bist mein einziger Sohn, und ich liebe dich mehr als alles auf der Welt. Deine Geburt war die größte Freude meines Lebens. Für deinen Vater und dich ginge ich durchs Feuer, doch hör gut zu, denn ich sage es kein zweites Mal. Denke an die Werte, die wir dich gelehrt haben, an erster Stelle Toleranz und Menschenliebe. Falls du je diese Werte verrätst, und sei es nur ein einziges Mal, dann bist du nicht mehr mein Sohn, und ich bin nicht mehr deine Mutter. Hast du mich verstanden?«

Peter saß wie gelähmt. Er erkannte diese strenge Frau mit dem fast grausamen Blick nicht wieder. Wo war seine liebevolle Mama, die ihn pflegte, wenn er krank war, sich über seine Erfolge freute und ihn tröstete, wenn etwas schief gegangen war? Mit Schrecken erkannte er, dass seine Mutter ein Eigenleben hatte, getrennt von ihm, dass sie ihn beurteilen und verurteilen konnte.

Sie drückte seine Hand so fest, dass es schmerzte, aber erstaunlicherweise hatte er sich nie hellsichtiger gefühlt. Wenn er sie enttäuschen konnte, konnte er sie auch stolz machen. Es ging also um eine Art Kampf, wie auf dem Schulhof, wenn dieser brutale Fischer ihn verprügelte. Von nun an war ihm die Liebe seiner Mutter nie mehr selbstverständlich, er musste sie sich erkämpfen. Diese Erkenntnis traf ihn wie ein Donnerschlag, brachte all seine kindlichen Gewissheiten ins Wanken und ließ ihn das Elend und die Größe des Mannseins erahnen.

»Ich sehe, du hast mich verstanden«, flüsterte Eva, gab seine Hand frei und tätschelte sie. »Aber eigentlich hatte ich auch nicht daran gezweifelt.«

Sie lächelte, ihr erstes ehrliches Lächeln seit Monaten.

Nach dem Mittagessen machten sie einen Spaziergang. Eva nahm Karls Arm. Peter stapfte gedankenverloren mit zwei Schritten Abstand hinter ihnen her.

Sie kamen auf den großen, von Oper und Theater beherrschten

Augustusplatz. Eine Straßenbahn hielt klappernd an und entließ eine Menschentraube.

»Vielleicht warst du ein wenig zu streng zu ihm«, sagte Karl.

»Ich war nur ehrlich«, protestierte sie. »Peter unterliegt einem Einfluss, den ich überhaupt nicht mag. Die anständigeren Jugendorganisationen sind eine nach der anderen aufgelöst worden. Auf der letzten Elternversammlung sind manche mit dem Hitlergruß eingetreten. Du hättest mein Gesicht sehen sollen und das seines Geschichtslehrers! Es tut mir Leid, aber ich kann meine Gefühle nicht verhehlen.«

»Und doch muss man es versuchen, bis diese Regierung endlich gestürzt ist. Glücklicherweise beginnt man im Land zu protestieren ... Denk an unseren Bürgermeister. Goerdeler hat eine Nachtwache organisiert, um zu verhindern, dass am Rathaus die Nazifahne gehisst wird.«

»Du warst schon immer Optimist, Karl, aber diesmal wirst du enttäuscht, fürchte ich.«

Sie hob den Kopf und betrachtete die Karyatiden und ehrwürdigen Säulen der Universität.

»Wenn man bedenkt, dass eine Kommission gebildet wurde, um für den rechten nationalen Geist in ihr zu sorgen, und dabei ist sie eine der ältesten Universitäten Deutschlands! Alles wird abgeblockt, die Zeitungen, die Opposition, das Erziehungswesen ... Da, schau dir an, was uns blüht!« Sie zeigte auf einen Jungen in kurzen Hosen, der hinter einem mit einem Hakenkreuz verzierten Ball herrannte.

»England und Frankreich werden nicht tatenlos zusehen.«

»Und was sollen sie tun?«, fragte Eva ironisch. »Uns den Krieg erklären? Wir haben uns noch nicht vom letzten erholt. Und außerdem sind sie froh über ein starkes antibolschewistisches Deutschland.«

»Der Kommunismus ist auch nicht besser, das habe ich dir ja schon gesagt. Beides sind totalitäre Systeme, und beide lehnen die Freiheit des Geistes und des Individuums ab.«

Eva schwieg einen Augenblick lang.

»Ich verstehe nicht, dass die Völker so blind sein können.«

»Das sind sie nicht«, sagte Karl mutlos. »Sie sind habgierig und feige, und das ist viel schlimmer.«

Die Zügel klatschten auf die Kruppen der tapfer über den Waldweg trabenden Pferdchen. Ihre Hufe und die Karrenräder wirbelten weißen Staub auf.

Grigori Ilitsch entkorkte seine Feldflasche, trank einen Schluck und bot sie dann Sergej an. Dieser nahm die Zügel in eine Hand und hob die Flasche an die Lippen. Der Pilzschnaps brannte dem Vierzehnjährigen in der Kehle. Er verkniff sich eine Grimasse und wischte sich den Schweiß aus den Augen.

Sie waren schon seit Morgengrauen unterwegs. Inzwischen brannte die Sonne erbarmungslos auf den ungeschützten Kopf. Grigori hatte sich nicht von seiner Pelzmütze getrennt, er hatte sie nur leicht in den Nacken geschoben. Die Räder holperten in den tiefen Spuren. Seit etwa einer Stunde klagte Grigori über Rückenschmerzen.

»Bald sind wir da«, sagte Sergej tröstend.

»Was du nicht sagst! Wird auch Zeit!«, brummte sein Gefährte. »Dein Vater hat unverschämtes Glück, dass ich an seiner statt mitgefahren bin.«

»Du weißt doch, dass sein Bein eine so lange Fahrt nicht aushalten würde.«

»Er geht eben lieber mit dem Dorfältesten angeln.«

Grigori verschränkte die Arme und murmelte in seinen Bart. Sergej lächelte. Er wusste, dass sich Grigori für seinen Freund hätte in Stücke hacken lassen. Sie standen zueinander, auf Leben und Tod. *Wie Marussia und ich*, dachte er. Doch dann fiel ihm wieder schwer auf die Seele, dass er seit Beginn des Sommers für Marussia nicht mehr die einfache, geradlinige Freundschaft empfand wie früher. Wenn er sie barfuß in ihrem dünnen Kleid einherspazieren sah, das rote Haar offen auf die Schultern fallend, packte ihn eine Verwirrung, dass er am liebsten die Beine in die

Hand nähme. Und wenn sie ihn neckte, spürte er, wie ihm die Röte ins Gesicht stieg. Dann wandte er sich immer ärgerlich ab, überzeugt davon, dass alle sein Unbehagen bemerkten, was ihm die Stimmung dann vollends verdarb.

Grigori bat ihn, die Pferde etwas zu zügeln. Er fürchtete, sie könnten die Abzweigung nach links verpassen. Sergej gehorchte und schaute zu, wie die Pferde die Köpfe schüttelten, um die Mückenschwärme zu verscheuchen, die sich bei Nachlassen des Fahrtwinds gleich um ihre Ohren und Hälse sammelten.

Grigori spuckte aus.

»Noch ein Stückchen, und dann müsste es gehen.«

Sergej hielt auf einer Lichtung. Es roch harzig nach Zedern. Man hörte nur das Klingeln des Zaumzeugs und das Rauschen der Blätter. Kein Vogelgezwitscher. Er sprang vom Bock.

»Genau die richtige Stelle, findest du nicht?«, fragte er und sah sich um.

Er pflückte ein paar Blaubeeren und steckte sie sich in den Mund. Grigori kletterte langsamer von dem Karren. Er zuckte die Achseln.

»Jedenfalls müssen sie sich vor dem Winter hier eingewöhnen. Beeilen wir uns ein bisschen, ich hab genug, jetzt karren wir sie schon eine Woche durch die Gegend. Und sie machen nichts anderes als fressen und scheißen.«

Der Zuchtbeauftragte, dessen Gesicht ebenso spitz war wie das der seinem Schutz anbefohlenen Tiere, hatte ihnen genau gesagt, wie sie mit den kostbaren Fleischfressern umgehen mussten, bevor sie sie in die Freiheit entließen. Man durfte sie auf keinen Fall erschrecken und musste sie mehrmals täglich füttern. Den beiden Trappern wurde die Zeit allmählich lang. Sie wollten wieder nach Hause.

In Iwanowo waren die Tage ausgefüllt, sie wurden dort gebraucht. Sergej wusste, dass seine Mutter bei Tagesanbruch aufstand, um Pilze, wilde Zwiebeln, Brennnesseln, Blaubeeren und Johannisbeeren zu sammeln. Und wie immer würde Marussia die

Erste sein, die auf die Bäume stieg, um die Zedernzapfen herunterzuschütteln, deren kostbare Samen man erntete. Außerdem mussten Hanf, Roggen, Möhren und Rüben geerntet werden. Manche der Gemüsegärten waren weit vom Dorf entfernt versteckt, man musste oft eine Stunde bis zu ihnen laufen. Nichts blieb dem Zufall überlassen, denn von der Arbeit im Sommer hing das Überleben des ganzen Dorfes in den langen Wintermonaten ab.

Seit die Bolschewiken feste Preise eingeführt hatten, konnten die Trapper nicht mehr vom Verkauf ihrer Felle leben. Die Häute mussten nun beim Leiter der Kolchose in Iwdiel abgegeben werden. Und da sich die Preise halbiert hatten, konnten sie auch nicht mehr alle Waren kaufen, die sie benötigten. Aber sie wussten sich zu helfen und hatten gelernt, noch die kleinsten Schätze der Taiga auszubeuten. Die Werkzeug- und Saatgutreserven, die der Älteste zehn Jahre zuvor klugerweise hatte anlegen lassen, waren ihr bestgehütetes Geheimnis. Viele Bauern waren erschossen worden, bloß weil sie ein paar Ähren aufgehoben hatten, um ihre Familien durchzubringen.

Sergej schlug die Plane zurück und griff nach dem ersten Käfig. Darin lugten misstrauisch zwei kleine schwarze Knopfaugen aus einem dunkelbraunen Fell.

»Keine Angst, Großer, du kommst jetzt in die Freiheit«, sagte er leise.

»Jetzt redest du schon mit ihnen!«, spottete Grigori, in jeder Hand einen Käfig.

»Ich würd gern sehen, wie es dir an ihrer Stelle erginge!«, gab Sergej zurück und stellte seinen am Fuß eines Baumes ab. »Wenn man ein ruhiges Leben geführt hat, immer gut gefüttert und warm und gemütlich auf einer Zuchtfarm, und dann von einem Tag auf den anderen mitten in der Natur freigesetzt wird ... Es würde mich gar nicht wundern, wenn sie in der nächsten Viertelstunde aufgefressen würden.«

»Unmöglich, das widerspräche dem Plan!« Grigori lachte.

»Vergiss nicht, es handelt sich um das ›schwarze Gold‹ unseres Landes. Die Königin der Pelze ist vom Aussterben bedroht. Und daher wird den Zobeln jetzt befohlen, sich zu vermehren. Wenn ich bedenke, dass meine Vorfahren mit diesen niedlichen Tierchen noch ihre Steuern beim Zar bezahlt haben.«

»Also, lassen wir sie jetzt frei?« Sergej wurde allmählich ungeduldig.

»Zu Befehl!«

Einen nach dem anderen öffneten sie die acht Käfige. Einige Augenblicke lang verharrten die Zobelpärchen, schließlich steckten sie zitternd ihre Schnäuzchen hervor, sogen die Gerüche der Taiga ein und verschwanden dann blitzartig im Dickicht.

»Damit hätten wir die gute Tat vollbracht«, erklärte Sergej zufrieden und stapelte die leeren Käfige wieder auf den Karren. »Mögen sie sich fleißig vermehren!«

»Ich hoffe es unseretwegen!«, rief Grigori, der sich gerade an einem Baum erleichterte. »Wenn diese Herrschaften nicht mit dem Ergebnis zufrieden sind, sind sie glatt imstande, uns bei der GPU der Sabotage zu bezichtigen!«

»Na, weit können sie uns nicht deportieren, wir sind ja schon an Ort und Stelle«, witzelte Sergej.

Grigori knöpfte düster blickend seine Hose wieder zu und hievte sich dann neben seinen jungen Freund auf den Bock.

»Täusch dich nicht, Kleiner. Sie haben einen langen Arm, und Sibirien ist groß. Ich sperr ja überall die Ohren auf, und ich sage dir, es gibt Höllen, von deren Existenz du dir nichts träumen lässt.«

Auf einen Pfiff Sergejs hin setzten die Pferde sich in Gang.

Der Junge war nachdenklich. In Iwdiel, wo sie die Zobel abgeholt hatten, waren sie einer Kolonne Deportierter begegnet; mit hängendem Kopf und gekrümmten Rücken waren sie mitten auf der Straße marschiert. Einige Wachleute führten sie zu einem Lager etwa zwanzig Kilometer vor der Stadt.

»Du hast doch diese Leute neulich gesehen«, sagte er zu Grigori.

»Hmhm. Anscheinend Zigeuner aus Moskau, denen man den Pass fürs Inland verweigert hat. Kein Pass, kein Recht zum Aufenthalt in den Städten. Eine gute Methode, die ehrwürdigen Städte von allen unerwünschten Elementen zu reinigen. Weißt du, ich glaube, dein Vater tut gut daran, sich nicht von zu Hause wegzurühren. In diesem Land sollte man möglichst in Vergessenheit geraten. Wir haben Glück. Wir wohnen so entlegen, dass man uns in Ruhe lässt. Der lokale Parteisekretär reist nur durch die größeren Dörfer, er macht sich nicht die Mühe, jeden kleinen Weiler aufzusuchen. Ich glaube, wir stehen noch nicht einmal auf der Landkarte. Jedenfalls finden sie uns nicht mehr, selbst wenn sie wollen, sobald der erste Schnee gefallen ist.«

Er schüttelte belustigt den Kopf.

»Los, Kleiner, auf nach Hause! Nur noch drei Tagesreisen. Mir geht's wie den Pferden, ich wittere Stallluft!«

Drei Monate später hatte der Winter nach einem kurzen, flammenden Herbst wieder die Macht übernommen.

Sergej hatte gerade ein acht Fuß tiefes rechteckiges Loch ins Eis gegraben. Nun war er dabei, ein bewegliches Brett mit Köder darin anzubringen, sodass ein vom Köder angelocktes Tier vom Brett in das Loch gekippt würde.

»Das Brett ist zu tief, Sergej«, stellte sein Vater fest. »Du musst es ins obere Drittel oder Viertel der Falle setzen, sonst wird das Tier misstrauisch.«

Sergej folgte seinem Rat. Als er fragend aufsah, ob sein Vater es nun billige, nickte Iwan Michailowitsch lächelnd.

Der Junge richtete sich wieder auf und atmete mit offenem Mund die trockene, eisige Luft ein. Wortlos legte ihm sein Vater die Hand auf den Unterarm. Sergej erstarrte. Mit angespannten Sinnen und völlig reglos warteten die beiden Trapper. So, als Eisstatuen mit wolfsfellumrahmten Gesichtern, vermochten sie minutenlang zu verharren und ihre Umgebung zu belauschen.

Iwan Michailowitsch wandte langsam den Kopf. Mit einer

kaum wahrnehmbaren Bewegung des Kinns wies er seinem Sohn die Richtung des Eindringlings. Der Junge folgte seinem Blick. Zunächst entdeckte er gar nichts. Wie es ihn sein Vater gelehrt hatte, konzentrierte er sich auf das leiseste Beben, den leisesten falschen Ton, der die auf Futtersuche heranschleichende Beute verraten könnte.

In solchen Momenten sprach nicht mehr das Herz aus ihm, sondern primitiver Jagdinstinkt. Die Intelligenz und der Scharfsinn des Menschen paarte sich dann mit dem des Tieres. Doch es liegt nicht immer fest, wer die Beute ist. Vielleicht spürte sein Vater einen Wolf ganz in der Nähe, der gerade ruhig und geduldig zum Sprung ansetzte?

Bei ihren gemeinsamen Wachen erzählte Grigori Ilitsch immer wieder von seiner Begegnung mit einem Tiger. Diese bei jedem Mal weiter ausgeschmückte Geschichte ließ zwar manchmal vermuten, das Grigori ein wenig hinzuerfand, zumal die Tiger Tausende von Kilometern entfernt lebten, doch Sergej war von dieser Konfrontation zwischen Mensch und Raubtier tief beeindruckt geblieben.

Ein Schauer überlief ihn, dennoch versuchte er ruhig zu bleiben. Er war noch nicht imstande, seine Angst völlig zu beherrschen. Die anderen Trapper machten sich manchmal lustig über ihn, zu viel Phantasie sei nicht ungefährlich in den Wäldern, sagten sie. Es kam vor, dass er völlig unnötig einen Schuss abgab oder aus einem Albtraum aufschreckte, in dem er von einem Bären angegriffen wurde. Er wusste, dass der erste Mann seiner Mutter auf diese Weise ums Leben gekommen war.

Sergej sang das Blut in den Ohren. Er konnte sich nicht konzentrieren. Am liebsten hätte er wild um sich geschossen und geschrien, um diese beängstigende Stille zu brechen.

Der ruhige Blick seines Vaters lag auf seinem Gesicht. Seine aufgesprungenen Lippen artikulierten das Wort »Atme«.

Der Junge hatte gar nicht gemerkt, dass er den Atem noch anhielt. Beschämt sagte er sich, dass er diese furchtbare Angst beherrschen könne – man musste sie nur unterwerfen, auf ihre eigentliche Größe schrumpfen lassen, wie man einen Schneeball zwischen den Händen rollte, bis er ganz glatt war und genau in die Höhlung der Hand passte.

Er blickte fest in die Augen seines Vaters und kämpfte mit seiner Angst, alles warf er in diesen Kampf, seine Kinderalbträume, aber auch die Befürchtungen und die Entschlossenheit eines jungen Mannes. So bedrängt und attackiert, wich die Angst nach und nach aus seinem Körper und hinterließ eine seltsame Gelassenheit, eine unvergleichliche Milde. Sein Herzschlag verlangsamte sich. Die Muskeln in seinem Nacken und in seinen Händen entspannten sich.

Rechts in seinem Gesichtsfeld, in einem Winkel, den er immer für seinen toten Winkel gehalten hatte, bewegte sich ein Schatten.

»Ein Luchs«, raunte er seinem Vater zu. »Fast ganz weiß, sehr wertvoll. Ich möchte ihn gern leben lassen.«

»Warum?«, flüsterte sein Vater.

»Weil er mich gelehrt hat, meine Angst zu bezwingen.«

Iwan Michailowitsch betrachtete aufmerksam das Gesicht seines Sohnes. Wie er sich veränderte! Inzwischen waren sie beide gleich groß. Unter der Tschapka hervor schauten ihn Sergejs leicht spitz zulaufende Augen vertrauensvoll an. Er studierte die schmalen Wangen, das Kinn, das seine kindliche Weichheit verlor.

»Ich respektiere deine Entscheidung, Serjoscha.«

Und mit unendlicher Zärtlichkeit drückte er seinen Sohn an sich, nicht mehr als sein Kind, sondern als einen Mann.

Alexandre rückte das Cape auf der Puppe zurecht und trat einen Schritt zurück, um sein Werk zu begutachten. Der empfindliche Hermelin hatte ihn viel Mühe gekostet, aber mit dieser gefederten Verarbeitung war er sehr zufrieden. Hier und da hoben als Farbtupfer ein paar dunkle Schwänze die Wirkung des weißen Prachtstücks.

Die Müdigkeit überfiel ihn in einer einzigen großen Welle. Die Finger waren steif, er rieb sich die Augen und ließ sich achtsam wie ein Greis auf einem Hocker nieder, dann sah er auf die Uhr: drei Uhr morgens. Er hatte Krämpfe in den Händen und das Gefühl, dass ihm die Zwecken, mit denen er die Felle spannte, im Rücken steckten, aber nun war auch der letzte Mantel für die große Ausstellung fertig. Auf diesen Tag hatte er alles gesetzt: seine mageren Ersparnisse, den Kredit der Firma Goldmann und seine letzte Hoffnung.

»Wenn ich sie nicht kriege, hänge ich mich auf!«, sagte er dumpf.

Er musste sie haben, die Goldmedaille.

Sein Blick verharrte auf dem Foto, das über der Nähmaschine an der Wand hing: »Die strahlend schöne Madame André Fonteroy bei ihrer Ankunft auf dem Ball«, stand darunter. Das Zeitungspapier war vergilbt, doch Valentine war immer noch hinreißend, der Fuchskragen unterstrich die königliche Haltung ihres Kopfes.

Als er im Gesellschaftsteil auf dieses Foto gestoßen war, hatte er die Zeitung wütend zusammengeknüllt, doch eine Stunde später hatte er sie wieder aus dem Papierkorb gefischt und sie sorgsam geglättet. Valentine, so behielt er sie vor Augen. Er wollte nicht vergessen, wie sehr sie ihn hatte leiden lassen, und er hatte sich geschworen, eines Tages einen Mantel zu kreieren, der ebenso herrlich wäre wie der, den einst Augustin Fonteroy für seine Schwiegertochter entworfen hatte.

Er zündete sich eine Zigarette an und rauchte sie am offenen Fenster. Kein Laut störte die tiefe Stille.

Wenige Stunden später an diesem Junitag würde er seine letzte Karte ausspielen. Im großen Pavillon de l'Élégance würde er dem Publikum der Weltausstellung 1937 und der Jury in der Klasse 57, der Klasse der Pelzmode, den Fuchsmantel, das Hermelincape, den Chinchilla-Bolero und die Persianerjacke mit dem Nerzkragen vorstellen. Sollte das seiner Karriere nicht noch einmal einen kräftigen Auftrieb geben, würde er alles hinwerfen, dieser Entschluss stand fest. Er hatte sich selten so hilflos gefühlt.

Nachdem er sechs Jahre zuvor bei den Fonteroys aufgehört hatte, hatte er sich in einem seiner beiden Zimmer ein Atelier eingerichtet und zwei Tischböcke mit einem großen Brett, eine Schneiderpuppe und eine auf Pump gekaufte Pelznähmaschine hineingestellt. Doch sein Stolz auf die Kündigung war schnell verflogen, und vor allem hatte er ihn nicht ernährt. Er hatte sich als Heimnäher durchgeschlagen und zu Hause im Auftrag anderer Kürschner und nach deren Schnitten Felle zu Mänteln verarbeitet, die er dann in den betreffenden Häusern ablieferte, wo sie nur noch den letzten Schliff erhielten.

In dieser Zwangslage hatte er sich an seine griechischen Landsleute gewandt, denen er doch seit seiner Ankunft in Paris mit Bedacht aus dem Weg gegangen war. Sie waren so taktvoll gewesen, diesem verlorenen Sohn keine Fragen zu stellen. Aber er wich den mitleidigen Blicken ihrer Frauen aus, die mit Feenhänden Futter einnähten, zugleich ihre an einer Ecke des Tisches Hausaufgaben machenden Kinder überwachten und außerdem fanden, dass dieser junge Mann bleich und fiebrig wirke. Wenn man ihn zum sonntäglichen Mittagessen einlud, lehnte er jedes Mal ab, er fürchtete die allzu herzliche Familienatmosphäre. Ihm blieb nur noch die Einsamkeit, an die er sich mit dem Stolz der Hilflosen klammerte.

Wie lang ihm die Tage im Winter erschienen waren! Zehn Stunden am Tag arbeitete er allein vor sich hin, befeuchtete die Häute, spannte sie dem Schnitt entsprechend und nagelte sie mit seiner Zweckzange fest. Über seine Nähmaschine gebeugt, zog er die störrischen Persianer mit der Zange unter die Nadel und nähte die Fellstreifen dann mit uhrmacherhafter Präzision zusammen. Manchmal blieb sein Blick an dem Metallschildchen »Excelsior, New York, NY« hängen. Dann sagte er sich nicht ohne bittere Ironie, dass diese Maschine ihn seinem Kindheitstraum noch am nächsten gebracht hatte.

Am meisten fürchtete er jene grauenvollen Momente, in denen an dem Ständer in seinem Atelier keine Fellbündel baumelten. An solchen Tagen schlossen sich die Wände seiner Wohnung um ihn, als wollten sie ihn ersticken. Dann schrie sein Magen vor Hunger, und er hätte alles darum gegeben, die Verplombung der dicken Kordel, die Dutzende von Kaninchen- oder Biberfellen zusammenhielt, aufbrechen, die Felle auf dem Tisch ausbreiten und sich an seine so viel Sorgfalt erfordernde Arbeit machen zu dürfen.

Valentine hatte Recht: Es war verantwortungslos gewesen, mitten in einer Krise, in der reihenweise Unternehmen in Konkurs gingen, eine Stelle aufzugeben. Aber auch im schlimmsten Zweifel tröstete er sich damit, dass eine Wirtschaftskrise nicht ewig dauern könne.

Sobald die Geschäfte besser gingen, hatte er sich an die Firma Goldmann gewandt, dort hatte man sich bereit gefunden, ihm Felle vorzuschießen. Dann hatte sich ein Einzelhändler aus seinem Freundeskreis erboten, den Mantel zu verkaufen.

Unter Diamant- und Pelzhändlern ist das einmal gegebene Wort heilig. Dagegen zu verstoßen wäre gleichbedeutend mit dem beruflichen Aus. Eine einzige Empfehlung genügte, und man bekam eine Chance, eine einzige Verfehlung, und alle Türen verschlossen sich.

Alexandre war ziemlich nervös gewesen, als er die Kaninchenfelle nach Hause trug. Zum ersten Mal würde er einen Mantel ganz nach seinen Vorstellungen nähen. Nachdem er seine kostbare Last auf den Tisch gelegt hatte, atmete er tief ein. Wenn die Kordel einmal durchschnitten war, konnte er den Goldmanns die Felle nicht mehr zurückgeben. Ob der Mantel gelang oder nicht, ob er verkauft wurde oder nicht, er schuldete ihnen die Felle. Eine tückische leise Stimme ließ sich vernehmen: »Noch ist Zeit zur Umkehr. Gib sie zurück. Die Kordel ist intakt. Du schuldest ihnen noch nichts.«

Er hatte sein Kürschnermesser an dem Stein aus Mazedonien geschärft. Nur diesen Stein und das kleine Messer in seinem alten Lederetui hatte er aus Mazedonien mitgenommen. Sein Großvater hatte ihm das Messer zu seinem zwölften Geburtstag geschenkt, als er zu arbeiten begonnen hatte, und er hatte es immer gehütet wie seinen Augapfel.

»Du wirst es nie zu etwas bringen! Du setzt immer nur deinen Dickkopf durch!« Die wütende Stimme seines Vaters war durch seine Träumereien gefahren. Mit einer knappen Handbewegung hatte Alexandre die Kordel durchschnitten.

Nach zwei Tagen war der Mantel verkauft. Er hatte seine Schulden bei der Firma Goldmann bezahlt und war beschwingten Schritts und mit einem Bündel tiefschwarzer Persianer unter dem Arm nach Hause zurückgekehrt.

Max Goldmann hatte ihn auch auf den Gedanken gebracht, sich an der Weltausstellung zu beteiligen. Bei einem seiner Besuche in den Geschäftsräumen hörte Alexandre, wie man begeistert die märchenhafte Dekoration des Pavillon de l'Élégance rühmte. Und schon auf dem Nachhauseweg hatte er nur noch eins im Sinn: die Goldmedaille der Jury.

Zwei Tage später hatte er bei der Auswahlkommission seinen Antrag vorgelegt und dabei erfahren, dass André Fonteroy zu den drei Mitgliedern der Jury gehörte, die seinen Antrag prüfen würden.

Viel später sollte er von Max Goldmann erfahren, dass André

Fonteroys Stimme den Ausschlag gegeben hatte. Seinem ehemaligen Arbeitgeber hatte er es zu verdanken, dass er sich an einem Gemeinschaftsstand beteiligen durfte.

Wenn er die Goldmedaille bekäme, würde sich ganz sicher eine ganz andere Kundschaft in seinem Atelier einfinden. Er würde in großzügigere Räume umziehen und Personal einstellen müssen. Zudem wollte er wieder Kontakt nach Kastoria aufnehmen. Dort gab es qualifizierte und nicht zu teure Arbeitskräfte. Er würde ihnen Fellreste zur Herstellung von Skunk-, Fuchs- oder Otternplatten schicken, die er dann für weniger kostspielige Mäntel verwenden könnte.

Der Gedanke, in seine Geburtsstadt zurückzukehren, beängstigte ihn ein wenig. Kürzlich hatte er einen Brief mit der Nachricht vom Tod seines Vaters erhalten. Als er die ordentliche Handschrift seiner Mutter überflog, schwankte er zwischen Verärgerung und Trauer. Warum war sein Vater so unerbittlich gewesen? Warum hatte er diesen unnötigen Bruch provoziert?

Um diesen Tod durch eine Geste zu ehren, hatte sich Alexandre in die orthodoxe Kapelle Saint-Constantin in der Rue Laferrière begeben. In den kleinen, nach Weihrauch duftenden Räumen hatten goldschimmernde Ikonen aus dem Halbdunkel geleuchtet. Er hatte vor der Jungfrau mit dem Kind eine dünne gelbe Kerze entzündet, sich bekreuzigt und sich ihr zu Füßen geworfen, doch ihm war kein Gebet eingefallen. Es war ihm klar geworden, dass er seinem Vater immer noch nicht verziehen hatte. Das Band zwischen ihnen war ein Band der Bitterkeit; man gewann keine Liebe, nur weil man starb.

Da auch seine beiden älteren Brüder nicht mehr lebten, war nun er das Familienoberhaupt, aber er würde nicht so ruhmbedeckt zurückkehren, wie er es sich am Tag seines Weggangs ausgemalt hatte. Nichts war so geworden, wie er es sich gedacht hatte. Er war nicht Kürschnermeister mit eigenem Geschäftshaus in New York, Ehemann und Familienvater, sondern er hauste in zwei dunklen Zimmern in Paris, erarbeitete sich eben gerade seinen Lebensunterhalt, und eine unerreichbare Frau verfolgte ihn immer noch bis in seine Albträume.

Nach der Trennung von Valentine war er einigen Frauen begegnet, die ihm Lust verschafft hatten, zuweilen auch Trost, sein Herz jedoch war nie beteiligt gewesen. Valentine Fonteroy hatte ihm das geheimnisvolle Fundament geraubt, auf dem sich eine dauerhafte Beziehung aufbauen ließ. War es Hoffnung oder Vertrauen? Es kam vor, dass er sich bei einem Spaziergang an den Marneufern dem hübschen Gesicht seiner Begleiterin zuwandte und sich nur mit Mühe ihren Namen ins Gedächtnis rufen konnte. Manchmal war er sich selbst böse wegen dieser Illusionslosigkeit.

Im Austellungsgebäude schlängelten sich die Wege durch duftig weiße Kulissen, in denen die phantasievollen Skulpturen Robert Couturiers Akzente setzten. In diesem Märchenwald traten die geschickt beleuchteten Pelze den Besuchern wie Erscheinungen vor die Augen.

Camille schritt langsam durch die Gänge. Sie hatte ihre Mutter aus den Augen verloren, doch sie spazierte ohnehin lieber nach eigener Lust und Laune. Sie würde sie schon am Stand der Maison Fonteroy wieder finden, an dem ihre Patin Odile die Kreationen des Hauses wirklich meisterhaft arrangiert hatte.

An einer Wegbiegung verharrte sie vor der feinen gefederten Verarbeitung eines Hermelincapes. Sie zögerte nur einen kurzen Augenblick, bevor sie dicht an die Puppe herantrat. Fasziniert kniete sie sich hin, um die Rückseite zu betrachten.

»Guten Tag, Mademoiselle«, sagte eine tiefe Stimme.

Sie sprang hastig auf und schob das störrische, von dem Band kaum gebändigte Haar zurück.

»Verzeihen Sie, ich wollte nicht … Aber es ist wirklich bemerkenswert gut gearbeitet …«

Die blauen Augen betrachteten sie lachend. Sie spürte, wie ihr die Röte ins Gesicht stieg.

»Und dieser Chinchilla-Bolero, diese vertikal aneinander genähten Häute … Er ist der Mode voraus …«

Alexandre war fasziniert. Dieses Mädchen prüfte seine Arbeit mit Expertenblick, während ihre schmalen Hände auf der Suche nach einem Fehler über die Pelze tasteten. Sie schien seine Gegenwart schon wieder vergessen zu haben. Belustigt sah er, dass sie anders als die meisten Frauen den Pelz nicht mit dem Strich streichelte, sondern ihre Finger ohne zu zögern zwischen die Haare bohrte.

»Eine gute Idee, hier ein wenig einzufassen, um den Pelz weniger dick und die Taille schmaler wirken zu lassen … Und so wenig Grannen … Das sind Füchse von Goldmann, nicht wahr? In dieser Saison sind sie wirklich außergewöhnlich rauch.«

»Mademoiselle, außergewöhnlich sind *Sie.* Ich bin nie jemandem begegnet, der so jung und so kundig gewesen wäre. Das heißt, bis auf eine … ein …«

Er brach verwirrt ab.

»Mädchen, wollten Sie sagen?«, ergänzte sie mit funkelnden Augen. »Aber Pelze waren schon immer meine Leidenschaft! Manchmal denke ich, es liegt mir im Blut, wie ein Fieber. Nur dass man nie gesund wird.«

»Ich fühle mich sehr geehrt, dass Ihnen meine Arbeit so gut gefällt.« Er streckte ihr die Hand hin. »Wenn ich mich vorstellen darf: Alexandre Manokis.«

Camilles Augen rundeten sich vor Staunen.

»Ich habe Sie nicht wiedererkannt, Monsieur Manokis. Und Sie mich auch nicht, aber ich bin ja auch größer geworden … Camille Fonteroy. Erinnern Sie sich noch an mich?«

»Du lieber Himmel, Mademoiselle … Es sind wirklich viele Jahre vergangen, seit ich Sie aus Ihrem Prinzessinnenschlummer weckte.«

Alexandre bemerkte, dass sie sich abwechselnd gerade und dann wieder ein wenig krumm hielt, als wollte sie sich in sich selbst zurückziehen. Sie hatte noch die Zerbrechlichkeit der Jugend, diese körperliche Unsicherheit. *Ja, es verlangt Mut, sich in diesem Alter aufzurichten*, dachte er.

Camille war schlank und eher groß. Sie hatte Valentines helle Augen und einen genießerischen Mund, der ein leidenschaftliches Naturell verhieß. Ihre Gesichtszüge allerdings waren weniger zart. Eine entschlossen gewölbte Stirn und eine etwas zu große Nase, die ihr jedoch Charakter verlieh. Valentines Respektlosigkeit konnte er in ihr nicht entdecken. Das Mädchen wirkte aufmerksam, auf der Hut. *Du bist unglücklich*, dachte er zu seiner Überraschung. *Aber du würdest es um nichts in der Welt zugeben.*

»Kommen Sie an unseren Stand?«, fragte sie. »Wir sind im zweiten Gang rechts.«

»Ich weiß nicht ... Ich kann hier nicht weg ...«, stotterte er.

»Dann komme ich eben wieder. Bis bald.«

Sie hob die Hand und verschwand im Besuchergewimmel.

Valentine sah, wie Camille sich einen Weg zu ihrem Vater bahnte. Ihr fiel auf, dass sie sich gleich nach Betreten des Pavillons aus den Augen verloren hatten. Sie runzelte ärgerlich die Stirn. Ihre fünfzehnjährige Tochter war wirklich Meisterin in der Kunst der Irreführung.

Camille sprach und gestikulierte in wenig weiblicher Weise, doch André und Max Goldmann brachen in Lachen aus. *Was erzählt sie ihnen bloß?*, fragte sich Valentine, wie immer erstaunt, dass andere mit Camille so heiter umgingen. Wenn sie selbst mit ihr zusammen war, schien ihre Tochter immer von einer dumpfen Streitlust besessen. Nie wurde etwas ausgesprochen, doch es herrschte eine unterschwellige Spannung, eine Übellaunigkeit, die Valentine nervös machte, weil sie sie nicht verstand.

Eine Hand streifte ihre Hüfte. Instinktiv streichelte sie den Kopf ihres Sohnes, der sich an sie schmiegte.

»Gehen wir spazieren, Maman?«, quengelte Maxence.

»Ich kann mit ihm eine kleine Runde machen, Madame«, bot die Gouvernante sofort an.

»Lassen Sie nur, Jeanne«, sagte Valentine. »Ich habe auch Lust, mir ein wenig die Beine zu vertreten.«

Sie verließ den Stand, ohne dass ihr Mann oder ihre Tochter etwas bemerkt hätten.

Maxence an der Hand, damit er ihr im Gedränge nicht verloren ging, machte sie sich auf die Suche nach einem Ausgang. Eine Schande, sich an einem so schönen Nachmittag hier einzuschließen! Für die ausgestellten Pelze hatte sie keinen Blick, es irritierte sie, dass man so viel Aufhebens um sie machte.

Camilles Begeisterung für das Gewerbe ihres Vaters erfüllte sie immer noch mit Erstaunen. Sobald sie eine freie Minute hatte, verschwand sie Richtung Boulevard des Capucines. Sie hatte sich geweigert, Klavierstunden zu nehmen, die sie an den Samstagnachmittagen zu Hause festgehalten hätten. Glücklich schien sie nur in Gesellschaft dieser scheußlichen Felle, an denen die Näschen und Tatzen noch an die armen Tiere erinnerten. Das war nicht minder absurd als diese alten Schachteln, die sich unbedingt Füchse um die Schultern drapieren und die dazugehörigen Köpfe auf ihre Brust betten mussten. Für Valentine wurden Pelze erst erträglich, wenn nichts mehr an das lebende Tier erinnerte.

Als sie ihn plötzlich direkt vor sich sah, drückte sie Maxence' Hand so fest, dass er leise protestierte. *Ich hätte mir denken können, dass er hier sein würde*, warf sie sich vor.

Alexandre senkte den Blick auf das Kind. Ein witziges Gesichtchen, schwarze Locken und ein durchdringend blauer Blick, der wütend auf ihn geheftet war.

»Wir wollten gerade gehen«, stotterte Valentine.

»Ja, das gehört zu Ihren schlechten Angewohnheiten, Madame«, sagte er spöttisch, er hielt es für besser, sie vor dem Kind zu siezen.

Sie wollte auf dem Absatz kehrtmachen, doch er hielt sie am Arm zurück.

»Lassen Sie mich sofort los«, flüsterte sie empört.

Er hatte seine spöttische Miene verloren und verschlang sie mit Blicken.

»Wie geht's?«, fragte er leise.

»Gut, sehr gut, danke.«

Sie zögerte eine Sekunde, eine Sekunde zu lang, fasziniert von diesem Gesicht, sie dachte an die Leidenschaft, die sie für diesen Mann empfunden hatte, und an ihre Angst, als sie die Herrschaft über ihre Liaison verloren hatte. Damals hatte Alexandre ihr ihre Unzufriedenheit mit dem eigenen Leben bewusst gemacht und sie dadurch in Gefahr gebracht.

Einige Zeit nach Maxence' Geburt hatte sie sich einen anderen Liebhaber genommen, sie wollte sich selbst einreden, Alexandre sei nur ein Mann wie alle anderen gewesen. Ein einziges Mal hatten sie sich geliebt, in einem Hotelzimmer, und Valentine hatte einen Orgasmus vorgetäuscht, um die Sache schnell zu einem Ende zu bringen. Danach hatte sie sich im Badezimmerspiegel betrachtet und sich hässlich gefunden. Sie hatte an Alexandre zurückgedacht, an dieses mit Furcht untermischte Glücksgefühl, das sie nach der Liebe immer gehabt hatte, und da hatte sie begriffen, dass sie nicht in einen Körper verliebt gewesen war, sondern in den Mann.

»Kommst du, Maman?«, drängte der Kleine.

Alexandre schaute noch einmal auf ihn hinunter. Er war eigentümlich fasziniert von dem Jungen. Er hatte keine Erfahrung mit Kindern und wenig Begabung für das Entdecken von Familienähnlichkeiten, doch er hatte das Gefühl, diesen kleinen Jungen im Matrosenanzug schon seit jeher zu kennen.

»Warum durfte ich es nicht erfahren?«, murmelte er, verstört, denn er verstand selbst nicht ganz, was ihn zu dieser Frage bewogen hatte.

Valentine wurde blass, er hatte also richtig vermutet.

»Ich weiß nicht, was Sie meinen ... Es tut mir Leid ... Ich muss jetzt gehen ...«

»Er ist von mir, nicht wahr?«, beharrte er leise.

»Sie sind verrückt. Ich werde Ihnen nicht erlauben …«

Sie sprachen leise, aber trotz des Getöses ringsum verstanden sie sich ohne Mühe.

»Ich will die Wahrheit erfahren. Ich habe ein Recht darauf.«

Valentines Gesicht erstarrte, zwei strenge Linien bildeten sich zu beiden Seiten ihres Mundes.

»Du hast mir gegenüber überhaupt kein Recht, gar keins, ist das klar?«, zischte sie mit zusammengebissenen Zähnen.

Dann wandte sie sich ab und zog ihren Sohn mit sich.

*Ihrer beider* Sohn, dessen war sich Alexandre sicher. Aber wie konnte er Valentine dazu bringen, die Wahrheit einzugestehen? Ihn überraschte, dass ihn der Gedanke, dieser kleine Junge sei sein Sohn, so sehr bewegte. Er sah den schmalen Nacken, der aus dem weißen Matrosenkragen herauswuchs, und wäre ihm am liebsten nachgelaufen. Als er sie in der Menge nicht mehr ausmachen konnte, fühlte er sich betrogen, einer Sache beraubt, die er doch nie besessen hatte.

Valentines Herz schlug ihr bis zum Hals, ihre Knie zitterten, während sie sich mit den Ellbogen einen Weg zum nächstgelegenen Ausgang bahnte. Draußen blendete sie die Sonne. Maxence zerrte sie zu einer Kirmesattraktion.

Wie hatte Alexandre es erraten können? Maxence ähnelte ihm, aber so sehr nun auch wieder nicht. Sie gab dem jungen Mann, der sich ums Karussell kümmerte, ein Geldstück, half Maxence auf den Rücken eines Holzpferdchens und ermahnte ihn, sich gut festzuhalten.

Zu einer fröhlichen Melodie begann sich das Karussell zu drehen. Und wenn Alexandre nun versuchte, sie wiederzusehen? Wenn er darauf bestand, alles zu erfahren? *Was immer geschieht, ich sage nichts!*, schwor sie sich.

Die offenen Münder und die Schreie der von der Geschwindigkeit berauschten Kinder drehten sich immer schneller. Sie suchte nach Maxence, aber er war verschwunden. Ihr Sohn wurde von diesem verrückt gewordenen Karussell mitgerissen, und sie konnte ihn nicht wiederfinden. Absurde Panik überkam sie. Eine Staubwolke brachte sie zum Husten, sie musste sich abwenden.

Und schon wurde ihr Blick von zwei Kolossen gefangen, wie zwei hochmütige, sich gegenseitig herausfordernde Ungeheuer standen sie einander gegenüber. Auf dem Dach des russischen Pavillons stemmte sich ein muskulöses Paar einem imaginären Wind entgegen, Hammer und Sichel schwingend, als wären es Waffen. Ihnen gegenüber ein wuchtiger Adler mit Hakenkreuz und starrem Blick, und zu Füßen des Schwindel erregenden deutschen Pavillons trugen Skulpturen von Arno Breker dieselbe triumphierend mächtige Körperlichkeit zur Schau. Sie fühlte sich zermalmt vom Übermaß der Statuen, von diesem mit dem Blut der 1914 gefallenen Gegner gesättigten Deutschland. Sie trat einen Schritt zurück. Die schrille Kirmesmusik stach ihr in die Trommelfelle. Sie hielt sich die Ohren zu.

»Maman ... Maman ...!«, rief ein besorgtes Stimmchen.

Jemand zerrte an ihrem Kleid. Langsam öffnete sie die Augen.

»Bist du krank, Maman?«

»Aber nein, Chéri. Mir war nur ein wenig schwindelig, weiter nichts. Hat dir die Karussellfahrt Spaß gemacht? Das ist schön. Nun suchen wir deinen Vater und sagen ihm, dass wir nach Hause gehen.«

»Jetzt schon? Aber auf der anderen Seite der Brücke gibt es auch noch Buden.«

»Mach jetzt keinen Zirkus, Maxence, bitte«, sagte sie gereizt.

»Aber Maman, du hast mir versprochen ...«

Pierre Venailles' Mittagessen neigte sich gerade dem Ende zu. Er war von einem deutschen Kunsthändler in das Berliner Restaurant *Horcher* im obersten Stockwerk des deutschen Pavillons eingeladen worden.

Kurt Mülheim, pausbäckig und gutmütig, das Parteiabzeichen

im Knopfloch, hatte die Aussicht auf den tief unter ihnen liegenden Square du Trocadéro bewundert. In ihrem Monument aus Stahl und Beton hatten die nationalsozialistischen Organisatoren ihr Bestes gegeben, um der Welt die Effizienz, die Macht und die Perfektion des Reichs vor Augen zu führen. Pierre Venailles konnte sich nicht beklagen. Das Essen war exquisit gewesen und die Vorschläge seines Gastgebers durchaus interessant.

»Unser Land will sich von solchen Kunstwerken trennen, die es als seiner unwürdig betrachtet«, hatte Mülheim erklärt. »Sie haben einen gewissen Ruf als Sammler. Ich denke, ich hätte da einige Bilder, die Ihnen gefallen könnten.« – »Stammen sie aus deutschen Museen?«, hatte sich Pierre erkundigt. »Zum großen Teil«, hatte Mülheim steif erwidert. »Und diese Verkäufe sind legal?« – »Absolut. Sie werden von höchster Stelle befürwortet.«

Pierre wusste, dass zu Mülheims Kunden auch Mitglieder der nationalsozialistischen Regierung gehörten. Es hieß, Hitler, dieser gescheiterte Maler, habe eine besondere Vorliebe für die alten Meister und die deutsche Kunst des neunzehnten Jahrhunderts. Der Kunstgeschmack dieser fanatischen Militärs belustigte Pierre.

»Und doch scheint es seltsam, dass Sie sich einfach so eines großen Teils deutscher Kultur entledigen«, hatte er bemerkt. »Der Führer wünscht, dass die Kunst möglichst vielen zugänglich ist. Zeitgenössische Kunst hat oft den Nachteil der Unverständlichkeit.« – »Nicht wenn man sich die Mühe macht und nachdenkt.« Mülheim hatte verärgert gewirkt. »Auch bei uns gibt es Liebhaber moderner Kunst. Ich kenne sogar welche in der Partei. Doch im Augenblick verhalten sie sich ein wenig ... diskreter.« Pierre hatte ein verständnisinniges Lächeln angedeutet, denn es erstaunte ihn wenig, dass Kurt Mülheim mehrere Eisen im Feuer hatte. Dann hatte er ihn für den nächsten Tag zum Mittagessen in seinem Hause eingeladen. Sofort stand in den kleinen dunklen Augen des Kunsthändlers ein gieriges Licht.

Eine Zigarre in der Hand, hatte sich Pierre zum Pavillon de l'Élégance aufgemacht, um Odile zu suchen, und unterwegs Valentine gesehen, die sich zu ihrem sichtlich betrübten Sohn hinunterbeugte.

»Aber, aber, Sie dürfen Ihren niedlichen Jungen nicht enttäuschen. Gleich weint er. Darf ich ihm nicht eine Fahrt auf dem Karussell spendieren?«

Sie wirkte verstimmt, doch zu seiner Überraschung schenkte sie ihm ein strahlendes Lächeln.

»Guten Tag, Pierre. Was treiben Sie denn hier?«

»Ich hatte eine Verabredung im deutschen Pavillon.«

»Sie machen aber Sachen! Und warum?«

»Die Nazis mögen keine moderne Kunst. Ich hingegen sammele sie. Unsere Interessen treffen sich also. Zwei Runden für den Jungen«, fügte er noch hinzu und zahlte.

Mit einem Freudenschrei kletterte Maxence auf den Rücken eines Apfelschimmels.

»Sie verfluchen die entartete Kunst und verbannen die bösen Bilder aus ihren Museen«, spottete Valentine. »Schauen Sie nicht so überrascht, mein Lieber. Ich lese die Zeitung, wissen Sie. Ich bin durchaus informiert über das, was sich jenseits des Rheins anbahnt. Und keineswegs überrascht. Die Deutschen sind Barbaren. Die Bücher haben sie schon verbrannt, die Bilder werden sie gewiss auch verbrennen und zum guten Schluss auch noch die Leute, die ihnen nicht gefallen.«

»Jetzt übertreiben Sie ein wenig, oder?«

»Es stimmt allerdings, dass die da auch nicht viel besser sind.« Sie zeigte auf den sowjetischen Pavillon. »Bei den Moskauer Prozessen haben sie wunderbar aufgeräumt. Um die habe ich keine Angst, aber um uns. In Spanien stehen sie sich schon gegenüber. Bringen Sie zwei bissige Hunde zusammen – die beiden werden sich zum guten Schluss immer gegenseitig auffressen. Hitler will Krieg. Man muss blind sein, um das nicht zu sehen.«

Pierre betrachtete sie verblüfft. Zum ersten Mal erlebte er sie so ernst. Für jemanden, der sonst mit Vorliebe über Nichtigkeiten plauderte, bewies Valentine erstaunliche Einsicht. Aber er hätte sich von ihrer Sorglosigkeit nicht täuschen lassen dürfen. Eine Frau der Gesellschaft, die mit einundzwanzig Jahren nackt für eine aufbegehrende Künstlerin wie Ludmilla Tikonow Modell gesessen hatte, war gewiss keine Frau wie jede andere.

*Die Ungeliebte* hatte ihn von der ersten Begegnung an fasziniert. Aus irgendeinem geheimnisvollen Grund hatte ihn die tugendhafte Braut mit dem blumengeschmückten Haarknoten provoziert, aber kaum hatte er an der glatten Schale des verwöhnten jungen Mädchens gekratzt, war ein revoltierender Geist zum Vorschein gekommen.

Sie mochte ihn nicht, und diese Antipathie war es vermutlich, die ihn bei jeder Begegnung dazu brachte, sie zu verhöhnen. Zu seiner Überraschung bereute er es nun. Hatte er sie so unbewusst auf Distanz gehalten? Sollte Valentine der einzige Mensch sein, mit dem er offen hätte reden können?

Auf ihrem Gesicht, in dem sich an den Augenwinkeln die ersten Fältchen abzeichneten, lag seit dem Tod ihres Vaters ein neuer Ernst. Er wusste, dass ihr Elternhaus in Burgund verkauft worden war, damit die Schulden abgetragen werden konnten. Sie musste darunter gelitten haben. Aber leidet man nicht immer unter dem Tod seiner Eltern? Ist man nicht immer gezwungen, neue Orientierungen zu finden, sich selbst neu zu formen?

Er hatte diese Erfahrung schon im Alter von zehn Jahren machen müssen, als er in das Zimmer mit den geschlossenen Läden getreten war. Er hatte sich vorgetastet und war mit den Händen gegen einen seltsamen Gegenstand gestoßen, der sich pendelnd in Bewegung gesetzt hatte. Auf seinen Schrei hin war seine Mutter herbeigestürzt. Sie hatte den Lichtschalter betätigt, und dann hatte sie gestöhnt.

Pierre hatte sie nie vergessen können, diese Klage voller Schmerz und Verständnislosigkeit. Nun lag seine Mutter schon seit Jahren auf einem Vorortfriedhof – getrennt von ihrem Mann, dem ein christliches Grab vorenthalten geblieben war, Selbstmörder begräbt man nicht neben anständigen Menschen –, doch ihr unmenschliches Stöhnen und Weinen klang ihm noch in den Ohren.

Er war auf einen Hocker geklettert und hatte den an einem Balken befestigten Strick durchgeschnitten. Das Gewicht des Leichnams hatte ihn nach hinten geworfen. Er war auf den Bauch seines Vaters gefallen und hatte erschrocken aufgeschluchzt, als dieser aufstöhnte, als habe er ihm wehgetan. Dann hatte er ihn zum Bett gezerrt und auf die Matratze gehievt. Woher hatte er die Kraft dazu genommen? Das fragte er sich immer noch. Um seinem Vater ein etwas würdigeres Aussehen zu geben, hatte er ihm die kalten Hände auf der Brust zusammengelegt. Aber nichts konnte das entstellte Gesicht erträglicher machen, die grotesk herausragende Zunge. Bis der Arzt kam, hatte der Junge vor ihm gekniet, mit tränenlosen Augen, und immer wieder die Litanei eines ganzen Lebens aufgesagt: »Ich werde dich rächen, Papa, das schwöre ich dir.«

Beklommen dachte Pierre, dass die Fonteroys immer noch nicht dafür bezahlt hatten, dass sie diesen kleinen Buchhalter um eines Fehlers willen, den er nicht begangen hatte, entlassen hatten, ohne sich auch nur die Mühe zu machen, dessen Aussagen nachzuprüfen. Von einem Tag zum anderen vor die Tür gesetzt, hatte sein Vater keine Stelle mehr gefunden. Was wog sein Wort gegen das des bedeutenden Augustin Fonteroy?

Die Monate waren vergangen. Die Familie war mehrmals umgezogen und hatte eine Spur von Möbeln und Erinnerungsstücken hinter sich gelassen. Und dann, eines Tages, hatte sein Vater einfach genug von den aufgesprungenen Händen seiner Frau, die als Wäscherin arbeitete, und vom starren Blick seines Sohnes, der unbewusst die Unfähigkeit seines Vaters, die Familie zu ernähren, zu kleiden und zu schützen, beobachtete und verurteilte.

Er hatte beschlossen, ein Ende zu machen. Pierre hatte es ihm nie übel genommen, aber seit jenem Tag hatte er keine Angst mehr vor dem Tod. Im Krieg an der Front hatte er sogar mit ihm geflirtet. Sein Mut, der lediglich Gleichgültigkeit war, hatte ihm Orden und Belobigungen und die Bewunderung seiner Vorgesetzten eingetragen. Insgeheim hatte er sie deshalb nur umso mehr verachtet.

Vor dem Leichnam seines Vaters hatte er das Gefühl für die Angst verloren. Erst das Leben sollte ihn später lehren, dass ein Mann, der keine Angst kennt, nicht ganz Mann ist.

Erst als Maxence fröhlich zu ihnen zurückhüpfte, bemerkte Valentine, wie blass und still Pierre war. Seine rechte Hand zitterte. Er ließ die kaum angerauchte Zigarre fallen. Überrascht schlug sie vor, zu André und Odile zurückzugehen. Wortlos reichte Pierre ihr seinen Arm, den sie nicht abzulehnen wagte.

Im weitläufigen Salon der Venailles mit seinen großen Fenstern zum Champs-de-Mars betrachtete Kurt Mülheim die an den weißen Wänden aufgehängten Bilder, als schlendere er durch ein Museum. Die Hände hinter dem Rücken verschränkt und auf den Absätzen wippend, stand er gerade vor den roten und braunen Dreiecken eines Kandinsky.

Odile beobachtete ihn leicht spöttisch, sie war für seinen kriecherischen Charme völlig unempfänglich. Er gehörte zu dieser Sorte Kunsthändler – und Pierre lud oft welche nach Hause ein –, die sich mit Frauen unterhielten wie mit ihren Kunden und beim Komplimentedrechseln nie ihren Kontostand und die Stufen ihres sozialen Aufstiegs vergaßen.

Derartige Leute hatten sie schon in ihrer Kindheit verfolgt. Wie oft waren sie, wenn ihr Vater wieder einmal bei den Pferderennen verloren hatte, bei ihren Eltern gewesen und hatten verächtlich das Mobiliar gemustert? Und sie waren nie mit leeren Händen weggegangen. Nach diesen Besuchen sprach ihr Vater noch lauter als sonst, als könne der Klang seiner Stimme die leeren Stellen an und vor den Wänden ausfüllen und ihn vor den anklagenden Blicken seiner Frau schützen.

Und wie durch eine Ironie des Schicksals waren diese Leute nach ihrer Heirat mit Pierre in ihr Leben zurückgekehrt. Auch wenn ihre Blicke nun bewundernd waren statt verächtlich, fühlte sie sich in ihrer Gegenwart stets unwohl und interessierte sich möglichst wenig für ihre Verhandlungen mit Pierre. Ihr Mann besaß Bilder in der Bank, die sie noch nicht einmal gesehen hatte. Glücklicherweise nahm er ihr diese Gleichgültigkeit nicht übel.

»Nehmen Sie noch einen Kaffee, Monsieur Mülheim?« Sie stand auf.

»Aber gern, Madame. Ich bin wirklich beeindruckt von der Qualität Ihrer Sammlung. Es ist zwar nicht meine Lieblingsepoche, aber ich kenne da den ein oder anderen, der angesichts Ihrer Bilder in Verzückung geriete.«

»Es sind nicht meine Bilder, sondern die meines Mannes«, stellte Odile klar.

»Aber Odile, ich hänge doch nie etwas auf, das dir nicht gefällt«, protestierte Pierre.

»Das wäre auch noch schöner, Chéri«, erwiderte Odile.

»Vor allem dieser Panther von Ludmilla Tikonow hat mir gefallen«, fuhr Mülheim fort. »Einer meiner Berliner Kunden ist ein großer Bewunderer ihres Werks. Er hat ihre Arbeit von Anfang an verfolgt und interessiert sich vor allem für ihre Frauenporträts. Haben Sie noch andere Bilder von ihr?«

»Du hast noch eins in der Bank, nicht wahr, mein Lieber?«, warf Odile ein, die ein wenig ungeduldig wurde.

Sie war mit Camille zu einem Kinobesuch verabredet. Als sie diskret auf die Uhr schaute, fing sie einen eisigen Blick ihres Mannes auf.

»Hab ich etwas Dummes gesagt?«, stotterte sie, etwas aus der Fassung.

Kurt Mülheim spitzte die Ohren.

»Gar nicht«, erwiderte Pierre kurz. »Aber das Porträt in meinem Besitz zählt nicht zu ihren besten. Sie nehmen doch eine Zigarre zu Ihrem Kaffee?«

Er hatte das Gespräch auf eine andere Sache ablenken können, doch Pierre war sicher, dass Mülheim seine allzu heftige Reaktion nicht vergessen würde. Wie sollte er annehmen, dass ein kundiger Sammler wie er ein mittelmäßiges Bild besäße? Zumal Ludmilla Tikonow dafür bekannt war, dass sie eine strenge Auswahl unter ihren eigenen Werken traf. Ihre Galerie behauptete, sie werfe mehr weg, als sie male. Odile hat wirklich eine gute Gelegenheit verpasst, den Mund zu halten, dachte er ärgerlich. Dieser Händler mit seinem Raubtierinstinkt würde sich die Episode früher oder später zunutze machen.

Spät am Nachmittag verließen André und Camille die Maison Fonteroy und liefen den Boulevard des Capucines Richtung Oper hinauf. Sie hatten im *Café de la Paix* eine Verabredung mit Karl und Peter Krüger, die zur Weltausstellung nach Paris gekommen waren.

Als André Valentine gebeten hatte, sie zum Abendessen einzuladen, hatte sie unter dem Vorwand abgelehnt, sie wolle nach Montvallon fahren. Er hatte es auf sich beruhen lassen. Sie hatte die Koffer gepackt, war mit Maxence ins Auto gestiegen und hatte Paris verlassen, um erst nach Ende des Sommers zurückzukehren. Camille hatte durchgesetzt, dass sie bis Ende Juli in Paris bleiben durfte.

Nach Valentines Abreise herrschte Ferienstimmung in der Wohnung. Meist ging Camille morgens mit ihrem Vater ins Büro und verbrachte dort auch den größten Teil des Tages.

Und nun lauschte André dem Bericht seiner Tochter über einen Besuch, den sie gemeinsam mit Daniel Worms einem Zurichter in einem Pariser Vorort abgestattet hatte. Sie rümpfte die Nase, als röche sie immer noch das Chlor und die Gerbsäure.

»Ich hab alles getan, um die Zusammensetzung ihrer Fettbrühe herauszufinden, aber sie wollten sie mir nicht verraten.«

Ihr Vater lächelte.

»Du weißt doch, dass jeder Zurichter dieses Geheimnis eifersüchtig hütet. Ich kann mich noch erinnern, 1914 schimpfte dein Großvater, weil er wegen des Kriegs auf einen Leipziger Zurichter verzichten musste, der unübertroffen darin war, Marderfellen Glanz zu geben. ›Die französischen Chemiker sind mindestens so gut wie die deutschen! Wir werden noch bessere Rezepte finden!‹, erklärte er mir damals. Aber warum zum Teufel interessierst du dich für dergleichen? Du bist doch weder Chemiker noch Gerber, soweit ich weiß?«

»Aus Neugier«, antwortete sie mit leichtem Achselzucken.

Sie dachte einen Augenblick nach.

»Weißt du, Papa ... Schade, dass ich Großvater nicht besser kennen gelernt habe. Ich hatte immer Angst vor seinen Standpauken, wenn ich ihn besuchte, aber auch wenn er manchmal ziemlich ungemütlich war, er fehlt mir.«

André dachte, seine Tochter habe gerade genau das ausgedrückt, was er selbst empfand, seit sein Vater vor zehn Jahren verstorben war.

Augustin Fonteroy war kein liebenswerter alter Mann gewesen. Nur wenige Monate nachdem er alle Befugnisse abgegeben hatte, war er nach Montvallon gezogen, und dieser freiwillige Rückzug hatte ihn verbittert. Nur Valentine hatte ihn noch manchmal zum Lachen bringen können. Und eines Tages lag er wie ein gefällter Baum mit dem Gesicht zum Boden im Zimmer des verlorenen Sohnes, dessen Namen er nicht mehr aussprach, den er als Abtrünnigen, als Verräter an der Familie bezeichnete, bei dem er jedoch seinen letzten Atemzug hatte tun wollen.

Zur großen Überraschung aller war Léons Zimmer in mustergültiger Ordnung. Kein Staubkorn auf den Möbeln. Die Silberrahmen blinkten wie vor dem Krieg. Die kleine Standuhr auf dem Kamin war aufgezogen. »Monsieur Augustin muss hier selbst sauber gemacht haben«, hatte Manon geflüstert. »Ich frage mich nur, wann.« – »Nachts natürlich«, hatte Valentine gesagt, leise und in einem Ton, der André aufblicken ließ. »Armer Monsieur Augustin«, hatte Manon noch gesagt und dabei ihr

Taschentuch geknetet. »Wahrscheinlich hat er ihm doch sehr gefehlt, der Monsieur Léon. Gut, dass sie jetzt beim lieben Gott vereint sind.«

André fühlte sich eigentümlich betrogen. Sein ganzes Leben hatte er seine Pflicht getan. Er hatte an der Seite seines Vaters gearbeitet und dann selbst die Zügel in die Hand genommen, ohne sich je zu beklagen. Léon hingegen hatte nur getan, wonach ihm der Sinn stand. Ganz offensichtlich siegte der Egoismus des Abenteurers immer über die Selbstverleugnung des Pflichtbewussten.

Karl saß an einem der Tischchen im *Café de la Paix*, seinen Hut, eine »Kreissäge«, hatte er auf einen Stuhl neben sich gelegt. Die beiden Freunde schüttelten sich herzlich die Hand.

»Und das ist meine Tochter Camille«, stellte André stolz vor. Zu seiner Belustigung schien sie der kahle Mann in dem Glencheckanzug ein wenig einzuschüchtern.

»Guten Tag, Mademoiselle.« Karl verbeugte sich.

»Und wo ist dein Sohn hin verschwunden?«

»Er kauft eine Zeitung. Da kommt er ja!«

André sah einen blonden jungen Mann mit offenem Gesicht und liebenswürdigem Lächeln auf sich zukommen.

»Nicht zu fassen, Sie sind ja schon erwachsen!«, rief er, denn Peter überragte ihn um Haupteslänge. »Wenn ich bedenke, dass wir beide bei unserem letzten Treffen im Zoo waren!«

»Und Eis gegessen haben!«, ergänzte Peter lachend. »Ich weiß es noch ganz genau. Sie waren wirklich außerordentlich geduldig. Ich glaube, ich habe Ihnen mehrmals das Schlangenhaus zugemutet.«

Camille konnte den Blick kaum von Peter Krüger losreißen, obgleich sie ihn nicht zu lange ansehen mochte, um nicht indiskret zu sein. Zu ihrem heftigen Ärger fühlte sie, dass sie errötete. Mit einem Mal beneidete sie ihre Mutter um diese undurchdringliche Maske, die nie ein Gefühl verriet. Sie litt zwar oft unter dieser Gleichgültigkeit, aber nun wurde ihr klar, dass dergleichen unter gewissen Umständen auch eine gute Waffe war.

Als sie einander vorgestellt wurden, konnte sie den jungen Mann immerhin ansehen, ohne die Augen niederzuschlagen, und fühlte sich dabei, als hätte sie einen Sieg gegen sich selbst errungen. Nicht ohne Stolz bemerkte sie, dass er sie ernst ansah. Sie war also ernst zu nehmen.

Man entschied sich für Bier und einen Minzsirup für Camille. Der Kellner, offensichtlich todmüde und in Hosenträgern, nahm ihre Bestellung entgegen. André, der Karls und Peters Erstaunen über die sehr lässige Bedienung bemerkte, erklärte ihnen, dass das Gaststättengewerbe von einer gewerkschaftlichen Auseinandersetzung um die Vierzigstundenwoche erschüttert wurde. Die Arbeitgeber in den Hotels und Gaststätten protestierten lauthals gegen diese Forderung, die Gewerkschaftler hingegen drängten zum Streik.

»So etwas könnte es bei uns nicht geben«, seufzte Karl. »Die Lage wird immer düsterer.«

»Ich mache mir ebenso große Sorgen wie du«, pflichtete ihm André bei. »Bei meinem letzten Besuch in Leipzig ist mir aufgefallen, dass mindestens hundert Kürschnerunternehmen verschwunden oder in andere Hände übergegangen sind. Ich bin über den Brühl gelaufen, das Viertel war wie ausgestorben. Meine Kollegen erklärten mir, das liege an den Ariergesetzen. Und euer Bürgermeister ist zurückgetreten, habe ich gehört. Dabei hielt Eva große Stücke auf ihn.«

»Einige Mutige versuchen die Flut einzudämmen, aber ihre Bemühungen verlaufen im Sande. Carl Goerdeler ist im letzten Winter zurückgetreten, weil die Nazis eine seiner Reisen genutzt und die Mendelssohn-Statue abgebaut haben. Das war für ihn der Tropfen, der das Fass zum Überlaufen brachte. Was soll man machen?« Karl wirkte resigniert. »Hier und da regt sich Widerstand, aber die Mehrheit der Bevölkerung ist wie hypnotisiert. Man hat ihnen die Juden zum Fraß vorgeworfen, und jetzt droht man ihnen mit dem Bolschewismus. Eva versucht den Menschen, die aus Deutschland weggehen wollen, mit dem Papierkram zu helfen, aber sie dürfen nur sehr wenig Geld mitnehmen, jedenfalls nicht genug, um sich im Ausland niederzulassen.«

Der Kellner brachte ihre Getränke und verschwand hastig wieder.

»Auch für Peter ist es schwierig«, sagte Karl leise, als sich die Gelegenheit zu einer Nebenunterhaltung ergab. »Er ist in der Hitlerjugend, aber es macht ihm zu schaffen. Seine Mutter hat ihm eine sehr hohe Vorstellung von Freiheit und geistiger Unabhängigkeit eingeimpft. Glaub mir, dieser Baldur von Schirach weiß, wie man junge Leute zum Träumen bringt! Du solltest ihre Umzüge in den braunen Hemden und schwarzen kurzen Hosen sehen, das Ganze zu Trommelklang – Athleten, die zu künftigem Heldentum bestimmt sind. Ihre Anführer glorifizieren Tod, Begeisterungsfähigkeit und Opfermut. In ihren Augen ist die Jugend ein kostbares Metall, das aber erst durch die Bearbeitung seinen Wert erhält.«

»Und wie stellt sich Peter seine Zukunft vor?«

»Er hat keine Wahl. Mit achtzehn wird er sich für den zweijährigen Militärdienst zur Verfügung stellen müssen, und weil er nicht als einfacher Soldat buckeln will, wird er der Einberufung durch freiwillige Meldung zuvorkommen, um Offizier werden zu können. Und vorher muss er sechs Monate Arbeitsdienst ableisten. Autobahnen bauen oder Sümpfe trockenlegen«, erläuterte Karl mit einem ironischen Zwinkern in den Augen. »Die meisten jungen Leute mögen diese Solidarität von Arbeiter- und Bauernsöhnen, Studenten und Großbürgern. Eva ist wütend. Sie findet, er ist zu alt für Pfadfinderspiele. Aber leider ist es viel schlimmer …«

Plötzlich hörten sie Schreie. Einige Gestalten rannten vor den Fenstern vorbei, dann wurden krachend die Türen aufgestoßen und mehrere Männer stürmten herein.

»Alle raus!«, brüllte der Anführer, der ein rotes Tuch um den Hals geschlungen trug.

Die Agitatoren hatten sich mit Siphons bewaffnet und begannen jetzt die Gäste zu bespritzen und Tische gegen die Spiegelscheiben zu werfen. Die Kellner wehrten sich mit allen greifbaren Gegenständen, die Gäste suchten schreiend das Weite.

Peter warf sich auf Camille, um sie zu schützen. Sie lag unter ihm auf der Bank, ihr Kopf klemmte unter seiner Brust.

»Vorsicht vor den Glasscheiben!«, schrie er.

Und wirklich zerbarst gerade ein Spiegel über ihnen. Eine Frau stieß einen hysterischen Schrei aus.

Camille sah nichts von dem, was rings um sie vorging. Sie atmete Peters Geruch ein, sein weißes Hemd klebte an ihren Lippen. Sein Gewicht lastete auf ihr, sie hielt den Atem an und dachte, dass sie sich nie so wohl gefühlt habe.

Draußen hielten mit quietschenden Reifen Polizeibusse. Die Beamten umringten das Lokal und vertrieben die Angreifer mit Schlagstöcken. Einige flohen in den Metroeingang, andere hatten weniger Glück und wurden in die Polizeiwagen geschafft.

»Alles in Ordnung? Sind Sie verletzt?«, fragte Peter besorgt.

Sie fühlte seinen Atem an ihrer Wange. Seine Krawatte war verrutscht. Aufmerksam betrachtete sie sein Gesicht. In seinem Haar glänzte eine Scherbe. Vorsichtig zog sie sie aus dem blonden Haar und, weil es ein Verbrechen gewesen wäre, sich eine solche Gelegenheit entgehen zu lassen, küsste ihn auf den Mund.

*Was tue ich da?*, dachte sie im selben Augenblick, erschrocken über ihren Wagemut. *Er wird mich für verrückt halten!*

»Danke«, sagte sie leise und mit brennenden Wangen.

Er betrachtete sie mit vor Überraschung geweiteten Augen. Dann lächelte er sie strahlend an.

»Es war mir ein Vergnügen, Mademoiselle. Aber ich fordere Revanche.«

Er richtete sich auf und hielt ihr die Hand hin, damit auch sie sich wieder aufsetzen konnte.

Camille betrachtete das traurige Durcheinander von umgestürzten Stühlen und Porzellan- und Glasscherben. Auf einer Stufe saß ein Kellner und presste eine blutgetränkte Serviette an seine Schläfe. Ein Polizeibeamter nahm Zeugenaussagen auf. Eine Amerikanerin kreischte immer noch, obwohl ihr Mann sie zu beruhigen versuchte.

Ihr Vater und Karl Krüger sahen glücklicherweise nur etwas zerzaust aus. Beide erkundigten sich, ob ihr auch nichts geschehen sei. Sie beruhigte sie. Sie fühlte sich ein wenig betäubt, jedoch nicht, weil die Gewalttätigkeit der Streikenden sie erschreckt hätte, sondern weil sie eine entscheidende Hürde überwunden hatte: Sie hatte einen Jungen zu küssen gewagt, und dem schien das keineswegs missfallen zu haben …

Strahlend bürstete sie sich die Scherben vom Rock. Spiegelstücke knirschten unter ihren Schuhen, als sie das *Café de la Paix* verließen, um ihr Gespräch anderswo fortzusetzen.

Auf der Straße schob sich Peters Hand unter ihren Ellbogen.

Sergej lag flach auf dem Bauch, reglos wie ein Holzstück, und sah zu, wie die Häftlinge unter den unbeteiligten Blicken ihrer mit Gewehren bewaffneten Bewacher Holz schlugen.

Das regelmäßige Geräusch der in die Stämme geschlagenen Äxte hatte seine Aufmerksamkeit erregt, als er durch den Wald lief. Er hatte sich angeschlichen und war die letzten Meter durchs Gestrüpp gerobbt.

Einige arbeiteten mit nacktem Oberkörper, ihre geflickten Hosen hatten sie mit einem Bindfaden über den Hüften zusammengeschnürt. Sie waren mager, so mager, dass Sergej die Rippen sehen konnte. Andere luden die Holzscheite auf Karren. Auf Brust und Rücken ihrer formlosen Jacken hatte man mit schwarzer Farbe Nummern gemalt.

Es war eins der »fliegenden Lager«, die sich im Frühjahr manchmal irgendwo niederließen, um wenige Wochen später wieder zu verschwinden und nur ein Loch im Wald, unnütze Palisaden und Stacheldrahtreste zu hinterlassen, die Grigori in Rage brachten, weil sich die Tiere daran verletzen konnten.

Sergej kam gerade von einem unangenehmen Gespräch mit dem Regionalvertreter der Partei aus Iwdiel zurück und war ziemlich schlecht gelaunt.

Der Mann mit den buschigen Augenbrauen hatte ihm ein Buch unter die Nase gehalten und mit seinem schmutzigen Finger auf die Zahlenkolonnen gezeigt. Er sei nicht zufrieden mit der Anzahl der einige Wochen zuvor abgelieferten Felle. »Das nächste Mal muss es mehr sein. Ihr sitzt bestimmt den halben Winter gemütlich in euren Isbas herum und dreht Däumchen.« Sergej hatte an seine Mutter gedacht, die ihm empfohlen hatte, gegenüber diesen kleinen, aufgeblasenen Funktionären seine Zunge im Zaum zu halten und einfach keine Antwort zu geben. Es sei immer noch besser, seinen Stolz herunterzuschlucken und friedlich heimzukehren, als wegen einer frechen Bemerkung in einer Zelle zu hocken. Aber mit achtzehn Jahren fällt es einem jungen Mann schwer, sich zu bezähmen.

Er hatte den Bauerntölpel gespielt und nur genickt. »Ja, Genosse Sekretär, nächsten Winter machen wir's besser.« – »Und bringt mir auch Zobel. Die habe ich schon seit Jahren nicht mehr auf der Liste.« Sergej hatte nicht mit der Wimper gezuckt. Wahrscheinlich wäre es keine gute Idee gewesen, diesem Spezialisten zu erklären, dass die Zobeljagd verboten war, weil man diese Tiere gerade erst wieder in der Region anzusiedeln versuchte. Der Mann hatte ihn mit einer verächtlichen Handbewegung entlassen. »Mach, dass du wegkommst, ich hab Wichtigeres zu tun, als mich mit Simpeln wie dir zu befassen.«

Er hatte mehrere Zeitungen gekauft und sie nach kurzem Überfliegen der Titel sorgsam in seinen Umhängesack gesteckt. Stalin entfernte immer noch die Offiziere aus der Roten Armee. Die *Prawda* verkündete, Marschall Tuchatschewski, einer der begabtesten Militärs des Landes, sei wegen Verrats und Spionage zum Tode verurteilt worden.

Die Begegnung mit dem Parteisekretär lag ihm noch auf der Seele, als er sich durch den Wald auf den Heimweg machte. Der alte Grigori Ilitsch hatte Recht: Wenn bloß erst wieder Winter wäre, dann hätten sie ihre Ruhe!

Der Älteste betrachtete aufmerksam seine Freunde, die mit der Bitte um Rat zu ihm gekommen waren. Anna Feodorownas Gesicht war düster, ihr Blick hart, die Lippen zusammengekniffen. Der unerschütterliche Iwan Michailowitsch fixierte einen im Unendlichen liegenden Punkt, doch der Älteste schloss aus seiner starren Körperhaltung, dass auch er aufgewühlt war.

Die anstehende Entscheidung war in der Tat heikel. Die beiden und er hüteten dieses Geheimnis nun schon seit Jahren. Iwan versuchte seine Frau dazu zu überreden, ihrem Sohn die Wahrheit über seine Herkunft zu sagen. Doch Anna ließ sich nicht davon abbringen: Damit würde man Sergej einem unnötigen Risiko aussetzen.

Daher baten sie den Ältesten um einen Schiedsspruch. Wie immer er ausfiele, sie würden ihn respektieren. Anna besaß ihrem Mann gegenüber noch einen Vorteil: Der Älteste und sie hatten dieselben Wurzeln.

Der Älteste erriet, dass Anna mit dem natürlichen Egoismus der Mütter fürchtete, Sergej könne seine Heimat verlassen und sich auf die Suche nach seinen Verwandten väterlicherseits machen. Der Reiz des Unbekannten wäre zu groß, als dass der junge Mann ihm würde widerstehen können. Dabei hatte Anna bereits beschlossen, dass Sergej Marussia heiraten und ihnen – so Gott wolle! – einige Enkelkinder bescheren sollte. Unbewusst fürchtete sie vor allem, ihr Sohn könne in einer so andersartigen Welt aufhören, sie zu lieben. Sie hatte ihre schlanke Gestalt behalten, doch in ihrem dunklen Haar waren schon weiße Strähnen zu sehen. Anna Feodorowna wollte in Frieden alt werden.

Iwan jedoch hatte Bedenken. Um Annas willen hatte er bis jetzt geschwiegen, doch auch er wurde schneller müde als früher, und sein krankes Bein schmerzte. Deshalb kümmerte sich Sergej um die am weitesten entfernten Fallen. Mit zunehmendem Alter fand Iwan Michailowitsch zurück zu den Sorgen eines Westeuropäers.

*Ich muss an den Kleinen denken*, dachte der Älteste. *Anna und Iwan haben ihr Leben gelebt. Sergej hat die Zukunft noch vor sich.*

Er dachte an seine Enkelin Marussia, an ihr leuchtendes Haar. Es wäre eine schöne Verbindung, sie bekämen gewiss gesunde Kinder. Doch der Älteste ahnte, dass Marussia in Sergej eher einen Bruder sah. Zudem wussten ihre Eltern nicht mehr, was sie mit ihr machen sollten. Sie sprach davon, zu Onkel und Tante nach Perm ziehen zu wollen, weil sie sich in ihrer von der Welt abgeschnittenen Hütte zu Tode langweile. Mit dem Optimismus der Jugend zweifelte sie nicht daran, dass sie eine Genehmigung für den Umzug erhalten würde. Sie sah sich schon als Pionierin der Komsomol, das rote Tuch um die Schultern geschlungen, im Gleichschritt mit ihren Kusinen marschierend und Lieder zum Ruhm des Genossen Stalin auf den Lippen, des Genialen Führers und Geliebten Meisters. Ihr Großvater konnte es ihr nicht verübeln. Es war eine Frage des Temperaments.

Er erhob sich und humpelte ans Fenster. Die ersten Schneeflocken tanzten in der Dämmerung. Bald wären sie wieder von der Außenwelt abgeschnitten. Die Ernten waren zufrieden stellend ausgefallen, die Lebensmittelfässer gefüllt und versiegelt.

»Ich gebe Anna Feodorowna Recht«, sagte er. Iwans Gesicht zuckte. »Für diesen Augenblick«, ergänzte der Älteste und hob die Hand. »Wenn Sergej erfährt, dass du Franzose bist, dass du in Frankreich Verwandte hast, dass ihr ihn all die Jahre belogen habt …«

»Es war keine Lüge!«, protestierte Anna.

»Lass mich bitte ausreden, Anna«, sagte er barsch. »Er wird sich sehr wahrscheinlich aufmachen, um eine Familie und eine Welt kennen zu lernen, über die er bislang überhaupt nichts weiß. Aber die derzeitige Situation ist dafür denkbar ungeeignet, das weißt du genauso wie ich, Iwan Michailowitsch«, seufzte er. »Im Augenblick haben sie es auf alle abgesehen, die irgendwelche Beziehungen zum Ausland haben. Jeder kann der Spionage beschuldigt werden. Soweit man hört, folgt eine Verhaftungswelle auf die andere. Anscheinend sind die örtlichen Volkskommissare noch blutrünstiger als Nikolai Jejow. Es wird ohne Ende füsiliert und deportiert. Wenn sie so weitermachen, wird Sibirien bald zu klein sein! Und du willst das Risiko eingehen, ihn quer durchs Land zu schicken?«

»Wer sagt uns, dass er dann weggehen will?«, verteidigte sich Iwan.

»Wieso sollte dein Sohn anders sein als du?«, klagte Anna. »Du hast mir erzählt, dass du in seinem Alter Hummeln unterm Hintern hattest und nur darauf aus warst fortzugehen. Und selbst wenn er sich jetzt noch wohl zu fühlen scheint in Iwanowo, wird ihn die Neugier plagen.«

»Sollten die Behörden je erfahren, dass du nicht Iwan Michailowitsch Wolkow heißt, dass du mit falschen Papieren lebst und eigentlich Franzose bist ...« Der Älteste ließ um der größeren Wirkung willen eine Pause entstehen »... werden deine Frau und dein Sohn bestenfalls in einem Lager enden. Du wirst auf der Stelle erschossen. Das würde man sich nicht entgehen lassen: einen Spion, der sich schon vor Jahren infiltriert hat.«

»Aber das ist doch absurd!«, rief Iwan. Er war aufgesprungen und ging hastig im Zimmer auf und ab. »Ich habe nie etwas Böses getan. Was sollten sie mir vorwerfen?«

Anna und der alte Mann wechselten einen Blick. Nach zwanzig Jahren in der Sowjetunion konnte Iwan immer noch nicht einsehen, dass man sich hier nicht für die wahre Sachlage interessierte. Er hielt an seinen Begriffen von Humanität und Gerechtigkeit für den Einzelnen fest und brachte sie damit immer wieder zum Lächeln. Allerdings war dieses Lächeln nicht ganz neidlos, wenn er von Demokratie und Menschenrechten sprach. Wusste er denn nicht, dass der Mensch die bei weitem bedeutungsloseste Materie der Natur war?

»Du hättest früher gehen müssen, Iwan Michailowitsch«, sagte der Älteste leise. »Jetzt ist es zu spät.«

Iwan ballte verzweifelt die Fäuste.

»Es geht doch nicht um mich, es geht um Sergej«, flehte er. »Er muss frei wählen dürfen.«

Anna schwieg lange, die Verzweiflung ihres Mannes hatte sie tief getroffen. Dann stand sie auf und trat zu ihm.

»Da du es so willst, Léon Fonteroy«, flüsterte sie, »soll es so sein.«

Iwan sah, dass sie am ganzen Leibe zitterte. Er nahm sie in die Arme. Während er sie an sich drückte, als wolle er sie ersticken, dachte er an die langen Monates des Leidens, die Hingabe dieser

Frau, die ihm das Leben gerettet hatte, an Tanjas Geburt, an das helle Lachen seines Töchterchens.

Er dachte an Anna zurück, wie sie ernst und geduldig all ihr Wissen an ihren Sohn weitergab, ihn lesen lehrte, nachdenken, seine Intelligenz schärfen. Eine Lehrerin in Iwdiel hatte ihr die Bücher geliehen. Manchmal hatte ihn diese Entschlossenheit seiner Frau, aus ihrem Sohn einen gebildeten Menschen zu machen, beschämt. Was ihm so natürlich erschienen war in seiner Jugend, frei zugängliche Bücher und Bildung, bekam in der Taiga eine völlig andere Bedeutung. »Dass wir so weit von anderen Menschen entfernt leben, heißt nicht, dass wir unser Wissen nicht weitergeben«, hatte ihm seine Frau erklärt. Es war eine Frage des Stolzes, der von allen Nachfahren jener geteilt wurde, die zu den verschiedensten Zeiten in eine Gegend verbannt worden waren, wo man gewöhnlich nicht nur sein Leben und seine Würde, sondern auch seine Seele verlor.

Mit welchem Recht konnte er ihr die Strafe auferlegen, Sergej fortgehen zu lassen? Er spürte, wie sich seine Entschlossenheit auflöste, als hätten die unendlichen, ebenso schrecklichen wie verführerischen Winter an ihr genagt, als wären die letzten Spuren der westeuropäischen Willenskraft verweht in diesem Universum, wo Raum und Zeit nicht mit gewöhnlichem Menschenmaß gemessen wurden.

Iwan nahm das Gesicht seiner Frau zwischen seine Hände und verlor sich einen Augenblick in ihrem dunklen, tränenverschleierten Blick.

»Du hast ihm das Leben geschenkt, Anna. Und du wirst ihm die Wahrheit sagen, wenn du meinst, der rechte Moment sei gekommen. Und was das Übrige betrifft, meine Geliebte, *nitschewo* …«

Nach der Gluthitze des Tages wartete die Landschaft auf die Abendbrise. Die Hitzeschleier am Horizont ließen die Berge verschwimmen. Nur die emsigen Bienen sammelten noch den Nektar der Rosen und Hortensien.

Camille lag auf dem Sofa im Salon, und lüpfte in der Hoffnung, dies würde ihrem Nacken ein wenig Kühlung verschaffen, ihren schweren Zopf. Ob sie die nötige Energie aufbringen würde, im Fluss schwimmen zu gehen? Aus halb offenen Augen beobachtete sie ihre Mutter, die, die nackten Füße auf ein niedriges Tischchen gestützt, in einem Sessel saß und in der frisch erschienenen August-Ausgabe von *Vogue* blätterte.

Seit einigen Tagen fühlte sich Camille nahezu im Einklang mit sich und der Welt. Nie hatte sie eine solche Gemeinschaft mit Valentine empfunden. Seit sie in Montvallon waren, hatten sie mit dem Cabriolet mehrmals Spazierfahrten nach Chalon unternommen. Während sie über die sich durch Weinberge und Wälder schlängelnden Straßen fuhren, hatten sie beide gelacht, über alles und nichts, glücklich über den Wind in ihren Gesichtern und die Sonne auf den nackten Armen, und Camille hatte diese Augenblicke genossen. Endlich gehörte ihr ihre Mutter.

Bei einem dieser Ausflüge parkten sie den Citroën vor der Kathedrale und spazierten über die sonnigen Uferkais der Saône. Ihre Mutter schenkte ihr ein Bild mit einer burgundischen Landschaft, das der Antiquitätenhändler sorgfältig in Packpapier wickelte. Einige Straßen weiter kehrten sie in einen Salon de thé ein und bestellten Marzipan und Johannisbeersorbet.

Ihre Mutter zog die Handschuhe aus und blickte dabei ernst auf die Stuckverzierungen und die Spiegel. »Mein Bruder ist manchmal mit mir hierher gegangen«, sagte sie leise und erzählte angesichts der Überraschung ihrer Tochter von Édouard.

Zum ersten Mal vertraute sie ihr etwas an, und Camille berührte es tief, bei ihr etwas zu entdecken, was einem echten Kummer glich. Sie versuchte sie sich vorzustellen, in ihrem eigenen Alter und voller Angst um das Leben eines offensichtlich angebeteten Bruders, der an der Front kämpfte.

»Ich hätte ihn gern kennen gelernt«, flüsterte sie. Ihre Mutter sah sie lange an, und Camille, die den mütterlichen Blick sonst immer nur über sich hinweggleiten zu fühlen meinte, hielt den Atem an. Dann lächelte Valentine sichtlich gerührt, ein sanftes, brüchiges Lächeln, und sagte: »Er hätte dich sehr gemocht, da bin ich sicher.« Camille fragte sich beklommen, ob dieser Onkel Édouard, als er am Chemin des Dames fiel, nicht auch die Zärtlichkeit ihrer Mutter mit sich ins Grab genommen hatte.

Camille stieß einen tiefen Seufzer aus.

»Was ist?«, fragte ihre Mutter.

»Mir ist langweilig.«

»Das liegt an deinem Alter.«

»Ist dir etwa nie langweilig?«

»Oft. Aber je älter man wird, desto weniger wichtig nimmt man es.«

»Ich verstehe nicht, wie Erwachsene sich langweilen können, sie sind doch frei zu tun, was sie wollen«, sagte Camille aufgebracht und fächelte sich mit einem von Maxence gemalten Bild Kühlung zu. »Du kannst abends tanzen gehen, verreisen, sogar eine Weltreise unternehmen, wenn dir der Sinn danach steht!«

»Und was sollte ich mit euch tun, wenn ich eine Weltreise unternähme?«

»Uns mitnehmen natürlich!«

»Ah, das wäre aber nicht mehr dasselbe.«

»Wieso?«, empörte sich Camille. »Wären wir dir im Weg?«

»Du sprachst von Freiheit. Ist man wirklich frei, wenn man an jemand anderen denken muss? Wir würden nicht unbedingt dieselben Reiseziele bevorzugen. Es gäbe Diskussionen. Wir müssten uns auf Kompromisse einigen.«

»Was macht das schon, wir lieben uns doch.«

»Aber es wäre nicht die wahre Freiheit.«

»Du meinst also, wer frei sein will, darf von niemandem abhängen. Das aber ist unmöglich«, beschied ihr Camille.

Valentine blickte gedankenverloren ins Leere.

Camille war verärgert. Ihre Mutter hatte ihr gerade auf ihre ganz eigene Art zu verstehen gegeben, dass sie sich mit der Familie langweilte, und das fand sie abscheulich. Valentine müsste doch zufrieden sein mit ihrem Los. Wie konnte sie Mann und Kinder als Hindernisse betrachten? Und wenn ihre Mutter nun eines Tages beschloss, nicht mehr Gefangene sein zu wollen? Wenn sie beschloss wegzugehen?

Plötzlich überkam sie der verrückte Wunsch, sich auf sie zu stürzen und sie in einer Umarmung zu ersticken. Sie begnügte sich jedoch damit, Valentine mit Blicken zu verschlingen. Den in den Sessel gegossenen Körper, das kurze schwarze Haar, die blassen Wangen, den träumerischen Mund, die zarten Arme, die Knie, die man unter dem leichten Kleid erahnte, die bloßen Füße mit ihren rosigen Nägeln. Am liebsten hätte sie sie geküsst, gebissen ... Wenige Minuten zuvor war sie noch so heiter gelassen gewesen, doch nun spürte sie wieder dieselbe heftige, von Gehässigkeit nicht freie Verwirrung, die ihre Mutter immer in ihr auslöste, ein Gefühl, das sie erschreckte und ihr manchmal den Schlaf raubte.

*Du hast mich nie fest in den Arm genommen*, dachte sie zornig.

Valentine hatte diese Geste manchmal ausgeführt, gewiss, aber Camille hatte immer das Gefühl gehabt, sie deute sie nur an. Ihre Mutter überließ sich der Umarmung nicht, sie blieb steif und ungeschickt und wartete darauf, sich lösen zu können. Camille begriff, dass sie ihr niemals vorbehaltlos vertraut hatte. Als wäre sie ihrer Liebe nie sicher gewesen, als hätte sie immer vage befürchtet, sie könne eines schönen Morgens die Augen aufschlagen und ihre Mutter sei verschwunden.

Ein Motor brummte auf der Allee zum Haus. Erstaunt horchten Valentine und Camille auf. Sie erwarteten niemanden. Es war Sonntagnachmittag, die Dienstboten hatten frei. André war nach oben gegangen, um ein Mittagsschläfchen zu halten, und Maxence spielte wahrscheinlich in seinem Zimmer.

Räder knirschten auf dem Kies, dann hielten sie vor der Freitreppe. Valentine erhob sich und ging Richtung Flur.

»Maman, deine Schuhe!«, rief Camille, schockiert von dem Gedanken, ihre Mutter könne barfuß die Tür öffnen.

»Unglaublich, wie konventionell du sein kannst«, seufzte Valentine, kehrte jedoch zurück und schlüpfte in ihre Sandalen.

Es wurde ausdauernd geklingelt. Valentine öffnete die Tür.

Sofort nahm der junge Mann auf der Treppe den Hut ab. Sein blondes Haar war sorgfältig zurückgekämmt. Die helle Hose und die Sportjacke waren zerknittert, aber er schien nicht unter der Hitze zu leiden. Hinter ihm half ein brünettes junges Mädchen einem kleinen Jungen aus dem Taxi. Als sie Valentine und Camille erblickte, erstarrte sie, die Hand des Jungen fest in ihrer.

Valentine hatte noch nie jemand so Verängstigten gesehen.

»Peter!«, schrie Camille und lief an ihrer Mutter vorbei.

»*Guten Tag*, Camille«, erwiderte er lächelnd. »Madame Fonteroy, nehme ich an?«, fuhr er auf Französisch fort.

»Sie nehmen richtig an, Monsieur«, gab Valentine kühl zurück. Sie hatte das seltsame und unangenehme Gefühl, ihr Leben würde gleich ins Wanken geraten. »Mit wem habe ich die Ehre?«

»Das ist Peter Krüger!«, rief Camille aufgeregt.

Als Peter den Kopf neigte und leise die Hacken zusammenknallen ließ, verkrampfte sich Valentine.

»Verzeihen Sie, dass wir so unangemeldet auftauchen, Madame, aber Ihre Concierge in Paris hat uns gesagt, Sie seien auf dem Lande. Glücklicherweise habe ich auf dem Postamt Ihre Adresse herausfinden können. Wir haben heute früh den ersten Zug genommen. Oh, ich muss Sie ja noch bezahlen, Monsieur«, unterbrach er sich und wühlte in seiner Tasche nach einem Schein, den er dem Fahrer reichte.

Valentine war wie betäubt. Camille trat zu dem jungen Mädchen mit dem abgespannten Gesicht.

»Guten Tag, ich heiße Camille. Und Sie?«

»Liselotte Hahn«, murmelte sie. »Und das ist mein Bruder Heinrich.«

Sie sprach stockend, aber einwandfrei Französisch.

Der kleine Junge drängte sich an seine Schwester. Lächelnd hockte sich Camille vor ihn hin.

»*Guten Tag, Heinrich*«, sagte sie. »*Mein kleiner Bruder ist ungefähr so alt wie du.*«

»Camille!«, rief ihre Mutter unfreundlich. »Würdest du bitte Französisch sprechen.«

»Ich wollte ihn doch bloß beruhigen«, protestierte Camille. »Ich habe ihm gesagt, dass Maxence etwa in seinem Alter ist.«

»Darf ich den Grund für diesen Besuch erfahren?«, fragte Valentine.

Peter wirkte verlegen.

»Darf ich es Ihnen im Haus erklären, Madame?«

Valentine hatte nur einen Wunsch: ihm zu sagen, er möge gleich wieder mit dem Taxi wegfahren. Aber wie sollte sie ihn wegschicken, ohne André zu fragen? Sie war empört über die Frechheit dieses jungen Mannes. Einfach so ohne jede Voranmeldung vorfahren! Wirklich seltsame Manieren.

»Da Sie mich vor vollendete Tatsachen stellen«, erwiderte sie aufgebracht.

»Maman!«, schrie Camille. »Ich glaube, sie fühlt sich nicht gut!«

Sie öffnete die Arme gerade noch rechtzeitig, bevor Liselotte Hahn das Bewusstsein verlor.

Einige Stunden später stand Valentine am Fenster und betrachtete die Wolkenketten, die sich am Himmel in die Länge zogen. Die Buchfinken hüpften im Laubwerk. Sie dachte an die Trauben, die auf den Rebstöcken reiften. An diesem Abend würde es kein Gewitter geben.

Sie wandte sich um und sah Liselotte an, die in kleinen Schlucken ein Glas Rotwein trank. Ihr Bruder, immer noch stumm wie ein Fisch, saß neben ihr, die Hände auf den Knien. Maxence beobachtete ihn fasziniert. *Er ist glücklich, dass ihm unvermutet ein Spielkamerad ins Haus kommt*, dachte Valentine. Er hatte sie schon gefragt, ob er nicht mit Heinrich im selben Zimmer schlafen dürfe.

Peter stand am Kamin. Unter seinen Augen lagen dunkle Ringe. Er rauchte eine Zigarette und wirkte müde. André legte ihm aufmunternd die Hand auf die Schulter.

»Morgen früh bringe ich Sie zum Zug nach Paris. Keine Sorge, Sie haben genug Zeit, um den Nachtzug an der Gare de l'Est zu bekommen.«

»Die französischen Züge gelten als die pünktlichsten in ganz Europa«, antwortete Peter mit schwachem Lächeln. »Ich bin ein bisschen unruhig, weil ich Sonderurlaub bekommen habe und man mich eigentlich schon heute Abend in der Kaserne zurückerwartet. Dadurch, dass ich Liselotte und Heinrich hierher gebracht habe, habe ich einen Tag verloren, aber ich konnte sie nicht einfach allein lassen.«

Die Tür flog auf.

»Die Zimmer sind bereit!«, verkündete Camille strahlend. »Wenn Sie wollen, zeige ich sie Ihnen!«

»Während der Besichtigung immer der Gruppe folgen«, scherzte André. »Sie haben genug Zeit, sich frisch zu machen, Liselotte. Das Abendessen wird erst in einer Stunde serviert.«

Das Grüppchen verließ den Salon in Camilles Kielwasser.

André trat zu seiner Frau.

»Es tut mir so Leid, dass dich ihre Anwesenheit hier verstimmt, aber ich kenne Rudolf Hahn gut. Wahrscheinlich haben ihn die letzten Maßnahmen der Regierung beunruhigt und er wollte seine beiden Kinder möglichst rasch aus Deutschland herausbringen. Peter erzählte uns, wie überstürzt der Aufbruch war. Hätte man mir ihr Kommen angekündigt, wäre ich in Paris geblieben, und ...«

»Was hättest du dort tun können, André? Mitten im August? Du hättest in Paris niemanden gehabt, der sich um sie gekümmert hätte. Die Armen ... Sich vorzustellen, dass die Nazis jetzt Judenpässe vorschreiben ... Den Ärzten zu praktizieren verbieten ... All diese Schikanen, und das schon seit Jahren ... Ich hatte es in der Zeitung gelesen, aber vorstellen konnte ich es mir nicht ... Die armen Kinder, sie leben in Todesangst.«

Sie wandte sich langsam zu ihrem Mann um, bleich, mit fiebrigen Augen.

Langsam öffnete André die Arme und zog sie an sich. Sie ließ es geschehen und lehnte mit geschlossenen Augen den Kopf an seine Schulter. Er atmete den Duft ihres Haars ein, legte eine Hand um ihren Nacken und spürte, wie sie ihn umarmte.

Zum ersten Mal empfing Valentine Deutsche unter ihrem Dach. Er erriet, wie erschöpft und verwundbar sie sich fühlte. Die Bitterkeit, die sie all die Jahre wie ein Panzer geschützt hatte, begann Risse zu bekommen. André hätte ihr gern gesagt, dass er sie verstand, dass er sie liebte, aber er schwieg, wie er seit dem ersten Tag ihrer Ehe geschwiegen hatte.

Schauer überliefen ihn. Er umarmte sie ein wenig fester. Andere hätten diese Gefühlsverwirrung albern gefunden, dachte er. Was war schon Besonderes geschehen? Nur, dass sie zwei aus ihrer Heimat vertriebene junge Juden bei sich aufnahm. In Valentines Augen war ihre Religionszugehörigkeit jedoch völlig bedeutungslos. Liselotte und Heinrich Hahn waren für sie vor allem Deutsche, genau wie Peter Krüger, und all das hatte ihr viel, sehr viel abverlangt.

Camille wälzte sich hin und her, sie konnte einfach keinen Schlaf finden. Gereizt warf sie die Decke zurück und knipste die Nachttischlampe an. Mitternacht vorbei! Durch das offene Fenster kam nicht der leiseste Hauch. Sie hatte nicht mehr im Fluss schwimmen gehen können. Peters Ankunft mit den Flüchtlingen hatte den ganzen Nachmittag durcheinander gebracht.

Sie zog die Beine unter dem langen weißen Baumwollnachthemd an und legte die Arme um ihre Knie. Er war noch anziehender, als sie ihn in Erinnerung hatte. In diesem Jahr waren seine Schultern die eines Mannes geworden, seine Gesichtszüge hatten sich gefestigt, ihm einen ernsteren Ausdruck verliehen. Sicher, weil er sechs Monate die Schaufel geschwungen hat, dachte sie mit einem belustigten Zucken im Gesicht.

Beim Abendessen hatte er nicht ohne Ironie von seinem Arbeitsdienst erzählt, von den Neun-Stunden-Tagen, an denen er Steine geschleppt und Schubkarren geschoben hatte, um zum Ruhme Deutschlands ein Stückchen Autobahn fertig zu stellen.

»Und trotzdem sind Sie in die Armee eingetreten«, hatte Valentine anklagend festgestellt, die vorher während des ganzen Essens geschwiegen hatte. »Ja, leider, Madame, ich hatte keine andere Wahl«, hatte er erklärt. »Ich bin jedoch nicht Mitglied der Nationalsozialistischen Partei, und in der Wehrmacht bin ich wenigstens nicht zum Hitlergruß verpflichtet.« »Aber es ist die Armee des Führers, finde ich«, hatte Valentine das Gespräch beendet und ihn dabei angefunkelt.

Liselotte und der kleine Heinrich hatten geschwiegen, den Blick fest auf ihre Teller gerichtet. Camille empfand Mitleid mit dem verwirrten jungen Mädchen.

Im Geiste versetzte sie sich an ihre Stelle, mit einem unwilligen Maxence an der Hand aus Deutschland zu misstrauischen Ausländern verbracht. Es hieß, die Leute müssten alles aufgeben, Haus, Familie, Freunde, Arbeit ... Ein Schauer des Entsetzens überlief sie.

Jetzt konnte sie bestimmt nicht mehr einschlafen. Sie sprang aus dem Bett, riss sich das Nachthemd vom Leib und griff nach ihrem dunkelblauen Sommerkleid mit dem Streublümchenmuster. Es war ihr Lieblingskleid, das Ferienkleid, und sie trug es immer noch, obwohl es inzwischen zu kurz war und ein wenig eng um die Brust. Ihre Mutter hatte es schon mehrmals wegwerfen wollen, aber sie hatte es immer retten können.

Sie nahm Handtuch und Sandalen und öffnete leise die Tür. Auf der Treppe ließ sie die dritte Stufe aus, sie knarrte, und wenige Minuten später lief sie schon den Pfad zwischen den Obstbäumen hindurch zum Fluss hinunter.

Üppiges Mondlicht erhellte die Landschaft, Bäume und Büsche standen in geheimnisvollen Schattentümpeln. Camille ging oft mitten in der Nacht schwimmen. »Du bist eben ein Winterkind«, scherzte ihr Vater gern, wenn sie sich darüber beschwerte, dass ihr in der Hitze unwohl werde.

Zu dieser Jahreszeit war der Fluss nicht sehr tief. Silbrige Reflexe lagen auf dem ruhigen Wasser. Sie legte das Handtuch auf einem flachen Stein ab. Mist, sie hatte den Badeanzug vergessen! Sie zögerte eine Sekunde, dann knöpfte sie ihr Kleid auf und ließ es auf den kieseligen Sand gleiten.

Das Wasser war so kalt, dass sie eine Grimasse zog, aber sie tauchte dennoch ein. Sie kraulte ein wenig, um sich aufzuwärmen, dann ließ sie sich mit ausgebreiteten Armen treiben und betrachtete die Sterne am samtschwarzen Himmel.

Nach einigen Minuten fröstelte sie und beschloss zurückzukehren. Als sie gerade aus dem Wasser steigen wollte, bemerkte sie eine Gestalt am Ufer. Ihr Herz machte einen Sprung in der Brust. Die Gestalt hob den Arm und winkte. Es war Peter, mit nacktem Oberkörper und hochgerollten Hosenbeinen.

»Was treiben Sie denn hier?«, erkundigte sie sich unfreundlich.

»Ich hatte offensichtlich dieselbe Absicht wie Sie.« Er schwenkte fröhlich ein Badetuch.

»Ich verstehe ... Doch dann müssen Sie sich ein Stückchen weiterbewegen. Hier ist meine Badestelle.«

»Ach so, ein Privatgrundstück also ...«

»Überhaupt nicht«, schimpfte sie. »Aber das Wasser ist kalt, und ich würde gern ans Ufer gehen.«

»Was hindert Sie daran?«

Sie spürte, wie ihr die Röte ins Gesicht stieg.

»Ich ... Ich habe meinen Badeanzug vergessen.«

»O Gott! Welch eine Schande!«, spottete er. »Ich mache die Augen zu, ich versprech's.«

»Schwören Sie's?«

»Auf meine Ehre als künftiger Wehrmachtsoffizier.«

Theatralisch legte er sich die Hände vors Gesicht.

»Meine Mutter würde Ihnen sagen, dass ein deutscher Soldat keine Ehre hat«, erwiderte Camille misstrauisch.

Mit vor der Brust verschränkten Armen stieg sie aus dem Wasser.

»Verflixt! Das ist ja mein Handtuch, das Sie da in der Hand haben! Geben Sie's sofort her!«

»Und was krieg ich, wenn ich's Ihnen gebe?«

»Gar nichts, natürlich! Für wen halten Sie sich?«

Sie hob ihr Kleid auf und schlüpfte hastig hinein, die Baumwolle glitt jedoch nur widerwillig über ihre nasse Haut.

»Da, ich brauche es nicht mehr.« Sie warf ihm das Handtuch zu, und er fing es mit einer Handbewegung auf. »Sie dürfen es behalten.«

Sie drückte ihr nasses Haar aus und durchkämmte es dann mit den Fingern auf der Suche nach Blättchen und Ästchen.

»Was ist los?«, fragte sie nervös. »Warum sehen Sie mich so an?«

»Ich dachte an unsere erste Begegnung im letzten Jahr zurück. Sie haben sich verändert.«

Sie betrachtete ihn klopfenden Herzens, ergründete jede Einzelheit seines Gesichts.

»Sie sich auch.«

Das Kleid klebte an ihrem feuchten Körper, und außerdem hatte sie es schief zugeknöpft, wie sie jetzt merkte.

»Ich glaub, ich sollte wieder zurückgehen …«, murmelte sie, etwas unentschlossen.

»Sind Sie sicher?«

Sie war sich in gar nichts sicher. Seit ihrer glassplitterbestreuten Begegnung auf einer Bank im *Café de la Paix* war kein Tag vergangen, an dem sie nicht an diesen Jungen gedacht hätte. Er war kein Junge mehr, sondern ein junger Mann, und sie erriet, dass sie auf ihn eine seltsame Faszination ausübte, was ihr schmeichelte.

Camille erkannte sich nicht wieder. Sie, die immer ohne jedes Zögern ihre Entschlüsse traf, wusste nun nicht, ob sie bleiben sollte oder weggehen. Sie hatte den unklaren Wunsch, mehr zu erfahren, wagte jedoch nicht, ihren Instinkt sprechen zu lassen, sie hatte Angst, sich lächerlich zu machen.

Sie war ihm dankbar, dass er reglos stehen blieb, ohne sie zu drängen, ganz als höre er ihren Gedankengängen zu. Daraus schien ihr eine Art Respekt zu sprechen. Ihren Schulfreundinnen zufolge gab es zwei Sorten Jungs, solche, die sich alles erlaubten, und solche, die den ersten Schritt nicht zu tun wagten, was einen genauso auf die Palme bringen könne. Peter jedoch ähnelte diesen Erzählungen überhaupt nicht, er hatte weder roten Ausschlag auf den Wangen wie so manche Pechvögel noch eine verschwitzte Haut oder ungelenke Gesten. Seine Bewegungen waren sicher und präzise, sein Gesicht gut geschnitten, und von dem Blick konnte einem schwindelig werden. *Vielleicht weil er Deutscher ist*, dachte sie.

Als er einen Schritt auf sie zutrat und sie so vorsichtig an sich zog, als fürchte er, sie könne die Flucht ergreifen, dachte sie, während sich sein Mund ihren Lippen näherte, kurz an ihre Mutter; sie machte sich, wie sie wohl wusste, eines doppelten Verbrechens schuldig, sie übertrat die unsichtbare Grenze, die arglose

Unschuld vom Frausein trennt, vor allem jedoch fühlte sie sich vom schlimmsten Feind unwiderstehlich angezogen.

Sie lag dicht neben ihm, halb nackt, das Kleid auf die Schenkel gerollt, und er streichelte ihren Oberkörper.

Ohne Scham hatte sie ihn ihr Kleid aufknöpfen lassen. Als Peters Finger ihre Brust streiften, hatte ihr Herz schneller zu schlagen begonnen. Anfangs hatte sie ihn nicht zu berühren gewagt und ihm die Initiative überlassen, doch als er sich hingekniet und mit seltsamer Ehrerbietung ihre Brüste zu küssen begonnen hatte, war sie von einer so heftigen und so einzigartigen Gefühlswoge erfasst worden, dass sie ihre Hände in seinem Haar vergraben und seinen Kopf an sich gepresst hatte. Ihr war gewesen, als hätte sie ihn erwählt, als müsse er und niemand anders der Erste sein.

»Es tut mir so Leid, Camille. Ich hätte niemals …«

Sie legte ihm den Finger auf die Lippen.

»Verdirb jetzt nicht alles, bitte. Mir tut gar nichts Leid. Ich bereue nicht einen Augenblick.«

»Du bist so gelassen, dabei schäme ich mich wirklich«, fuhr er ganz erschüttert fort. »Ich weiß nicht, was in mich gefahren ist. Ich hatte auf dem Weg zu euch den Fluss gesehen und bin hierher gekommen, um zu schwimmen. Und dann warst du da.«

»Wenn ich mich gewehrt hätte, hättest du mich doch gehen lassen, oder?«

»Natürlich!« Er war empört.

»Na also. Warum regst du dich so auf? Wir haben nichts Böses getan. Wir haben uns gefallen, wir haben uns geliebt. Und das ist gut so.«

»Aber du bist erst sechzehn, Camille! Ich bin der Gast deines Vaters … Es ist wie ein Verrat an ihm … Wir müssen heiraten. Das ist die einzige Lösung. Ja, genau, wir heiraten …«

Die Panik ließ seine Stimme brechen. Peters Naivität brachte sie auf. Was hatte er nur mit einem Mal? Eben noch war sie beeindruckt gewesen, wie sehr er sich in der Hand hatte, und nun regte er sich so blödsinnig auf.

»Hör auf, Peter!«, sagte sie heftig. »Wir werden doch jetzt nicht von Heirat reden! Warum nicht auch gleich von Kindern?«

»Und wenn du schwanger wirst?«

»Was für ein Unsinn! Man wird doch nicht gleich beim ersten Mal schwanger. Glaube ich zumindest …« Nun wurde sie doch unsicher. »Ach überhaupt, sei doch nicht so pessimistisch!«

»Aber ich dachte, das wollten alle Mädchen!«

»Natürlich, aber ich kann mir kaum vorstellen, wie ich meinen Eltern beim Frühstück verkünde, dass ich heiraten will. Meine Mutter lässt mich noch nicht einmal allein ins Kino gehen. Du lieber Himmel! Sollte sie je erfahren, dass du und ich … Ich weiß wirklich nicht, was dann los wäre.«

»Du kommst nicht gut aus mit ihr, nicht wahr?«

Camille rollte sich auf den Rücken und legte den Kopf auf Peters Schulter.

»Ich weiß nicht. Wir sind so verschieden … Und gleichzeitig fürchte ich manchmal, ihr zu ähnlich zu werden. Manchmal frage ich mich, ob wir Freundinnen sein könnten, wenn wir nicht Mutter und Tochter wären. Aber es ist Quatsch, dergleichen zu sagen. Eine Mutter soll keine Freundin sein, eine Mutter ist eine Mutter, basta, und genau das macht mir so zu schaffen. Ich glaube, meine Mutter hat mehr Talent für die Freundschaft. Zumindest was mich angeht. Bei Maxence ist das anders.«

»Und dein Vater, was würde der sagen, wenn er erführe, dass wir …«

»Der Arme wäre am Boden zerstört, und da ich ihm um nichts in der Welt Schmerz zufügen möchte, verbiete ich dir, es ihnen zu sagen, hörst du?«

Plötzlich richtete sie sich auf und zog sich mit fahrigen Gesten wieder an.

»Was heute Nacht passiert ist, geht mich genauso an wie dich, und ich möchte, dass es unter uns bleibt, bis … bis …«

»Was?«

»Ach, ich weiß auch nicht!«, rief sie wütend und sprang auf. »Bis wir uns wiedersehen. Du könntest hier Ferien machen. Oder ich würde dich mit Papa in Leipzig besuchen. Er hat mir versprochen, dass er mich einmal zur Messe mitnimmt. Das wäre doch ein guter Gedanke, findest du nicht?«

Sie lächelte ihn strahlend an.

Peter dachte an das, was sein Vater ihm einige Monate zuvor anlässlich der letzten Frühjahrsmesse gesagt hatte. »Der Binnenmarkt ist in vollem Aufschwung«, hatte Karl sorgenvoll erklärt. »Eine Flut von deutschen Besuchern, aber die Ausländer lassen uns im Stich, weil Herr Goebbels so schreckliche Reden hält. Das bedeutet nichts Gutes für die Zukunft.«

Angst überlief Peter wie ein kalter Schauer. Mit einem Mal war er sicher, dass er Camille nicht wiedersehen, dass er jedoch für immer die Erinnerung an diese Französin mit sich tragen würde, wie sie dort vor ihm stand, die Hände in die Hüften gestützt, so hübsch und so sorglos, so weiblich in dem Kinderkleidchen und die Lippen noch von seinen Küssen geschwollen.

Seine Melancholie verflog, unwillkürlich lächelte er zurück und merkte dabei gar nicht, dass sie sich anlächelten wie zwei Kinder.

Auch er stand nun auf. Trunken vor Glück fasste er sie um die Taille und wirbelte sie herum. Camille, die Hände auf seinen Schultern, den Kopf in den Nacken geworfen, lachte hell auf.

Sie küssten sich ein letztes Mal, wie Verhungernde, ihre Gesichter stießen aneinander, ihre Bewegungen, eben noch so geschmeidig und fließend, waren mit einem Mal unbeholfen, sie lachten noch einmal, staunend und glücklich. Sie waren die Herren der Welt, ihnen gehörte die Zukunft, und das Leben war wunderbar.

»Siehst du, es ist gar nicht so schwierig«, sagte Maxence und zeigte Heinrich, wie man den Regenwurm am Haken befestigte. »Willst du es auch mal versuchen?«

»Ich glaube, ich … ich sehe Ihnen lieber zu«, antwortete Heinrich in seinem zögerlichen Französisch.

»Dir zu«, berichtigte Maxence. »Man siezt nur die Alten.«

Er setzte sich neben Heinrich ins Gras, klemmte sich die Angelrute zwischen die Beine und zog ein in Silberpapier gewickeltes Stück Schokolade aus der Tasche. Schweigend brach er es in der Mitte durch und gab die Hälfte seinem Spielkameraden.

Sie sagten nichts, während sie an der Schokolade knabberten und den im Wasser treibenden Haken beobachteten. Maxence fand den jungen Deutschen ein wenig einschüchternd. Heinrich erschien ihm so viel braver als seine Schulkameraden, immer gehorsam, als hätte er Angst, einen Fehler zu machen. Nachdem sie ihr Picknick beendet hatten, hatte Heinrich das Papier und die Limonadenflaschen eingesammelt und in seinem Rucksack verstaut.

Seine Mutter hatte ihm erklärt, der kleine Junge leide noch unter der überstürzten Abreise aus Deutschland, seine Eltern fehlten ihm, er könne eben nicht verstehen, was ihm da gerade zustoße. Auch Maxence konnte nicht verstehen, wie man gegen seinen Willen von seiner Mutter getrennt werden konnte.

Er stieß ihm den Ellbogen in die Seite.

»Mach dir keine Sorgen«, sagte er, den Mund noch voll Schokolade. »Ich bin sicher, alles kommt wieder in Ordnung. Bald kannst du wieder nach Hause. Stell dir doch einfach vor, du wärst bei uns in Ferien. Dann ist es nicht so arg, oder?«

Heinrich wandte ihm das kleine rundliche Gesicht zu. Und zog seinerseits eine Leckerei aus der Tasche.

»Nein, es ist nicht so arg«, sagte er mit brüchigem Lächeln. »Es ist schön hier«, fügte er noch auf Deutsch hinzu.

»Schön, das heißt *joli*, nicht wahr?« Maxence zog die Stirn kraus. »Meine Gouvernante spricht oft Deutsch mit mir, aber es geht mir auf die Nerven, denn ich verstehe kein Wort. Ich weiß was!«, rief er dann. »Du bringst mir ein paar Sätze bei, dann freut sich mein Vater. Magst du?«

Heinrich nickte ernst.

Camille spürte, wie sie errötete. Sie hasste diese Auseinandersetzungen mit ihren Eltern, aber sie hatte ihren Entschluss gefasst und sie würde sich nicht davon abbringen lassen. Am meisten Widerstand war von ihrer Mutter zu erwarten. Von klein auf hatte sie immer aufs Äußerste kämpfen müssen, um etwas tun zu dürfen, was den mütterlichen Vorstellungen zuwiderlief. Camille hatte die Kunst des Verhandelns schon sehr früh gelernt. Sie wusste, dass man in Nebenpunkten nachgeben musste, um sein Ziel zu erreichen.

Valentine warf ihrem Mann am Kopfende des Esstisches einen leicht verzweifelten Blick zu.

»Du kannst doch nicht eine Sekunde lang vorhaben, deine Tochter Lehrling werden zu lassen. Du willst eine Arbeiterin aus ihr machen!«

»Aber nein, Maman«, empörte sich nun Camille. »Ich möchte nur die Kürschner-Fachschule besuchen. Dort würde ich in vier Jahren all das lernen, was ein Kürschner unbedingt über sein Fach wissen sollte. Ich darf mich doch nicht damit begnügen, Daniel Worms ein wenig über die Schulter zu schauen. Ich brauche Unterricht von qualifizierten Lehrern.«

»Einfach absurd! Du hast eine gute Ausbildung erhalten. Wenn du magst, darfst du dich zum Baccalauréat anmelden, und dann wirst du einen guten Mann finden, heiraten, eine Familie gründen und deine eigenen Kinder großziehen.«

»Wunderbare Zukunftsaussichten«, murrte Camille. »Heutzutage arbeiten viele Frauen, Maman. Selbst meine Patentante kümmert sich aufs Beste um die Dekoration unserer Schaufenster.«

»Odile ist ein Sonderfall. Ihr Mann duldet diesen ihren Zeitvertreib. Ich kenne einige, die da weniger tolerant wären.« Zu ihrer Überraschung meinte Camille etwas wie Neid aus der Stimmen ihrer Mutter herausgehört zu haben. »Aber wie solltest du das verstehen«, schloss Valentine. »Du bist ja noch ein Kind.«

Mit zitternden Händen faltete Camille ihre Serviette zusammen und legte sie neben den Teller. Ihr war der Appetit vergangen. Am liebsten hätte sie geschrien: »Auch ich bin eine Frau! Ich habe mit einem Mann geschlafen, und noch dazu mit einem dieser Deutschen, die du so verabscheust!«

Sie biss sich auf die Lippen. Zu gern hätte sie die Reaktion ihrer Mutter erlebt! Manchmal verspürte sie das brennende Verlangen, ihr wehzutun. Dass sie zur Frau geworden war, hatte sie in gewisser Hinsicht auf dieselbe Stufe gestellt, und Camille wusste, dass ihre Mutter das überhaupt nicht billigen würde. Aber sie konnte unmöglich die Wahrheit sagen. Sie hätte sich geschämt, ihren Vater zu verletzen, und diese Augenblicke der Liebe zwischen Peter und ihr durften nicht zu einer billigen kleinen Rache, einer kleinlichen Abrechnung mit ihrer Mutter verkommen.

»André, würdest du bitte deine Meinung äußern?«, drängte Valentine. »Und deiner Tochter erklären, dass dieser Einfall absolut unsinnig ist.«

André hatte ihnen beiden zugehört. Sie waren außerstande, sich zu verstehen, aber wie sehr sie einander glichen … Starrsinnig, wild, ungreifbar. Die Männer, die sich in Camille verlieben würden, mussten sich auf einiges gefasst machen. Aber im Gegensatz zu Valentine hatte ihre Tochter eine Leidenschaft, eine wahre Leidenschaft, der nachzugehen man ihr erlauben musste, wie er meinte, denn man wusste nie, was das Leben für einen bereithielt. Was immer die Zukunft Camille bringen mochte, vielleicht üble Ehemänner und unglückliche Lieben, die Leidenschaft für Pelze würde bleiben. Zudem ließ die internationale Lage nichts Gutes erwarten. Eines Tages würde Camille vielleicht froh sein, etwas gelernt zu haben. Und er war sich ganz sicher, dass sie es weit bringen würde mit ihrem angeborenen Talent.

Nur fürchtete er, es könne seiner Tochter später einmal schwer fallen, bei ihrem Mann Verständnis für ihre leidenschaftliche Liebe zu ihrer Arbeit zu finden. Nicht alle Männer fanden die Unabhängigkeit einer Frau erfreulich. Und was würde Maxence davon halten, wenn er ins arbeitsfähige Alter käme? Schließlich war er der Erbe, der seinem Vater an der Spitze des Unternehmens nachfolgen sollte.

Er begegnete Camilles erregtem Blick. Mit ihr verband ihn ein Einverständnis, das sich mit seiner Frau nie hatte herstellen lassen. Bei ihr fand er die Zuneigung und Zärtlichkeit, die er vergeblich bei Valentine gesucht hatte, mit der er eine Art stillschweigenden Waffenstillstands geschlossen hatte. Sie duldete ihn in ihrem Leben, und damit musste er sich eben begnügen. Schon als sie heirateten, hatte er sich wenig Illusionen gemacht, und im Laufe der Jahre hatte er sich damit abgefunden, für zwei lieben zu müssen.

»André! Würdest du dich endlich äußern?« Valentine wurde ungeduldig.

»Es wäre in keiner Weise beschämend, wenn Camille sich dort einschriebe. Die Veranstaltungen vermitteln solides Wissen. Sie würde deshalb niemals Arbeiterin oder Vorarbeiterin, aber wenn sie für die Maison Fonteroy arbeiten will, muss sie etwas vom Handwerk verstehen. Natürlich wäre sie ein Sonderfall. Normalerweise werden zu den Zuschneidekursen keine Mädchen zugelassen, aber ich kenne den Direktor. Bei Camille macht er bestimmt eine Ausnahme.«

»Aber was sollen unsere Freunde denken?«, erkundigte sich Valentine entrüstet.

»Ich gebe zu, ein wenig ungewöhnlich ist das Ganze schon für ein Mädchen aus unserer Familie, aber ich kann nichts Schlimmes dabei finden. Ich schlage dir einen Kompromiss vor, Camille. Du wirst als Lehrling bei uns anfangen und einmal in der Woche Kurse in der Schule in der Rue des Tournelles besuchen. Wenn es so weit ist, wirst du die Lehre bei einem meiner Kollegen abschließen.«

»Ich sehe, ihr seid euch wieder einmal sehr einig«, erklärte Valentine, verärgert über die Genugtuung, die sich auf dem Gesicht ihrer Tochter abzeichnete. »Na schön, tut, was ihr für richtig haltet! Camille setzt ja ohnehin immer ihren Kopf durch.«

Wütend stand sie auf und verließ das Esszimmer.

Camille bemerkte, dass Liselotte sich zitternd auf ihrem Stuhl krümmte, als wäre sie am liebsten unter dem Tisch verschwunden.

»Es tut mir Leid«, entschuldigte sie sich und legte tröstend ihre Hand auf Liselottes. »Die Auftritte mit Maman sind manchmal ein wenig dramatisch, aber das hat nichts zu bedeuten. In ein paar Stunden merkt man nichts mehr davon. Und ich habe erreicht, was ich wollte.«

André schenkte sich ein Glas Wein ein.

»Man hat nie seine Ruhe mit dir, Chérie. Manchmal frage ich mich, ob du deine Mutter absichtlich in Wut bringst.«

Camille riss die Augen auf.

»Wie kannst du so etwas sagen, Papa? Ich möchte wirklich unser Handwerk lernen. Du weißt, dass ich es ehrlich meine.«

»Daran zweifle ich nicht. Immerhin kenne ich dich von klein auf. Du hast die Familienleidenschaft geerbt. Das Problem ist nur, du bist ein Mädchen.«

»Wir leben nicht mehr im Mittelalter, Papa«, erboste sich Camille. »Ich darf dich daran erinnern, dass Frauen schon seit mehreren Jahrhunderten eine Seele ihr Eigen nennen dürfen!«

André brach in Lachen aus.

»Und Sie, Liselotte, was möchten Sie später machen?«, fragte er das junge Mädchen.

Sie zögerte.

»Was ich mir früher vorgestellt habe, erscheint mir jetzt unmöglich. Ich wollte Pianistin werden, wie Madame Krüger. Mit sechs Jahren habe ich begonnen, Unterricht bei ihr zu nehmen. Sie ist eine wunderbare Frau. Und sie sagte mir, ich hätte eine Begabung.« Ihr Blick hatte sich kurzzeitig belebt, doch nun wurde er wieder dunkel. »Aber nun weiß ich es nicht mehr. Ich muss warten, bis meine Eltern bei uns sind. Sie möchten, dass wir alle nach England gehen. Vielleicht kann ich aufs Londoner Konservatorium gehen.«

»Und bis dahin wirst du dich in Paris anmelden«, sagte Camille entschieden. »Deine Eltern werden sicher bald kommen, aber wozu willst du Zeit verlieren? Es sei denn, du möchtest lieber Privatunterricht nehmen.«

»Es ist nur … Ich habe kein Geld dafür«, stotterte Liselotte. »Sie waren schon so großmütig, mich und Heinrich bei sich aufzunehmen. Ich würde mich so gern für Ihre Freundlichkeit revanchieren …«

»Aber, aber, Liselotte«, unterbrach André sie. »Sie sind unsere Gäste. Camille hat Recht. Sie müssen Ihren Klavierunterricht fortsetzen. Das wird Sie auch auf andere Gedanken bringen. Ich werde sehen, was ich tun kann. Wenn das Konservatorium Sie nicht aufnimmt, suchen wir einen Privatlehrer. Warum nicht diese nette Dame, von der Camille damals nichts wissen wollte?«, neckte er sie.

Camille verzog belustigt das Gesicht.

Die beiden jungen Mädchen standen auf. Camille hatte vorgeschlagen, sie sollten alle zur Weinernte gehen. Sie hoffte darauf, dass die gut gelaunten Winzer auch den kleinen Heinrich zum Lachen brächten, und Liselotte wenigstens für einen Nachmittag von ihre Ängsten ablenken könnten.

# *Zweiter Teil*

Camille konnte sich einfach nicht konzentrieren. Ihre Hände zitterten leicht. Dabei schien alles wie immer in der Werkstatt der Kürschner-Fachschule in der Rue des Tournelles mit den langen, vor den Fenstern aufgestellten Arbeitstischen aus dunkler Eiche, nur nicht die ernsten Gesichter der jungen Leute. Ein junger Mann räusperte sich nervös.

Der Techniklehrer, ihr Lieblingslehrer, blickte durch das hohe Fenster auf den blauen Septemberhimmel, der auf die grauen, leprösen Fassaden herunterstrahlte. Ein knappes Klopfen, und der Schulleiter trat mit hochroten Wangen und glänzenden Augen ein.

»Messieurs«, sagte er heiser. »Und Mademoiselle«, fügte er noch an Camille gerichtet hinzu, »wie Sie wissen, hat Frankreich gestern Nachmittag um 17 Uhr Deutschland den Krieg erklärt. Unser Land muss sich einer weiteren schweren Prüfung stellen, aber wir werden uns unserer tapferen Soldaten würdig erweisen, die unser schönes Vaterland zu verteidigen wissen werden. Einige unserer Lehrer wurden bereits mobilisiert, weitere werden ihnen folgen. Die Schule wird bis auf weiteres geschlossen. Den Wiederbeginn des Unterrichts teilen wir Ihnen dann schriftlich mit. Nun bleibt mir nur noch eins zu sagen!« Er warf sich in die Brust: »Vive la France!«

»Vive la France!«, rief die Klasse im Chor.

Nur Camilles Lippen blieben geschlossen. Die übrigen Schüler packten leise redend ihre Sachen ein, doch sie stand wie gelähmt inmitten dieser plötzlich ausgebrochenen allgemeinen Unruhe. Bald war sie die Einzige der Schüler im Atelier. Der Techniklehrer schaute immer noch aus dem Fenster, er hatte sich nicht vom Fleck gerührt.

»Camille!«, rief eine drängende Stimme. »Camille!«

Sie wandte sich um. Von der Tür her winkte ihr Sabine. Sie hatte hier Kurse belegt, weil sie Futternäherin werden wollte.

»Beeil dich! Worauf wartest du noch?«

Camille zog den Kittel aus, griff nach ihrer Tasche und machte einen Schritt auf ihren Lehrer zu.

»Monsieur?«, fragte sie besorgt.

Doch dann besann sie sich: Vielleicht wollte er lieber in Ruhe gelassen werden. Sie ging leise zu Sabine, die sie am Arm packte und ins Treppenhaus zog.

»Unglaublich, findest du nicht?«, rief Sabine, ihre Augen standen voller Aufregung und Angst. »Es war natürlich unvermeidlich. Nachdem bekannt wurde, dass sie Polen angegriffen haben …«

Die Tür der Schule schlug hinter ihnen zu. Camille hörte, wie der Pedell den Riegel vorschob, und betrachtete die Schülergrüppchen, die rauchend auf der Straße plauderten, als wollten sie keine Sekunde dieser unverhofften und zugleich beängstigenden Freiheit versäumen. Die beiden jungen Mädchen machten sich Richtung Rue Saint-Antoine auf.

Sabine redete unablässig, doch Camille hörte ihr nicht zu. Sie dachte an Peter. Von nun an waren die Deutschen nicht mehr nur ein Volk, das ihrer Mutter aus Prinzip verhasst war – während ihr Vater berufliche und freundschaftliche Verbindungen zu ihnen pflegte –, von nun an waren sie der Feind. In Fleisch und Blut.

»Ich hasse sie …«, zischte sie mit zusammengebissenen Zähnen.

»Ich auch!«, bekräftigte Sabine. »Aber du wirst sehen, diese dreckigen Boches kommen nie über die Maginot-Linie.«

»Ich hasse nicht die Deutschen, ich hasse die Nazis. Sie haben uns in den Krieg getrieben.«

»Das ist doch dasselbe. Ah, da kommt mein Bus … Bis bald, Camille!«

Sabine sprang auf die Plattform des Busses, der leicht abgebremst hatte.

*Ich täte besser daran, meine Überlegungen für mich zu behalten*, dachte Camille. Wie sollte sie Sabine verständlich machen, dass man nicht alle Deutschen über einen Kamm scheren durfte? Nicht einmal ihre Mutter war zu dieser Einsicht zu bewegen. Sie dachte an die Eltern von Liselotte und Heinrich, denen es noch nicht gelungen war, zu ihren Kindern zu gelangen.

Im Jahr zuvor, im Herbst 1938, drei Monate nach dem unverhofften Eintreffen der Hahns in Montvallon, hatte André einen Brief seines Freundes Karl Krüger erhalten, in dem sich dieser über die Tragödie empörte, die sich in der Nacht vom 9. zum 10. November abgespielt hatte.

Als Reaktion auf die Ermordung eines in Paris stationierten deutschen Diplomaten, Ernst vom Rath, durch einen jungen Juden waren die Synagogen in Leipzig und anderen deutschen Städten in Brand gesteckt worden. Auf dem Augustusplatz waren Flammen und dichte schwarze Rauchwolken aus den Fenstern des Modehauses Bamberger und Herz geschlagen, doch die Feuerwehr hatte nichts unternommen. Die Schaufenster von Hunderten jüdischer Geschäfte hatten sich als Scherbenregen auf die Bürgersteige ergossen. Mit gelber Farbe hatte man gehässige Parolen und Judensterne an die Wände geschmiert. Einige jüdische Einwohner waren mit Gewalt im Zoologischen Garten zusammengetrieben und auf Geheiß der SA von der Menschenmenge verhöhnt worden. An den darauf folgenden Tagen waren Hunderte Juden verhaftet worden, darunter auch der Vater von Liselotte und Heinrich.

Trotz der flehentlichen Bitten ihres Mannes hatte sich die junge Frau Hahn geweigert, ihn zu verlassen und zu ihren Kindern zu reisen. Sie wusste die beiden in Sicherheit und hatte daher erklärt, sie werde nur mit Rudolf gemeinsam das Land verlassen. Aber dieser, der seine Rolle als Vorsitzender einer Hilfsorganisation sehr ernst nahm, hatte zu lange gezögert. Man hatte ihn nach Buchenwald gebracht.

*Die Juden werden immer drakonischeren Maßnahmen ausgesetzt,* schrieb Karl in seinem langen Brief. *Sie dürfen sich in der Stadt nicht mehr frei bewegen. Ihre Güter werden beschlagnahmt, und sie müssen der Regierung eine so genannte Sühneleistung zahlen.*

*Neulich wurde Eva von der Gestapo einbestellt. Sie wurde verwarnt: Die arischen Freunde der Juden würden nach Maßgabe ihrer Schuld bestraft. Glücklicherweise hat Eva geschwiegen, und sie haben sie wieder nach Hause gehen lassen. Sie hofft, dass Rudolf seines Alters wegen bald entlassen wird. Auch seine Frau hofft es. Gerade vor dieser schrecklichen Kampagne hatten sie ihre Erlaubnis zum Verlassen des Staatsgebiets und eine Einreisebewilligung für England erhalten.*

*Meinst du, du kannst die Kinder so lange bei dir behalten, André? Du kannst sie auch zu ihrem Onkel nach London schicken, wenn du das für besser hältst. In Anbetracht der Umstände verlangt die britische Regierung von Kindern keine Visa.*

*Ich hoffe, dass ich euch, dich und Camille, wie geplant bald hier in Leipzig begrüßen darf, und bitte dich, deiner lieben Frau meine vorzügliche Hochachtung auszurichten.*

*Dein treuer Freund Karl*

Camille war nicht mit ihrem Vater nach Leipzig gereist. Nicht nur weil Valentine strikt dagegen war, auch weil André selbst lieber auf diese Reise verzichtet und stattdessen Liselotte und Heinrich nach London gebracht hätte.

Ein mit Sandsäcken beladener Lastwagen fuhr rumpelnd an Camille vorbei. Sie schrak aus ihrer Träumerei auf und wunderte sich über die Ruhe auf den Straßen. Resigniert und in trübe Gedanken versunken, eilten die Passanten vorbei. Ein kleiner Zeitungsverkäufer mit einer karierten Schirmmütze kam aus einer Straße gerannt und hätte sie fast umgestoßen:

»Bald Bomben auf Berlin! Die Deutschen haben Angst!«, schrie er mit einer Stentorstimme, die schlecht zu seiner schmächtigen Gestalt passte.

Jäh stiegen ihr Tränen der Wut und der Enttäuschung in die Augen. Sie ballte die Hände zu Fäusten. Mit welchem Recht verdarb man ihr ihr Leben? Sie hatte gerade ihr zweites Lehrjahr begonnen. Alles war geplant, alles lag fest: vier Jahre Unterricht, Facharbeiterprüfung und offizieller Eintritt in die Maison Fonteroy. Und jetzt brachten diese verdammten Militärs alles durcheinander! Die Männer und ihre verdammten Kriegsgelüste! Und dazu diese schleichende Angst, die sie verfolgte und um derentwillen sie sich schämte.

Sie wühlte nach einem Taschentuch. Da sie keins fand, wischte sie sich die Nase am Ärmel ab und tauchte in einen Metroeingang ab.

Zwanzig Minuten später kam sie nahe der Oper wieder ans Tageslicht. Die Fahrt hatte weniger lang gedauert als normalerweise, mehrere Stationen waren geschlossen gewesen. Sie hatte wenig Lust, nach Hause zu gehen, wo ihre Mutter immer wieder erklärte, sie habe es ja gleich gesagt, die Deutschen hätten gleich nach der Wiederbesetzung des entmilitarisierten Rheinlands niedergeschlagen werden müssen, diesem widerwärtigen Hitler dürfe man nicht trauen, und es sei unverantwortlich, dass Daladier und Chamberlain das Münchner Abkommen unterzeichnet hätten …

Vor allem jedoch machte ihr der seelische Zustand ihres Vaters Sorgen. André, der vom Großen Krieg noch tief geprägt war, konnte einfach nicht begreifen, dass der ganze Wahnsinn nur fünfundzwanzig Jahre später wieder von vorn anfangen sollte.

Als sie vor den hohen Glastüren der Maison Fonteroy ankam, hielt ihr ein betresster Portier die Tür auf, erkannte sie jedoch nicht. Es war nicht Maurice, der beim Lächeln immer sämtliche Zähne bleckte, sondern ein älterer weißhaariger Mann. *O Gott*, dachte sie, *bald sind wir hier nur noch unter uns Frauen, Kindern und Greisen!*

Unter den Kronleuchtern unterhielten sich leise einige wenige zur Anprobe gekommene Kundinnen. Camille war zu ungeduldig, auf den Aufzug zu warten; immer zwei Stufen auf einmal nehmend, rannte sie die Treppe hinauf.

Am Ende des langen, rot ausgelegten und mit den Porträts der Vorfahren wie mit einer Reihe von Wachen geschmückten Korridors lag die dunkle Eichentür zum Büro ihres Vaters. Die Tür der Sekretärin, die sonst immer offen stand, war geschlossen. Beängstigende Ruhe lastete über der ganzen ersten Etage.

»Papa!«, rief sie, unerklärliche Angst drückte ihr das Herz ab.

Sie begann zu laufen, der Zopf flog auf und ab auf ihrem Rücken. Sie klopfte nicht einmal, sondern riss die Tür auf.

Ihr Vater hob überrascht den Kopf. Daniel Worms, der Werkstattleiter, und Philippe Haguenau, einer der Geschäftsführer, drehten sich in ihren Sesseln nach ihr um.

»Pardon …«, stotterte sie, die Röte stieg ihr in die Wangen. »Es tut mir Leid … Ich dachte, hier wäre niemand …«

»Komm herein, Camille«, sagte ihr Vater. »Ich nehme an, du kommst aus der Schule.«

»Ja. Der Direktor hat uns nach Hause geschickt. Er weiß noch nicht, wann der Unterricht wieder beginnt.«

Sie schloss die Tür hinter sich. Ihr war heiß, sie starb vor Durst. Ihr Vater bedeutete ihr, sie möge sich ein Glas Wasser nehmen und sich dann setzen.

»Gut, zurück zum Schutz des Geschäfts«, fuhr er fort. »Wir brauchen Holzwände und Papierbänder für die Schaufensterscheiben. Wenn Verdunklung befohlen wird, brauchen wir auch dafür entsprechendes Material.«

»Wir haben eine Bestellung vom Hotel Ritz bekommen.« Daniel Worms konsultierte das Buch, das offen auf seinem Schoß lag. »Sie möchten für ihren Bunker zwanzig pelzgefütterte Decken. Ich glaube, an Hermès haben sie sich auch gewandt, wegen Schlafsäcken.«

Philippe Haguenau strich sich übers schüttere Haar. Camille mochte seinen selbstgefälligen Gesichtsausdruck und die vorgestülpten, an das Innere einer Muschel erinnernden Lippen nicht besonders.

»Sie werden sehen«, spottete er. »Die französische Eleganz wird sich vom deutschem Bombenhagel nicht beeinträchtigen lassen.«

»Paris wird nicht bombardiert«, erwiderte Daniel Worms schockiert. »Unsere Soldaten sind nicht so wehrlos wie die armen Polen. Sie werden den Eindringling zurückschlagen.«

Haguenau lächelte zweifelnd, doch André hob besänftigend die Hand, um eine Auseinandersetzung zwischen den beiden Männern zu verhindern.

»Hoffen wir's, Worms. Ich habe im Ministerium angerufen und ihnen fellgefütterte Jacken für unsere Soldaten angeboten. Sie schicken uns eine Liste von dem, was sie benötigen.«

»Und die Kollektion?«, sorgte sich Daniel Worms. »Was wir letzten Monat der Presse vorgestellt haben, ist jetzt vielleicht nicht mehr so angebracht.«

»Die Kundinnen in Amerika und Südamerika werden weiter bestellen wie bisher. Doch die Französinnen haben jetzt ganz sicher andere Sorgen. Wie immer es weitergeht, wir müssen uns darauf einstellen. Wir haben 1914 nicht geschlossen, wir werden auch jetzt nicht schließen. Schließlich sind wir für die Näherinnen und die noch nicht mobilisierten männlichen Angestellten verantwortlich«, schloss André fest.

Camille, das Glas Wasser in beiden Händen, fühlte sich etwas ruhiger. Sie hatte befürchtet, ihr Vater würde in der Hoffnung auf bessere Tage einstweilen die Tore des Hauses schließen. Der Gedanke, das große Gebäude am Boulevard des Capucines könne wie ein gekentertes Schiff aufgegeben werden, war ihr schrecklich.

Daniel Worms und Philippe Haguenau verließen das Büro. In ihrer Gegenwart hatte André eine entschlossene Miene aufgesetzt, doch kaum hatte sich die Tür hinter ihnen geschlossen, ließ er die Schultern ein wenig sacken.

Camille lief auf die andere Seite des imposanten Mahagoni-Schreibtischs mit seinen vergoldeten Bronzeverzierungen, der übersät war mit Papieren, Skizzen, Zeichnungen, Farb- und Kohlestiften. Aus dem Augenwinkel sah sie die Skizze eines Mantels mit Kapuze.

Sie hockte sich auf eine Armlehne und legte ihrem Vater den Arm um die Schultern. Sie fand keine Worte. Sie hätte ihn so gern beruhigt, ihm versprochen, alles werde gut, sie werde ihm immer zur Seite stehen, aber sie wollte auch nicht eingebildet erscheinen. Mit ihren siebzehn Jahren fühlte sie sich selbstsicher und ihrer Fähigkeiten gewiss, doch sie wusste, dass sie in den Augen ihrer Eltern noch ein unerfahrenes Kind war. Dennoch war sie davon überzeugt, dass nicht das Alter in Krisensituationen zählte, sondern das Temperament. Sie kannte Erwachsene, wie zum Beispiel Odile Venailles, die ewig Kinder blieben, aber auch Kinder, sie dachte an den kleinen Heinrich Hahn, die auf dem Grund ihrer Augen bereits alles Alter dieser Welt trugen.

»Da fehlen noch Taschen«, murmelte sie plötzlich und sah die Zeichnung an. »Die Frauen brauchen große Taschen, um da alles zu verstauen. Ich weiß auch nicht, warum, aber man braucht immer große Taschen, wenn die Dinge nicht zum Besten stehen.«

Sie beugte sich vor, nahm einen Stift vom Schreibtisch und korrigierte die Zeichnung.

»Siehst du, so ist es besser«, sagte sie etwas zögernd, mit einem Mal hatte sie Angst, zu weit gegangen zu sein.

Im selben Moment spürte sie, wie sich die Schultern ihres Vaters entspannten.

»Ich glaube, es wäre gut, wenn du bei mir arbeiten würdest, bis die Schule wieder anfängt.«

Er lächelte, doch sie wiegte ernst den Kopf.

»Ich hab Angst, Papa«, flüsterte sie.

Und schon nahm Andrés Gesicht wieder diese wächserne Färbung an, die sie so sehr fürchtete.

»Es tut mir so Leid, Camille. Dabei haben wir alles getan, damit so etwas nie wieder passiert …«

»Aber diesmal wird es anders sein, nicht wahr? Heutzutage geht alles schneller. Wir werden doch nicht vier Jahre Krieg aushalten müssen, wie damals in deiner Jugend!«

Zu ihrer Verärgerung hatte sich etwas Schrilles in ihre Stimme eingeschlichen. Sie stand auf und setzte sich in den olivgrünen Ledersessel, in dem Worms gesessen hatte. Die Unterarme auf seine Dokumente gestützt, betrachtete André sie. Er wirkte abgekämpft.

»Was soll ich dir sagen? Dass die französische Armee der Wehrmacht überlegen ist? Dass wir ihnen eine Abreibung verpassen und uns dann wie zivilisierte Menschen an einen Tisch setzen und alles regeln? Meine einzige Hoffnung war, dass die Bedrohung durch die Russen Hitler zum Nachdenken brächte. Doch die Kommunisten und die Nazis haben sich verständigen können. Seit sie diesen Nichtangriffspakt unterzeichnet haben, ist alles möglich.«

Sein Blick verlor sich im Vagen.

Camille holte tief Luft. Gewiss konnte sie ihm anvertrauen, was sie schon seit Tagen verfolgte.

»Es ist ein wenig heikel, Papa …«, setzte sie an, wenngleich ein wenig ängstlich. »Aber mit dir kann ich darüber sprechen. Ich mache mir Sorgen um Peter«, brachte sie schließlich hervor.

André schien sich aus einer Trance zu reißen. Er seufzte tief.

»Er ist bei der Infanterie, glaube ich.«

»Bei den Panzern«, berichtigte sie. »In einem Panzer ist es sicherer, oder?«

André hob den Kopf, um sie besser ins Auge fassen zu können. Einige Strähnen hatten sich aus dem Zopf gelöst und ringelten sich um Stirn und Wangen. Ihre grünen Augen waren riesengroß. Sie hatte eine Hand am Mund und biss kleine Stückchen von ihrer Nagelhaut. *Du lieber Himmel, sie ist verliebt …*, dachte er erschrocken. Mit einem Schlag erschien ihm seine Tochter in völlig neuem Licht. Welche Zukunft erwartete dieses Mädchen, das mit übergeschlagenen Beinen und verschlossenem Gesicht auf der Sesselkante hockte? Er wollte nicht, dass sie litt. In jenem Augenblick hätte er alles darum gegeben, sie vor dem Krieg und zugleich vor allem anderen Unheil schützen zu können, das ihr drohte.

»Die Panzer ...«, sagte er nachdenklich. »Anscheinend muss man wirklich Angst vor ihnen haben. Aber ich dachte, Peter sei noch auf der Militärakademie. Er ist doch noch so jung ...«

»Er ist neunzehn. Und Offiziersanwärter.«

»Hör zu, Camille«, sagte er in entschiedenerem Ton und richtete den Oberkörper auf. »Ich wünsche ihm von ganzem Herzen, dass er unversehrt bleibt. Aber wie immer es sei, die Freundschaft, die du für ihn empfindest, muss geheim bleiben. Peter ist deutscher Offizier, und die Deutschen sind unsere Feinde. Wir stehen im Krieg. Von nun an gehört Peter zu einer anderen Welt. Hast du mich verstanden?«

Über den Schreibtisch gelehnt, musterte er das bleiche Gesicht seiner Tochter, in dem sich Verstörung und Kummer abzeichneten. Lange Zeit sahen sie sich schweigend an.

Camille wagte nichts zu sagen. Ihre Unterlippe begann zu zittern. Dann nickte sie langsam und entschlossen. Frankreich stand im Krieg, und ein Deutscher war ein Feind. So war es eben.

»Machen wir schnell, Monsieur Manokis«, drängte die Kundin. »Ich muss nach Hause zurück und meine Koffer fertig packen. Ich werde keine Minute länger in dieser Stadt bleiben, jetzt, wo die Deutschen bald da sind!«

Als er die durchdringende Stimme vom Anprobe-Salon her hörte, wechselte Alexandre einen kurzen Blick mit seiner Näherin, die gerade die Breitschwanzjacken untersuchte, die zwei Kundinnen zur Reparatur gebracht hatten. Sarah verdrehte die Augen zum Himmel.

»Ganz schön defätistisch«, sagte sie unfreundlich. »Seit der

Kriegserklärung sind gerade mal zwei Wochen vergangen, und sie sieht den Feind schon in Paris.«

Alexandre lächelte flüchtig. Er ging um den Arbeitstisch herum, auf den er mit Kreide einen Schnitt gezeichnet hatte, und nahm Madame de Clermonts Mardermantel von der Schneiderpuppe.

Als sie im Juli die Felle ausgesucht hatte, hatte er sie gebeten, sie zu signieren. Sie hatte den wahren Grund nicht verstanden und vermutet, er wolle ihr schmeicheln. In Wahrheit misstraute Alexandre seinen launenhaften und arroganten Kundinnen zutiefst. Zwei Jahre vorher nämlich hatte eine Kundin behauptet, ihr Mantel sei nicht aus den richtigen Fellen gefertigt worden, sie habe eine weniger starke Färbung ausgesucht. Alexandre, der sein Geschäft gerade eröffnet hatte, war einigermaßen in Verlegenheit gewesen und hatte sich nicht durchzusetzen gewagt. Er hatte einen neuen Mantel nähen müssen, und auf dem ersten war er eine komplette Saison lang sitzen geblieben. Seither traf er seine Vorsichtsmaßnahmen: Im Falle einer Reklamation konnte er das Futter und das Steifleinen auftrennen und der halluzinierenden Kundin beweisen, dass sie mit den verwendeten Fellen einverstanden gewesen war.

Alexandre überprüfte die Ärmellänge, den Saum und den Fall des Mantels. Da Madame de Clermont eher bleich und hager war, hatte er sich für klare Linien, enge Ärmel und einen strengen Kragen entschieden, um die Dramatik ihrer Erscheinung zu unterstreichen.

Mit gerunzelter Stirn drehte und wendete sie sich vor dem Spiegel, bis sie endlich ihre Zufriedenheit äußerte.

»Außerdem möchte ich etwas für den Abend bestellen«, sagte sie dann. »Für die Riviera. Sie könnten es mir doch nach Nizza schicken, nicht wahr?«

»Gewiss, Madame. Was würden Sie zu einer Stola aus Bisamratte sagen?«

Sie verzog das Gesicht.

»Sie wüssten nicht etwas Aparteres?«

Alexandre dachte nach.

»Persianer sind nicht besonders originell, aber inzwischen gibt es ganz erstaunliche Färbungen ... Ich könnte Sie mir sehr gut in einer Art Bolero mit langen Ärmeln vorstellen.«

»Eine gute Idee!«, rief sie aufgeregt. »Ich habe ein neues kirschrotes Samtkleid mit Paillettenstickerei rund ums Dekolleté. Das wäre ideal.«

»Ich zeichne Ihnen einen Entwurf, Madame. Den schicke ich nach Nizza, und Sie sagen mir, was Sie davon halten.«

»Wunderbar. Aber wie regeln wir das mit der Farbe?«

»Vielleicht könnten wir uns eine Probe des Kleiderstoffs schicken lassen?«

»Sehr gut. Ihnen fällt doch immer eine Lösung ein, Monsieur Manokis. Für heute sind wir fertig, nicht wahr? Ich muss mich beeilen. Ich habe noch so viel zu erledigen, bevor ich in den Schlafwagen steige.«

Sie griff nach ihrer Gasmaske, die sie in einem Etui aus beigem, auf ihr Kostüm abgestimmtem Stoff bei sich trug. Er öffnete ihr die Tür und verbeugte sich. Auf der Schwelle drehte sie sich noch einmal um.

»Und Sie? Gehen Sie nicht fort?«, fragte sie, plötzlich neugierig.

»Ich glaube nicht, Madame. Ich kann mein Atelier nicht im Stich lassen, und meine beiden Angestellten sind von mir abhängig.«

»Vielleicht haben Sie Recht. Wahrscheinlich passiert gar nichts. Wenn die Dinge sich beruhigen, kann ich immer noch nach Paris zurückkommen. Ich werde Sie auf dem Laufenden halten. Auf Wiedersehen, Monsieur Manokis.«

»Auf Wiedersehen, Madame.«

Er sah ihr nach, wie sie die Treppe hinunterging und unter dem Torbogen verschwand, der auf die Rue de Trévise hinausführte. Bevor er ins Atelier zurückging, wischte er mit dem Ärmel seines weißen Kittels über das Messingschild, auf dem in schräger Schreibschrift stand: Alexandre Manokis, Kürschnermeister.

Wenig später kehrte er zu seinen fröhlich miteinander scherzenden Angestellten zurück; Odette, die zweite Angestellte, hatte gerade in der Avenue Bosquet eine Chinchilla-Stola abgeliefert. Über diesen Verkauf freute sich Alexandre besonders. Er kam genau zur rechten Zeit und erlaubte es ihm, den kommenden Monaten einigermaßen gelassen entgegenzusehen.

Als er im Rundfunk von der Kriegserklärung erfahren hatte, war seine erste Reaktion Erleichterung gewesen. Wenigstens hatte man sich jetzt festgelegt! Schluss mit der unerträglichen Warterei. Der Feind war definiert. Nun musste man sich ihm nur noch entgegenstellen und ihn besiegen.

Sein Blick fiel auf Valentines Foto an der Wand. Würde sie in Paris bleiben oder sich wie Madame de Clermont aufs Land flüchten? Schon Ende August waren viele Kinder evakuiert worden. Der kleine Maxence musste jetzt etwa zehn sein. Ob Valentine ihn auf den Besitz in Montvallon brachte? Es wäre sicher das Vernünftigste.

Odette drehte am Knopf des Rundfunkempfängers. Eine nüchterne Stimme erteilte der Bevölkerung Ratschläge, erinnerte daran, dass nachts und abends kein Licht zu sehen sein dürfe und man sich mit Gasmasken versorgen müsse. Trotz der beiden jungen Frauen im Atelier wirkte der Raum eigentümlich leer auf Alexandre. Sein Zuschneider war am 27. August mobilisiert worden. Er hatte es sich nicht nehmen lassen, den jungen Mann zur Gare de l'Est zu begleiten. In einem Bistro gegenüber dem Bahnhof hatten sie an der Theke noch ein Bier getrunken, umgeben von Männern mit niedergeschlagenen, resignierten und dennoch streitsüchtigen Gesichtern, jeder hatte ein Köfferchen dabei und die sorgfältig in der Brieftasche verwahrte Marschroute.

*Zwei Jahre …*, dachte Alexandre ein wenig bitter. Zwei Jahre verbissener Arbeit seit seiner Auszeichnung auf der Weltausstellung, um sich einen Kundenstamm zu schaffen, wohlwollende Kommentare in den Modemagazinen und die Anerkennung seiner Kollegen. Bekannte Schauspielerinnen und junge Frauen der Gesellschaft wagten sich aus den bürgerlichen Avenuen in die belebten Sträßchen des IX. Arrondissements, um Alexandre Manokis' Kreationen kennen zu lernen. Würde der Krieg all seine Mühen zunichte machen?

Zu seinen Kundinnen zählten auch Geschäftsinhaberinnen und Sekretärinnen. Letztere wegen der erschwinglichen Feh-Pelissen und der Persianermäntel, für die er aus Kastoria importierte Fellplatten verwendete. Seine Schulden waren inzwischen bezahlt, langsam begann er Gewinne zu erzielen. Die Saison hatte sich gut angelassen, er hatte sogar daran gedacht, einen Lehrling einzustellen, und nun sollte schon alles vorbei sein.

Die Unsicherheit vermittelte ihm ein Gefühl der Ziellosigkeit. Was sollte er tun? Sich einem Fremdenbataillon anschließen, die Anweisungen der Regierung abwarten, weiterarbeiten, um den Lebensunterhalt seiner beiden Angestellten zu sichern? Aber würde es noch Bestellungen geben? Kauften Frauen in Kriegszeiten Pelze?

Er nahm sich zusammen: Diese Grübeleien führten zu nichts. Am späten Nachmittag würde er bei der Handwerkskammer vorbeischauen, dort würde er sicher etwas Nützliches hören.

In den Monaten darauf richtete sich Alexandre in der seltsamen Routine ein, die nun in Paris herrschte. Die Abwesenheit der eingezogenen Männer verschärfte die alltäglichen Probleme. Der Krieg war erklärt, doch man sah nichts kommen. Polen kapitulierte nach drei Wochen, die Sowjetunion griff überraschend Finnland an, doch die in den Zeitungen beschriebenen Kämpfe wirkten fern, fast unwirklich. In den Geschäften und Restaurants klagten die Kunden über die unnötig erscheinenden Lebensmittelrationierungen. Und wenn Alexandre in seiner Stammkneipe an der Ecke der Rue Richer etwas trank, hörte er, wie sich die Thekennachbarn über die Deutschen lustig machten oder der Wirt tönte, Hitler sei krank und werde bald abdanken.

Und dann, wie mit einem Donnerschlag, schlug die Lage um.

Camille hielt es nicht mehr aus. Schon seit dem frühen Nachmittag war sie unruhig. Durchs offene Fenster flutete die Julisonne ins Zimmer. Und kein Hauch Wind.

Sie hörte auf, die Garnrollen zu zählen, schrieb die letzte Zahl ins Heft und schlug es zu. Ihr brummte der Schädel. Sie strich sich über die feuchte Stirn. Den ganzen Tag hatte sie Inventur gemacht. Sie beschloss, eine halbe Stunde von ihrer Arbeitszeit abzuzweigen. Wenn ihr Vater davon erführe, wäre er zwar wenig erfreut, aber was machte das schon! Als er sie als Lehrling angenommen hatte, hatte er ihr sehr deutlich gesagt, dass er von ihr vorbildliche Pünktlichkeit und Ernsthaftigkeit erwarte. Für die Tochter des Chefs sollte es keine Vergünstigungen geben. Camille respektierte diese Strenge, doch jede Regel musste irgendwann einmal übertreten werden, oder? Zumal die Sommertage, die noch länger geworden waren, seit die Deutschen die Uhren eine Stunde vorgestellt hatten, um die französische an die Berliner Zeit anzupassen, eher zum Flanieren einluden als zur Arbeit.

Nachdem sie sich das Gesicht mit kühlem Wasser abgespült hatte, ging sie über eine Nebentreppe hinunter ins Erdgeschoss. In der großen Eingangshalle stand ein deutscher Offizier, in schwarzen Stiefeln, die Mütze unter dem Arm, und unterhielt sich mit Madame Geneviève, der ersten Verkäuferin, die, ihre Brille auf der Nase, die Lippen zusammenkniff, als hätte sie gerade in eine Zitrone gebissen.

Seit ihrem triumphalen Einzug in die Hauptstadt plünderten die deutschen Truppen die Geschäfte: Seidenstrümpfe, Wäsche, Kleider, Parfum, Schmuck, Schuhe, Pelze … Nichts schien ihnen schön genug zu sein für ihre Bräute und Ehefrauen östlich des Rheins. Die Verkaufszahlen bei Fonteroy schossen in die Höhe, aber André fand wenig Freude daran. »Mit ihrer überbewerteten Mark im Gegenwert von zwanzig Francs ist das die reinste Wegelagerei!«, schimpfte er. Zudem machte er sich Sorgen, weil einige Fellarten zu fehlen begannen.

Camille runzelte die Stirn. Sie würde sich nie daran gewöhnen. Die Niederlage hatte einen bitteren Geschmack in ihrem Mund hinterlassen. Am schlimmsten war es, die Gespräche der Soldaten mitzuhören, die glaubten, sie würden nicht verstanden. Wenn sie sich allzu spöttisch oder gemein äußerten, musste sie sich auf die Lippen beißen, um keine schneidende Antwort zu geben.

Auf dem Weg zur Tür schlug sie einen kleinen Bogen, um dem Offizier auszuweichen. Draußen wandte sie sich Richtung Madeleine und hielt die Augen im Gehen fest auf den Boden geheftet, um nicht die rote Fahne mit dem schwarzen Hakenkreuz zu sehen, die traurig vor der Fassade des gegenüberliegenden Gebäudes hing.

Ihre Mutter hatte den Gedanken, die Deutschen als Sieger über die Champs-Élysées ziehen zu sehen, nicht ertragen. Dennoch war Valentine nach der Kriegserklärung in der Stadt geblieben, sie war davon überzeugt, dass die französische Armee die Angreifer im Zaum halten würden. Die Polen waren heroisch gewesen, aber der Lage nicht gewachsen. Doch einige Monate später, als sie erfahren musste, dass die Niederlande, Belgien und Luxemburg eingenommen worden waren, konnte sie sich dem Unleugbaren nicht länger verschließen: Niemand schien imstande, die Dampfwalze der Boches aufzuhalten.

Mitte Mai hatte sich Valentine daher entschieden, wieder nach Montvallon zu fahren. »Ich möchte, dass du mitkommst«, hatte sie ihr beim Kofferpacken befohlen. »Ich kann Papa nicht ganz allein lassen«, hatte Camille eigensinnig widersprochen. »Er würde es nie sagen, aber eine von uns braucht er, und da du fortgehst …« Sie hatte den Satz nicht vollendet. Valentine hatte sich aufgerichtet und dabei eine Strähne aus ihrer Stirn gestrichen. »Du willst mir zu verstehen geben, ich ließe deinen Vater im Stich, aber ich muss vor allem an Maxence denken. Er ist noch ein Kind. Er muss in Sicherheit gebracht werden.« – »Nun, ich bin kein Kind mehr, und ich bleibe bei Papa«, hatte Camille verkündet. Ihre Mutter hatte sie mit einem seltsamen Gesichtsausdruck angeschaut. »Manchmal frage ich mich, ob du je eins warst«, hatte sie dann leise gemurmelt, bevor sie den letzten Kofferriemen schloss.

Gleich nach ihrer Ankunft in Montvallon brachte Valentine ein Telefongespräch nach Paris zustande. Camille, die schon seit drei Tagen auf Nachricht wartete, stürzte sich aufs Telefon.

Die Stimme ihrer Mutter war kaum wiederzuerkennen. Rau, fast keuchend erzählte Valentine von der unglaublichen Fahrt über die von allen möglichen Fahrzeugen verstopften Straßen, von den Fliegerangriffen auf diesen traurigen Zug von Menschen. Camille presste den Hörer ans Ohr. »Aber dir ist nichts passiert, Maman?« Nie war ihr ihre unerschütterliche Mutter so verstört vorgekommen. Camille war sehr bewegt. »Ich möchte, dass du gut auf dich aufpasst, hörst du, Chérie? Ich hätte nicht gedacht, dass es so schrecklich sein würde.« Camille schloss die Augen, ihr Mund war trocken, als sie bei ihrer verängstigten Mutter diese unerwartete liebevolle Aufwallung erlebte.

Seit die Überschreitung der Demarkationslinie sie getrennt hatte wie ein herabsausendes Fallbeil, hatte Camille das Gefühl, die unsichtbare Grenze, die immer zwischen ihr und ihrer Mutter bestanden hatte, sei nun plötzlich greifbar geworden. Sie konnten nicht mehr frei miteinander kommunizieren. Briefe und Telegramme waren nicht mehr erlaubt, die Telefonleitungen unterbrochen. Um ihre Mutter besuchen zu können, hätte sie bei den deutschen Behörden in der Rue du Colisée einen Ausweis beantragen müssen. Sie wurden nur selten und bei von diesen Behörden als »schwerwiegend« anerkannten Gründen erteilt. Was jedoch für einen Franzosen ein Fall höherer Gewalt war, war es nicht unbedingt auch für einen Deutschen, und so riss die Kette des Missverstehens nicht ab.

Nun, da sie Valentine nicht besuchen konnte, hatte Camille ihr unendlich viel zu erzählen. Abends schrieb sie ihr in alten Schulheften von Maxence lange Briefe, was ihr verwirrend leicht fiel. Und da sie sie nicht abschicken konnte, verstaute sie sie sorgfältig in einer Schublade. Ihre Mutter, unerreichbar wegen der Besatzung, erschien ihr wunderbar nah.

Noch ganz in ihre Gedanken versunken, rannte sie mitten auf dem Bürgersteig in jemanden hinein.

»Camille?«

Sie blieb abrupt stehen. Ihre Ohren summten, das Blut stieg ihr ins Gesicht.

»Mein Gott, Peter …«, stotterte sie. »Was machst du denn hier?«

Noch bevor sie die Frage ganz ausgesprochen hatte, wurde ihr deren Absurdität bewusst.

»Heute habe ich Urlaub. Meine Kompanie ist südlich von Paris stationiert. Ich wollte dich besuchen.«

Wie versteinert stand sie vor ihm, verschlang ihn mit Blicken, einerseits glücklich, ihn heil und gesund vor sich zu sehen, sein Lächeln und den träumerisch-weichen Blick der blauen Augen wieder zu finden, andererseits abgestoßen von seiner Uniform und der schief über den Augen sitzenden Feldmütze.

Sie hatten sich zwei Jahre nicht gesehen. Damals war sie hingerissen gewesen von seiner körperlichen Stärke, doch nun machte sie dieser gut gebaute Körper nervös. Peter war zu groß, zu imposant. Ihr war, als nehme er die ganze Breite des Bürgersteigs in Anspruch, unwillkürlich trat sie einen Schritt zurück.

»Könnten wir uns nicht irgendwo setzen?«, fragte er etwas verlegen.

»Hör zu, ich … Ich weiß nicht.«

Sie sah sich hektisch um, doch die Passanten beachteten sie gar nicht. Ihr Herz schlug zum Zerspringen, ihre Hände waren feucht.

»Es tut mir Leid, Camille«, entschuldigte er sich, nahm die

Mütze ab und fuhr sich durchs kurze Haar. »Mir ist klar, wie heikel die Situation ist. Ich will dir keine Unannehmlichkeiten bereiten. Vielleicht sollte ich besser wieder gehen … Aber ich bin froh, dass ich dich wiedergesehen habe.«

Er wandte sich traurig ab.

»Warte!«, rief sie und wollte ihn am Arm zurückhalten, doch kaum hatte ihre Hand den Uniformstoff berührt, fuhr sie zurück, als hätte sie sich verbrannt. »Lass uns einen Tee im *Aux Trois Quartiers* trinken«, schlug sie hastig vor.

Und schon ging sie entschlossen voran, Peter musste sich beeilen, um Schritt zu halten. *Was erzähl ich ihm bloß?*, dachte Camille verzweifelt. *Und wenn uns jemand zusammen sieht?*

Ab und zu warf sie ihm einen verstohlenen Seitenblick zu. Er blickte geradeaus und kaute auf den ängstlich eingesogenen Wangen. *Ich habe mit ihm geschlafen*, sagte sie sich immer wieder, völlig verwirrt, denn ihre Zärtlichkeiten, ihr Lachen am Flussufer, all das verlor sich in einer fernen, fast unwirklichen Vergangenheit.

Im *Trois Quartiers* setzten sie sich an ein halb von einer Grünpflanze verdecktes Tischchen.

»Wieso bist du in Uniform gekommen?«, schimpfte sie leise.

»Wir haben keine Wahl.«

»Um Eindruck auf die Besiegten zu machen?«, spottete sie.

»Nicht ich habe den Krieg erklärt, Camille«, sagte er traurig.

Sie fand sich mit einem Mal kleinlich und zuckte entschuldigend die Achseln.

Eine Kellnerin in weißem Spitzenschürzchen fragte nach ihren Wünschen. Da Camille abwesend wirkte, bestellte Peter zweimal Limonade und zwei Stückchen Erdbeertorte. Unbehaglich auf ihrem Stühlchen kauernd, hatte Camille das Gefühl, alle Welt schaue nur auf sie.

»Wie geht es deinen Eltern?«, fragte er.

»Gut. Meine Mutter ist mit Maxence in Montvallon. Mein Vater ist natürlich in Paris geblieben.«

»Hast du etwas von Liselotte und Heinrich gehört?«

Ihm war es zu verdanken, dass die Geschwister Hahn aus Leipzig hatten fliehen können. Dieser Gedanke milderte ihre Nervosität ein wenig, sie hörte auf, sich auf ihrem Stuhl zu winden.

»Sie sind bei ihrer Tante in London. Den letzten Lebenszeichen nach geht es ihnen gut. Und du, was weißt du über ihre Eltern?«

»Ihr Vater ist immer noch in einem Konzentrationslager. Frau Hahn wohnt im Ghetto. Es ist … schwierig.«

Peters Blick verlor sich im Nichts. Er dachte an den letzten Brief seiner Mutter. Die Wehrmacht habe auf dem Augustusplatz die in Frankreich erbeuteten Waffen ausgestellt, hatte sie geschrieben. Ansonsten leiste sie passiven Widerstand, indem sie sich weigere, öffentlich aufzutreten, und Unterricht nur noch privat zu Hause erteile. Ein Entschluss, der bei der Gewandhaus-Direktion auf Kritik gestoßen war.

»Peter …?«

Er nahm sich zusammen und sah Camille an. Sie war bleich geworden.

»Verzeih, ich war abgelenkt.«

»Warum hast du einen Totenkopf auf deinem Kragen?«, flüsterte sie mit weit aufgerissenen Augen.

»Das Zeichen der Panzerdivisionen«, erklärte er ein wenig überrascht. »Ein altes Symbol, das noch von einem preußischen Elite-Husarenregiment stammt. Warum?«

»Es ist … makaber«, erklärte sie, während die Kellnerin ihnen den Kuchen hinstellte.

»Nur ein Symbol wie jedes andere. Um Mut und Todesverachtung zu zeigen. Leider hat auch die SS es übernommen. Aber mit denen haben wir nichts zu schaffen, das musst du mir glauben«, sagte er leise, jedoch mit Nachdruck.

»Ihr gehört alle zur selben Armee«, ereiferte sie sich. »Und zumindest kann man sagen, dass ihr nicht gerade rücksichtsvoll seid.«

Camilles Verachtung brachte ihn auf. Er mochte sich nicht gern auf die Anklagebank setzen lassen.

»Krieg war nie eine Landpartie. Findest du den Text eurer Marseillaise so viel weniger blutrünstig?«

Diese Kritik trug ihm einen bösen Blick ein.

»Ich möchte dich daran erinnern, dass ihr die Angreifer seid.«

Da sich das nicht leugnen ließ, zog er ein wenig die Schultern vor.

»Entschuldige, ich wollte dich nicht verletzen. Diese ganze Situation ist so eigentümlich.«

Er blickte sich im Lokal um. Die meisten Gäste waren Damen eines gewissen Alters, die sorgfältig seinen Blick mieden. An einem Tischchen am Fenster, hinter dem sich die Säulen der Madeleine-Kirche erhoben, plauderte ein Infanterist mit einer grau uniformierten Frau. Die beiden wirkten so unbefangen, als säßen sie in einem Café in Berlin, Hamburg oder Leipzig und hätten nur das eine Problem, den vor ihnen liegenden Sommerabend nett zu gestalten. Für einen kurzen Moment dachte Peter an die Anweisung seines Vorgesetzten: »den Kontakt mit der Bevölkerung vermeiden«. Aber sein Ungehorsam machte ihm nichts aus. Der Wunsch, Camille wiederzusehen, hatte alles andere unwichtig erscheinen lassen. Doch obwohl er sich so sehr gefreut hatte, fühlte er sich unwohl.

Er war zu feinfühlig, als dass er Camilles Unbehagen nicht gespürt hätte, und es machte auch ihn beklommen, denn er konnte nichts dagegen unternehmen. Er hatte diese Uniform nicht haben wollen. Anders als manche seiner Kameraden, die sich am militärischen Erfolg ihrer Panzerdivisionen berauschten, hatte er nicht davon geträumt, als Eroberer in Paris einzuziehen. Er wollte nicht unbesiegbar sein. Er war zwanzig Jahre alt, er wollte den Mund dieses Mädchens küssen, das ihm gegenübersaß, er wollte den Duft ihres Körpers einatmen und sie lachen hören.

»Ich weiß sehr wohl, dass deine Eltern und du anders seid als die anderen, aber das wissen nicht alle.«

»Deine Mutter …«

»Meine Mutter hat feierlich erklärt, sie bleibe auf dem Land, bis auch der letzte deutsche Soldat vom Pariser Straßenpflaster verschwunden sei. Als Marschall Pétain den Waffenstillstand verkündete, ist ihr buchstäblich schlecht geworden.«

»Und du, Camille?«, erkundigte er sich leise. »Wie geht es dir?«

Er sah sie sehr fürsorglich und so aufmerksam an, dass sie gerührt war. Sie dachte an das Abendessen in Montvallon zurück, als er sie mit seinen Berichten über die Aufgaben, die er während seines sechsmonatigen Arbeitsdienstes hatte erfüllen müssen, zum Lachen gebracht hatte. Sie dachte daran, wie er sie geliebt hatte, so sanft, so zärtlich. Er war großzügig gewesen, aufmerksam. Er hatte sich um sie gesorgt. Sie sah sein ausdrucksvolles Gesicht, das er ihr wie in einer Aufwallung des Begehrens zuwandte, und erriet, dass auch er nichts vergessen hatte.

»Ich lerne einen Beruf, den ich liebe. Ich bin glücklich.«

»Denkst du manchmal an mich?«

»Zuweilen«, erwiderte sie ein wenig kokett. »Aber nun ist alles anders. Das verstehst du, nicht wahr?«, fügte sie noch hinzu, plötzlich bedrückt, weil sie den jungen Soldaten nicht mehr mit dem Bild, das sie von Peter in Erinnerung behalten hatte, in Einklang bringen konnte.

Er nickte niedergeschlagen.

Schweigend aßen sie ihren Kuchen auf. Camilles Erdbeerkuchen schmeckte nach Asche. In Zukunft würde sie nie wieder Erdbeerkuchen essen können, ohne an dieses minutenlange schmerzhaft lastende Schweigen zurückzudenken. Sie hätte Peter lieber gar nicht wiedergesehen als in dieser schwarzen Uniform mit den polierten Knöpfen und den scheußlichen Abzeichen am Kragen.

Als die Bedienung die Rechnung brachte, meinte Camille Verachtung aus ihrem Blick zu lesen. Sie erschauerte. Sie litt darunter, sich nicht rechtfertigen zu können, ihr nicht erklären zu können, dass Peter anders war als die anderen Deutschen, die durch Paris liefen.

Ratlos standen sie wieder auf der Straße. Leichter Wind war aufgekommen und brachte zum Ausklang des Tages noch ein wenig Kühle. Ringsum eilten die Leute von der Arbeit nach Hause.

Camille wollte lieber nicht die Metro nehmen. Der Gedanke, von all diesen aufgeheizten Körpern beengt zu werden, verursachte ihr Übelkeit. Sie wäre froh gewesen, wenn Peter von selbst gegangen wäre, wenn er diese Begegnung, die sie reizbar und traurig machte, abgekürzt hätte. Doch er stand mit hängenden Armen da, und sie brachte es nicht übers Herz, ihn wegzuschicken, denn er war ihretwegen gekommen, und im Grunde, das wusste sie, war er unschuldig an dieser ganzen Sache.

»Komm, wir gehen noch ein wenig spazieren. Wir könnten von der Place de la Concorde aus die Champs-Élysées hinauflaufen.«

Sie gingen im Schatten der Bäume über die Wege zwischen den Wiesen hin. Das sanfter gewordene Sonnenlicht spielte auf dem Laub. Einige Gärtner gruben noch in den Gemüsebeeten.

Peter erzählte ihr von seinen Eltern, wie sehr sie die Nazis verachteten, von seiner Mutter, die man oft beschwichtigen musste, weil sie dazu neigte, laut zu sagen, was sie besser für sich behalten hätte. Die Zärtlichkeit in seiner Stimme berührte Camille.

»Aber wenn ihnen das Regime missfiel, warum sind sie nicht fortgegangen?«

»Glaubst du, es sei so einfach, alles aufzugeben, was man hat?«, erwiderte er eine Spur gereizt. »Mein Vater hat einen Verlag geerbt, der schon seit mehr als hundert Jahren besteht. Er trägt Verantwortung, auch für seine Angestellten. All meine Vorfahren väterlicherseits liegen in Leipzig begraben. Meine Mutter hat sich nach der Heirat dort niedergelassen, obwohl sie in ihrem Herzen Nomadin geblieben ist. Sie haben dort ihre Wohnung, ihre Gewohnheiten, ihre Freunde … Man verzichtet nicht mit einem Fingerschnipsen auf seine Vergangenheit. Könntest du denn einfach so Paris verlassen, mit zwei Koffern und kaum genug Geld, um anderswo leben zu können? Weißt du denn nicht, was das bedeutet, eine Stadt, die man liebt, Wurzeln, Vaterland …?«

Er hatte sich so in Wut geredet, dass er zitterte. Camille war von diesem unerwarteten Ausbruch überrascht und betroffen.

»Vaterland! Das Vaterland! Immer führt ihr dieses Wort im Munde, ihr Deutschen! Es hat euch regelrecht vergiftet, euer berühmtes Vaterland! Deine Eltern wären besser fortgegangen, und du mit ihnen. Manchmal opfert man besser alles, um seine Ehre zu retten!«

Peter blieb abrupt stehen.

»Mit welchem Recht sagst du das, Camille?«, keuchte er. »Ich hätte nie gedacht, dass du so uneinsichtig sein könntest.«

Ihr wurde klar, dass sie ihn beleidigt hatte.

»Verzeih«, sagte sie ein wenig mürrisch. »Vielleicht bin ich naiv.«

»Nun ja, unsere Generation wird nicht lange naiv bleiben«, spottete er.

Mit einem Mal fühlte sich Peter erschöpft. Er konnte Camilles anklagende Blicke nicht mehr ertragen. Er hätte besser nicht versuchen sollen, sie wiederzusehen, und die Heftigkeit seines Schmerzes bei diesem Gedanken erstaunte ihn.

»Sei mir nicht böse, Camille, aber ich muss dich jetzt verlassen …«, entschuldigte er sich nervös. »Es macht dir doch nichts, allein heimzugehen?

Sie wirkte überrascht, fast verärgert.

»Natürlich nicht, ich bin hier zu Hause!«, fuhr sie ihn an.

»Genau, und da liegt das Problem, nicht wahr?«

Er sah sie ein letztes Mal an, mit brennenden Augen, dann machte er auf dem Absatz kehrt und entfernte sich fast im Laufschritt.

Klopfenden Herzens machte Camille einen Schritt in seine Richtung, als wollte sie ihn zurückhalten, doch diesmal gab sie auf.

Sie blieb still stehen und sah ihm nach, bis er verschwunden war. Ihr war, als nähme er einen Teil ihrer Unschuld und ihrer Jugend mit sich fort.

André bemerkte, dass sein Atem in kleinen weißen Wölkchen aus seinem Mund kam. Dieses auf der Straße völlig natürliche Phänomen schien ihm in seinem stillen Büro am Boulevard des Capucines doch eher fehl am Platze.

Er nahm die Decke von seinen Knien, stand, fest in seinen Umhang gehüllt, auf und ging zu dem Ofen, den er hatte installieren lassen, um nach dem Feuer zu sehen. Er hatte noch ein wenig Kohle, doch die Temperatur in seinem Büro war gerade noch erträglich, deshalb sparte er sich den Brennstoff lieber auf.

Er sah aus dem Fenster. In der Nacht hatte es geregnet. Ein grauer Himmel lastete wie Blei auf den reifbedeckten Dächern. Hoffentlich holt sich Camille in der Schlange vor der Metzgerei keine Erkältung, dachte er. Fleisch wurde knapp, egal, ob man Lebensmittelmarken hatte oder nicht, aber wie die meisten Hausfrauen hatte sie ihr Glück versuchen wollen. Marthe, die alte Köchin, hatte Rheuma und konnte nicht lange stehen. Er hatte zugeschaut, wie Camille in Skihosen, dicken Schuhen, Fellhandschuhen und einer tief in die Stirn gezogenen Mütze losgezogen war. Er machte sich Sorgen um sie, sie sah schlecht aus, fand er. Manchmal führte er sie zum Mittagessen in ein Restaurant aus, das den Stammkunden kräftigende Mahlzeiten servierte, und zweimal im Monat bekamen sie ein Lebensmittelpäckchen aus der Normandie, von einer Familie, deren Sohn bei den Fonteroys eine Lehre gemacht hatte, aber trotz allem war sie deutlich magerer geworden.

Tags zuvor hatten sie vor der Kälte kapituliert und das Speisezimmer endgültig aufgegeben. Sie hatten sich mit ihren Tellern Bohnensuppe in Maxence' Zimmer geflüchtet. Seit den ersten Frösten war dieses Zimmer ihre Zuflucht. Sie hatten einen Rundfunkempfänger hineingestellt und zu beiden Seiten des elektrischen Radiators zwei bequeme Sessel mit Kamelhaardecken. Jeden Abend um Viertel nach acht hörten sie unter dem ausdruckslosen Blick des in eine Ecke geschobenen Schaukelpferdchens die französischen Sendungen des BBC.

Außerdem fand André, dass Camille niedergeschlagen wirkte. Er fragte sich, ob Valentine ihr fehle. Sollte er versuchen, einen Passierschein zu bekommen, und seine Tochter in die freie Zone schicken? Er hätte gern seine Frau um Rat gefragt, aber ihre Korrespondenz war seit der Einführung der Interzonenkarte auf ein Minimum reduziert. Camille schickte diese Karten regelmäßig an ihre Mutter und strich darauf all jene vorgedruckten Sätze durch, die ihre Situation nicht widerspiegelten. Valentine jedoch hatte ihnen irgendwie zu verstehen geben können, dass sie sich nie dazu herablassen würde, diese widerwärtigen rosa und gelben Vordrucke zu benutzen, die sie zur Analphabetin degradierten. Sie schrieb frei oder gar nicht. Und daher war es Maxence, der alle zwei Wochen eine solche Karte schickte, damit sie nicht ohne die – übrigens immer beruhigenden – Nachrichten blieben.

Wenn er an seine Frau dachte, die er seit dem Frühjahr nicht mehr gesehen hatte, fühlte sich André verlassen. Natürlich war er froh, dass sie mit Maxence in der freien Zone und in Sicherheit war, aber jede Nacht träumte er von ihr. Noch nie waren sie so lange getrennt gewesen, und ihm war bewusst, wie sehr sie ihm fehlte. Ein Teil seiner selbst existierte nur durch Valentine. Als er sich in Valentine verliebte, hatte er unbewusst einen Menschen gewählt, hinter dessen Schutzwall aus strahlender Schönheit er sich verstecken konnte.

Nie hätte er es ihr gegenüber zugegeben, aber es bewegte ihn, sie sachte altern zu sehen. Er beobachtete die kleinen Fältchen, die sich in ihren Augenwinkeln bildeten. Ihr Körper ließ nach und nach die Spuren erkennen, die die Jahre und die Schwangerschaften bei ihr hinterlassen hatten. Und wenn er sie in die Arme nahm, bezog er einen gewissen Trost aus dieser neuen Sanftheit.

André verscheuchte die Gedanken an Valentine und konzentrierte sich wieder auf seine Arbeit.

Nach der Unterzeichnung des Waffenstillstandsabkommens hatten sich die Deutschen der französischen Wirtschafts- und Handelsstrukturen bemächtigt. Und ein Organisationskomitee eingesetzt, denn die französischen Pelzbestände – vor allem an Kaninchenfellen – waren für die deutschen Behörden außerordentlich interessant.

Zum ersten Mal in seinem Berufsleben musste André Zwängen gehorchen, auf die er keinen Einfluss hatte. Ein Teil der Rauchwaren des Hauses Fonteroy wurde konfisziert und Richtung Reich verschickt.

Es klopfte. André lächelte, als er Max Goldmann im Türrahmen stehen sah.

»Max! Wie schön! Was führt dich her?«, fragte er und stand auf.

Sein Freund war besonders elegant gekleidet. Anscheinend war er schnell gegangen, auf seinen Wangen lag ein roter Schimmer, doch er lächelte nicht.

Max zog ein Dokument aus der Tasche, glättete es energisch und hielt es André hin. Es war sein Ausweis, und quer darüber hatte man in aggressivem Rot das Wort »Jude« gestempelt.

»O Gott«, murmelte André und ließ sich langsam wieder auf seinen Stuhl sinken.

Im Oktober hatte es eine deutsche Verordnung gegeben, alle Juden müssten sich in den Kommissariaten melden. Daniel Worms hatte seinem Arbeitgeber angekündigt, er werde am Vormittag des 19., des den letzten Buchstaben des Alphabets gewidmeten Tages, nicht zur Arbeit kommen können. Als er seinem Atelierleiter am nächsten Tag begegnete, fand André sein Gesicht verändert. Worms erzählte ihm, er habe eine Stunde lang Schlange stehen müssen und der französische Beamte sei von einer ebenso beängstigenden wie demütigenden Effizienz gewesen, als er seinen Namen und die Namen seiner Frau, seiner Schwiegertochter und seines in einem deutschen Kriegsgefangenenlager inhaftierten Sohnes registriert habe.

André beobachtete seinen Freund. Max blieb stehen, ernst und in die Ferne blickend, fast in Habachtstellung. Er schien Schluckbeschwerden zu haben.

André stand energisch auf und holte eine Flasche Cognac aus einem Wandschrank. Er füllte zwei Gläser, sie leerten sie in einem Zug, dann schenkte er nach.

Trotz der Kälte im Büro ließ Max den Mantel von den Schultern gleiten und setzte sich endlich, was André ein seltsames Gefühl der Erleichterung verschaffte. Die Erstarrung seines Freundes, die von seinem Leid und seinem Zorn zeugte, war ein schwer auszuhaltender Anblick gewesen.

»Sie haben einen vorläufigen Geschäftsführer an die Spitze der Établissements Goldmann gesetzt«, erklärte Max schließlich erstickt. »Mein armer Großvater dürfte sich im Grab herumdrehen! Nachdem er Polen verlassen und hier dank seiner Intelligenz und seines Fleißes ein blühendes Unternehmen aufgebaut hat. Er sei seinen Kollegen ein Beispiel gewesen, hieß es ... Er pflegte zu erzählen, dass seine Vorfahren Händler gewesen waren, die Felle aus Riga und Nowgorod bis nach Leipzig brachten. Und all die Jahrhunderte litten sie unter Pogromen und anderen Verfolgungen. Deshalb hat er beschlossen, sich im Land der Menschenrechte niederzulassen, er wollte wenigstens seinen Nachkommen solche Ungerechtigkeiten ersparen.«

Er sank etwas in sich zusammen. Nervös fuhr er sich durchs Haar. Zwischen seinen Brauen stand eine Falte.

»Die Firma soll arisiert werden, verstehst du. Man muss jemanden finden, der den neuen Herren in jeder Hinsicht genehm ist. Einen Eigentümer, der nicht zu einer unreinen, kriminellen Rasse gehört, die die Schuld am Ungemach des Vaterlands trägt ...«

»Hör auf, Max, ich bitte dich«, flehte André.

Max holte tief Luft.

»Der jüdische Eigentümer darf einen arischen Käufer vorschlagen, der zu einem vernünftigen Preis zu kaufen bereit ist. Ich möchte, dass du dieser Arier bist, André.«

André saß da wie vom Blitz getroffen. Max zündete sich eine Zigarette an und rauchte sie in kurzen, nervösen Zügen.

»Hör zu, alter Freund«, fuhr er fort. »Seit einigen Monaten lebe ich in einem Albtraum. Anfangs dachte ich, es gebe Ausnahmen. Als ich das Schild ›jüdisches Geschäft‹ an die Tür meines Geschäfts hängen musste, habe ich darauf auch meine Kriegsauszeichnungen erwähnt, damit diese Schweinehunde nicht vergessen, dass ich im letzten Krieg mein Leben für Frankreich aufs Spiel gesetzt habe. Man hat mich deutlichst ersucht, diese unwichtigen Ergänzungen zu entfernen. Jetzt habe ich kaum die Wahl, aber ich möchte, dass ein Freund, dem ich vertraue, über mein Unternehmen wacht, und nicht irgendein Unbekannter, der möglicherweise alles verschleudert.«

André fragte sich besorgt, ob er überhaupt die finanziellen Mittel habe, das Unternehmen Max Goldmanns zu übernehmen. Sein Angebot musste dem Geschäftsführer annehmbar erscheinen. Auch andere Kollegen würden sich dafür interessieren. In allen Wirtschaftszweigen gab es Profiteure, die sich über solche unverhofften Chancen freuten. Viele gut gehende Unternehmen waren so zur Beute von Käufern geworden, deren Hauptmerkmal ihr Ariertum war.

»Natürlich, Max, wenn ich dir damit einen Dienst erweisen kann … Aber ich möchte, dass es zwischen uns keine Missverständnisse gibt. Es handelt sich um einen vorläufigen Eigentümerwechsel aufgrund außergewöhnlicher Umstände. Zu gegebener Zeit werden die Établissements Goldmann an ihre legitimen Eigner zurückgegeben.«

Ein trauriges Lächeln erhellte Max Goldmanns Gesicht.

»Erst müssten wir sie schlagen, diese verdammten Fritzen.«

»Es wäre nicht das erste Mal, alter Freund.«

Max schüttelte bedenklich den Kopf.

»Meinst du nicht, es wäre ein guter Gedanke, Judith und eure

Jungs zu Valentine zu schicken?«, fuhr André fort. »Wie du weißt, liegt Montvallon in der freien Zone. Vielleicht wäre das der Gesundheit der Kinder zuträglicher.«

Die beiden kleinen Söhne von Max waren ein wenig jünger als Maxence, und der Kleinere hatte ein leichtes Lungenleiden.

Max richtete sich auf, sein Gesicht war angespannt.

»Ich mag mir nicht vorstellen, dass die Dinge sich hier noch schlimmer entwickeln können. Meine Mutter hat bei einer Kusine in Nizza Zuflucht gefunden. Aber mein Schwiegervater ist alt und krank, und Judith würde Paris nie ohne ihre Eltern verlassen.«

»Vielleicht solltest du trotzdem mit ihr darüber sprechen«, drängte André. »Wir beide kennen jüdische Familien, die sogar noch vor der Kriegserklärung fortgegangen sind. Ich habe die Folgen des nationalsozialistischen Judenhasses in den letzten Jahren in Leipzig sehen können. Ich glaube nicht, dass der arme Rudolf Hahn noch aus Buchenwald freikommt.«

Max stand auf und zog seine Handschuhe an.

»Ich weiß, aber uns kann so etwas nicht passieren. Wir sind Franzosen. Etwas so Schändliches würde Pétain niemals zulassen. Und vergiss nicht, ich bin Kriegsveteran. Los, ich lade dich zum Essen ein«, schloss er die Diskussion mit aufgesetzter Heiterkeit ab. »Das muss doch gefeiert werden. Schließlich verkaufe ich unser Familienunternehmen nicht jeden Tag!«

André hatte bei dem Gedanken an seinen letzten Aufenthalt in Leipzig 1938 ein ungutes Gefühl. Der Brühl, aus dem ein Großteil seiner Stammbewohner vertrieben war, hatte auf ihn wie ausgestorben gewirkt. Er bedauerte, nicht über Valentines Entschlossenheit zu verfügen. Sie hätte Max sicher dazu überredet, Paris mit Frau und Kindern zu verlassen, und zwar unverzüglich. Er hingegen wagte ihn nicht zu drängen. Max war erwachsen und sehr verantwortungsbewusst, um nichts in der Welt hätte er seine Familie der geringsten Gefahr ausgesetzt.

Im Erdgeschoss tätigten deutsche Offiziere ihre Weihnachtseinkäufe. André grüßte eine Schauspielerin, die er schon lange kannte. Er war froh, dass er das Gebäude verlassen konnte, ohne von einer Verkäuferin zur Hilfe gerufen zu werden. Die beiden Freunde schlugen den Mantelkragen hoch, rückten den Hut zurecht und gingen flott Richtung Opéra.

Jemand hämmerte an die Tür. Noch ganz verschlafen, sah Alexandre auf die Uhr: halb sechs Uhr morgens! Was konnte man um diese Zeit von ihm wollen? Fluchend stand er auf, zog den Morgenmantel über, suchte vergeblich nach seinen Pantoffeln und ging barfuß zur Wohnungstür.

»Die wecken noch das ganze Haus auf«, grummelte er, während er mit dem Riegel kämpfte.

Als die Tür offen war, musste er wegen der grellen Treppenhausbeleuchtung blinzeln. Nun erst merkte er, dass nicht bei ihm geklopft wurde, sondern im dritten Stock. Überrascht trat er auf den Treppenabsatz und beugte sich über das Geländer, um besser zu sehen. Zwei Polizeibeamte hämmerten an die Tür seiner Nachbarn.

»Aufmachen! Polizei!«, rief einer von ihnen laut.

Alexandre hörte, wie der Aufforderung gehorcht wurde.

»Liberman, Joseph?«

Der Mann nickte.

»Kommen Sie bitte mit.«

Wenige Minuten später sah Alexandre, wie Joseph Liberman bleich und von zwei Polizisten mit Käppi und Umhang flankiert die Treppe hinunterging. Er hatte oft ein paar Worte mit dem Schneider gewechselt und war nun schockiert, dass dieser sonst so gepflegte Mann mit dunklen Bartschatten und zerzaustem Haar abgeführt wurde. Man hatte ihm noch nicht einmal die Zeit gelassen, seine Schuhe richtig zuzubinden. Er stolperte auf der letzten Stufe und musste sich im Eingang bücken, um den Schnürsenkel neu zu binden.

Alles war so schnell gegangen, dass Alexandre sich fragte, ob er es nicht nur geträumt habe. Er kehrte in seine Wohnung zurück, stürzte ans Schlafzimmerfenster und stieß die Läden auf.

An jenem 20. August 1941 vermochte die fahle Morgenröte die Fassaden kaum zu erhellen. Zu seiner Überraschung sah er noch mehr Leute aus den Wohnhäusern kommen. Sie mussten in einen Bus am Ende der Straße steigen, die von französischen Polizisten abgesperrt wurde. Auf dem Bürgersteig vertraten sich deutsche Soldaten die Beine.

Mit einem Mal fielen Alexandre Madame Liberman und ihr Töchterchen ein, er stürzte zurück ins Treppenhaus und rannte, immer zwei Stufen auf einmal nehmend, zu ihr, um sie zu trösten.

»Sie nehmen die ausländischen Juden mit, genau wie im Mai«, schluchzte Esther Liberman und zog den Morgenmantel um sich, ihr Gesicht war vom Weinen schon ganz geschwollen. »Sie haben gesagt, sie nehmen ihn nach Drancy mit, wissen Sie, wo das ist, Monsieur Manokis?«

Alexandre schüttelte traurig den Kopf. Sie weinte wieder heftig. Ihr Töchterchen schmiegte sich daumenlutschend an sie.

»Warten Sie, ich mach Ihnen etwas Heißes zu trinken«, bot Alexandre an. »Ich hab noch einen Rest echten Kaffee. Ich bin gleich wieder da!«

In seiner Wohnung schlüpfte er hastig in seine Pantoffeln, wühlte in den Schränken und fand tatsächlich die Keramikdose mit den kostbaren schwarzen Bohnen.

Eine Stunde später verließ er die Wohnung der jungen Frau, die nun wieder ein bisschen Farbe im Gesicht hatte.

Zu Beginn des Frühjahrs waren mehrere Tausend ausländischer Juden mit einem so genannten »billet vert« der Polizeipräfektur einbestellt worden. Sie waren in ein Lager im Loiret gebracht worden, aber zum ersten Mal erlebte Alexandre nun die grausame Wirklichkeit einer Razzia.

Von Soldaten der Besatzungstruppen unterstützte und beaufsichtigte französische Polizisten suchten die Leute im Morgengrauen heim, und zwar gnadenlos, obwohl sie sich nichts hatten zuschulden kommen lassen. Er konnte Esther Libermans aufgelöstes Gesicht und den verzweifelten Blick ihres Töchterchens nicht aus seinen Gedanken verbannen und auch nicht seine vielen Kollegen, die seit Oktober des vergangenen Jahres den antijüdischen Maßnahmen ausgesetzt waren.

Seit Beginn der Besatzung waren überall die gelben Schilder »Jüdisches Geschäft – Entreprise juive« aufgetaucht. Auf den Treppenabsätzen, in den Bistros und in den Geschäften redete man über die deutschen Verordnungen. Doch trotz des dumpfen Gefühls einer Bedrohung vertraute man weiter auf den französischen Staat.

Etwas später am Vormittag kaute Alexandre sorgfältig und keinen Krümel verschwendend einen Brotkanten und überflog dabei zerstreut *Le Matin*, die zensierten Artikel hatten nicht mehr viel zu bieten. Als es klingelte, zuckte er zusammen, als hätte man ihn bei einem Verbrechen ertappt.

Vor der Tür standen Sarah, seine Näherin, und neben ihr ein magerer junger Mann, der sich unruhig auf die Lippen biss.

»Entschuldigen Sie die Störung, Monsieur«, sagte das junge Mädchen ängstlich. »Aber dürfte ich kurz mit Ihnen sprechen?«

»Aber gewiss. Kommen Sie doch bitte herein.«

Er schloss die Tür und ging ins Atelier voraus.

»Das ist mein Bruder Simon. Ich wollte Sie fragen, ob er heute Nacht bei Ihnen schlafen kann. Heute Morgen ist mein Vater verhaftet worden, aber Simon hat glücklicherweise bei Freunden übernachtet, weil er die letzte Metro verpasst hatte. Meine Mutter und ich sind sicher, dass sie wiederkommen werden, um ihn zu holen, er stand auf der Liste. Wir wussten nicht, an wen wir uns wenden sollten, und da dachte ich an Sie ...«

Sarah schien mit einer Ohnmacht zu kämpfen. Sie arbeitete seit zwei Jahren in seinem Atelier. Als er sich in der Rue de Trévise niederließ, war sie aus eigenem Antrieb zu ihm gekommen und hatte sich beworben. Ihr Onkel war Kürschner, aber die Familie kam nur mühsam über die Runden. Indem sie anderswo eine bezahlte Arbeit annahm, konnte sie über einen Großteil des Jahres ihren Lohn beisteuern. Alexandre war angetan gewesen von diesem Eifer. Sie war fröhlich, sie hatte Feenhände, und nie wurde ihr die Arbeit zu viel.

Nachdem die meisten seiner Kundinnen Paris verlassen hatten, rechnete Alexandre mit dem Schlimmsten, aber zu seiner Überraschung fand sich eine neue Kundschaft ein, weniger distinguiert und unauffällig, dafür jedoch mit reichlich Geld. Als er es zum ersten Mal erlebt hatte, dass eine dieser Frauen mit blondiertem Haar und dick geschminkten Lippen ein Geldnotenbündel aus der Handtasche zog und es ihm, ohne mit der Wimper zu zucken, hinlegte, hatte er nicht recht gewusst, wie er reagieren sollte. Sollte er die Scheine vor ihren Augen zählen, als stünde er am Bankschalter? Oder sie bitten, es für ihn zu tun? In den Wochen darauf hatte sich sein Auftragsbuch immer weiter gefüllt. Wegen der Rationierungen hatte er fast nur noch Kaninchenfelle zur Verfügung und musste sich daher bei seinen Modellzeichnungen viel einfallen lassen, damit die Mäntel einander nicht gar zu sehr ähnelten. Und er hoffte bei Gott, dass nicht allzu viele Kunden mit kostbaren Fellen kamen, die ganz offensichtlich vom schwarzen Markt stammten und ihm jedes Mal ungute Gefühle bereiteten.

»Sie sind mir natürlich willkommen, Simon«, sagte er lächelnd. »Bleiben Sie, so lange Sie möchten.«

»Danke, Monsieur!«, rief Sarah.

»Vielen, vielen Dank, Monsieur«, fiel ihr Bruder ein, während ein schwaches Lächeln der Erleichterung über sein Gesicht huschte.

Alexandre setzte sich auf einen Hocker.

»Gibt es nicht noch etwas, was Sie mich fragen wollten, Sarah?«, fragte er freundlich.

Sie errötete und warf einen Blick auf ihren Bruder, der ihr aufmunternd zunickte.

»Weil nämlich ... Ich möchte nicht unverschämt sein, aber meine Mutter und ich würden Simon gern in die freie Zone schaffen ... Nur kennen wir dort niemanden und wir haben nicht viel Geld ... Und deshalb fragte ich mich, ob Sie vielleicht jemanden dort kennen, der ihn für einige Zeit unterbringen könnte ...«

»Ich möchte nach Spanien, Monsieur«, erklärte der junge Mann mit leuchtenden Augen. »Von dort aus kann man nach England gelangen. Ich möchte zu den Männern, die mit de Gaulle gegen die Deutschen kämpfen.«

»Wie alt sind Sie, Simon?«, fragte Alexandre.

»Neunzehn, Monsieur.«

»Du bist gerade achtzehn geworden«, berichtigte seine Schwester.

»Na und?«, fragte er aufgebracht. »Alt genug, um gegen die Boches zu kämpfen ...«

»Und dir Löcher in den Bauch schießen zu lassen ...«

Bruder und Schwester starrten sich wütend an. Alexandre sah, dass sie sich nicht zum ersten Mal über dieses Thema stritten.

»Na, na, nun streiten Sie doch nicht«, sagte er begütigend. »Ich bewundere Ihren Mut, Simon, das Problem ist nur, dass ich dort niemanden kenne ...«

Er sah sich ratlos um, während er sich das Hirn zermarterte. Er wusste, dass die Demarkationslinie mehrere undichte Stellen hatte. Im Viertel wurde von Schleusern gemunkelt, von Verbindungsleuten und von Familien, die Flüchtlinge aufnahmen. Doch Alexandre hatte keine Freunde, noch nicht einmal Bekannte, die Simon hätten helfen können ... Und in diesem Augenblick fiel sein Blick auf einen alten Zeitungsausschnitt, der über der Nähmaschine an der Wand hing.

»Warten Sie einen Augenblick.« Er stand auf.

Er trat zu dem Foto, das schon gar nicht mehr auffiel, so sehr war es mit der Umgebung verschmolzen. Das vergilbte Papier war mit kleinen braunen Flecken übersät.

»Ich kenne jemanden, der in der freien Zone ein Haus besitzt. Jedenfalls glaube ich, dass ihr Haus auf der richtigen Seite ist. Vielleicht kann sie uns helfen.«

Sein Gesicht erhellte sich. Er nahm seinen Filzhut vom Garderobenständer und setzte ihn auf.

»Simon, Sie bleiben hier und rühren sich nicht vom Fleck. Sarah, zeigen Sie ihm alles, er kann auf dem Sofa in meinem Wohnzimmer schlafen. Machen Sie niemandem die Tür auf, solange ich weg bin. Im Augenblick ist sowieso Sauregurkenzeit. Niemand sollte Sie stören. Ich bin bald wieder da.«

Lebhaften Schritts und ein leichtes Lächeln auf den Lippen, verließ er die Wohnung.

»Wer ist das?«, fragte Simon neugierig und betrachtete das an die Wand gepinnte Foto.

Sarah nahm ihren mit einem roten Band geputzten kleinen schwarzen Hut ab und legte ihn auf den Tisch.

»Madame Fonteroy. Monsieur hat mehrere Jahre für die Maison Fonteroy gearbeitet, bevor er sich selbständig machte. Er hat gesagt, er behalte das Foto, weil er sich von dem Mantel inspirieren lassen wolle. In unseren Kreisen ist er richtiggehend berühmt, er heißt ›la Valentine‹. Aber wenn du meine Meinung hören willst, ich glaube eher, er war mal in sie verliebt. Und sie ist ja auch wirklich schön … Los komm, ich zeig dir, wo du schlafen sollst.«

Eine Stunde später stand Alexandre vor einem der Schaufenster der Maison Fonteroy. Drei erbarmungswürdige, mit Papier umwickelte Holzpuppen standen im Halbkreis und hoben die Arme zum Himmel, als tanzten sie einen absurden Reigen. Offensichtlich kümmerte sich Odile Venailles nicht mehr um die Schaufensterdekoration.

Er war eigentlich mit der Absicht aus seiner Wohnung aufgebrochen, in die Avenue de Messine zu gehen, doch unterwegs hatte ihn der Mut verlassen. Was bildete er sich ein? Konnte er einfach so bei Valentine Fonteroy klingeln und sie bitten, einen ihr unbekannten jungen polnischen Juden aufzunehmen? Bestenfalls würde sie ihn auslachen. Schlimmstenfalls brächte er sie in Gefahr. Mit welchem Recht durfte er sie um einen Gefallen bitten?

In diese Gedanken verloren, war er an der Station »Opéra« aus der Metro ausgestiegen und hatte sich gefragt, ob er nicht lieber wieder nach Hause zurückkehren sollte. In seinem Lieblingsbistro an der Ecke Rue Richer und Rue du Faubourg-Poissonière würde er bestimmt jemanden finden, der ihm weiterhelfen könnte. Doch wie zu einer Geliebten zog es ihn zum Geschäftsgebäude der Maison Fonteroy.

Die Hände im Rücken verschränkt, betrachtete er ernst die Glastüren, unsicher, ob er es wagen würde, seinen alten Arbeitgeber zu behelligen. Er hatte André Fonteroy immer für einen anständigen Mann gehalten. Es hieß, er habe mehrfach abgelehnt, als man ihn zum vorläufigen Geschäftsführer jüdischer Pelzgeschäfte, die arisiert werden sollten, hatte machen wollen. Allein die Etablissements Goldmann habe er gekauft, aber da Alexandre von der Freundschaft zwischen André Fonteroy und Max Goldmann wusste, vermutete er, dass André Fonteroy hier nur sehr geschickt die Rolle des Strohmanns übernommen hatte.

Ein Fahrradtaxi hielt vor der Tür. Eine große, schlanke Frau in elegantem Kleid und mit einem federgeschmückten Hut auf den platinblonden Locken stieg aus und ging in den Laden. Alexandre folgte ihr.

Sofort kam eine junge Verkäuferin auf ihn zu.

»Kann ich Ihnen helfen, Monsieur?«, fragte sie höflich.

»Ich möchte zu Mademoiselle Camille Fonteroy.«

»Gern, Monsieur. Wen darf ich bitte melden?«

»Alexandre Manokis. Wir kennen uns.«

»Wenn Sie einen Augenblick warten möchten, Monsieur.«

Sie wandte sich mit einem Lächeln ab.

Heute ist mein Glückstag, dachte Alexandre. Was hatte ihn plötzlich bewogen, nach Camille zu fragen? Vielleicht die vage Erinnerung an ein für sein Alter zu ernstes junges Mädchen, das eine seiner Kreationen mit dem Sachverstand eines erfahrenen Experten bewundert hatte. Da ihm Valentine unerreichbar schien und André Fonteroy unsicher, blieb ihm nur noch die junge Camille.

Er erkannte sie nicht sofort. Entschlossen kam sie auf ihn zu. Sie trug ein marineblaues Sommerkleid mit weißen Piqué-Besätzen am Kragen und an den kurzen Ärmeln. Sie war zwar groß und schlank, doch ihr Zopf und die rundlichen Wangen gaben ihr noch etwas Kindliches. Der helle Blick jedoch hatte sich nicht verändert. Er war immer noch genauso intelligent, forschend und von seltsamer Einsamkeit durchdrungen.

»Monsieur Manokis? Wie schön, Sie wiederzusehen. Wie geht es Ihnen?«

»Mademoiselle Camille …«, stotterte er. »Es tut mir Leid, dass ich Sie störe.«

»Aber gar nicht. Gehen wir doch nach oben, da haben wir mehr Ruhe.«

Mit einer freundschaftlichen Geste fasste sie nach seinem Arm und zog ihn zur Treppe.

In einem karg möblierten kleinen Zimmer im ersten Stock bot sie ihm etwas zu trinken an. Er nahm dankend ein Glas Wasser an und setzte sich auf einen Stuhl. Dann sagte er leise: »Ich würde Ihre Mutter gern um einen Gefallen bitten, aber ich habe nicht gewagt, sie in Ihrer Wohnung zu stören.«

»Meine Mutter ist nicht mehr in Paris. Sie ist in unserem Haus in Burgund, in der freien Zone.«

Alexandre lächelte erleichtert.

»Ich dachte mir doch, dass ihr Haus auf der richtigen Seite ist. Es ist Folgendes … Wie soll ich es sagen? Eine meiner Angestellten möchte gern ihren Bruder über die Demarkationslinie bringen. Das Problem ist nur, dass er einen Anlaufpunkt braucht. Meine Bitte erscheint Ihnen vielleicht vermessen, aber ich frage mich, ob Ihre Mutter …«

Camille, die mit verschränkten Armen auf der Schreibtischkante saß, runzelte die Stirn.

»Ich hoffe, Ihnen ist klar, was Sie da von mir verlangen, Monsieur«, sagte sie streng.

Alexandre sprang auf, die Röte war ihm in die Stirn gestiegen.

»Verzeihen Sie, Mademoiselle. Ich wollte Sie auf keinen Fall in Verlegenheit bringen. Wenn Sie erlauben, werde ich jetzt ...«

»Setzen Sie sich!«, befahl sie.

Sie stand auf, schloss die Tür und lehnte sich kurz dagegen, als wolle sie Kraft schöpfen. Alexandre hatte diese Haltung schon oft bei ihrer Mutter gesehen. Valentines Gesicht hatte einen ähnlichen Ausdruck gehabt, sorgenvoll und zornig zugleich, als sie an jenem traurigen Nachmittag in der Avenue de Messine gesagt hatte, alles sei aus zwischen ihnen.

»Wir kennen uns kaum, Monsieur. Was beweist mir, dass ich Ihnen vertrauen kann?«

*Nichts*, dachte er, *außer dass ich Ihre Mutter leidenschaftlich geliebt habe und glaube, dass ich der Vater ihres Bruders Maxence bin ...*

»Nichts, Mademoiselle, leider.« Er breitete ohnmächtig die Arme aus. »Ich könnte ein Spitzel der Gestapo sein. Ich kann Ihnen keinen Beweis für das Gegenteil bieten. Und deshalb gehe ich jetzt vielleicht besser.«

Sie schwieg, den Kopf leicht zur Seite geneigt. Dann schien sie entschieden zu haben, dass er vertrauenswürdig sei.

»Ich würde die betreffende Person gern kennen lernen.«

»Nun ja ... Er befindet sich bei mir im Atelier ... Er traut sich nicht auf die Straße, wegen der Razzia heute Morgen.«

»Dann komme ich zu Ihnen. Ich war schon so lange neugierig auf das berühmte Atelier Manokis, von dem schon in der *Revue de la fourrure* die Rede war.«

Er fühlte sich trotz allem geschmeichelt.

»Wann möchten Sie kommen?«

»Na ... sofort natürlich.« Schon griff sie nach einer karierten Tasche und weißen Baumwollhandschuhen.

Noch etwas betäubt, fand sich Alexandre mit Camille auf der Straße wieder. Sie gingen an dem Schaufenster vorbei, das er bei seiner Ankunft betrachtet hatte.

»Entschieden nicht das, was ich wollte ...«, sagte sie unzufrieden.

»Pardon?«

»Die Arme der Schaufensterpuppen. Ich hab sie nach oben gedreht, als formten sie das ›V‹ für *victoire,* aber sie sehen eher so aus, als würden sie mit der Waffe bedroht.«

Alexandre lachte hell auf.

Valentine stand am Fenster, vom Wohnzimmervorhang verborgen. Ein Septemberabend, die Äste wiegten sich im Wind und ließen büschelweise ihr Laub fallen. Ein friedlicher Abend.

Als sie Maxence über den Flur im ersten Stock laufen hörte, fröstelte sie. Wenn sie sich hilflos und allein fühlte, empfand sie beim Gedanken an ihren Sohn immer eine diffuse Angst. Sie fragte sich, ob sie ihn würde schützen können, bis er erwachsen wäre und selbst auf sich aufpassen könnte.

Mit seinen zehn Jahren warf er sich immer noch in ihre Arme und bettelte um Zärtlichkeiten, Küsse, eine liebevolle Hand, die sein Haar streichelte. Camille hatte nie solche zärtlichen Aufwallungen gezeigt. Als kleines Mädchen hatte sie ihre Mutter immer angesehen, als beurteile sie sie. Ihr Sohn hingegen schien ohne sie nicht leben zu können. Darin glich er André, und Valentine war sich nicht sicher, ob ihr Mann und ihr Sohn zu Recht so viel Hoffnung in sie setzten. Vielleicht war ihre Tochter, wie Frauen es häufig sind, in diesem Punkt scharfsinniger.

Als Michel Onbraye sie zwei Tage zuvor besucht hatte, waren sie im Garten spazieren gegangen. Ohne Umschweife hatte er ihr gesagt, man habe in Paris Kontakt mit ihm aufgenommen. Ob sie bereit sei, einen jungen polnischen Juden aufzunehmen, der in der freien Zone keine Anlaufstelle habe? Sofort hatte sie an Liselotte und Heinrich Hahn gedacht. Vor der Kriegserklärung hatte sie sie in England in Sicherheit geglaubt, doch nun, wenn die BBC von den Bombardierungen Londons berichtete, betete sie darum, dass den beiden nichts geschehen möge.

Während sie einen Augenblick lang schweigend über Onbrayes Vorschlag nachdachte, hatte sie den Eindruck gehabt, all ihre Sinne schärften sich. Hundegebell. Der berauschende Duft der letzten Rosen, der feuchten Erde und des verrottenden Laubs. Onbrayes Atmen war ihr lauter erschienen. Sie hatte seine Sorge gespürt, seine Ungeduld, die er zu verbergen trachtete. In diesen schlimmen Zeiten entstanden unerwartete Verbindungen zwischen Menschen, die unter anderen Umständen gleichgültig aneinander vorbeigegangen wären.

Sie hatte das Gefühl gehabt, ihre ganze Zukunft hänge von der Antwort ab. Von Anfang an war ihr klar gewesen, dass sie sich nicht darauf würde beschränken können, einen einzigen Durchreisenden aufzunehmen. Andere würden folgen, das war sicher. Die Lage des Hauses war ideal, am Dorfausgang. Der hintere Teil des Gartens grenzte an einen Wald. Rechts, auf der anderen Seite der kleinen Landstraße, erstreckte sich ein Hang voller brav aufgereihter Weinstöcke.

Und nicht weit von hier entfernt, nur etwa zehn Kilometer Luftlinie, war sie aufgewachsen. Sie kannte die Wege und Täler der Gegend, die Bauern und Winzer und sogar einige Hirten. Manche hatten sie schon als Kind gekannt, und das war eine der festesten Bindungen, die man an einen Ort haben konnte, ob man nun dort geboren war oder nicht.

Während Onbraye auf ihre Antwort wartete und sich den Hals mit einem karierten Tuch abwischte, dachte sie an ihren Bruder und wie lange sie schon um ihn trauerte. Onbraye räusperte sich und rollte die Schultern in seiner zu engen Jacke. Er hatte Pech gehabt, die Demarkationslinie verlief mitten durch seine Felder. Er war allgemein bekannt und geachtet. Sie hatte ihn vor dem Krieg in Chalon kennen gelernt, auf dem Markt für die Bälge des heimischen Wilds, eines der wenigen Male, die sie André dorthin begleitet hatte, denn sie verabscheute die starken animalischen Gerüche, die von den ausgelegten brettsteifen Fuchs-, Dachs- und Zibetkatzenfellen aufstiegen.

»Es ist, weil ... Sie haben doch schon andere Flüchtlinge aufgenommen ...«, hatte Onbraye gestottert, der ihr langes Schweigen für eine Ablehnung hielt. »Wir dachten, Sie würden vielleicht ... Der Grieche will ihn zu Ihnen schicken«, hatte er gesagt, wie man eine letzte Karte ausspielt. »Der Grieche?«, hatte sie erstaunt gemurmelt, fast in dem Glauben, Onbraye habe den Verstand verloren.

Dann hatte sie gelächelt, ihr rätselhaftes Lächeln, das die Männer fesselte. Onbraye hatte den Atem angehalten, Madame Fonteroy beeindruckte ihn. Am liebsten hätte er seine Mütze zwischen den Händen gedreht, dabei war er ein in der Wolle gefärbter Republikaner und hatte mit denen da oben gewöhnlich wenig im Sinn. Er dachte an das, was seine Frau gesagt hatte: »Sie ist eben eine Dame, das ist alles! Und eine echte Dame ist heutzutage eine Seltenheit.«

»Er darf natürlich gern kommen«, hatte Valentine leise gesagt. »Wann, glauben Sie, werden Sie ihn mir bringen?«

Und nun wartete sie auf die Ankunft des jungen Flüchtlings.

Der Grieche, dachte sie mit einem leichten Lächeln. Wer hätte gedacht, dass Alexandre Manokis noch einmal und unter solchen Vorzeichen in ihr Leben einbrechen würde? Onbraye hatte ihre Fragen nicht beantworten können. Er wusste auch nicht mehr.

Wie war Alexandre auf sie gekommen? Als böte er ihr über die Jahre hinweg die Hand. Als sagte er: »Ich vergebe dir.« Aus dieser seltsam bewegten Stimmung schreckte sie auf, als sie Fahrradreifen auf dem Kies knirschen hörte.

Sie ging durch die Fenstertür hinaus. Onbraye lehnte sein Rad an die Hauswand. Hinter ihm stand ein magerer junger Mann mit umgehängtem Beutel und sah sie besorgt an.

»Kommen Sie, Onbraye, trinken Sie etwas mit uns«, sagte sie. »Und Sie, junger Mann, seien Sie herzlich willkommen in Montvallon.«

In heftigem Staccato nagelte Camille ein Kaninchenfell auf den Arbeitstisch. Sie war außerordentlich schlecht gelaunt. Heute Vormittag sollte bloß niemand kommen und ihr Vorhaltungen machen!

Zum ersten Mal in ihrem Leben hatte sie sich mit ihrem Vater gestritten. Als er ihr sagte, dass er vom Beschaffungsamt der Wehrmacht den Auftrag erhalten habe, Kaninchenfellwesten für die deutschen Truppen zu fertigen, hatte sie herausfordernd die Arme verschränkt: »Kommt nicht in Frage, Papa. Wir werden doch nicht die feindlichen Truppen beliefern.«

André hatte sie über seine halbrunde Brille hinweg verärgert gemustert. »Das meinst du doch hoffentlich nicht ernst, Camille.«

»O doch. Wir werden die Bestellung ablehnen. Aus Prinzip.«

»Das können wir nicht. Es handelt sich nicht um die liebenswürdige Bitte eines Kunden«, hatte er gesagt und ein Blatt Papier geschüttelt, »sondern um einen Befehl. Im Übrigen stellt diese Arbeit sicher, dass wir unsere jüdischen Angestellten bei uns behalten dürfen. Du weißt, dass die Deutschen bei den Kürschnern Ausnahmen machen und sie nicht deportieren. Manchmal segne ich die russischen Winter! Die Deutschen brauchen eine entsprechende Ausrüstung für ihre Soldaten an der Ostfront, sie suchen sich einen qualifizierten Anbieter, nach Möglichkeit in einem besetzten Land, und basta!«

»Aber das ist eine Schande! Das ist ... Das ist Kollaboration! Und wenn wir eine Waffenfabrik hätten, würdest du dann Bomben für unsere Feinde herstellen?«

Ihr Vater hatte wütend mit der Faust auf den Schreibtisch geschlagen. »Jetzt reicht's, Camille! Ich werde mir von meiner Tochter keine Lektion in Sachen Würde erteilen lassen! Du bist viel zu naiv! Eine deutsche Bestellung ablehnen hieße das gesamte Unternehmen und die Stellen bestimmter Mitarbeiter in Gefahr bringen und womöglich die Aufmerksamkeit von Paul Hollender, von Roger Binet und Gott weiß was sonst noch für Leuten auf sich ziehen!«

»Man wird uns in dieselbe Ecke stellen wie einige unsere Konkurrenten, die keinerlei Hemmungen haben, zu kollaborieren. Man hört schreckliche Dinge, das weißt du genauso gut wie ich. Wenn Maman davon je hört, wird sie kein Wort mehr mit dir sprechen!«

Die Lippen ihres Vaters waren nur noch eine lang gezogene weiße Linie gewesen in seinem wutverzerrten Gesicht. »Raus aus meinem Büro, Camille, und zwar sofort! Wenn du dich beruhigt hast, wirst du wiederkommen und dich für dein ungehöriges Betragen entschuldigen.«

Sie hatte die Hände in die Taschen ihres weißen Kittels gebohrt und auf dem Absatz kehrtgemacht, die Tür hatte sie jedoch nicht zuzuschlagen gewagt.

Auf der fünften Etage hatte sie den an einem Ständer hängenden Kaninchenfellen einen wütenden Fußtritt verpasst. Die Angestellten hatten sie erstaunt angesehen.

»Mademoiselle Camille, ich weiß nicht, was Sie so verstimmt hat, aber Sie haben heute Vormittag noch einige Häute zu spannen«, hatte Daniel Worms, der gerade ins Atelier getreten war, kühl bemerkt.

Sie hatte den Blick zu dem weißhaarigen Mann erhoben, der für sie immer eine Art gütiger Onkel gewesen war, und dabei hatte sie den gelben Stern mit den sechs Spitzen gesehen, den er seit dem 7. Juni links auf der Kittelbrust trug, etwa auf der Höhe seines Herzens, und da hatte sie ihre Tränen zurückhalten müssen.

Sie hatte sich auf die Unterlippe gebissen und die Häute geschnappt. Auf jeden Fall würde sie sich bei dieser Arbeit keine Mühe geben! Sie würde extra schlechte Felle aussuchen. So würde die Weste schneller verschleißen und der verdammte Boche vor Kälte krepieren!

Sie hatte prüfend in die Felle gegriffen, um ihre Qualität abzuschätzen, dann hatte sie mit einer nassen Bürste das erste Fell angefeuchtet und angefangen, es auf den Tisch zu zwecken. Schon bald war sie ganz in die mechanischen Bewegungen des Spannens und Hämmerns versunken.

»Mademoiselle Camille!«, rief eine Stimme von der Tür. »Sie werden am Telefon verlangt.«

»Autsch!«, schrie sie, als die Zange auf ihren Daumen niederfuhr.

Entschieden nicht mein Tag, dachte sie und steckte den gequetschten Daumen, der sicher zu doppelter Größe anschwellen würde, in den Mund.

Dann klapperte sie mit ihren Holzsohlen die Treppe hinunter. In einem Büro im dritten Stock ergriff sie den Hörer.

»Camille Fonteroy. Wer spricht?«

»Madame Voisin, die Concierge von Monsieur und Madame Goldmann«, sagte eine erstickte Stimme. »Sie müssen sofort kommen, Mademoiselle, bitte ... Die Polizei hat sie gerade mitgenommen, auch den kleinen Maurice. Der Polizist hat mir die Schlüssel gegeben, ich sollte nachsehen, ob Strom und Gas abgestellt waren ... Stellen Sie sich das vor ... Französische Polizisten ... Herrgott, wenn das kein Elend ist ... Madame Goldmann hatte nur zehn Minuten Zeit, um die Koffer zu packen. Mein Gott, wo sie so zurückhaltend ist ... Als sie weg waren, bin ich hinaufgegangen ... Hallo, Mademoiselle, hören Sie mich noch?«

Camille war so erschrocken, dass sie noch kein Wort gesagt hatte. Sie hätte nie gedacht, dass Max und Judith etwas zustoßen könnte.

»Aber ja, Madame Voisin, ich höre.«

»Also wie ich sagte, ich bin zu ihnen hinauf. Und ich habe den kleinen Samuel im Besenschrank in der Küche gefunden. Er hat geweint, und deshalb habe ich ihn gehört. Es ist ein Wunder, wirklich … Ich hatte schreckliche Mühe, ihn zu mir nach unten in die Loge zu bringen. Er hat sich hinter einem Sessel versteckt und jetzt rührt er sich schon seit zwei Stunden nicht mehr und macht ein ganz komisches Gesicht. Bitte, Mademoiselle, kommen Sie, kommen Sie schnell, ich weiß nicht mehr, was ich machen soll …«

»Ich komme sofort, Madame Voisin. Unternehmen Sie nichts. Ich bin gleich da!«

In ihrer Hast riss sie beim Ausziehen des Kittels einen Knopf ab. Sie warf ihn auf einen Sessel und ging nach oben, um ihre Handtasche zu holen.

»Mein Gott, mein Gott«, sagte sie immer wieder wie in einem Gebet.

Sie rannte wieder in den ersten Stock, dann den roten Gang zum Büro ihres Vaters hinunter, klopfte und trat ein, ohne eine Antwort abzuwarten.

Ihr Vater war am Telefon. Er sah sie wütend an und wedelte mit der Hand, als wolle er sie zum Schweigen anhalten. Sie trat an den Schreibtisch, nahm Zettel und Bleistift und schrieb: »Sie haben Max und Judith verhaftet. Die Concierge hat Samuel gefunden. Ich hole ihn.«

Ihr Vater versuchte das offensichtlich wichtige Gespräch fortzusetzen und gleichzeitig die Kritzelei seiner Tochter zu entziffern. Sie sah, wie er blass wurde. Und ihr dann Zeichen machte, sie solle sich beeilen.

»Ja, Herr Obersturmbannführer«, sagte er liebenswürdig.

Camille, außer sich, nahm diesmal regelrecht Anlauf, um die Tür zuzuschlagen.

Camilles rechter Arm wurde allmählich taub, doch Samuel war endlich eingeschlafen und sie hatte Angst, ihn zu wecken, wenn sie sich bewegte. Sie horchte auf das regelmäßige Atmen des kleinen Jungen und betrachtete die Schatten, die seine langen Wimpern auf die Wangen warfen. Seine Stirn war noch heiß, die blonden Locken klebten an der feuchten Haut. Sie hatte versucht, ihm ein paar Löffel Gemüsebrei einzuflößen, es jedoch aufgegeben, nachdem er sich auf seinen Pyjama übergeben hatte.

Als sie ihn in seinem Versteck hinter dem Sessel von Madame Voisin gefunden hatte, hatte er sie aus seinen dunklen Augen angesehen wie eine Fremde.

»Samuel, ich bin's, Camille«, hatte sie leise gesagt. »Du weißt doch noch, wer ich bin, nicht wahr? Eine Freundin deiner Eltern. Wir haben mit deiner Maman zusammen einen Spaziergang gemacht, vor einigen Monaten in den Tuilerien, weißt du noch?«

Sie hatte sich neben ihn gekniet, das brennend heiße Händchen gehalten und ihm leise gut zugeredet. Die Minuten schienen unendlich langsam zu vergehen. Ihr Herz schlug zum Zerspringen. Sie war sicher, dass die Gendarmen jeden Augenblick zurückkommen würden, sie würden es merken, dass sie einen der Goldmanns vergessen hatten.

Endlich hatte der Kleine den Daumen aus dem Mund genommen.

»Maman hat gesagt, ich darf keinen Lärm machen und mich nicht wegrühren. Wann kommt sie wieder?«

Voller Erleichterung, dass er endlich reagierte, hatte Camille ihn angelächelt. »Sicher bald. Man hat sie mitgenommen, um ihre Papiere zu überprüfen. Aber ich möchte, dass du bei mir zu Hause wartest, bis deine Eltern zurückkommen.«

Samuel hatte verstockt den Kopf geschüttelt. »Das darf ich nicht. Maman hat es verboten. Und wenn ich weggehe, wissen sie ja auch nicht, wo ich bin.«

»Madame Voisin sagt es ihnen, nicht wahr, Madame?« Die Concierge hatte genickt. »Siehst du, du brauchst dir keine Sorgen zu machen. Außerdem sind deine Eltern ganz eng mit meinen befreundet. Ich habe sogar Fotos von ihnen bei mir zu Hause. Die zeig ich dir. Magst du jetzt mitkommen?«

Den ganzen Tag hatte sie versucht, ihn mit Maxence' Spielzeug abzulenken. Spätnachmittags war ihr Vater nach Hause gekommen und hatte ihr gesagt, die Goldmanns seien nach Drancy gebracht worden. Am nächsten Tag würde er dorthin fahren und mehr herauszufinden versuchen, das hatte er versprochen.

Camille sah, dass der Junge inzwischen fest schlief und stand vorsichtig auf. Sie legte ihn in Maxence' Bett und deckte ihn gut zu. Dann streichelte sie ihm die Stirn und sang ihm leise ein Liedchen vor, das sie noch aus ihrer Kindheit kannte.

Sie spürte, dass jemand hinter ihr stand. Ihr Vater sah erschöpft aus. Der Kummer hatte neue Linien in sein Gesicht gegraben.

André fühlte sich schuldig. Er hätte Max überreden sollen, die besetzte Zone zu verlassen. Warum zum Teufel hatte sein Freund zu lange gezögert? Wohl weil Judiths Vater im Sterben lag und sie sich geweigert hatte, auch nur ans Fortgehen zu denken, zumal sie davon überzeugt war, ihnen könne nichts passieren. Und Max teilte diese Überzeugung. Als André von seinen Bedenken sprach, hatte er ihn wütend darauf hingewiesen, dass Judith in Frankreich geboren sei, als Tochter österreichischer Eltern, die seit 1927 die französische Staatsangehörigkeit hatten, und dass er selbst als Franzose zur Welt gekommen sei.

André hatte gedacht, Max würde nicht nur wegen seiner Verdienste im Ersten Weltkrieg verschont bleiben, sondern auch wegen seines Berufs. Seit jedoch die Établissements Goldmann aufgekauft worden waren, war Max kein offizielles Verbandsmitglied mehr. André litt unter dem furchtbaren Gefühl, er habe seinem Freund eine Chance genommen, durch die Maschen dieses Netzes zu schlüpfen. Doch dann rief er sich zur Ordnung: Unsinn. Max hätte sich auf jeden Fall auf die eine oder andere Weise von seinem Geschäft trennen müssen. Zudem war er kein Kürschner, er hatte in seinem ganzen Leben noch kein Kleidungsstück gefertigt, und die Deutschen hätten ihm nicht den Ausweis gegeben, den sie an die von ihnen benötigten Arbeiter verteilten. Andererseits war Max unübertroffen darin, die besten Felle auszusuchen und weiterzuverkaufen. Manchmal erinnerte ihn der Instinkt seines Freundes an jenen alten, praktisch blinden Händler in Leipzig, der Felle nur berühren musste, um sie nach der Farbe zu sortieren. Aber wie immer es sein mochte, André hätte nie erwartet, dass man Judith und ihre Kinder verhaften könnte!

Camille richtete sich auf. Sie ließen die Tür offen und gingen in den Salon zurück, wo sie sich niedergeschlagen gegenübersaßen. Camille hatte das Gefühl, ihr morgendlicher Streit habe sich zu einer harten kleinen Kristallkugel entwickelt, die ihr nun das Herz abdrückte. Wie brachte ihr Vater es fertig, Geschäfte zu machen mit derartigen Ungeheuern, die ihre unschuldigen Opfer aus dem Schlaf rissen und in Internierungslager pferchten, um sie dann, und zwar schon seit Monaten, auf die Reise zu schicken in eines dieser geheimnisvollen, nebulösen und deshalb umso beängstigenderen östlichen Länder?

»Wir müssen den Kleinen in die freie Zone schaffen«, sagte André müde. »Hier ist er nicht sicher.«

»Er kann nicht allein reisen. Er ist noch zu klein. Kein Schleuser wird bereit sein, sich um einen Fünfjährigen zu kümmern. Am besten fahre ich mit ihm.«

»Aber wohin?«, fragte André mutlos.

»Zu Maman natürlich. Er ist nicht der erste Flüchtling, den sie bei sich aufnimmt.«

»Wie bitte?«

Er riss den Kopf so jäh zu ihr herum, dass ihm die Brille auf die Nase rutschte. Er wirkte geradezu betäubt.

»Die Leute, die die Grenzlinie passieren, bleiben manchmal einige Zeit in Montvallon«, erklärte sie ein wenig verlegen.

»Seit wann?« André fiel aus allen Wolken.

»Seit mehr als einem Jahr. Seit der Razzia im August letzten Jahres.«

Andrés Magen krampfte sich zusammen. Machte sich Valentine überhaupt die Gefahren klar? Ein eiskalter Schauer lief ihm den Rücken hinunter.

»Niemand hat mir etwas davon gesagt. Wer hat sich das Ganze einfallen lassen?«

Camille war sich plötzlich unsicher, ob sie nicht schon zu viel gesagt hatte. Bislang hatte sie lieber nicht mit ihrem Vater darüber gesprochen, fast als wollte sie ihn beschützen und ihm Ängste ersparen. Sie wusste, dass Alexandre Kontakt zu ihrer Mutter hatte aufnehmen können und dass Simons Flucht reibungslos verlaufen war. Sie wusste auch, dass andere jüdische Kürschner dieselbe Reise gemacht hatten, in der Gegend von Chalon-sur-Saône hatte sich ein ganzes Netz von Menschen aufgebaut, die Flüchtlinge über die Demarkationslinie brachten. Mehrmals schon hatten sich Angestellte der Maison Fonteroy um Hilfe für sich oder ihre Familien an sie gewandt. Sie hatte sie zu Alexandre gebracht. Sie wusste nicht im Detail, welchen Weg sie von dort aus nahmen, doch sie wusste, dass ihre Mutter eine Station auf diesem Weg war.

Sie misstraute ihrem Vater nicht, aber es herrschte eine Situation, in der offenes Sprechen gefährlich geworden war, in der jede zusätzlich eingeweihte Person ein Risiko darstellte. Sie bereute, dass sie nicht den Mund gehalten hatte, dass sie sich im Zusammenhang mit Samuel nicht eine Geschichte hatte einfallen lassen, aber es wäre zu gefährlich gewesen, den Jungen bei der anständigen Madame Voisin zu lassen, und sie konnte ihrem Vater nicht dreist ins Gesicht lügen.

»Es hat sich so ergeben. Weil das Haus in der freien Zone liegt.«

»Aber wer ist der Initiator?« André ließ nicht locker. »Doch sicher nicht deine Mutter?«

»Nein. Alexandre Manokis ist einmal zu mir gekommen. Er wollte Maman fragen, ob der Bruder seiner Näherin einige Zeit bei uns bleiben dürfte, bevor er nach Spanien weiterreiste. Er wusste, dass wir ein Haus in der Nähe von Chalon besitzen. So kam eins zum anderen …«

André stand auf und schritt im Zimmer auf und ab. Er verstand gar nichts mehr. Valentine, Manokis ... Warum? Wie? Was hatte den Griechen dazu bewogen, sie um Hilfe zu bitten? Woher kannten sie sich? Es war einfach absurd!

»Und du, Camille? Welche Rolle spielst du genau bei dieser Sache?«

»Keine große. Ich sage denjenigen, die mich danach fragen, den Namen Alexandres. Ich bin nicht in Gefahr, von der Gestapo verhaftet zu werden, keine Sorge«, scherzte sie.

»Ich hätte es trotzdem für besser gehalten, wenn man mich erst gefragt hätte! Und Manokis wird auch noch was zu hören bekommen. Damals habe ich ihm geholfen, Fuß zu fassen, und nun dankt er es mir, indem er meine Frau und meine Tochter in lebensgefährliche Abenteuer hineinzieht! Bist du je auf den Gedanken gekommen, die Plakate zu lesen, die überall in der Stadt hängen? Auf denen steht, dass jeder, der die Feinde der Besatzungsarmee unterstützt, erschossen wird? Hast du nie die Namen der erschossenen Geiseln auf den Listen gelesen?«

Camille zuckte die Achseln.

»Wir haben keine Wahl, Papa. Wir können uns doch nicht weigern, Menschen in Not zu helfen. Die meisten von ihnen sind Kollegen oder Freunde. Denk nur an Max und Judith ... Wenn sie auf dich gehört hätten, wären sie jetzt in Sicherheit.«

André strich sich übers Gesicht. Vor allem musste er sich beruhigen. Bei Valentine hatte er wenig Sorge: Sie würde sich nie von den Deutschen erwischen lassen. Seine Furcht verwandelte sich in Bewunderung.

»Deine Mutter ist wenigstens in der freien Zone. Du jedoch nicht, und ich möchte nicht, dass du dich in Gefahr begibst ... Ich verbiete es dir, hörst du? Wenn dir etwas zustieße ...«

»Mir passiert schon nichts, Papa. Reden wir nicht mehr davon, bitte.« Sie sah auf die Uhr und stand auf. »Zeit für die BBC. Mit diesem verdammten Störsender wecken sie wahrscheinlich noch Samuel auf, aber was soll's.«

Alexandre war fast fertig mit dem Dokument: »Ich, der unterzeichnete Alexandre Manokis, Kürschnermeister, bestätige hiermit, dass Monsieur Henri Levy, wohnhaft in Paris, 38, rue d'Hauteville, bei mir an für die deutsche Regierung bestimmten Erzeugnissen arbeitet.« Er unterschrieb den Bogen und reichte ihn dem vor ihm stehenden Mann.

»Hoffentlich wird das nie nachkontrolliert«, witzelte er. »Sie sind mein zweiunddreißigster Angestellter. Bald kann ich in Konkurrenz zur Maison Fonteroy treten.«

Ein blasses Lächeln erhellte das eingefallene Gesicht Henri Levys. Sorgfältig faltete er das Dokument und steckte es in die Brieftasche zu seinem Ausweis, seinen Lebensmittelkarten, seinem Wehrpass, seinem Demobilisierungsbescheid ... Das alte, rissige Leder konnte die vielen Papiere kaum fassen.

In dem kleinen Raum arbeiteten sechs dicht an dicht sitzende Personen. Zum ersten Mal sah Henri Levy, von Beruf Zahnarzt, eine Kürschnerwerkstatt.

»Setzen Sie sich doch«, lud ihn Alexandre ein. »Ich muss weitermachen, aber Sie können gern ein bisschen hier bleiben, wenn Sie möchten.«

Henri Levy setzte sich auf ein vergoldetes Stühlchen im Nachbarraum. Wahrscheinlich probierten die Kundinnen hier, vor dem großen Standspiegel, ihre Mäntel an. Er legte seine Kappe auf den Schoß. Am Abend vorher waren seine Kusine und deren siebenjährige Zwillinge bei einer Razzia verhaftet worden. Sein Vetter war schon seit Monaten in einem Lager bei Compiègne. Als er sie besuchen wollte, fand er nur noch die polizeilichen Siegel auf den Türen vor. Aufschluchzend hatte er sich an die Korridorwand mit der verschlissenen Tapete gelehnt. Von Tag zu Tag zog sich die Schlinge um seinen Hals enger zu.

Am schlimmsten war das Warten. Diese endlosen Tage, die man mit Nichtstun hinbrachte und damit, den Fritzen und Gendarmen aus dem Weg zu gehen. Wie ein Aussätziger aus den Bistros, den Kinos und Museen verbannt, konnte man sich selbst dorthin nicht mehr flüchten, um sich aufzuwärmen oder die Zeit totzuschlagen. Glücklicherweise war es jetzt, im November 1942, nicht so kalt wie im Winter zuvor. Nun schlief er schon seit Wochen keine zwei Nächte mehr hintereinander unter demselben Dach. Hin und wieder nahm er in den Suppenküchen in der Rue Béranger oder in der Rue Richer etwas zu sich. Und dort hatte er von Alexandre Manokis gehört. Vom Surren der Maschinen und den Stimmen aus der Werkstatt eingelullt, ließ er langsam den Kopf auf die Brust sinken.

Alexandre warf einen Blick durch die offene Tür, um sich zu vergewissern, dass sein Gast noch da war. Als er ihn, mit geballten Fäusten, schlafen sah, schwieg er. Er hätte ihm gern ein Obdach für die Nacht angeboten, aber an diesem Abend erwartete er bereits einen Besucher. Die junge Verbindungsfrau, von der er nur den Vornamen wusste, würde ihn wahrscheinlich gegen acht Uhr bringen. Es wäre zu gefährlich gewesen, dann noch jemand anders in der Wohnung zu haben.

Seit einiger Zeit fühlte er sich bedrängt. Was als kleine Unterstützung für Sarahs Bruder begonnen hatte, hatte nun Schwindel erregende Ausmaße angenommen. Das Gerücht, er kenne ein Schleusernetz, hatte rasch Ausreisekandidaten und Freunde von Freunden erreicht, die nun bei ihm an die Tür klopften. Ihre Gesichter waren immer anders, kantig, eingefallen, rundlich oder distinguiert, mit hervorstehenden Backenknochen, hoher Stirn oder kühn geschnittenem Mund, aber ihnen allen war der fiebrige, gequälte Blick gemein. Und dieser Blick verfolgte Alexandre bis in seine Träume.

## *Stalingrad 1942*

Sergej erwachte aus einem schweren, tranigen Schlaf. Er öffnete langsam die Augen und leckte sich über die Lippen. Schon seit Wochen schmeckten sie nach Staub, aber er hatte sich inzwischen daran gewöhnt. Er fühlte sich tonnenschwer auf der direkt auf dem Boden liegenden rauen Decke. Sein ganzer Körper protestierte, als er sich aus dieser steinernen Empfindungslosigkeit zu reißen versuchte.

Wolodja, der neben ihm lag, eine Hand in einen schmutzigen Verband gewickelt, ähnelte einer Grabfigur. Der Staub hatte sich in die Falten seines Gesichts gesetzt, und selbst sein schwarzer Schnurrbart spielte sehr ins Grau.

Sergej stützte sich auf einen Ellbogen auf. Im selben Augenblick schoss der Schmerz durch die Schulter. Er unterdrückte sein Stöhnen, um seine fünf Kameraden nicht zu wecken, wenngleich er sich innerlich über diese damenhafte Zurückhaltung lustig machte: So ein erbärmliches kleines Stöhnen würde sie ganz bestimmt nicht wecken, sie waren derart erschöpft, dass allenfalls die dröhnenden Salven der Katjuschas, der auf dem westlichen Wolgaufer aufgestellten Raketenwerfer, sie aus ihrer Betäubung hätten reißen können.

Er spitzte die Ohren. In der Ferne hörte man immer wieder dumpfes Grollen wie Donnerrollen, aber die Wände und der Boden des Unterstands zitterten nicht. Über ihren Köpfen verhielten sich die Leute des Generals Paulus ruhig, im Augenblick jedenfalls. Jeder Soldat hatte seine besonderen Feinde und was Sergej am allermeisten hasste, waren die Stukas, die mit einem Sirenengeheul, das einem das Blut in den Adern erstarren ließ, vom Himmel stießen. Angesichts dieser Bomber fühlte er sich widerwärtig hilflos.

Zum ersten Mal hatte er sie gesehen, als sie bei Anbruch eines Septembertages auf die kleine Flotte zusammengewürfelter Schiffe, mit denen die zweitausend Mann der 284. sibirischen Division des Obersten Batjuk die Wolga zu überqueren versuchten, niederstießen, damals waren sie ihm wie Adler vorgekommen. Apokalyptische Raubvögel aus Feuer und Eisen mit roten Augen und in die Flügel eintätowierten weißen Kreuzen.

Mit schmerzverzerrtem Gesicht erhob er sich und machte einen Schritt über Wolodja hinweg. Die Glühbirne verbreitete milchiges Licht. Links stand auf einer Wärmeplatte ein großer Kochtopf. Er hob den Deckel und schnupperte. Ein entfernt an Kartoffeln erinnernder Duft stieg ihm in die Nase. Er nahm sich eine Kelle der Flüssigkeit, in der undefinierbare Fleischfasern schwammen. Kürzlich hatte er nur wenige Meter von ihrem Unterstand entfernt ein abgemagertes Pferd liegen sehen. Er schob eine Kiste zu dem auf zwei Steinen liegenden Holzbrett, holte ein letztes Stück Wurst aus der Tasche und machte sich an sein Mahl.

Bevor er hier heruntergekommen war, um sich ein paar Stunden auszuruhen, hatte er zu dem stahlgrauen Himmel aufgeblickt. Seit dem Morgen lag eisiger Dunst über den gespenstischen Ruinen von Stalingrad. Er hatte gespürt, dass der Winter sehr bald kommen würde, ein echter russischer Winter, und das hatte ihn gefreut.

Seit einigen Wochen schon trieben auf der Wolga Eisschollen, wodurch die Schifffahrt noch gefährlicher wurde als ohnehin schon. Das machte sich allmählich auch in der Lebensmittelversorgung bemerkbar. Der Oktober war mild gewesen, mit einem gemeinen Regen, der unter den Kragen drang, die Erde in schlüpfrigen Matsch verwandelte und jede Fortbewegung zum Glücksspiel machte. Bei ihm zu Hause in Sibirien hatte der Schnee sich schon längst sein Reich erobert. Wenn der Winter richtig da und die Wolga, die sich immer erst als letzter russischer Fluss dazu herbeiließ, vollständig zugefroren wäre, würde auch die Versorgung mit Munition und Lebensmitteln wieder normal verlaufen.

So fade und langweilig die Suppe auch war, sie wärmte. Er

fragte sich, ob seine Kameraden von selbst aufwachen würden oder ob er wieder Schulmeister spielen und sie wecken musste, was ihm immer reichlich Vorwürfe eintrug, bis die Männer endlich richtig wach waren.

Wolodja schnaubte wie ein Wildschwein und stand mühsam auf. Mit schweren Schritten kam er an den Tisch und ließ sich auf den einzigen Stuhl fallen, der noch halbwegs heil war. Dann begann er den Verband abzuwickeln. Sergej wandte den Blick ab. Wolodjas verbranntes Fleisch war wirklich kein appetitanregender Anblick.

»Ist es besser?«

»Wir kriegen's schon hin«, grummelte der Zimmermann aus dem Ural. »Jetzt bräuchte ich mein Frauchen, die hatte immer ein geschicktes Händchen beim Verbinden.«

»Du solltest zum Arzt gehen.«

»Und was sonst noch alles? Soll ich mein Fell riskieren, um bis zur Krankenstation zu laufen? Und womöglich kommt der Idiot noch auf den Einfall, mich hinter die Front zurückzuschicken. Und nach einer Wolgafahrt ist mir im Augenblick wahrhaftig nicht. Solange es nicht stinkt, ist es nicht brandig, also …«

Sein zufriedenes Lächeln entblößte ein schadhaftes Gebiss, er holte ein Päckchen mit weißem Puder aus der Tasche, öffnete es mit den Zähnen und puderte die Wunde, um sich dann wieder ans Verbinden zu machen. Sergej schob das leere Essgeschirr zurück, verstaute den Löffel sorgfältig im Stiefelschaft und streckte die Beine aus. Er hatte noch genug billigen Tabak für genau drei Zigaretten und war im Zweifel, ob er sich jetzt den Luxus gönnen und eine rauchen sollte. Tabak wurde allmählich rar, und ehe Sergej auf seine Zigaretten verzichtete, verkniff er sich – zur großen Freude seiner Kameraden – lieber die tägliche 100-Gramm-Wodkaration. Nur mit Hilfe des Tabaks konnte er den Staubgeschmack zumindest ein wenig und für kurze Zeit loswerden.

Auf den abgesackten Stufen zum Unterstand hörte man Stiefeltritte.

»Es beginnt feste zu frieren, Kameraden!«, verkündete freudig ein magerer und in einen zu großen Waffenrock gewickelter junger Mann.

Viktor legte seine Maschinenpistole auf eine Munitionskiste und rieb sich die Hände, als hätte er gerade einen guten Witz gerissen, dabei verschlang er Sergej mit Blicken, diesen gierigen, leidenschaftlichen Blicken, die Sergej immer noch zu schaffen machten. Und dennoch hatte er sich daran gewöhnen müssen, genau wie die anderen Eliteschützen der Batjuk-Division, deren Heldentaten noch in den entlegensten Gebieten der Sowjetunion gerühmt wurden.

Zehn Tage nach seiner Ankunft, als Sergej sein vierzigstes Opfer erschossen hatte, war ihm die Tapferkeitsmedaille verliehen worden. Einen Monat später hatte man ihn mit dem Orden »rote Fahne« ausgezeichnet, und sein Foto hatte auf den Titelseiten aller Zeitungen geprangt. Viktor wollte seinem Idol nacheifern, doch trotz der Schießlektionen, die ihm Sergej in den wenigen Mußestunden erteilt hatte, war der Mechaniker nach wie vor besser im Beobachten als im Schießen.

»Na, was kungeln die Fritze wieder aus?«, brummte Wolodja, der sich einfach nicht an Viktor gewöhnen konnte.

Viktors Optimismus, der aus dem runden, wie ein Stecknadelkopf über dem mageren Körper thronenden Gesicht strahlte, ging auch Sergej auf die Nerven, aber er brachte mehr Geduld auf. Er bewunderte dieses fröhliche Temperament, das auch den wiederholten Angriffen der 6. Armee der Wehrmacht trotzte. Doch Viktor lebte erst zehn Tage in der Hölle. Nur wenige geisterten wie Wolodja und er schon seit zwei Monaten durch die Ruinen Stalingrads.

Von den sechzig Mann, aus denen ihr ursprünglicher Sturmtrupp bestanden hatte, waren nur noch acht übrig. Die Ersten waren gleich bei der Landung am rechten Flussufer gefallen, der dichte, fette Rauch aus den in Brand stehenden Ölfässern hatte ihnen die Sicht genommen, und sie waren von den etwa hundert Meter von der Wolga entfernt stehenden Mörsergeschützen der deutschen Infanterie niedergemäht worden. Doch die meisten russischen Soldaten waren den Bombardierungen durch die Luftwaffe zum Opfer gefallen.

Wolodja begann Sonnenblumenkerne zu kauen.

»Setz dich endlich hin!«, fuhr er Viktor an. »Du machst mich rappelig.«

Viktor gehorchte.

»Mit deinem Verband siehst du beinah aus wie Kamerad Tschuikow!«, spottete er.

Wolodja warf ihm einen wütenden Blick zu.

»Im Gegensatz zu unserem geliebten General Wassili Iwanowitsch leide ich nicht unter einem eitrigen Ekzem, sondern an Verbrennungen, du Grünschnabel! Er umwickelt sich die Hände, weil's juckt, und mir juckt es eher in den Fingern, dir den Hals umzudrehen!«

Die liegenden Gestalten hinter ihnen richteten sich nach und nach auf. Die Männer schimpften leise. Ihre Gesichter waren hart, die Augen geschwollen, die Züge vor Müdigkeit hohl. Sergej wusste, dass er genauso aussah und dass seine Mutter entsetzt gewesen wäre über das graue Gesicht ihres geliebten Sohnes. Ihren letzten Brief trug er in der Brieftasche bei sich. Von Zeit zu Zeit las er ihn noch einmal, weil er ihm die vertrauten Gerüche in der Isba in Erinnerung rief, die mütterliche Zärtlichkeit, das geheimnisvolle Lächeln seines Vaters, die unberührte Reinheit des Schnees in seiner Heimat.

Das Quietschen der rostigen Tür riss ihn aus seiner Träumerei.

»Na so was, wir kriegen Besuch«, grummelte Wolodja und kratzte sich den Bauch da, wo in seiner Uniformjacke die Flöhe saßen.

Der junge Soldat verfehlte die letzte Stufe, verrenkte sich den Knöchel und landete auf dem Allerwertesten. Die Männer lachten über sein erschrockenes Gesicht. Tränen in den Augen, klopften sie sich die Schenkel. Auch Sergej hatte den Kopf zurückgeworfen und lachte aus vollem Halse.

Die Stafette rappelte sich wieder hoch, ganz rot im Gesicht, und baute sich vor Sergej auf. »Ein Befehl von Genosse General Tschuikow für den Oberleutnant Wolkow«, erklärte er gereizt.

Sergej nahm das Blatt Papier, das ihm entgegengehalten wurde.

»Gebt ihm was zu trinken!«, sagte er.

Die anderen gehorchten ohne Widerworte. Zwar wurde der Pegel in der Wodkaflasche scharf im Auge behalten, doch niemand hätte einem Boten einen guten Schluck verwehrt. Genau wie die für die Reparatur der Telefonverbindung abgestellten Soldaten wurden sie von den Deutschen abgeschossen wie die Kaninchen. Jeder Auftrag bedeutete Lebensgefahr.

Der Junge, der wahrscheinlich noch nie einen Rasierer in die Hand genommen hatte, bekam von Wolodja nicht nur die Flasche, sondern auch einen freundschaftlichen Klaps auf den Rücken.

Der kodierte Befehl war einfach zu verstehen: Seine Leute und er sollten zu den Schützengräben am Hügel Mamajew Kurgan vordringen. Seit einigen Wochen schon kämpften dort ihre Kameraden einen verbissenen Kampf, um die Stellungen zu halten. Es war noch ein aus einem Heft gerissener Zettel beigefügt: »Beste Grüße an den Genossen Leutnant Wolkow. Der Sieg wird unser sein!« Die Unterschrift war kaum zu entziffern, doch Sergej erkannte das Zeichen von Nikita Sergejewitsch Chruschtschow.

Sie hatten sich durch reinen Zufall kennen gelernt. An jenem Tag war der Hand voll Männer, die ohnehin schon unter deutschem Maschinengewehrbeschuss standen, der Rückweg durch Panzer abgeschnitten worden, sie waren so dicht herangerollt, dass Sergej fast das Gesicht des Feindes durch die kleinen Sehschlitze zu erkennen glaubte. Eine schwierige Lage für die Männer. Einer von ihnen geriet in Panik, und der von Stalin als persönlicher Vertreter an die Front nach Stalingrad entsandte

Politkommissar hatte ihn mit einem Revolver in Schach halten müssen.

Sergej hatte einen Fetzen Zeitungspapier aus der Tasche geholt, ein wenig Tabak hineingerollt und sich die Zigarette, ruhig auf dem Rücken liegend, angezündet. Verblüfft von so viel Gelassenheit, hatten ihn die Männer wortlos angestarrt. Nach ein paar Zügen hatte Sergej ihnen mit einer Geste zu verstehen gegeben, sie sollten sich ruhig verhalten.

Er war etwa zehn Meter weit gekrochen, bevor er sich im Schutz eines Mauerrestes aufrichtete. Dann nahm er, ganz seinem Instinkt vertrauend, Anlauf und sprang über ein klaffendes Loch, einst das Treppenhaus einer Schule. Auf der anderen Seite zerrte er die Leiche eines Soldaten hinter dem Maschinengewehr hervor und nahm seinen Platz ein. Inzwischen hatten sich die Deutschen, die diese Fensterhöhlung erledigt zu haben glaubten, in das Sträßchen vorgewagt, und Sergej hatte sie unter Feuer genommen, sodass seine Kameraden aus der Sackgasse herauskamen.

Am Abend, Sergej ruhte sich in einem Bunker aus, war Chruschtschow zu ihm gekommen. Sie hatten sich ein wenig zurückgezogen. Chruschtschow hatte ihn gefragt, woher er komme, ob er verheiratet sei, ob er Kinder habe. Als er erfuhr, dass Sergej nicht Parteimitglied war, hatte er die Brauen hochgezogen. »Darum kümmer ich mich«, hatte er düster geknurrt. Sergej konnte sich denken, warum: Wenn Soldaten fielen, die nicht in der Partei waren, wurden die Familien nicht unbedingt benachrichtigt. Die Parteimitgliedschaft bot die Gewähr, dass der Familie die furchtbare Ungewissheit über das Schicksal eines geliebten Menschen erspart blieb.

Dann hatten sie sich über Angelerlebnisse ausgetauscht und ihr Anglerglück verglichen, um schließlich auf den Sieg im Großen Patriotischen Krieg anzustoßen. Er hatte es nicht ausdrücklich gesagt, doch Sergej erriet, dass er ihm dankbar war, weil er wahrscheinlich glaubte, ihm sein Leben zu verdanken.

Seit jener Zufallsbegegnung im September erhielt Sergej immer wieder einmal einen freundschaftlichen Gruß. Einige Tage zuvor hatte Chruschtschow ihm eine Medaille angesteckt und ihm bei dieser Gelegenheit auch einen Parteiausweis mit einem Foto von ihm in Uniform gegeben.

Sergej las noch einmal den Befehl Tschuikows, dann hielt er den Zettel an das Feuer unter dem Suppentopf.

Seine Leute sahen ihn an, sie wollten wissen, wo sie die kommenden Stunden verbringen würden. Er schaute in ihre ernsten, aber vertrauensvollen Gesichter und empfand wieder einmal die Last der Verantwortung. Manchmal raubte sie ihm den klaren Verstand.

Es war noch kein Jahr vergangen, seit er das kleine Dorf Iwanowo verlassen hatte, um sich freiwillig zu melden. Grigori hatte ihn unbedingt bis Iwdiel begleiten wollen, von dort aus hatte er den Zug nach Perm genommen. In Perm hatte er eine Uniform bekommen und war nach Krasnufimsk weitergeschickt worden. Nach einigen Tagen Ausbildung, bei der er seine Vorgesetzten mit seinen Schießkünsten beeindruckte, hatte er sich auf die mehr als tausend Kilometer weite Reise gemacht, zu Fuß, per Eisenbahn und auf den Sitzbänken amerikanischer Lastwagen, die ihn eines schönen Morgens am Wolgaufer abgesetzt hatten.

Er war unter Befehl des Obersten Batjuk gestellt worden, eines schlanken, dunkelhaarigen Mannes, der ebenso viel Kühnheit wie Ausdauer bewies und den Sergej einmal auf dem Rücken zum Unterstand getragen hatte, denn Batjuk litt an einer Gefäßkrankheit, die ihn manchmal am Gehen hinderte und die er so weit wie möglich vor seinen Soldaten zu verbergen trachtete.

Und nun, gerade vierundzwanzig und schon mehrfach ausgezeichnet, fragte sich Sergej angesichts seiner Leute, die mit ihm durch die Hölle zu gehen bereit waren, was sie an ihm finden mochten, schließlich war er nichts weiter als ein einfacher sibirischer Pelztierjäger.

Wie immer, wenn es zu einem Angriff ging, überprüfte er sorgfältig seine Uniform. Er strich sein Haar nach hinten und setzte seine Mütze auf. Während er seinen Leuten die anstehende Mission erläuterte, füllte er seinen Beutel mit Handgranaten, steckte einen der Schokoladenriegel, die der junge Mann aus dem Stabsquartier mitgebracht hatte, ein und griff nach seinem Präzisionsgewehr, das er vor dem Schlafengehen geölt hatte.

Er wartete geduldig, bis alle bereit waren, und warf einen letzten Blick auf seine Armbanduhr. Seit einigen Minuten verspürte er diese besondere Enge ums Herz, diese geheimnisvolle Mischung aus Erwartung und Sicherheit, eine tiefe Gelassenheit, die ihn immer überkam, bevor er sich einem Tier gegenübersah, dem er mehrere Tage lang nachgespürt hatte. Eine Sache des Instinkts, er hätte es nicht begründen können, aber er war sicher, dass der vor ihnen liegende Tag entscheidend sein würde.

Auf der Uhr des Oberleutnants Sergej Iwanowitsch Wolkow war es genau fünf Uhr am Morgen des 19. September 1942.

Iwan Michailowitsch schreckte aus dem Schlaf. Er öffnete die Augen und starrte ins Dunkel. Kein Laut, nur das Summen des Samowars und der regelmäßige Atem seiner Frau.

Mühsam kroch er aus dem Bett und hüllte sich in seinen Hausrock. Er zündete eine Kerze an und bereitete sich mit dem heißen Wasser aus dem Samowar einen Tee. An den Ofen gelehnt, streckte er sein Bein aus, das ihn ein wenig mehr als gewöhnlich peinigte.

Was mochte ihn aus dem Schlaf gerissen haben? Anna stöhnte und drehte sich auf die Seite. Unter den dicken Felldecken konnte er ihre Gestalt kaum erkennen. Er trank den starken Tee in genießerischen kleinen Schlucken. Es hatte ihn Mühe gekostet, sich an den bitteren Nachgeschmack zu gewöhnen, aber wie so vieles andere hatte er ihn schließlich schätzen gelernt und hätte ihn nicht mehr missen wollen.

Der Mann in der verschneiten Isba hielt das Teeglas in sehr schlanken langen Händen. Sergej hatte sie geerbt. »Künstlerhände!«, hatte sich Anna gefreut, als er klein war. Der Kleine war ganz entsetzt nach draußen gelaufen und hatte sie in die Erde gesteckt, als könne der Schmutz echte Männerhände daraus machen, dick und schwielig, stark und knotig wie die des Ältesten oder die Grigori Ilitschs.

Sein Sohn war nun weit fort, Tausende von Kilometern. Er kämpfte um eine Stadt namens Stalingrad, die er noch vor wenigen Monaten nur mit Mühe auf der Landkarte gefunden hätte.

Als Léon Fonteroy nach Russland gekommen war, hieß sie noch anders, aber mochten die Städte auch umgetauft werden, die Menschen blieben sich gleich. Es gab immer noch Herrscher und Beherrschte, Herren und Diener. Man hatte die Spielregeln verändert, doch die Karten waren dieselben geblieben.

Iwan wandte leicht den Kopf und sah auf das kleine rote Licht, das gleichmütig in der Zimmerecke brannte.

»Die Kämpfe um die Außenbezirke von Stalingrad werden mit unverminderter Heftigkeit fortgesetzt ... Hitlers Truppen greifen die heldenhaften Verteidiger der Stadt an ... Inzwischen werden die Kämpfe Mann gegen Mann geführt ...« So hatte es in einer der letzten Verlautbarungen des Sowjetischen Informationsbüros geheißen.

Iwan war nie im Krieg gewesen. Er konnte sich den Geschützdonner, die Feuerstöße der Maschinengewehre und das Explodieren der Granaten nicht vorstellen. Er kannte nur die Laute der Taiga, den lauten Aufeinanderprall der Eisschollen bei Eisgang, im Frost platzende Äste, das knarrende Leder der Schneeteller, das weiche Geräusch des Schnees, wenn er von einem Kiefernzweig rutscht, das Flügelschlagen einer auffliegenden Stockente, das Stöhnen eines leidenden Tieres. Aber in jenem Augenblick kurz vor Tagesanbruch hatte er einen Aschegeschmack auf seinen Lippen und in seinen Ohren das Heulen der Stukas.

»Herr, behüte meinen Sohn«, sagte er leise. »Wenn du einen von uns rufen musst, ruf mich ... Mein Leben gegen seins ...«

Peter Krüger stieß einen tiefen Seufzer aus. Die Hände im Nacken verschränkt, lag er in einem Bunker. Er hatte noch eine Stunde zum Ausruhen. Er versuchte gar nicht erst zu schlafen. Seit er in den Außenbezirken Stalingrads kämpfte, fürchtete er die Nacht. Dann wurden die Russen zu wahren Teufeln, die weder auf die Ruhe noch den Schlaf des Gegners Rücksicht nahmen. Nicht anders als seine Kameraden horchte Peter vom Einbruch der Dämmerung an auf das spezielle Nageln der Flugzeugmotoren, das immer für einen Augenblick aussetzte und angstvolle Stille entstehen ließ, bevor die Bomben explodierten.

Er hatte gerade drei Wochen Heimaturlaub gehabt, der ihm aber schon wieder in unendliche Ferne gerückt schien. Er hatte sich überhaupt nicht freuen können an seinem Aufenthalt in Leipzig. Er hatte in der holpernden Straßenbahn gesessen und sich fremd gefühlt in seiner Geburtsstadt. Er hatte die Front nicht vergessen können. Er trug den Krieg in sich. Obwohl man ihm für seine Tapferkeit das eiserne Kreuz zweiter Klasse verliehen hatte und auch die Medaille »Winterschlacht im Osten«, die all jene trösten sollte, die den schrecklichen Winter 1941/1942 ertragen hatten, empfand er nichts als Überdruss und Abscheu.

Dennoch hatte Peter im Gegensatz zu den anderen große Erleichterung empfunden, als seine Division aus Frankreich abgezogen und an die Ostfront verlegt worden war. Er ertrug es nicht mehr, in Camilles Land zu sein und sie weder sehen noch mit ihr sprechen zu können. Zwischen ihnen hatte sich eine unüberbrückbare Kluft aufgetan. Er hatte sich an die Hoffnung geklammert, man könne wieder zueinander finden, wenn der Krieg erst vorüber wäre, aber dieser Traum war zerstoben, als er die Wirklichkeit des Russlandfeldzugs kennen gelernt hatte.

Im Grunde seiner Seele teilte er die Auffassung seines Vaters: Das Ende war unausweichlich, aber es würde fürchterlich sein, nichts mehr würde sein wie vorher. Karl hatte mit ihm andeutungsweise darüber gesprochen, als sie in ihrem auch wegen der Verdunkelung von allem abgeschotteten Wohnzimmer in der Katharinenstraße saßen, während Eva versuchte, zur Feier seines Fronturlaubs ein dieses Namens würdiges Festmahl zu kochen. Auf jeden Fall war der Sekt schön kalt. Man hatte ihn bloß eine Stunde auf den Balkon stellen müssen.

Peters Eltern waren abgemagert und nervös. Seine Mutter wurde von ihren Kleidern umflattert, sein Vater war ein grauhaariger alter Herr geworden. Nach dem Essen, dem Peter zuzusprechen versucht hatte, obgleich die Suppe nach nichts schmeckte, hatte er seine Mutter gebeten, ihnen ein Nocturne von Chopin vorzuspielen.

Sie hatte gerade zehn Minuten gespielt, da klopfte es an die Tür. Seine Eltern erstarrten und wechselten einen panischen Blick. Peter war betroffen: Er hatte die Bedrückung und Angst ganz vergessen, in der sie schon seit Jahren lebten. Allen misstraute man, der Hauswartsfrau, der Nachbarin, dem fremden Passanten, der allzu lange vor der Hofeinfahrt herumlungerte. Man fürchtete die Denunziationen solcher Leute, die sich von der Polizei Gefälligkeiten erhofften. Und sobald man, zu Recht oder Unrecht, angezeigt war, setzte sich das Räderwerk der Hölle in Gang.

Wütend sprang er auf. Wie schade, dass er gleich nach seinem Ankommen seine Uniform, die ihn als Wehrmachtsoffizier auswies, ausgezogen hatte. Er holte tief Luft und riss die Tür auf. Sie sollten es nur wagen, seine Eltern zu belästigen, diese verdammten Halunken von Gestapo und SS, deren Treiben er in den polnischen und ukrainischen Dörfern hatte mit ansehen müssen!

Vor ihm stand eine schmächtige, dunkelhaarige junge Frau, die sich zaghaft in ihren roten Wollschal verkroch.

Der verblüffte Peter brachte kein Wort heraus.

»Verzeihen Sie, wenn ich störe, aber ich habe das Klavier gehört. Frau Krüger hat schon so lange nicht mehr gespielt ... Würde es Sie sehr stören, wenn ich auch zuhörte?«

Peter sah sie an, als spräche sie in einer ihm unbekannten Sprache. Sie hatte einen zarten Hals, eine schmale Nase, ausgezupfte Brauen über Augen, die dunkel waren wie die Nacht.

»Die Schwiegertochter unserer Nachbarin von unten«, erläuterte seine Mutter. »Kommen Sie doch bitte herein, wir freuen uns.«

Die junge Frau war an ihm vorbei ins Wohnzimmer gegangen. Als sie ihn streifte, meinte Peter Blumenduft wahrzunehmen.

»Ihr Mann ist vor sechs Monaten gefallen«, flüsterte Eva. »Sie ist Balletttänzerin. Sie ist zu ihren Schwiegereltern gezogen, weil sie es allein nicht mehr aushielt.«

Peter schloss langsam die Wohnungstür.

Sie hieß Rosmarie und war zwanzig Jahre alt. Am Abend darauf liebten sie sich, und danach jeden Tag, bis er wieder an die Front musste. Sie hatten sich nichts versprochen. Versprechen waren ein Luxus, den es im Hitlerdeutschland nicht mehr gab.

»Sie werden uns einfach krepieren lassen«, sagte plötzlich eine raue Stimme neben ihm. »Dabei müssten wir hier verduften, solange es noch geht.«

Hans, ein aus Dresden stammender Gefreiter, war also nicht nur aufgewacht, sondern auch düsterer Stimmung. Peter schlug die Decke zurück. Jetzt musste man ein bisschen Abstand schaffen zwischen Hans und den anderen. Seine Klagen durften nicht ans Ohr irgendeines Spitzels dringen; wenn sie den jungen Mann wegen seines »Defätismus« bei den Vorgesetzten anschwärzten, konnte das den Tod bedeuten.

Er ging mit seinem Freund in einen kleinen Raum, in dem die Decke so niedrig war, dass sie nicht stehen konnten. Peter stellte die Petroleumlampe auf den Boden, dann setzten sie sich auf Holzkisten und zündeten sich eine Zigarette an.

»Ich habe Recht, Peter«, sagte Hans. »Die lassen uns hier nicht mehr lebend weg. Die Iwans nicht und unsere auch nicht.«

»Du bist immer schlechter Stimmung, wenn du aufwachst«, versuchte Peter ihn zu beschwichtigen. »Gleich fühlst du dich besser.«

Hans deutete ein schmerzliches Lächeln an. Seine vom Schmieröl geschwärzten Hände zitterten leicht, ein mehrere Tage alter Bart warf tiefe Schatten auf sein ohnehin ausgezehrtes Gesicht.

»Weißt du noch, Peter, als wir zum ersten Mal die Wolga sahen? Wir standen in den Panzertürmen. Vor uns lag dieser mythische Fluss. Und dahinter die kasachischen Steppen. Damals dachte ich, der Führer sei ein Genie. Ich dachte, mein Herz würde platzen vor Stolz. Wir würden tatsächlich die Welt erobern. Wir waren unschlagbar. Ich geriet in einen Allmachtsrausch. Nichts schien mir unmöglich.«

Peter nickte. Er hatte denselben Rausch empfunden, als sie die sowjetische Grenze überschritten. Endlich war ihm der Kampf als gerechter Kampf erschienen: Sie würden die unterdrückten Völker vom jüdisch-bolschewistischen Joch befreien. Die Zweifel waren erst später gekommen.

»Sie werden uns opfern, mein Lieber«, nahm Hans das Gespräch wieder auf. »Wie die Ratten werden wir krepieren in dieser Stadt, die sich immer noch wehrt, obwohl doch nur noch Ruinen von ihr übrig sind ...«

Er verstummte und senkte den Blick auf seine automatische Pistole, die er geistesabwesend streichelte. Schmutz und Schweiß klebten sein blondes Haar in matten, unregelmäßigen Strähnen an den Schädel. Im Nacken war die rote Schwellung einer Wunde zu sehen.

»Wenn die je bis zu uns nach Hause kommen, kannst du dir vorstellen, was die dann mit unseren Städten, unseren Frauen und Kindern machen ...«

»Halt's Maul, Hans!« Peter wurde wütend. »So etwas darfst

du nicht einmal denken. Ich jedenfalls will leben! Wir werden diesen Krieg gewinnen …«

Hans lachte laut und zynisch auf.

»Nicht schlecht, Alterchen, aber du weißt, dass ich Recht habe. Sie haben uns alle verraten. Der Führer, der uns versprochen hat, uns hier aus der Scheiße zu holen, und Gott, der uns verlassen hat.«

Peter nahm einen letzten Zug, schnippte einen Floh von seiner Hose und zerdrückte ihn sorgfältig mit der Kippe. Er teilte den Pessimismus seines Freundes, wagte ihn aber im Gegensatz zu Hans nicht offen auszusprechen.

»Immerhin haben wir seit vergangener Woche ein wenig Boden gewonnen«, sagte er mürrisch.

Am 11. November hatte die 6. Armee eine neue Offensive gestartet. Die Deutschen hatten zwischen dem Metallwerk »Roter Oktober« und der Geschützfabrik »Barrikan« die Wolga erreicht und so die 62. Armee der Sowjets in zwei Teile gespalten.

»Ein echter Vorstoß!«, spottete Hans.

Peter zuckte die Achseln. Die düstere Stimmung seines Freundes begann auf ihn abzufärben. Er stand verärgert auf und ging gebeugt zu der Türöffnung, die zum Schlafraum führte. Er sammelte die diversen Kleidungsstücke ein, aus denen seine Uniform bestand. Sie entsprach nicht mehr ganz den Vorschriften, aber im vergangenen Winter hatte Peter gelernt, dass man vor nichts zurückschrecken durfte, um sich vor der russischen Kälte zu schützen. Wie die anderen auch war er zum Leichenfledderer geworden.

Er zog die Felljacke über, die einem sowjetischen Soldaten gehört hatte, und die Handschuhe und die Ohrenschützer eines am Vortag gefallenen Soldaten, dann knöpfte er den schweren Mantel zu.

Er hatte Hunger, und Hans' resignierte Überlegungen ärgerten ihn. Er wollte über diesen Krieg nicht nachdenken. Ihn interessierten nur die taktischen Tagespläne eines Offiziers an vorderster Front. Er durfte sich nicht länger mit gewissen Gräueln beschäftigen, die er selbst gesehen hatte, oder mit den unter den Offizieren kursierenden Gerüchten, es seien Massaker an der Zivilbevölkerung verübt worden, an Juden, Frauen und Kindern, sie seien in Massengräbern hingerichtet worden, und die Einsatzgruppen verhielten sich wie blutrünstige Schakale. Er war deshalb zu seinem Bataillonschef gegangen. Der Major hatte ihn angehört, starren Gesichts, und dabei mit den Fingern auf die vor ihm ausgebreitete Landkarte getrommelt. »Sie sind Wehrmachtsoffizier, und Sie haben Ihre Pflicht zu tun, basta. Was die Kommandanten der Waffen-SS anstellen, geht uns nichts an.« Auf diese Weise verabschiedet, hatte Peter nur noch die Hacken zusammengeknallt.

Über all dies hatte er mit seinen Eltern nicht sprechen können. Vielleicht hatte er gefürchtet, in den Augen seiner Mutter könne sich diese bittere geheime Scham widerspiegeln, die er selbst in tiefster Seele empfand.

Er stieg die zehn Stufen ins Freie hinauf. Geduckt, um nicht der Kugel eines sowjetischen Scharfschützen ein Ziel zu bieten, gelangte er zu einem geschützten Platz hinter einer Mauer, die wie durch ein Wunder noch stand.

Es schneite an diesem 19. November. Beißender Nordostwind fegte zwischen den Steinhaufen hindurch. Man hörte das Pfeifen von Leuchtraketen und vereinzeltes Maschinengewehrfeuer. Er vergrub die Hände in den Taschen und trat von einem Fuß auf den anderen, um sich zu wärmen. Er wollte endlich den Tagesbefehl in Empfang nehmen. Er wusste aus Erfahrung, dass diese Anwandlungen von Wehmut und Angst im Feuer des Gefechts verflogen. Jeder Treffer heizte die Begeisterung an. Der schlimmste Feind des Soldaten war das Warten. An der Front durfte man weder zu viel nachdenken noch zu viel warten.

Gerade als er auf die Uhr sah – es war fünf Uhr zwanzig deutscher Zeit –, brach rings um ihn entsetzlicher Donner los. Die am Wolgaufer aufgestellten Stalinorgeln, diese fürchterlichen Raketenwerfer, hatten wieder zu spielen begonnen.

Die Erde bebte unter seinen Füßen, der Himmel war fast taghell: Es war, als schlüge die gesamte russische Artillerie im selben Augenblick los.

Mit summenden Ohren und wild schlagendem Herzen begann Peter in dem weißen und grünen Schein auf die Panzer zuzurennen. Er konnte vage die Mechaniker ausmachen, die daran herumhantierten. Plötzlich tauchte Hans neben ihm auf.

»Das ist die Gegenoffensive!«, schrie er und packte ihn am Arm.

»Spinnst du? Wovon redest du?«

»Wir sitzen in der Falle!«

Während rings um ihn der Weltuntergang tobte, blieb Peter wie angenagelt stehen, gebannt von dem Schrecken, den er in den blauen Augen seines Kameraden sah. In diesem Augenblick und mit seinem vom Grauen verzerrten Gesicht glich Hans all den anderen jungen Männern, denen Peter in den vergangenen drei Jahren begegnet war, seit der Krieg kein Planspiel mehr war, das man in den Unterrichtsräumen und auf den Manövergeländen der Militärakademien lernte. Er hatte kühne Soldaten erlebt, Helden und Leichtsinnige, Männer, die unter dem Artilleriebeschuss wahnsinnig geworden waren und schluchzend nach ihrer Mutter gerufen hatten, und einige wenige, die den Tod gesucht hatten, weil ihnen der Krieg einen achtbaren Ausweg aus einer Welt bot, in der sie sich nie heimisch gefühlt hatten.

Unvermittelt nahm er Hans mit aller Kraft in die Arme. Er glaubte ihn schluchzen zu hören.

Ein Verbindungsmann stürzte auf Peter zu und hielt ihm einen Befehl hin. Peter rannte auf den ersten Panzer zu, der den Unterstand verließ.

Er erreichte ihn nicht mehr.

Ein riesiger T-34-Panzer war an der Straßenecke aufgetaucht, und die schwere 76er Kanone schien direkt auf ihn zu zielen. Peter verstand sofort: Es war aus. Sie würden keine Zeit mehr haben, ihre Panzer in Stellung zu bringen, und ihre Kanonen konnten ohnehin nichts gegen die Armierung dieses russischen Panzertyps ausrichten.

Sein letzter Gedanke, als die Explosion ihn in die Luft wirbelte und sein Körper von Maschinengewehrkugeln zerrissen wurde, galt einer jungen Französin in einem zu kurzen Kleid, das ihre Beine sehen ließ; die Hände in die Hüften gestützt, lächelte sie ihn liebevoll und schelmisch an, in einer warmen Sommernacht an einem Flussufer.

Es zog sich hin. Schon seit mehr als einer halben Stunde wurde der Zug im Bahnhof von Chalon aufgehalten. Valentine saß am Fenster eines Abteils, das sie mit zwei in ihre Zeitungen vertieften Männern teilte. Durch die Scheibe sah sie die lange Schlange der Leute, die einem deutschen Offizier ihre für das Jahr 1943 geltenden Ausweise vorzeigten. Sie war eine der Ersten gewesen, die an ihren Platz gehen konnten.

Vier Monate zuvor, am 11. November, waren die Deutschen unter dem Vorwand, eine angloamerikanische Landung an der provenzalischen Küste abwehren zu müssen, in die freie Zone eingedrungen. Und seit dem 1. März war die Demarkationslinie durchlässiger geworden, es gab wieder freien Post- und Reiseverkehr. Sie lächelte bitter. Von Freiheit würde man erst reden können, wenn der letzte Boche französischen Boden verlassen haben würde. Glücklicherweise begann sich das Blatt endlich zu wenden! Hunderttausende waren bei der Schlacht um Stalingrad gefallen, die siegreiche Wehrmacht hatte in Russland ihre erste echte Niederlage einstecken müssen: drei Tage Staatstrauer in Deutschland. Der Sieg war nur noch eine Frage der Zeit, dessen war sich Valentine nun sicher. Schade nur, dass Geduld nie ihre Stärke gewesen war.

Einige Tage zuvor hatte Onbraye sie in Montvallon besucht. Mit chiffrierten Dokumenten, die nach Paris gebracht werden mussten. Er hatte verlegen seine Mütze in den Händen gedreht, und Valentine hatte begriffen, dass er sie nicht um diesen Dienst zu bitten wagte. Sie hatte keinen Augenblick gezögert: Natürlich würde sie nach Paris reisen! Sie müsse ins *L'Arrivé* gehen, hatte er ihr erklärt, das sei ein Bistro gegenüber dem Bahnhof. Sie hatte sich die Papiere ins Futter genäht.

Sie hatte sich – nicht ohne Mühe, denn es herrschte großer Andrang an den Schaltern – einen Zulassungsschein für einen der Züge nach Paris beschafft und Maxence der Obhut der Köchin anvertraut, die dafür sorgen würde, dass er brav in die Schule ginge.

Türenklappen, ein knapper Befehl vom Bahnhofsvorsteher, und langsam verließ der Zug den Bahnhof von Chalon-sur-Saône. Valentines Puls beschleunigte sich. Sie wurde in Paris nicht erwartet. Sie hatte niemanden benachrichtigt. Sie kam sich vor wie eine Flaschenpost.

Stunden später und nach verschiedenen unerklärlichen Zwischenstopps mitten auf freiem Feld kam der Zug in Paris an.

In der Bahnhofshalle herrschte Gedränge. Männer rempelten sich an, abgehetzte Frauen zerrten weinende Kinder hinter sich her. Magere junge Gepäckträger lauerten auf Kundschaft und stoben los wie ein Spatzenschwarm, sobald ein Reisender mit Gepäck auftauchte. Deutsche Soldaten in Zweier- und Dreiergrüppchen hielten dieses Getriebe unter gleichmütiger Beobachtung. Aber am Ende des Bahnsteigs musterten drei Männer in Zivil alle Zugreisenden. Onbraye hatte sie gewarnt: Man nannte sie die »Gesichtskontrolleure«. Diese Büttel der Gestapo und der französischen Polizei wurden um ihres guten visuellen Gedächtnisses willen eingestellt. Sie hatten sämtliche Patriotenfotos im Kopf. Deshalb nämlich hatte Onbraye sie um Hilfe gebeten. Ihr Gesicht war nicht bekannt, ihr würde man keine Schwierigkeiten machen.

Die Nerven zum Zerreißen gespannt und den Griff ihres Köfferchens umklammernd, doch den Blick entschlossen geradeaus gerichtet, ging Valentine zwischen den Männern hindurch. Jeder musste das Knistern des Papiers unter ihrem Futter hören! Dennoch erreichte sie unbehelligt den Bahnhofsvorplatz, wo sie stehen blieb und tief Luft holte.

Der Himmel war grau. Es hatte geregnet. Die Bürgersteige glänzten, die Fahrradfahrer wichen den Pfützen aus. Die Stadt schien ihr verändert. Mit ihren traurigen, rissigen Fassaden wirkte sie wie eine resignierte alte Frau.

Sie entdeckte die beschlagenen Scheiben des Bistros und überquerte die Straße. Ein verräucherter Gastraum, an der Theke standen Männer mit Schirmmützen und tranken einen Schluck. An einem Tischchen saß ein Pärchen, sie beugten sich weit über den Tisch und flüsterten. Entsprechend Onbrayes Anweisungen wandte sie sich an den Wirt, der gerade ein Glas blank rieb.

»Das Wetter in Dijon ist schauderhaft«, sagte sie.

Der düstere Blick des alten Mannes wurde durchdringend. Er nickte.

»Hier ist es auch nicht besser«, brummte er.

Sie ging zu den Toiletten hinunter. Das Untergeschoss stank nach verstopftem Abfluss. Sie zog den Umschlag aus ihrem Futter und schob ihn zwischen die Seiten einer unter dem Waschbecken liegenden Ausgabe des *Petit Parisien*. Im Spiegel sah sie eine blasse Frau mit nervös angespannten Lippen. Sie zwang sich ein Lächeln ab.

Wieder auf dem Bürgersteig, ließ die nervöse Anspannung nach und machte der Erschöpfung Platz. Sie hatte nicht mehr die Kraft, sofort in die Avenue de Messine zurückzukehren und dort André und Camille gegenüberzutreten. Sie würde Erklärungen abgeben müssen, erzählen, Neues aus Montvallon berichten müssen. Sie hätte lieber von etwas anderem gesprochen, ganz gleich wovon, nur nicht vom Krieg und von den Boches oder von den Möglichkeiten, die jungen Leute zu verstecken, die sich dem Arbeitsdienst zu entziehen versuchten.

Sie stieg in ein Fahrradtaxi mit gelbem Verdeck und nannte Odile Venailles' Adresse. Mit ein wenig Glück würde sie ihre Freundin zu Hause antreffen. Sie hatte plötzlich eine verrückte Lust darauf, sie wiederzusehen und ihren genussvoll erzählten Unsinn zu hören.

Odile hatte ihr gefehlt. Sie hatte einige Interzonenkarten von ihr erhalten, aus denen sie jedoch nichts erfahren hatte. Dreizehn Zeilen, noch dazu zur Hälfte vorgedruckt, reichten nicht aus, um die Abwesenheit einer Freundin wettzumachen. Zu Beginn ihres freiwilligen Exils, als sie ein geradezu klösterliches Leben in Montvallon führte, hatte Valentine manchmal sehnsüchtig an Odile gedacht. Was war aus ihr geworden in Paris? Geriet sie immer noch so leicht in Wut? Wenn sie der Anblick der feindlichen Soldaten in den Restaurants und auf den Caféterrassen verärgerte, brachte sie diesen Ärger dann zum Ausdruck?

Es war ihr ein wenig leichter ums Herz, als sie vor dem Haus am Champs-de-Mars aus dem Taxi stieg.

Aufmerksam betrachtete Valentine ihre Freundin und fragte sich, was an ihr anders war. Das im Nacken zu einem Knoten zusammengefasste Haar war immer noch flammend rot, auch wenn es seine Farbe inzwischen einer Tönung verdanken mochte. Odile hatte die Heimkehrerin mit einem Freudenschrei empfangen und sie fast erstickt in ihrer Umarmung, bevor sie sie in den Salon zog.

Beim Eintreten war Valentine von einem seltsamen Unbehagen überfallen worden. Dabei hatte sich nichts verändert, weder Pierres Gemäldesammlung noch die Möbel aus gesandstrahlter Eiche, doch das Licht der Stehlampen prallte gar zu hell auf die stählernen Stuhlbeine und die Metallstützen der Wandschirme.

War es die Fahrigkeit ihrer Freundin, die sie beunruhigte? Odiles Gesten waren abgehackt, als risse sie sich die Haut an Glasscherben auf, und ihr Gesicht war kantig geworden.

Sie holte eine Cognacflasche, drückte Valentine ein Glas in die Hand und führte ihres gleich zum Mund.

»Auf unser Wiedersehen, Chérie!«, rief sie und lächelte flüchtig. »Ich kann es immer noch nicht glauben, dass du wieder da bist, in Fleisch und Blut. Du hast mir gesagt, du kämst erst wieder, wenn der letzte Deutsche mit einem Tritt in den Hintern aus Paris hinausbefördert worden ist.«

»Ja, kaum zu glauben, aber ich habe André schon ein Jahr nicht mehr gesehen. Im letzten Frühjahr ist er für einige Tage nach Montvallon gekommen.«

»Sollte dir dein lieber Gatte so sehr fehlen?«, spottete Odile.

Valentine war erschrocken über so viel Sarkasmus. Odile leerte ihr Glas in einem Zug und beugte sich vor, um nachzuschenken. Die Flasche stieß gegen den Rand des Glases.

»Ab und zu sehe ich die beiden, André und Camille. Wir waren mehrmals gemeinsam im Theater. Mein Patenkind wird von Tag zu Tag schöner. Sie müsste sich nur die Haare abschneiden lassen, aber sie weigert sich standhaft. Störrisch wie ein Esel ist die Kleine, aber ich mag Mädchen mit Charakter. Der ist lebenswichtig für eine Frau, findest du nicht?«

Valentine sah ihr entgegen, als sie zum Sofa zurückkam. Bevor sie sich setzte, drehte sie eine seltsame kleine Pirouette.

»Wie geht es Pierre?«

Odile stieß einen tiefen Seufzer aus und ließ den Kopf auf die mit rotviolettem Satin bezogene Lehne sinken. Sie schwieg eine Weile, und Valentine meinte in dem ausgestreckten Körper ihrer Freundin etwas wie Resignation zu erkennen.

»Pierre ... Ich habe ihm nie ein Kind gebären können, weißt du. Vielleicht wäre dann alles anders gekommen. Dabei habe ich es versucht. Ich habe alle möglichen sehr ernsthaften Professoren aufgesucht. ›Ein wenig Geduld, Madame. Die Natur hat ihre Gründe, die der menschliche Verstand nicht immer begreift ...‹«, karikierte sie spöttisch. »Ich muss zugeben, manchmal habe ich dich beneidet.«

Sie hatte den Kopf gehoben und sah Valentine durchdringend an.

»Du kannst doch immer noch eins adoptieren«, erwiderte Valentine ein wenig aufgebracht. »An Waisenkindern herrscht im Augenblick wahrhaftig kein Mangel.«

»Einen kleinen Juden, meinst du?« Odile lachte trocken auf. »Pierres Gesicht möchte ich sehen, wenn ich ihm einen kleinen

Sternenträger mitbrächte. Glaubst du, den würde er dann seinen Freunden vorstellen, den Herrschaften in den schmucken Uniformen mit den schön geputzten Stiefeln und den Musterschülermanieren?«

Valentine schauderte. Jetzt brauchte sie tatsächlich einen Cognac. Sie trank zu schnell und musste husten. Sie griff nach der Zigarettendose auf dem niedrigen Tischchen.

»Darf ich?«

»Nimm, so viel du magst«, sagte Odile mit einer lässigen Handbewegung. »Auch Wein oder Lebensmittel aus der Küche. Hier fehlt es an nichts.«

Valentines Blick wurde hart.

»Und das stört dich gar nicht?«, fragte sie scharf.

Odile zuckte die Achseln.

»Das verstehst du nicht. Du sitzt ja schön warm und gemütlich auf dem Land.«

Erstaunlicherweise machte sich Valentine gar nicht erst die Mühe zu protestieren. Diese zu helle Wohnung verwirrte sie genauso wie ihre Freundin, zu der sie keinen Zugang mehr fand.

Odile schien in ihre Gedanken versunken. Mehr hatte sie nicht zu sagen brauchen. Pierre Venailles ging es sehr gut. Wahrscheinlich besser als vor dem Krieg. Valentine empfand eisige Abneigung. Sie hatte diesen Mann nie gemocht, aber sie hatte ihm mildernde Umstände eingeräumt, weil er ihre beste Freundin geheiratet hatte. Jetzt flößte er ihr nur noch Verachtung ein, mit Odile hingegen empfand sie Mitleid.

Durch die halb offene Tür sah sie im Esszimmer zwei Butler in gestreiften Westen, die geschäftig den Tisch deckten. Man hörte Gläser und Bestecke klingen. Sie unterhielten sich leise.

»Ich glaube, ich muss jetzt nach Hause«, sagte sie und stand auf

Auch Odile stand auf. Sie standen einander dicht gegenüber. Valentine bemerkte, dass Odiles Züge aufgedunsen waren.

»Wir könnten uns übermorgen treffen«, schlug Odile vor.

»Eine Soirée in der deutschen Botschaft. Wenn du willst, verschafft Pierre dir eine Einladung.«

»Ich glaube nicht, dass das gut wäre«, sagte Valentine leise und dachte an ihr aufgetrenntes Mantelfutter. »Nein, wirklich nicht.«

Draußen wurde es dunkel. Fröstelnd schlug sie den Mantelkragen hoch und sah sich nach einem Taxi um, jedoch vergeblich. Resigniert ging sie zu einem Metroeingang. Sie ließ ihre Fahrkarte lochen, dann stand sie auf dem Bahnsteig. Die Leute ringsum verströmten einen unangenehmen Geruch nach nasser Kleidung. Die Frauen und Männer wirkten müde.

Valentine fühlte sich etwas verloren. Bei Odile hatte sie den erhofften Trost nicht gefunden. Ihre Freundin hatte für sie immer Fröhlichkeit und Schwung verkörpert. Nie hätte sie bei ihr so tiefe Brüche vermutet. Sie schwankte zwischen Bestürzung und Zorn, als hätte ihr Odile einen bösen Streich gespielt. Wie hatte sie sich nur ins andere Lager ziehen lassen können? Und wie hatte Pierre seine Frau beeinflusst? Warum hatte Odile sich nicht gewehrt? Valentine musste gegen eine leichte Übelkeit ankämpfen.

*Ich kann nicht nach Hause*, dachte sie, *jedenfalls nicht gleich.* Aber wo sollte sie dann Zuflucht suchen? Ihr Blick fiel auf einen Stadtplan von Paris. Sie fuhr zusammen, als sie die deutschen Bezeichnungen sah. Mit dem Finger verfolgte sie die Metrolinie, die bis ins IX. Arrondissement führte.

Ein wenig später blickte sie die schwärzliche, aber elegante Fassade in der Rue de Trévise hinauf. Sie kam zum ersten Mal hierher. Sie war sich nicht einmal sicher, dass er noch dort arbeitete. Vor dem Krieg hatte sie einen Zeitungsartikel über ihn gelesen und sich unbewusst die Adresse eingeprägt.

Sie überquerte die ruhige Straße. Die Concièrge hatte eine spitze Nase und strenge Augenbrauen. Misstrauisch wies sie ihr den Weg in die erste Etage. Valentine war erschöpft und ein wenig ängstlich, wie ein Automat stieg sie die Treppe hinauf. Das

Köfferchen wog tonnenschwer. In ihren Beinen war Watte. Jetzt erst fiel ihr auf, dass sie seit dem Abend zuvor nichts mehr gegessen hatte.

Sie lehnte die Stirn an die Tür, um ein wenig Fassung zurückzugewinnen. Auf einer angelaufenen Messingtafel stand: »Alexandre Manokis, Kürschnermeister«. Was suchte sie hier? Was sollte sie ihm sagen? Er würde sie für verrückt halten. Und wahrscheinlich sah sie nach diesem aufreibenden Tag auch so aus. Sie rückte den schwarzen Samtturban zurecht, klopfte den Mantel glatt, leider hatte sie keinen Spiegel zur Hand.

Hinter der Holztür hörte sie Schritte. Es war einfach absurd! Sie ginge besser nach Hause. Als sie sich gerade zum Gehen wandte, wurde der Riegel zurückgezogen. Die Tür öffnete sich einen Spalt und ließ einen Lichtstrahl ins Treppenhaus fallen. Sie hatte ihm den Rücken zugekehrt. *Er wird mich nicht erkennen*, dachte sie, obwohl ihr Herz klopfte, als sie sich anschickte, die Stufen hinabzusteigen.

»Valentine?«

Sie verharrte beim Klang seiner dunklen Stimme, ihre Schultern waren verspannt, ihr Hals stocksteif.

»Valentine? Bist du's?«

Seine Hand griff nach ihrem Arm, als wollte er sie am Fliehen hindern, sie wandte sich langsam zu ihm um. Er war im Mantel. Offensichtlich wollte er gerade das Haus verlassen. Sie hatte den Eindruck, er sei voller geworden. Seine Schultern waren breiter, als sie sie in Erinnerung hatte, die Züge ausgeprägter. Einzelne graue Haare in den schwarzen Locken gaben ihm ein distinguiertes Aussehen. Die dunkelblauen Augen, die sie forschend ansahen, waren Maxence' Augen, doch der früher so leuchtende Blick wirkte jetzt getrieben.

Er sah sie noch einen Augenblick an, bevor er leise fragte:

»Was machst du hier?«

»Ich weiß nicht«, gab sie offen zurück. »Vielleicht wollte ich den ›Griechen‹ wiedersehen?«

Sie warf ihm ein spöttisches Lächeln zu.

Ohne ein Wort zu sagen, zog Alexandre sie in die Wohnung und schloss die Tür. Mit einer Schulterbewegung streifte er seinen Regenmantel ab. Dann nahm er ihr den Turban, ihre Handschuhe und den feuchten, vom Nebelgeruch durchtränkten Mantel ab. Er küsste ihr die Wangen und die Lippen. Protestierend legte sie ihm die Hände auf die Brust. Doch er war zu entschlossen, zu leidenschaftlich, wie berauscht von ihrer Haut, ihrem glatten Haar, ihrem Hals, ihren Ohren, ihren Handgelenken. Seine Gesten waren sanft und energisch zugleich. Valentine war verwirrt von dieser Glut und dieser Verzweiflung, und sie fand es schmeichelhaft, dass sie so begehrt wurde. Wie sollte sie sich dieser überwältigenden Woge entziehen und den unverstellten Gefühlen, die sie aus seinem Gesicht las? Wie die herrlichen, lang gestreckten Hände abwehren, die sie einst so sinnlich gefunden hatte? In diesem Augenblick gab es zwischen ihnen keinen Raum mehr für Verschämtheit oder Schicklichkeit. Sie war nach Paris zurückgekehrt, ohne ihren Mann oder ihre Tochter zu benachrichtigen, sie gab sich einem Geliebten hin, den sie über Jahre nicht gesehen hatte, aber sie empfand keinerlei Scham. Alexandre brauchte sie, wie sie ihn brauchte. In ein oder zwei Stunden würden sie sich trennen, vielleicht auch erst am nächsten Morgen, was machte es aus, da sie sich ja auf jeden Fall trennen würden, doch was immer geschehen mochte, sie würden immer verbunden sein in dieser Leidenschaft, die sie zueinander zog, seit sie sich zum ersten Mal erblickt hatten.

Das Schlafzimmer war kalt. Alexandre betrachtete die Zimmerdecke. Valentines Kopf lag auf seiner Schulter. Er legte ihr den Arm um die Taille.

Kein Laut störte die tiefe Stille, kein Knarren des Parketts, kein knatternder Motor, keine glucksende Heizung.

Als er sie auf dem Treppenabsatz entdeckt hatte, war ihm beim Anblick ihres schmaler gewordenen Gesichts mit den bläulichen Augenringen klar geworden, dass er nie aufgehört hatte, auf sie zu warten. Seine Freude war so immens gewesen, dass es ihn fast schmerzte.

»Danke, dass du Simon geholfen hast«, sagte er plötzlich.

»Ich hoffe, seine weitere Reise ist ohne Zwischenfälle verlaufen. Nach einer Nacht oder ein paar Tagen verabschiede ich mich von den Leuten, aber ich erfahre selten, was aus ihnen geworden ist. Einmal hat mich eine Nachricht eines englischen Fliegers aus London erreicht. Ich habe mich darüber gefreut wie über ein Geschenk.«

Alexandres Arm umfasste sie fester.

»Es wird immer gefährlicher, Valentine. Vielleicht solltest du aufhören. Vor allem jetzt, wo die Deutschen das ganze Land besetzt haben.«

»Unmöglich. Wir werden gebraucht.«

Er seufzte.

»Ich weiß, aber manchmal …«

»Manchmal hat man den Eindruck, man könne nicht mehr weitermachen, man würde von all diesem Elend zerfressen wie vom Wundbrand. Man fragt sich, ob man je wieder unbeschwert sein wird. Und am schwersten erträglich«, fügte sie nach kurzem Schweigen hinzu, »ist der Blick der Kinder. Ich habe den kleinen Samuel Goldmann bei mir zu Hause, den Jüngsten von Max und Judith. André hat ihn mir letztes Jahr mit falschen Papieren gebracht. Er ist gerade sechs Jahre alt geworden. Er musste einen neuen Vornamen und eine neue Identität lernen. Und dieses Kind wartet die ganze Zeit darauf, dass seine Eltern zurückkommen. Er sagt nichts. Er kann eine Stunde lang reglos dasitzen. Beim Spielen erstarrt er manchmal, als habe er etwas angestellt. Ich habe den Eindruck, er fühlt sich schuldig, weil er sich vergnügt, obwohl seine Eltern und sein Bruder verschwunden sind. Nach den Sommerferien war ich sogar im Zweifel, ob ich ihn in der Dorfschule anmelden sollte, ich dachte, die anderen Kinder würden vielleicht zu rau mit ihm umgehen, aber André meinte, es sei besser so, und in jedem Fall passt Maxence auf ihn auf …«

Sie stockte. Alexandres Körper hatte sich gespannt.

»Wie geht es ihm?«, fragte er gespielt beiläufig.

Valentine fragte sich, ob sie wie damals, als Alexandre erraten hatte, dass er Maxence' Vater war, alles abstreiten solle. Doch seit sie die verschlungenen Wege dieses nicht enden wollenden Krieges kennen gelernt hatte, sah sie vieles anders. Jetzt erschien ihr dieses Verschweigen unwürdig. Alexandre hatte das Recht zu erfahren, dass sein Sohn ein intelligenter, lebhafter und liebevoller Junge war. Warum sollte sie ihm verschweigen, dass sie Maxence mit einer Heftigkeit liebte, die sie selbst manchmal erschreckte?

»Es geht ihm gut. Er ist ein wunderbares Kind. Du wärest stolz auf ihn.«

Sein an sie geschmiegter Körper war erstarrt. Sie hörte ihn nicht mehr atmen.

»Hör zu, vielleicht können wir später, wenn der Krieg vorbei ist, eine Gelegenheit herbeiführen, bei der ihr euch kennen lernt … Ohne natürlich die Wahrheit zu sagen, aber weißt du …«

Verärgert über ihr eigenes Stottern, brach sie ab. Alexandre knipste jäh die Nachttischlampe an, stand auf und sammelte seine Kleider vom Boden auf.

»Es ist bald neun. Ich bringe dich nach Hause. Beeil dich, ich muss vor der Ausgangssperre zurück sein«, sagte er barsch.

Valentine gehorchte fröstelnd. Ungeschickt zog sie sich die Wollstrümpfe, ihre Bluse und das Kostüm an. In der Küche wusch sie sich das Gesicht mit kaltem Wasser. Sie fühlte sich hässlich und abgekämpft.

Als sie zu Alexandre ins Atelier zurückkehrte, rauchte er. Ein Zeitungsfoto an der Wand weckte ihre Neugier. Sie trat näher. Es war vor einem Ball aufgenommen worden, sie trug »la Valentine«. Gerührt fuhr sie mit dem Finger darüber. Seither waren zehn Jahre vergangen. *Wie jung ich war*, dachte sie fast bewundernd.

In der Metro redeten sie wenig. Valentine vermutete, dass sie aussah wie die anderen abgezehrten Frauen ringsum. Und plötzlich stand ihr Odile vor Augen, wie sie Champagner trank und mit den deutschen Offizieren flirtete, die ihr Mann eingeladen hatte, und Wut packte sie. Es war ein Fehler gewesen, Paris so lange fernzubleiben. Sie hatte die Orientierung verloren. Hatte sie mit Montvallon auch die einfachere Möglichkeit gewählt? War es nicht viel gefährlicher, mit dem Teufel zu tanzen, als vor ihm wegzulaufen?

Vor dem Haus in der Avenue de Messine gab ihr Alexandre den Koffer zurück. Sie trennten sich schweigend. Er nickte sorgenvoll, machte kehrt und ging die Straße hinunter, die Hände in den Taschen, den Mantelkragen hochgeschlagen.

André versuchte seinem Werkstattleiter zuzuhören, aber Daniel Worms hätte auch eine Fremdsprache sprechen können.

Mit wächsernem Gesicht und verlorenem Blick war Daniel Worms im Sessel zusammengesunken. Sein rechtes Lid zuckte nervös. Drei Tage zuvor war er verhaftet und in Drancy interniert worden, bis er zusammen mit anderen Kürschnern freigelassen wurde, weil die Deutschen ihre Arbeit für unverzichtbar hielten. Die Bedingungen, unter denen die Menschen zusammengepfercht worden waren, die überfüllten Schlafräume, der Schmutz, das Elend und der Hunger in diesem mit Stacheldraht umzäunten und von französischen Gendarmen bewachten Lager hatten ihn schockiert.

Und dann die Deportationen, erbarmungslos wurde seit Februar allwöchentlich ein Transport mit tausend Menschen auf eine Reise mit ungewissem Ziel geschickt, Menschen, die man auch noch der wenigen Güter beraubt hatte, die sie hatten mitbringen dürfen, ihrer Wertsachen und ihres Geldes und vor allem ihrer Würde, die Männer mit rasiertem Schädel, die Kinder mit einem Schild um den Hals.

»Ich kann nicht verstehen, warum sie die Kinder und die Greise mitnehmen«, flüsterte Worms. Er sprach so leise, dass André sich vorbeugen musste, um ihn zu verstehen. »Was könnten denn

Kranke und Kinder und alte Frauen wie meine arme Frau in den Lagern für Arbeit leisten? Das verstehe ich wirklich nicht, Monsieur André. Der erste Transport ist vor etwa einem Jahr losgeschickt worden, Ende März, aber niemand hat je etwas von den Leuten gehört. Sie werden alle nach Osten geschickt ...«

Sie schwiegen lange. Andrés Kehle war wie zugeschnürt. Im Korridor hörte man eine Tür klappen.

»Haben Sie denn gar nichts von Ihrer Frau gehört?«

Daniel Worms' Gesicht wurde noch verhärmter. Nervös strich er sich über das schüttere weiße Haar.

»Nein, Monsieur André, leider. Ich habe gehört, dass sie gemeinsam mit meiner Schwiegertochter vor einem Monat deportiert wurde. Ich hoffe, dass Esther auf sie aufpasst ... Und mein Sohn ist in einem Gefangenenlager in Deutschland. Es wird ihn umbringen, wenn er davon erfährt ...«

Sein Gesicht erinnerte André an die Gesichter der Soldaten in den Schützengräben von Verdun; jetzt war es jedoch kein Krieg mehr zwischen Männern, sondern ein obskurer, bösartiger Kampf, in dem man sich an Frauen und Kindern vergriff.

»Ich habe auch herausfinden können, was aus Monsieur und Madame Goldmann geworden ist.«

»Ja?«, rief André, plötzlich wieder hoffnungsvoll.

»Auch sie sind deportiert worden. Mit demselben Transport. Anscheinend stand Monsieur Goldmann nicht auf der Liste dafür, aber er ist zur Verwaltung gegangen und hat darauf bestanden, mit seiner Frau und seinem Sohn gemeinsam deportiert zu werden. Er hat eine regelrechte Szene gemacht. Er wollte sie nicht allein lassen.«

»Herr im Himmel«, flüsterte André verstört.

Das Klingeln des Telefons schreckte sie auf. André nahm ab, hörte aufmerksam zu, dann legte er so vorsichtig wieder auf, als hätte er Angst, den Hörer zu zerbrechen.

»Das war meine Frau«, sagte er tonlos. »Alexandre Manokis ist von der Gestapo verhaftet worden.«

Eva Krüger drückte die Wohnungstür auf, sie war so atemlos, als wäre sie gerannt. Ihre Kräfte schwanden mit jedem Tag. Im Flur stellte sie ihre leere Einkaufstasche hin und nahm den Hut ab, die gefütterten Handschuhe, den Mantel und den Wollschal behielt sie jedoch an. Sie trat ins Wohnzimmer, das nicht mehr benutzt wurde, denn es war trotz der Filzvorhänge, die Karl vor die Fenster genagelt hatte, eiskalt, und setzte sich ins Dunkle.

Am 3. Februar hatten Goebbels' Leute zu den pathetischen Klängen von Beethovens Fünfter im Radio die Niederlage in Stalingrad verkündet, und seither starb Eva langsam vor sich hin.

Seit November hatten sie nichts mehr von Peter gehört. Karl wusste nicht mehr, wie er sie trösten sollte. Manchmal schien sie den Verstand zu verlieren. Sie schlief nur noch in kurzen Phasen, schreckte immer wieder auf, wurde im Laufe der Nacht immer desorientierter. Der Arzt hatte Beruhigungsmittel verschrieben, doch ihr schlechter Schlaf wurde dadurch nur noch dunkler und bedrückender. Sie hatte das Gefühl, ihr Körper versinke in Lehm. Ihre Zunge schwoll zu doppelter Größe an. Manchmal konnte sie nicht einmal mehr sprechen.

Und doch schleppte sie sich jeden Tag zu der Fabrik, in der sie die für die Mörsergranaten bestimmten Bolzen sortierte. Mütter, Lehrer, Künstler, Alte – alle waren zur Arbeit in den etwa dreißig im Umkreis der Stadt liegenden Rüstungsfabriken verpflichtet worden. Auch die ausländischen Zwangsarbeiter waren dorthin gebracht worden. Da sie Italienisch und Französisch sprach, hatte sie anfangs einige Worte mit ihnen in ihrer Muttersprache wechseln können. Die Überraschung und das anschließende frohe Aufleuchten in ihren Augen waren Balsam für ihre Seele gewesen, doch seit dem Februar war sie jedem Kontakt ausgewichen und hatte den Blick nicht mehr von ihren verschmutzten

Händen gehoben. Wenn sie auf der Straße einer Kolonne in ihre Baracken zurückkehrender Kriegsgefangener begegnete, wandte sie sich ab. Sie verschloss sich in ihre Verzweiflung, und niemand, nicht einmal Karl, vermochte sie zu erreichen.

Wenn sie die ausländischen Sender hörten, begruben sie den Empfänger unter Kissen, damit die Nachbarn nichts bemerkten: Eine Denunziation zog die sofortige Deportation nach sich. Die BBC teilte mit, bei der Schlacht um Stalingrad seien einundneunzigtausend Soldaten in Kriegsgefangenschaft geraten und hundertvierzigtausend Deutsche gefallen. Nur einige Zehntausend hatten vor der Übernahme der Stadt durch die Sowjets aus dem Kessel evakuiert werden können.

Karls Schlüssel drehte sich im Schlüsselloch. Sie hörte, wie er seine Sachen im Flur ablegte.

»Ich habe echten Tee aufgetrieben, Liebes!«, rief er fröhlich. »Genau die Sorte, die du magst, ist das nicht unglaublich?«

Er ging in die Küche, dann ins Schlafzimmer. Sie wusste, dass er sie suchte. Sie schloss müde die Augen. Karls Liebe erstickte sie. Sie konnte seine beunruhigten Blicke und seine niederschmetternde Fürsorglichkeit kaum noch ertragen. Damals, als sie in ähnliche Hoffnungslosigkeit versunken war und ihr die bloße Tatsache des Lebens unbewältigbar erschien, hatte er ihr das Leben gerettet. Er hatte die richtigen Worte gefunden und ihr geholfen, wieder Tritt zu fassen. Doch nun war alles anders. Sie wartete darauf, dass das für die Bodentruppen zuständige Oberkommando des Heeres die übrigen Namen der in Stalingrad gefallenen Soldaten bekannt gab, und wenn sie sicher wäre, ihren Sohn niemals wiederzusehen, würde auch sie gehen.

»Was treibst du denn hier im Dunkeln?«, fragte Karl, der sie endlich gefunden hatte.

Er knipste eine Lampe an. Zwischen den weißen Leinenüberzügen der Möbel wirkte sie ganz verloren in dem großen Sessel. Sie richtete ihren leeren Blick auf ihn, und die vertraute Angst legte sich um sein Herz. Seit ihrer Heirat bekämpfte er Evas depressive Verstimmungen. Bei den Fehlgeburten, bei Konzertproben, immer war er für sie da gewesen, weil er davon überzeugt war, dass viele Künstler von Schmerz und stummem Zorn zerrissene Seelen in sich trugen. Evas Leid hatte ihn bewegt, und später hatte es ihm Schmerz zugefügt.

Jetzt fühlte er sich nicht mehr imstande, sie zu stützen, die nötige Energie aus sich selbst zu schöpfen, um sie ans Leben zu binden. Auch er war am Ende. Zum ersten Mal in seinem Leben gab sich Karl geschlagen, er war besiegt vom täglichen Kampf darum, den Verlag am Leben zu erhalten, Lebensmittel aufzutreiben, Eva zu trösten und darauf zu hoffen, dass ihr Sohn durch ein Wunder, an das er nicht mehr glaubte, überlebt hatte.

Wortlos schaltete er das Licht wieder aus und schloss die Tür hinter sich. Eva blieb allein.

Als er durch den Flur zur Küche ging, horchte er auf. Dann näherte er sich auf Zehenspitzen der Wohnungstür. Ja, es war tatsächlich Schluchzen, was er gehört hatte. Überrascht öffnete er.

Die junge Tänzerin, die bei ihren Schwiegereltern im ersten Stock wohnte, sah ihn angstvoll an. In der einen Hand hielt sie ein schwarzes Köfferchen, mit der anderen zog sie ihren Schal fest um den Kopf.

»Gütiger Gott! Rosmarie, was ist Ihnen denn zugestoßen? Kommen Sie herein und setzen Sie sich. Sie fallen ja gleich in Ohnmacht.«

Er half ihr auf einen Stuhl im Flur.

»Sagen Sie mir doch, was ist geschehen?«

»Es tut mir so Leid, dass ich Sie störe, Herr Krüger«, sagte sie schluchzend. »Meine Schwiegereltern haben mich aus dem Haus geworfen, und ich weiß nicht, wohin ...«

»Das ist ja nicht zu fassen! Warum denn das?«

Langsam ließ sie den Kopf sinken und legte eine Hand auf ihren Bauch. Karl folgte ihrem Blick. Als sie ihren Mantel aufknöpfte, sah er, dass sie schwanger war. Dabei war sie klapperdürr, und auch der Bauch war noch sehr klein. Sie hatte ihn offenbar bis jetzt verbergen können. Er konnte sich vorstellen, wie ihre Schwiegereltern reagiert hatten, als sie entdeckten, dass sie sich vergnügt hatte, nachdem ihr Sohn an der Front den Heldentod gestorben war.

»Es tut mir so Leid …«, wiederholte die verstörte Rosmarie immer wieder.

»Sie können bei uns bleiben. Ich bin sicher, dass meine Frau Ihnen das Schlafzimmer unseres Sohnes überlässt.«

Und da hörte er Eva kommen. Er hielt den Atem an und wagte sich nicht umzudrehen. In gewisser Weise fürchtete er ihre Reaktion. Eva glitt auf Rosmarie zu, ging langsam vor ihr in die Knie und ergriff ihre Hände.

»Es ist Peters Kind, nicht wahr, Rosmarie?«

Die junge Frau hörte zu weinen auf. Schrecken schien in ihren Augen auf, als fürchtete sie eine Strafe, dann nickte sie.

Karl sah sie beide an. Im Oktober hatte Peter zum letzten Mal Urlaub von der Front bekommen. Die jungen Leute hatten sich gemocht, sie waren mehrmals miteinander essen gegangen. Es hatte ihn gefreut, dass Peter für seine wenigen Tage Atempause eine so charmante Begleiterin gefunden hatte.

Eva stand mühsam auf. Karl musste sie am Arm festhalten, sie wankte vor Müdigkeit. Dann beugte sie sich zu Rosmarie hinab und küsste sie auf die Stirn.

Valentine schritt in dem für Besucher bestimmten Salon des Bankhauses Fourcroy auf und ab. Die Sekretärin hatte ihr zwar gesagt, der Herr Direktor sei abwesend, doch sie hatte darauf bestanden zu warten. Odile hatte ihr am Telefon versichert, Pierre habe das Haus zur gewohnten Zeit verlassen und sie erwarte ihn erst am Abend zurück. Valentine vermutete also sehr, dass er noch in die Bank kommen würde.

Alexandres Verhaftung hatte sie erschreckt. Wenige Stunden zuvor war sie in der Avenue de Messine von einer jungen Frau aufgesucht worden. Sarah Eisner war Näherin bei ihm. Als sie morgens im Atelier angekommen war, hatte ihr die Concièrge gesagt, bei Tagesanbruch seien Gestapoleute aufgetaucht und hätten Monsieur Manokis abgeholt. Er sei in Handschellen abgeführt worden von den mit langen Ledermänteln bekleideten Leuten, und sie hätten ihn rücksichtslos in einen vor der Tür parkenden schwarzen Citroën gestoßen.

Obwohl ihr die Panik in der Kehle saß, hatte Valentine die verängstigte junge Frau in einen Sessel genötigt. Sie hatte ihr einen Rum eingeschenkt und nach beruhigenden Worten gesucht. Alles sei sicher nur ein Irrtum. Oder nur zur Überprüfung der Papiere. Doch vor dem ernsten, leicht ironischen Blick war sie verstummt. Auch Sarah machte sich keine Illusionen, sie fürchteten beide das Schlimmste.

Sarah hatte ihr erzählt, dass die Polizeibeamten in der Wohnung das Unterste zuoberst gekehrt hätten. Als wäre ein Tornado durch die kleinen Räume gefegt. Gottlob sei nichts Verdächtiges gefunden worden, weder Flugblätter noch gefälschte Ausweise, noch ein Rundfunkempfänger, deshalb hatten sie die Räume nicht versiegelt.

Valentine hatte Sarah in die Eingangshalle zurückgeführt. Auf der Schwelle hatte sich die junge Frau noch einmal besorgt umgedreht:

»Und Sie, Madame?«

Valentine hatte einen Schauder unterdrückt. Sie durfte nicht darüber nachdenken. Der Feind witterte die Angst genauso zuverlässig wie ein Tier.

Gleich nach Sarahs Aufbruch hatte Valentine an Pierre Venailles gedacht. Er war der Einzige, der hier helfen konnte. Er kannte bestimmt jemanden, der Alexandres Freilassung anordnen konnte. Er durfte auf keinen Fall in den Händen der Folterknechte bleiben.

Hatte man Alexandre womöglich denunziert? Wussten die Deutschen, dass er eine Schlüsselposition in einem Widerstandsnetz einnahm? Dass er Funker und Agenten aus London in seiner Wohnung beherbergte? Sie hatte an die furchtbaren Gerüchte über das Treiben der Gestapo in ihren Quartieren am Boulevard Lannes und in der Avenue Foch gedacht und keine Sekunde länger gezögert.

Zu ihrer Rechten öffnete sich eine Tür. Valentine erschrak.

»Guten Tag, Valentine«, begrüßte Pierre Venailles sie liebenswürdig. »Man sagte mir, Sie warten schon länger als eine Stunde auf mich. Wie schmeichelhaft …«

Sie hatte keine Zeit zu verlieren.

»Guten Tag, Pierre. Ich möchte Sie um einen Gefallen bitten.«

»Tatsächlich? Doch wir haben uns ja Jahre nicht mehr gesehen. Erzählen Sie mir doch erst ein wenig über sich selbst, meine Liebe. Wie geht es Ihnen?«

Er trat zu ihr, um ihr die Hand zu küssen, die sie ihm nur widerwillig überließ. Dann setzte er sich in einen Sessel und schlug die Beine übereinander. Er hatte sich nicht verändert, stellte sie verärgert fest. Er hatte immer noch denselben giftigen Charme, graue, glanzlose Augen, und trug das leicht ergraute Haar nach hinten gekämmt.

»Sehr gut, danke. Ich wohne mit meinem Sohn in Montvallon. Paris ist im Augenblick kein Ort, an dem Kinder aufwachsen sollten.«

»Ich wüsste nicht, warum. Die Stadt ist doch eher friedlich.«

»Wollen wir mit den Scherzen aufhören, bitte? Ein ehemaliger Mitarbeiter meines Mannes wurde heute Morgen von der Gestapo verhaftet. Es ist sicher ein Missverständnis. Ich möchte, dass Sie mir jemanden nennen, der seine Freilassung veranlassen kann.«

Venailles ließ sie nicht aus den Augen. Sie hielt seinem spöttischen Blick stand.

»Sie stecken immer noch voller Überraschungen, Valentine. Was geht er Sie an, dieser Mann? Ein ehemaliger Mitarbeiter von André, sagen Sie. Ein Kürschner, der nicht mehr für die illustre Maison Fonteroy arbeitet? Das ist doch sehr seltsam, meinen Sie nicht?«

»Manokis ist sehr talentiert. Ich bewundere seine Arbeit. Odile war vor dem Krieg eine seiner Kundinnen, genau wie viele Damen der Gesellschaft und berühmte Schauspielerinnen, mit denen Sie sich doch gern umgeben. Man darf einen so begabten Mann nicht unrechtmäßig verhaften lassen.«

»Aha! Eine Dame, die Wert auf Eleganz legt und sich um ihre Lieferanten sorgt«, spottete er. »Werden Sie etwa dem Boulevard des Capucines untreu? Fürchten Sie, Sie könnten nun, da Sie wieder in der Hauptstadt sind, eine Stola brauchen? Das Warenangebot ist knapp, allerdings. Nur nicht auf dem schwarzen Markt. Man findet alles an Pelzen, wenn man nur weiß, bei wem. Odile wird Sie in die richtigen Kreise einführen ...«

»Im Gegensatz zu Ihnen habe ich keineswegs die Absicht, an Festlichkeiten teilzunehmen, solange mein Land in den Händen eines senilen Greises ist und unter den Stiefeln einer Barbarenhorde leidet!«

Valentine verstummte jäh. Es brachte sie auf, dass Pierre Venailles sie wie einen Hohlkopf behandelte, aber nun fürchtete sie doch, zu weit gegangen zu sein. Wie konnte sie ihm verständlich machen, dass man Alexandre unbedingt helfen musste? Sie würde ihm doch nicht gestehen, dass er ihr Geliebter war! Aber alles war besser, als ihm nahe zu legen, dass Alexandre zur Résistance gehörte.

»Sagen Sie nichts mehr, Valentine? Ich habe Sie weniger schweigsam in Erinnerung.«

»Und ich habe Sie weniger hassenswert in Erinnerung, Pierre ... Ich bitte Sie im Namen unserer Freundschaft, mir zu helfen.«

Zu ihrer Verärgerung zitterte ihre Stimme.

Er kniff die Augen zusammen und betrachtete sie mit einem begehrlichen Funkeln in den Augen.

»Und was bekomme ich dafür?«

Als er sie fast an ihrer Empörung ersticken sah, brach er in Gelächter aus.

»Aber nicht doch, das war nur ein Scherz! Ich würde Sie doch nicht auf so geschmacklose Weise erpressen wollen! Sagen Sie mir den Namen Ihres Schützlings, und ich werde sehen, was ich tun kann. Aber die Gestapo hat ihre eigenen Gesetze. Ich kann nichts versprechen.«

Er schrieb Alexandres Namen in ein Notizbüchlein, wünschte ihr einen schönen Tag und entließ sie ohne jede Gewissheit und noch ängstlicher als bei ihrem Kommen.

Nachdem Valentine den Raum verlassen hatte, blieb Pierre Venailles allein zurück. Sie hatte sich sehr gerade gehalten in ihrem nachtblauen Mantel mit Fuchskragen und passendem, mit einer Feder garnierten Samthut, und wie jedes Mal hatte ihre Schönheit ihn betroffen gemacht. Nichts schien der Reinheit dieses ziselierten Gesichts, der schmalen Taille, den langen Beinen etwas anhaben zu können. Dabei waren ihre Züge angespannt gewesen, die Lippen besorgt zusammengekniffen, und auch die einstige Verachtung hatte er nicht mehr in den jetzt trotz aller Haltung unverhohlen verstörten Augen entdecken können. *Sie ist menschlicher geworden*, dachte er, eine Spur überrascht.

Die unnahbare Valentine Fonteroy hatte sich also verknallt ... Der betreffende Mann war ohne Zweifel ihr Geliebter. Dafür hätte er seine Hand ins Feuer gelegt. Was würde ihr Mann davon halten, wenn er es erführe? Dieser arme, in Liebe zu seiner Frau entbrannte Mann, der von ihr dominiert wurde. Wäre Valentine seine Frau gewesen, wäre er nicht wie André imstande gewesen, ihr seine stumme Verehrung zu widmen. Bei ihm weckte sie stärkere und hitzigere Gefühle.

Früher hatte er sie in dem Glauben begehrt, er wolle sie vor allem ihrem Mann rauben, den er seiner Schwäche wegen verachtete. Er hatte darin die Möglichkeit gesehen, sich an den Fonteroys zu rächen, die seinen Vater in den Selbstmord getrieben hatten. Genüsslich hatte er sich vorgestellt, wie wütend, verblüfft und verletzt André wäre, wenn er erführe, dass seine Frau ihn mit dem Sohn eines erbärmlichen Buchhalters, mit einem verachtenswerten Neureichen betrogen hätte. Doch Odile war seinen Plänen in die Quere gekommen. Mit ihrem kehligen Lachen, ihrem Schwung und ihrer Großzügigkeit hatte sie die düsteren Gedanken, die sein Leben bis dahin vergiftet hatten, hinweggefegt. Unwillkürlich hatte er diese Frau mit den duftigen roten Locken, die ihn an die rätselhaften Heroinen auf den Bildern Gustav Klimts erinnerte, lieb gewonnen.

Und dann, eines Tages, hatte er vom Tod des alten Augustin Fonteroy erfahren. Diese Nachricht hatte für ihn einen bitteren Nachgeschmack, er hatte den Schwur gebrochen, den er am Leichnam seines Vaters geleistet hatte. Aber wenn er sich auch nicht an den Fonteroys hatte rächen können, mit seinem sozialen Aufstieg hatte er sich glänzend beim Leben revanchiert. Und da er wusste, dass er sich nicht dazu herablassen würde, den armen André, der auch nichts weiter war als ein Kind seiner Zeit, anzugreifen, hatte er zwar Bedauern über sein Versagen empfunden, aber auch Erleichterung, als fiele eine Last von seinen Schultern.

Pierre ging aus dem Salon, in dem er sich mit Valentine unterhalten hatte, in sein Büro zurück. Er zog einen Schlüssel aus der Tasche und schloss die Tür zu dem Raum auf, der seinen privilegiertesten Kunden vorbehalten war. Dort hingen die drei schönsten Bilder seiner Sammlung. Und auf dem Ehrenplatz über dem Kamin begrüßte er wie jeden Morgen die behexende und sibyllinische Schönheit der *Ungeliebten*.

In einer Schublade fand er die neueste Ausgabe der *Gazette des beaux-arts*. Er blätterte ein wenig und stieß endlich auf die Notiz, die ihm einige Tage zuvor aufgefallen war. Der Kunsthändler Kurt Mülheim werde ab dem 7. März für einen Monat im *Ritz* wohnen. Venailles griff zum Telefonhörer und bat seine Sekretärin, im Hotel anzurufen.

Während er auf die Verbindung wartete, zündete er sich eine Zigarette an und lehnte sich in den Türrahmen zwischen den beiden Zimmern, immer noch hing sein Blick am Körper der jungen Valentine Fonteroy.

Wenige Minuten später klingelte sein Telefon.

»Wie geht es Ihnen, lieber Freund?«, erklang Mülheims tiefe Stimme. »Sind Sie noch zufrieden mit Ihrem Otto Dix?«

»Hingerissen«, antwortete Venailles und dachte dabei an das Bild, das er bei Mülheim zu einem konkurrenzlosen Preis erworben hatte.

»Das freut mich. Was kann ich für Sie tun?«

»Sie haben mir einmal von einem Ihrer Kunden erzählt, er sei am Werk Ludmilla Tikonows interessiert ...«, setzte Pierre an und spürte sofort die veränderte Haltung des Kunsthändlers. »Ist er noch in Paris?«

Mülheim antwortete nicht gleich. Seine Jovialität war einer gewissen Zurückhaltung gewichen.

»Ich glaube, ja«, sagte er vorsichtig. »Warum?«

»Wenn ich Ihr untrügliches Gedächtnis richtig kenne, erinnern Sie sich gewiss noch eines Gesprächs, das wir bei mir zu Hause über ihre Porträts geführt haben.«

»Ja, ich denke schon.«

»Ich glaubte verstanden zu haben, Ihr Kunde nehme inzwischen einen hohen Rang bei der SS ein.«

»Woher wissen Sie, wer es ist?«, erkundigte sich Mülheim misstrauisch.

Venailles lächelte.

»Nicht alle Ihre Kollegen sind so diskret wie Sie, lieber Freund. Die Künstlerin hat den Händlern nie verschwiegen, dass die *Ungeliebte* in meinem Besitz ist. Ich habe das Gemälde damals allen anderen vor der Nase weggeschnappt, obwohl man fest damit rechnete, es auf der Herbstmesse besichtigen zu können. Schon vor dem Krieg bin ich mehrfach angesprochen worden. Ein Name wurde mir zugeflüstert. Ich wollte von Ihnen nur bestätigt haben, dass Standartenführer Epping noch immer in Paris ist und dass sich sein Geschmack in Sachen Kunst nicht geändert hat.«

Mülheim hüstelte.

»Darüber kann ich am Telefon nicht sprechen. Essen Sie doch mit mir zu Mittag. Um eins im *Ritz*, wäre Ihnen das recht?«

»Aber gewiss. Ich freue mich schon darauf, Sie wiederzusehen. Bis nachher.«

Pierre Venailles legte auf. Und fragte sich, ob er nicht doch vielleicht den Verstand verloren habe. Die *Ungeliebte* gegen die Freilassung eines Fremden einzutauschen! Eine Tollheit!

Er betrachtete sich im Spiegel gegenüber seinem Schreibtisch. Tief in seinen Augen war ein Funke. Endlich hatte er sie, die stolze Valentine Fonteroy. Sie war ihm etwas schuldig. Für immer.

Drei Tage später war Valentine erneut bei den Venailles. Sie war so nervös, dass sie ein leichtes Zittern ihrer Hand nicht unterdrücken konnte, als sie ihr Champagnerglas zum Munde führte.

Die anderen anwesenden Frauen trugen dunkle, mit Pailletten bestickte Abendkleider von Marcel Rochas oder Schiaparelli. Zerstreut lauschte sie den Gesprächen über Cocteaus *Antigone* und über die Licht- und Schattenspiele in dem ausgefallenen Bühnenbild. Sie fühlte etwas wie Verachtung angesichts dieser Unbekümmertheit und Fröhlichkeit. Von Odile hatte sie gehört, das gesellschaftliche Leben in Paris sei nie glänzender gewesen als in den ersten beiden Jahren der Besatzung.

Valentine war froh, dass sie ein noch aus der Vorkriegszeit stammendes besonders schlichtes langes Abendkleid aus violettem Seidenkrepp trug. Gewissermaßen Halbtrauer, hatte sie gedacht, als sie hineinschlüpfte.

Sie hatte Pierre am Telefon bedrängt, ohne jedoch besonders viel erreicht zu haben, außer dem Befehl, zu diesem Abendessen zu erscheinen. Er genoss also die Macht, die er nun endlich über sie hatte.

Als sie André gefragt hatte, ob er nicht jemanden kenne, der Alexandre helfen könne, hatte er nur bedauernd den Kopf geschüttelt. Es war ihr unangenehm gewesen, ihn um Hilfe zu bitten, sie war seinem Blick und seinen Fragen ausgewichen und hatte ihre Rolle im Widerstand heruntergespielt. Camille hingegen irrte, in mehrere Umschlagtücher gehüllt, gespenstergleich durch die Wohnung. Ihre Tochter hatte zu ihrer Bestürzung einsehen müssen, dass die Gefahr sich jederzeit konkretisieren konnte.

Endlich kam Pierre in den Salon. Er begrüßte seine Gäste, entschuldigte sich für seine Verspätung und küsste Odile flüchtig auf die Wange. Da Valentine sich abseits hielt, sah er sich suchend nach ihr um. Als er zu ihr kam, hielt sie den Atem an. Was würde er ihr zu sagen haben? *Lieber Gott, hilf*, betete sie.

»Ich denke, unser kleines Problem wird sich lösen lassen«, sagte er.

Alles drehte sich um sie. Sie schloss die Augen und fühlte Venailles' Hand unter ihrem Arm.

»Sie sind ganz blass geworden, Valentine. Wollen Sie sich nicht setzen?«

Sie schüttelte den Kopf.

»Nein … danke«, brachte sie mühsam hervor. »Haben Sie jemanden gefunden, der seine Freilassung veranlassen kann?«

»Möglicherweise. Aber es wird ein hoher Preis verlangt.«

»Nämlich?«

Er nahm ein Glas von dem Tablett, das der Butler ihm hinhielt.

»Jeder verfügt im Leben über Beziehungen, die ihm gegebenenfalls ein- oder zweimal einen Gefallen tun. Aber man darf nicht seine ganze Munition verschießen. Zufällig kenne ich unter den Herren von der SS jemanden, der mir unter Umständen einen Gefallen täte. Und ich habe ein einziges Tauschobjekt. Wenn ich es hergegeben habe, stehe ich mit leeren Händen da. Und wie soll ich wissen, ob ich nicht in Zukunft bereuen werde, meine Munition zu früh verschossen zu haben?«

Ernste Aufmerksamkeit stand in seinem Gesicht. Valentine konnte kaum noch atmen.

»Warum sollte ich dieses Risiko um eines Fremden willen eingehen? Was kann er mir im Gegenzug bieten?«

Diese verhüllte Erpressung gab ihr wieder Kraft.

»Werden Sie denn nie etwas tun, ohne es sich entgelten zu lassen?«, erwiderte sie nicht ohne Spott.

»Ich glaube nicht an das Gute im Menschen. Bei allem, was wir tun, haben wir einen Hintergedanken. Selbst jene, die ihre Mitmenschen mit guten Werken überschütten und dabei eigentlich nur aufs Paradies schielen. Nein, ich glaube nicht, dass es uneigennützige Menschen gibt. Ich bin nie einem begegnet.«

»Ich schon. In den letzten Jahren sogar vielen. Und immer noch beeindrucken sie mich. Wie möglicherweise auch die Person, um die es hier geht.«

»Ihr Geliebter ist also ein Held«, spottete er.

Ihr Blick war wie ein Dolch.

»Ich werde Ihnen nicht erlauben …«

»Aber ja doch, Valentine«, zischte er plötzlich böse. »Sie werden mir alles erlauben, um ihn zu retten. Wenn ich Sie um eine

Liebesnacht mit mir bäte, würden Sie einwilligen, oder? So weit würden Sie gehen, da bin ich sicher.«

Ein eisiger Schauer überlief sie. Sie sah, dass es ihm irrsinnige Freude machte, sie zu demütigen und zu quälen.

»Aber ich kenne ihn bereits, Ihren Körper«, sagte er mit hinterhältigem Lächeln. »In sublimierter Form. Ich hätte Angst, von der Wirklichkeit enttäuscht zu werden.«

Sie sah ihn verständnislos an. War er verrückt geworden?

»Sie waren einundzwanzig Jahre alt, denken Sie doch zurück ... Wir sind uns in Montparnasse begegnet. Sie wollten mir zwar nicht sagen, was Sie in jenem von Ihrer Wohnung so weit entfernten Viertel zu tun hatten, aber das Glück lächelte mir, ich fand es heraus.«

Sie riss die Augen auf. Gütiger Himmel, das also war es! Er besaß das Gemälde von Ludmilla Tikonow. Sie hatte es völlig vergessen. Grenzenlose Erleichterung überkam sie.

»Mein Gott, Pierre, Sie haben mir vielleicht einen Schrecken eingejagt ...«

»Es macht Ihnen nichts, oder? Und es hat sich ja auch wirklich so viel zugetragen seither. Aber damals war es schon ein tolles Wagnis! Ich habe Ihre Kühnheit bewundert.«

Sie konnte ihr Lächeln nicht unterdrücken. Wirklich eine Ironie des Schicksals! Das Porträt, das Ludmilla Tikonow von ihr gemalt hatte, sollte nun der Befreiung Alexandres aus den Kerkern der Nazis dienen. Kaum zu glauben.

»Sie haben dieses Bild nie wieder gesehen, oder?«

»Nein, zuletzt in Ludmillas Atelier. Ich weiß auch nicht, was mich bewogen hat, Modell für sie zu sitzen.«

»Sie fühlten sich gefangen. Sie waren kühn, aber nicht kühn genug, sich der Freiheit wirklich auszusetzen. Sie brauchten einen Mann, eine schöne Wohnung, eine gesellschaftliche Stellung. Wenn Sie mir am Abend Ihrer Hochzeit gefolgt wären, hätte ich Ihnen etwas anderes geboten.«

Langsam trank sie einen Schluck Champagner.

»Denn Sie haben weder eine schöne Wohnung noch eine Ehefrau, noch eine gesellschaftliche Stellung«, neckte sie ihn und wies mit dem Kinn auf den Salon.

»Bei mir ist das nur in Ermangelung eines Besseren. Ich glaube nicht daran. Ich habe nie daran geglaubt.«

»Warum machen Sie sich dann die Mühe dieser Maskerade? Seien Sie mutig und seien Sie Sie selbst.«

Er beugte sich leicht vor und flüsterte ihr ins Ohr:

»Zu spät, ich habe mich für ein Lager entschieden.«

»Ich auch.«

»Schade. Ich habe immer geglaubt, Sie und ich, wir hätten zusammen Großes leisten können.«

Sie schüttelte den Kopf.

»Sie passen nicht zu mir, Pierre.«

»Nun, für Sie wäre ich vielleicht auch ein Held geworden. Aber stattdessen …«

Die Trauer, die Valentine in den grauen Augen zu entdecken meinte, bestürzte sie. *Was verbirgt er?*, fragte sie sich fasziniert, doch dann richtete sich ihre Aufmerksamkeit auf einen Gast, der gerade in den Salon trat.

Der Mann war von jener germanischen Blondheit, die in den Augen ihrer Anführer die männliche Vollkommenheit der Herrenrasse verkörperte. Valentine erschauerte bei seinem Anblick. Die regelmäßigen Züge, die blauen Augen, die hohe, gut proportionierte Gestalt … Er war zwar in Zivil, aber man konnte ihn sich leicht in der schwarzen SS-Uniform vorstellen. Er verbeugte sich lächelnd und küsste Odiles Hand. Perfekte Manieren.

»Diese Leute sind schön, nicht wahr?«, raunte Pierre ihr zu. »Die Verführungskraft des Teufels. Gefährlich, perfide, doch auch behexend. Er ist der Retter Ihres Schützlings, Valentine. Sehen Sie ihn sich gut an und seien Sie liebenswürdig zu ihm. Bei Tisch habe ich Sie nebeneinander gesetzt. Er ist leidenschaftlicher Verehrer der Werke Ludmilla Tikonows. Ich glaube, sie waren ein Liebespaar, damals, als der österreichische Gefreite noch nicht überall Zwietracht gesät hatte, damals, als wir alle jung und voller Illusionen waren. In seiner Sammlung fehlt ihm ein Hauptwerk. Seit zwanzig Jahren ist er auf der Suche danach. Und ich besitze es. Heute Morgen hat er es erfahren, aus meiner Einladung zum Abendessen. Und sehen Sie, wie eilfertig er ihr folgt …«

Der Mann sah sich um. Offensichtlich suchte er nach dem Herrn des Hauses. Odile deutete auf Pierre am anderen Ende des Raums.

»Sagen Sie ihm nicht, dass ich es bin, Pierre, ich flehe Sie an!«, flüsterte Valentine drängend, sie hatte das abscheuliche Gefühl, der Mann, der da auf sie zukam, werde, indem er sich das Porträt verschaffte, auch einen Teil ihrer Seele in Besitz nehmen.

Camille schloss ihr Fahrrad an ein Gitter im Hof der Rue de Trévise an und stürzte ins Treppenhaus. Sie klingelte mehrmals. Sarah öffnete die Tür.

»Wie geht es ihm?«

»Der Arzt war gerade da«, sagte die junge Frau leise. »Er ist nicht allzu besorgt, aber Monsieur Alexandre soll sich einige Tage lang nicht bewegen.«

»Ich möchte zu ihm.«

»Ja, nur …«

»Was ist los?«, fragte Camille, die schon an Sarah vorbei auf das Schlafzimmer zuging.

Sie dachte, die Näherin wolle verhindern, dass sie Alexandre sähe. Sie wusste, er war gefoltert worden, doch sie musste sich mit eigenen Augen vergewissern, dass er noch lebte.

Sie klopfte an und trat ein. Die Vorhänge waren zugezogen, der Raum lag im Halbdunkel. Es roch nach Desinfektionsmittel. Auf dem Nachttisch brannte ein Lämpchen mit einem Opalglasschirm. Auf der Bettkante saß leicht vorgebeugt eine Frau, die ihr den Rücken zukehrte.

»Bringen Sie mir noch eine Schüssel Wasser, Sarah«, bat sie sanft. »Ich glaube, die Kompressen tun ihm gut.«

»Maman!«, rief Camille.

Valentine drehte sich um.

»Was machst du denn hier?«, zischte sie, sichtlich verärgert.

»Papa hat mir gesagt, dass man Alexandre freigelassen hat ... Ich wollte wissen, wie es ihm geht ...«

Camille war verwirrt. Sie wusste, dass ihre Mutter mit Alexandre Manokis in Verbindung stand, da er versucht hatte, sie um Hilfe zu bitten, aber sie war nicht darauf gefasst gewesen, sie bei ihm anzutreffen, noch dazu mit einer so besorgten Miene.

»Wie geht es ihm?«

Wortlos stand Valentine auf und trat zur Seite.

»Mein Gott«, stammelte Camille.

Das Gesicht war kaum noch zu erkennen: eine Wunde, umgeben von Prellungen und geronnenem Blut, die Augen gerade noch sichtbar, die Kiefer und Lippen geschwollen. Um den Oberkörper trug er einen Verband. Auf der weißen Decke lagen die Hände, beide dick verbunden.

Camille hob ihre zitternden Hände an die Lippen. Verstört brach sie in tränenloses Schluchzen aus.

»Seien Sie so nett und kümmern Sie sich um meine Tochter, damit sie nicht noch ohnmächtig wird«, bat Valentine Sarah, die gerade mit einer Schale warmen Wassers kam.

Dann tauchte sie ein Tuch ein und legte es Alexandre vorsichtig auf die Stirn. Sarah legte Camille den Arm um die Schultern und führte sie in die Küche.

Camille bekam keine Luft mehr. Ihre Ohren summten, schwarze Flecken tanzten vor ihren Augen. Sarah, die eine Ohnmacht kommen sah, nahm ein Schnittmuster, drehte es zur Tüte und hielt es ihr vor Mund und Nase.

»Atmen, Mademoiselle ... Los, atmen!«

Nach und nach fand Camille ihren Atemrhythmus wieder. Dann brach sie in Tränen aus. Sarah nahm sie in die Arme.

»Aber, aber, Mademoiselle ... Es wird schon wieder. Das ist

nur der Schrecken. Weinen Sie sich tüchtig aus, dann fühlen Sie sich wieder besser. Monsieur Alexandre ist zurückgekehrt. Es ist wirklich ein Wunder ... Der Arzt ist ganz sicher, dass er wieder auf die Beine kommt ...«

Camille wischte sich die Augen mit einer Serviette trocken, die auf dem Küchentisch herumlag. Sarah schenkte ihr einen Schnaps ein.

»Hier, trinken Sie! Ich kenne kein besseres Heilmittel für die Nerven.«

Camille gehorchte mit einem zittrigen Lächeln. Sie musste husten.

»Ich glaube, ich möchte auch ein Glas«, sagte Valentine und setzte sich auf den Platz gegenüber ihrer Tochter.

Sie nahm das Glas, das Sarah ihr reichte, und leerte es in einem Zug. Dann suchte sie in der Tasche ihrer dunkelblauen Wolljacke und zog Feuerzeug und Zigaretten hervor.

»Gott segne Odile! Wenigstens gibt es bei ihr immer Zigaretten. Geht's wieder?«, fragte sie dann ihre Tochter.

Camille nickte. Warum vermittelte ihr ihre Mutter immer das Gefühl, sie sei unfähig, sogar in so dramatischen Situationen?

Seit Valentines Rückkehr fühlte sie sich wieder ins Kindesalter versetzt. Dabei hatte sie gedacht, ihr gemeinsamer Kampf gegen die Deutschen würde sie einander näher bringen. Doch in dieser Küche mit dem gusseisernen Ofen, den schmutzigen Tellern in der Spüle und dem zerbeulten kleinen Kaffeebereiter auf einem Bord hatte Camille den Eindruck, sie sitze einer Fremden gegenüber.

»Morgen bringen wir ihn weg«, sagte Valentine leise. »Der Arzt fürchtet, dass die Lunge durchstoßen werden könnte, wenn man ihn zu früh transportiert. Aber ich werde nicht länger warten. Das wäre zu gefährlich.«

»Aber wenn sie ihn freigelassen haben, besteht doch keine Gefahr mehr.«

»Liebes Kind, du willst mir doch nicht erzählen, dass du dem

Versprechen eines Boche traust?«, sagte Valentine ironisch. »Aber ich vergaß, du hattest da ja mal eine Neigung …«

Camille wurde blass, ihr Atem stockte. Sie dachte an all die Momente ihres Lebens, in denen ihre Mutter sie mit derselben furchtbaren Kälte zurückgestoßen hatte. Sie hatte sie nie wirklich gern gemocht. Und selbst wenn sie es vielleicht einmal widerwillig gesagt haben sollte, wie konnte Camille ihren Worten den geringsten Glauben schenken, wenn sie doch immer wieder auf diese unerklärliche Reserviertheit stieß?

Die fiebrigen Augen voller Verstörung und Hass, stieß sie ihren Stuhl zurück, der über den Fliesenboden schabte.

»Wie kannst du so etwas Gemeines sagen?«, zischte sie durch die zusammengebissenen Zähne. »Peter ist ein anständiger Mensch. Er hat mir gefallen, das stimmt, und ich schäme mich dessen nicht. Wir haben sogar miteinander geschlafen, stell dir nur vor … Ich war sechzehn. In Montvallon, in dem Sommer, in dem er uns Liselotte und Heinrich brachte, damals, als er Scherereien riskiert hat, um sie aus Deutschland herauszubringen. Dieser dreckige Boche, wie du ihn nennst!«

Ihre Wangen standen in Flammen. Ihr Körper bebte.

»Wir haben uns am Flussufer geliebt, und weißt du, was ich gedacht habe, als er mich in die Arme nahm? Maman wäre wütend, wenn sie wüsste, dass ich mich einem Deutschen hingebe … Hinterher hat es mir Leid getan, denn ich wollte Peter nicht zum Werkzeug meiner Rache an dir machen. Er, da bin ich sicher, hatte sich verliebt. Er war ehrlich. Und ich, ich wollte dich nur bestrafen …«

Sie ballte die Hände zu Fäusten.

»… weil du mich nie geliebt hast.«

Ihre Stimme brach. Ihre Augen brannten in ihrem bleichen Gesicht. Sie sah ihre Mutter an, die ihre undurchdringlichen Augen fest auf sie gerichtet hielt.

Camille wurde übel, sie wandte sich ab und floh aus der Wohnung. Ihre Holzsohlen klapperten auf der Treppe.

Sarah hatte alles mit angehört. Zitternd schloss sie die Wohnungstür und kam in die Küche zurück.

»Madame, müsste man ihr nicht hinterhergehen? Sie sah ganz eigentümlich aus …«

Valentine zündete sich noch eine Zigarette an.

»Sie ist jetzt im Alter der Gefühlsausbrüche und -verstimmungen. Machen Sie sich keine Sorgen, meine liebe Sarah, sie wird sich wieder fassen, und wir werden noch Gelegenheit haben, uns darüber auszusprechen. Jetzt haben wir wichtigere Sorgen. Wir müssen Monsieur Manokis in einen transportfähigen Zustand bringen. Und ich frage mich, ob nicht auch Sie Paris verlassen sollten. An der Ostfront sind die Deutschen auf dem Rückzug. Die Sowjets werden siegen, so viel ist sicher. Bald werden alle Juden im Kürschnergewerbe genauso behandelt wie die anderen Juden. Selbst diejenigen, die bisher der Deportation entkommen sind. Sie müssen fort, Sarah, genau wie ihr Bruder Simon. Sie dürfen nicht länger warten.«

Sarah nickte. Madame Fonteroys Entschlossenheit ließ keine Entgegnung zu. Überdies hatte sie ganz sicher Recht. Die Razzien, mit denen Paris überzogen wurde, machten ihr Angst, genauso wie die wenigen Briefe, die sie von ihrem Vater erhalten hatte, seit er in Drancy interniert war.

Seufzend drückte Valentine die Kippe im Aschenbecher aus. Sie rieb sich die Augen und kehrte zu Alexandre zurück.

Camilles heftige Reaktion hatte sie völlig überraschend getroffen. Sie hätte bemerken müssen, dass sich eine so idiotische Vorstellung in Camille festgesetzt hatte. Ihre Bemerkung tat ihr Leid, aber sie stand noch ganz unter dem Schock von Alexandres Unglück. Camilles unerwartete Ankunft hatte sie verärgert. Und ihr Angst gemacht. Camille sollte keiner Gefahr ausgesetzt sein, nicht der geringsten. Nahm sie nicht Risiken für zwei auf sich? Die Lage wurde immer gefährlicher. Was man so hörte, jagte einem kalte Schauer den Rücken hinunter.

*War ich wirklich eine so schlechte Mutter?*, fragte sie sich verblüfft. Camille hatte Mut genug gehabt, sich zu wehren und ihr die Wahrheit ins Gesicht zu sagen. Sie hatte Charakter, wie Odile es nannte. *In mancher Hinsicht ähnelt sie mir doch*, dachte Valentine überrascht. Vielleicht hatte ihre Tochter Recht. Sie konnte sie nicht lieben, wie Camille es sich gewünscht hätte, doch gerade hatte sie festgestellt, dass sie sie respektierte.

Im Keller in der Katharinenstraße warfen die beiden Gaslampen ihr trübes Licht auf die schreckensstarren Gesichter. Mit gespannten Nacken und zur Seite geneigten Köpfen horchten die Menschen auf das Brummen der englischen Bomber.

Jeder hatte seinen festen Platz. Die ersten Male hatte Eva gestaunt, dass die Leute ihre Gewohnheiten selbst hier noch durchsetzten, in diesem engen Raum mit den Wasser- und Heizungsrohren unter der Decke und dem Geruch nach Schimmel und Angst.

Im Oktober waren die ersten Bomben auf Leipzig gefallen. Am nächsten Tag waren Eva und Karl zu den noch rauchenden Ruinen der Marienkirche gegangen. Sie war die erste von Bomben getroffene Kirche in Sachsen.

Und in dieser Nacht hatte das durchdringende Sirenengeheul sie um drei Uhr morgens geweckt. Wie Automaten waren Eva und Karl aufgestanden. Sie schliefen vollständig angezogen, um jederzeit bereit zu sein im Falle eines Bombenalarms, aber auch um der sibirischen Kälte zu trotzen. So mussten sie nur die Mäntel und ihre schweren Schuhe anziehen und das immer neben der Wohnungstür stehende Köfferchen in die Hand nehmen. Auch Rosmarie kam aus ihrem Schlafzimmer, auf der Wange noch den Abdruck des Kopfkissens und in den Armen die dick eingepackte Sonja.

Schweigend hatten sie die Taschenlampe angeknipst und waren zu den anderen gegangen, die vor der Kellertür warteten. Rosmaries Schwiegereltern waren immer noch von feindseliger Gleichgültigkeit und ignorierten das Kind. Eva sprach schon lange nicht mehr mit ihnen.

»Sie kommen«, murmelte eine leise Stimme, aus der Ferne hörte man leises Grollen.

Die kleine Sonja begann zu greinen. Rosmarie wiegte sie und sang ihr leise etwas vor. »Alles wird gut, mein Schatz«, flüsterte sie ihrem Kind zu und berührte seine Stirn mit ihren Lippen. »Keine Angst, Mutti ist da und passt auf dich auf.«

Eva betrachtete das nun wieder zufriedene Gesichtchen ihrer gerade fünf Monate alten Enkelin. Sie war am 3. Juli zur Welt gekommen, einem schönen sonnigen Tag. Als die Hebamme sie ihr in die Arme legte, war Eva verstummt vor Glück. Eine tiefe innere Ruhe war über sie gekommen. Sie hatte das Wunder der Geburt erlebt. Im letzten Teil ihrer Schwangerschaft hatte Rosmarie sehr leiden müssen, sie war völlig entkräftet und bettlägerig gewesen. Eva und Karl hatten alles ins Werk gesetzt, um sie ein wenig besser zu ernähren. Sie hatten auf einen Teil ihrer eigenen mageren Fleisch- und Butterrationen verzichtet und immer wieder zusätzlich Obst und Gemüse für sie aufgetrieben.

Aber die Kleine hatte ihr zumindest eine schwere Geburt erspart. Sonja war wie ein Engel zur Welt gekommen. Sogar die Hebamme hatte erklärt, sie habe selten eine so vollkommene Geburt erlebt.

Die erste Detonation ließ den Boden aus gestampfter Erde erzittern und entriss Rosmarie einen Schreckensschrei. Und dann brach die Hölle los.

Die Einschläge folgten erbarmungslos einer auf den anderen. Mauern und Decke schwankten. Die Angstschreie drangen nicht durch den entsetzlichen Lärm der Explosionen. Eva war auf den Boden geschleudert worden. Den Mund voller Schmutz, glaubte sie jemanden »Feuer!« rufen zu hören. Etwas Schweres schlug ihr in den Rücken und nahm ihr den Atem. Vor ihren Augen wurde es dunkel. *Jetzt sterbe ich*, dachte sie. *Ich werde sterben, ich werde Sonja nicht aufwachsen sehen.*

»Eva! Eva!«

Sie versuchte sich aufzurichten, aber auf ihr lastete ein schwerer Körper. Sie geriet in Panik und wollte nur noch eins: sich von diesem reglosen, erstickenden Gewicht befreien. Sie wand sich schreiend und konnte sich schließlich auf die Seite drehen und den blutenden Leichnam wegstoßen.

Es war der Nachbar aus dem fünften Stock, ein Literaturprofessor, mit dem sie immer ein paar Worte gewechselt hatte, wenn sie sich begegnet waren. Da er an Klaustrophobie litt, durfte er sich auf die nach oben führende Treppe setzen, wo er sich der Tür näher wähnte. Als sie aufblickte, sah sie anstelle der Tür ein klaffendes Loch. Die Druckwelle einer Bombe musste sie eingedrückt und den armen Mann fünf Meter weit geschleudert haben. Sie hatte ihn mit voller Wucht in den Rücken bekommen.

»Rosmarie, wo bist du?«, schrie sie auf und blickte sich um.

Sie konnte fast nichts sehen. Eine der Gaslampen war erloschen, die andere verbreitete wenige Meter von ihr entfernt ein unstetes Licht. Von draußen hörte man Schreie. Durch das Kellerfenster zur Straße sah sie Glut leuchten. Beißende Dämpfe reizten ihre Kehle, sie hustete. Schwankend begann sie zu suchen. Und stolperte über Rosmarie, die sich zusammengekauert hatte, um ihr Kind mit ihrem Leib zu schützen.

»Rosmarie! Sag etwas!«, schrie sie und packte sie bei den Schultern.

»Ich hab nichts. Die Kleine auch nicht.«

»Gott sei Lob und Dank! Karl? Karl, wo bist du?«

Ringsum war nur Stöhnen und Schluchzen zu hören. Angstvoll riefen die Menschen nach ihren Angehörigen. Sie nahm sich die Lampe und entdeckte endlich Karl. Er lehnte an der Wand, der Kopf hing ihm auf die Brust. Sie kniete sich neben ihn. Blut rann über seine Schläfe, aber er atmete noch.

»Karl, wach auf!«

»Hier, in meiner Flasche ist Wasser«, sagte Rosmarie.

Eva suchte ein Taschentuch aus ihrer Tasche, feuchtete es an und legte es auf das Gesicht ihres Mannes. Es dauerte eine Ewigkeit, doch dann öffnete er die Augen und sah sie abwesend an.

»O mein Gott, sie kommen wieder!«, schrie plötzlich eine Stimme in heller Angst.

Und wieder dieses Brummen. Wieder setzten die Explosionen ein, diesmal etwas weiter entfernt, aber über ihre Zerstörungskraft bestand kein Zweifel. Leipzig hatte keine Chance mehr. Die Stunde der Rache war gekommen.

Eva zwängte sich zwischen Karl und Rosmarie. Sie umfasste Karls Handgelenk mit der einen Hand, legte Rosmarie, die sich wieder über ihr Kind gekauert hatte, die andere auf den Rücken und wandte ihr Gesicht dem Knistern und Flackern zu, das durch das schlecht abgedichtete Kellerfenster von der Straße hereindrang.

Sie fragte sich, ob sie überleben würden. Sie machte es wie früher, wenn sie sich auf ein Konzert vorbereitete, sie beschloss, sich der Dämmerwelt, die sie gefangen hielt, zu entziehen.

Ihre Gedanken flogen zu ihrer Geburtsstadt, die sie schon Jahre nicht wiedergesehen hatte, zur ruhigen blauen Adria, den schönen ocker- und rosafarbenen Fassaden des *borgo Teresiano*, den belebten Uferpromenaden, wo die Leute sonntags nach der Messe spazieren gingen. Fröhliche Möwen schwangen sich in den Himmel. Sie hörte die Schiffshörner. Und rings um sie tanzten die von der Seeluft und den sonnendurchtränkten Düften Triests berauschten Kinder Ringelreihen.

## *Paris, Mai 1946*

Maxence Fonteroy schloss sorgfältig die Tür hinter sich und klemmte eine Stuhllehne unter die Klinke. Mit einer Grimasse löste er seinen Krawattenknoten. Dann setzte er sich aufs Fensterbrett, zog ein Päckchen Lucky Strike aus der Tasche und riss ein Zündholz an. Den Kopf in den Nacken gelegt, nahm er einen ersten Zug und blickte in das Rechteck blauen Himmels über den Fassaden, die zum Innenhof der Avenue de Messine gingen.

Er hatte das Kriegsende erlebt wie eine Strafe. Gut, dass die Boches besiegt worden waren, doch der Sieg bedeutete für ihn persönlich eine Entwurzelung. Er hatte Montvallon verlassen müssen, die Wälder, Weinberge, Bäche und Wiesen, und hatte sie gegen die Klassenräume eines Pariser *Lycée* eingetauscht. Er hatte auf die Freiheit verzichten müssen, die er fünf lange Jahre genossen hatte – eine Ewigkeit, wenn man noch keine fünfzehn war –, um sich in einer düsteren, grauen Hauptstadt den Regeln einer Asphaltwelt zu beugen.

Kaum hatte er den Fuß aufs Pariser Pflaster gesetzt, schon war ihm ungut zumute gewesen. Die luxuriösen Räume in der Avenue de Messine mit den hohen Stuckdecken und dem Mobiliar aus edlen Hölzern waren ihm völlig fremd erschienen. Das Spielzeug in seinem Kinderzimmer passte nicht mehr zu dem jungen Mann, der er nun war. Als er die Bücher auf dem Bord über dem Bett angeschaut und in den Malbüchern geblättert hatte, hatte er sich wie ein Eindringling in die Privatsphäre eines ihm unbekannten Kindes gefühlt. Er hatte die Bücher und Spielzeuge in einen Karton gepackt, und seine Mutter hatte sie einem Waisenhaus geschenkt.

Aus dem Salon hörte er Gelächter. Seine Mutter hatte für ihre Arbeit im Widerstand eine Auszeichnung erhalten, die nun mit den Freunden gefeiert wurde.

Während der Verleihungszeremonie hatte Maxence in seinem warmen Wollanzug geschwitzt. Zerstreut hatte er zugehört, ein Auge auf dem Buffet, das andere auf seinem Vater, dessen Gesicht zerknittert und müde wirkte.

Zu seinem Vater hatte er noch kein rechtes Verhältnis finden können. Er blieb ein Fremder, dem er vor dem Krieg ab und zu begegnet war und der ihm seine Zuneigung durch einen wohlwollenden Blick oder ein Streicheln der Wange bekundet hatte. Ein glatter Mensch ohne Rauigkeiten, ein für ihn ungreifbarer Mann.

Seine Mutter hingegen hatte er immer als eine Persönlichkeit mit vielen Facetten erlebt, einen Charakter mit Ecken und Kanten, an denen er sich oft rieb. Seltsamerweise verstand er sie trotz oder gerade wegen dieser Eigenheiten. Er stieß sich an ihrer Ungeduld, ihrer Entschlossenheit, ihren schneidenden Befehlen, doch immer war er sich sicher, nach dem Unwetter wieder ihre heitere Liebe zu erleben.

Der Zigarettenrauch staute sich in seinen Nasenlöchern und brannte in der Kehle. Er dachte an das Gespräch, das er mit einem der Gäste geführt hatte. Alexandre Manokis hatte sich während des Empfangs neben ihn gestellt, und Maxence hatte auf seinen Händen ein Gespinst feiner Narben gesehen, als er sein Weißweinglas zum Munde geführt hatte.

1943 hatte Manokis etwa zehn Tage bei ihnen in Montvallon verbracht. Eines Abends war er, von den Gestapoleuten übel zugerichtet, bei ihnen angekommen. Seine Mutter hatte ihm gesagt, er dürfe keinen Lärm machen, wenn er am Schlafzimmer dieses Mannes vorbeiging, denn dieser brauche Ruhe. Man trug ihm das Essen hinauf ins Zimmer und manchmal auch Verbände und Jodtinktur. Mehrfach war der Dorfarzt bei Einbruch der Nacht zu ihm gekommen. Manokis war auf ebenso geheimnisvolle Weise wieder verschwunden, wie er gekommen war, doch das hatte Maxence nicht weiter erstaunt. Den ganzen Krieg über hatte er Fremde ins Haus kommen und gehen sehen. Man erwähnte es nie, weder im Haus noch gegenüber Außenstehenden. Sie waren alle nur kurz geblieben, außer Samuel, der bis zur Befreiung Julien geheißen hatte. »Gottlob sind wir um eine Requisition herumgekommen«, sagte seine Mutter immer wieder.

Manokis war durchaus beeindruckend mit seinem scharf geschnittenen Gesicht und dem grau melierten Haar. Unter den buschigen Brauen lagen intelligente und aufmerksame blaue Augen. Er vermittelte den Eindruck unendlicher Geduld, was Maxence als beruhigend empfand. Seine Stimme war tief, fast verführerisch, und auch der kleine Samuel war von seinen Anekdoten fasziniert gewesen.

Während des Empfangs hatte sich Manokis besonders nett um Samuel gekümmert. Er hatte ihm zugehört, als sei er der Mittelpunkt der Welt. Dann, als er sich Maxence zuwandte, hatte sich dieser geschmeichelt gefühlt, wie ein Erwachsener behandelt und nach seinen Zukunftsplänen befragt zu werden. Anders als gegenüber den anderen Erwachsenen, angesichts deren Unbeholfenheit er immer die Antwort unterdrücken musste, er wolle durch die Weltgeschichte bummeln und den Mädchen nachlaufen, wenngleich nicht unbedingt in dieser Reihenfolge, war ihm diesmal nicht nach einer Frechheit zumute gewesen. Zu seiner eigenen Überraschung sagte er:

»Ich werde einmal Fotograf …«

Und dann war er knallrot geworden, ohne es sich erklären zu können. Warum zum Teufel hatte er das gesagt? Aber kaum hatte er dieses Geständnis wie eine Herausforderung ausgesprochen, nahm ihm die Gewissheit, seine Zukunft vor sich gesehen zu haben, den Atem.

Bislang war ihm seine Zukunft eher verschwommen erschienen. Er hatte noch zwei Jahre Lycée vor sich, bevor es an die Abschlussprüfungen ging. Nur eines wusste er sicher, obgleich er es niemandem gegenüber erwähnt hatte: Zum Leben brauchte er Natur, Himmel, Raum.

Sein Vertrauen zu Manokis war vielleicht auch darauf zurückzuführen, dass seine Gefühle noch vom Vortag her aufgewühlt waren. Wie er es häufig tat nach Unterrichtsende, war er in Saint-Germain-des-Prés spazieren gegangen. Die einzige Gegend in Paris, in der er sich halbwegs wohl fühlte, vielleicht weil die Sträßchen rings um die Kirche und die Korbstühlchen vor dem *Flore* und dem *Deux Magots* in seinen Augen etwas Dörfliches hatten.

Als er die Rue du Bac heruntergekommen war, hatte ihn jemand angerempelt und er war gegen das Schaufenster einer Galerie gestoßen, die Frauenfotos ausstellte. Ein wenig ängstlich hatte er die Tür aufgestoßen und eine halbe Stunde lang die Licht- und Schattenspiele auf den Körpern betrachtet.

Im hinteren Teil der Galerie war ein kleiner Raum voller Nacktfotos. Nicht nur der Anblick der weiblichen Geschlechtsteile hatte ihn tief getroffen, auch die Schamlosigkeit des Künstlerauges.

Die junge Frau, die die Galerie beaufsichtigte, hatte ihn in Ruhe schauen lassen. Sie rauchte und war ganz vertieft in ein Buch, dessen Seiten sie mit einem schmalen Messerchen aufschnitt. Benommen war er wieder auf die Straße hinausgegangen. Hinter der alltäglichen Realität verbarg sich also eine andere, ein geheimes, unterirdisches Leben von besonderer Poesie, das man im Flug erhaschen musste, um seine Spur zu fixieren, denn es war von flüchtiger Schönheit.

All das hatte er Alexandre Manokis zu erklären versucht, ungeschickt und sich selbst fragend, warum er einem Fremden diese neuen Empfindungen anvertraute, noch bevor er selbst richtig darüber nachgedacht hatte. Aber Manokis hatte ihm nicht das Gefühl vermittelt, er erzähle irgendwelchen Quatsch. Er hatte kluge Fragen gestellt, ihn auf subtile Weise ermutigt, und Maxence hatte sich nach und nach entspannt und sogar einmal gelächelt.

Seine Mutter hatte das Gespräch unterbrochen und Manokis weggeführt, sie wollte ihm Samuels Onkel vorstellen, der aus New York gekommen war, um seinen Neffen abzuholen. Maxence fand es traurig, dass Samuel sie verlassen sollte, aber seine Eltern und sein älterer Bruder waren in Auschwitz umgekommen und so war es nur natürlich, dass sein Onkel ihn in seine Familie aufnehmen wollte. Vor der Abreise aus Montvallon hatten die beiden Jungen sich die Handgelenke mit einem Taschenmesser angeritzt, ihr Blut vermischt und sich geschworen, ihr Leben lang Freunde zu bleiben.

Manokis und er hatten das Gespräch nicht wieder aufnehmen können, doch bevor er ging, hatte Manokis ihm noch gesagt, er sei in seinem Kürschneratelier in der Rue de Trévise jederzeit willkommen. Maxence hatte vage genickt. Er war mit seinen Gedanken schon anderswo. Kurz darauf hatte er sich in sein Zimmer geflüchtet.

Er drückte die Zigarette auf dem Fensterbrett aus und schnipste sie in den Hof. Im selben Augenblick klopfte es.

»Maxence?«, rief seine Mutter. »Ich möchte, dass du dich verabschiedest.«

Seufzend richtete er sich auf und schwang einen Fensterflügel wie einen Fächer hin und her, damit seine Mutter den Rauchgeruch nicht bemerkte.

»Ich komme«, sagte er dann und verdrehte die Augen zum Himmel.

Einen Moment lang beneidete er Camille, die zwei Tage zuvor zur Frühjahrsmesse nach Leipzig gefahren war. Da es schwierig gewesen war, die nötigen Papiere für eine Einreise in den sowjetisch besetzten Teil Deutschlands zu bekommen, hatte sie die Abreise nicht aufschieben wollen. Er fragte sich, ob sie das nicht für eine ideale Möglichkeit gehalten hatte, sich zu drücken. Der Krieg mochte vorbei sein, doch das galt nicht für den stillen Kampf zwischen seiner Mutter und seiner Schwester.

Valentine trat ein und musste zu ihrem Sohn aufblicken. Sie konnte sich nicht daran gewöhnen, dass er schon größer war als sie. Er hatte fast schon André erreicht und würde ihn sicher bald schon um Haupteslänge überragen.

Sie erriet, dass er geraucht hatte, und musste ein Lächeln unterdrücken. In diesem Alter waren die Geheimnisse der Kinder noch relativ leicht zu ergründen. Erst später wurden sie zu Fremden, die man nicht mehr verstehen konnte. Sie hoffte von ganzem Herzen, dass es zwischen ihrem Sohn und ihr nicht so weit kommen würde. Sie empfand für Maxence immer noch diese abgründige Liebe, die ihr schon in der Vergangenheit Angst gemacht hatte. Seit dem Tod ihres Bruders war es das erste Mal, dass sie eine solche Bindung erlebte, und dennoch würde der Tag kommen, an dem sie Maxence würde ziehen lassen müssen, um ihn nicht zu verlieren. Dieser Gedanke durchfuhr sie immer dann, wenn sie es am wenigsten erwartete, wie auch jetzt, im Flur ihrer Pariser Wohnung stehend, einen Orden am Revers ihres Kostüms, gefeiert und beglückwünscht, in einer Lage also, in der sie aus der Bewunderung der Umwelt hätte Kraft schöpfen sollen statt sich mit einem Mal so verletzlich zu fühlen.

Maxence folgte ihr in den Salon.

Das Haar zu einem braven Knoten gebunden und in ein strenges graues Kostüm mit schwarzen Revers gekleidet, lauschte Odile einem Gast. Valentine konnte ihre Freundin nicht ansehen, ohne an all den geheimen Gram der Menschen zu denken. Während des Krieges hatte Odile zu trinken angefangen, weil sie die Kollaboration ihres Mannes nicht mit ansehen konnte und es andererseits auch nicht schaffte, ihn zu verlassen. »Warum bin ich bei ihm geblieben?«, hatte sie Valentine nach der Befreiung mit verlorenem Blick gefragt. »Aus Liebe oder aus Trägheit?«

Pierre Venailles war vor Gericht gestellt und zu zwei Jahren Gefängnis verurteilt worden. Valentine war bei seinem Prozess als Zeugin aufgetreten und hatte erklärt, er habe seine Beziehungen zu den Besatzern genutzt, um Alexandre Manokis' Freilassung zu ermöglichen. Odile besuchte ihn jede Woche im Gefängnis. Sie hatte die Wohnung am Champs-de-Mars wegen der damit verbundenen schlimmen Erinnerungen verkauft. André hatte ihr angeboten, sie könne wieder für die Fonteroys arbeiten, doch sie hatte den einstigen Schwung verloren. Es schien, als wäre eine Feder in ihr zerbrochen. Valentine empfand für sie ein von Ärger nicht ganz freies Mitgefühl. Sie hatte nie Geduld aufbringen können für Menschen, die mit ihrem Schicksal haderten.

Sie trat zu André, der sich mit Samuels Onkel unterhielt. Genau wie Maxence fand auch sie es traurig, dass der Kleine sie schon am nächsten Tag verlassen und nach Amerika reisen würde, aber für ihn war es besser so. Es würde ihm gut tun, sich von diesem Europa, in dem seine Familie brutal umgebracht worden war, zu entfernen. In einem neuen Land würde er sich ein eigenes Leben aufbauen können.

Samuel lächelte sie schüchtern an.

»Und Sie kommen mich besuchen? Versprochen?«, fragte er ein wenig ängstlich.

»Natürlich! Ich wollte New York immer schon kennen lernen!«

Julius Goldmann, er trug die beige Uniform der amerikanischen Armee und eine Ordensspange auf der Brust, legte seinem Neffen die Hand auf die Schulter.

»Sie werden uns jederzeit willkommen sein. Unser Haus gehört Ihnen. Immer.«

Ihre Blicke begegneten sich. Beide dachten sie an Max und Judith. Valentine konnte einen Schauder nicht unterdrücken. Nun, da man das Schlimmste erfahren, die Fotos aus den Vernichtungslagern gesehen hatte, die ausgemergelten Körper, die verstörten Gesichter der wenigen Überlebenden dieser Hölle, würde nichts mehr sein wie vorher. Sie konnte dem Himmel nur danken, dass Camille den kleinen Samuel an jenem Tag geholt, dass André ihn über die Demarkationslinie gebracht hatte und dass sie ihn bis zur Befreiung heil und unversehrt hatte bei sich behalten können. Dieser brave kleine Junge mit dem blonden Haar und demselben ernsten Blick, der auch den jungen Heinrich Hahn – er hatte die Bombardierungen Londons überlebt, im Gegensatz zu seiner Schwester, die als freiwillige Krankenschwester im Blitz umgekommen war – ausgezeichnet hatte, war ein Symbol dafür, dass das Leben weitergehen würde. Man durfte nicht aufhören, und vor allem nicht, wie Odile mitten im Krieg, stillhalten, denn das führte zum eigenen Untergang.

Valentine beugte sich zu Samuel hinunter und schloss ihn fest in die Arme.

»Maxence und ich besuchen dich nächstes Jahr in den großen Ferien. Versprochen.«

Erleichtert umschlang der Junge Valentines Taille und legte den Kopf an ihre Brust.

Camille stand auf einem kleinen, namenlosen Platz in Leipzig und hustete sich fast die Lunge aus dem Leib. Überall wurde Schutt geräumt, und der Staub wirbelte hoch in den verwaschenen Spätnachmittagshimmel. Ringsum sah sie nur zerstörte Gebäude, verkohlte Balken und Steinhaufen.

Schon bei ihrer Ankunft einige Stunden zuvor hatte sie das Ausmaß der Zerstörung erschüttert. Sie war im *Elster* abgestiegen, einem Hotel in der Nähe des Hauptbahnhofs, den ihr Vater ihr begeistert beschrieben hatte als luftige Kathedrale mit gewaltigen Hallen und Dutzenden von Bahnsteigen – zu seiner Bauzeit Anfang des Jahrhunderts war er der größte Bahnhofsbau Europas gewesen. Nun standen davon noch einige Pfeiler, doch sie trugen weder Dächer noch Glaskonstruktionen.

Der Portier des *Elster* hatte ihr, als er ihr den kostbaren kleinen Katalog der Messeteilnehmer gab, erklärt, achtzig Prozent der Messeanlagen seien zerstört. »Aber die Leute kommen wieder«, hatte er gesagt und sich mit einem vagen Lächeln auf dem mageren Gesicht in die Brust geworfen. Zu dieser ersten Frühjahrsmesse nach Kriegsende wurden Besucher aus ganz Deutschland erwartet und Aussteller aus sechzehn Ländern.

Camille war durch die Straßen gegangen. Vereinzelt sah man Baugerüste, und in der Anordnung von Schutt und Ruinen ließ sich etwas wie ein System erkennen, doch die Zerstörung hatte etwas Irreales.

Sie hatte den alten *Baedeker* ihres Vaters mitgenommen, doch der rot eingebundene Führer war zu nichts mehr nutze. Manche Straßen waren einfach verschwunden. Sie war den hölzernen Wegweisern an den Kreuzungen gefolgt und hatte die Katharinenstraße finden können. Zu ihrer Erleichterung stand das Haus noch, in dem die Krügers gewohnt hatten, aber im Näherkommen hatte sie bemerkt, dass die elegante Fassade nur noch Kulisse war. Die Zwischendecken waren aufeinander gestürzt. Aus einem Fenster im Erdgeschoss wehte ein zerrissener Vorhang.

Ratlos war sie wieder weggegangen. Ein paar Straßen weiter hatte sie eine Auskunftsstelle entdeckt und sich in die Schlange vor den beiden Schaltern eingereiht. Sie rückte im Schneckentempo weiter. Jeder erzählte den Angestellten ein ganzes Leben. Zehntausende von Familien waren auf verschiedene Unterkünfte verteilt. Freigelassene Kriegsgefangene, Überlebende aus den Lagern, Flüchtlinge aus dem Osten, die gesamte Bevölkerung irrte auf der Suche nach Angehörigen durch das von den Alliierten aufgeteilte Land. In den Gesichtern stand Erschöpfung. Sie hatte sich in dieser scheu wegblickenden Menge wie ein Eindringling gefühlt. Nur die Kinder hatten sie unbefangen angestarrt, und die Gier und das Elend in ihren Augen hatten sie betroffen gemacht.

Sie hätte auf ihren Vater hören sollen. Es war unvernünftig, so kurz nach dem Krieg in diese von den Sowjets besetzte Stadt zu kommen. Die Maison Fonteroy kaufte ihre Felle inzwischen bei verschiedenen Stellen in Kanada und bei den Versteigerungen in London und New York. Es würde Jahre dauern, bis die Leipziger Messe wieder ihre einstige Bedeutung erlangt hätte. »Und bei den Sowjets weiß man nie …«, hatte André düster gemurmelt. Aber Camille hatte auf dieser Reise bestanden. Weniger wegen der Messe als Peters wegen. Seit sie in den Gärten der Champs-Élysées auseinander gegangen waren, hatte sie nichts mehr von ihm gehört. Sie waren im Streit auseinander gegangen, unter dem niederschmetternden Einfluss eines Krieges, den sie beide nicht zu verantworten hatten. Ihre freundschaftliche Liebe hatte ihm nicht standgehalten, und Camille warf sich immer noch vor, dass sie an jenem Tag so gereizt reagiert hatte.

Ihre Entschlossenheit hatte sich durchgesetzt. Ihr Vater hatte schließlich hilflos mit den Achseln gezuckt. Mit ihren vierundzwanzig Jahren war seine Tochter volljährig.

Gedankenverloren war Camille mit der Schlange weitergerückt, aber als sie endlich an der Reihe war, hatte der Beamte den Schalter geschlossen: »Kommen Sie morgen wieder!« Sie hatte zu protestieren versucht, was ihr einen bösen Blick eingetragen hatte, doch dann hatte sie die anderen resigniert weggehen sehen und ebenfalls aufgegeben.

Der Hustenanfall war vorüber, und sie machte sich wieder auf, und zwar, wie sie glaubte, in Richtung ihres Hotels. Ein Stückchen weiter überquerte sie eine breite Straße und stand wieder vor verkohlten Fassaden. Mitten auf der Straße brannte ein Holzfeuer und ließ weißlichen Rauch aufsteigen. Durch die Löcher und Spalten in den Häusern sah sie Spirituslampen, Kocher und Kinder in kurzen Hosen, die Wache zu stehen schienen. Allerlei Gestalten strichen an den Mauern entlang. Plötzlich stieß ihr eine Hand heftig in den Rücken und eine andere entriss ihr ihre Handtasche. Mit einem Aufschrei stürzte sie aufs Pflaster. Hinter ihr verloren sich hastige Schritte in der Stille.

Ihre Hände bluteten, sie richtete sich auf und humpelte zu einem Mauerrest. Auf dem Knie brannte eine Wunde. Sie sah sich um und begriff, dass von nirgends Hilfe zu erwarten war.

Vor Erschöpfung, Demütigung und Wut brach sie in Tränen aus.

»Fräulein?«, fragte eine Stimme einige Minuten später. »Fräulein, bitte …«

Camille öffnete die Augen und erblickte ein Paar staubiger Soldatenstiefel. Mit dem Handrücken wischte sie sich die Tränen ab. Vor ihr stand ein sowjetischer Soldat, seine Epauletten und die Uniformknöpfe schimmerten durchs Halbdunkel. Aufmerksam und besorgt sah er sie an. Ihr Herz machte einen Satz.

Über die russischen Soldaten hatte sie Schlimmes gehört: skrupellose, versoffene Vergewaltiger. Sie ließen keine Frau aus. Ihre Mutter behauptete, sie verstünde sie. Siegreiche Truppen hätten zu allen Zeiten ihre Macht missbraucht, und die Russen rächten sich überdies für die Gräuel, die die deutschen Soldaten in ihrem Land zu verantworten hatten. Selbst ihr Vater hatte ihr zur Vorsicht geraten.

Sie wich zurück und versuchte sich aufzurichten, doch ihre Kniewunde tat so weh, dass sie aufschrie. Der Mann trat einen Schritt zurück und streckte beruhigend die Hände aus.

»Nicht Angst haben …«, sagte er in gebrochenem Deutsch.

»*Je n'ai pas peur*«, erwiderte sie in ihrer Aufregung zuerst auf Französisch, übersetzte jedoch sofort ins Deutsche: »Ich habe keine Angst.«

Erstaunen malte sich auf dem Gesicht des Soldaten ab.

»Sind Sie Französin?«, fragte er sie auf Französisch mit starkem russischen Akzent.

»Ja … Es ist furchtbar … Meine Handtasche ist mir gestohlen worden … mit allen Papieren … O Gott …«

Entsetzen schnürte ihr die Kehle ab. Sie war der Gnade eines sowjetischen Soldaten ausgeliefert, ohne Papiere in einer fremden Stadt, in der sie niemanden kannte.

»Sind Sie verletzt?«, fragte er mit einem Blick auf ihr Knie und ihre Hände.

»Es ist nicht so schlimm …«

»Warten Sie einen Augenblick, bitte.«

Er drehte sich um. Mit ein paar großen Schritten überquerte er die Straße und betrat ein Haus, das keine Tür mehr hatte. Wenige Augenblicke später kam er zurück und trug vorsichtig eine Emailschüssel heran, setzte sich neben sie und tauchte ein Taschentuch ins Wasser.

»Es ist … sauber«, sagte er mit amüsiertem Lächeln, froh, dass er auf das richtige Wort gekommen war.

Sie überließ ihm ihre Hand, die er vorsichtig reinigte. Die ins Fleisch gedrückten Steinchen taten weh, sie verzog das Gesicht.

»Sie … Sie sprechen sehr gut Französisch«, sagte sie schüchtern, während er sich mit ihrer anderen Hand beschäftigte.

»Es ist doch die Sprache der Poeten, nicht wahr? Ich habe es als kleiner Junge gelernt, von meinem Vater. Ich spreche gern Französisch, aber selten, daher habe ich ein wenig vergessen.«

Sie nickte, etwas ratlos. Er beugte sich vor und betupfte ihr Knie, das stärker blutete als ihre Hände.

»Wir brauchen Alkohol und Pflaster. Wo wohnen Sie?«

»Im Hotel *Elster*, beim Bahnhof. Ich habe mich verlaufen ...«

»Wir müssen den Diebstahl der Papiere sofort melden. Ich gehe mit Ihnen. Können Sie laufen?«

»Ich glaube schon.«

Er bot ihr den Arm an, um ihr beim Aufstehen behilflich zu sein, und brach dann in Lachen aus.

»Darf ich um diesen Tanz bitten, Mademoiselle?«

Nun lächelte auch sie. Es war zu dunkel, um die genaue Farbe des Haars unter dem Helm zu erkennen, es schien dunkelbraun zu sein, genau wie die Augen, in denen manchmal bernsteinfarbene Funken aufleuchteten. Als sie neben ihm stand, bemerkte sie, dass er groß war. Seine breiten Schultern und das Gehänge, das seinen Oberkörper unterstrich, ließen ihn kraftvoll erscheinen. Sie fragte sich, ob es wohl an der Uniform lag.

»Gestatten Sie mir, mich vorzustellen, Sergej Iwanowitsch.«

»Camille Fonteroy«, sagte sie leise.

»Sehr erfreut, Mademoiselle Fonteroy. Jetzt gehen wir zur Polizei und dann bringe ich Sie ins Hotel zurück.«

Am nächsten Morgen wachte Camille davon auf, dass jemand an ihre Tür trommelte. Sie stand auf und verzog das Gesicht, als sich die Haut auf ihrem Knie und in ihren Handflächen spannte. Sie konnte kaum den Schlüssel im Schlüsselloch drehen.

Der Portier sah sie streng an, stirnrunzelnd wie ein Oberlehrer.

»Es ist schon Mittag, Fräulein Fonteroy. Diese Nachricht ist für Sie abgegeben worden. Ein russischer Soldat. Im Wagen saß ein Offizier.«

Er hielt ihr einen Umschlag hin. Vermutlich hält er mich für eine sowjetische Spionin, dachte sie.

»Danke. Wenn Sie mir bitte Kaffee oder Tee heraufbringen lassen? Oder einfach, was Sie haben.«

»Wir haben beides, Sie können wählen«, sagte er pikiert.

»Dann bitte Kaffee, schön schwarz.«

Sie machte ihm die Tür vor der Nase zu, ganz sicher würde sein Kaffee nur entsprechend aromatisierter Ersatzkaffee sein.

Sie ließ kaltes Wasser ins Becken laufen und wusch sich so gut es ging das Gesicht. Dann zog sie die Vorhänge auf. Das sonnige Wetter vom Tag vorher war nur noch schöne Erinnerung. Feiner Regen fiel aus dem grauen Himmel. Sie fröstelte. Bei diesem Nieselregen würde die Stadt noch deprimierender sein.

Sie setzte sich aufs Bett und riss den Umschlag auf, auf dem in schönen, regelmäßigen Lettern ihr Name stand. Eine mit mehreren Stempeln versehene, von der sowjetischen Behörde ausgestellte amtliche Urkunde, die ihre Identität und den Diebstahl ihrer Papiere bezeugte. Sie faltete das beigefügte karierte Blättchen auseinander: »Eva Krüger, Peterstraße 40, Herzliche Grüße«. Die Unterschrift war nicht zu entziffern. Sie lächelte ein wenig bei der Erinnerung an den hinter ihr liegenden verrückten Abend.

Nach einem zügigen Besuch auf dem Polizeikommissariat – die Beamten hatten eilfertig alles stehen und liegen lassen, als sie sie am Arm eines russischen Offiziers kommen sahen – hatte Camille sich mit Sergej wieder auf den Weg ins Hotel gemacht. Die Polizisten hatten sie sogar mit einem Knieverband versorgt. Sie hatte zwar noch gehinkt, sich aber standhaft geweigert, im Wagen zurückgebracht zu werden. Vielleicht weil sie noch ein wenig mit dem Russen zusammen sein wollte?

In einer Straße, die zum Augustusplatz führte, hatte er plötzlich gefragt, ob sie Hunger habe. Sie hatte genickt. Sie solle einen Augenblick warten, hatte er gesagt und war schon in einem Hofeingang verschwunden. Während des Wartens hatte sie sich seltsam verlassen gefühlt. Dann war er mit warmen Würstchen, Bratkartoffeln, Schwarzbrot und einer Flasche Wodka wieder aufgetaucht. Sie hatte ihren Augen kaum getraut. Leipzig sei ein Schwarzmarktparadies geworden, hatte er ihr erklärt, man müsse nur die richtigen Adressen kennen.

Seit sie wieder durch belebtere Viertel liefen, wurden sie von den Passanten immer wieder kritisch beäugt.

»Wirklich, ich habe entschieden eine Neigung, mich mit unerwünschten Militärs in der Öffentlichkeit zu zeigen«, murmelte sie.

Und fürchtete gleich, gar zu unverfroren gewesen zu sein, doch Sergej lächelte nur und bat sie, das genauer zu erklären. Sie setzten sich auf die Treppe der zerstörten Universität. Nach ein paar Schlucken Wodka fing sie an zu erzählen, wild durcheinander von der Maison Fonteroy, ihren Lehrjahren, ihrer Leidenschaft für ihren Beruf, den Trümmern des Brühl, von Liselotte und Heinrich Hahn, von ihrer letzten Begegnung mit Peter in Paris, ihrem Streit, diesem unabweisbaren Drang, die Krügers zu finden, weil sie das Gefühl des Ungeklärten nicht ertrug. Manchmal standen ihr dabei Tränen in den Augen. Sie fragte sich, ob es am Alkohol auf nüchternen Magen lag, aber sie konnte einfach nicht aufhören zu reden.

Sergej hörte geduldig zu, fragte nur manchmal nach, wenn er nicht sicher war, alles verstanden zu haben. Als sie endlich schwieg, ihr Essen war längst kalt, betrachtete er sie aus unergründlichen Augen.

Dann holte er ein Päckchen Zigaretten aus seiner Uniformjacke, während Camille sich zum Essen zwang, obwohl sie gar keinen Appetit mehr hatte. Aber sie fürchtete, nicht mehr auf die Beine zu kommen, wenn sie den Wodka unverdünnt ließe.

Schließlich hatte er zu sprechen begonnen, sehr langsam. Camille hatte hastig gesprochen, fiebrig, seine Stimme hingegen war eher träge, warm, sonor. Er suchte nach seinen Worten, ohne Eile, als hätten sie ein ganzes Leben vor sich, er tauchte mit Behagen in diese Sprache ein, die aus seiner Kindheit wieder ans Licht gekommen war. Er kam nicht gleich auf sein Thema zu sprechen, sondern näherte sich ihm über lange Umwege und zog den Augenblick, jedes Bild, jedes Wort genießend, in die Länge. Und während die Frühlingsnacht die Ruinen der Kürschnerstadt einhüllte, hörte die junge Erbin eines Pariser Pelzhauses staunend diesem Fremden zu, der ihr lächelnd erzählte, er sei Pelztierjäger in Sibirien.

Gedankenvoll faltete Camille den Zettel, auf dem Sergej die Adresse der Krügers notiert hatte, wieder zusammen. Ob es schwierig gewesen war, sie herauszufinden? Eva Krüger war eine renommierte Konzertpianistin, das musste die Suche erleichtert haben. Aber warum hatte er sich die Mühe gemacht? Sie fühlte sich seltsam bewegt, denn sie hatte ihn um nichts gebeten. Sie hatten noch einige Zigaretten geraucht, an diesem besonderen Abend, und die Wodkaflasche geleert, dann hatte er sie ins Hotel zurückbegleitet. Sie erinnerte sich vage, dass sie in ihr Zimmer hinaufgegangen und nach dem Ausziehen auf dem Bett zusammengesunken war.

Eine Stunde später machte sich Camille in ihrem dunkelgrauen Kostüm, das sie nach Kräften ausgebürstet hatte, auf den Weg in die Peterstraße. Der Regen hatte aufgehört, der Staub war nun klebrig geworden.

Mit Schaufeln und Maurerkellen, manchmal auch mit bloßen Händen räumten lange Reihen von Männern und Frauen, die sich Kopftücher umgebunden hatten, den Schutt.

Das Haus in der Peterstraße musste vor dem Krieg imposant gewesen sein. Unter dem Ruß und dem Schmutz waren noch Karyatiden und verzierte Balkons auszumachen. Sie ging ins Treppenhaus und entnahm einem Schild, dass die Krügers im zweiten Stock wohnten.

Vor der Wohnungstür holte sie noch einmal tief Luft, nahm allen Mut zusammen und klingelte. Ein Kind begann zu weinen.

Sie spürte, dass sie durch den Spion angeschaut wurde. Ihre Hände waren feucht, das Herz schlug ihr im Halse. Der Riegel wurde zurückgeschoben.

»Ja, bitte?«

Die Frau trug eine alte Herrenstrickjacke mit ausgeleierten Taschen, eine weiße Bluse und einen bis zu den Waden reichenden engen Rock. Das graue Haar war mit einem Band zusammengebunden. Sie hatte ein liebenswürdiges Gesicht, die Wangen waren welk, doch die Augen voller Ausdruck.

»Madame Eva Krüger? Ich bin Camille Fonteroy, die Tochter von André Fonteroy.«

Evas Augen weiteten sich überrascht.

»*Seigneur Dieu*«, murmelte sie auf Französisch. »Kommen Sie doch bitte herein, Mademoiselle.«

Camille trat in den kleinen, dunklen Flur. Eva schloss die Wohnungstür und ging in das zur Straße liegende Wohnzimmer voraus. Durchs offene Fenster hörte man, wie ein Haus abgerissen wurde.

Camille überlegte, dass Peter nicht in dieser Wohnung aufgewachsen war. Nichts von ihm war zwischen den verschlissenen Möbeln in diesem seelenlosen Raum zurückgeblieben. Sie warf einen Blick auf die Anrichte, auf der sich Noten und Teller stapelten, und suchte vergeblich nach dem Flügel, von dem ihr Vater erzählt hatte.

Eva bot ihr einen Platz an und holte dann eine Flasche Schnaps mit zwei Gläsern.

»Für besondere Gelegenheiten.« Eva lächelte sie an. »Wie geht es Ihrem Vater?«

»Danke, gut. Er hat mir viele Grüße für Sie aufgetragen.«

»Der liebe André ... Das letzte Mal haben wir uns in einem anderen Leben gesehen ...«

Seltsamerweise klang sie weder verzweifelt noch resigniert, eher leicht ironisch. Camille war auf eine gebrochene Frau gefasst gewesen, ähnlich zerstört wie die Stadt, doch trotz des völlig ungeschminkten Gesichts und der formlosen Kleider strahlte sie eine erstaunliche Vitalität aus.

»Verzeihen Sie«, setzte Camille an, »aber ich wollte wissen, ob Sie etwas von Peter gehört haben.«

Schmerz verkrampfte Evas Züge, durchlief ihren ganzen Körper. Es war, als wäre der Lebensfunke mit einem Mal verloschen wie eine vom Luftzug gelöschte Kerzenflamme.

»Es tut mir Leid«, entschuldigte sich Camille unbeholfen und umfasste das geschliffene Glas fester.

Draußen wurden gutturale Befehle geschrien. Eva stand auf, schloss das Fenster und blieb dann starr neben dem Vorhang stehen.

»Er ist in Stalingrad gefallen«, sagte sie mit veränderter Stimme, die Hände in den Jackentaschen zu Fäusten geballt. »Ich sage mir immer wieder, dass er nicht in Gefangenschaft geraten ist, dass man ihn nicht in ein sibirisches Lager verschleppt hat ... Ich sage mir, dass ihm das Schlimmste erspart geblieben ist, dass er in den letzten Monaten des Kampfes, als die Wehrmacht von den Russen eingekesselt war, weder unter dem Hunger noch unter der Kälte gelitten hat. Ich sage mir, dass er ein glückliches Leben hatte ... Zumindest glaube ich es. All das sage ich mir immer wieder, um an ihn zu denken und nicht an mich, an das, was ich mit ihm verloren habe ...«

Sie kam an den Tisch zurück, leerte ihr Glas in einem Zug und füllte nach. Camille nickte schweigend. Sie glaubte zu verstehen. Wenn diese Frau sich in Gedanken bei dem aufhielt, was sie seit dem Tod ihres Sohnes litt, konnte sie nicht überleben. Sie dachte an ihre eigene Mutter. Wie würde Valentine auf die Nachricht von Maxence' Tod reagieren? Würde sie Gott verfluchen?

Eva war vor Trauer aschfahl geworden. Auch Camille fühlte nur noch Schwäche. Sie hatte die Antwort erhalten, um derentwillen sie gekommen war: Peter war tot. Sie hatte es unklar gefühlt, aber sie hatte an das Unmögliche glauben wollen. Warum hatte sie so sehr gehofft, ihn wiederzusehen? Warum war sie durch so viele Ruinen zu ihm gereist? Nicht aus Liebe. Selbst damals hatte sie instinktiv erfasst, dass sie nicht in ihn verliebt war, nein, es ging um eine Kraft, durch die sie sich selbst offenbart worden war. Und wenn es Egoismus gewesen sein sollte? Peter hatte einen Teil ihres Lebens für kurze Zeit mit Licht erfüllt. Ihm und nur ihm war es gelungen, eines Sommerabends in ihrem siebzehnten Lebensjahr diese bittersüße Einsamkeit, die nie von ihr wich, zu erfüllen. Er schien ihr wie der Hüter eines ungreifbaren Glücks, und sie hatte diese flüchtige Empfindung wieder erleben wollen, vielleicht als Selbstvergewisserung. Aber sie war auch gekommen, um ihn um Verzeihung zu bitten dafür, dass sie ihn verletzt hatte, um seine Hand oder seine Wange zu berühren, und sei es nur für einen Augenblick, um die Wärme seiner Haut zu spüren.

In Evas Wohnzimmer und vor dem stummen Schmerz dieser Mutter wurde ihr mit einer gewissen Scham bewusst, dass sie ihn ein weiteres Mal benutzt haben würde, wenn sie ihn wiedergesehen hätte, ohne bei ihm bleiben zu wollen.

Sie fuhr zusammen, als die durchdringende Stimme des Kindes, das sich in der Zwischenzeit beruhigt hatte, aus einem benachbarten Raum zu hören war. Evas Gesicht nahm wieder Farbe an. Leben kehrte in den erloschenen Blick zurück, ihr Körper entspannte sich.

»Bitte entschuldigen Sie mich einen Augenblick. Das ist meine Enkelin. Gewöhnlich bekommt sie zu dieser Zeit ihr Mittagessen, und es dauert nicht mehr lang, bis sie uns das Gas abdrehen.«

Sie ging aus dem Zimmer und ließ die Tür hinter sich offen.

Camille blieb einen Augenblick wie erstarrt sitzen. Peter war Einzelkind gewesen … Sie stand auf und folgte Evas Stimme, die ihre Enkelin in einem Ton, der streng klingen sollte, zur Ruhe mahnte.

Die Küche ging auf den Hinterhof hinaus. An einem Holztisch vor der Wand saß ein kleines, etwa zweijähriges Mädchen und klopfte summend mit ihrem Löffel auf die Tischplatte. Als sie Camille erblickte, verstummte sie und heftete ihre großen dunklen Augen fest auf die Fremde.

»Kommen Sie herein, Camille. Ich darf Sie doch Camille nennen?«, fragte Eva, die auf dem Herd eine Suppe aufwärmte. »Das ist Sonja, Peters Tochter …« Sie drehte sich, den Kochtopf in der Hand, zu Camille herum. »Aber Sie sind ja ganz blass! Setzen Sie sich …«

Mechanisch zog Camille einen Stuhl unter dem Tisch hervor. Das Mädchen mit den dunkelbraunen Zöpfchen ließ sie nicht aus den Augen. Sie hatte ein Stupsnäschen, zarte Lippen, sehr weiße Haut und den strengen Blick der Kinder dieser Stadt. Misstrauisch beäugte sie Camille, doch dann schien sie plötzlich beschlossen zu haben, diesen fremden Gast zu mögen, und lächelte ihn schelmisch an. Nun verstand Camille, warum Eva Krüger noch lebte. Das strahlende Lächeln auf diesem Puppengesichtchen war das Lächeln ihres Vaters. Diese strahlende, sonnige, unwiderstehliche Freude hatte sie von Peter geerbt.

Wärme stieg auf in Camille. Sie beugte sich über den Tisch, und streckte vorsichtig, als hätte sie Angst, das Kind könne vor ihr flüchten, ihre Hand aus und streichelte Sonjas Wange.

»Guten Tag, Sonja. Ich heiße Camille. Ich war mit deinem Papa befreundet …«

Sergej lehnte an einer Wand und beobachtete den Eingang des Hotels *Elster*. Der Tag war trübe gewesen. Feiner Regen fiel auf den Asphalt und gurgelte im Rinnstein. Er hatte den Kragen seines Militärmantels hochgeschlagen und rauchte ruhig eine Zigarette.

Seit er morgens den Zettel mit der Anschrift der von ihr gesuchten Familie bei Camille hinterlassen hatte, dachte er unablässig an die junge Französin. Ein Mädchen wie sie hatte er noch nie kennen gelernt. Sie hatte etwas schwer Bestimmbares, sie hatte ihn in ihren Bann geschlagen, als er ihre Wunden zu säubern versucht hatte. Er hatte ihre Furcht gespürt, aber sie hatte ihre Angst bezwungen und war ihm auf diesem seltsamen Irrgang durch die Stadt gefolgt.

Später, auf der Treppe der Universität, hatte er sich auf ihre Worte konzentrieren müssen, um sicher zu sein, dass er alles verstand, doch manchmal, wenn er den Gesprächsfaden verlor, hatte er sich damit begnügt, das zu einem losen Knoten zusammengebundene unbändige Haar zu betrachten, das ausdrucksvolle Gesicht mit den sinnlichen Lippen, den Körper in dem eng geschnittenen strengen grauen Kostüm, das ihr dennoch nichts Damenhaftes zu verleihen vermochte.

Er hatte sich gefragt, was ihn so sehr an ihr faszinierte. Vielleicht die Freiheit im Ton und ein gewisser Eifer. Und dieser ehrliche, klare, helle Blick.

Seit Kriegsende hatte er das Gefühl, langsam zu ersticken. Rings um ihn herrschten nur Verdächtigungen und Misstrauen: das der Deutschen gegenüber den Sowjets, die einen Teil ihres Landes besetzt hielten, und, in mancher Hinsicht noch gefährlicher, das der Russen gegenüber ihren Landsleuten, die die vom kommunistischen Regime geförderte gegenseitige Bespitzelung beibehielten.

Sergej war ein Einzelgänger, der sich ungern in den Mittelpunkt rückte, und er genoss das Vertrauen seiner Vorgesetzten. Durch seinen Status eines Helden der Sowjetunion geschützt, konnte er sich aufs Beobachten beschränken. Man behandelte ihn achtungsvoll, doch er erwog jedes Wort, auch gegenüber seinen Kameraden. Seit er Iwanowo verlassen hatte, hatte er mit niemandem, außer vielleicht mit Wolodja, so offen zu sprechen gewagt wie mit Camille. Er war überrascht gewesen über diesen unwiderstehlichen Drang, seine Erinnerungen an seine Heimat und seine Kindheit mit dieser Fremden zu teilen. Und dann gab es diese unverhoffte Gemeinsamkeit, über die sie beide gelacht hatten, nämlich den Gedanken, dass die von Sergej sorgfältig bearbeiteten und von der *Sojuspuschnina* nach Leipzig geschickten Hermelin- oder Eichhörnchenfelle möglicherweise von Camilles Vater ausgesucht und in die Werkstätten der Maison Fonteroy am Boulevard des Capucines in Paris geliefert worden waren.

Manchmal machte der Zufall seine Sache gut. Aber bei genauerem Nachdenken war es vielleicht gar nicht so erstaunlich, dass sie sich in dieser Stadt, dem einstigen unumgehbaren Knotenpunkt ihres Gewerbes, begegnet waren.

Als er Anfang Juli angekommen war, hatte er einen Spaziergang über den Brühl gemacht. Im Kürschnerviertel standen nur noch etwa ein Dutzend Gebäude. Die jüdischen Händler waren verschwunden, einige hatten auswandern können, die anderen … *Die anderen …*, hatte Sergej gedacht. Es hieß, ein einziger Jude vom Brühl sei nach dem Krieg zurückgekehrt. Ein einziger.

Er nahm einen letzten Zug und trat die Kippe mit dem Absatz aus. Die Hände in den Taschen vergraben, überquerte er die Straße.

Er hatte das Bedürfnis, sie wiederzusehen und wieder in der Sprache zu sprechen, die in ihm schlummerte und die er nie vergessen hatte. Er dachte an den Französischunterricht, den sein Vater ihm an den Winterabenden erteilt hatte, während der Samowar summte und seine Mutter eine Bluse mit Blumen bestickte. Eine magische, eine geheime Sprache, die er nur mit ihm geteilt hatte, eine Sprache, die sie zu Komplizen gemacht hatte. Er hatte nie genug Neugier aufgebracht, seinen Vater zu fragen, wo er sie gelernt hatte. Eltern können und wissen alles, so ist das eben. Sein Vater sprach Französisch, seine Mutter die Sprache der Pflanzen. Er hatte beide gelernt.

Vor der Glastür des Hotels zögerte er einen Moment. Was sollte er ihr sagen? Wohin sollte er mit ihr gehen? Er wollte nicht, dass seine Kameraden ihn mit einer Ausländerin sähen.

In diesem Augenblick drückte eine Gruppe von Messebesuchern die Tür auf. Seit Messebeginn waren relativ viele Westdeutsche und Ausländer in der Stadt. Sergej war froh, in der anonymen Menge untergehen zu können.

Er nahm seine Mütze ab und strich sich übers Haar. Er war ein wenig nervös, wie er jetzt merkte. Er wusste nicht, ob Camille Fonteroy ihn wiedersehen wollte, aber er wusste, dass ihm viel daran lag, dass er nicht darauf verzichten konnte.

Der Portier sah ihn ausdruckslos an, wie erstarrt in einer innerlichen Habachtstellung. Sergej fragte ihn, ob Fräulein Fonteroy auf ihrem Zimmer sei, und der Portier zeigte auf den Speisesaal.

Sergej ging zu der Tür und stand vor einem tristen, von Wandlampen, in denen jede zweite Birne fehlte, erhellten Raum. Es war erst halb sieben. Sie war der einzige Gast und saß an einem runden Tischchen auf der rechten Seite. Sie las die Speisekarte, die ihr offenbar gerade vom Kellner gebracht worden war. Aus ihrer Miene sprach keine besondere Begeisterung.

Als hätte sie gespürt, dass sie beobachtet wurde, hob sie plötzlich den Kopf. Sie wirkte leicht verärgert und besorgt, als sie ihn erkannte, aber nicht eigentlich überrascht. Sie faltete sorgsam ihre Serviette, legte sie neben den Teller und stand auf.

Er wartete, bis sie ihren Mantel geholt hatte. Der Portier borgte ihm einen Regenschirm. Wortlos gingen sie durch die Straßen. Camille lächelte nicht unter ihrer schwarzen Filzkappe. Sergej hatte die Hände noch in den Taschen.

Sie hatten kein bestimmtes Ziel und kannten sich kaum, aber in ihrem Gang lag keinerlei Zögern oder Unbeholfenheit. Sie waren nicht wie jene Menschen, die nebeneinander laufen und gelegentlich zusammenstoßen oder keinen gemeinsamen Rhythmus finden, weil ihre Körper sich nicht kennen. Sie liefen, da es kühler wurde, im gleichen, eher raschen, aber gelassenen Schritt. Sie überquerten Straßen, ließen Trambahnen vorbei, gingen an Bretterzäunen entlang und wichen Schlaglöchern aus, ohne sich je gegenseitig zu stoßen, nur manchmal berührten sie sich mit einem Arm, einer Schulter.

»Danke für die Adresse«, sagte sie schließlich.

»Haben Sie ihn gefunden?«

»Ja. Gewissermaßen.«

An einer Straßenecke wurden sie von einer Windbö erfasst. Der Regenschirm schlug um. In der Ferne grollte Donner, und jäh setzte heftiger Gewitterregen ein. Sergej nahm Camille bei der Hand und sie rannten los.

Völlig durchnässt retteten sie sich unter den Torbogen eines Hauses mit vernagelten Fenstern. Wie früher in ihrer Kindheit begann Camille die Sekunden zu zählen, um die Entfernung des Gewitters abzuschätzen.

Der Donner brach los, als Sergej gerade etwas zu ihr sagte. Sie erschrak und versuchte es ihm vergeblich von den Lippen abzulesen.

»Wie bitte?«

Der klatschende Regen deckte alle Geräusche zu. Er beugte sich zu ihr, als wollte er es ihr ins Ohr sagen, dabei streiften seine Lippen ihre Wange. Sie blickte zu ihm auf. Er sah sie intensiv forschend an. Sie spürte seine Aufmerksamkeit und seine Anspannung. Was erwartete er? Was erhoffte er?

Auch sie betrachtete in dem gelblich weißen Halbdunkel jede Einzelheit seines Gesichts. Die hohe Stirn, die leicht spitz zulaufenden Augen. Er hatte den albernen, viel zu großen Helm abgenommen, das dichte, regennasse Haar klebte ihm am Kopf, auch seine Wangen waren feucht.

Nie war sich Camille ihres eigenen Körpers bewusster gewesen als in jenem Augenblick. Ihr Herz schlug so heftig, dass sie kaum Luft bekam. Ihre Brüste spannten sich unter der Bluse, und sie hatte das brennende Verlangen, die Hände dieses Mannes auf ihrer Brust, seine weichen, feuchten Lippen auf ihrer Haut zu spüren. Sie brauchte diese Umarmung, diesen Mund, noch im selben Augenblick, bevor es zu spät wäre, bevor sie zum Nachdenken käme.

Er legte ihr eine Hand in den Nacken, auf den nassen Knoten, suchte die Haarnadeln und zog sie heraus. Als er sah, dass ihr endlich befreites Haar ihr halb über den Rücken reichte, lächelte er flüchtig. Dann begrub er seine Hand in ihren eigenwilligen

Locken. Mit dem anderen Arm umschlang er ihre Taille und zog sie an sich.

Sie nahm sein Gesicht in ihre Hände und zeichnete wie ein Bildhauer mit den Daumen die Umrisse seiner Lippen, den Nasenrücken, die Kiefer nach. Als wollte sie ihn in Besitz nehmen oder mit ihrer Berührung formen, vielleicht wollte sie ihn aber auch schon ihren eigenen Fingerspitzen einprägen.

Mit einem Mal bekam sie Angst. Nicht vor ihm. Sie hatte nie Angst vor ihm gehabt, außer in den ersten Sekunden ihrer Begegnung. Nein, sie wusste, dass ihr von Sergej nichts drohte. Doch sie fürchtete sich vor diesem heftigen Begehren. Vor sich selbst hatte sie Angst, vor dieser geheimen und überwältigenden Wut, die ihre Sinne entflammte und ihr das Gleichgewicht raubte.

Später liebten sie sich in einem Zimmer, wie sie die Leipziger Hauswirtinnen seit Generationen an den Messetagen für die Besucher bereithielten, mit abgenutzter Tapete, einem Messingbett und nach ranziger gelber Seife riechender kratziger Bettwäsche. Sie liebten sich leidenschaftlich, staunend, fast ungläubig, und aus der nächtlichen Stille des verwilderten Gartens drangen durch das halb offene Fenster vereinzelte Vogellaute und der Duft nach feuchter Erde.

# *Dritter Teil*

## *Paris 1953*

Camille sah auf die Armbanduhr. Fast halb elf! *Wenn sie sich nicht beeilt, gehe ich eben ohne sie*, dachte sie ungeduldig. Ihr Blick glitt über die unter der erbarmungslosen Julisonne glühende Avenue Montaigne, in der Hoffnung, den flammenden Schopf ihrer Patentante auftauchen zu sehen, doch Pünktlichkeit hatte noch nie zu den Haupttugenden Odile Venailles' gezählt.

Kein Windhauch bewegte das Laub der Kastanienbäume. Einige Verspätete hasteten noch unter den beigefarbenen Baldachin mit der Aufschrift »Christian Dior«. Gleich würde die Schau mit der Herbst-Winter-Kollektion beginnen. Die Kundinnen und Freunde von Monsieur Dior waren aufs Äußerste gespannt. Welchen Stil würde der geniale Modeschöpfer diesmal – »Vivante« war das Motto der Kollektion – lancieren? Die Modejournalisten spitzten schon Zunge und Bleistift. Wieder einmal sollte die Pariser Haute Couture gleich einem Dirigenten bestimmen, in welcher Gestalt die Frauen sich demnächst auf der ganzen Welt zeigen würden.

»Camille!«

Sie drehte sich um und sah ihre Patin aus einem Taxi steigen.

»Verzeih mir!«, rief Odile atemlos und küsste sie auf beide Wangen. »Schnell, schnell ... Suchen wir uns einen Sitzplatz. Schlimmstenfalls auf der Treppe.«

Der weiß behandschuhte Portier hielt ihnen die Tür auf. Sie bahnten sich einen Weg zwischen den Frauen mit nachgezogenen Augenbrauen und Strohhütchen. Die eleganten Damen zwitscherten wie ein Vogelschwarm. Camille erkannte die blonde Hélène Lazareff, die unbestrittene Herrscherin über *Elle*, und Carmel Snow von *Harper's Bazaar*, an der niemand vorbeikonnte und die den von Dior einige Jahre zuvor kreierten revolutionären Stil beiläufig und in einem Nebensatz »New Look« getauft hatte.

Bald beruhigte sich der summende Bienenstock, und in der andächtigen Stille begann die Ansagerin die Namen der Modelle, gefolgt von den dazugehörigen Nummern auf Englisch und Französisch, zu verlesen. Die Mannequins, die zwischen zwei grauen Satinvorhängen hervorschlüpften wie Schmetterlinge aus ihrer Puppe, schritten ein von Knien umrahmtes Ehrenspalier ab.

Camille saß in der Nähe des Geländers auf der Treppe – sie war von ihrer Patentante, die man auf einen Platz am anderen Ende des Raums gewiesen hatte, getrennt worden – und ließ sich nichts entgehen.

»Er hat die Röcke kürzer gemacht«, flüsterte eine Männerstimme dicht an ihrem Ohr. »Säume, die vierzig Zentimeter über der Erde enden. Welch ein Glück für uns Männer. Ich bewundere seine Kühnheit.«

Sie löste den Blick von der hohen, exotischen Gestalt Allas, die sich unter dem prasselnden Beifall drehte, und fand sich im Bann der spöttischen grünen Augen ihres Nachbarn. Braunes, zurückgekämmtes Haar über einer hohen Stirn, dazu eine kräftige Nase. Er hatte einen amerikanischen Akzent und die entschlossenen Kieferknochen der Hollywoodstars. Sie fragte sich, wie sie so zerstreut hatte sein können, er war ihr gar nicht aufgefallen, als sie sich neben ihn setzte.

»Bewundern Sie nicht eher seine Macht? Ob er die Säume nun nach oben oder nach unten rutschen lässt, die Frauen schließen die Augen und gehorchen.«

»Sie werden mir nicht einreden können, dass Sie zu den Frauen gehören, die blind einem Mann folgen, Mademoiselle Fonteroy. Nicht einmal einem genialen Modeschöpfer.«

»Kennen wir uns?«, wunderte sie sich. Sie war sicher, dass sie diesen Mann nie vergessen hätte.

»New York, vor einem Jahr. Die Hudson-Bay-Versteigerung.«

Sie forschte in ihrem Gedächtnis, doch vergeblich.

Bei den Versteigerungen von Fellen und Häuten war sie immer sehr konzentriert und angespannt. Auf ihren Schultern lastete dann eine schwere Verantwortung, weil sie die Mode des kommenden Winters vorhersehen musste. Es ging um enorme Summen, und eine Fehleinschätzung, ein Fehlgriff konnte große finanzielle Verluste nach sich ziehen. Bei den Versteigerungen der mächtigen Hudson Bay Company begegnete sie den einflussreichsten Pelzhändlern der Welt, die mit Hunderttausenden von Dollars jonglierten. Ihre Gewinne machten sie, indem sie ihre Lots in ihren jeweiligen Ländern an die Kürschnerunternehmen verkauften.

Anfang des Jahrhunderts hatte die Maison Fonteroy zu den wenigen Unternehmen gehört, die sowohl als Kürschner als auch als Fellhändler tätig waren, doch vor einigen Jahren waren die von Léon Fonteroy angeregten eigenen Kontore in Kanada aufgelöst und die Pelzhandelsabteilung am Boulevard des Capucines war geschlossen worden. Camille war enttäuscht gewesen über diese Entscheidung des Verwaltungsrats. Ihrer Ansicht nach agierte man zu zaghaft, doch ihr Vater hatte den Ausführungen des Verwaltungsratsmitglieds Philippe Haguenau gelauscht, der anhand von Zahlen nachwies, dass das Kontornetz immer schwerer zu verwalten war. Es sei vernünftiger, bei den Versteigerungen mitzubieten oder bei den Pelzhändlern zu kaufen und sich auf die Herstellung von Pelzbekleidung zu konzentrieren. André hatte sich seinem Rat gebeugt.

»Sie müssen entschuldigen«, sagte Camille. »Aber ich kann mich nicht an Sie erinnern …«

»Psst!«, flüsterte jemand von hinten.

Der Mann verdrehte die Augen wie ein ertappter Schüler, Camille musste sich das Lachen verbeißen. Doch sie bewunderten brav die weitere Modenschau, und sie verliebte sich in ein vom Kragen bis zum Saum durchgeknöpftes kurzärmeliges graues Kleid mit schwarzen Paspeln. Obwohl es ernsthaft, fast streng wirkte, brachte es die sprühende Persönlichkeit des dunkelhaarigen jungen Mannequins umso besser zur Geltung.

Camille überlegte, dass dieses noch sehr junge Mädchen ideal wäre, um den modernen Geist zu verkörpern, den sie ihrer eigenen Kollektion einhauchen wollte. *Ich muss sie unbedingt bitten, bei der Werbekampagne mitzumachen*, dachte sie. Schon schossen ihr Mantelentwürfe durch den Kopf. Sie achtete nicht mehr auf die duftigen Abendkleider, die an ihr vorbeizogen, sondern ließ sich von den Farben inspirieren: Rosa- und Mauvetöne, ein wie ein Feuerwerk explodierendes Rot. Die Frauen mussten ihre Garderobe aufeinander abstimmen können, die Pelzbekleidung musste weniger ernst und erlesen wirken, und stattdessen gewagter. Aber wie sollte sie ihren Vater davon überzeugen?

Eine Hand klopfte ihr auf die Schulter.

»Sie werden sich Feinde machen, wenn Sie nicht klatschen«, mahnte ihr Stufennachbar.

So aus ihren Gedanken gerissen, bemerkte Camille, dass die Schau gerade zu Ende gegangen war. Frenetischer Beifall begrüßte das von einer weißen Wolke aus Satin und Tüll umschwebte dunkelhaarige junge Mädchen.

»Wissen Sie zufällig, wie dieses Mannequin heißt?«, erkundigte sie sich. »Ich habe sie noch nie gesehen.«

»Victoire, glaube ich. Monsieur Dior hat sie entdeckt.«

Camille suchte Zettel und Bleistift aus ihrer Handtasche und notierte sich den Vornamen des Mädchens.

»Ich muss sie unbedingt haben«, murmelte sie, als sich die Zuschauer erhoben und rücksichtslos die vergoldeten Stühlchen und Sesselchen zurückstießen.

Camilles Fuß war eingeschlafen, sie musste sich am Treppengeländer festhalten, um nicht zu fallen. Im Gedränge wurde der Mann an sie gepresst. Er war eher groß und von kräftiger Statur. Sie roch die Vetiver- und Holznoten seines Eau de Cologne.

»Und ich muss Sie unbedingt zum Mittagessen einladen«, sagte er amüsiert.

»Aber Monsieur, ich weiß ja noch nicht einmal, wie Sie heißen!«, protestierte sie und wusste nicht, ob sie so viel Bemühen nun schmeichelhaft oder irritierend finden sollte.

»Victor Brook.« Er legte die Hand aufs Herz.

Camille riss die Augen auf.

»*Der* Victor Brook ...? Ich dachte, Sie wären viel älter.«

»Man dankt fürs Kompliment«, erwiderte er lächelnd. Er nutzte ihre Überraschung und nahm ihren Arm.

»Und jetzt kommen Sie.«

»Nein, warten Sie, ich muss noch meine Patin suchen. Wir sind zusammen gekommen.«

Etwas ungeduldig blieb er am Fuß der Treppe stehen.

»Wo ist sie?«

Camille sah sich suchend um. Unter den grauen Holzvertäfelungen stand vor einem der Spiegel Odile und plauderte heiter mit Jean Cocteau.

»Dort hinten ... Die Rothaarige im marineblauen Kostüm.«

»Sie sieht nicht gerade einsam und verlassen aus, ich armer Amerikaner hingegen wäre bestimmt ganz hilflos ohne Sie. Und nun kommen Sie.«

So überrumpelt, hatte Camille gerade noch Zeit, ihrer Patentante kurz zuzuwinken, bevor sie weitergezogen wurde.

Sie war fasziniert. Endlich begegnete sie diesem geheimnisvollen Mann! Der Name Victor Brook war im Kürschnergewerbe in aller Munde. Nachdem er mit den amerikanischen Truppen in der Normandie gelandet war, war er in seinen ursprünglichen Beruf als Fellhändler zurückgekehrt und hatte seine Kollegen seither mit so manchem Coup verblüfft. Man sprach von Bluffs, Wagemut und Flair. Seine letzte Heldentat lag nur wenige Monate zurück. Zwischen der Sowjetunion und Amerika bestehende Handelsabkommen waren aufgekündigt worden, und ein kompletter Zug sibirischer Felle, die in New York verkauft werden sollten, steckte in einem amerikanischen Provinzbahnhof fest. Die Russen hatten die Wahl, sie konnten den Zug zurückholen, was schwierig gewesen wäre, oder die Felle an Ort und Stelle verkaufen. Da die Felle in den ungekühlten Waggons verdarben, war Victor Brook, der irgendwie Wind von der Sache bekommen hatte, herbeigeeilt. Er war der einzige Rauchwarenhändler, der genug Geld hatte, um den Inhalt der dreißig Waggons für einen Dollar je Fell zu kaufen, wobei jedes Fell mindestens fünfunddreißig Dollar wert war. Seither lagerten sie in seinen Kühlhäusern, und mit dem Verkauf würde er gewiss bis zu einem günstigen Zeitpunkt warten.

Draußen auf der Avenue wartete eine lange Reihe von Wagen mit Chauffeuren. Victor Brook half ihr in einen schwarzen Hotchkiss und nannte als Ziel die *Brasserie Lipp*.

Während der Wagen über die Seine fuhr und dann in den Boulevard Saint Germain einbog, versuchte Camille, sich unauffällig einen Eindruck von ihrem Begleiter zu verschaffen. Victor Brook hatte nicht nur Charme und Charisma, er hatte auch die selbstbewusste Kopfhaltung der Amerikaner, die den Krieg gewonnen hatten und keinen Augenblick an ihrer wirtschaftlichen und moralischen Überlegenheit zweifelten.

»Und was verschafft mir die Ehre dieses Kidnappings?«

»Ihre Schönheit.«

Camille verdrehte die Augen. Mit ihren einunddreißig Jahren war sie kein junges Mädchen mehr und errötete bei dieser Sorte Schmeichelei schon lange nicht mehr.

»Das klingt etwas summarisch, finden Sie nicht?«

»Warum sollte ich lügen? Wäre es Ihnen lieber, ich spräche von Ihrer Intelligenz, an der ich nicht zweifle, ich weiß schließlich, wie Sie mit Ihrem Vater die Firma führen. Oder soll ich behaupten, ich sei von der Maison Fonteroy beeindruckt, weil sie meinem Geschäft auf der 7th Avenue Konkurrenz mache? Da bin ich lieber ehrlich, Camille, Sie erlauben doch, dass ich Sie Camille nenne, nicht wahr? Ich finde Sie schön, und ich möchte Sie kennen lernen.«

Sie konnte ihr Lächeln nicht unterdrücken. Wie sollte man einem gut aussehenden Mann widerstehen, der einen unentwegt ansah und mit Komplimenten bombardierte? Sie beschloss, dieses unerwartete Mittagessen einfach zu genießen, und strich mit der Hand über das helle Leder der Sitzbespannung. Wie gut, dass sie gerade an jenem Morgen eins ihrer Lieblingskleider angezogen hatte, aus gelber Seide und mit schwarzem Gürtel, das ihr ein frisches Aussehen verlieh und ihre schmale Taille zur Geltung brachte.

Unter den geblümten Fayencekacheln und geschliffenen Spiegeln der *Brasserie Lipp* redete Victor Brook mit der entwaffnenden, typisch amerikanischen Offenheit über sich selbst. Camille erfuhr, dass seine Familie aus Armenien stammte und einer seiner Vorfahren, der in der zweiten Hälfte des 18. Jahrhunderts nach Amerika gekommen war, im Pelzhandel ein Vermögen gemacht hatte. Damals hatte man gegen ein paar Pfannen und Messer bei den Indianern Otter-, Biber- und Nerzfelle eintauschen und für das Zehnfache wieder verkaufen können. Ein Gewehr war zehn Otterfelle wert, eine Decke acht und eine Axt drei.

»Es war ein gefährlicher Job«, erzählte Victor fröhlich. »Damals hieß es, dass die Pelzhändler und Missionare dorthin gingen, wohin sich noch kein Weißer gewagt hatte.«

Sein unternehmender und entschlossener Vorfahre hatte seine Pelze auf Schnellseglern nach China und in den Fernen Osten transportieren lassen und dann, 1830 – inzwischen war er Millionär und hatte seinen Familiennamen amerikanisiert –, angefangen, in New York Bauland zu kaufen.

»Und aus Treue zu den Wurzeln des Familienvermögens übernimmt in jeder Generation einer der Erben die Fackel des Pelzhandels, und diesmal war eben ich an der Reihe«, schloss Victor seinen Bericht und machte dem Kellner ein Zeichen, er solle noch eine Flasche Lafite Rothschild bringen. »Und jetzt erzählen Sie mir ein wenig über sich, Camille. Nach allem, was ich gehört habe, blicken auch die Fonteroys auf eine schöne Familiengeschichte zurück.«

Einige Zeit später saß Camille an ihrem Schreibtisch und drehte und wendete gedankenvoll eine gravierte Visitenkarte in ihren Händen. Victor würde noch am selben Abend nach Amerika zurückreisen, doch als er sie am Boulevard des Capucines absetzte, hatte er sich versprechen lassen, dass sie sich wiedersehen würden. »Nun, da wir Freunde geworden sind, können wir doch gar nicht anders, oder, Camille?«

Sie fühlte sich noch ein wenig betäubt vom Bordeaux und der Energie dieses Mannes. Seufzend schob sie die Karte zwischen die Seiten des dicken Pelzhändler- und Kürschnerverzeichnisses, des »Winckelmann«. Beim Zuhören hatte sie wieder diese Vitalität gespürt, die sie bei jedem ihrer New-York-Besuche beeindruckte. Victor Brook glich seiner Geburtsstadt, er hatte die nach Gischt schmeckenden Windböen geerbt und das zwischen den Glasfassaden tanzende Licht. Und doch, wenn sie an sein offenes, fröhliches Gesicht zurückdachte, erinnerte sie sich auch daran, wie sich seine Augen verdunkelt hatten, als er vom Krieg gesprochen hatte, von den jungen Männern, die gefallen waren, als sie sich zwischen Minen und Maschinengewehrgarben zur normannischen Steilküste vorkämpften. »An diesem Tag habe ich mir geschworen, jeden Augenblick meines Lebens zu genießen, wenn ich davonkäme«, hatte er mit einem Lächeln hinzugefügt. Und sie fragte sich unwillkürlich, ob es auch in ihm Brüche gab, gleich jenen Schattenkeilen, die wie Beile in die Hochhausschluchten niederfahren.

Valentine zog die Vorhänge zu, damit Andrés müde Augen nicht unter der Helligkeit des Septembermorgens litten. Sie ging ans Bett zurück und beugte sich über ihn. Sein Atem war regelmäßig. Nach der schmerzstillenden Spritze des Arztes war er eingeschlafen.

Müde, wie sie war, hätte sie jetzt Zeit genug gehabt, die Köchin um einen Tee zu bitten, ihn in aller Ruhe zu trinken, einen Keks dazu zu knabbern und in der Zeitung zu blättern, doch sie setzte sich wieder in den Sessel, in dem sie die ganze Nacht verbracht und über den Mann gewacht hatte, der sie nun bald verlassen würde. Sie hatte ihm nie zu sagen vermocht, dass sie ihn liebte, und sie wagte sich nicht auszumalen, was ohne ihn aus ihr würde.

Camille betrachtete sich im Spiegel. Ihre Züge waren angespannt, dunkle Schatten lagen unter ihren Augen. Hastig fuhr sie sich mit der Puderquaste übers Gesicht, kniff sich in die Wangen und legte Lippenstift auf. Um verzagt festzustellen, dass das kräftige Rot ihre Blässe nur noch unterstrich.

In wenigen Minuten sollte sie vor den Verwaltungsrat treten und den Herren mitteilen, was man sich schon seit Wochen auf den Gängen der Firma zuflüsterte und was nun offiziell werden musste: André Fonteroy lag im Sterben.

Kritisch betrachtete sie ihre Gestalt im Profil. Die Schöße ihrer beigen Kostümjacke umschlossen ihre Hüften. Sie überprüfte, ob ihre Strümpfe auch keine Laufmaschen hatten. Um den Hals trug sie eine einreihige Perlenkette und am Revers das vierblättrige Kleeblatt aus Smaragden mit einem Diamanten in der Mitte, das ihr Vater ihr bei Van Cleef gekauft und zum dreißigsten Geburtstag geschenkt hatte.

»Lieber wäre mir, dein Mann würde dir Schmuck schenken und nicht nur dein alter Vater«, hatte er ihr ins Ohr geflüstert. Sie wusste, wie sehr er darunter litt, dass sie immer noch unverheiratet war. »Besser, man hat einen Vater, den man liebt, als einen Mann, der einem lästig ist«, hatte sie gescherzt, doch das hatte ihn nicht ablenken können, wie sie wusste. Sein Gram hatte sie betroffen gemacht. Er verstand nicht, warum sie alle Bewerber je nach dem Grad ihrer Gereiztheit müde, lässig oder heftig abwies. Nun war es zu spät für eine Erklärung, dachte sie mit einem Kloß im Hals.

Und was hätte er auch sagen sollen zu dieser Liaison mit einem Mann, den sie nur hin und wieder sah? Als sie aus Leipzig abgereist war, hatte sie nicht damit gerechnet, Sergej je wiederzusehen. Zwei Jahre lang hatte sie diesen geheimen Kummer in ihrem Herzen bewahrt. Keiner der Männer, die sich um sie bemühten, hatte sie so fesseln können wie dieser zwischen den Ruinen Deutschlands umherirrende junge sibirische Oberleutnant. Die einen waren ihr zu konventionell gewesen in ihren Vorstellungen von Ehe und Familie, die anderen zu leichtfertig in ihrer Vergnügungssucht, der es am geheimnisvollen Ernst des Russen mangelte.

Und dann, eines Januarmorgens, stand sie in Leningrad auf der ersten russischen Pelzversteigerung seit Kriegsende. Unter den ergrauten Decken eines einstigen Zarenpalastes und dem Porträt des päpstlich dreinblickenden Stalin bewunderte sie das seidige Fell eines schwarz gefleckten weißen Luchses, dessen Leder so geschmeidig war, dass man das Fell durch einen Ehering hätte ziehen können. Eine Hand legte sich auf ihre. Eher verärgert, denn sie hatte selten einen so herrlichen Pelz vor sich und fürchtete, man wolle ihr wegnehmen, was sie sich bereits an einer amerikanischen Schauspielerin und Millionärsgattin vorstellte, blickte sie auf. Sergej trug jetzt keine Uniform mehr unter seinem weißen Kittel. Ihr Atem stockte, so tief und unerwartet war das Glück, das sie überkam, doch er drückte ihre Hand so fest, als wolle er sie warnen. Sie brachte kein Wort heraus angesichts seines strengen, Schweigen befehlenden Blicks. In der Sowjetunion hatte niemand ein Recht auf freie Rede oder freies Verhalten, nicht einmal ein viel versprechender junger Kader der *Sojuspuschnina*.

Sergej entwickelte einen unerhörten Einfallsreichtum, um sie allein sehen zu können, und machte sich dabei die beißende Kälte und die Dunkelheit zunutze, die schon am frühen Nachmittag die ruhigen Newa-Ufer, die Kuppeln und Brücken, die Bronzepferde und die Figuren an den Palastfassaden einhüllte. Ihre Begegnungen gestalteten sich kompliziert und gefährlich, denn den Sowjetbürgern waren Kontakte zu Ausländern untersagt.

Dennoch gelang Sergej dank seinen Jägerinstinkten und seinem Talent, eins mit der Landschaft zu werden, das Unmögliche, nämlich die Dolmetscherin zu täuschen, die die junge Französin überwachen sollte. Er nahm Camille zu guten Freunden mit, in eine der Gemeinschaftswohnungen, in denen sich mehrere Familien drängten.

Camille fand dieses Versteckspiel ein wenig sonderbar, doch auch aufregend. Selbst als Sergej ihr erzählte, wie gefährlich es war, den Spitzeln des Innenministeriums entwischen zu wollen, spürte sie keine echte Angst. Ihre zwischen Kriegsruinen geborene Liebe schien ihr nicht dazu bestimmt, sich in heiterer Gelassenheit zu entfalten.

Und an jenem Abend schien jede ihrer Zärtlichkeiten umso intensiver zu sein. Die Babuschka und die Kinder hatten ihnen das Wohnzimmer mit der tief hängenden Decke und dem eine erstickende Hitze verbreitenden alten Kachelofen überlassen. Dort liebten sie sich auf dem Sofa, das auch als Bett diente, ihre feuchte Haut rieb sich mit samtigem Geräusch aneinander, während der Frost Blumen an die Fenster malte.

Sie schämte sich ein wenig, sich so in der Wohnung fremder Leute ihrem Geliebten hinzugeben. Doch wie hätte sie widerstehen sollen? Ein wenig später teilte sie, während sich Sergejs Knie an das ihre presste, am Tisch das Mahl aus sauer angemachtem Rotkohl, Graupensuppe und Schwarzbrot. Niemand schien sie zu verachten. In den Augen der Frauen glomm eine gewisse romantische Wehmut, in denen der Männer unverhohlene Freude. Die Spontaneität und fröhliche Großzügigkeit ihrer Gastgeber hatte sie überwältigt.

Am nächsten Tag bot sie im Kreise der Kolchosenvertreter, der Makler, Sachverständigen und Pelzhändler mit, um Marder, flammend rote Füchse aus Kamtschatka und leuchtend graue Karakulschafe, die sie an Schneewolken erinnerten, zu ersteigern. Im Auktionsraum, in dem sich irgendwo im Hintergrund Sergej aufhielt, fühlte sie sich glücklich.

Sie vereinbarten, sich zwei Monate später, Anfang März, in Leipzig zu treffen, dorthin konnte auch Sergej offiziell reisen. Der Nebel in Leipzig war so dicht, dass nur die Straßenbahnen verkehrten. Sie nutzten die Gelegenheit, um Hand in Hand durch die gespenstischen Straßen zu spazieren, in denen das Licht der Straßenlaternen im dicken Watteschleier versickerte, und darüber zu lachen, dass sie offenbar den Segen der Götter hatten, denn niemand konnte sie in dieser Erbsensuppe überwachen.

Die Monate und Jahre waren vergangen. Die Kürschner waren dem Eisernen Vorhang, der Europa in zwei Teile spaltete und Leipzig hinter einer Grenze mit Wachtürmen und Stacheldrahtzäunen gefangen hielt, ausgewichen und vom Brühl in die Frankfurter Niddastraße gezogen, doch Sergej und Camille hatten Mittel und Wege gefunden, der Stadt ihrer ersten Begegnung treu zu bleiben. Paradoxerweise bedeutete die triste Deutsche Demokratische Republik trotz der abgehörten Telefone und der auf Ausländer angesetzten Männer in Regenmänteln für den Russen und die Französin etwas wie Freiheit.

Doch die Tage zwischen ihren Treffen zogen sich unendlich in die Länge. Schreiben oder Telefonieren war nicht möglich. Manchmal wurde Camille in ihrer Wohnung, die keine zwei Schritte von der Maison Fonteroy entfernt in der Rue Cambon lag, vom Schmerz überfallen wie von einem Fieber. In ihrer Liebe gab es keinerlei Sicherheit, keine der trügerischen Vergewisserungen, deren sich die anderen Paare in ihrer Umgebung erfreuen durften. Zwischen Sergej und ihr gab es nur ein wortlos gegebenes und angenommenes Versprechen. In dem Schweigen und den Stürmen eines zerrissenen Europa lebten sie eine jeder Wahrscheinlichkeit zuwiderlaufende Liebe.

Wie hätte ihr Vater diese verrückte Leidenschaft, die zu nichts führte, akzeptieren können? Und Valentine? Ihre Mutter wäre entsetzt gewesen. Oder neidisch …

Ein letztes Mal überprüfte Camille ihre Garderobe, als wolle sie an die Front. Sie war entschlossen, aber ängstlich. Sobald es offiziell wäre, würden sich die Blicke der fünf Verwalter unmerklich verändern. Sie meinte, ihr Misstrauen schon zu spüren. Aus Ehrerbietung verbargen sie ihre Überlegungen, vor allem der Widerling Philippe Haguenau, aber ihre Besorgnis war fast greifbar.

Sie ballte die Fäuste. Blutleer durfte sie wirken, aber nicht verzweifelt. Seit Dr. Fourroux nach der Untersuchung ihres Vaters traurig den Kopf geschüttelt hatte, war ihr ständig kalt. Mit einer knappen Bewegung verschloss sie ihre Handtasche.

Auf dem Flur im zweiten Stock kam sie an einer offenen Tür vorbei.

»Ich weiß nicht«, sagte eine raue Männerstimme. »Dem Chef geht's extrem schlecht.«

Jean Duteil hatte Daniel Worms' Stelle übernommen, als dieser in den Ruhestand gegangen war. Der neue, entschieden auftretende Werkstattleiter mit dem offenen Blick unter den schwarzen Brauen stammte aus den Vogesen, er war der Sohn eines Fuchszüchters, der sein Heimatdorf in der Nähe von Balveurches verlassen hatte, um in der Hauptstadt Kürschner zu werden. Er hatte als Lehrling bei den Fonteroys angefangen, war aber dank seines Talents und seiner Disziplin immer weiter aufgestiegen. Camille war es gewesen, die ihren Vater gedrängt hatte, ihn an Daniel Worms' Stelle zu setzen. André hatte gezögert, Duteil erschien ihm noch sehr jung, doch Camille hatte nicht locker gelassen. »Wir müssen nach vorn sehen, Papa. Wir haben keine Zeit mehr zu verlieren. Wir brauchen mutige Leute mit Gespür für unsere Gegenwart. Sonst locken uns Leute wie Christian Dior und Konsorten alle Kunden weg!«

Ihr Vater hatte nachgegeben, eher aus Schwäche als aus Überzeugung. André war müde und orientierungslos geworden. Er fand sich nicht mehr zurecht in der quirligen Nachkriegszeit. Wenn Camille ihm von Parfums, Accessoires, Modenschauen und Werbung vorschwärmte, war er mit seinen Gedanken anderswo, das wusste sie wohl.

Die Rückkehr seiner Kollegen, die sich vor dem Krieg nach London oder New York geflüchtet hatten, ließ ihn das Fehlen seines besten Freundes noch grausamer spüren. Max Goldmanns tragisches Schicksal hatte ihn tief verstört. Er haderte mit sich, weil er ihn nicht zur rechtzeitigen Flucht hatte bewegen können. Dieser Gedanke war zu einer Art Obsession geworden. Wenn er mit Camille darüber sprach, versuchte sie ihn zu beschwichtigen, doch sie wusste, dass ihr Vater nicht nur unter der Ermordung von Judith und Max litt, sondern auch unter dem Gefühl, zum zweiten Mal in seinem Leben das Ende einer Epoche erlebt zu haben. Und dieses Mal brachte er nicht mehr genug Kraft auf, um sich an den Zeitgeist anzupassen.

Sie hatte sich wie zum Atemschöpfen an die Wand gelehnt. Im selben Augenblick trat Duteil hinaus in den Flur.

»Oh, Mademoiselle … Ich habe Sie nicht gesehen. Wie geht es dem Chef heute?«

Sie brachte kein Wort hervor.

»Es tut mir so Leid, Mademoiselle«, seufzte Duteil, seine breiten Schultern beugten sich ein wenig. »Ihr Vater ist ein sehr guter Mensch. Wirklich.«

»Danke«, sagte sie rau.

Sie sah auf die Uhr.

»Ich habe den Verwaltungsrat einberufen. Ich werde ihm mitteilen, dass mein Vater im Sterben liegt. Dann gehe ich zurück in die Avenue de Messine und warte.«

Sie schwieg, weil sie Angst hatte, ihre Zähne könnten klappern. Dann nahm sie ihren ganzen Mut zusammen und löste sich ruckartig von der Wand. Ein wenig besorgt wandte sie sich ihm zu.

»Duteil, glauben Sie, es wird gehen?«

Er sah sie ernst an, als betrachte er sie zum ersten Mal.

»Es wird alles gut gehen, Mademoiselle Camille. Davon bin ich überzeugt.«

Sie versuchte ein Lächeln, drehte sich auf dem Absatz herum und ging in den ersten Stock hinunter.

Langsam schritt sie den Gang mit den Ahnenporträts entlang. Wenn ihr Vater nicht mehr wäre, würde auch sein Bild einen Platz in dieser langen, roten Galerie finden. Um sich Mut zu machen, sah sie ihren Großvater Augustin an. Sie erinnerte sich an einen unbeugsamen Mann, bei dem sie aber schon als ganz kleines Mädchen eine verletzte Liebe erahnt hatte. Ob er je das Verschwinden seines jüngeren Sohnes verwunden hatte, von dem es hieß, er sei der Begabtere und der Kühnere gewesen? Aus dem Bild rechts von Augustin betrachtete sie der blonde Léon mit einem starren, leicht boshaften Blick. Jede Familie hatte ihr Geheimnis, das um Léon war nie gelüftet worden. Erst nach Augustins Tod hatte das Bild in dem langen Flur aufgehängt werden können. André hatte es gewollt. So wie er auch Léons verschlossenes Schlafzimmer in Montvallon, das Camille als Kind so fasziniert hatte, hatte öffnen lassen.

Manchmal hatte ihr Vater ihr von diesem abenteuerlustigen Bruder erzählt, der sich in den nordischen Winter Kanadas gewagt hatte, um dort die Waldläufer und Inuit aufzusuchen. Sie hörte eine Spur Neid aus Andrés Stimme heraus und erkannte, dass Léon jenen Lebenshunger, der André fehlte, geerbt hatte. Er war der Bezugspunkt und die Schulter gewesen, auf die ihr Vater sich hätte stützen müssen, um nicht allzu schwer an seinen Sorgen zu tragen. Und als Léon 1914 verschwunden war, hatte der Boden unter seinen Füßen nachgegeben.

Am Ende des Flurs glänzten matt die beiden Bronzeklinken der Tür zum Büro ihres Vaters. Sie riss die Augen davon los und trat in das dem Verwaltungsrat vorbehaltene Zimmer. Die fünf Männer standen auf. Sie setzte sich auf ihren gewohnten Platz rechts vom abgewetzten Ledersessel ihres Vaters, der nun leer blieb.

»Meine Herren«, begann sie und betete innerlich, dass ihre Stimme sie nicht im Stich ließ. »Die heutige Sitzung wird besonders kurz ausfallen, aber mir lag daran, Ihnen persönlich mitzuteilen, was Sie bereits wissen. Meinem Vater geht es sehr schlecht.

Die Ärzte haben kaum noch Hoffnung. In der Zwischenzeit werden wir uns lediglich ums laufende Geschäft kümmern.«

Philippe Haguenaus schmallippiges Gesicht blieb ausdruckslos hinter der runden Schildpattbrille. Camilles Rücken versteifte sich unmerklich. Aus irgendeinem rätselhaften Grund hatte sie diesen Mann nie gemocht. Sie hatte ihren Vater gebeten, sich von ihm zu trennen, doch André hatte sich geweigert. »Wenn es um einen wertvollen Mitarbeiter geht, darf man nicht einer unbegründeten Abneigung nachgeben, Camille. Für Sentimentalität ist in der Geschäftswelt kein Platz.« Es war keineswegs Sentimentalität, was sie in Bezug auf Philippe Haguenau lenkte, dachte sie, sondern eine auf Misstrauen beruhende Abneigung. Er war die Sorte Mensch, die sich am Unglück des Nächsten freut und eigenen Nutzen daraus zieht, was er auch während des Kriegs getan hatte, wenngleich so geschickt, dass ihm nie etwas vorzuwerfen gewesen war.

Das älteste Verwaltungsratsmitglied, Maurice Andrieu, räusperte sich.

»Sie dürfen uns glauben, Mademoiselle, dass es uns sehr Leid tut. Dies ist ein trauriger Augenblick für die ganze Firma Fonteroy.«

Zustimmendes Gemurmel wurde laut.

»Besteht denn wirklich gar keine Hoffnung mehr?«, fragte Haguenau.

»Nein, leider nicht. Es ist nur noch eine Frage der Zeit.«

»Ihr Vater wird eine große Lücke in unserem Kreis hinterlassen. Glücklicherweise wird Ihr Bruder ja bald zu uns kommen. Die Nachfolge ist gesichert. Die Maison Fonteroy wird weiterbestehen wie in der Vergangenheit.«

Als sie die fünf Männer nicken sah, durchlief Camille ein Zittern. Genau das hatte sie befürchtet: Sie sahen in Maxence den vom Schicksal Gesandten. Diese Kleingeister waren von den Regeln, die ihre Ahnen dem Haus auferlegt hatten wie Gesetzestafeln, völlig durchdrungen und würden nicht zulassen, dass eine

Frau das Ruder übernahm, schon gar nicht, wenn es doch einen männlichen Erben gab!

Als Camille Jahre zuvor begriffen hatte, dass ihr kleiner Bruder, den sie noch als Kind betrachtete, ein Rivale für sie werden könnte, hatte sie schlaflose Nächte verbracht. Sie mochte Maxence, seine Schalkhaftigkeit, seine Frechheit, doch sie hielt es für ausgeschlossen, dass er in die berufliche Verschworenheit, die ihren Vater und sie einte, würde eindringen können. Er hatte nie das geringste Interesse an dem Haus am Boulevard des Capucines gezeigt. Ein einziges Mal hatte ihn Camille in den Ateliers gesehen, sie prüfte gerade mit Duteil Silberfüchse, die zu Boleros verarbeitet werden sollten, und da hatte er nur ironisch eine Braue hochgezogen und zur allgemeinen Überraschung gesagt: »Arme Viecher!«

In Maxence' Alter hatte sie schon fünf Jahre Berufserfahrung. Gleich nach Abschluss ihrer Lehre war sie in die Firma eingetreten. Damals hatte ihr Vater ihr ein winziges wandschrankähnliches Büro gleich neben dem von Daniel Worms überlassen.

Sie erinnerte sich noch an den kurzen Chinchillamantel mit Fledermausärmeln, den sie für eine brasilianische Kundin angefertigt hatte. Nachdem sie einen Monat mit der Hand feinste Stiche gesetzt hatte, immer in der Angst, die kostbaren Pelzchen zu zerreißen, hatte sie ihn herzklopfend Daniel Worms zur Begutachtung vorgelegt. Es war so still in der Werkstatt, dass man eine Nadel hätte fallen hören. Dann hatte ein breites Lächeln das runde Gesicht unter dem weißen Schopf des Werkstattleiters erhellt. »Ihr Großvater hätte mir nicht widersprochen, Mademoiselle. Sie sind ohne jeden Zweifel eine Meisterin in ihrem Fach.« Spontaner Applaus hatte sich erhoben wie ein Feuerwerk. Tränen hatten ihr in den Augen gestanden. Das war wirklich ein großes Kompliment, und umso wertvoller, als sie eine Frau war.

Maxence verstand von alledem gar nichts. Wenn er sie, was manchmal vorkam, ihrer Beharrlichkeit und ihrer Sorgen und des Stolzes wegen, mit dem sie morgens durch die hohen Türen des Geschäftshauses ging, neckte, geriet sie in Wut und nannte ihn einen unfähigen Faulpelz. Denn was tat er? Er war zwar an der Universität eingeschrieben, setzte jedoch nie den Fuß hinein, sondern zigeunerte Tag und Nacht durch die Straßen von Paris, seinen Fotoapparat und die beiden Objektive mit den verchromten Ringen über die Schulter gehängt. »Ich bin nun mal ein in Bilder vernarrter Gaukler«, sagte er dann und warf ihr ein Kissen an den Kopf.

Als sie aus der Avenue de Messine in ihre kleine Wohnung im dritten Stock eines Hauses in der Rue Cambon gezogen war, hatte er in ihrem Jungmädchenzimmer ein Fenster vernagelt und sich eine Dunkelkammer darin eingerichtet. Stundenlang stellte er Kontaktabzüge her und schnitt an Filmen herum. »Das stinkt aber ziemlich!«, hatte sie einmal gesagt, als ihr die Ausdünstungen der Chemikalien in die Nase gestiegen waren. »Weniger als deine toten Tiere!«, hatte er erwidert.

Einige Wochen zuvor hatte sie ihrem Vater ihre Zukunftsängste anvertraut. Maxence lehnte das Familienmetier ab. Nichts daran fand er aufregend oder begeisternd. Er verbarg weder einen gewissen Ekel vor den Häuten noch sein Desinteresse an den Kreationen. In seiner Leinenhose und der abgeschabten Cordsamtjacke machte er sich über die Pariser Eleganz lustig. Camille spürte, dass er auf der Suche war, aber wonach?

»Er hasst diesen Beruf, Papa! Er wird nie mit uns zusammenarbeiten. Kannst du das nicht einfach mal akzeptieren?« Andrés Gesicht war in sich zusammengefallen, sein Blick war unstet geworden, und sie war betroffen vom Ausmaß seines Grams. Zählte sie denn gar nichts in seinen Augen? Sie war doch die Begeisterte, die Erbin! »Dabei ist sein Vater auch Kürschner. Es müsste ihm im Blut liegen«, hatte er gemurmelt und gedankenverloren ins Nichts gestarrt.

Camille war erstarrt. Was sollte diese seltsame Bemerkung bedeuten? Ihr Herz schlug so heftig, dass sie nichts mehr hörte. André hatte sich brüsk erhoben, als sei ihm bewusst geworden, dass er sich nie hätte verraten dürfen, und mit roten Flecken auf den Wangen erklärt, er müsse hinauf zu Duteil. Diese plötzliche Verlegenheit war nur eine Bestätigung von Camilles Verdacht. In einer so heiklen Angelegenheit hatte sie nicht zu fragen gewagt, sondern nur mit hängenden Armen dagestanden und ihm nachgesehen, als er aus dem Büro geflohen war. Seither ging ihr diese Sache nicht mehr aus dem Kopf.

Ihr Bruder Maxence, der Sohn eines anderen? Seit wann wusste ihr Vater darum? Wie hatte er es erraten? Wer war der Geliebte ihrer Mutter gewesen? Sie hatte Valentine nun noch misstrauischer beäugt und in Maxence' Zügen nach Ähnlichkeiten gesucht.

Doch einige Wochen später hatte ihr Vater den Herzanfall erlitten und seither schien alles andere unwichtig.

Sie vermutete, dass Maxence nie mit an diesem ovalen Tisch beraten würde. Früher oder später würden die Verwaltungsratsmitglieder sie nach dem Tod ihres Vaters als den alleinigen Chef anerkennen müssen.

Als Sergej Iwanowitsch Wolkow auf dem Boulevard des Capucines vor dem Gebäude der Maison Fonteroy ankam, stand er vor verschlossenen Türen. Der Eingang war von oben bis unten mit einem breiten schwarzen Kreppband versperrt. Ein schwarz umrandetes weißes Pappschild hing in Augenhöhe: »Aufgrund des Ablebens von Monsieur André Fonteroy und seiner Beisetzung am heutigen Nachmittag bleibt die Maison Fonteroy ab drei Uhr geschlossen.«

Er beugte sich vor, schirmte die Augen mit der Hand ab und spähte ins Innere. In der großen Eingangshalle brannten die Kronleuchter, doch sie war leer, die Zeit in ihr schien stillzustehen. Die Verkäuferinnen und Angestellten waren wohl alle bei der Beerdigung.

»Wenn Sie hinwollen, es ist ganz in der Nähe, in der Madeleine.«

Sergej drehte sich um. Eine mollige Frau mit weißer Schürze stand ganz in seiner Nähe hinter einer Karre voller Blumensträuße. Die Hände in die Hüften gestemmt, sah sie ihn mit dieser typisch pariserischen Neugier und Unverschämtheit an, über die er schon seit seiner Ankunft am Morgen unablässig staunte.

»Die Madeleine? Wo ist das?«

»Ein Stückchen weiter auf der rechten Seite. Die große Kirche mit den Säulen.«

»Was kosten diese weißen Blumen?« Er suchte in der Tasche nach Kleingeld.

»Wenn Sie damit zu Monsieur André wollen, dann schenke ich sie Ihnen gern. Er hat mir immer Blumen abgekauft, wenn er bei mir vorbeikam.«

Sie drückte ihm den Strauß in die Hand. Sergej dankte ihr und eilte mit großen Schritten in der von ihr angegebenen Richtung davon.

Er war nervös, das Getriebe dieser Stadt, die er zum ersten Mal erlebte, betäubte ihn. Auch die überraschende Reise hatte ihn verwirrt. Vierzehn Tage zuvor war er ins Büro seines Direktors bestellt worden. Kostja Petrowitsch Dubrowin, ein finstergesichtiger Mann mit niedriger, sorgenzerfurchter Stirn und hervorspringender Nase, saß zusammengesunken in seinem Schreibtischstuhl und schmauchte – wie gewöhnlich – seine Pfeife. Mit einer Handbewegung lud er Sergej zum Sitzen ein.

»Du fährst nach Paris, Genosse Wolkow«, kam er gleich zur Sache, wobei in seinem düsteren Blick ein ironisches Licht glomm. »Stalin ist tot, aber die Geschäfte laufen weiter. Unser zutiefst betrauerter höchster Anführer hatte der Gattin des Schahs von Persien letztes Jahr ein Geschenk aus Bargusin versprochen«, sagte er spöttisch. »Das schwarze Gold der einen gegen das schwarze Gold der anderen. Unsere schönsten Zobel für eine Ölbohrgenehmigung. So sieht die Zukunft aus ... du hast den Auftrag, dieses Geschenk eigenhändig in dem von der persischen Regierung ausgewählten Pariser Kürschneratelier abzugeben.«

»Ich? Wieso denn das?«

Dubrowin brachte zunächst seine Pfeife wieder in Gang, dann erklärte er, er selbst sei mit der Reise beauftragt, sei aber im Augenblick nicht abkömmlich. Zwischen ihm und seinem Hauptrivalen hatte sich ein heftiger Wettstreit um die Oberherrschaft in der Pelzunion entwickelt. Dubrowin hatte Beziehungen und wusste, er würde den Sieg davontragen, aber er wollte nicht riskieren, dass man ihm in den Rücken fiel.

»Ich hasse Flugzeugreisen. Und außerdem wird es ganz leicht sein, dich als meinen Stellvertreter vorzuschlagen, weil du ein Schützling von Genosse Chruschtschow bist, nicht wahr?«

»Das nun auch wieder nicht«, wiegelte Sergej misstrauisch ab, solche Zuordnungen musste man vermeiden, das wusste er, denn eines Tages konnte sich die Vertrautheit mit einem Politiker gegen einen kehren.

»Ich weiß deine Vorsicht zu schätzen, Sergej Iwanowitsch, aber glaub mir und meiner Erfahrung, dein Freund, der neue Parteisekretär, hat eine Schlüsselposition inne. Er kontrolliert die Regionalkomitees und sitzt mitten im Zentralkomitee. Die Regierung hat den Missbrauch der letzten Jahre angeprangert, Stalins Sondersekretariat aufgelöst, eine Amnestie erlassen ... Sie hatten ohnehin keine Wahl: Die wirtschaftliche Lage ist so dramatisch, dass etwas unternommen werden musste.«

Sergej hatte ein wenig überrascht genickt, aber er vertraute Dubrowin. Seine beiden Söhne waren bei Leningrad gefallen, als sie die Stadt gegen die Hitlertruppen verteidigten, seine Frau und seine Tochter waren dort verhungert. Für Dubrowin symbolisierte Sergej den über die Nazis davongetragenen Sieg, und daher hatte er ihn zu seinem geistigen Sohn auserkoren. Die meisten heroischen Frontkämpfer waren von dieser fast religiösen Dankbarkeit umgeben. Einmal jährlich besuchte Sergej aus alter Anhänglichkeit den General Tschuikow in seiner Datscha in der Nähe von Moskau. Vom Wohlwollen des Oberkommandierenden der russischen Bodentruppen fühlte er sich besser geschützt als von der Freundschaft eines Politikers wie Nikita Chruschtschow.

Dennoch hatte sich Sergej vor der Reise in dieses zum feindlichen Kapitalismus gehörende Land gefürchtet. Wer in den Westen reiste, war gebrandmarkt. Dieses Privileg wurde nur wenigen zuteil, und man reiste nie allein, sondern in Gruppen, zu denen immer auch ein Spitzel gehörte. Dubrowin, der seine Sorgen erriet, lächelte: »Stell dir einfach vor, seit Katharina der Großen hätte sich nichts geändert. 1785 durften auch nur die Adeligen ins Ausland reisen. Somit, lieber Sergej Iwanowitsch, bist du also ein Aristokrat.« Und als er erst Visum und Pass in Händen hielt, wurden alle Befürchtungen von der Hoffnung auf ein Wiedersehen mit Camille zerstreut.

Er gelangte auf einen großen, von einer imposanten Kirche mit antiken Säulen beherrschten Platz. Die Messe war offensichtlich zu Ende. Sechs schwarz gekleidete Männer trugen den Sarg auf ihren Schultern aus der Kirche heraus. Zu beiden Seiten des Portals stand ein Priester im bestickten Kasel. Man hörte Orgelmusik.

Grüppchen junger Frauen mit rot geweinten Augen drängten sich wie Spatzenschwärme aneinander, in den Händen zerknüllte Taschentücher. Hinter ihnen standen einige ernst blickende Männer und hielten ihre Hüte in der Hand. Am Fuß der Treppe wartete der Leichenwagen. Die Kränze, deren violette Schleifen mit goldenen Buchstaben bedruckt waren, wurden herausgetragen. Die Passanten hinter dem Gitterzaun blieben stehen. Die Männer nahmen die Hüte ab, die Frauen bekreuzigten sich.

Hinter dem Sarg wurde eine Frau in Trauerkleidung sichtbar. Ihr Gesicht unter dem schwarzen Schleier war nicht zu erkennen. Zu ihrer Linken reichte ihr ein hochaufgeschossener junger Mann mit schwarzem Haar und distanziert blickenden blauen Augen den Arm, doch sie stützte sich nicht darauf.

Dann sah er sie. Sie trug eine Mantilla aus schwarzer Spitze, doch ihr Gesicht war unbedeckt, den Blicken dargeboten, ebenso herrlich wie verletzlich. Sie blieb oben auf der Treppe stehen, ein wenig abseits, und blickte dem Sarg ihres Vaters nach, der langsam die endlosen Stufen hinunterschwebte.

Wie instinktiv löste sich Camilles Blick vom Sarg und fiel auf Sergej. Sie wurde noch ein wenig bleicher. Besorgt stürzte er zur Treppe, rannte, immer zwei Stufen auf einmal nehmend, hinauf zu ihr und ergriff ihren Arm. Sie schwankte leicht und verschlang ihn mit ihren Augen.

»Was machst du denn hier?«, flüsterte sie.

»Ich wollte dich überraschen. Es tut mir so Leid … Ich wusste ja nicht … Da, das ist für dich. Das heißt, für deinen Vater.«

Sie nahm das runde Stiefmütterchensträußchen. Er hatte es so fest umklammert, dass die Stiele geknickt waren.

»Ich … Ich kann gar nicht fassen, dass du da bist …«

»Ich auch nicht. Man hat mich anstelle von jemand anderem hergeschickt. Ich bin heute Morgen angekommen …«

Er stockte, weil er merkte, dass er wirres Zeug redete. Sie hörte nicht zu, aber sie ließ ihn nicht aus den Augen. Ihr schmerzlich verkrampfter Körper verriet ihm, dass sie am liebsten geflüchtet wäre. Er bewunderte ihre Würde.

Plötzlich wurden ihm die neugierigen Blicke der aus der Kirche tretenden Frauen und Männer bewusst.

»Morgen, Camille«, flüsterte er. »Ich komme morgen Abend zu dir.«

Dann hastete er mit gesenktem Kopf die Treppe hinunter.

Eine Stunde später stand Camille neben dem Fenster im Salon der Avenue de Messine. Vergeblich versuchte sie sich auf das zu konzentrieren, was ihre Patentante ihr sagte. Odile redete mit ihrem üblichen Schwung, doch Camille sah nur die Bewegungen ihrer roten Lippen, sie verstand kein Wort. Etwas abseits stand Pierre Venailles und ließ seinen sarkastischen Blick über die Anwesenden gleiten. Der Gefängnisaufenthalt schien ihn nicht übermäßig gezeichnet zu haben. Sein fröhlicher Lebensstil ließ darauf schließen, dass sich auch seine Vermögenslage bald bessern würde. Camille ging ihm möglichst aus dem Weg. Sie konnte ihm sein Verhalten während des Krieges nicht verzeihen, doch in gewisser Weise beneidete sie ihn um seine spöttische Distanz. Manchmal wurde das Leben erträglicher, wenn man darauf herabsah.

Sie fühlte Erleichterung, als ihre Patin ihr einen Kuss auf die Wange drückte und davonging. Dann sah sie sich ein wenig verloren nach ihrer Mutter um.

Er neigte sich leicht zu Valentine, besorgt und wachsam zugleich. Der sonst so steife Körper ihrer Mutter lehnte sich unmerklich in seine Richtung. Ihr Gespräch war leise. Er trug einen eleganten dunklen Anzug mit Croisé-Weste. Am Revers die

Rosette der Ehrenlegion, am Ärmel ein schwarzer Trauerflor. Die langen, sensiblen Hände hielten eine Zigarette und ein Cognacglas. Und in diesem Augenblick, ganz plötzlich, erfüllte Camille die ruhige Gewissheit, dass Alexandre Manokis der Vater ihres Bruders war.

Mit einem Mal klärte sich alles auf, insbesondere warum sie, als sie im Krieg in der Rue de Trévise nach Alexandres Zustand fragen wollte, ihre Mutter an seinem Krankenbett angetroffen hatte. Aufmerksam und besorgt. Valentine hatte zornig auf ihr Erscheinen reagiert, was Camille damals nicht verstanden hatte. Also hatte ihre Mutter Alexandre nicht aus Idealismus oder Freundschaft der Gestapo entrissen und gesund gepflegt, sondern mit der Entschlossenheit einer liebenden Frau.

*Und Papa wusste es*, dachte Camille. *Aber seit wann? Hat er sehr darunter gelitten? Wie kann sie es wagen, ihren Geliebten in unser Haus einzuladen, wo Papa gerade erst gestorben ist?*

Ihr Groll machte sie ungerecht. Manokis war eine wichtige Persönlichkeit in Pariser Kürschnerkreisen. Jeder wusste, dass er sich die ersten Sporen nach seiner Ankunft in Paris in der Maison Fonteroy verdient hatte und dass André es ihm ermöglicht hatte, bei der Weltausstellung 1937 die Goldmedaille zu erringen. Diese Auszeichnung war der Beginn seiner Karriere gewesen. Und jeder wusste, dass Valentine ihm im Krieg das Leben gerettet hatte. Man hätte sich gewundert, wenn er nicht da gewesen wäre.

Hinten im Salon unterhielt sich Maxence mit Odile. Sein Gesicht war lebhaft, er sprach mit den Händen. Wahrscheinlich über Fotografie, wie meistens. Camille betrachtete sie, den Vater und den Sohn. Nun, da sie Bescheid wusste, sprang das Verwandtschaftsverhältnis ins Auge. Sie spürte eine zornige Aufwallung. Sie mochte Alexandre Manokis. Sie fand ihn sympathisch und bewunderte sein Talent, aber ihn sich mit ihrer Mutter vorzustellen … Sie würde ihn nie wieder mit denselben Augen ansehen können. Voller Bitterkeit dachte sie, dass ihre Mutter ihr eine Freundschaft verdorben hatte.

Schwarze Flecken tanzten vor ihren Augen. Mit einem Mal meinte sie zu ersticken. Sie schlängelte sich zwischen den Gästen hindurch, die sie vergeblich festzuhalten versuchten, um ihr zu kondolieren. In der Diele ergriff sie Handtasche und Handschuhe und floh aus der Wohnung. Nur der enge Rock und die Pfennigabsätze hinderten sie am Rennen.

Pierre Venailles hatte Camilles überstürzten Aufbruch beobachtet. Der Tod ihres Vaters hatte die junge Frau sichtlich verstört. Ihre Wangen waren hohl, der Teint bleich, ihre Gesten fahrig. Immer wieder tastete sie mit der Hand nervös über eine Brosche am Revers ihrer Kostümjacke. Ihre hellen Augen, die denen ihrer Mutter so sehr ähnelten, waren voller Gewitterwolken.

Auch er musste eine leichte Verstörung verbergen. Seltsamerweise hatte ihn Andrés Tod berührt, und diese Schwäche nahm er sich übel. Er wandte sich um, um Valentine anzuschauen, ein leichtes ironisches Lächeln huschte über sein Gesicht. Um nicht jedes Mal von ihrem Anblick bewegt zu sein, würde er wohl auch erst sterben müssen.

In ihrem schwarzen Kostüm glich sie einem japanischen Scherenschnitt, und mit ebendieser Präzision hatte sie sich auch in sein Leben eingeschnitten.

Er dachte an den Tag zurück, als sie zu ihm gekommen war und ihn gebeten hatte, ihren Geliebten zu retten. Ihr Instinkt hatte wunderbar funktioniert. Sie wusste von seinen Beziehungen zu den Deutschen, aber sie wusste nichts von der *Ungeliebten*. Dennoch hatte sie ihn gezwungen, einem Mann zu Hilfe zu eilen, den er in den Gestapo-Kerkern hätte verrecken lassen sollen, weil er dort Erfolg gehabt hatte, wo er selbst, Pierre, gescheitert war. Er fragte sich immer noch, was ihn damals zu seiner Großherzigkeit bewogen hatte. Sie hatte ihm keinerlei Gegenleistung versprochen. Darin lag vielleicht ihre besondere Stärke. Valentine Fonteroy gehörte zu jenen Frauen, die einen in ihren Fesseln behalten, weil sie nie etwas von sich aus geben.

»Ich möchte Ihnen danken«, sagte eine tiefe Stimme hinter ihm.

Pierre schrak zusammen. Ein Mann sah ihn ernst an.

»Wie bitte?«

Der Fremde hielt ihm die Hand hin.

»Manokis. Vor einigen Jahren haben Sie mich aus einer sehr schwierigen Lage befreit. Ich hatte nie Gelegenheit, Ihnen zu danken.«

Während er ihm die Hand schüttelte, dachte Pierre, dass er Alexandre Manokis tatsächlich nie begegnet war. *Eigenartig*, dachte er, *irgendwie kam er mir trotzdem bekannt vor*. Nun hatte Valentines Geliebter ein Gesicht. Doch jetzt, wo er in Fleisch und Blut vor ihm stand, wurde er auf ärgerliche Weise banal.

»Aber ich bitte Sie, das war doch nicht der Rede wert«, sagte er gereizt.

»Vielleicht nicht für Sie ... Für mich jedoch ...«

Alexandres Lächeln kam nicht bis zu seinen Augen, er drehte sich um und ging ohne ein weiteres Wort. Pierre sah ihn den Salon verlassen.

Sie brauchte nichts zu sagen, er spürte ihren Duft und erriet, dass Valentine neben ihm stand.

»Ich frage mich, was aus ihr geworden ist«, sagte er leise.

»Aus wem?«

»Aus der *Ungeliebten*. Ob sie in einem Wohnzimmer in Hamburg, Frankfurt oder München hängt? Und irgendwelchen ochsenäugigen Biertrinkern zum Fraß vorgeworfen wird?«

»Ich habe Sie auch schon weniger verachtungsvoll gegenüber den armen Deutschen erlebt.«

»Ich dachte, die Boches wären Ihre Todfeinde. Früher gerieten Sie schon beim bloßen Gedanken an sie in helle Wut und Hass.«

Valentine dachte einen Augenblick lang nach.

»Ich mag sie immer noch nicht, aber ich hasse sie nicht mehr. Nun, da sie ihre Seele verloren haben, tun sie mir Leid ... Und das ist schlimmer.«

»Sie sehen das Leben also nicht mehr nur in Schwarz und Weiß. Die Guten auf der einen Seite, die Schlechten auf der anderen. Sollten Sie weise geworden sein, Valentine?«

»Nein, Pierre, ich bin Witwe geworden.«

Ein Mann trat heran und wollte ihr kondolieren, dicht gefolgt von einer Frau in dunklem Kleid, die einen kleinen Schleier über den Augen trug. Valentine wurde ans andere Ende des Raums gezogen.

*Sie hat ihn also geliebt*, dachte Pierre. *Sie hat André geliebt. Wer hätte das gedacht?*

Am späten Vormittag des nächsten Tages wurde das Testament beim Notar verlesen. Anschließend ging Camille mit in die Avenue de Messine zum Mittagessen. Maxence hatte sich entschuldigt. Offensichtlich wollte er nicht mit Mutter und Schwester gemeinsam essen. Die Atmosphäre knisterte vor Spannung. Camilles Gesicht war gewittrig.

Aus dem Grab heraus hatte ihr Vater ihr noch einen eigenartigen Streich gespielt. Dem Testament nach sollten die beiden Kinder das Unternehmen zu gleichen Teilen erben und Camille sollte es leiten, bis Maxence über seine Zukunft entschieden hätte. Sie hatte sich unwillkürlich verraten gefühlt, als sie der ausdruckslosen Stimme des Notars lauschte. Warum hatte ihr Vater ihr nicht diejenigen Unternehmensteile, über die er frei verfügen konnte, überlassen und damit die nötige Freiheit, das Unternehmen zu führen, wie sie es für richtig hielt? Vertraute er ihr nicht? Er war sehr auf die Gleichbehandlung seiner Kinder bedacht gewesen. Und das war ungerecht. Maxence interessierte sich nicht nur nicht für das Unternehmen, er war noch nicht einmal sein Sohn. Schon, aber er trägt den Namen Fonteroy!, raunte ihr boshaft eine leise Stimme zu.

Während des Mittagessens unterhielten sich die beiden Frauen über dieses und jenes, in dem etwas verkrampften, aufgesetzt fröhlichen Ton, in dem sie miteinander verkehrten, seit Camille erwachsen war. Valentine hatte insgeheim gehofft, ihre Beziehung würde mit der Zeit entspannter, doch die einstigen Missverständnisse wirkten auf subtil vergiftende Weise nach.

»Wer war dieser Mann, der dich nach der Messe angesprochen hat?«, fragte Valentine unvermittelt, als sie in den Salon hinübergingen.

Als sie tags zuvor mit Maxence unten an der Treppe angekommen war, hatte sie sich gewundert, dass Camille nicht in ihrer Nähe war. Sie hatte sich umgewandt und sie ganz oben gesehen, ein Sträußchen weißer Blumen in der Hand und im Gespräch mit einem jungen Mann, der heftig ihren Arm umfasste. Sie hatte gerade noch einen Eindruck von der hohen Gestalt bekommen, die Camille um einen Kopf überragte, dann war er in der Menge verschwunden.

Camille sah zu, wie ihre Mutter den Kaffee einschenkte.

»Camille!« Ihre Mutter war leicht irritiert. »Wer war dieser Mann?«

»Ich habe ihn nach dem Krieg in Leipzig kennen gelernt und bin ihm bei meiner ersten Reise nach Leningrad wieder begegnet. Er arbeitet bei der *Sojuspuschnina*, das ist der dortige Rauchwarenverband. In seiner Jugend war er Trapper in Sibirien. Er hat in Stalingrad gekämpft, und zwar besonders tapfer. In Russland gilt er als Held.«

»Ein Sowjet«, wunderte sich Valentine eine Spur verächtlich. »Wahrscheinlich ein Spion, wenn er in den Westen reisen darf.«

Stalin war im März gestorben, aber sie machte sich wenig Illusionen über die Bereitschaft der kommunistischen Regierung, ihren Bürgern freiheitliche Rechte zu gewähren.

»Es geht hier nicht um Politik, Maman.«

»Und wie heißt dieser illustre Fremde?«, erkundigte sich Valentine und reichte ihrer Tochter eine Tasse.

Camille nahm Zucker.

»Sergej Iwanowitsch Wolkow.«

Camilles Ton hatte Valentine erschreckt, aufmerksam sah sie

ihre Tochter an. Camille war seltsam ruhig geworden. Ihr ganzer Körper konzentrierte sich auf den Löffel, der mit einem enervierenden Klicken im Porzellantässchen kreiste. Sie hielt den Blick gesenkt.

»Du scheinst ihn gut zu kennen. In welcher Sprache unterhaltet ihr euch?«

»Meistens auf Französisch. Manchmal auf Russisch.«

»Du hast Russisch gelernt?«

»Ja, ich nehme Unterricht. Aber Sergej kommt mit dem Französischen sehr gut zurecht.«

Woher konnte ein junger Sowjetbürger Französisch?, wunderte sich Valentine. Sie hätte es noch verstanden, wenn er ein Abkömmling einer Patrizierfamilie gewesen und wundersamerweise den Säuberungen und dem Exil entkommen wäre, aber ein Mann aus Sibirien? Dieser Kontinent jenseits des Ural weckte bei ihr vage Erinnerungen an den Mythos der Transsibirischen Eisenbahn, an Städte wie Omsk und Tomsk mit düsteren Konsonantenreihungen und an einen Michael Strogoff, dem man zur Strafe die Augen ausgebrannt hatte.

Sie erinnerte sich schwach, dass ein Vertreter ihrer Firma während der Revolution von den Bolschewiken gehenkt worden war.

Und dann gab es natürlich Léon, der dort oben verschwunden war, in solcher Ferne, dass man nie nach ihm hatte suchen können. Seltsam, dass ein Fremder aus Russland plötzlich vor dem Portal der Madeleine auftauchte und der Notar noch vor wenigen Stunden ihren Schwager erwähnt hatte, als er Andrés Testament verlas. »In Abwesenheit meines Bruders Léon, der vor dem Ersten Weltkrieg in Russland verschollen ist, sehr zum immer noch bestehenden Kummer der Maison Fonteroy, vermache ich das Familienunternehmen zu gleichen Teilen meinen beiden Kindern ...« Dieses ferne Sibirien hatte etwas von einem sagenhaften Ort, dachte sie und bezweifelte stark, dass von dort etwas Gutes zu erwarten war.

»Nun, angesichts deiner hingebungsvollen Blicke konnte man sich wirklich fragen, welcher Art eure Beziehung ist. Du solltest dir lieber einen Mann suchen und Kinder bekommen, Camille. Die Zeit hat die üble Gewohnheit, sich mit den Jahren zu beschleunigen. Und so jung bist du auch nicht mehr, weißt du.«

Camille verkrampfte sich in einer Welle des Zorns. Mit ihrer Mutter herrschte immer nur endloser Kampf, so lange schon. Nichts an ihrer Tochter hatte je Gnade vor ihren Augen gefunden.

»Warum ist es immer so schwierig mit dir, Maman?«

»Wie meinst du das?«

»Du hast nie zu verstehen versucht, was ich fühlte. Du hältst mich seit meiner Kindheit auf Abstand, als wäre ich eine Fremde, die durch unglücklichen Zufall in dein Leben getreten ist. Eine eher lästige Fremde. Was mich betrifft, hast du nie auch nur das Geringste verstanden. Und du hast dir auch nie die Mühe eines Versuchs gemacht.«

Ihre Mutter starrte sie mit hochgezogenen Brauen an, ein sehr distanzierter Ausdruck lag auf ihrem vollkommenen Gesicht.

»Du übertreibst. Wie immer. Ich glaube nicht, dass ...«

»Und Papa auch nicht, den hast du auch nie wirklich geliebt, nicht wahr? Dabei betete er dich an. Er war zu liebevoll, zu schwach. Ein schon von vornherein eroberter Mann, eine zu leichte Beute.«

Der anklagende Tonfall ließ Valentines Blick noch strenger werden.

»Ich bitte dich, Camille. Ich bin keine Gottesanbeterin. Ich fresse keine Männer.«

»Wirklich nicht? Und Maxence' Vater?«

Ihre Mutter wurde blass.

»Wovon sprichst du?«, fragte sie mit plötzlich belegter Stimme und setzte langsam ihre Tasse ab.

»Maxence ist kein Fonteroy, stimmt's?«

Die hellen Augen wichen nicht aus. Nur das Kinn wurde etwas gehoben, und die Nasenflügel zitterten.

»Du hast den Kopf verloren, mein liebes Kind.«

Camille lachte bitter auf. Sie sprang auf und ging ans halb offene Fenster.

»Er ist Alexandre Manokis' Sohn, nicht wahr? Ich hätte es damals im Krieg schon merken sollen, aber ich war zu jung und zu blind. Ich frage mich, ob du mich nie geliebt hast, weil ich die Tochter meines Vaters bin und nicht das Kind deines Ehebruchs ...«

»Camille, ich verbitte mir das!«

Sie fuhr kampfbereit herum. Ihre Mutter hatte sich erhoben. Sie richtete sich starr auf in ihrem schwarzen Kostüm.

»Keine Sorge, Maman«, spottete sie und empfand böse Freude darüber, ihre Mutter so verstört zu haben. »Das kommt oft vor in den besseren Familien. Das illegitime Kind, das Bankert ... Nichts Besonderes, oder? Sogar Papa wusste es. Der Himmel weiß übrigens, woher ... Ich hoffe, es hat dir wenigstens Spaß gemacht.«

Mit zwei Schritten war Valentine bei ihr. Dann kam die Ohrfeige. Camille fühlte, wie sich ein Ohrring löste. Ihre Augen suchten langsam nach denen ihrer Mutter. Sie tat ihr nicht den Gefallen, ihre Hand an die flammende Wange zu führen.

»Ich werde dieses Gespräch vergessen, Camille«, zischte Valentine leise. »Ich schreibe es den Aufregungen der letzten Tage zu. Mir ist beim Notar schon aufgefallen, dass dich der Beschluss deines Vaters, das Unternehmen euch, dir und deinem Bruder, zu gleichen Teilen zu vermachen, verärgert hat. Auf deinem Gesicht stand die Eifersucht. Was die Maison Fonteroy angeht, glaubst du dich mit einer Mission betraut. Du besitzt die Unbeugsamkeit und den Eifer der Leidenschaft, aber Vorsicht, Camille, ich, deine Mutter, gebe dir diese Warnung mit auf den Weg: Jede Leidenschaft ist gefährlich. Man geht darin unter. Und die anderen gehen auch darin unter.«

Camille rührte sich nicht. Dann überlief sie ein nervöses Zittern. Sie bückte sich langsam und suchte nach ihrem Ohrring. Zum ersten Mal in ihrem Leben fragte sie sich, ob sie nicht lieber alles aufgeben sollte. Sie fühlte sich so erbärmlich, sie schämte sich so sehr, so vor ihrer Mutter auf dem Boden zu kauern und über den Boden zu tasten. Alles verschwamm vor ihren Augen. Sie drängte die Tränen zurück. Den Gefallen würde sie ihr nie tun und weinen! Sie fand den Ring unter den Vorhangfalten. Die Feder war gebrochen. Als sie wieder stand, war ihre Mutter schon gegangen.

*Ich muss hier weg*, dachte sie. Ihr Herz schlug unregelmäßig, sie hatte einen bitteren Geschmack im Mund. Sie nahm ihre schwarze Stola von einem Stuhl. Dann ging sie aus dem Salon über den Flur zur Wohnungstür und schloss sie hinter sich.

In der Bibliothek neben dem Salon, deren Tür halb offen gestanden hatte, lehnte wie ein auf frischer Tat ertappter Einbrecher Maxence an der Wand und ballte die Fäuste.

Am späten Nachmittag, als die Dämmerung tiefe Schatten auf die Straßen warf, überwand Valentine die Niedergeschlagenheit, in die sie seit dem Streit mit Camille verfallen war.

Vorsichtig, als könne sie sich bei einer zu jähen Bewegung verletzen, erhob sie sich aus dem Sessel und schaltete eine Lampe ihres Schlafzimmers ein. Die Wohnung war ruhig. Die Angestellten hatten ihren freien Nachmittag. Die dichte Stille ohne jedes Türenknarren oder Absatzklappern auf dem Parkett erinnerte an jenen lähmenden Schlaf, aus dem man sich nur mit größter Mühe befreit. An jenen Schlaf, der ein Vorgeschmack des Todes ist.

Seit Andrés Tod fühlte sie sich benommen. Sie bewegte sich langsam, mechanisch. Nachts lag sie auf der Seite, mit geballten Fäusten, als wolle sie sich schützen. Sie schlief erst bei Morgengrauen ein, und dann wurde sie von verworrenen Träumen gequält. Ihr Körper weigerte sich hartnäckig zu weinen, und demütig, wie die ausgetrocknete Erde auf den Regen, wartete sie auf die Tränen.

Camilles Heftigkeit hatte sie erschreckt. Sie hätte nie geglaubt, das Gesicht ihrer Tochter könne sich zu einem Ausdruck derartiger Abneigung verzerren. Dieser in sich stimmige Charakterzug war jedoch auch ihr größter Fehler. Wenn sie von einem Gefühl ergriffen wurde, dann gab sie sich ihm rückhaltlos hin. Jemand Ängstlicherer würde sich die nötige Zeit zum Nachdenken nehmen und dabei auf Nuancen und feine Unterschiede stoßen, die Camille fremd waren. Was sie rettete, war ihre Intuition, dieses fast animalische Gespür, das ihr allzu schlimme Irrtümer ersparte. Vielleicht das Einzige, was sie von ihrer Mutter geerbt hatte.

Früher hatte es Valentine verärgert, dass Camille immer auf Zuneigungsbekundungen wartete. Dieses Verlangen nach Liebe erstickte sie, sie hatte von Anfang an gewusst, dass sie es nicht würde erfüllen können. Der von stummem Vorwurf erfüllte Blick ihrer Tochter hatte ihr das schmerzliche Gefühl vermittelt, sie tue ihr Unrecht. Oft hatte sie wegblicken müssen, und das hatte sie verärgert. Sie hatte jedoch nie herauszufinden versucht, warum sie ihr auswich. Wenn sie damals jemand darauf angesprochen hätte, hätte sie nur gelacht. So wichtig waren Kinder nun auch wieder nicht, oder? Sie existierten. Man hatte ihnen das Leben geschenkt. Sollten sie sehen, wie sie damit zurechtkamen.

War sie zu jung gewesen, um die Bedürfnisse ihrer Tochter erfüllen zu können? Zu egoistisch, zu schwach? Sie hatte sich die Mühe nicht machen wollen, ihr zuzuhören, sie hätte auch nicht gewusst, wie sie es hätte anstellen sollen. Später, als sie sie um der Entschlossenheit willen, mit der sie ihre Ziele verteidigte, zu bewundern begann, hatte sie diese Bewunderung nicht in Worte fassen können, und Camille selbst war zu sehr mit dem Erwachsenwerden beschäftigt.

André hatte sofort Zugang zu Camille gefunden. Er hatte den Eifer des kleinen Mädchens und die Wutanfälle der Heranwachsenden hingenommen. Manchmal hatte sie die beiden angetroffen, Vater und Tochter, am Flussufer in Montvallon oder im Salon der Pariser Wohnung, Camille ohne Schuhe aufs Sofa gekuschelt, wie sie den ganzen Nachmittag nach einem Sonntagsessen verplauderten. Sie hatte sich in ihr Schlafzimmer geflüchtet, dem zuweilen von Lachen unterbrochenen Stimmengemurmel gelauscht und dabei die Entdeckung gemacht, dass ihre Tochter harmonisch und ausgeglichen, heiter und rührend sein konnte. André hatte die Geduld aufgebracht, sie zu lieben, und seine Tochter hatte es ihm mit einer bewegenden Sanftheit gedankt, mit einer Sanftheit, um die ihre Mutter sie insgeheim beneidete, weil sie selbst sie nicht besaß.

Camille litt unter dem Tod ihres Vaters, doch sie glaubte zu Unrecht, dass ihre Mutter nichts empfand. Zu spät erst hatte Valentine verstanden, wie wichtig André in ihrem Leben gewesen war. Seine großzügige und beschützende Wachsamkeit, sein ruhiger Blick, sein Körper, der mit den Jahren fülliger geworden war. Seit er nicht mehr lebte, fühlte sie sich einem merkwürdigen Schwindelgefühl ausgeliefert, als hätte sie durch den plötzlichen Wegfall dieser unverbrüchlichen Liebe das Gleichgewicht verloren.

Sie, die immer auf Sicherheiten gegründet durchs Leben gegangen war, entdeckte mit einem Mal Unentschlossenheit und Seiltänzerisches an sich. Ihr Schmerz war eine offene Wunde. Und dann hatte Camille auch noch diese entsetzliche Anklage gegen sie erhoben: André habe gewusst, dass Maxence nicht sein Kind war. Wie war das möglich? Warum hatte er nichts gesagt, nichts angedeutet? Ein tiefes Schuldgefühl nagte an ihr, dabei hatte sie sich immer für unempfindlich gegenüber der Reue gehalten. Der Gedanke, wie sehr er gelitten haben musste, ließ sie aufstöhnen.

Sie beneidete Camille um ihren Kummer, denn Camilles Schmerz war rein, ohne Reue. Eines Tages würde er sich abmildern. Sie hatte ihrem Vater rechtzeitig und lange genug gesagt, dass sie ihn liebte, und mit den Jahren hatte André den Mut gefunden, es zu glauben.

Vielleicht war es das, woran es ihr gebrach? Am Mut, die Liebe des anderen anzunehmen? Wer einwilligt, diese Liebe anzunehmen, muss auch eine große Last von Ungewissheiten, Kummer und Verstörung auf sich nehmen und sich ihrer würdig erweisen. Und diese Verantwortung hatte sie nicht tragen wollen. Sie hatte Andrés Liebe zurückgewiesen, weil sie Angst hatte, ihn zu enttäuschen, weil sie zu wenig Vertrauen zu sich selbst hatte. Musste man nicht zuallererst sich selbst lieben, um sich von den anderen lieben zu lassen?

In den letzten Stunden hatte sie die Hand ihres Mannes gehalten und gespürt, wie die Wärme des Lebens durch die altersfleckige Haut drang. Dann, als André sie verlassen hatte, ganz leise, mit der ihm eigenen Schamhaftigkeit und Diskretion, hatte Valentine ihre Stirn auf seine Hand sinken lassen. Sie wusste, es hatte ihr an Stärke gefehlt, nicht an physischer oder geistiger Stärke, sondern schlicht an Seelenstärke.

Sie öffnete die Tür zum Korridor und ging auf Maxence' Zimmer zu. Die Stille trieb sie zur Verzweiflung, sie musste mit jemandem sprechen, um sich zu vergewissern, dass sie noch lebte. Sie klopfte an. Keine Antwort.

Von unerklärlicher Angst gepackt, drehte sie den Knauf und schaltete das Licht ein. Das Zimmer war peinlich ordentlich. Die Bücher waren auf den Schreibtisch gestapelt worden, die Schallplatten neben den Plattenspieler auf den Fußboden, einige gefaltete Kleidungsstücke auf einen Stuhl. Sie spürte den Geruch ihres Sohnes, eine Mischung aus Eau de Cologne, Tabak und dem Ambraduft seiner Haut. Ihr Herz wurde schwer. Sie machte einige Schritte ins Zimmer hinein. Unentschlossen. Auf dem Nachttischchen lehnte ein weißer Briefumschlag am Lampenfuß, auffallend und dramatisch.

»O mein Gott …«, murmelte sie.

Sie setzte sich auf die Bettkante. Hastig riss sie den an sie adressierten Brief auf und entfaltete den weißen Bogen.

*Maman, ich gehe nach New York. Ich mache dort eine Reportage für* Paris-Match. *Ich wollte nicht persönlich mit dir darüber reden, weil ich dein Gesicht nicht sehen wollte, wenn du es erfährst. Verzeih mir meine Feigheit, aber ich muss gehen. Ich weiß, es ist ein schlechter Moment dafür, aber ich kann nicht anders. Ich werde mich bei dir melden. Was immer geschieht, du hast Camille. Sie ist stärker als wir beide zusammen. Maxence*

Der Brief entglitt ihren Händen.

Bei den Feiern zum 14. Juli, einige Monate zuvor, waren bei Schlägereien sieben Menschen zu Tode gekommen. Zufällig war Maxence, der wie so oft durch die Stadt schlenderte, am Ort des Geschehens. Kaum hatte er die Fotos entwickelt, brachte er sie zur Redaktion von *Match*, die ganz in der Nähe der Champs-Élysées lag. Roger Thérond, der Chefredakteur, war begeistert von der Reportage.

Nun musste sie auch das erleben. Maxence war fortgegangen. Aber durfte sie es ihm übel nehmen? Er war einundzwanzig, und er hatte seine Entscheidung getroffen. Camille würde erleichtert sein. Ihr Bruder distanzierte sich von der Maison Fonteroy. Ein nervöses Lachen steckte ihr in der Kehle. Herrgott, sie, die sich keinen Deut um dieses Kürschnerunternehmen scherte, hätte es am liebsten gesehen, wenn er ebenso leidenschaftlicher Kürschner gewesen wäre wie seine Schwester, wenn er sich jeden Morgen zum Boulevard des Capucines begeben hätte, wenn sie ihn nie aus den Augen verloren hätte!

Plötzlich klingelte das Telefon. Sie stürzte in die Eingangshalle und hätte fast das Tischchen mit dem Bakelitapparat umgestoßen.

»Ja, hallo?«

»Valentine? Ich bin's, Alexandre. Ich wollte wissen, wie es dir geht.«

Camille machte kein Licht. Um sie herum herrschte eine dichte Stille. Durch die hohen Werkstattfenster beleuchtete die Mondsichel die Arbeitstische. Die aufgereihten Pelznähmaschinen warfen ihre rundlichen, beruhigenden Schatten an die Wand. Die Hocker standen in Reih und Glied. Die für Allerheiligen bestellten Stolen waren sorgfältig für die Kundinnen bereitgelegt worden. Ein dunkles Tuch bedeckte die auf die Tische gezweckten Felle, um sie vor dem Mondlicht zu schützen, das nicht minder schädlich war als Sonnenlicht.

Seit dem Tod ihres Vaters empfand sie eine tiefe Mattigkeit. Sie spürte nur noch einen Wunsch, schlafen und nochmals schlafen. Sie dachte an all die Momente zurück, in denen er ihr mit einem Blick, einem Wort, einem Lächeln Mut gemacht hatte. Sie sah noch, wie seine Augen aufleuchteten, wenn er sie kommen sah. Keinen Augenblick lang hatte sie an seiner Liebe gezweifelt, und nun gab es niemanden mehr, der sie beschützte. Vor Schmerz schloss sie die Augen.

Sie ging weiter in die Werkstatt hinein, streifte eine Nähmaschine und einige aufgehängte Schnittmuster, dann stieß sie gegen einen Hocker und brachte den Stapel Packpapier darauf ins Rutschen. Sie fühlte sich schwerfällig und unbeholfen, wie unter dem Gewicht einer geheimen Demütigung, der Demütigung, ihren quälenden Emotionen hilflos ausgeliefert zu sein.

Langsam hob sie die Hand und berührte ihre Wange. Sie verwünschte sich für diese Bindung an ihre Mutter, die immer noch so eng war, dass sie unter der geringsten kritischen Bemerkung litt. Wie gern wäre sie eines Morgens aufgewacht ohne diese allzu sperrige Liebe, die sie nicht unterzubringen wusste, weil Valentine sie nicht wollte. Wie gern wäre sie von ihrer Mutter geheilt gewesen.

Sie hörte Schritte auf der Treppe.

»Mademoiselle Camille, sind Sie hier?«

Sie holte tief Luft.

»Ja, Duteil.«

Die Gestalt des Werkstattleiters zeichnete sich im Türrahmen ab.

»Ich habe mir Sorgen gemacht. In Ihrem Büro war kein Licht mehr, und der Nachtwächter sagte, Sie seien noch nicht nach Hause gegangen.«

»Ich hatte das Bedürfnis, ein wenig allein zu sein.«

»Natürlich.«

Sie drehte sich zu ihm um. Das Mondlicht warf Reflexe auf seinen weißen Kittel.

»Sind Sie nicht ein wenig spät dran, Duteil? Sie könnten ja fast ein Gespenst abgeben!«

Er lächelte, froh, dass sie mit ihm scherzte.

»Ich wollte zur selben Zeit gehen wie Sie, Mademoiselle Camille. Manchmal möchte man allein sein, doch die anderen sollen nicht allzu weit entfernt sein.«

Sie nickte. Als sie an ihm vorbeiging, drückte sie seinen Arm.

Im Treppenhaus spürte sie, wie sich der Schraubstock, der ihr das Herz abdrückte, lockerte. Irgendwo schlug eine Uhr. Die scharfe Stimme ihrer Mutter klang ihr im Ohr: »So jung bist du auch nicht mehr, weißt du …« Sie lächelte: Es war neun Uhr, und Sergej erwartete sie.

»Bis morgen, Duteil!«, rief sie, als sie mit großen Schritten die Eingangshalle durchquerte.

Einer der Nachtwächter stand an der Eingangstür, deren Gitter noch nicht heruntergelassen waren.

»Gute Nacht, Mademoiselle Camille«, sagte er und nahm die Mütze ab.

»Gute Nacht, Maurice«, antwortete sie, bevor sie zwischen den Lichtern der Autos hindurch den Boulevard überquerte.

Sergej ging barfuß aus dem Schlafzimmer in den Salon hinüber. Camille lag hinter ihm im Bett und schlief.

Die Wohnung bestand aus mehreren ineinander übergehenden Räumen. Der mit einem feinen Streifenmuster tapezierte Flur führte zur Küche, die auf den Hof hinausging. Er holte sich ein Glas Wasser und nahm es mit zurück in den Salon.

An einer Wand stand ein mit spiralig gedrechselten Säulen verziertes, bis zur Decke reichendes Bücherregal. Im ganzen Raum herrschte gemütliches Durcheinander. Mantelentwürfe bedeckten einen Metallschreibtisch mit lederner Schreibunterlage, und neben einem Korbsessel stapelten sich Modemagazine. Lampen mit Bronzesockeln verbreiteten gedämpftes Licht, das von einem Spiegel mit Cabochons reflektiert wurde, und in einer Ecke stand ein aparter schmiedeeiserner Leuchtkörper. Er fühlte sich seltsam eingeschüchtert.

Mit dem Finger strich er über den Rücken eines Kästchens aus gehämmertem Silber, das inmitten exotischer Muscheln stand. Sanfte Ruhe ging von den celadongrünen Vorhängen und dem blassen Türkis des persischen Teppichs aus. Jeder Gegenstand, jeder Farbton war bedacht. So viel Aufmerksamkeit für Details erstaunte ihn.

Bei ihm zu Hause gab es nichts dergleichen. In Leningrad teilte er sich mit drei Familien Küche und Bad einer Wohnung, aber er wohnte immer noch lieber beengt im Herzen der Altstadt als allein in einem dieser am Rande der sowjetischen Städte in Fertigbauweise hochgezogenen Gebäude. Sein Zimmer war spartanisch und funktionell eingerichtet. Er brauchte nicht viel. Sechs Monate im Jahr durchstreifte er die verschiedenen sibirischen Republiken und besuchte die wichtigsten Nerz- und Zobelzuchtfarmen, die Zentren, in denen die Pelze sortiert wurden, und die zu Kooperativen zusammengeschlossenen Fallensteller.

Dann saß er irgendwo tief in den Wäldern in einer Blockhütte, trank glühend heißen bitteren Tee und unterhielt sich mit diesen stolzen, eigensinnigen und geschickten Männern über Fährten, Fallen und Jagdhunde. Seine Schlitten- und Eisenbahnreisen hatten ihn gelehrt, dass ein Leben nicht reichte, um die Vielfalt dieses Landes zu erkunden, doch ob er nun vor den schneebedeckten Gipfeln von Jakutsk die Taiga durchquerte, die Berge am Baikalsee oder die von den arktischen Winden gepeitschte Tundra, überall fühlte er sich zu Hause.

Und dennoch trug er seit seiner Begegnung mit Camille ein besonderes Gefühl im Herzen, das ihn allem zum Trotz mit dieser jungen Frau verband. Wenn sie nicht in der Nähe war, war sein Leben von bittersüßer Melancholie durchtränkt.

Er trat ans Fenster und schob den Vorhang zur Seite. Vereinzelte Wagen fuhren durch die enge Straße. Ein Stückchen weiter rechts verließen einige Gäste das Ritz.

Nun, da ihr Vater nicht mehr lebte, sollte Camille die Leitung der Maison Fonteroy übernehmen. Die Bedeutung dieses Unternehmens hatte er erst einschätzen können, als er vor dem imposanten Gebäude am Boulevard des Capucines stand. Sie hatte ihm von ihrem Bruder Maxence erzählt, der sich nicht fürs Geschäft interessiere. Der junge Mann schien anderes im Sinn zu haben, als der Familientradition zu gehorchen.

»Bleib bei mir, bitte ... Bleib hier ...« So hatte sie ihn ein wenig früher am Abend angefleht. Es war dunkel gewesen, er hatte ihr Gesicht nicht sehen können, aber er hatte gespürt, wie der Körper in seinen Armen steif geworden war, und erraten, dass es ihr schwer fiel, ihm ihre Schwäche einzugestehen. Er hatte sie mit unendlicher Geduld geliebt, voller Verständnis für ihre Zerbrechlichkeit und ihre Verstörung, während sich seinen Gedanken plötzlich unzählige Möglichkeiten eröffneten.

Warum hatte er nicht schon bei der Ankunft daran gedacht? Warum hatte er, sicher auf französischem Boden angelangt, nicht beschlossen, einfach zu bleiben? Die sowjetischen Behörden hatten ihm die Ausreise ohne Begleitung und ohne die geringsten Umstände gestattet, also zweifelten sie nicht an seiner Rückkehr.

Dubrowin genauso wenig. Kannte ihn sein Vorgesetzter besser als er sich selbst?

Dabei fand er die kapitalistische Welt und ihre Freiheit berauschend. Er hatte schon seit vierundzwanzig Stunden nicht mehr geschlafen. Eine eigenartige Erregung hielt ihn in Bann, er konnte nicht stillhalten. Er hatte systematisch die Stadt durchstreift, von den fein ziselierten Türmen von Notre-Dame bis zur Eisenkonstruktion des Eiffelturms, von den Treppen des Montmartre bis zum Invalidendom, dessen Einfachheit und Eleganz ihn berührt hatten.

Unten auf der Straße hielt mit quietschenden Reifen ein Kabrio. Auf der Rückbank kauerten lauthals lachend junge Mädchen, unter ihren Strickjacken zeichneten sich herausfordernd ihre Brüste ab. Der junge Mann am Steuer schrie etwas, dann fuhr er mit aufheulendem Motor weiter.

Sergej ließ den Vorhang wieder fallen. Es blieben ihm nur noch wenige Stunden bis zum Abflug des Flugzeugs nach Moskau. Am Abend des nächsten Tages sollte er in die Transsibirische Eisenbahn steigen.

Der Zug würde die ganze Nacht fahren und dann in Molotow halten. Sergej würde, eine Spur traurig, von seinem Platz aufstehen und sich aus dem Fenster lehnen. Denn hier stieg er manchmal aus, um dann Richtung Nordosten Hunderte von Kilometern nach Iwanowo zu fahren. Jedes Mal, wenn er nach Sibirien fuhr, musste er seine Ungeduld zügeln. Wenn die Täler und sanften Kuppen Westrusslands den schroffen Hängen der Ostflanke wichen und er nach Asien kam, war er immer wieder ergriffen.

Wie sollte er dieses Leben aufgeben können? Nicht, dass er dem politischen System aufgesessen wäre. Doch wie viele Sibiriaken, die von Natur aus eher individualistisch waren und nicht zur Unterwerfung neigten, ließ er den Kommunismus über sich ergehen. Und er hatte auch nicht vergessen, dass sein Großvater mütterlicherseits nach einer Gleichberechtigung Sibiriens mit dem europäischen Teil Russlands gestrebt hatte – für dieses patriotische Ideal hatten viele in den Lagern gebüßt. Sibirien, dieser auf der Schulter des westlichen Russlands kauernde Riese, litt schon lange unter der Habgier und den Begehrlichkeiten seiner Eroberer. Man hatte einen ganzen Kontinent gefesselt. Das Land der Lager und des Exils war zu dem der großen kommunistischen Betriebe geworden, die ihm sein Öl, sein Gold, seine sämtlichen Mineralien entrissen. Die Flüsse wurden mit Staudämmen erwürgt. Doch trotz all dieser Verwundungen flößten die noch unberührten Teile des Kontinents den Bewohnern einen seltsamen, fast mystischen Glauben an die Zukunft ein, als sei alles möglich, als existiere dort und nirgends anders das eigentliche Wesen der Freiheit.

In der kommenden Woche erwartete man ihn in dem riesigen Nationalpark Bargusin, der Anfang des 20. Jahrhunderts vom Zaren gegründet worden war, um die kostbaren Zobel zu schützen, diese unbestritten königlichsten aller Pelze, die seidig sind, schimmernd und leicht wie ein Seufzer. Auf Tausenden von Hektar bevölkerten Braunbären, Hirsche und Elche die Zedern- und Birkenwälder. Gleich nach seiner Ankunft wollte er wieder an den Baikalsee gehen und sein stilles, wie verzaubertes türkisblaues Wasser betrachten. Es sei denn, es führe gerade einer der Winter und Eis ankündigenden Herbststürme darüber hin und peitschte das Wasser zu schäumenden Wellen. Doch zu welcher Jahreszeit immer Sergej Iwanowitsch zum heiligen See mit seinem Hintergrund blau schimmernder Berge zurückkehrte, immer verharrte er für einen Moment still und gesammelt und dankte Gott.

Wenn er bei Camille bliebe und sich, da die sowjetische Regierung kein freies Kommen und Gehen zuließ, für immer vom Land seiner Geburt trennte, hätte er das Gefühl, sich einen Teil seines Herzens aus dem Leibe zu reißen. Jetzt, in diesem Augenblick, schien ihm ein Leben im Exil undenkbar. Er traute sich nicht die nötige Kraft zu, mit Camille in der französischen Hauptstadt zu leben, wo die Geschäfte, Restaurants und Theater den grauen und schwarzen Fassaden Lichter aufsetzten, wo sich die Leute ohne Furcht vor Repressalien frei bewegten, ohne die Inlandspässe und unzähligen Passierscheine, die das Leben der Sowjetbürger vergifteten. Aber was sollte er ohne die Seinen, ohne seine Welt, mit dieser Freiheit anfangen?

»Du gehst wieder fort, nicht wahr?«, fragte sie leise.

Er wandte sich um. Sie stand in der Tür. Im Ausschnitt ihres Nachthemds war ihr Brustansatz zu sehen. Das Licht der Nachttischlampe hinter ihr ließ die Beine unter der elfenbeinfarbenen Seide durchschimmern. Das ungeschminkte Gesicht unter dem auf die Schultern fallenden Haar wirkte resigniert.

*Vielleicht ist es eine Form der Feigheit,* dachte Sergej in seinem Zwiespalt.

»Ich muss«, stammelte er. »Es ist zu schwierig, versteh doch. Ich kann nicht einfach so weggehen … Alles im Stich lassen …«

Sie deutete ein Achselzucken an, es sei nicht so wichtig, sie bedaure schon, die Sache überhaupt angesprochen zu haben, schien sie damit sagen zu wollen. Er sah, dass sie verletzt war.

»Man hat mich so vieles gelehrt, als ich klein war …«, fuhr er fort. »Ich habe gelernt, mit der Kälte zu leben und mit der Angst, und auch mit der Natur und sie dabei zu achten. Es ist, als hätte man mir etwas Kostbares anvertraut, Geheimnisse und ein Wissen, das ich zu hüten habe. Und eines Tages bin ich an der Reihe und muss dieses Wissen weitergeben. Wie eine Fackel, ein Treuegelöbnis … Würde ich mich einfach abwenden, so würde ich einen Teil meiner selbst verleugnen.«

Sie zündete sich mit einem Malachitfeuerzeug eine Zigarette an.

»Du denkst an die Kinder, die du haben wirst?«, fragte sie, sah ihm dabei jedoch nicht in die Augen.

»Ich weiß nicht, vielleicht …«

Zum ersten Mal fiel ihm auf, dass Camille, anders als die meisten Frauen, die er kannte, nie von Kindern gesprochen hatte. Er fragte sich, ob sie das Thema seinetwegen nicht angeschnitten hatte, aus einer Art Schamhaftigkeit heraus, um nichts zu beschreien.

»Ich verstehe«, sagte sie. Sie wirkte ratlos.

»Und du, würdest du mitkommen? Wenn ich dich darum bäte, würdest du Frankreich aufgeben?«, fragte er, ein klein wenig irritiert von ihrer scheinbaren Lässigkeit.

Sie setzte sich aufs Sofa, zog die Beine an den Körper und dachte kurz nach. Dann hob sie das Kinn.

»Frankreich? Frankreich würde ich sofort verlassen, um dir zu folgen. Aber die Maison Fonteroy? Niemals.«

Wider Willen fühlte er Ärger in sich aufsteigen.

»Siehst du, so einfach ist es nicht«, sagte er unfreundlich.

Was ärgerte ihn? Er hatte das Gefühl, einen Teil seiner Seele preisgegeben zu haben, doch Camille blieb distanziert, fast wie eine Fremde. Er war nervös und ungeduldig. Vielleicht lag es an der Erschöpfung. Er bereute, dass er zu ihr gekommen war. Leipzig und Leningrad, diese verwundeten Städte, hatten die Geburt und das Wachsen ihrer Liebe erlebt, doch Paris, diese launenhafte, schamlose Stadt, nahm ihr die Kraft.

Camille wandte den Blick ab. Sie bereute, so viel Schwäche gezeigt und ihn zu bleiben gebeten zu haben, doch sie fühlte sich völlig schutzlos. Der Tod ihres Vaters und der Streit mit ihrer Mutter verfolgten sie, ein Knoten aus Wut und Verbitterung schnürte ihr die Luft ab.

Wenige Stunden zuvor hatte sie in der Stille des Boulevard des Capucines beschlossen, Distanz zwischen sich und ihre Mutter zu legen, um weniger zu leiden. *Wie gern wäre ich mit ihm fortgegangen ...* dachte sie schmerzlich. Aber war es auch nur für einen Augenblick vorstellbar, sich von der Maison Fonteroy zu trennen? Um ihre Ängste zu vergessen und wirklich im Einklang mit sich selbst zu sein, brauchte sie dieses von ihren Vorvätern gegründete Unternehmen, die dicken Mauern, die surrenden Pelznähmaschinen, die emsigen Angestellten, diesen Geist eines beständigen Bemühens um eine gewisse Form der

Schönheit. Wie Sergej empfand sie etwas wie Treue, aber auch einen Anspruch.

Ihr Blick fiel auf die Entwürfe des neu eingestellten Modezeichners. René Cardot war dreiundzwanzig und zeichnete sich nicht nur durch seine kühne Phantasie aus, sondern auch durch einen Musketierschnurrbart und das Gehabe einer Diva. Für die nächste Kollektion stellte er sich eine beigefarbene Nutria-Redingote vor, Nerzstolen für den Restaurantbesuch, ein tailliertes Jackett aus gerupftem schwarzem Otter mit Fuchsbesatz, aber auch aparte Patchworkjacken. Auf der Suche nach neuen Farben und Texturen hatte er sich bei den besten Gerbern und Zurichtern in Paris, Mailand und New York umgesehen. Sein Atelier am Boulevard des Capucines barg ein kunstvolles Durcheinander von Dokumenten, Kunstbänden, Fotografien und Stoffcoupons. Niemand, nicht einmal Camille, durfte es unaufgefordert betreten.

Sie stand auf und trat an den Schreibtisch.

»Schau her!«, sagte sie fröhlich. »Das wird aus all den Fellen, die ihr mir in Leningrad verkauft.«

Sergej war ernst, fast traurig. Sie bot ihm die Zeichnungen dar wie eine Opfergabe. Einen Augenblick lang sahen sie sich schweigend an. Dann lächelte er zurück, und sie setzten sich eng aneinander geschmiegt aufs Sofa.

»Was meinst du, wann werdet ihr wieder Zobel in den Handel bringen?«, fragte sie, während er noch die Zeichnungen studierte. »Wenn ich bedenke, dass die Maison Fonteroy den Auftrag für die Schahbanuh von Persien nicht bekommen hat! Ich könnte gelb werden vor Neid. Ihr habt da wirklich ein Monopol. Und die Preise sind unerhört.«

»Zobel werden eben genauso gut gehütet wie das Geheimnis der Atombombe«, witzelte er. »Damit sie sich im Ausland nicht fortpflanzen können, ist die Ausfuhr von lebenden Tieren verboten. Über unsere Zuchten wachen wir wie über unseren Augapfel, aber keine Angst, Mademoiselle Fonteroy, wir werden

Ihnen bald welche anbieten können. Und die aus Bargusin sind atemberaubend. Für so viel Schönheit braucht es viel Zeit und Geduld.«

»Wie in der Liebe, Sergej Iwanowitsch«, seufzte sie. »Zeit und Geduld.«

Anna Feodorowna hatte richtige Apfelbäckchen, so glücklich war sie, sie konnte gar nicht aufhören zu strahlen. Und sie ließ ihren Sohn nicht aus den Augen. Er kam so selten!

Sie dachte an Sergejs ersten Aufbruch zurück, als er zwölf Jahre zuvor, 1941, in den Krieg gegen die Nazitruppen gezogen war. An jenem Tag hatte sie nicht geweint. Sie hatte nicht gewusst, ob sie ihren Sohn je wiedersehen würde, doch sie wollte ihm in würdiger Erinnerung bleiben. Später hatte er ihr dafür gedankt, dass sie ihm diese Prüfung der Tränen einer Mutter erspart hatte. Dieser Stolz war Teil von Anna Feodorownas Charakter. Stoisch hatte sie die langen Kriegsjahre über abgewartet. Jedes Mal, wenn ein Nachbar Post aus der Stadt nach Iwanowo zurückbrachte, hatte sie auf einen Brief Sergejs gehofft und gleichzeitig das Schreiben mit der Nachricht von seinem Tod an der Front befürchtet.

Seither war es ihr im Laufe der Jahre immer schwerer geworden, ihn ziehen zu lassen. Sie fürchtete jetzt zwar nicht mehr um sein Leben, doch um ihr eigenes. Ihr liebendes Mutterherz sah ihn viel zu selten. Hätte er bloß Marussia geheiratet und sich mit einem stillen Leben begnügt. Doch auch Marussia hatte das Dorf verlassen. Die junge Frau wohnte jetzt in Perm, oder vielmehr Molotow, denn man hatte die Stadt zu Ehren von Stalins Außenminister umgetauft. Sie hatte einen Elektrofacharbeiter geheiratet und schrieb hin und wieder an ihre Eltern, um von ihren beiden Töchtern zu berichten. Seufzend fand sich Anna damit ab, dass ihre Träume der Vergangenheit angehörten.

Sergej tauchte mitten am Nachmittag auf, völlig unverhofft. Die Isbas lagen so tief im Schnee vergraben, dass sich die Besucher mit einem Ruf durch den Schornstein ankündigen mussten. Iwan, der gerade neben dem Ofen döste, riss überrascht die Augen auf. Anna und er erwarteten niemanden. Nach einem fragenden Blickwechsel warteten sie einfach ab, bis der Fremde den Weg zwischen den Schneewänden hindurch zur Eingangstür bewältigte. Und dann stieß Anna einen Freudenschrei aus.

Sergej stellte seine Schneeteller ab, zog die mit seinem Gürtel aus der Militärzeit zusammengehaltene Lammfelljacke aus, setzte die bereifte Fuchs-Tschapka ab und umarmte dann ausgiebig seine Mutter. Sie protestierte nicht einmal, als ihr die tauenden Schneekristalle aus seinem Bart auf den Hals tropften.

Jetzt saß Sergej mit dem Rücken am Ofen und leerte mit gesundem Appetit einen Teller der auf Rinderbrühe und Champignons basierenden Kohlsuppe *Schtschi*. Anna verfeinerte sie mit einer Gewürzmischung, deren Zusammensetzung ihr eifersüchtig gehütetes Geheimnis war. Er tunkte den Rest mit dem letzten Bissen Roggenbrot auf und kniff dann genüsslich die Augen zu. Es gebe nichts Besseres, als sich mit seinen Lieben zu einem guten Mahl um den heimischen Tisch zu versammeln, hatte er ihr gesagt.

»Hat's geschmeckt, Serjoscha?« Sie räumte den leeren Teller weg.

»Das siehst du doch, Mamutschka, ich habe nichts übrig gelassen.«

Zärtlich streichelte sie ihm über die Wange. Er fing ihre Hand auf und küsste sie, was sie zum Erröten brachte.

»Nun berichte mal von deinen neuesten Abenteuern«, sagte sein Vater und brachte die Pfeife in Gang.

Sergej lächelte. Nachdem sie ihm ein wenig Zeit zum Verschnaufen und zum Essen gegeben hatten, würden seine Eltern ein regelrechtes Verhör mit ihm anstellen.

»Hast du dich endlich verliebt?«, fragte seine Mutter und stellte ein Tellerchen mit Keksen auf den Tisch.

Iwan seufzte und verdrehte die Augen.

»Lass ihn doch damit in Ruhe, Anna Feodorowna! Das willst du immer als Erstes wissen, dabei geht es nur ihn etwas an.«

»Stimmt nicht!«, protestierte sie. »Ich würde so gern meine Enkel umarmen, bevor ich sterbe. Hätte er Marussia geheiratet, wie der Älteste und ich es wollten ...«

»Du überlebst uns alle, Anna. Deine Kräutertees werden dir hundert Jahre bescheren ... Hör nicht auf deine alte Mutter, Sergej, erzähl uns lieber vom Baikalsee. Wie geht es den Zobeln von Bargusin?«

Sergej sah seine Mutter an, die ärgerlich die Arme verschränkt hatte, sie war wirklich verletzt. Graue Strähnen durchzogen die dunklen, im Nacken zusammengesteckten Zöpfe. Die noch aus der Kindheit stammende Narbe auf ihrer Stirn fiel nicht mehr auf unter all den Falten, die ihre wettergegerbte Haut durchzogen.

»Es wäre nicht gut gegangen zwischen Marussia und mir, Maman«, sagte er leise. »Ich gebe zu, sie gefiel mir, als ich jung war, aber es war keine Liebe.«

»Was verstehst du schon davon? Du warst doch nie lange genug mit einem Mädchen zusammen, um zu erfahren, was Liebe ist«, gab seine Mutter zurück. »Marussia hätte wunderbar zu dir gepasst. Sie ist vielleicht ein bisschen autoritär, aber wenigstens hat sie Temperament. Und sie stammt von hier. Sie versteht unser Leben. Ich will doch nur dein Bestes, Serjoscha, und es gefällt mir nicht, dass du immer allein bist. Das ist nicht gesund.«

Sergejs Blick wurde traurig.

»Ich bin nicht allein ... Jedenfalls nicht richtig ...«

»Endlich!«, rief Anna. »Wer ist es? Wo hast du sie kennen gelernt?«

Seufzend erkannte Sergej, dass er sich verraten hatte. Seine Mutter würde nicht lockerlassen, bis sie die Wahrheit von ihm erführe.

»In Leipzig, nach dem Krieg ...«

»Aber dann ist es noch nicht einmal eine Russin! Sag bloß nicht, dass sie Deutsche ist ...«

»Lass mich doch erst mal die Geschenke auspacken.« Sergej stand auf. »Ich habe eine Überraschung für euch.«

Aus seinem Beutel zog er erst einige Zigarren für seinen Vater und dann für seine Mutter eine Schachtel Pralinen und einen lebhaft gemusterten Schal, den er auf dem Markt von Irkutsk erstanden hatte. Und zum guten Schluss schwenkte er lächelnd die Cognacflasche.

»Den hab ich aus Frankreich mitgebracht, aus Paris«, verkündete er stolz und holte drei kleine Likörgläschen aus dem Schrank.

Er wandte sich wieder zu ihnen um und freute sich auf ihre erstaunten, fröhlichen Gesichter. Zu seiner großen Überraschung wirkten sie bestürzt. Seine Mutter ließ sich langsam auf die Ofenbank sinken. Sein Vater nahm die Pfeife aus dem Mund und streckte die Hand aus, um die Flasche zu berühren. Seine schlanken Finger streichelten das Etikett. Das Licht der beiden Petroleumlampen auf dem Tisch ließ die üppigen Bernsteintöne des Flascheninhalts schimmern.

»Was ist los?«, fragte Sergej. »Ihr macht so komische Gesichter. Ich dachte, ihr freut euch.«

»Du warst in Paris?«, fragte Anna nach.

»Ja, unglaublich, nicht wahr? Ich war zwei Tage dort. Kostja Petrowitsch hat mich mit einer Zobellieferung hingeschickt.«

Annas Blick hing an ihrem Mann. Iwan wirkte ungerührt. Er strich sich über den Bart. Er hatte immer noch das üppige Haar seiner Jugend, das ihm bis auf den Stehkragen seines Hemdes fiel, aber das strahlende Blond war ebenso verblichen wie das Blau seiner Augen. Nun, da er zweiundsechzig war, erinnerten das weiße Haar und die blassgrauen Augen Iwan Michailowitschs an den winterlichen Opalschimmer und den silbrigen Glanz der Birken. Er hatte seine schmale, hohe Gestalt behalten und war nicht so in die Breite gegangen wie viele seiner Freunde. Das Gehen fiel ihm schwer. Im Sommer stützte er sich auf einen Stock, für den Winter hatte er sich einen Skistock zurechtgebaut, um seine schmerzende Hüfte zu entlasten.

Sergej griff nach der Flasche.

»Ich weiß gar nicht, was …«

»Reden wir doch erst über dieses Mädchen«, unterbrach ihn seine Mutter lächelnd, als wollte sie das seltsame Schweigen vergessen machen.

»Sie ist Französin.«

Seine Mutter riss die Augen auf.

Sergej schenkte verlegen den Cognac ein. Ein paar Tropfen fielen auf das weiße Tischtuch. Entschieden hielt er seinen Eltern die Gläser hin.

»Siehst du, Papa, du hast deine Zeit nicht verschwendet, als du mir damals, als ich klein war, Französischunterricht gabst. Ich habe mich an alles erinnert.«

»Wie heißt sie?« Anna bemühte sich sichtlich, ihre Fassung zurückzugewinnen.

Sergej zögerte kurz. Er hatte das seltsame Gefühl, wenn er Camilles Namen in dieser Isba, in der er zur Welt gekommen war, ausspräche, würde sie plötzlich Realität, und vorher sei alles nur ein Wachtraum gewesen.

»Camille Fonteroy. Sie ist keine Russin, das stimmt, aber sie gehört zu einer französischen Kürschnerdynastie, und damit gehört sie doch auch ein bisschen zur Familie, findet ihr nicht?«

Anna Feodorownas Glas zerschellte auf den Holzdielen in tausend Splitter.

»Mama!«, rief Sergej entrüstet. »Nachdem ich mir so viel Mühe gegeben habe, den Cognac heil hierher zu bringen …«

Sie presste eine Hand auf den Mund und wagte nicht zu atmen. Sergej wurde immer verwirrter, er sah seinen Vater an, der das Glas prüfend gegen das Licht hielt, bevor er es zum Munde führte und mit einem Schluck leerte, als handle es sich um Wodka.

»Schenk mir noch ein bisschen nach, mein Junge«, sagte er dann. »Wir haben eine lange Nacht vor uns.«

Minus dreißig Grad, ein Wintermorgen, wie Sergej ihn mochte. Er hatte es abgelehnt, nach Leningrad oder Moskau zu ziehen,

Bürokrat zu werden und die materiellen Vorteile, die ihm sein schrittweiser Aufstieg in der Partei verschafft hätte, zu genießen, weil er nicht auf Augenblicke wie diesen verzichten wollte.

Vor dem klirrend blauen Kristallhimmel zeichneten sich die aufrechten Kiefern in ihren Eispanzern ab. Zu seiner Linken stieg aus einem noch nicht vollständig zugefrorenen Fluss entlang der Böschung Reifnebel auf.

Seine großen Schneeteller sanken bei jedem Schritt mit einem weichen Laut ein. Aus alter Gewohnheit suchten seine Augen die Umgebung nach Spuren ab, doch nichts störte das glitzernde Weiß. Ringsum, so weit das Auge reichte, verbarg die sanft gewellte Schneedecke die Schroffheiten der Landschaft. Und dennoch versuchte er vergeblich, die innere Gelassenheit wiederzufinden, die ihm die Weite dieses Traums aus Eis sonst immer einflößte.

Vierunddreißig Jahre hatte er in der Gewissheit gelebt, seine Wurzeln fänden sich zu Füßen dieser hundertjährigen Bäume, an den Ufern der Flüsse, auf den Hügelketten und auf den vom Nordostwind leer gefegten Gebieten zur Arktis hin. Und nun war nichts mehr gewiss. Er trug noch nicht einmal seinen eigenen Familiennamen.

Er blieb stehen, er empfand eine Last auf seinem Herzen. Er musste seine Verwirrung beherrschen und verhindern, dass ihm das Blut ins Gesicht stieg und er schwitzte. Am Abend vorher hatte sein Vater in wenigen Sätzen die Existenz einer ganzen Familie enthüllt, wie aus dem Nichts war sie aufgetaucht. Camille … seine leibliche Cousine … die Tochter seines Onkels André, bei dessen Beerdigung er gewesen war. Wie ein Sturm war das alles über seinen Geist gekommen. Er hatte sich den Überfall der entsprungenen Häftlinge auf den Zug vorgestellt, die Rettung des einzigen Überlebenden und dann das langsame Einüben in ein neues Leben.

Er verstand diesen Drang, zu fliehen und sich zu verstecken, sich von einer Welt, die nicht immer freundlich war, zurückzuziehen. Hierin hatte François Léon Fonteroy einen typisch sibirischen Instinkt bewiesen.

Aber er konnte es noch nicht recht fassen, dass er nur zur Hälfte Russe war und von einer langen Reihe französischer Vorfahren abstammte ... Er fühlte sich in diesem unverhofften Erbe gefangen wie in einem Fischernetz. Seine Eltern hatten ihn getäuscht, sie hatten ihn Gewissheiten aufbauen lassen, die auf einer Lüge basierten. Er wusste nicht, was ihn mehr erschütterte, ihre Doppelzüngigkeit oder die Auswirkung, die diese Enthüllung auf die Frau haben würde, die er liebte.

Plötzlich hörte er von rechts Flügelschlagen. Ein Gewehrschuss krachte durch die trockene Luft. Wie ein Stein fiel ein weißer Körper mit schwarzem Schwanz zu Boden, ein Haselhuhn. Er sah, wie sein Vater hinging, es aufhob und in seinen Umhängesack steckte. Dann ging Iwan Michailowitsch langsam, aber entschlossen auf seinen Sohn zu, während sein Hund hinter ihm von einer Schneetellerspur in die andere hüpfte.

»Guten Morgen, mein Sohn. Du bist heute sehr früh fortgegangen.«

»Ich brauchte frische Luft.«

Iwan nickte.

»Warum, Papa?«

»Ich habe es dir schon gesagt, Serjoscha. Vor allem wollten wir dich schützen. Damals, als wir Bedenken hatten, dir die Wahrheit zu sagen, war die politische Lage gefährlich. Du hättest dich bei deinen Kameraden verraten können. Deine Mutter hatte Angst vor deiner Reaktion. Sie fürchtete, du würdest uns verlassen und nach Frankreich gehen. Sie war sicher, dass wir nicht mit dem Westen mithalten können würden, dass du den Verlockungen dort nicht widerstehen könntest, und sie wusste, dass die Partei dich nie wieder zurückkommen lassen würde, wenn du unser Land einmal verlassen hättest. Ich gebe zu, es war ein wenig egoistisch, aber wir hatten Angst, dich zu verlieren.«

Der Laiki jappte. Er spitzte seine drolligen kleinen Ohren und spürte dann einem Eichhörnchen nach, das sich in einen Baum rettete und bei jedem Sprung Schneepäckchen von den Ästen purzeln ließ.

»Ich kann es einfach nicht fassen.« Sergejs Stimme klang erstickt. »Es kommt mir vor, als wäre mein Leben ins Wanken geraten.«

»Nun übertreib nicht«, rügte ihn sein Vater. »Wenn ein Leben ins Wanken geraten ist, dann ja wohl meins. Damals stand ich an einem Scheideweg, und die Wahl war schwer. Ich liebte meine Familie, und übrigens besonders meinen Bruder André«, fügte er traurig hinzu. »Ich war jünger als er, aber ich hatte trotzdem das Gefühl, ich müsse ihn beschützen.«

»Wie kannst du behaupten, du hättest sie geliebt?«, empörte sich Sergej. »Sie haben nie erfahren, ob du noch lebtest oder tot warst. Das ist wahrscheinlich das Schlimmste, was man seiner Familie antun kann.«

»Aber ich war tot, Sergej«, sagte sein Vater ehrlich erstaunt. »Die Folgen meiner Verletzungen sind sehr langsam verheilt. Ich brauchte Monate, um mein Gedächtnis wiederzufinden, und dann wurde mir klar, dass der Léon Fonteroy von vor dem Zugüberfall nicht mehr existierte. Ich erkannte mich in ihm nicht mehr wieder. Ich glaube, im Grunde mochte ich ihn nicht besonders. Er war zu eingebildet und selbstzufrieden, und vor allem redete er zu viel. Hier habe ich schweigen gelehrt ... Was wäre schlimmer gewesen für meine Angehörigen? Zu wissen, dass ihr Sohn und Bruder sie verleugnete und sie um eines anderen Lebens willen aufgab, mit allem, was sie repräsentierten, dem Geld und dem sozialen Stand, auf den sie so stolz waren? Oder zu glauben, er sei tot und sein letzter Gedanke habe ihnen gegolten?«

Sergej rührte sich nicht.

»Was soll ich ihr sagen?«, flüsterte er.

»Die Wahrheit. Die wir dir die ganzen Jahre vorenthalten haben. Wenn sie all die guten Eigenschaften hat, von denen du uns gestern erzählt hast, wird sie es verstehen.«

»Aber wir sind Vetter und Cousine, Papa, blutsverwandt.«

»Na und? Ihr seid nicht Bruder und Schwester. Das macht nur deiner Mutter Sorgen, mir nicht. Ich kann dir versichern, dass das Blut deiner Vorfahren mütterlicherseits stark genug ist, euch beiden behinderte Kinder zu ersparen«, scherzte er. »Falls ihr Kinder wollt ... Habt ihr vor, zusammenzuleben?«

»Ich weiß nicht«, seufzte Sergej. »Ich weiß überhaupt nichts mehr.«

»Lass dir ein wenig Zeit, mein Junge. Aber auch du wirst wählen müssen zwischen diesem Leben ...«

Iwan Michailowitsch schwieg kurz, und sein Blick glitt über die stille, reine Landschaft.

»Ich habe mich für dieses Leben entschieden«, sagte er leise. »Es war das Einzige, das mir ermöglichte, ich selbst zu sein. Damals ahnte ich es schon, obwohl ich jünger war als du jetzt, und nun weiß ich es gewiss. Aber dein Schicksal ist vielleicht mit ihrem verbunden. Nur du kannst das entscheiden, mit deiner Seele und deinem Gewissen. Aber wie immer es kommt, du wirst auf etwas verzichten müssen.«

Langsam drang die Kälte in die Knochen des alten Herrn. Er machte Sergej ein Zeichen, dass er zurückwolle und pfiff seinem Hund, der hinter einem Gebüsch verschwunden war. Sofort schoss die grau-weiße Fellkugel hinter dem Busch hervor.

Auf dem Rückweg blieb Iwan hin und wieder stehen, um eine mit bloßem Auge kaum wahrnehmbare Schlinge zu kontrollieren. Sergej passte seinen Schritt dem langsameren und ungleichmäßigen seines Vaters an.

Sergej sah ihm zu, wie er die uralten Fallenstellergesten ausführte, den Schnee über einer Falle wegblies und aus den Huf- oder Tatzenspuren Alter und Geschlecht des betreffenden Tieres sowie die Fluchtrichtung las, und versuchte, sich diesen Mann in dunklem Anzug und Seidenkrawatte zu denken, wie er sich täglich zu festgesetzter Zeit in ein riesiges Büro am Boulevard des Capucines begab. Unvorstellbar. Iwan Michailowitsch Wolkow, sein zerfurchtes Gesicht, seine blassen Augen und das weiße Haar trugen keine Spur mehr von Léon Fonteroy. Einen kurzen Moment lang musterte er seinen Vater, wie er einen Fremden gemustert hätte, und begriff mit einer Spur Neid, dass dieser Mann seine Wahrheit gefunden hatte.

Nur seine Hände verrieten ihn vielleicht noch. Wenn er in der Isba seine Fellhandschuhe auszog, kamen lange, schmale Finger zum Vorschein, die zu zart schienen für einen Fallensteller, auch wenn sie knotig geworden waren. Künstlerhände, hatte Grigori Ilitsch einst gespottet. Franzosenhände, dachte Sergej.

In den großen Sälen des Leningrader Pelzpalais' herrschte konzentrierte Aufmerksamkeit. Der ranzige Moschusgeruch der rohen Felle störte die etwa hundert Käufer unter den Stuckdecken nicht. Für diese Januarversteigerung hatte Camille kein ganz so großes Budget wie in den Vorjahren. René Cardot wollte diesmal auf Nerz setzen, und die russischen Nerze waren nicht so gut wie die kanadischen. Die Maison Fonteroy würde also mehr Geld bei der Hudson-Bay-Versteigerung ausgeben. »Nerz hat Zukunft«, hatte Cardot immer wieder gesagt und ihr erklärt, dass Nerze für viele Frauen ein Symbol erschwinglichen Luxus und sozialen Aufstiegs sei. Zudem könne man Nerze raffiniert färben und sie eigneten sich hervorragend fürs Auslassen; Cardot hatte Camille geraten, vor allem weiße und hellbeige Felle auszusuchen.

Camille wartete geduldig darauf, dass am Tisch mit den sibirischen Eichhörnchen ein Platz frei würde. Die beiden Männer vor ihr unterhielten sich auf Russisch über die ein Jahr zuvor unterzeichnete Charta zum Schutz des vom Aussterben bedrohten Schneeleoparden. Die UdSSR hatte sich verpflichtet, sowohl Tiere des eigenen Territoriums als auch aus China zugewanderte Tiere zu schützen.

Als sie weitergingen, nahm sie ihren Platz ein und begann die Lots zu prüfen, die sie nachher bebieten wollte, auf ihren Katalog kritzelte sie Größe und Farbe der Häute. Cardot wollte die hellen Eichhörnchen aus dem Gebiet des Ob, aber Camille betrachtete mit gleicher Aufmerksamkeit die schiefergrauen vom Jenissej und die dunkelgrauen aus dem Amur-Gebiet. Sie fragte sich, ob ihr Modezeichner nicht zu sehr auf bestimmte Farben fixiert sei. »Weiß ist die Farbe der Reichen«, hatte er verkündet. »Wenn es schmutzig wird, werfen sie den Mantel weg.«

»Ich muss mit dir reden«, murmelte ihr eine Stimme auf Russisch ins Ohr.

Sie erbebte, als sie den Atem an ihrem Hals spürte, und blickte glücklich auf. Sie hatte Sergej noch nicht gesehen, seit sie hier in Leningrad war. Sie sah das ernste Gesicht und den sorgenvollen Blick. Etwas Schwerwiegendes musste geschehen sein. Ihr Herz schlug schneller. Hatte er Schwierigkeiten? Politische Schwierigkeiten?, fragte sie sich angstvoll.

»Was ist los?«, hauchte sie.

»Heute Abend, sechs Uhr, in deinem Hotel.«

Sie wollte ihn zurückhalten, ihn um Erklärungen bitten, doch er brachte sie mit einem Blick zum Schweigen und ging weiter. Hier und da blieb er stehen und begrüßte einen Makler oder Kürschner mit einem festen Händedruck.

Bei der Versteigerung war Camille abgelenkt. Plötzlich nannte sie ein Lot Karakulschaffelle ihr Eigen, die sie gar nicht gewollt hatte, zumal die Persianermode nachließ. Dafür ergatterte sie trotz der Bemühungen eines eigensinnigen Mailänder Pelzhändlers die sibirischen Eichhörnchen, doch die ganze Zeit dachte sie an Sergej und was er ihr zu sagen haben mochte.

Als sie mit einigen Kollegen unter dem wachsamen Auge der Führerin ins Hotel zurückkehrte, überlegte sie, dass Sergej einmal mehr die Etagenwache überlisten musste, um sie aus dem Hotel abzuholen.

Es schneite. Camille stand am Fenster und sah zu, wie die Schneeflocken niedersanken. Die Straßen waren menschenleer, eine Brücke spannte sich über den zugefrorenen Kanal. In wenigen Minuten waren die Fußspuren eines Passantenpaares zugeschneit. Hatte sie die beiden in lange Mäntel gehüllten Gestalten nur geträumt? Vor der Fassade eines Gebäudes gegenüber sahen sie mit ihren hohen Fellmützen aus wie Marionetten mit übergroßen Köpfen.

»Sag etwas, bitte, Camille.«

»Was soll ich sagen?«

»Mich hat es doch auch überrascht.«

Endlich drehte sie sich, wie widerwillig, um und fasste das Wohnzimmer der Wohnung, in die er sie mitgenommen hatte, ins Auge. »Wir gehen zu einem befreundeten Arzt«, hatte er vage erklärt, als sie die Treppe hinaufgestiegen waren. Auf dem Sofa stapelten sich bestickte Kissen. Familienfotos, eine anämische Topfpflanze und ein hübscher Wandteppich in warmen Farbtönen vervollständigten die Einrichtung. Sie waren allein. Ihr Gastgeber war verschwunden, nachdem er ihnen die Tür geöffnet hatte. Camille konnte die Gastfreundschaft der sowjetischen Bürger, die sie dank Sergej kennen gelernt hatte, und ihre Art, aus lauter Rücksicht unsichtbar zu werden, nie genug bewundern.

Sergej saß niedergeschlagen in einem Sessel. In der Hand hielt er ein Wodkaglas. Sie hatte lieber eine Tasse gesüßten schwarzen Tee genommen.

Sie sah ihn an, aber sie erkannte ihn nicht mehr. Seit er ihr gesagt hatte, er sei Léon Fonteroys Sohn, suchte sie in seinem Gesicht nach Familienähnlichkeiten, die ihr möglicherweise vorher nicht aufgefallen waren. Was wusste sie über ihren Onkel Léon? Das Porträt im Ahnenflur zeigte einen spöttisch blickenden blonden jungen Mann, groß und lässig, in dunklem Anzug und weißem Stehkragenhemd, das die strahlend blauen Augen unterstrich. Seltsamerweise war sie immer sicher gewesen, Léon Fonteroy habe diesen strengen Anzug nur angezogen, weil der Künstler ihn darum gebeten hatte.

Bei Sergej konnte sie keinerlei Ähnlichkeit entdecken. Er war breiter gebaut, sein Haar dunkelbraun. Glich er ihm vielleicht in der Form von Nase oder Kinn? »Er ist wirklich dein Vetter«, sagte eine ungläubige Stimme in ihrem Innern.

»Seit wann weißt du es?«, fragte sie klanglos.

»Seit etwa einem Monat. Ich habe sie im Dezember besucht.«

Plötzlich ungeduldig geworden, ging sie im Zimmer auf und ab.

»Ich muss ihn sehen. Ich muss mit ihm reden.«

»Ich würde dich gern hinbringen. Aber leider dürfen Ausländer nicht nach Sibirien.«

»Ich dachte, jetzt, wo Stalin tot ist, seien all diese Restriktionen aufgehoben worden.«

»So etwas geschieht nicht im Handumdrehen, Camille. Vielleicht könnte man in eine Stadt wie Irkutsk gelangen.«

»Und was soll ich in Irkutsk?«, fragte sie gereizt. »Bist du sicher, dass du mir nicht die nötigen Papiere beschaffen kannst? Ich dachte, du hättest in der Partei deine Verbindungen. Was nützt es, ein Held zu sein, wenn du keinen Vorteil daraus ziehen kannst?«

»Wozu dieser Ton, Camille?«

»Aber ich muss ihn sehen, verstehst du?« Sie ballte die Fäuste. »Ich muss ihn von Angesicht zu Angesicht fragen, warum er etwas Derartiges getan hat; wie er seine Familie aufgeben konnte, ohne uns etwas zu sagen.«

»Anfangs konnte er nichts dafür. Und dann kam der Krieg, die Revolution …«

»Man findet immer einen Weg, wenn man wirklich will. Er war froh und glücklich mit seinem netten kleinen Leben dort oben, da war's schön ruhig und geschützt, während in Europa Blut vergossen wurde und mein Vater im Schützengraben kämpfte. Ein Feigling! Genau! Das war er!«

Sergej richtete sich auf.

»Wie kannst du so etwas sagen! Du klagst ihn an und gibst ihm keine Möglichkeit, sich zu verteidigen.«

»Wenn ich ihn treffen könnte, würde ich es ihm ins Gesicht sagen, keine Angst! Mein Vater hat sein ganzes Leben unter diesem Verschwinden gelitten. All die Jahre hat er die Last des Unternehmens allein geschultert, dabei hätte er sich hin und wieder ein wenig Erholung gönnen können, wenn Léon Fonteroy geruht hätte, sich seiner Verantwortung zu erinnern.«

»Camille, die höchste Richterin und alleinige Hüterin der Wahrheit«, spottete Sergej. »Ich hatte dich für klüger gehalten. Mein Vater hat sicher Fehler gemacht, auch mir gegenüber, aber du hast nicht das Recht, ihn so anzuklagen. Das Schicksal hat ihn nach Sibirien geführt, zu meiner Mutter. Er hat eine Familie gegründet, ein Kind begraben ... Er hat sich ein anderes Leben aufgebaut, das ist alles.«

Camille hob hilflos die Hände.

»Das Leben ist doch kein unentrinnbares Schicksal, Sergej. Bei euch Russen meint man immer, euch wäre der Himmel auf den Kopf gefallen. Es gibt keinen allwissenden Gott, der jedem menschlichen Wesen ein Schicksal samt Plus- und Minuspunkten zuteilt. Wir alle haben unser Schicksal in der Hand. Wir müssen es so gestalten, wie wir es haben wollen. Dein Vater hat ganz bewusst eine Wahl getroffen. Ich habe also das Recht, ihn zu kritisieren.«

»Mag sein, dass wir Fatalisten sind, aber wenigstens haben wir nicht diesen verrückten westlichen Stolz! Wenn man dich so hört, meint man, alle müssten mit herausgestreckter Brust entschieden vor sich hin marschieren, immer in der Überzeugung, man habe Recht und sei auf dem richtigen Weg. Und wehe dem, der einen Fehltritt begeht! Aber wo ist bei dir noch Platz für Schwäche? Für Leid? Und wovor hast du so viel Angst, dass du so aggressiv bist?«, setzte er leiser hinzu.

Sie fühlte, wie sie bleich wurde. Sergej hatte den Finger auf eine schmerzhafte Wahrheit gelegt, die ihr erst jetzt bewusst wurde. Ja, sie hatte Angst ... Sie hatte Angst, Léon Fonteroy würde wie ein böser Geist in einer unerbittlichen Schneenacht wie dieser aus der Taiga auftauchen und seinen Anteil an der Maison Fonteroy fordern, und zwar zu Recht, denn er war der Erbe.

Und wenn nicht für sich selbst, dann für seinen Sohn.

Sie wich einen Schritt zurück. Dabei liebte sie doch diesen wütenden Mann, der da mit verschlossenem Gesicht vor ihr stand, oder? Warum stellte er mit einem Mal eine Gefahr dar?

Wütend über ihre Gefühlsverwirrung, sagte sie sich, dass der Tod ihres Vaters immer noch eine blutende Wunde war, dass sie ihm noch nicht verziehen hatte, sie im Stich gelassen zu haben. Sie brauchte einen Schuldigen. Und dafür war Léon bestens geeignet.

»Und was hat dein Vater jetzt vor, nachdem er einmal die Büchse der Pandora geöffnet hat?« Sie versuchte, ihre Verstörung hinter Spott zu verbergen.

Sergej wirkte erstaunt.

»Nichts natürlich. Was sollte er vorhaben?«

Sie lachte bitter auf.

»Du bist ja ganz schön naiv! Du wirst mir doch nicht einreden wollen, dass er nicht auf irgendetwas aus ist. Er hat den ersten Schritt getan. Und ich wette mit dir, bald wird er sich da oben in seiner Hütte überlegen, dass ihm ein Teil der Erbschaft zusteht. Aber die muss er sich holen kommen, und du auch! Ich lass mich nicht so leicht drankriegen!«

Langsam wich das ungläubige Staunen in Sergejs Gesicht der Verachtung. Und Camille begriff voller Grauen, dass sie sich geirrt hatte, dass ihm dieser Gedanke nicht einmal von ferne gekommen war. Sie war zu weit gegangen, viel zu weit.

Ein Schraubstock legte sich um ihre Schläfen. Sie ging ein vor Hitze in diesem überheizten Wohnzimmer mit den hermetisch verschlossenen Doppelfenstern. Wie gern hätte sie eine *fortoschka*, eins der kleinen in eine Ecke der Glasscheiben eingelassenen Belüftungsfensterchen, geöffnet.

Sergej war wie gelähmt im Widerstreit zwischen Zorn und Enttäuschung über diese unerklärliche Reaktion Camilles. Unzählige Male hatte er sich dieses Gespräch vorgestellt. Er hatte befürchtet, Camille könne schockiert sein über die Entdeckung, dass sie zur selben Familie gehörten, er hatte mit Tränenausbrüchen gerechnet und sogar auf eine freudige Reaktion gehofft. Seit er selbst sich an den Gedanken gewöhnt hatte, war er sehr daran interessiert, mehr über die Menschen zu erfahren, von denen sie ihm erzählt hatte und die jetzt auch zu seiner Familie gehörten. Valentine und Maxence … Eine Tante und ein Vetter … Nie hätte er mit einer solchen Aggressivität gerechnet, sie schien ihm zu unterstellen, er wolle ihr etwas stehlen.

Er fühlte sich verraten von dieser Frau, die ihn zu lieben vorgab und doch so schlecht kannte.

»Ich denke, wir haben uns nichts mehr zu sagen. Ich bringe dich ins Hotel zurück«, sagte er tonlos und kehrte ihr den Rücken zu.

Als er aus dem Wohnzimmer ging, um ihre Mäntel zu holen, bemerkte Camille, dass ihre Hände zitterten. Sie hätte ihn gern um Verzeihung gebeten, doch die Verachtung, die sie aus seinem Gesicht gelesen hatte, war so furchtbar, so demütigend, dass ihr die Worte in der Kehle stecken blieben.

Wenige Minuten später waren sie auf der menschenleeren, vereisten Straße. Immer noch wirbelten die Flocken durch die Luft, und der Schnee knirschte unter ihren Stiefeln.

Camille blickte zu dem dunklen Himmel auf, aus dem diese entsetzliche Kälte und dieser erbarmungslose Schnee fielen. Und dann, obwohl sie schon seit Jahren nicht mehr an ihn gedacht und ihn tief in einem Winkel ihres Gedächtnisses vergraben hatte, dachte sie plötzlich an Peter. Auch er hatte den entsetzlichen russischen Winter ertragen müssen, aus anderen Gründen, aber er hatte ihn ganz sicher nicht minder heftig erlebt, und ihr wurde schwer ums Herz bei dem Gedanken an seine Einsamkeit und seine Angst.

## *Paris, 1956*

Das beharrliche Lärmen weckte Camille schließlich doch noch. Jemand hielt fest den Finger auf die Klingel ihrer Wohnungstür gedrückt.

Sie befreite sich von dem Arm, der lastend auf ihrer Brust lag, und schlüpfte aus dem Bett. Beim Aufstehen wurde ihr schwindelig.

Einen Augenblick lang betrachtete sie die schwere Gestalt Victor Brooks. Als hätte er ihren Blick gespürt, drehte er sich um, streckte sich mit einem dumpfen Brummen und schlief weiter. Ein Arm war über den Kopf zurückgeworfen, seine breite Brust hob sich bei jedem Atemzug, so lag er da in der ganzen Herrlichkeit des befriedigten Liebhabers. Während sie ihn anschaute, begann es in ihrem Körper leicht zu ziehen. Im Raum lag ein schwerer, berauschender Geruch nach Humus und Fruchtbarkeit.

Wieder die Klingel, fordernd und laut. Verärgert stieg Camille über die auf dem Boden liegenden Kleidungsstücke und holte sich einen Morgenrock aus dem Badezimmer.

Es war erst sechs Uhr nachmittags, aber jetzt, Anfang November, war es schon dunkel. Gleich würden sie sich wieder auf die mit rotem Samt bezogenen Bänke des *Petit Riche*, eines von Victors Pariser Lieblingsrestaurants, setzen und später zum Tanzen auf die andere Seine-Seite in den *Éléphant blanc* wechseln. Doch die Austern im Bistro, der kühle Chablis, die Artigkeiten des befrackten Kellners im Nachtlokal – »Wie schön, Sie wiederzusehen, Monsieur …« –, die Trompeter und der Schlagzeuger, die Eiswürfel in den Scotchgläsern wären nur unbedeutende Ablenkungen, um die Stunden bis zu dem Augenblick auszufüllen, in dem sie, mitten in der Nacht, wieder in dieses Schlafzimmer mit den zugezogenen Vorhängen zurückkehren würden.

Und wie immer würden ihre Gesten von einer fiebrigen Ungeduld erfüllt sein, einer Unmittelbarkeit frei von jeder falschen Scham, denn beide jagten sie mit gleicher Entschlossenheit der Lust nach, so stürmisch, als hinge ihr Leben davon ab, als suchten sie Vergessen in ihrer Zärtlichkeit und Heftigkeit.

»Ich komme ja schon«, brummte sie und zog den Riegel zurück.

Dann raffte sie eilig den Morgenrock um ihren Körper.

»Maman! Was machst du denn hier?« Sie fühlte sich ein wenig schuldig, weil sie halb nackt war, ihr Haar zerwühlt, und weil sie gerade mit ihrem Geliebten geschlafen hatte, obwohl der Tag noch nicht zu Ende war.

»Ich habe den ganzen Tag versucht, dich zu erreichen«, beklagte sich Valentine verärgert. »Im Büro haben sie mir gesagt, du seist nach dem Mittagessen nicht zurückgekommen, und die Anrufe bei dir gingen ins Leere.«

Camille erinnerte sich, dass Victor den Hörer danebengelegt hatte, als sie um vier zurückgekommen waren. Was sie lachend mit einem »Jetzt lerne ich endlich die Freuden des Schuleschwänzens kennen!« kommentiert hatte.

Sie fühlte, wie ihr die Röte ins Gesicht stieg. Was tun? Ihre Mutter zum Eintreten auffordern? Aber sie wollte sie nicht in ihrer Wohnung haben, nicht jetzt. Die seltenen Besuche Valentines erforderten eine gewisse Kulisse, frische Blumen im Flur, geleerte Aschenbecher, säuberlich aufgereihte Kissen, Bohnerwachsduft auf dem Parkett. Wie kam sie dazu, so unverhofft aufzutauchen?

Sie hatte ihre Mutter schon vier Monate nicht mehr gesehen. Sie trafen sich nur noch zu Weihnachten und an ihren Geburtstagen. An diesen Tagen wagte selbst Camille nicht, sich den Zwangsfeierlichkeiten zu entziehen, sie wollte keinen endgültigen Bruch. Wenn sic sich im Restaurant oder bei einer Modenschau begegneten, begrüßten sie sich höflich und ohne irgendwelche Animositäten erkennen zu lassen. Und jedes Mal hatte Camille das Gefühl, ein Reibeisen gehe über ihre Seele.

»Was willst du?« Camille klang anklagend.

»Darf ich eintreten oder bist du so beschäftigt, dass ich auf dem Treppenabsatz Wurzeln schlagen muss?«

Widerwillig wich Camille einen Schritt zurück. Sie warf einen Blick auf die elegante Fuchsjacke und erkannte Alexandre Manokis' Handschrift. Valentine ließ die Jacke auf eine Sessellehne fallen und zog sich mit ruckartigen Bewegungen die Handschuhe aus. Camille band sich einen Gürtel um die Taille und schaltete die Lampen im Wohnzimmer an. Zu ihrer Erleichterung war die Tür zum Schlafzimmer jetzt geschlossen. Victor war anscheinend wach geworden.

Als sich ihre Mutter zu ihr umdrehte, sah Camille, dass ihr Teint fast durchscheinend war. Die grünen Augen unter den nachgezogenen Brauen wirkten fiebrig.

»Maxence ist verhaftet worden«, sagte Valentine.

Jedes Mal, wenn Camille den Namen ihres Bruders hörte, erfasste sie ein unklares Gefühl von Ärger, Enttäuschung und Eifersucht. Sie verstand nicht, warum er sich seit dem Tod ihres Vaters nicht mehr bei ihr gemeldet hatte. Seit drei Jahren hatte sie weder einen Anruf noch einen Brief erhalten. Als wäre auch sie tot in seinen Augen. Die Briefe, die sie an die New Yorker Adresse, die ihre Mutter ihr gegeben hatte, geschrieben hatte, waren unbeantwortet geblieben. Sie glaubte, dass Valentine sich einmal im Jahr mit ihm traf, aber sie war sich nicht sicher. Mit der Zeit hatte es für sie jede Bedeutung verloren.

Damals hatte ihre Mutter ihr mitgeteilt, er sei aus einer Eingebung heraus nach Amerika gegangen. Sie erinnerte sich an ein feiges Gefühl von Erleichterung: So würde sie wenigstens bei der Unternehmensleitung freie Hand haben. Er hatte als Fotoreporter für *Paris-Match* gearbeitet und war dann, weil er die Reportagen auf Bestellung nicht mehr ertrug, »weil er von Natur aus zu unabhängig ist«, hatte Valentine behauptet – *sagen wir lieber zu undiszipliniert*, hatte Camille gedacht –, zur Agentur Magnum gewechselt, die sich um die Bildrechte kümmerte, ihn aber im Besitz seiner Negative ließ. »Die Negative sind das Wichtigste für einen Fotografen, verstehst du? Sein kostbarster Besitz«, hatte ihre Mutter ihr erklärt. Camille hatte nur mit den Achseln gezuckt.

Kurz nach ihrem Bruch mit Sergej hatte sie zufällig eine Ausgabe des amerikanischen Magazins *Life* aufgeschlagen und war auf eine Reportage über die Sowjetunion unter Nikita Chruschtschow gestoßen. Darunter stand fett gedruckt sein Name. Er hatte unbekannte Menschen mit ernsten Gesichtern voller Müdigkeitsfalten fotografiert, die umso natürlicher und bewegender wirkten, als er sie vor dem prunkvollen Hintergrund der Moskauer Metro mit ihren bis tief in die Erde reichenden Rolltreppen, den Mosaikdecken und dem Gewirr der Marmorgänge aufgenommen hatte. Er hatte mit den Schwarz-Weiß-Kontrasten gespielt, mit der Symmetrie der Säulen und dem Realismus der Heldenstatuen, um bei einem Liebespaar oder einem alten Säufer die Verletzlichkeit der Menschen zu erfassen. Sie hatte immer gedacht, ein Fotograf habe etwas von einem Dieb, doch angesichts dieser Bilder verstand sie, dass er auch ein Stückchen mehr Seele sichtbar machen kann.

»Festgenommen?«, wiederholte sie. »Was kann er denn angestellt haben?«

»Er ist in Budapest.«

Camille starrte ihre Mutter mit geweiteten Augen an.

»Liest du nie die Zeitung?«, fuhr Valentine sie an. »Du solltest wissen, dass es in Ungarn einen Aufstand gegen die sowjetische Besatzung gegeben hat. Was der UdSSR natürlich nicht gefallen hat. Sie haben ihre Panzer ins Land geschickt, um die Revolution niederzuwalzen.«

»Ich bin absolut im Bilde über das, was sich seit dem 23. Oktober in Budapest zuträgt, Maman«, gab Camille zurück, verärgert, dass noch der beiläufigste Satz ihrer Mutter einen verschleierten Vorwurf enthielt. »Ich weiß, dass Maxence als Reporter dort ist. Ich habe seine Fotos gesehen.«

Sie dachte an die Bilder, auf denen das Volk eine Stalinstatue stürzte, an das rußverschmierte Gesicht eines Kindes, das vor einer eingestürzten Wand mit breitem Lächeln einen abgebrochenen Zahn entblößte.

»Aber ich dachte, die Sowjets hätten sich aus der Hauptstadt zurückgezogen.«

»Und jetzt sind sie zurückgekommen. Die Panzer sind zu Hunderten in die Stadt gerollt. Da, schau ...«

Valentine entfaltete die *Le-Monde*-Ausgabe, die sie mitgebracht hatte, und zeigte ihr die erste Seite. Der Titel sprang ins Auge: »Aufstand in Ungarn niedergeschlagen«. Sorge verdunkelte ihre Augen. Nervös spielte sie mit der langen Modeschmuckkette. In dem Tweedkostüm, das ihre Schlankheit noch unterstrich, wirkte sie mit einem Mal schrecklich zart.

»Einer seiner Journalistenfreunde hat mich gerade benachrichtigt. Er soll vor zwei oder drei Tagen festgenommen worden sein.«

»Setz dich doch«, sagte Camille. Sie überlegte, ob sie ihr etwas zu trinken anbieten sollte, wahrscheinlich würde sie dann jedoch zu lange bleiben. »Was soll ihm schon passieren? Er ist Journalist mit französischem Pass. Das schützt ihn.«

»Du hast ja wirklich blindes Vertrauen zu den Kommunisten. Bei denen ist niemand vor Verdächtigungen sicher. Man kann jeden der Spionage anklagen, vor allem einen jungen Heißsporn wie deinen Bruder, der sich nicht alles gefallen lässt. Darin ist er dir ähnlich, ihr seid beide sehr impulsiv. Ich wollte dich bitten, mit deinem russischen Freund Kontakt aufzunehmen. Er muss etwas unternehmen und ihn da rausholen.«

Camille erstarrte. Unmöglich! Wie sollte sie Sergej bitten können, zugunsten seines Vetters einzugreifen? Dann käme alles heraus. Ihre Mutter würde davon erfahren, auch Maxence ... Alle würden es erfahren. Sie konnte sich schon das Getuschel in der Firma vorstellen. Und jeder würde sich fragen, warum sie nicht schon früher die Wahrheit gesagt hatte.

»Sergej Wolkow ist weder Militär noch Politiker. Was soll er ausrichten können? Du solltest dich lieber ans Außenministerium wenden.«

»In solchen Situationen nützen die offiziellen Demarchen überhaupt nichts. Man wird unter vergoldetem Stuck empfangen, mit Schmeicheleien und vorgetäuschtem Mitgefühl übergossen, und nichts passiert. Die totalitären Regimes müssen mit ihren eigenen Waffen geschlagen werden: mit Schurkereien.«

Valentines Stimme zitterte leicht.

»Du machst es dir möglicherweise nicht klar, Camille, aber es geht um das Leben deines Bruders. Er hat Freunde unter den Regimegegnern. Neulich ist ein Mann bei mir gewesen ... Ich habe ihm Lebensmittel und Decken angeboten ... Vielleicht müssen wir für Maxence' Freilassung zahlen. Wenn du dich nicht an diesen Wolkow wenden willst, bitte sag mir, wo ich ihn erreichen kann, dann tue ich es selbst.«

Camille erschauderte beim Gedanken an ein Zusammentreffen zwischen Sergej und ihrer Mutter.

»Nein, ich kümmere mich darum ... Versprochen ... Gleich morgen früh ...«

»Danke. Halt mich auf dem Laufenden.«

Valentine warf sich die Jacke über die Schultern. Camille begleitete sie bis an die Wohnungstür. Ihre Wangen berührten sich, die Parodie eines Kusses. Auf dem Treppenabsatz drehte Valentine sich noch einmal um. Ein schwarzes Satinband hielt ihr lackschwarzes kurzes Haar zurück, man sah ihre goldenen Kreolen.

»Ich verlasse mich auf dich, Camille. Lass mich nicht im Stich.«

Ihr Blick war fest.

Camille nickte, ihre Kehle war wie zugeschnürt. Dann schloss sie sanft die Tür. Sie würde sie nicht enttäuschen. Natürlich nicht. Ihr ganzes Leben lang bemühte sie sich um ihre Anerkennung.

Als Camille allein war, wurde ihr plötzlich eiskalt. Sie flüchtete sich unter die aufs Sofa drapierte Decke, zog die Beine an und legte die Arme um die Knie. Seit drei Jahren hatte sie nichts mehr von Sergej gehört. Seit ihrem Streit war sie nicht mehr nach Russland gereist. Seither fuhr Duteil nach Leningrad, um die Felle auszusuchen. Auch nach Leipzig war sie nicht mehr gefahren. Sie hatte dort nichts mehr zu suchen. Diese Welt gehörte zu einem Kapitel ihres Lebens, das nun abgeschlossen war – und Spuren bei ihr hinterlassen hatte.

Wenn sie sich im Spiegel betrachtete, meinte sie eine zynischere und kompromisslosere Camille Fonteroy zu entdecken. Der helle Blick war kühler geworden, die Wangenknochen und der Nasenrücken traten stärker hervor. Mit den Illusionen einer verliebten jungen Frau hatte sie, als wäre es ein Rest von Kindlichkeit, auch eine gewisse Sanftheit verloren.

Sie hatte Philippe Haguenau, den ihr Vater so geschätzt hatte, entlassen und René Cardot einen Dämpfer versetzt. Der Designer hatte sich nach einigem Wutgebrüll und Türenschlagen nur deshalb zum Bleiben überreden lassen, weil sie ihm ein astronomisches Gehalt zahlte. Zwischen ihm und Camille herrschte ein brüchiger Waffenstillstand.

Sie entschied über alles, von der Farbe der Futterstoffe bis zur Knopfform, vom Motto einer Kollektion bis hin zum Kantinenessensplan. Sie hatte Lagerhäuser verkauft und, dem Beispiel anderer Modeschöpfer folgend, mit dem flüssigen Geld ein Parfüm kreiert, dessen Rezeptur aus einem international renommierten Parfümlabor stammte. »Stellen Sie sich vor, es ist Winter«, hatte sie dem weißbärtigen Direktor erklärt, der sie in seinem Büro empfangen hatte. »Eine verliebte, leidenschaftliche, aufs Leben neugierige Frau. Sie liebt den Luxus, weite Reisen, Ledergeruch, Pelze, Schmuck. Eine Verführerin …« Der Parfumeur hatte sie einen Augenblick lang schweigend angesehen, seine Väterlichkeit erinnerte sie an ihren Großvater. »Aber sie sollte nicht zu herrisch sein, oder, Mademoiselle? Man muss eine gewisse Verletzlichkeit bei ihr erahnen. Damit man sie lieben möchte.« Einige Wochen später hatte er ihr ein orientalisches Parfüm mit Ambra- und Vanillenoten vorgeschlagen, Cardot hatte es *L'Insoumise*, die Widerspenstige, getauft und dann eine Kollektion von Cabans und Kurzmänteln für die moderne, sportliche Frau entworfen.

Als sie drei Jahre zuvor aus Leningrad zurückgekommen war, hatte Camille es nicht fertig gebracht, ihrer Mutter die Wahrheit über Léon zu sagen. Sie hätte Sergej erwähnen müssen, ihrer Mutter ihre Liebesbeziehung zum Fraß vorwerfen müssen. Sie hatte nicht die nötige Kraft dazu gehabt. Je länger es dauerte, desto mehr belastete sie ihr Schweigen, sie hatte in der Arbeit Vergessen gesucht, und dann war Victor Brook in ihr Leben eingebrochen.

Wenn sie durch den Ahnenflur ging, wich ihr Blick dem Porträt ihres Onkels aus. Sie hatte das Porträt ihres Vaters an der gegenüberliegenden Wand anbringen lassen, sodass die beiden Brüder nicht nebeneinander hingen. Und so kehrte sie, um André anzusehen, Léon den Rücken zu, genau wie er es vierzig Jahre vorher mit seiner Familie gemacht hatte.

Victor streckte den Kopf aus dem Schlafzimmer.

»Ist sie weg?«, flüsterte er.

»Ja«, antwortete sie kurz angebunden.

Er kam ins Wohnzimmer, ein Badetuch um die Hüften geschlungen.

»Doch hoffentlich nichts Schlimmes?« Er zündete sich eine Zigarette an.

»Nein.«

»Wunderbar. Ich bade noch, bevor wir essen gehen.«

Er wirkte erleichtert, als hätte er befürchtet, er würde mit irgendwelchen Sorgen behelligt. Dazu hatte er weder Zeit noch Lust. Genau diese Gleichgültigkeit hatte sie so anziehend an ihm gefunden. Einen Monat nach ihrem Bruch mit Sergej hatte sie im

Büro einen Strauß roter Rosen erhalten samt einer Visitenkarte: »Bin wieder in Paris. Heute Abend Essen im *Lapérouse*«.

Sie liebten sich nicht. Victor hatte andere Geliebte, an anderen Orten. Camille war Eifersucht völlig fremd, zumal sie die Empfindsamkeit, von der sie ihr ganzes Leben lang geleitet worden war, leid war. Dank Victor hatte sie erfahren, dass es auch eine rein körperliche Beziehung geben kann. Ohne Bindungen und Erwartungen. Zwischen ihnen gab es keine Lüge. Seine gierigen Hände streiften sie und zerstreuten ihre Ängste. Und sie erfand Zärtlichkeiten, die ihr bei Sergej nie in den Sinn gekommen wären, weil zwischen ihnen zu viel Respekt und Liebe herrschte. Bei Victor war sie unbesorgt. Sie hatte nichts zu gewinnen und nichts zu verlieren. Sie bediente sich seiner, erkundete ohne Scham seinen Körper und entdeckte die Gelüste ihres eigenen. Wenn er für einige Tage, manchmal auch für ein oder zwei Wochen nach Paris kam, schlief sie nur noch unregelmäßig. Wenn er wieder wegfuhr, empfand sie weder Erleichterung noch Bedauern. Seine Arroganz irritierte sie, seine verrückte Verschwendungssucht amüsierte sie, in jedem Fall aber bereitete er ihr Lust, und mehr wollte sie nicht von ihm.

Valentine ging die Treppe hinunter und hielt sich dabei mit einer Hand am Treppengeländer fest. Draußen auf der Straße war es beißend kalt. Die Leute beeilten sich auf dem Nachhauseweg. Sie schauderte und ging die Rue Cambon in Richtung Boulevard des Capucines hinauf.

Vor ihr spiegelten sich die Lichter der Maison Fonteroy in den Pfützen auf dem Bürgersteig. Am späten Nachmittag hatte es noch einmal geregnet. Vom Asphalt stieg feuchter Dunst auf. Zwei miteinander scherzende Kundinnen verließen das Geschäft, gefolgt von einem mit Paketen beladenen Chauffeur. Valentine, vom Bild des im bombardierten Budapest gefangen sitzenden Maxence verfolgt, fühlte sich gereizt von so viel Unbekümmertheit. Im Radio hatte sie den Appell des ungarischen Ministerpräsidenten Imre Nagy gehört: »Heute bei Tagesanbruch haben die sowjetischen Truppen mit der klaren Absicht, die legale Regierung des demokratischen Ungarn zu stürzen, die ungarische Hauptstadt angegriffen ... Das sage ich dem ungarischen Volk und der öffentlichen Meinung der ganzen Welt ...«

Sie wusste nichts über Ungarn. Sie hatte sich erst dafür interessiert, als sie Ende Oktober die ersten in den Zeitungen veröffentlichten Fotos von Maxence entdeckt hatte. Von einem jungen Mann, der einen roten Stern abriss, von einer Menschenmenge, die auf einer Barrikade sowjetische Fahnen verbrannte, von Menschen, die sich vor einem Parlamentsgebäude versammelten, das dem britischen sehr ähnlich war. Wie immer hatte Maxence unbekannte Menschen fotografiert, ausdrucksvolle Gesichter in den Mittelpunkt gestellt. Sie wusste nichts über das Land dieser Menschen, aber die dunklen Augen, aus denen eine verrückte Hoffnung leuchtete, waren ihr vertraut erschienen. Als die Deutschen Frankreich besetzt hielten, hatte sie denselben unwiderstehlichen Freiheitsdrang verspürt.

Und dort war Maxence, irgendwo in dieser Stadt, in der es schon Hunderte von Toten gegeben hatte. Sie beschleunigte ihren Schritt.

An der Place de l'Opéra betrat sie das *Café de la Paix*. Er saß auf der Kante eines Barhockers wie auf der Lauer. Kaum hatte er sie erblickt, stand er auf. Unter seinen blauen Augen lagen tiefe Ringe, und auf seinen Wangen zeichneten sich zwei Falten ab. Er nahm sie beim Arm und führte sie an einen der kleinen Tische.

Der Kellner in langer weißer Schürze erschien sofort.

»Einen Martini extra dry«, sagte sie rau.

»Was hat sie gesagt?«, fragte Alexandre.

»Sie hat versprochen, dass sie uns hilft. Sie wird ihren Russen anrufen.«

»Bist du sicher?«

»Sie hat mir ihr Wort gegeben.«

Alexandre nickte. Seit Valentine ihn angerufen und ihm gesagt hatte, Maxence sei unter undurchsichtigen Umständen verhaftet worden, war er völlig verstört. Der Gedanke, dass sein Sohn litt und er ihm nicht helfen konnte, machte ihn verrückt. Genauso verrückt wie der Gedanke, dass sein Sohn möglicherweise starb und sie sich nicht mehr kennen lernen konnten.

Valentine trank in kleinen Schlucken ihren Martini. Alexandres Knie pressten sich an ihre. Sie hatte zunächst gezögert, ihn anzurufen, aber nachdem sie die Nachricht erhalten hatte, hatte sie sich furchtbar allein gefühlt.

Sie betrachtete sein verschlossenes Gesicht und dachte, dass er immer noch so schön war. Warum hatte er nie geheiratet? Er lebte immer noch in der Rue de Trévise, doch sein Geschäft und die Werkstätten waren jetzt in einem eigenen Haus an der Rue du Faubourg Saint-Honoré. Sie rief sich den jungen, ehrgeizigen Griechen ins Gedächtnis, dem sie fast dreißig Jahre zuvor begegnet war. Er hatte Erfolg gehabt. Sein Talent, seine Disziplin, sein Mut hatten einen Mann aus ihm gemacht. Die elegante Statur des Vierundfünfzigjährigen zog die Blicke der Frauen auf sich. *Und ich habe ihm einen Sohn geschenkt*, dachte sie.

»André wusste es«, sagte sie unvermittelt.

Er sah sie verständnislos an,

»Das mit Maxence. Camille hat es mir gesagt.«

»Wie hat er es erraten?« Er zog verwundert die Brauen hoch.

Sie zuckte mit einer Achsel.

»Keine Ahnung. Er hat nie mit mir darüber gesprochen.«

»Vielleicht hat sich Camille geirrt.«

»Hoffentlich ...«

Sie senkte den Blick und fügte dann gedankenverloren hinzu:

»Weißt du, welchen Titel Ludmilla Tikonow meinem Porträt gegeben hat?«

»Nein, du hast ihn mir nie gesagt.«

»*Die Ungeliebte*. Dabei scheint mir, eher bin ich diejenige, die die anderen nicht zu lieben vermochte.«

Er gab keine Antwort, sondern sah sie ernst an. Sie biss sich auf die Lippe. Er würde ihr nicht widersprechen. Früher hätte sie den Vorwurf nicht akzeptiert, sie hätte sich empört, hätte aufbegehrt, inzwischen jedoch war sie ihm für seine Ehrlichkeit dankbar.

Nervös strich er über die vor ihm liegende Zeitung. Sie sah, wie sehr er litt. Als sie ihre Hand auf seine legte, umschloss er ihre Finger.

»Ich beneide dich, Valentine …«, sagte er leise. »Du hast nie Angst.«

Sie lächelte ein wenig bitter.

»Ich … Ich habe Ängste, die ihr euch nicht einmal vorstellen könnt.«

Kurz darauf gingen sie und ließen die Abendzeitung auf der Bank liegen. Ein Journalist hatte die letzte Pressemitteilung des freien Ungarn, die in englischer Sprache an die westlichen Fernschreiber übermittelt worden war, zitiert: »Die Russen sind zu nah … Adieu, Freunde … Rettet unsere Seelen.«

Sonja Krüger stand im Flur und presste ihr Ohr an die geschlossene Wohnzimmertür. Kein Laut. Wahrscheinlich gab sich ihre Großmutter wieder einmal einem dieser seltsamen Trancezustände hin, die ihren Konzerten immer vorausgingen. Wann würde sie endlich wieder daraus auftauchen? Eva sollte ihr doch bei ihrer Frisur helfen.

Sie strich ihr marineblaues Kleid glatt und genoss die Weichheit des Samtstoffes. Zum ersten Mal trug sie ein Erwachsenenkleid, dünne Strümpfe und Schuhe mit Absätzen. Mit ihren dreizehn Jahren fühlte sie sich noch ein wenig linkisch und verlegen darin. Sie trat vor den Spiegel neben der Flurgarderobe. Aus einem spitzen Gesicht mit hervorstehenden Backenknochen schauten sie zwei große, traurige, dunkle Augen an. Man warf ihr oft vor, sie sehe so melancholisch aus. Aber was konnte sie dafür? Es lag sicher daran, dass sie wegen ihrer schiefen Zähne selten lächelte, vielleicht auch an den bläulichen Schatten unter ihren Augen. Wenn sie müde war, sah sie aus, als hätte ihr jemand einen Faustschlag versetzt, und in letzter Zeit war sie ständig müde. »Das kommt vom Wachsen«, sagte ihre Großmutter immer. »Wachsen kostet Kraft.«

Und in der Tat wuchs sie wie eine Liane. Ihr Großvater behauptete, sie werde Rosmarie, ihrer Mutter, die sie nie gekannt hatte, immer ähnlicher. Mit ihrem schmalen Körper, dem grazilen Hals, den zarten Gelenken und der königlichen Kopfhaltung war Sonja das Ebenbild der Balletttänzerin, von der sie noch einige wenige Fotos in ihrer Schatzkiste hütete. An manchen Abenden, wenn ihre Großeltern längst schliefen und eine dumpfe Angst sie am Einschlafen hinderte, holte sie die Kiste aus ihrem Versteck unter dem Bett und breitete die Fotos fächerartig auf ihrer Bettdecke aus. Dann hob sie eins nach dem anderen vorsichtig an den

Ecken hoch und studierte sie aufmerksam, als wolle ihr die junge dunkelhaarige Frau, die da in ihren Spitzenschuhen stand, eine geheime Botschaft zukommen lassen.

Sie hatte ihre Eltern nie kennen gelernt. Und keineswegs als Einzige in ihrer Klasse. Die meisten ihrer Schulkameraden hatten ihren Vater im Krieg verloren, manche auch ihre Mutter, aber es wurde nie darüber gesprochen. Die Vergangenheit sollte gleich den Toten unter dem Mantel des Schweigens begraben bleiben, während man ums Überleben kämpfte. Sonja wusste nur, dass ihre Mutter bei einer Schlägerei auf der Straße ums Leben gekommen war, damals, als die russischen Truppen Leipzig besetzt hielten. »Deine Mutter war ein sehr guter Mensch, dein Vater auch«, sagte Eva nur mit verkrampfter Miene. Offensichtlich schmerzte es sie, wenn sie darüber sprach. »Man darf nicht zu viel über diese traurigen Dinge reden. Sie hätten das nicht gewollt.« Doch Sonja trug dieses Schweigen wie einen schweren Stein im Herzen.

Die Wohnzimmertür ging auf.

»Du darfst hereinkommen, Sonja. Ich habe deine Ungeduld durch die geschlossene Tür gespürt.« Ihre Großmutter steckte lächelnd den Kopf zur Tür heraus.

Sonja gehorchte eilig.

»Das Wetter ist kalt, aber schön für einen 25. November«, stellte Eva fest, als sie Vorhänge zuzog. »Fein! Meine armen Gelenke hassen die Feuchtigkeit. Ich werde eben doch alt.«

Sie streckte die Hände Wärme suchend Richtung Ofen. Sonja runzelte die Stirn: Ihre Großmutter war nicht sehr vorteilhaft angezogen. Die weiße Bluse war zwar neu, aber der Synthetikstoff ließ zu wünschen übrig, und der schwarze Rock hing ohne Schwung und Eleganz an ihr herab. Es beschämte sie ein wenig, denn sie hatte versprochen, ihrer Großmutter ein Kleid für dieses Konzert zu nähen, aber sie war in Verzug geraten, und Eva hatte darauf bestanden, dass sie erst ihr eigenes fertig nähte. Der Samt war schwerer zu verarbeiten gewesen, als Sonja erwartet hatte.

»Du siehst hinreißend aus, mein Schatz«, sagte Eva lächelnd.

»Meinst du?«, fragte Sonja unruhig.

»Absolut. Komm her, ich frisiere dich.«

Das junge Mädchen ging zu ihr hinüber und wandte ihr den Rücken zu. Sie war bereits einige Zentimeter größer als ihre Großmutter.

»Bist du nervös?«, fragte Sonja. Sie genoss die sanften Berührungen der Hände, die ihr Haar flochten.

»Nein.«

»Warum nicht?«

»Jetzt spiele ich schon seit mehr als dreißig Jahren im Gewandhaus, da werde ich mich doch von einem hundertfünfundsiebzigjährigen Jubiläum nicht beeindrucken lassen. Und außerdem«, fügte sie leise hinzu, »könnte man meinen, dass ich seit dem Krieg keine Furcht mehr kenne. Ich glaube, dieses Gefühl ist mir ein für alle Mal abhanden gekommen.«

Sonja schwieg, der ernste Ton ihrer Großmutter bewegte sie. Sie sprach so selten über diese dramatische Zeit!

»Ich wünschte, mir ginge es genauso«, sagte sie schließlich leise.

Eva nahm sie sanft bei den Schultern und drehte sie zu sich um. Dann nahm sie ihr Gesicht in beide Hände.

»Sag so etwas nicht, mein Kind. Man braucht die Angst, um es mit dem Leben aufzunehmen. Die Angst macht stärker. Ich habe um mich keine Angst mehr, aber ich mache mir Sorgen um dich. Wenn ich an deine Zukunft denke … Ich fürchte, du wirst nicht glücklich werden. Manchmal wirkst du so … still.«

Sonja betrachtete das so sehr geliebte Gesicht, die weiche, welke Haut der Wangen, das kurz geschnittene weiße Haar, die Falten auf der Stirn. Evas blaue Augen blickten sie forschend an. Ihre Großmutter war alles für sie: Liebe, Zärtlichkeit, Weisheit, Trost. In ihre Arme hatte sie sich als kleines Mädchen geschmiegt, wenn sie schlecht geträumt hatte, und sie hatte sie auch gepflegt während der Lungenentzündung, als Sonja nach Luft rang und ihre Lungen stachen wie Nadelknäule. Zwei Monate lang war sie bettlägerig gewesen. Um sich die Zeit zu vertreiben, hatte sie aus Stoffresten Puppenkleider genäht. Nach ihrer Genesung hatte sie damit weitergemacht und die Schnitte ihrer eigenen Größe angepasst.

»Ich hab dich lieb, Oma«, flüsterte sie.

Ein Lächeln erhellte Evas Gesicht.

»Ich weiß, mein Schatz. Ich hab dich auch lieb.«

Sie wandten sich um, als sie den Schlüssel im Schloss der Wohnungstür hörten.

»Ah, da kommt ja endlich dein Großvater! Wenigstens einmal kommt er nicht zu spät!«

Sonja lächelte über den scherzhaften Ton, der wohl die Rührung vertreiben sollte. Karl Krüger war pünktlich wie die Uhr. Er hatte gesagt, er werde sie um sechs Uhr abholen, und wie zu seiner Bestätigung begann die Wanduhr zu schlagen.

Karl trat ins Wohnzimmer, eine Fellmütze auf dem Kopf und den verschlissenen dicken Wintermantel eng um den mageren Körper gezurrt.

»Sind Sie bereit, meine Damen? Die Kutsche erwartet Sie.«

»Das möchte ich sehen«, brummte Eva. »Es gibt schon lange keine Kutschen mehr in dieser Stadt.«

Karls Lächeln fiel in sich zusammen. Wenn Eva auf ihre schwierigen Lebensbedingungen anspielte, und sei es nur im Scherz, fühlte er sich jedes Mal schuldig. Hätte er bei dem Einmarsch der Sowjets aus der Stadt fliehen sollen, wie so viele seiner Ärzte- und Lehrerfreunde, die mit nichts als ihren Kleidern auf dem Leib den abziehenden Amerikanern gefolgt waren? Damals hatte Karl gezögert, und seine Unentschlossenheit hatte sich als fatal erwiesen. Er hatte sich nicht vorstellen können, seine Geburtsstadt und das Verlagshaus seiner Vorfahren aufzugeben und ins Ungewisse aufzubrechen. Dabei lag ein großer Teil des Verlagsviertels in Trümmern, Millionen Bücher waren in Rauch aufgegangen, und Eva, die berühmte Pianistin, hätte sie auch an einem anderen Ort ernähren können. Erstaunlicherweise hatte sie nicht zum Weggehen gedrängt. Verstand sie, dass er es als Fahnenflucht empfunden hätte? Und dann war das Schreckliche mit Rosmarie passiert, über das sie nie sprachen, weil Eva nicht wollte, dass Sonja je die Wahrheit erführe.

Es war im Winter 1946. Es herrschte Polarkälte. Kohle war knapp, sie hatten Mühe, die Wohnung warm zu halten, und die Essensrationen für einen Haushalt mit einer Dreijährigen und zwei arbeitslosen Frauen waren extrem mager. Die Kartoffelvorräte im Keller waren gefroren und nicht mehr genießbar. Auf der Straße ragten die verkohlten Häuserskelette aus den Schneeverwehungen.

An jenem Tag, alle Frauen beeilten sich, um vor Einbruch der Dunkelheit nach Hause zu gelangen und nicht irgendwelchen marodierenden russischen Soldaten zu begegnen, war Rosmarie aus dem Haus gegangen, um Lebensmittel zu besorgen. Eva lag mit einer schweren Grippe im Bett, sie litt unter Schüttelfrösten, und Rosmarie hatte sich tagsüber nicht aus dem Haus getraut.

Karl kam aus dem Büro zurück, müde und niedergeschlagen. Sein Einkaufsnetz war leer. Als er beim Fleischer seine fünfzig Gramm Fleisch hatte abholen wollen, war ihm gesagt worden, die Lieferung sei ausgefallen. Als er dann um die Straßenecke kam, war ihm ein Nachbar entgegengestürzt. »Schnell, Herr Krüger, kommen Sie, es ist etwas Schreckliches passiert!« Karl dachte, Eva sei gestorben. Er hatte zu rennen begonnen. »Nein, Herr Krüger, hier entlang!« Der Mann hatte ihn am Ärmel gepackt. Und ihn dann in eine der breiten Passagen gezogen, die die Straßen miteinander verbanden.

Rosmarie lag auf der Erde, sie war an der Schläfe verletzt, ihre Lippen waren aufgeplatzt, die Kiefer geschwollen. Jemand hatte ungeschickt die Mantelschöße über der blutigen Brust zusammengelegt. Auch ihren Rock hatte man wieder über die Beine gezogen, um ihr ein wenig Würde zurückzugeben. Sie war von zwei Soldaten der Roten Armee vergewaltigt und dann erschlagen worden. Eine alte Dame hatte alles von ihrem Schlafzimmer im ersten Stock aus beobachtet.

Karl kniete neben ihr nieder. Verstört von dem Schrecken, der in den starren Augen stand, streckte er eine zitternde Hand aus, er wagte sie kaum zu berühren, als hätte er Angst, ihr wehzutun, so schrecklich hatte man ihren Körper zugerichtet.

Vorsichtig schob er seine Arme unter Rosmaries Rücken und Knie und hob sie mühsam an. Sie war nicht besonders schwer, aber er war geschwächt. »Lassen Sie mich Ihnen doch helfen«, erbot sich ein Mann. »Nein!«, gab Karl zurück. »Ich schaffe es allein.«

Auf dem Heimweg musste er zweimal stehen bleiben, um wieder zu Atem zu kommen. Er legte Rosmarie auf das Wohnzimmersofa, breitete eine Decke über sie, und ging wieder aus dem Haus, um die Polizei zu rufen.

*Nach dieser Tragödie hätte ich fliehen sollen*, dachte er und sah Sonja an. *Aber Eva war so krank, und auch die Kleine … Ich wusste nicht, wie.*

Damals hatten sie in einer Wohnung gewohnt, die die Behörden für sie konfisziert hatten, weil das Gebäude in der Katharinenstraße zerstört war. Inzwischen wohnten sie in einem seelenlosen, weit vom Stadtzentrum entfernten grauen Kasten, aber wenigstens hatte Sonja ein eigenes Zimmer.

Sein Verlag war verstaatlicht, die Druckpressen beschlagnahmt und in die Sowjetunion verbracht worden. Nachdem er hatte beweisen können, dass er keinen wichtigen Posten in der nationalsozialistischen Verwaltung innegehabt hatte, war ihm von der Besatzungsverwaltung eine Stelle als Herausgeber zugeteilt worden. Er hatte sich auf das Verlegen von Kriminalromanen und Science-Fiction-Literatur konzentriert, was großen Anklang fand bei einer Leserschaft, die sich nur allzu gern auf andere Gedanken bringen ließ. Nur seine Reihe mit sowjetischer Literatur war zum großen Bedauern der russischen Kulturbeauftragten kein Erfolg geworden.

»Was spielst du heute Abend?« Er half Eva in den Mantel, während Sonja ihre Mütze zurechtrückte.

»Chopin, wie immer«, sagte sie spöttisch. »Liszts *Ungarische Rhapsodie* wollten sie nicht haben.«

Gleich nach Kriegsende hatten die Sowjets die Zensur des kulturellen Lebens eingeführt. »Macht nichts, daran sind wir gewöhnt«, hatte Eva damals gesagt. »Nur die Programme werden geändert.« Orchester und Solisten wurden streng überwacht. Die sowjetischen Behörden verlangten ein »demokratisches« Repertoire. Man riet zu Tschaikowsky, Mendelssohn und Schostakowitsch und kritisierte die Vorliebe des deutschen Publikums für Komponisten wie Schubert und Mozart als zu romantisch. Eva hatte sich auf Chopin spezialisiert, der sowohl dem Besatzer als auch den Zuhörern gefiel.

Karl knipste alle Lichter aus und schloss die Tür hinter ihnen ab. Als Sonjas und Evas Absätze schon auf den Zementstufen klapperten, ging ihm ein heftiger Stich durch die Brust. Ihm wurde schwindelig, er lehnte sich an die Tür und schloss die Augen. Wie ein seltsames Echo hörte er die helle Stimme seiner Enkelin, die gerade eine Geschichte zum Besten gab. Die Hand auf die Brust gelegt, wartete er, bis sich das Engegefühl lockerte.

*Ich muss unbedingt bald zu einem Arzt gehen*, dachte er, als der Anfall vorbei war und nur noch einen galligen Geschmack im Mund zurückgelassen hatte. Eine solche schmerzhafte Verkrampfung befiel ihn nicht zum ersten Mal, aber bisher hatte er sich nie darum kümmern wollen. Er tupfte sich die Stirn mit einem Taschentuch trocken und betete, dass Eva nichts bemerkte. Vor dem Konzert durfte er ihre Konzentration nicht stören. *Morgen rede ich mit ihr*, schwor er sich, als die Treppenhausbeleuchtung erlosch.

»Wo bleibst du, Karl?«, rief Eva ungeduldig durchs Dunkel. »Wir kommen noch zu spät!«

Karl blinzelte in dem großen, von den Kronleuchtern allzu grell beleuchteten Saal. Die Leute drängten sich zwischen den roten Sitzreihen und suchten nach ihren Plätzen. Mit verschwörerischer Miene stimmten die Orchestermusiker ihre Instrumente und entlockten ihnen dabei seltsame Töne. Sonja saß kerzengerade auf der Sesselkante, die Wangen ihres gespannten Gesichts waren ganz rosig.

»Ich hab Angst um Oma«, sagte sie leise zu ihrem Großvater, der neben ihr saß. »Ich weiß nicht, wie sie das schafft ... Vor so vielen Leuten ... Und wenn sie plötzlich eine Gedächtnislücke hat ... Das wäre doch schrecklich!«

Karl lächelte.

»Ich kenne deine Großmutter schon sehr lange, mein Schatz, sie hat noch nie eine Gedächtnislücke gehabt. Wenn sie erst am Klavier sitzt und zu spielen beginnt, verschwindet alles andere. Sogar wir. Dann gibt es nur noch sie und ihre Musik. Manchmal denke ich, sie ist mit den Engeln allein.«

Sonja war beruhigt, sie blätterte im Programm.

»Was meinst du, was sie gerade macht?«, fragte sie.

»Sie schimpft, weil das Konzert mit einer Viertelstunde Verspätung beginnt.«

Plötzlich umklammerte Karl die Armlehnen, sein Hemd war mit einem Mal schweißdurchtränkt.

»Opa, was ist?«

Karl meinte zu ersticken. Eisenringe umschlossen seine Brust. Er biss sich auf die Lippen. *Ich darf Sonja keine Angst machen*, dachte er, während die Schmerzwellen langsam abebbten.

»Es ist nichts.« Er sprach mühsam. »Mir ist ein wenig übel ... Ich gehe für zwei Minuten an die Luft.«

»Ich komme mit.«

»Nein ... Bleib brav hier ... Ich komme bald wieder ...«

Das Aufstehen fiel ihm schwer, er biss die Zähne zusammen. Seine sämtlichen Muskeln zitterten. Er stützte sich auf die Rücklehne des Platzes vor ihm. Gut, dass sie am Rand saßen! An der

Tür drehte er sich um und winkte Sonja mit einem beruhigenden Lächeln zu. Ein Schleier der Stille breitete sich über den Saal, dann brandete der Applaus auf, mit dem Eva empfangen wurde. Karl sah, wie sie entschlossenen Schritts auf den Flügel zuging. *Man meint immer, sie zöge in eine Schlacht*, dachte er, bevor er leise die Tür hinter sich schloss, um nicht zu stören.

Der ringförmige Gang war menschenleer. Er lockerte seine Krawatte. Er brauchte nur ein wenig frische Luft, dann würde er sich besser fühlen.

Aber der Schmerz kam zurück, brutal, bösartig. Seine Beine trugen ihn nicht mehr, schwarze Flecken tanzten vor seinen Augen. Er lehnte sich an die Wand und ließ sich an ihr entlanggleiten.

Durch die Polstertür hörte er die ersten Töne eines Nocturne von Chopin.

Camille zählte langsam bis zehn. Anders als ihr Vater und ihr Großvater brachte sie keine unendliche Geduld mit launenhaften Kundinnen auf.

Mrs. Lori Neumann war in den Zwanzigern und verfügte über eine platinblonde Mähne, einen Schmollmund und ein außerordentlich gut ausgestattetes Bankkonto. Letzteres dank ihres Gatten, der es immer noch nicht zu fassen vermochte, dass dieser Paradiesvogel eingewilligt hatte, mit ihm in den heiligen Stand der Ehe zu treten.

Die Fäuste in die Hüften gestemmt, betrachtete sie sich in den Spiegeln eines der Anproberäume am Boulevard des Capucines. Der jungen Verkäuferin, die sich seit einer Dreiviertelstunde um sie bemühte, standen die Tränen in den Augen, während sie einen Mantel weghängte.

»*No, no, no!*«, rief Mrs. Neumann und stampfte mit dem Fuß auf.

Camille hob unmerklich die Brauen und warf Suzanne einen Blick zu. Die erste Verkäuferin hatte der Lage nicht mehr Herr werden können und deshalb Camille dazugeholt. Sie hatte ihre Chefin nicht gern gestört, aber diese Kundin brachte alle zur Verzweiflung und wurde allmählich wirklich unangenehm. Manchmal genügte das Erscheinen der obersten Gewaltenebene, um derlei Marotten zu entschärfen.

»Wenn Sie so freundlich wären, mir das Problem zu erläutern, Madame, kann ich Ihnen vielleicht helfen«, sagte Camille.

»*It's horrible!* Schrecklich!«, schrie Lori Neumann mit starkem Akzent. »Ich sehe … dick aus! Ihre Verkäuferinnen sind dumm … Sie verstehen nichts.«

Mit einer Schulterbewegung schüttelte sie einen Fuchs-Paletot ab, der auf den Teppichboden glitt.

»Lassen Sie nur, Suzanne!«, hielt Camille kühl die erste Verkäuferin zurück, die herbeistürzen wollte.

Sie ging quer durch den Raum und hob den kurzen Mantel auf. Zwei Dinge ließ sie sich von niemandem bieten: dass man ihre Angestellten schlecht behandelte und dass man ihre Kreationen verachtete.

»Ich fürchte, die Maison Fonteroy reicht nicht an Ihre Ansprüche heran, Madame«, erklärte sie streng. »Ganz sicher werden Sie in Paris ein anderes Geschäft finden, das Ihre Wünsche besser erfüllt. Suzanne«, fügte sie an ihre erste Verkäuferin gewandt hinzu, »bitte schenken Sie Madame doch einen Flakon unseres Parfüms und begleiten Sie sie zur Tür. Ich bin sicher, ihre Zeit ist sehr ausgefüllt, und wir möchten sie nicht länger aufhalten, nicht wahr? Auf Wiedersehen, Madame.«

Camille verließ mit dem Mantel über dem Arm das Anprobezimmer.

*Als hätte ich sonst nichts zu tun* … schäumte sie innerlich, während sie durch die weitläufige Eingangshalle ging. Gesprächsfetzen drangen an ihr Ohr. Ein Mann wollte seiner Frau eine Stola schenken, eine brünette junge Frau probierte eine weiße Nerzmütze und plauderte dabei mit ihrer Freundin, die sich gerade *L'Insoumise* auf das Innere ihrer Handgelenke gesprüht hatte.

»Fürs Gebirge könnten wir Ihnen sportlich geschnittene Biberjacken zeigen, Madame«, sagte eine Verkäuferin.

Die Eingangstüren öffneten sich und herein kam die Comtesse de Bornes, gekleidet in ein graues Kostüm mit Fuchskragen, die spitze Nase vorgestreckt wie einen Schiffsbug und zwei mit weißen Kleidersäcken beladene Zofen in ihrem Kielwasser.

»Ah, Mademoiselle Fonteroy, wie schön, Sie zu sehen!«, rief sie. »Da ich mich nie genau an die Farben meiner Kleider erinnern kann, dachte ich, ich bringe einfach ein paar mit, damit wir etwas Passendes dazu finden.«

»Wir hätten auch zu Ihnen kommen können, Madame«, sagte Camille lächelnd.

Sie mochte Joséphine de Bornes, sie hatte Geist und Geschmack.

»Unsinn, jetzt machen wir es so herum. Und dann habe ich auch meine Tochter mitgebracht. Sie braucht irgendwas Nettes für ihre Abendeinladungen«, sagte sie und zeigte auf ein offensichtlich verstimmtes, blondes junges Mädchen, das die Hände in den Dufflecoattaschen vergraben hatte. »Aber das ist ja schon sehr hübsch, was Sie da in der Hand haben. Ich muss es unbedingt probieren ... Los, verlieren wir keine Zeit ...«

»Hier entlang bitte, Madame la Comtesse«, sagte Suzanne, die wie herbeigezaubert aufgetaucht war.

Als sich das Grüppchen gerade ihrer Führung anvertraut hatte, stürzte Camilles Sekretärin herbei.

»Mademoiselle, ein Anruf für Sie«, flüsterte sie ihr verschwörerisch ins Ohr. »Aus Leningrad. Der Anrufer wartet ...«

»Da, halten Sie!« Camille drückte Suzanne den Mantel in die Hand und rannte dann zur Treppe, Evelyne folgte ihr dicht auf den Fersen.

Ihr Herz klopfte zum Zerspringen. Zwei Wochen zuvor hatte sie Sergej in seinem Büro der *Sojuspuschnina* eine sibyllinische Nachricht hinterlassen. Eine Sendung bereite Probleme, und die könne sie nur persönlich mit Sergej besprechen, hatte sie behauptet. Die Sekretärin, durch ihre Russischkenntnisse und -bemühungen gnädig gestimmt, hatte versprochen, sie werde ihn so bald wie möglich zu erreichen versuchen, aber er sei derzeit nicht in Leningrad, und sie wisse nicht, wann er zurückkomme.

Im Laufschritt passierte Camille den Ahnengang und stieß die Tür zu ihrem Büro auf. Nachdem Evelyne das Gespräch durchgestellt hatte, forderte sie sie mit einer Geste dazu auf, die Tür zu schließen. Sie rief sich noch einmal die Vorsichtsmaßnahmen ins Gedächtnis, um die Sergej sie gebeten hatte, sollten sie je miteinander telefonieren, wenn er sich in der Sowjetunion aufhielt: keine Familiennamen nennen und so wenig Informationen wie möglich geben.

»Bist du's?«, fragte sie.

»Ja.«

Vor Erleichterung schloss sie die Augen.

»Du hast versucht, mich zu erreichen«, fuhr er fort. »Ich glaube nicht, dass an den Fellen etwas nicht in Ordnung war. Was ist los?«

»Kannst du sprechen?«

»Ja.«

»Es geht um meinen Bruder. Er ist Journalist. Er ist vor etwa drei Wochen beim Aufstand in Budapest verhaftet worden. Wir können nichts über ihn in Erfahrung bringen. Wir fürchten, es könnte ein schreckliches Missverständnis sein, verstehst du? Meine Mutter hat mich gefragt, ob du uns helfen könntest.«

»Wie ist sie auf mich gekommen? Weiß sie Bescheid?«

Camille schwieg kurz. Nervös zwirbelte sie die Schnur des Telefons. War Sergej ihr böse? Hatte ihr Schweigen ihn verletzt oder, schlimmer noch, aufgebracht?

»Nein.«

Am anderen Ende der Verbindung blieb es still. Sie senkte den Kopf und drückte die Fingerspitzen gegen die Schläfe.

»Hörst du mich?« Sie hatte Angst, er würde auflegen.

Sie schloss die Augen und versuchte, seinen Atem zu hören. In der Leitung knisterte es leise.

»Ich wüsste nicht, wie ich euch von Nutzen sein könnte. Mit den Ungarn habe ich nichts zu tun.«

»Du hast doch Verbindungen … du kennst vielleicht jemanden, der etwas über Maxence in Erfahrung bringen und für seine Freilassung sorgen könnte. Du musst uns helfen, bitte. Meine Mutter wird verrückt vor Sorge …«, sagte sie noch, es erboste sie, ihn anflehen zu müssen.

Maxence' Schweigen machte ihr inzwischen genauso viel Angst wie ihrer Mutter. In den Zeitungen waren Fotos von bombardierten Häusern und von Panzern, die Barrikaden niederwalzten. Hunderte waren getötet worden, Tausende verletzt. In Paris hatten sich spontan Demonstranten versammelt und waren an der Maison Fonteroy vorbei Richtung Sainte-Madeleine gezogen.

»Bitte ... Er ist dein Vetter ...«

»Ich werde sehen, was ich tun kann«, sagte er kühl. »Aber ich kann nichts versprechen.«

»Danke ...«

Sie biss sich auf die Lippen. Was sollte sie nun sagen? Die Fragen überstürzten sich in ihrem Kopf. Wie war es ihm ergangen, seit sie sich das letzte Mal gesehen hatten? Pendelte er noch zwischen Leningrad und Sibirien hin und her? Hatte er sich verändert? Nie hatte sie sich so ratlos gefühlt.

»Ich habe dich nicht gefragt, wie es dir geht«, flüsterte sie schüchtern.

»Gut. Und dir?«

»Gut.«

»Ich gebe dir Bescheid, wenn ich etwas erfahre. Auf Wiederhören.«

»Sergej, ich ...«

Er hatte schon aufgelegt.

Während sie langsam den Hörer auf die Gabel sinken ließ, wurde ihr klar, dass sie während des Gesprächs gestanden hatte. Sie setzte sich in ihren Sessel, entkräftet wie nach einer Schlacht. Ein nervöses Zittern überlief sie vom Kopf bis zu den Füßen. Zum ersten Mal seit drei Jahren hatte sie Sergejs ernste, ruhige Stimme gehört, und nun fehlte er ihr mit einem Mal so schmerzlich, dass sie kaum Luft bekam.

Sergej trommelte nervös auf die Schreibtischplatte und starrte auf das große Telefon, das wie ein prähistorisches Ungeheuer auf der grünen Schreibunterlage thronte. Als er Camilles Botschaft erhalten hatte, hatte er gleich etwas Schlimmes befürchtet, und nun wunderte er sich immer noch über seine Reaktion.

Die Angst hatte ihn kalt und völlig unerwartet überfallen und sich dann in ein Gefühl von Sorge und Ohnmacht verwandelt, das ihn, nachdem der erste Schrecken überwunden war, verärgerte. War das nicht der schlagende Beweis dafür, dass er Camille Fonteroy nicht vergessen hatte, und die junge Frau, mit der er sich seit achtzehn Monaten traf, keine besondere Bedeutung für ihn hatte?

Einen kurzen Moment lang bereitete es ihm sogar Mühe, sich ihre Züge ins Gedächtnis zurückzurufen: kurzes, schwarzes Haar, ein Pony, um die ihrer Ansicht nach zu gewölbte Stirn zu verbergen, Mandelaugen und üppige Lippen, die von einem allzu roten Lippenstift betont wurden, weil es in den Geschäften keine dezenteren Farbtöne gab. Olga Andrejewna, Schauspielschülerin im dritten Jahr, liebte Puschkin, Protasanows Stummfilme, die Jazzsendungen der *Stimme Amerikas* und Pralinen. Und sie behauptete, sie liebe auch Sergej Iwanowitsch.

Wie konnte er Maxence Fonteroy helfen? Die Unterdrückung der Ungarn war eine heikle Geschichte. Die meisten Sowjetbürger billigten diese Politik, sie fühlten sich von ihren kommunistischen Brüdern, die ihnen alles schuldeten, verraten. Wahrscheinlich hatte sich der junge Franzose auf gefährliche Freundschaften eingelassen. Aber wer hatte einen so langen Arm, dass er ihn aus einem Budapester Gefängnis zerren konnte? Eine schwierige Angelegenheit, die zwischen den zuständigen Behörden geregelt werden musste.

Im Februar, beim XX. Parteikongress, hatte Nikita Chruschtschow die Delegierten, die sich zum ersten Mal seit Stalins Tod unter Ausschluss der Öffentlichkeit versammelt hatten, zu Tode erschreckt, als er den Personenkult, die Verbrechen und Fehler des Georgiers anprangerte. Er hatte die Büchse der Pandora geöffnet. Seither folgte ein Aufstand auf den anderen, und jeder wurde heftiger als sein Vorgänger. Berlin, Warschau und jetzt Budapest …

Dabei wusste er besser als jeder andere, welche Höllenmechanismen die kommunistische Bürokratie in Gang setzen konnte. Es war die Rede von dicken Dossiers, die sich auf geheimnisvolle Weise in Luft auflösten, wie ja auch Menschen manchmal einfach vom Erdboden verschwanden. Er deutete ein spöttisches Lächeln an. In diesem wunderbaren System, in dem der Mensch endlich das Paradies auf Erden verwirklicht hatte, blieb er dennoch Nebensache.

Er begann in seinem großen Büro am Moskowski-Prospekt auf und ab zu gehen. Durchs Fenster sah er die Scheinwerfer der Autos auf der breiten Straße. Bewies das Schicksal nicht eine gewisse Ironie, wenn es sich seinen französischen Verwandten auf solche Weise offenbarte? Wie dankbar die Fonteroys ihm sein würden, wenn er die Freilassung seines Vetters erreichte! Es war Camille sicher nicht leicht gefallen, ihn um Hilfe zu bitten. Er hatte ihre Nervosität aus ihrer Stimme herausgehört. Er konnte sich einen Anflug von Genugtuung nicht verbeißen, doch dann überfiel ihn Traurigkeit. In dieser Frau steckte etwas Unverwundbares, etwas faustgleich Geballtes, eine Barriere, die sie zugleich schützte und von ihren Mitmenschen trennte.

Er würde sich an ehemalige Kameraden wenden müssen, an die ernsten, verschwiegenen und intensiven Clanfreundschaften. In einem Land, in dem man seit Jahrzehnten auf Misstrauen geeicht war, wo jeder jeden im Verdacht hatte, ein Denunziant oder geheimer Mitarbeiter des KGB zu sein, war Freundschaft ein kostbares Geschenk, fast eine Berufung. War sie einmal gewährt, war sie fest in der Seele verankert. Und was ihn selbst betraf, einige der im grauen und schwarzen Staub von Stalingrad geschmiedeten Bündnisse erlaubten ihm nahezu jede Kühnheit. Bislang hatte Sergej nie eine Bitte an seine Freunde gerichtet. Zum ersten Mal würde er, um etwas über einen jungen, in der brennenden Hauptstadt Ungarns verloren gegangenen Franzosen zu erfahren, so weit gehen, wie das Abenteuer es erforderte, notfalls bis in den Kreml.

Der Winter hatte Paris fest im Griff. Kalter Wind pfiff durch die Straßen. Die Passanten knabberten an heißen Maronen, und die

Kinder sahen immer wieder zum stahlgrauen Himmel auf und hofften, dass es endlich schneien würde.

Maxence hatte sehr abgenommen. Seit seiner Rückkehr nach Frankreich waren seine Lider gerötet. Seine Jeans hing auf den hervorstehenden Hüftknochen. Er zog die Schultern hoch, als wollte er sich in sich selbst zurückziehen, von Zeit zu Zeit hustete er, und dann ging ein Keuchen durch seine Lunge. Er konnte seine geliebten Gauloises nicht mehr rauchen, genehmigte sich aber hartnäckig ein paar Züge, bevor er sie im Aschenbecher ausdrückte.

Er warf sich im Direktorensessel seiner Schwester zurück, verschränkte die Arme im Nacken und sah sich düster um. Die nüchternen Aktenregale standen voller Bücher und Ordner. Der Schreibtisch war mit den unterschiedlichsten Papieren und Notizheften übersät. Überall Becher voller Farbstifte. Er hätte nie gedacht, dass seine Schwester so unordentlich sein könnte. Ihm gegenüber hing an einem Haken ein weißer Kleidersack, der wahrscheinlich einen Mantel oder eine Jacke verhüllte. Die Wände waren eigentümlich leer, bis auf einen Spiegel und ein kleines, von einem Lämpchen aus vergoldeter Bronze beleuchtetes Landschaftsbild. Er meinte die Hügel von Montvallon darauf zu erkennen. Auf dem Boden lag ein verschlissener und verblichener Perserteppich. Himmel, wie er diesen Ort hasste!

Als er sich, totenblass unter seinem struppigen Haar, in seinen khakifarbenen amerikanischen Armeemantel mit den ausgebeulten Taschen gekleidet und die hohlen Wangen von einem mehrtägigen Bart verschattet, angeschickt hatte, die Flügeltüren aufzustoßen, wollte ihn der Portier aufhalten. Maxence musste seinen Namen nennen, bevor der Portier, dem das alles sehr peinlich war, ihn weitergehen ließ. In der Eingangshalle hatten ihn die Verkäuferinnen, einem Rudel aufgescheuchter Hirschkühe nicht unähnlich, von weitem gemustert, doch er war ohne sich darum zu kümmern direkt in den ersten Stock hinaufgegangen.

Mademoiselle sei in den Werkstätten, werde aber gewiss bald herunterkommen, hatte Camilles Sekretärin gestammelt. Er werde in ihrem Büro warten, hatte er entschieden. Die in ihrem eng taillierten, streng geschnittenen Kostüm mit passenden Schuhen äußerst adrett wirkende junge Frau hatte ihn nicht daran zu hindern gewagt.

Als er klein war, hatte seine Mutter ihn oft mit in den Boulevard des Capucines genommen, um ihm eine Freude zu machen. Er konnte sich noch an den instinktiven Schrecken erinnern, den ihm diese wie Leichen an den Ständern aufgereihten toten Tiere eingeflößt hatten. Und dann diese Freundin seiner Mutter, die immer viel zu laut und zu schrill sprach und ihn immer viel zu fest umarmte, wobei er sich einmal Aug in Glasaug einem Fuchskopf gegenübergesehen hatte. Damals war er fünf Jahre alt gewesen, also noch in einem Alter, in dem man physisch aufbegehrt, er hatte sich gewehrt, und Valentine hatte sich für sein ungezogenes Benehmen entschuldigen müssen.

Und dann, später, in Montvallon, dieses Reh an einem Haken, der Jagdaufseher, der ihm mit seinem Hirschfänger den Bauch aufschlitzte, das hervorquellende feuchte Gedärm, das spritzende Blut, das die Hündin schwanzwedelnd aufleckte. Zum Weglaufen blieb ihm keine Zeit mehr. Er hatte sich übergeben, dort im Keller, halb erstickt von den kräftigen Wald- und Fleischausdünstungen, seine Schuhe waren ganz schmutzig geworden. Der Jagdaufseher hatte nichts gesagt, nur sein Schnurrbart hatte sich über seiner Lippe gesträubt. Sein Sohn hingegen konnte sich das Lachen nicht verkneifen. Am nächsten Tag hatte Maxence auf dem Schulhof Gebrauch von seinen Fäusten machen müssen, um seinen stark angekratzten Ruf zu reparieren.

Er hatte sich immer geweigert, zum Markt für die Bälge des heimischen Wilds nach Chalon mitzukommen, er wollte die Zibetkatzen, Dachse und Wiesel, die da stolz präsentiert wurden, lieber gar nicht sehen, und auch im Winter, wenn er mit einem Skizzenblock auf dem Sofa im Salon lag und von weitem Hundegebell, Jagdhörner und Schüsse hörte, verspürte er nicht den geringsten Drang, sich den Jägern zuzugesellen. Wenn sie glücklich weitergezogen waren, zog auch er einen alten Jagdrock über, dessen Knöpfe mit Frischlings- und Fuchsköpfen verziert waren. In der Tasche auf dem Rücken brachte er zuweilen einen aus dem Nest gefallenen Vogel und einmal sogar ein Frettchen mit nach Hause, das er geduldig mit einem in Milch getauchten Taschentuch fütterte.

Als Jugendlicher war er von einem anderen Jagdfieber gepackt worden. Hinter dem Objektiv seiner Leica hatte er sich auf die Jagd nach dem Menschen gemacht, nach seinen Ängsten, seiner Entschlusslosigkeit und seinen flüchtigen Freuden.

Im September war er nach Ungarn gereist, voller Neugier auf das Land von Brassai, André Kertész und Robert Capa, und auf der Suche nach dem, was seine Vorbilder zu dieser besonderen Mischung aus Poesie und Realismus inspiriert haben mochte, als liege in ihrem Blick auf die Welt eine von Wehmut nicht freie Zärtlichkeit. Und dann, eines Abends in einem verräucherten Café in Pest, inmitten laut diskutierender und gestikulierender Studenten und unter den Porträts des Dichters Petöfy, war er Erzsi begegnet.

Seine Gefängnistage hatte er nur noch in verschwommener Erinnerung. An der Schulter verletzt und seelisch verstört, hatte er in einem immer wieder von Schmerzen unterbrochenen Helldunkel gelebt, auf einer Pritsche, das Hemd befleckt von der gräulichen Suppe, die sein Zellengenosse ihm vergeblich einzuflößen versucht hatte.

Aber er erinnerte sich vollkommen klar an die Barrikaden, die er mit Pflastersteinen, Ziegeln und Palisaden aufzurichten geholfen hatte, und an die Toten, zwischen denen die Windstöße Zeitungsseiten und die Flugblätter mit den Forderungen der Aufständischen hin und her trieben. Er erinnerte sich an die Begeisterung der Studenten, als ihnen klar wurde, dass die Soldaten von Oberst Maleter an ihrer Seite kämpfen würden, an das Maschinengewehr, das Erzsi sich umgehängt hatte wie eine Trophäe, obwohl sie gar nicht damit umgehen konnte, an die Baskenmütze auf den dunklen Locken, an ihr Lächeln, das ihr ganzes Gesicht bedeckte. An ihr war alles zu groß: ihr Mund, ihre Nase, ihre Augen. Ihre Leidenschaft, ihre Gewissheiten. Nach dem Rückzug der Russen waren sie für einige Tage die Herren der Welt. Und er mit ihnen.

Jeden Augenblick umarmte ihn Erzsi, impulsiv und verliebt, und bedeckte sein Gesicht mit Küssen. Er erinnerte sich an ihre brennenden Lippen, an die kühle Wange, die seine berührte, er erinnerte sich an ihre sanfte Brust unter dem grauen Mantel.

Zwei Tage lang war Ungarn unabhängig gewesen, und Maxence hatte den Stolz seiner jungen Freunde festgehalten, als sie die vom roten Stern befreiten Fahnen schwenkten. Die Pariser Redaktionen rissen sich seine Reportagen aus den Händen.

Am frühen Morgen des 4. November war der Traum ausgeträumt, die Ketten der sowjetischen Panzer gruben sich in die Straßen, die Luftwaffe stieß auf die Dächer hinab. Sie leisteten mit all ihren Kräften Widerstand, ihre verzweifelte Wut war ebenso groß wie ihre enttäuschten Hoffnungen, während die zur Einschüchterung der Zivilbevölkerung aufs Geratewohl abgeworfenen Granaten auf sie niederregneten.

Gewehre gegen Panzer – ein absurder, ein hoffnungsloser Zweikampf. Er hatte Erzsis Hand gepackt und war mit ihr durch die aufgerissenen Straßen gerannt, vorbei an den durchlöcherten Fassaden. An einer Straßenecke brannte ein Straßenbahnskelett, in der Luft lag der Geruch nach Schießpulver und verbranntem Holz.

Die Kugel hatte Erzsi mitten in den Kopf getroffen und ihr das halbe Gesicht weggerissen. Maxence, mit Blut und Gehirn bespritzt, schrie vor Grauen. Ein zu Tode erschrockener Arbeiter rief ihm etwas Unverständliches zu und versuchte ihn mitzuziehen. Er stieß ihn rücksichtslos zurück, und der Mann lief mit seinen Kameraden weiter. Maxence versuchte, Erzsi aufzuheben, doch seine rechte Schulter verweigerte den Dienst. Da fasste er sie unter den Armen und zog sie hinter sich her, schluchzend, weil sie einen Schuh verloren hatte, weil ihre Strümpfe zerrissen waren, weil dieser Körper, den er lieben gelernt hatte und der plötzlich so schwer war, ihrer nicht würdig war. Er hatte sich unter einen Eingang geflüchtet, die dazugehörige Tür war von einer Druckwelle weggedrückt worden. Verrückt vor Schmerz und Zorn, hatte er sie an sich gedrückt und gewiegt, als wollte er sie trösten.

Dort hatten sie ihn gefunden. Sie hatten ihm Erzsi entrissen, sie hatten auf ihn eingeprügelt, und dann hatte er das Bewusstsein verloren. Im Gefängnis war er völlig apathisch, er konnte auf nichts reagieren, nichts essen. Man verhörte ihn in einem engen Raum mit beigefarbenen Wänden, jemand sprach von Spionage, aber sie begriffen, dass er zu einer Antwort nicht in der Lage war.

Und dann, eines Tages, holte man ihn aus der Zelle. Man befahl ihm zu duschen, gab ihm eine sauberes Hemd, drückte ihm seine Mütze und seine Papiere in die Hand und – vor allem – die in seinen Schal gewickelte Leica. Und mit einem Mal war er draußen, vom Fieber geschüttelt stand er in einer grauen, windigen Morgendämmerung, die nach Schnee und Niederlage roch.

Neben einem Wagen wartete ein Mann in beigem Mantel mit hochgeschlagenem Kragen, einen Filzhut tief ins Gesicht gedrückt. Er trat seine Kippe aus, bevor er auf ihn zuging. »Kommen Sie mit«, befahl er auf Französisch.

Mit einem Mal erwachte Maxence aus der seltsamen Lethargie, die ihn seit Erzsis Tod gefangen hielt. Die Niedergeschlagenheit verwandelte sich in Revolte. Er wich einen Schritt zurück, den Fotoapparat an die Brust gedrückt. »Warum? Was wollen Sie von mir? Ich kenne Sie nicht.« Der Mann hatte regelmäßige Gesichtszüge und unerschütterliche dunkle Augen. Er vermittelte einen Eindruck von Stärke und Autorität, gegen die sich Maxence instinktiv auflehnte; als hätte er dieses Widerstreben erraten, sagte der Fremde: »Bei mir sind Sie nicht in Gefahr. Ich heiße Sergej Iwanowitsch und bin Ihr Vetter. Und jetzt kommen Sie.«

Die Tür zum Büro seiner Schwester flog auf und herein stürzte Camille.

»Maxence!«, rief sie.

Er betrachtete sie neugierig. Wo war seine große Schwester mit den wilden Locken geblieben? Sie trug den weißen Kittel ihres Berufsstands, mit einem Gürtel um die Taille, das Haar war brav mit einem Satinband zurückgebunden, an den Ohrläppchen schimmerten Perlen. Ihre roten Wangen milderten ihre Strenge und zeugten von ihrer Aufregung. Offensichtlich wusste sie nicht, ob sie ihn umarmen oder dafür rügen sollte, dass er sich in den Königinnensessel gesetzt und die Füße auf eine Schreibtischecke gelegt hatte.

Er schwang seine Beine lässig auf den Boden zurück, schüttelte die Zeitschrift aus, die ihm als Fußpolster gedient hatte, und streckte dann den mageren Körper, um sich aus dem Sessel zu erheben.

»Salut, altes Mädchen«, sagte er gleichgültig.

»Was machst du hier? Ich meine ... Wann bist du in Paris angekommen? Ich habe erfahren, dass du schon vor einigen Tagen freigelassen worden bist.«

»Ich bin heute Morgen zurückgekehrt und, wie du siehst, gleich zu dir geeilt.«

Seine Augen wurden dunkel, die Lippen spannten sich. Maxence schien sich über sie lustig zu machen.

»Das freut mich sehr«, erwiderte sie kühl. »Zumal du mir schon seit drei Jahren kein Lebenszeichen mehr gegönnt hast.«

Er nickte und suchte in seinen Taschen nach Zigaretten. Er ahnte, dass sie trotz ihrer vorwurfsvollen Miene verletzt war.

Camille ging um den Schreibtisch herum und nahm ihren Sessel wieder in Besitz. Um ihre Haltung wiederzugewinnen, begann sie die Papiere zurechtzurücken. Maxence lächelte flüchtig: Wenigstens einmal fehlten seiner Schwester die Worte.

»Ich bin hier, um dir zu danken. Wie mein Retter mir mitteilte«, fügte er ironisch hinzu, »bin ich dir zu Dank verpflichtet.«

Camille stieß versehentlich einen der stiftegefüllten Becher um. *Mist*, dachte sie, es ärgerte sie, dass sie sich so wenig in der Hand hatte. Beharrlich wich sie dem Blick ihres Bruders aus.

»Hast du Sergej gesehen?«

»Ja. Wie ein Schutzengel erwartete er mich vor dem Knast. Er hat mich in ein Hotel gebracht und mich da drei Tage pflegen lassen, bis ich in der Lage war, allein nach Paris zurückzukehren.«

Ein Hustenanfall schüttelte ihn, er krümmte sich. Camille runzelte, fast wie peinlich berührt, die Stirn.

»Offensichtlich bist du noch nicht ganz genesen. Du siehst furchtbar aus.«

Er zuckte die Achseln. Draußen gingen die Straßenlaternen an. Der Gedanke, dass er diese Dämmerung würde aushalten müssen und dann das langsame Eintauchen in die Nacht, gab ihm einen Stich. Er dachte an die unergründliche Schwärze auf Brassais Fotos, der nachts durch Paris gegangen war, an die einsamen Katzen, die geduldigen Prostituierten, an ein geschlossenes Gartentor. Früher war die Nacht auch für ihn eine verheißungsvolle Komplizin gewesen. Jetzt empfand er vagen Schrecken bei dem Gedanken, sie durchqueren zu müssen. Er begriff, dass er seine Jugend zwischen den zerbrochenen Träumen in Budapest zurückgelassen hatte.

»Ich freue mich, dass du gerettet bist«, sagte Camille leise und weich.

Ihr arrogantes Auftreten war verschwunden. Der Lidstrich war ein wenig verschmiert, um ihren Mund und in ihren Augenwinkeln zeugten einige kleine Fältchen von Traurigkeit. *Eigentlich kenne ich sie nicht*, dachte Maxence. *Aus den Kindern, die wir waren, sind Fremde geworden, als wären wir uns unterwegs verloren gegangen.*

»Ich habe dort unten ein Mädchen kennen gelernt«, sagte er rau. »Sie hieß Erzsi. Sie war zweiundzwanzig. Sie ist in meinen Armen gestorben.«

Als er seine Zigarette anzündete, zitterte seine Hand so sehr, dass er sich ein wenig abwandte. Er konnte ihr nicht sagen, dass Erzsi das erste Mädchen gewesen war, das er wirklich geliebt hatte, dass sie sich wiedererkannt hatten, als hätten sie seit je auf den anderen gewartet. Camille würde sich darüber lustig machen, sie glaubte nicht an diese Art überwältigender Liebe. Erzsi und er hatten sich schon alles ausgemalt. Nun, da Ungarn frei war, würden sie die ganze Welt bereisen. »Die Freiheit«, sagte sie immer mit ihrem singenden Akzent, »ist für uns wie die Luft, der Wind oder die Liebe. Ohne Freiheit kann man nicht leben, verstehst du?« Bevor er sie und ihre Freunde kennen lernte, hatte er das nicht verstanden, nicht richtig, nicht mit dem Bauch.

Mit einem Mal merkte er, dass ihm Tränen übers Gesicht liefen und dass sich dicht neben ihm etwas bewegte. Die Arme seiner Schwester legten sich um ihn. Beschämt und erleichtert zugleich nahm er diese Umarmung hin, voller Dankbarkeit dafür, dass sie nichts sagte.

Als Camille Maxence' schmalen Körper an sich drückte, fühlte sie zu ihrem Schrecken seine Rippen unter dem schwarzen Rollkragenpullover. Sie verwünschte sich, dass sie kein Wort des Trostes fand, aber ihre Kehle war wie zugeschnürt. Sie wusste, wie Maxence litt. Sie kannte diesen Abgrund, diesen Schwindel, diese spitzen Zähne, die einem die Eingeweide in Stücke rissen. Sie teilte den Schmerz ihres Bruders und hatte dabei das absurde Gefühl, ihn verraten zu haben, weil sie ihn nicht davor hatte schützen können.

Er fasste sich schließlich und schob sie sanft weg.

»Es tut mir Leid«, flüsterte er und suchte nach einem Taschentuch. »Alles ein wenig peinlich, findest du nicht?«

»Bleibst du in Paris oder kehrst du nach New York zurück?«

»Ich denke, ich bleibe einige Zeit hier. Ich muss nachdenken. In den letzten Jahren habe ich vielen Dingen nicht ins Gesicht sehen wollen. Es ist alles so schnell gegangen in Budapest. Ich bin jemandem begegnet, sie war sehr wichtig für mich, und dann war sie plötzlich nicht mehr da. Ein seltsames Gefühl. Wie eine Entwurzelung. Alles, was dir vorher wichtig schien, ist nur noch albern. Sogar ein blutsverwandter Vetter, der wie durch Zauberhand auftaucht.«

»Hat er dir alles erzählt?«

»Ja. Wir hatten viel Zeit, uns zu unterhalten. Anfangs konnte ich es kaum glauben. Léons Abenteuer. Die Zufälle, eure Begegnung in Leipzig nach dem Krieg ...«

Camille legte sich die Arme um den Körper, als wäre ihr kalt. Sie fühlte sich schwach. Sie hatte ihre Liebe zu Sergej so lange geheim gehalten, dass es ihr jetzt fast schamlos erschienen wäre, sie auszusprechen.

»Hat er dir von uns erzählt?«

Maxence lächelte.

»Eigentlich nicht, er ist wohl eher zurückhaltend, denke ich. Und es war ohnehin nicht nötig. Ich habe es aus dem nicht Gesagten geschlossen.«

Camille senkte den Blick. Er schwieg kurz.

»Ihr habt euch geliebt, nicht wahr?«

Sie konnte nicht mehr atmen. Mit angespanntem Körper konzentrierte sie sich aufs Luftholen. Seit sie Sergej angerufen und um Hilfe gebeten hatte, kam er zu ihr, am Tag, in der Nacht, in ihren Träumen, in den unpassendsten Momenten, mitten in einer Verwaltungsratssitzung. Schon in den ersten Monaten nach ihrer Trennung hatte sie sich alle Mühe gegeben, ihn zu vergessen, ihn daran zu hindern, sich in ihre Gedanken einzuschleichen, aber jedes Mal, wenn sie ein Etikett der *Sojuspuschnina* sah oder jemand Russland erwähnte, war er wieder da, unerschütterlich wie ein Wellenbrecher. Deshalb auch war ihr Victor Brook eine solche Hilfe gewesen. Mit seiner Leichtfertigkeit und Lässigkeit verkörperte der Amerikaner so sehr das Leben im Jetzt, dass für anderes gar kein Platz mehr blieb.

Sie fühlte Maxence' durchdringenden Blick. Er wartete, wahrscheinlich war er neugierig, ob sie es wagen würde, ihm die Wahrheit zu sagen. In ihrer Familie galt es irgendwie als schamlos, von seinen Gefühlen zu sprechen. Es gehörte sich nicht. Man konnte etwas wie Zuneigung andeuten, aber man hütete sich, darüber zu sprechen.

Sie atmete tief ein und zwang sich, ihrem Bruder ins Gesicht zu sehen.

»Ja, ich habe ihn geliebt. Mehrere Jahre lang. Und dann haben wir uns getrennt.«

»Warum?«

*Warum?*, dachte Camille. *Weil unsere Geschichte nicht möglich war. Weil jeder von uns auf einem Fundament steht, das seinem Leben einen Sinn gibt, für ihn ist es Sibirien, für mich die Firma.*

»Weil wir nicht genug Vertrauen hatten.«

*Sie liebt ihn noch immer*, dachte Maxence fast erstaunt, als er in das bleiche Gesicht seiner Schwester sah. Aber er war noch so verstört von seinen eigenen Erlebnissen in Budapest, dass er nicht die Kraft hatte, etwas wie Mitgefühl für sie aufzubringen.

Ihm war schwindelig. Er wollte in die Avenue de Messine zurückkehren, sich auf dem schmalen Bett in seinem Kinderzimmer ausstrecken, sich von seiner Mutter verhätscheln lassen, wieder zu Kräften kommen und sich dann irgendwo in dieser Stadt eine Wohnung suchen. Vorerst konnte er nicht nach New York zurück. Amerika machte ihm Angst. Er brauchte Europa wie eine alte, verschlissene und vertraute Jacke, in der jede Falte eine Erinnerung birgt und jede Naht einen Schmerz.

Sein Blick verlor sich im Leeren.

»Ich glaube, es wird Zeit, dass ich mich mit meinem Vater treffe.«

Camille verkrampfte sich, ihre Hände schlossen sich um ein vor ihr liegendes Spiralheft.

»Wie meinst du das?«

»Tu nicht so unschuldig. Du weißt genau, was ich meine. An dem Tag, als wir nach Papas Tod beim Notar waren, habe ich euch hinterher im Salon miteinander sprechen gehört, dich und Maman. Du warst sehr deutlich. Wie gewöhnlich.«

Camille schluckte den Vorwurf, ohne mit der Wimper zu zucken, doch ein Frösteln überlief sie vom Kopf bis zu den Füßen. Sie hatte dieses furchtbare Gespräch mit ihrer Mutter nicht vergessen. Sie hatten sich hässliche, verletzende Dinge gesagt. Und seither dauerte der Bruch an.

Daher also war Maxence geflüchtet! Ihre Heftigkeit, die Verachtung, mit der sie über das Liebesverhältnis zwischen Alexandre und ihrer Mutter gesprochen hatte, mussten ihn tief getroffen haben. Damals war er zu jung gewesen, um zu verstehen, dass sie mit einem Strudel aufgewühlter Emotionen gekämpft hatte, genau wie heute. Ihre Verzweiflung hatte sie zu diesem wütenden Handeln getrieben. Innerhalb weniger Wochen hatte sie ihren Vater verloren und den Mann, den sie liebte. Auch ihr kleiner Bruder war ihr entglitten. Alle Männer in ihrer Umgebung waren mit einem Mal fort. Sie hatte wirkliche Einsamkeit kennen gelernt.

Morgens hatte sie sich gezwungen, aufzustehen, die Straße bis hinauf zum Boulevard des Capucines zu gehen und ihn zwischen den auf sie zurasenden Autos zu überqueren. Sie hatte sich gezwungen zu essen, obwohl ihr bei jedem Bissen übel wurde. Aus Pflichtgefühl hatte sie durchgehalten, weil die Maison Fonteroy nun ihr einziger Lebenssinn war, und daraus hatte sie einen gewissen Stolz bezogen.

Doch als sie jetzt zusah, wie Maxence in seinen Mantel schlüpfte und sich den Schal um den Hals wickelte, als wollte er seinen Schmerz ersticken, wurde ihr klar, dass nichts gewonnen war.

»Dein Vater ist ein guter Mensch«, sagte sie. »Ein aufrechter Mann. Und er wird glücklich sein, wenn er dich endlich kennen lernt.«

Für einen kurzen Moment wurde der Blick aus Maxence' blauen Augen wieder ein Kinderblick, erhellt von jenem besonderen Leuchten der Hoffnung und Unschuld.

Hinten im Geschäft unterhielten sich die beiden Verkäuferinnen leise. Es war keine einzige Kundin da an diesem Nachmittag. Alexandre hob den Blick vom Rechnungsbuch auf seinem Schreibtisch und nahm die halbe Brille ab. Er beschloss, die beiden Frauen eine halbe Stunde eher gehen zu lassen. Erfreut zogen sie die Jacken ihrer Twinsets über und traten lachend in den schönen Mainachmittag hinaus.

Alexandre schlenderte durch das leere Geschäft, warf einen Blick auf die Nerzjacken und prüfte nach, ob die Kaschmirschals ordentlich gestapelt waren. Dann trat er mit auf dem Rücken verschränkten Händen ans Schaufenster, um die Passanten zu beobachten. Ein Kabrio fuhr langsam vorüber. Am Steuer saß eine junge Frau, einen Schal ums Haar gebunden, und betrachtete die Schaufensterauslagen. Hinter ihr hupte ein verzweifelter Taxifahrer. Sie behielt unerschütterlich ihr Schneckentempo bei. Alexandre lächelte unwillkürlich, als er ihr nachblickte.

Und dann bemerkte er ihn, er lehnte an einem Haus auf der gegenüberliegenden Straßenseite. Ohne besonderen Grund begann Alexandres Herz schneller zu schlagen. Der junge Mann war dünn und eher groß. Er wirkte angespannt, gereizt, als warte er auf jemanden, der längst hätte da sein sollen.

Alexandre betrachtete gierig jede Einzelheit, das schwarze Haar, die in die Taschen eines Blousons gestemmten Hände, die beige Hose, das am Hals offene blaue Hemd. Er war es, ohne den geringsten Zweifel. Maxence war gekommen. Er hatte Tag und Uhrzeit gewählt, wie bei einem Duell.

Wie hatte er die Wahrheit erfahren? Wer hatte das Geheimnis verraten?

Er hatte sich diesen Augenblick oft vorgestellt, er hatte ihn herbeigehofft und gefürchtet, aber er hätte nie gedacht, dass er sich so eingeschüchtert fühlen würde. Was sollte er tun? Über die Straße zu ihm gehen? Darauf warten, dass er näher kam? Aber wenn Maxence sich nun anders besann und wieder wegging, bevor sie miteinander gesprochen hatten? Durfte er ihn dann weggehen lassen? Musste er ihm nicht hinterherlaufen, ihn am Ärmel packen, ihn anflehen zu bleiben?

Er ging zur Tür und stellte sich wachsam auf die Türschwelle. Ihre Blicke begegneten sich. Maxence' Blick war unergründlich. Alexandre hielt den Atem an. Passanten glitten zwischen ihnen hin und her, eine Wagenschlange schob sich vorbei, doch Alexandres Blick war fest auf seinen Sohn geheftet, auf den er so lange gewartet hatte, den Sohn der Frau, die er seit so vielen Jahren liebte, länger als ein Vierteljahrhundert, eine Ewigkeit.

Dann schien Maxence einen Entschluss zu fassen. Lässig überquerte er die Straße, ohne den Verkehr allzu sehr zu beachten, er stützte sich sogar auf die Motorhaube eines Simca Aronde, der bremsen musste, um ihn durchzulassen. Er bewegte sich mit der Anmut seiner Mutter, doch es war eine sehr männliche Anmut, voll zurückgehaltener Kraft.

Schweigend sahen sie sich an, immer noch auf der Hut. Alexandre erriet ein gewisses Misstrauen bei Maxence. Besser Misstrauen als Feindseligkeit, dachte er. Aber was sollte er zu einem Sohn sagen, der, fern von ihm, zum Mann geworden war?

Er trat einige Schritte zurück. Wortlos folgte ihm Maxence ins Innere des Geschäfts. Alexandre schloss sofort die Tür und drehte den Schlüssel um, als hätte er Angst, Maxence könne ihm noch entwischen.

Maxence ging durch den großen Raum, betrachtete den Stuck an der Decke, die Spiegel und die Kronleuchter. Er konnte nicht stillstehen. Sechs Monate hatte er gebraucht, bevor er sich zu dieser Begegnung durchgerungen hatte.

Dutzende von Malen war er an dem Geschäft vorbeigegangen. Er hatte die Schaufenster fotografiert und auch das Haus in der Rue de Trévise. Im Schutz seines rechteckigen Suchers hatte er den unbekannten Vater in einen festen Rahmen gebannt, eine 24 × 36-Aufnahme von unerbittlicher Präzision. Überall hatte er Alexandre fotografiert, beim morgendlichen Verlassen der Wohnung, das energische Gesicht noch ein wenig vom Schlaf zerknittert, Zeitung lesend auf einer Caféterrasse und in der Menschenmenge, die sich abends in einen Metroeingang ergoss.

Zu Hause, in der Dunkelkammer der Dachwohnung, die er in der Nähe des Jardin du Luxembourg aufgetrieben hatte, hatte er sich noch zu dieser Strategie gratuliert, dabei hätte er vorsichtig sein sollen. Als er die Negative entwickelte, sah er, dass seine Nervosität ihm einen Streich gespielt hatte. Einige waren unscharf und grobkörnig. Anfängerfotos. Als sie fertig waren, hatte er sich einen Scotch eingeschenkt. Er war nicht darauf gefasst gewesen, dass es ihn so sehr bewegen würde, diese ergrauende Mähne zu betrachten, die kräftige Nase, die Hände mit den feinen Adern. Er hatte gedacht, er könne seinen Vater in diesen viereckigen Schnappschüssen einfangen und ihn so besser beherrschen, und nun musste er feststellen, dass er nach wie vor ungreifbar war.

Und dann, am Abend vorher, hatte er nicht auf den Auslöser gedrückt. Er hatte den Apparat in der hohlen Hand gehalten wie einst die verletzten Vögel. Er hatte seine Mutter aus einem Taxi steigen und an der Eingangstür klingeln sehen. Nachdem sich die Tür hinter ihr geschlossen hatte, war er davongegangen und hatte sich dabei gefühlt wie ein Dieb und ein Feigling.

*Wirklich, das verfolgt mich*, dachte er angesichts der Umhänge und Mäntel. Er bedauerte, dass Alexandre Manokis, genau wie André Fonteroy, Kürschner war. Das war eine Welt, die er nicht verstand, die er unnötig grausam fand. Die Schönheit einer Frau brauchte keine toten Tiere als Schmuck. Sie genügte sich selbst.

»Ich danke Ihnen«, sagte Alexandre.

»Wofür?«, fragte er mit erhobenem Kinn, fast frech, zurück.

»Dass Sie den Mut aufbrachten, der mir fehlte. Dafür, dass Sie den ersten Schritt getan haben.«

Alexandre war erleichtert. Was immer kommen mochte, er

hatte seinen Sohn gesehen und er hatte mit ihm gesprochen. Nun konnte ihm nichts mehr zustoßen.

»Sie trinken doch einen Kaffee mit mir?«, fügte er lächelnd hinzu. »Einen griechischen Kaffee?«

Maxence zuckte die Achseln, doch Alexandre war schon in einem kleinen Hinterzimmer des Geschäfts verschwunden. *Stimmt*, dachte er erstaunt. *Ich bin zur Hälfte Grieche*. Wie um sich zu beruhigen, strich er mit den Fingerspitzen über die vertrauten Formen der Leica in seiner Blousontasche.

## *Paris, 1964*

Camille wendete den geschorenen Nerz hin und her. *Fast wie Wildleder*, dachte sie. Der Blouson war federleicht, die Beigeschattierungen geometrisch verarbeitet. Mit einem strahlenden Lächeln sah sie zu René Cardot auf.

»Sie sind ein Genie, Cardot«, flüsterte sie.

Dieser schien sich, wenngleich er schon lange nicht mehr an seinem Talent zweifelte, an dem Kompliment zu freuen und strich leicht über seinen schmalen schwarzen Schnurrbart.

»Heutzutage haben die Kundinnen vor allem an fröhlichen Farben Interesse, Mademoiselle.« Er zeigte auf die grün, rot und blau eingefärbten Fellmuster auf seinem Arbeitstisch. »Die alten Pelzmäntel ihrer Großmütter gefallen ihnen nicht mehr. Für sie ist ein Pelz nicht mehr dazu da, zu wärmen oder einen sozialen Status zu vermitteln, sie wollen Sinnlichkeit spüren und Begehren wecken, vor allem aber wollen sie in Erstaunen versetzt werden. Wir müssen Zauberer sein für sie.«

Eine junge Frau brachte die drei Patchworkmäntel aus Wolfs- und Fuchsfellen, die die Titelseite eines Modemagazins zieren sollten. Sie sollten noch am Vormittag zum Fotografen gebracht werden. Camille sah zu, wie sie die Mäntel in elfenbeinfarbene, mit einem roten F bedruckte Überzüge hüllte, dann ging sie in ihr Büro zurück.

Dort erwartete sie ihre Sekretärin Evelyne mit der gerade sortierten Post. Camille bat sie um einen Kaffee. Ein – offensichtlich persönlicher – Brief war noch ungeöffnet. Darin befand sich ein weiterer weißer Umschlag ohne Namensaufschrift. Neugierig riss sie ihn auf und überflog rasch den Bogen. Die Handschrift war energisch und leicht nach rechts geneigt.

*Meine liebe Camille,*

*die Jahre vergehen ... Wir haben uns lange nicht mehr gesehen, und ich hoffe, es geht Ihnen gut.*

*Ich erlaube mir, Ihnen zu schreiben, weil ich Ihnen von meiner Enkelin Sonja berichten möchte. Sie ist einundzwanzig Jahre alt und hat ein Zeichenstudium begonnen. Sie ist sehr talentiert und eine begabte Schneiderin. Sie möchte gern in der Modebranche arbeiten. Ich denke oft an die Freundschaft, die Sie mit Sonjas Vater verbunden hat. Peters Leben ist ihm gestohlen worden, doch ich bete zum Himmel, dass es seiner Tochter anders ergehen möge.*

*Mit herzlichen Grüßen*

*Eva*

*O Gott*, dachte Camille. *Sie will, dass ich sie aus Ostdeutschland heraushole.*

Es bedurfte keiner hellseherischen Fähigkeiten, um zwischen den Zeilen zu lesen. Die Handschrift im Brief war eine andere als die auf dem in München abgestempelten Umschlag. Eva Krüger hatte den Brief wahrscheinlich einem Freund anvertraut, um sicherzugehen, dass er in der Bundesrepublik eingeworfen und so der Zensur entgehen würde. Sie hatte sich nicht allzu deutlich zu äußern gewagt, doch die Anspielung auf Peter ließ die Botschaft völlig klar werden.

Camille war seit ihrem Besuch der ersten Nachkriegs-Pelzversteigerung vier Jahre zuvor nicht mehr in Leipzig gewesen. Die Versteigerungen in London, New York, Montréal und Leningrad deckten den Bedarf ihrer Firma, doch sie hatte diese Reise damals aus Treue zur Vergangenheit machen wollen. Zwischen den Fonteroys und dem Brühl bestand so etwas wie ein altes Liebesverhältnis. Sie war nur zwei Tage geblieben, das Angebot der Pelze aus den osteuropäischen Ländern hatte sie enttäuscht, und ihre Erinnerungen hatten sie zu sehr bewegt, als dass sie außerhalb des Kollegenkreises Kontakt aufgenommen hätte.

Victor hatte unbedingt mitkommen wollen, er kannte die Stadt noch nicht, doch sie hatte ihn davon abgebracht. Sie hatte ihn nicht in Leipzig haben wollen. Es wäre ihr unpassend erschienen, fast schamlos. Leipzig, das war Peter, und das war auch ihre Begegnung mit Sergej nach dem Krieg. Eine Stadt, in der sie einen Teil ihrer selbst zurückgelassen hatte. Wie hätte das ein Mann wie Victor mit seiner Unbekümmertheit, seinen Anzügen von Cifonelli und seinem ironischen Blick verstehen sollen? An jenem Tag hatten sie sich zum ersten Mal gestritten.

Schon seit Jahren las sie die Artikel, die von der immer stärkeren Sicherung der Grenze zwischen den beiden Teilen Deutschlands berichteten und von den Risiken, die die Republikflüchtlinge auf sich nahmen, um in den Westen zu gelangen. Der Bau der Berliner Mauer drei Jahre zuvor hatte sie, wie viele andere Westeuropäer auch, schockiert. Maxence war sofort hingefahren. Er hatte Männer und Frauen fotografiert, die aus den Fenstern der Häuser sprangen, einen ostdeutschen Soldaten, der seine Uniform verriet und sich mit letzter verzweifelter Kraft durch den Stacheldraht kämpfte. Und einen Jugendlichen, der vor der Mauer starb. Die Soldaten hatten ihn dafür bestraft, dass er die Freiheit gewählt hatte.

Gedankenvoll goss sich Camille eine Tasse Kaffee ein und gab Zucker dazu. Sie empfand leichten Schwindel, als hätte Eva Krügers Brief sie gezwungen, mitten in einem Strudel innezuhalten. Mit einem Schlag tauchte die Vergangenheit auf. Peters Tochter … Sie erinnerte sich an ein braves kleines Mädchen mit dunklem Haar, das sie misstrauisch angeschaut hatte, damals an dem Tisch in der winzigen Küche. Hatte sie keine eigene Familie, die ihr helfen konnte?

Aufgebracht zog sie die Schuhe aus, sie drückten, und ging im Zimmer auf und ab. Barfuß hatte sie schon immer besser nachdenken können.

Eva wollte ihrer Enkelin jede mögliche Chance bieten. Das war nur menschlich, aber hatte sie sich die Gefahren klar gemacht? Ostdeutsche, die das Verbrechen begingen, dem kommunistischen Paradies den Rücken kehren zu wollen, riskierten ihr Leben. Die ostdeutschen Soldaten, die die Grenze bewachten, hatten Schießbefehl, und sie führten ihn aus.

Ihre Verärgerung wich der Sorge. Gleich nachdem sie den Brief gelesen hatte, war ihr klar gewesen, dass sie Sonja helfen musste. Wie konnte sie sich einem solchen Hilferuf verschließen? Sie saß in der Falle. Damals war Peter gefallen, ohne dass sie Gelegenheit gehabt hatte, offen mit ihm zu reden. Sie hatte immer darunter gelitten. Es war traurig, dass ein Missverständnis ihre Verliebtheit und Freundschaft zerstört hatte. Wenn sie seiner Tochter half, ein Land zu verlassen, in dem sie sich gefangen fühlte, würde sie wenigstens diese Schuld ihm gegenüber bereinigen. Aber wie zum Teufel sollte sie das anfangen?

Sie setzte sich in ihren Sessel, schob die Tasse beiseite und begann die auf dem Schreibtisch verstreuten Papiere zu ordnen. Und dabei fiel ihr Blick auf ein Faltblatt, das schon einige Tage zuvor angekommen war. Auf der Frühjahrsmesse in Leipzig, die ihre Pforten am 28. Februar öffnen würde, sollte auch das achthundertjährige Bestehen der Stadt der internationalen Messen gefeiert werden. Im kommenden Jahr stand auch das zweihundertjährige Jubiläum der Gründung der Maison Fonteroy an, und sie wollte es würdig begehen.

*Eine Modenschau*, dachte sie plötzlich. *Wir präsentieren unsere Modelle in Leipzig, um der Stadt und einem ihrer berühmtesten Kunden die Ehre zu erweisen. Und bei der Gelegenheit holen wir Sonja heraus.* Die Sache war gefährlich, vielleicht sogar unmöglich, doch diese Gelegenheit durfte man nicht ungenutzt lassen.

Ihr Herz schlug rascher. Sie würde das alles nicht ganz allein organisieren können. Sie brauchte jemanden, dem sie vertrauen konnte, der schon Erfahrungen gesammelt hatte mit den Ländern hinter dem Eisernen Vorhang und der ihr noch etwas schuldete.

Sie griff nach dem Telefonhörer und schaute auf die Armbanduhr: neun Uhr morgens. Maxence schäumte bestimmt, wenn sie ihn mitten in der Nacht weckte, aber das musste er einfach ertragen.

Sonja Krüger, ihre Zeichenmappe unter den Arm geklemmt, ging an der neuen neoklassischen Fassade der Hauptpost vorbei und überquerte den Karl-Marx-Platz, der Schnee knirschte unter ihren Stiefelsohlen. Die Passanten ringsum beeilten sich, in ihre Büros zu kommen, denn in diesen frühen Märztagen wehte ein kühler Wind durch Leipzig.

Auch Sonja ging schnell, so schnell, als hätte sich eine Wolfsmeute an ihre Fersen geheftet, und sie fragte sich, ob es dieses Tempo war oder die Angst, die ihr die Kehle abschnürte.

Sie war sicher, dass man ihr folgte. Dick vermummt in Mantel, Wollmütze, Fäustlingen und einem bis zu den Augen hochgezogenen Schal, fühlte sie, wie ihr der Schweiß auf die Stirn trat. Dreh dich nicht um, sagte ihr eine innere Stimme. Wenn du dich umdrehst, glauben sie, du hast was zu verbergen.

Dieser ständige Argwohn war einer der Zwänge eines politischen Regimes, das sie nicht mehr ertrug. In der DDR fühlte man sich immer schuldig, ob man nun unschuldig war oder, wie sie an diesem Morgen, einen guten Grund für dieses Gefühl hatte.

Ein Windstoß fuhr ihr mitten ins Gesicht, sodass ihr die Augen tränten. Sie drehte sich um, tupfte sie mit dem Taschentuch trocken und musterte bei dieser Gelegenheit die Umgebung. Niemand schien sich für sie zu interessieren. Mit der gewohnten Beharrlichkeit zwängten sich die kleinen Trabants mit ihren beschlagenen Scheiben, schwarze Wölkchen ausstoßend, zwischen den Straßenbahnen hindurch. Ein aneinander geschmiegtes Studentenpärchen ging vorbei, eine Frau zog ihren kleinen Sohn hinter sich her, und ein Dolmetscher rühmte zu Nutz und Frommen einiger ausländischer Musikfreunde die akustischen Vorzüge des neuen Opernhauses. Sie hätte sich sicher fühlen können in dieser zum Bersten vollen Stadt, in der sich zur Zeit mehr Auswärtige als Einheimische aufhielten. Seit Messebeginn gab es kein freies Zimmer mehr, weder in den Hotels noch bei den Zimmerwirtinnen. *Du drehst durch, meine Liebe*, sagte sie sich und setzte ihren Weg in dem Bestreben, wieder zu Atem zu kommen, langsamer fort.

Alles war minutiös geplant. Eine Abordnung der Maison Fonteroy logierte seit drei Tagen im Hotel *Astoria*, einem der größten der Stadt, ganz in der Nähe des Hauptbahnhofs. Zehn Mannequins und fünfzehn Angestellte begleiteten Camille und Maxence Fonteroy, die hier das Jubiläum der Messestadt und das ihres eigenen Pelzhauses feierten. Um drei Uhr nachmittags würde es eine prächtige Vorführung geben, und am nächsten Tag schon würde die gesamte Abordnung wieder nach Paris abreisen. Die mehr als zehntausend Aussteller und die Besucher, deren Zahl auf mehr als eine halbe Million geschätzt wurde, hatten die Stadt in einen brodelnden Kessel verwandelt. Ideale Bedingungen, um eine junge Frau mit gefälschtem Pass und ebenso gefälschtem Visum in einer Gruppe Franzosen verschwinden zu lassen.

Als ihre Großmutter zum ersten Mal davon sprach, das Land zu verlassen, war Sonja von einer gewaltigen Hoffnung erfasst worden, doch sie hatte sofort abgelehnt. »Ich lasse dich nicht allein!«, hatte sie gerufen. Ihre Großmutter hatte mit Geduld und Beharrlichkeit wochenlang auf sie eingeredet, bis sie einwilligte, als Erste zu gehen. Eva hatte versprochen nachzukommen. Sie war inzwischen so alt, dass man ihr nicht mehr viel anhaben konnte, und außerdem wären die Behörden nur froh, wenn sie auch ginge.

*Eins nur kann noch alles in Gefahr bringen*, dachte Sonja, als wieder Schneeflocken durch die Luft tanzten. *Der Schnee*. Möglicherweise würde der Flughafen geschlossen. Noch nie hatte es in Sachsen derartige Schneefälle gegeben. Der Bürgermeister sprach vom Katastrophenzustand, Polizei und Armee mussten beim Räumen der Straßen helfen. Die Leipziger bemühten sich, ihren Gästen freie Wege zu verschaffen. *Dann sind sie wenigstens mit Schaufeln beschäftigt und können sich nicht um mich kümmern*, dachte Sonja.

Sie hatte panische Angst, an der Grenze verhaftet und ins Gefängnis gebracht zu werden. Nachts träumte sie von Polizeihunden und Grenzwachen, die Befehle brüllten und mit ihren Maschinengewehren auf sie zielten. Eine ihrer Studienfreundinnen war zu zwei Jahren Gefängnis verurteilt worden, weil sie versucht hatte, aus der DDR zu fliehen. Aber nach langem Zögern hatte Sonja entschieden: Sie wollte frei sein, nach Belieben reisen können, nach ihren eigenen Vorstellungen zeichnen. Es war für sie frustrierend, in einem grauen, öden Land, dessen Grenzen mit Wachtürmen, Minen und Stacheldraht gesichert waren, gefangen zu sitzen. »Das hast du von mir geerbt«, sagte ihre Großmutter ein wenig wehmütig. »In meiner Jugend bin ich durch ganz Europa gereist. Ich hatte kein Zuhause, ich lebte im Hotel.« Manchmal war Sonja ihrer Großmutter böse, dass sie ihr die Augen geöffnet hatte. Vielleicht wäre sie glücklicher gewesen, wenn sie sich mit der neuen Gesellschaft, die nach dem Willen der Regierung das Volk beglücken sollte, hätte begnügen können. Aber Eva hatte sie zur Wahrheit erzogen, auch wenn die Wahrheit manchmal wehtat. »Wieso hast du mit dem Reisen aufgehört, wenn es dir doch solche Freude machte?«, hatte sie einmal wütend gefragt. »Weil ich eines Tages deinem Großvater begegnet bin.« Und die alte Dame hatte gelächelt wie ein junges Mädchen.

Sonja kam mit einer halben Stunde Verspätung auf dem Brühl an. Hoffentlich war Maxence Fonteroy ihr nicht böse deshalb. Sie wusste nichts über ihn, nur dass er Fotoreporter war, dass sie Französisch mit ihm sprechen sollte und dass er ihr sagen würde, was sie am nächsten Tag zu tun hatte.

Sie drückte die Tür des Kaffeehauses auf, schob den dicken Vorhang, der den Windzug abhalten sollte, beiseite und trat in den belebten Gastraum. Ein Duft nach geröstetem Kaffee und warmem Hefegebäck umfing sie. Es war unglaublich voll. Offenbar hatte sich die ganze Stadt hier getroffen, um sich aufzuwärmen. Sie blickte sich ein wenig verloren um und kämpfte mit ihren Fäustlingen und dem Schal.

»Kann ich Ihnen helfen?«, fragte eine leise, tiefe Stimme hinter ihr auf Französisch.

Sonja schrak zusammen und drehte sich um. Er war einen Kopf größer als sie, hatte ein offenes Gesicht, sehr blaue Augen und ein Lächeln, das beruhigend sein sollte. Er trug einen grauen Rollkragenpullover und eine Cordhose. *Er ist gar nicht einschüchternd*, dachte sie erleichtert. Er befreite sie von der Zeichenmappe, ihrem Erkennungszeichen, und führte sie zu einem runden Tischchen hinter einem übervollen Garderobenständer. Er half ihr beim Ablegen und setzte sich dann ihr gegenüber, sodass sie völlig verdeckt war.

»Was nehmen Sie?«, fragte er.

»Einen Kaffee mit Milch, bitte.«

Er winkte einer Kellnerin und bestellte in stockendem Deutsch Kaffee und Brötchen.

»Es tut mir Leid, dass ich zu spät komme«, entschuldigte sich Sonja. »Meine Straßenbahn ist im Schnee stecken geblieben.«

Er betrachtete sie so lange, dass sie sich unbehaglich zu fühlen begann.

»Macht gar nichts.« Er lächelte breit. »Ich habe hier nichts Besseres vor, und da ich nur Ihretwegen nach Leipzig gekommen bin, stehe ich Ihnen auch ganz zur Verfügung.«

Er beugte sich vor, als wollte er ihr etwas Vertrauliches mitteilen, und sie nahm den Duft seines Eau de Cologne wahr, ein frischer, leicht an Jasmin erinnernder Duft, der in diesem kleinen, überheizten Raum wunderbar unpassend wirkte.

»Zu meiner großen Freude, das müssen Sie mir glauben«, fügte er noch halblaut hinzu.

Sie spürte, wie ihr das Blut in die Wangen stieg.

Maxence sah, wie sie den Blick senkte, sie hatte ihre Hände so fest verschränkt, dass die Knöchel weiß hervorstanden. Ihr Gesicht war ein Fotografentraum, mit reinen und harmonischen

Konturen, die nach Licht verlangten. Schwarze Wimpern, eine schmale Nase, ein geschwungener Mund, die Unterlippe ein wenig gesprungen von der Kälte. Nicht die winzigste Spur Schminke störte die bleiche Schönheit der schmalen Wangen. Ihr Haar hatte sie zurückgebunden, man sah den zarten Hals.

Er wollte sie gern beruhigen, ihr sagen, alles werde gut, bald sei sie in Frankreich, in Sicherheit. Die gefälschten Papiere stammten aus einem Flüchtlingshilfsnetz in Westberlin, Maxence hatte den Tipp von einem Berliner Journalistenfreund erhalten. Sie hatten ungeheures Glück gehabt, weil eine andere junge Frau schließlich doch hatte bleiben wollen.

»Sie brauchen keine Angst zu haben«, sagte er leise.

Sie sah auf. Diesmal raubte ihm der dunkle Blick den Atem. Er war ironisch, nicht frei von Trauer und Sorge, doch zugleich entschlossen. So viel Willenskraft hatte er zum ersten Mal bei der jungen Ungarin erlebt, in die er sich verliebt hatte. Und dennoch vermutete er, obwohl er Sonja noch nicht kannte, dass Erzsi leidenschaftlicher gewesen war, brennender. Erzsi kannte weder Zweifel noch Angst, sie war davon überzeugt, dass ihre Sache siegen würde, und gerade deshalb war ihm ihr schrecklicher Tod in seinen Armen fast obszön erschienen.

Seither war er nicht mehr fähig gewesen, eine Frau ebenso heftig zu lieben, und hatte sich seine Freundinnen unter den oberflächlichen und gedankenlosen Pariserinnen gesucht, die vom Leben im Wesentlichen Hifi-Anlagen und Courrèges-Stiefel kannten. Wenn er ihren hellen Stimmen lauschte, hatte er manchmal das Gefühl, nur noch eine weite Ebene verbrannter, ausgedörrter Erde zu sein.

Es hatte Monate gedauert, bis er wieder die Kraft gefunden hatte, Paris zu verlassen. Doch eines Tages waren sie unverhofft und auf den Zehenspitzen zurückgekehrt, diese Neugier und dieser Wissensdurst, die ihn auf der Suche nach Fremden, die er seine Brüder nennen konnte, bis ans Ende der Welt lockten.

Spontan legte er seine Hand auf Sonjas Hände. Sie waren eiskalt. Sanft zwang er sie, die Finger zu strecken, und rieb sie vorsichtig zwischen seinen Handflächen. Nach kurzem Zögern ließ sie ihn gewähren.

Camille saß gedankenverloren auf der dreistufigen Treppe, die zum Podium hinaufführte. Bald würde die Vorführung beginnen. Die kleine Treppe war zwischen den Flügeln einer Tür aufgebaut worden, die den großen Salon des Hotels *Astoria* mit einem Speisesaal verband. Letzteren erfüllten die Beschäftigten der Maison Fonteroy mit emsigem Treiben. Mit ecrufarbenem Stoff bespannte Paravents trennten das lang gestreckte, indirekt beleuchtete Podium von dem chaotischen Raum, in dem die Absteckerinnen ihre Arbeit verrichteten.

Die Mannequins mit ihrer durchscheinenden Haut und den blassen Lippen schminkten sich die Lider, um dem von falschen Marderhaarwimpern verdunkelten Blick noch mehr Schwärze zu verleihen. Ein Friseur ging mit einer großen Dose Haarspray von Mannequin zu Mannequin und überprüfte den Sitz der Pagenschnitte.

Auf der anderen Seite der Wandschirme mit dem berühmten stilisierten roten F hörte Camille das Gemurmel des eingeladenen Publikums. In ihren Händen drehte sie das Messemaskottchen, ein komisches blaues Holzmännchen mit einer Pfeife und einem Reisesack in der Hand. Unter seinem mit den zwei Messe-M verzierten Hut war ein erdkugelrundes, joviales Gesicht.

»Du bringst uns Glück, versprochen?«, flüsterte sie ihm zu.

Neben ihr räusperte sich jemand. Sie fühlte sich ein bisschen ertappt und sah auf. Ihr Bruder betrachtete sie spöttisch.

»So weit ist es also schon gekommen, dass wir uns mit Gegenständen unterhalten?«, spottete er und setzte sich neben sie.

»Wenigstens redet der hier kein dummes Zeug. Wie war dein Vormittag?«

»Wir haben das Völkerschlachtdenkmal besichtigt. Es ist unglaublich hässlich. Wie eine riesige Urne.«

»Erzähl mir lieber von Sonja«, forderte ihn Camille auf. »Ist euer Treffen nach Plan verlaufen?«

»Ja. Übrigens waren wir seither die ganze Zeit zusammen. Ich habe sie sogar mit hierher gebracht.«

»Du bist wohl verrückt! Wir hatten doch gesagt, sie soll sich uns erst in letzter Minute anschließen.«

»Wozu?« Er zuckte die Achseln. »Sie kann uns doch genauso gut jetzt schon kennen lernen, dann fühlt sie sich morgen weniger unsicher. Außerdem wollte sie gern die Vorführung sehen.«

»Wo ist sie?«

»Da hinten, in der Nähe der Tür.«

Camille folgte seinem Blick. Da stand eine dunkelhaarige, schlanke und hoch aufgeschossene Frau, das Haar zu einem strengen Tänzerinnenknoten gebunden. Sie trug einen roten, eng anliegenden Pullover, einen schwarzen Rock und Lederstiefel und betrachtete das Treiben ringsum, als könne sie es nicht fassen.

*Peters Tochter*, dachte Camille, erstaunt, wie sehr es sie bewegte. *Du lieber Himmel, wie die Zeit vergeht ... Als er fiel, war er so alt wie sie.*

»Sie ist hinreißend«, flüsterte sie.

»Ja, nicht wahr?«

Überrascht von der Verträumtheit in der Stimme ihres Bruders, wandte sie sich ihm zu. Sein Blick war fest auf Sonja gerichtet.

In zwei Minuten sollte es losgehen. Camille stand auf und warf einen verstohlenen Blick in den Saal. Die scheußlichen grünen Plastikstühle, andere hatten sie in der erforderlichen Anzahl nicht auftreiben können, waren alle besetzt. Die Gäste hatten an der Tür Pröbchen von *L'Insoumise* bekommen.

Camille hatte Einladungen an die Honoratioren der Stadt verschickt, die in Begleitung ihrer Gattinnen erschienen waren, an die Organisatoren des Jubiläums, an die Pelzhändler vom Brühl, an ausländische Vertreter, die zur Messe angereist waren, aber sie hatte über zwei staatliche Stellen auch unbekannte Studentinnen eingeladen, Friseure, Schneiderinnen ... Sie wusste, dass diese

Leute selten Gelegenheit hatten, westliche Mode aus der Nähe zu erleben. Eva hingegen hatte sie lieber nicht eingeladen, um keine Aufmerksamkeit auf sie zu lenken.

Sie war nervös. Erstaunlicherweise lag ihr diese Schau hier mehr am Herzen als die, welche sie einmal im Jahr am Boulevard des Capucines veranstaltete. Im Publikum war eine fast andächtige Erwartung spürbar. Die meisten Frauen waren zu stark geschminkt, grellblaue Lider nahmen ihren Augen den Glanz, ihre Kleider spannten über schweren Hüften, und sie trugen dicke Strümpfe und Spangenschuhe. Die Männer glänzten in ihren grauen Anzügen. Aber sie waren gekommen, und Camille wollte sie nicht enttäuschen.

Dank Cardots Genie und der neuen Leder- und Wildlederkollektion hatte die Maison Fonteroy ein jüngeres Image bekommen. Zweihundert Jahre nach der Gründung prangte der Name des Hauses auf den Titelseiten aller Modemagazine und bestach die amerikanischen und französischen Modejournalistinnen mit gewagten Stoff- und Farbzusammenstellungen und völlig neuen Schnitten.

*Wärest du jetzt stolz auf mich, Papa?*, dachte sie ein wenig unruhig.

»Ich glaube, es ist so weit, Mademoiselle«, flüsterte ihr Madame Yvonne ins Ohr.

Camille schloss kurz die Augen, umfasste das blaue Maskottchen fester und kehrte zu ihren Leuten zurück. Man hörte die ersten Takte der Rock 'n' Roll-Platte, die zum Auftakt der Veranstaltung die Progressivität des altehrwürdigen Pelzhauses unter Beweis stellen sollte. Das erste Mannequin wartete unten an der Treppe, sie trug ein Mini-Strickkleidchen und dazu hohe Schaftstiefel aus Wildleder und einen mit geschorenem Nerz gefütterten Blouson.

Camille lächelte strahlend.

»Wir haben getan, was wir konnten. Nun sind Sie dran, meine Damen. Viel Vergnügen!«

Brandender Applaus. Die Mannequins eilten mit glänzenden Augen vom Laufsteg herunter: Selten wurden sie so herzlich empfangen.

Plötzlich verfehlte eine der jungen Frauen eine Stufe, stürzte, verrenkte sich dabei den Fuß und brach in Schluchzen aus. Maxence und Cardot eilten ihr sofort zur Hilfe. Die Arme konnte nicht mehr auftreten.

»Sie müssen sie tragen«, befahl Madame Yvonne. »Sie hat sich bestimmt den Fuß verstaucht.«

Maxence hob sie auf seine Arme und trug sie zu einem eilig von Camille freigeräumten Sessel an der Rückwand des Raums.

»Herr im Himmel! Jetzt hab ich niemanden mehr für den Valentine!«, rief Cardot. »Sie ist meine einzige Brünette, alle anderen sind blond. Ich brauche eine Dunkelhaarige!«

»Aber Cardot, das ist doch albern!«, erwiderte Camille. »Jede andere kann ihn vorführen.«

Cardot warf ihr einen finsteren Blick zu.

»Der Valentine ist der krönende Abschluss. Dieser Mantel wurde für Ihre Mutter entworfen, eine Brünette. An einer Blonden würde er fade wirken.«

Camille war verärgert, sie wusste nicht, wie sie dieses Problem, das ihrer Ansicht nach keines war, lösen sollte. Cardot drehte sich um seine Achse wie ein Kreisel. Plötzlich hatte er eine Eingebung. Mit drei großen Schritten war er bei Sonja, die sich seit Beginn der Vorführung nicht gerührt hatte.

»Voilà, genau das Mädchen, das ich brauche!« Er fasste sie am Arm. »Sie hat eine wunderbare Figur. Wir müssen ihr nur was auf die Haare sprühen, es sei denn, wir haben irgendwo Brillantine. Antoine, Sie haben nicht zufällig Brillantine? Madame Yvonne, ziehen Sie ihr das Kleid an, das für Diane bereitlag. Schminken Sie ihr die Lippen, um die Augen können wir uns nicht kümmern, wir haben nicht genug Zeit.«

»Aber Monsieur, ich kann doch nicht ...«, protestierte Sonja hilflos.

»Sie sprechen Französisch! Umso besser! Hören Sie, das ist so leicht wie Zähneputzen. Sie gehen auf den Laufsteg, Sie bleiben kurz stehen, dann gehen Sie bis zum Ende, warten noch mal ein bisschen und dann kommen Sie zurück. Spielen Sie mit dem Publikum. Behandeln Sie es von oben herab. Jetzt aber rasch ... Keine Sorge, Mademoiselle, der Mantel wird Sie tragen. Eine Kreation aus den zwanziger Jahren, er ist sehr berühmt, und er ist wunderbar. Er heißt Valentine.«

Camille wollte eingreifen, doch Maxence hielt sie am Arm zurück.

»Lass doch. Was kann es schaden?«

»Aber sie wird Aufsehen erregen ... Vielleicht erkennt sie jemand ... Vielleicht macht das all unsere Pläne zunichte ...«, zischte sie wütend.

»Na, na, jetzt hör mal auf mit dem Verfolgungswahn! Hör doch, wie sie klatschen. Allgemeine Feststimmung. Und außerdem wird man nicht sie anschauen, sondern den Valentine.«

Camille gab auf. Außerdem musste sie einen Arzt rufen, denn Dianes Knöchel schwoll immer mehr an.

Sonja wurde von einem vielhändigen Ungeheuer verschlungen. Als man sie auszog, dachte sie an die Seidenwäsche der Mannequins und schämte sich ihres grau verwaschenen Büstenhalters und des Schlüpfers. Doch niemand schien darauf zu achten. Man zog ihr lange weiße Handschuhe über, ein perlenbesetztes, erstaunlich schweres Abendkleid und bestickte Abendpumps. Eine Puderquaste fuhr ihr über Nase und Wangen. Sie musste husten. Jemand zeichnete ihre Lippen nach und malte sie dann aus. Der Coiffeur verteilte ein paar Tropfen Brillantine auf ihrem Haar, damit es besser anlag. Eine liebenswürdige kleine Dame besprühte sie mit Parfum. Dann brachte man den Mantel des Abends. Aus den Falten des von dem riesigen weißen Kragen erleuchteten dunklen Samtes blitzten Edelsteine. Cardot half ihr in den Mantel. Ringsum verfielen alle in Schweigen. Nervös drehte sie sich um, sie wollte sich im Spiegel sehen.

Eine den Zwanzigern entstiegene Fremde mit glänzendem schwarzen Haar und roten Lippen im bleichen, von einem schimmernden Kragen umrahmten Gesicht sah sie aus dunklen Augen an.

*Dieser Frau kann nichts zustoßen*, dachte Sonja voller Bewunderung und schlug sanft mit beiden Händen den weißen Fuchskragen hoch.

»Ja, so ... Genau so ...«, murmelte Cardot, der von der Metamorphose der jungen Frau genauso in den Bann geschlagen war wie die anderen.

Maxence ging zu ihr und führte sie an der Hand bis an den Fuß des Treppchens.

»Sie sind hinreißend«, flüsterte er. »Dieser Mantel wurde zur Hochzeit meiner Mutter entworfen. Er steht Ihnen wunderbar. Die werden einfach platt sein vor Bewunderung.«

Sonja stieg die drei Stufen hinauf. Von der anderen Seite des Wandschirms hörte man nichts mehr. Dann ließ sich in der gespannten Stille eine Frauenstimme vernehmen:

»Meine Damen und Herren, zum Abschluss dieser Schau zur Feier unseres zweihundertsten Gründungstages gibt sich die Maison Fonteroy die Ehre, Ihnen eine ihrer schönsten Kreationen vorzustellen. Einen Abendmantel aus Samt und weißem Fuchs aus dem Jahre 1921. *Mesdames et Messieurs: la Valentine.*«

Sonja glitt zwischen den Stoffwänden hindurch und blieb stehen, wie es ihr der schnurrbärtige kleine Mann in dem weißen Kittel gesagt hatte. Blitzlichter flammten auf. Geblendet schloss sie die Augen. Sie hörte vereinzelte Ausrufe, dann brach donnernder Beifall los.

Beruhigt begann sie sich vorwärts zu bewegen, Schritt für Schritt, langsam und geschmeidig; in dem herrlichen Mantel der Mutter von Maxence Fonteroy fühlte sie sich frei wie nie zuvor, so hätte sie bis ans Ende der Welt gehen können.

Am nächsten Morgen, als gerade zwei Mannequins in ein Taxi zum Flughafen stiegen, sah sich Camille verzweifelt nach Maxence um. Er sollte Sonja in einer Nebenstraße treffen und mit ihr und Madame Yvonne zusammen einen Wagen nehmen. Die Hüterin des Ateliers versuchte mit leicht verkrampftem Lächeln auf den Lippen wieder ein wenig Ordnung in ihren Trupp zu bringen, während sich in der Hotelhalle noch die Koffer und Kartons türmten. Diane, die sich mit bandagiertem Knöchel mühsam an zwei Krücken fortbewegte, zog alle Blicke auf sich, was zumindest einen Anlass zur Freude bot.

Camille schritt mit ihrer hohen Fuchsmütze und einem Kaschmirschal um den Hals unruhig vor dem Hotel auf und ab.

Da tauchte Maxence an der Straßenecke auf. Der Schnee hatte seine russische Tschapka und den dicken Wintermantel mit einer Puderzuckerschicht bedeckt.

»Sie ist nicht da«, sagte er besorgt und rieb seine von der Kälte gerötete Nase.

»Was soll das heißen?«, fragte Camille erregt. »Sie hatte doch gestern Abend alles verstanden. Warum kommt sie nun zu spät?«

»Nur die Ruhe. Ich weiß auch nicht mehr als du.«

»Und wenn man sie verhaftet hat? Wir müssen Eva anrufen. Selbst wenn es riskant ist.«

»Da kommt sie.« Er sah über die Schulter seiner Schwester hinweg.

Sonja rannte und schlitterte über die gefrorenen Schneeplacken. Camille und Alexandre gingen ihr sofort entgegen.

»Ich kann nicht mit Ihnen kommen!«, rief Sonja, ihr Gesicht war verkrampft, sie rang nach Atem. »Es tut mir so Leid, aber meine Großmutter ist letzte Nacht ins Krankenhaus gebracht worden. Sie hatte einen Anfall. Ich muss bei ihr bleiben.«

»Aber es ist doch alles geplant, Sonja.« Camille ergriff ihre Hände. »Sie haben den Pass mit dem Visum für heute. Alles war so sorgfältig vorbereitet; wir können die Reise nicht verschieben.

Eva wäre Ihnen nicht böse, da bin ich sicher. Wir finden einen Weg, uns nach ihrem Befinden zu erkundigen und dafür zu sorgen, dass es ihr an nichts fehlt. Wir schicken ihr Geld. Ich könnte nach Leipzig zurückfahren ... Und Maxence vielleicht auch.«

Sonja hatte tiefe Augenringe, sie sah erschöpft aus. Ihr schmaler Nasenrücken trat deutlich hervor. Die Lider waren geschwollen, sie hatte Tränen in den Augen.

»Es geht nicht. Ich kann sie nicht einfach allein lassen ... Sie braucht mich. Ich muss bei ihr bleiben, verstehen Sie das nicht?«

Um Verständnis flehend sah sie abwechselnd Camille und Maxence an. Maxence breitete die Arme aus und drückte sie fest an sich.

»Natürlich verstehen wir es«, sagte er sanft.

Sonja unterdrückte ein Schluchzen.

»Es tut mir so Leid ... Nachdem Sie so viele Unannehmlichkeiten hatten. Aber ich kann sie nicht im Krankenhaus allein lassen. Ich muss sie so schnell wie möglich nach Hause holen, und außer mir gibt es niemanden, der sich um sie kümmern kann.«

Camille stemmte die Hände in die Manteltaschen und unterdrückte ihre Tränen. Eine nervöse Spannung lief unter ihrer Haut hin, ihr wie ein Bogen gespannter Körper schien brechen zu wollen. Angesichts der Verzweiflung Sonjas fühlte sie sich so hilflos wie damals, als sie als kleines Mädchen die Liebe ihrer Mutter zu erringen versucht hatte. Eine undurchdringliche Mauer hielt sie auf. Sie mochte schreien, wüten, mit Fäusten und Füßen dagegenschlagen, sich mit aller Kraft gegen sie werfen, die Mauer würde intakt bleiben. In ihrem Beruf war sie inzwischen nicht ungefürchtet, denn dort hatte sie wenigstens eine Chance zu gewinnen.

»Wir finden einen anderen Weg, das schwöre ich dir, Sonja«, tröstete Maxence. »Wir vergessen dich nicht, ich gebe dir mein Wort darauf.«

Sonja ließ sich noch einmal umarmen. Ihr war, als müsse ihr Herz brechen, so verstört war sie von der Sorge um ihre Großmutter und angesichts all der zerstobenen Hoffnungen. Sie war nicht dumm. Sie wusste, Fluchtgelegenheiten boten sich nicht so leicht. Sie würde Monate warten müssen, vielleicht Jahre, bis wieder ein so perfekter Plan zustande käme. Sie könnte natürlich versuchen, einen vertrauenswürdigen Schleuser zu finden, die Grenze in einem Wagen versteckt zu passieren oder den mit Wachttürmen und Maschinengewehren gespickten Grenzstreifen zu überqueren, aber all das war weit gefährlicher.

Und vor allem war da Eva, das dumpfe Geräusch ihres im Schlafzimmer fallenden Körpers, ihr graues Gesicht, das stoßweise Atmen, die einst so kräftigen, plötzlich so matten Pianistinnenhände, die mit einem Mal zu tiefen Furchen gewordenen Falten. Eva, der einzige Mensch, den sie auf der Welt hatte, mit ihren immer offenen Armen und der immer tröstenden Schulter, mit der zärtlichen, von Liebe verschleierten Stimme.

Sie riss sich von Maxence los.

»Ich muss gehen … Verzeihen Sie mir … Und danke, danke für alles …«

Camille sah, wie sie sich umdrehte und wegrannte, auf einem vereisten Stück ins Rutschen geriet und sich mit seiltänzerhafter Anmut wieder fing.

»Sonja!«, rief sie, leichenblass und mit dem schrecklichen Gefühl, sie alle verraten zu haben, Eva, Peter und seine Tochter.

»Im Augenblick können wir nichts tun.« Maxence zog an ihrem Arm. »Wir müssen sie gehen lassen, aber ich finde einen Weg, sie hier herauszuholen. Das verspreche ich dir.«

»Es ist zu ungerecht!«, schrie sie aufgebracht.

»Ich weiß«, erwiderte er mit vor Trauer belegter Stimme. »Genauso wie in Budapest.«

Seit sie wieder in Paris war, litt Camille unter ständiger Anspannung und schlechter Laune. Sie konnte Sonja nicht vergessen. Und die arme Eva, hatte sie sich von ihrem Anfall erholt oder war sie womöglich gestorben?

Die kleinste Misslichkeit weckte ihren finstersten Zorn. Die Angestellten schlichen vorsichtig um sie herum. Wenn sie in die Werkstätten kam, beugten sich die Näherinnen wie ertappte Schülerinnen über ihre Maschinen. Duteil konsultierte sie nur noch bei sehr wichtigen Fragen, und selbst Cardot hielt Abstand und wartete auf besseres Wetter.

Eines Tages, gegen elf Uhr, klopfte Evelyne an die Bürotür. Dann ging sie zu dem Tischchen zwischen den beiden Fenstern und stellte den Strauß gelber Rosen darauf, der einmal wöchentlich von einem Floristen geliefert wurde.

Camille blickte gar nicht von dem Schriftsatz auf, den sie für die nächste Verbandssitzung vorbereitete.

»Monsieur Brooks fragt an, ob Sie ihn empfangen können, Mademoiselle.«

»Victor?« Camille war erstaunt. »Ich wusste gar nicht, dass er in Paris ist. Rufen Sie ihn herein, Evelyne.«

Victor erschien im Türrahmen. Camille stand auf, um ihn zu küssen.

»Du hast mir ja gar nicht gesagt, dass du nach Paris kommen würdest.«

Sie fand ihn anders als sonst. Sein Gesicht war völlig verschlossen, nicht einmal der Anflug eines Lächelns war zu sehen. Er küsste sie auf die Wange.

»Was ist los?«, fragte sie.

»Ich werde heiraten.«

Ihr Herz machte einen Satz. *Zeige nichts, verrate dich nicht!*, befahl sie sich. Im Lid zuckte ein Nerv, ihr Hals war trocken. Sie zog sich hinter ihren Schreibtisch zurück wie hinter einen Schutzwall.

»Meinen herzlichsten Glückwunsch!«, sagte sie und gab sich einen spöttischen Anstrich.

»Bitte, Camille, spiel nicht Komödie. Ich kann mir sehr gut vorstellen, wie du dich jetzt fühlst. Aber für mich ist der Augenblick gekommen, eine Familie zu gründen. Ich habe so schon genug Zeit verloren.« Er verzog das Gesicht. »Entschuldige, das wollte ich nicht sagen.«

Das mache nichts, schien sie mit einer Bewegung ihres Handgelenks zu sagen.

»Bitte unterstell mir nicht Gefühle, die ich nicht habe. Ich bin nur ein wenig überrascht. Das kommt doch eher unerwartet, oder?«

»Eigentlich nicht.« Er setzte sich. »Ich denke schon seit einigen Jahren darüber nach, und ich habe immer gewusst, dass du mich nicht würdest haben wollen, auch wenn ich dich um deine Hand gebeten hätte.«

Sie sah ihn kühl an.

»Jetzt mal ehrlich, Victor. Unsere Affäre war sehr angenehm, wir haben sie beide genossen, aber nach reiflicher Überlegung fandest du mich zu alt, um noch Kinder zu bekommen. Ich wette, die glückliche Auserwählte ist eine hübsche, blonde Zweiundzwanzigjährige mit freundlichem Charakter und einem ausgezeichneten Ostküstenstammbaum. Genau die richtige Gattin für dich. Sie wird eure Empfänge in der eleganten Maisonettewohnung am Central Park organisieren, dir drei bildschöne Kinder schenken, und du wirst das Eheparadies genießen, bis du seiner überdrüssig wirst. Aber ich bin sicher, dann wirst du auch eine diskrete und effiziente Mätresse finden.«

»Sei nicht boshaft, Camille. Das passt nicht zu dir. Man liebt eine Frau nicht nur um der Kinder willen, die sie einem schenken wird.«

»Nicht nur, aber wer vom Familiegründen redet, denkt dabei gewöhnlich an Kinder.«

Er zog das goldene Zigarettenetui aus der Tasche, das sie ihm geschenkt hatte. Wie sonst auch klopfte er dreimal mit der Zigarette auf den Deckel, bevor er sie anzündete. Noch die kleinste seiner Gesten war von einer distinguierten Lässigkeit, die sie schon bei ihrer ersten Begegnung verzaubert hatte. Sie fragte sich, ob für das Ende einer Liebesbeziehung dieselben Regeln galten wie für eine Scheidung. Musste man Geschenke zurückfordern oder sie in der Gewinn-und-Verlust-Rechung verbuchen?

»Das Problem sind nicht die etwaigen Kinder, das Problem sind wir«, fuhr er fort. »Du warst glücklich in unserer Beziehung, sagst du, aber hast du dich je gefragt, wie ich darüber dachte? Du brauchtest einen Geliebten, aber auf keinen Fall einen Mann, der dir im Wege sein könnte. Du hast mich immer von deinen Gefühlen fern gehalten. Anfangs entsprach das auch meinem Interesse, ich gebe es zu. Aber die Zeit verging, und jedes Mal, wenn ich mich dir zu nähern versuchte, bist du ausgewichen. Ich habe eine Wohnung in Paris gekauft, weil ich auf ein Leben zu zweit hoffte. Du hast nie auch nur eine ganze Nacht darin verbracht. Du hast mich auf meinen Reisen nie begleiten wollen, du hast mir verboten, mit dir nach Leipzig zu fliegen. Ich existierte nur in einem vorgegebenen Rahmen, in Paris und in New York, wo du mir zweimal im Jahr einen Blitzbesuch abstattetest. Es tut mir Leid, Camille, aber das war mir nicht genug.«

Sie umklammerte die Armlehnen ihres Sessels und ließ ihn nicht aus den Augen. Sie wäre gern undurchdringlich geblieben, aber sie wusste, dass ihre Gesichtszüge in sich zusammengefallen waren und sie mit einem Mal wie eine alte Frau aussah. Es war ein Schock für sie, dass dieser Mann, den sie immer für leichtfertig gehalten hatte, plötzlich tiefe Gefühle offenbarte. Der Funken, der sonst in Victors Augen blitzte, war verschwunden. In den Sessel gesunken, wirkte er jetzt schwerer, als hätte ihm der Schmerz eine größere Dichte gegeben. Sie hatte immer gedacht, er amüsiere sich nur über das Leben und die Menschen und wünsche keine Bindungen und lästigen Gefühle. Sollte sie sich so sehr getäuscht haben? Hatte sie in Gedanken Victor ihre eigene Bindungsscheu unterstellt? Und wenn seine Lässigkeit nur eine Form von Diskretion gewesen sein sollte? *Wirklich, ich habe mir keine Mühe gegeben, ihn kennen zu lernen*, dachte sie bestürzt.

»Du hast mich nie geliebt, Camille. Das einzugestehen, fällt einem stolzen Menschen wie mir schwer, aber, und das rettet mich gewissermaßen, es war mir von Anfang an klar. Es hat mir einiges Bedauern verursacht, das gebe ich zu, aber glücklicherweise habe ich nie mehr zu erlangen versucht als deine Zuneigung.«

»Und deine reizende Braut, liebt sie dich?«

»Ja.«

»Und du, liebst du sie?«

Er schwieg einen Augenblick und beugte sich vor, um seine Zigarette im Aschenbecher auf dem Schreibtisch auszudrücken.

»Natürlich.«

Sie lächelte flüchtig.

»Natürlich ...«

Er betrachtete sie lange und mit einem Ausdruck mitfühlender Neugier.

»Ich habe mich immer gefragt, wovor du fliehst, Camille. Was macht dir so viel Angst, dass es dich am Leben hindert?«

Sie sprang auf. Victor hatte den Finger auf ihr geheimstes Geheimnis gelegt, aus dem sich ihre Ängste und Albträume speisten und das einer gefährlichen Falle glich, aus der sie sich seit jeher verzweifelt zu befreien suchte. Und nun kam dieser Mann, den sie immer für leichtfertig gehalten hatte, und brachte diese Wunde so jäh ans Licht, als hätte er den Vorhang eines verdunkelten Zimmers aufgerissen.

Unmerklich hob sie das Kinn und ballte mit zusammengepressten Lippen die Fäuste.

Victor, in den Anblick dieser schweigsamen Frau mit dem finsteren Blick versunken, verstand, dass er keine Antwort erhalten würde. Manchmal hatte sich Camille, während sie sich liebten, von ihrem Körper entfernt. Woran hatte sie dann gedacht? Wohin hatte sie sich entfernt? Nie hatte er sich so einsam gefühlt wie in jenen Augenblicken, das wusste er noch.

Er stand ebenfalls auf. Das strahlende Gelb des Rosenstraußes zog seinen Blick an. In dem großen, maskulin in Oliv- und Mahagonitönen eingerichteten Büro mit den vom Gebrauch glänzenden Lederbezügen erschien er ihm fast deplatziert.

Er würde nicht derjenige sein, dem Camille Fonteroy ihre Schwäche offenbaren würde. Ein letztes Mal bedauerte er es.

»Wir sehen uns gewiss wieder, Camille.«

Sie verstand, dass er sich geschlagen gab.

»Solange die Hudson-Bay-Versteigerungen noch stattfinden«, sagte sie tonlos.

»Wirst du mich noch grüßen?«

»Nur, wenn du deiner Frau zu jedem Hochzeitstag einen Mantel der Firma Fonteroy schenkst.«

Er lächelte, und sie sah wieder den Funken in seinem Auge.

»Ganz die Camille Fonteroy, die ich kenne.«

»Du wirst zwar nicht mein Mann, aber immerhin wirst du zur Kundschaft der Maison Fonteroy gehören, das ist doch auch schon etwas.«

Sie zögerte, die Starre ihres Körpers löste sich ein wenig.

»Du wirst glücklich werden, Victor, dessen bin ich sicher. Du bist zum Glück geboren. Das ist es, was ich an dir immer am meisten geliebt habe.«

»Weißt du, um das Glück muss man sich bemühen, wie um alles andere auch.«

»Ich glaube eher, es ist eine Gnade, die manchen bei der Geburt gewährt wird, ähnlich wie Schönheit oder Intelligenz. Aber dafür habe ich begriffen, dass man sein Leben nicht damit verschwenden darf, dem Glück nachzujagen, wenn es sich beharrlich entzieht.«

Sie wollte auf keinen Fall, dass er sie berührte. Er sollte gehen, jetzt, sofort, denn sie wusste nicht, wie lange sie die Fassade noch würde aufrechterhalten können.

Victor nickte ohne ein Wort, dann verließ er den Raum und schloss sorgfältig die Tür hinter sich.

Camille blieb einen Moment reglos stehen und lauschte auf das regelmäßige Ticken der Wanduhr. Dann wollte sie zum Regal gehen und eine Akte holen, doch ihre Beine trugen sie nicht mehr. Langsam ließ sie sich auf den Teppich sinken und legte die

Arme um die Knie, sie war erschrocken, denn ihr Geliebter hatte sie verlassen, und sie spürte nichts, weder Bedauern noch echten Kummer.

*Bin ich ein Ungeheuer?*, fragte sie sich, so zusammengekauert, die Stirn auf den Knien. *Ein zur Liebe unfähiges Ungeheuer?*

Camille saß in der gedämpften Stille ihres Büros, den Rücken an das Regal voller plötzlich nutzloser Bücher, Zeichnungen und Blöcke gelehnt, und spürte, wie aus ihrer Tiefe diese dunkle, böse Angst mit den tückischen Fangarmen aufstieg, diese Angst eines kleinen Mädchens mit seiner festen Überzeugung, sie sei, weil ihre Mutter es nie geliebt habe, es eben nicht wert, geliebt zu werden und selbst Mutter zu sein.

# *Iwanowo, Mai 1968*

Sergej hatte die Arme auf den Holzzaun gestützt, der den kleinen Friedhof vom Dorf trennte. Neben ihm saß, brav auf dem Platz, den sein Herr ihm angewiesen hatte, ein geräuschvoll hechelnder Laiki.

Die Dämmerung wurde noch von der geheimnisvollen, pudrigen Helle des sibirischen Sommers erleuchtet. Ein berauschender Duft nach Harz lag in der warmen Luft. Von ferne hörte man das Lachen und Kreischen der im Fluss schwimmenden Kinder. Der Hund blickte unverwandt auf seinen Herrn, der einige Schritte entfernt von ihnen an Anna Feodorownas Grab stand.

Aus den Isbas stiegen heitere kleine Rauchsäulen zum wolkenlosen Himmel empor. Der Hund jaulte auf und schüttelte sich, dann saß er wieder still. Sergej sah, wie sein Vater langsam seine Kappe aufsetzte, um dann, auf seinen Stock gestützt, ruhigen Schritts zu ihnen zurückzukehren.

»Dabei war ich so sicher, dass sie mich begraben würde«, seufzte Iwan Michailowitsch.

»Ich weiß, Papa. Manchmal spielt uns das Leben eben seltsame Streiche.«

»Komm, mein Junge, gehen wir nach Hause. Sonst fressen uns noch die Mücken auf.«

Dicht gefolgt von Iwans Hund, machten sie sich auf den Heimweg. Auf einer Koppel standen einige Jakuten-Pferde und peitschten die Luft mit ihren langen Schweifen.

»Und was willst du jetzt machen?«, fragte Sergej ein wenig besorgt.

Sein Vater blieb stehen und sah ihn an.

»Ich habe keineswegs die Absicht, hier wegzugehen, falls es das ist, was du meinst. Wie sollte ich mich an etwas anderes gewöhnen können als das Leben, das ich vor einem halben Jahrhundert gewählt habe? Da draußen«, sagte er und zeigte mit seinem Stock auf einen imaginären Ort jenseits des smaragdgrünen Zedern- und Kiefernsaums, »hat die Welt ohne mich weiterexistiert. Und das ist gut so.«

Er wandte sich wieder zum Gehen. Sergej passte seinen Schritt an den langsameren seines Vaters an. Bei jedem seiner Besuche bewegte sich Iwan ein wenig vorsichtiger. Als guter Fallensteller hatte er sich immer gemessen bewegt, doch inzwischen schien es Sergej, als dauere alles eine Ewigkeit. Er musste seine Ungeduld zügeln, wenn sein Vater eine Mahlzeit zu sich nahm oder seine Pfeife stopfte. Nachts lauschte er auf seinen pfeifenden Atem, der manchmal für einige Augenblicke aussetzte. Dann schlug Sergejs Herz schneller, er setzte sich halb auf und wartete, bis die unregelmäßigen Atemzüge wieder zu hören waren. *Wahrscheinlich ist es mit den Neugeborenen genauso*, dachte er. *Man fühlt sich ein wenig ängstlich angesichts derer, die an der Schwelle zum Nichtleben stehen.*

Plötzlich kamen ihm zu seiner eigenen Überraschung die Tränen. Seine Mutter war im Februar an einer Lungenentzündung gestorben. Im April hatte er es erfahren, und er war so schnell wie möglich gekommen. Nun lebte er schon seit Jahren von seinen Eltern getrennt und besuchte sie nur ein- oder zweimal im Jahr, und doch hinterließ der Tod seiner Mutter eine seltsame Leere.

Auch sein Vater konnte von einem Moment zum anderen sterben, und auch dann wäre er wahrscheinlich weit weg. War seine Entscheidung für dieses Nomadenleben richtig gewesen? Wäre er nach dem Krieg besser hierher zurückgekehrt? Um sich in diesem Land, das sein Fleisch und Blut war, niederzulassen? Dann würden sich vielleicht seine eigenen Kinder gerade im eiskalten Fluss gegenseitig necken oder auf Heidelbeer- und Pilzsuche gehen.

Er fühlte sich so erschöpft, als hätte er Hunderte von Kilometern zurückgelegt. In der Hütte ließ er sich in den Schaukelstuhl seiner Mutter fallen. Sein Vater nahm die Kappe ab, stellte den Stock neben die Tür und setzte sich auf die Bank an der Wand. Er räusperte sich. Mit den Jahren war seine Stimme rau geworden.

»Es ist schön, dass du gekommen bist, Serjoscha. Aber du bist schon zehn Tage hier, und ich glaube, du solltest allmählich wieder aufbrechen.«

»Wirfst du mich hinaus? Freust du dich nicht, mich zu sehen? Früher hast du dich immer beklagt, weil ich nicht lange genug blieb. Ich frage mich gerade, ob ich nicht den Winter hier bei euch verbringen soll.«

Iwan lächelte leise.

»Du bist hier immer willkommen, mein Junge. Aber bleib nicht aus den falschen Gründen.«

Sergej war ein wenig verstimmt, er stand auf und holte die Wodkaflasche aus dem Schrank. Er füllte zwei Gläser und setzte sich neben seinen Vater, an den aus Kindertagen angestammten Platz. Iwan leerte sein Glas und stellte es auf den Tisch.

»Du hast sie nie vergessen können, nicht wahr?«, fragte er Sergej plötzlich.

Sergej verkrampfte sich innerlich. Früher hatte ihm seine Mutter mit solchen Äußerungen zugesetzt, doch da hatte er sich immer mit Scherzen und Neckereien wehren können. Nun, da sie nicht mehr lebte, bedauerte er, ihr die Enkelkinder schuldig geblieben zu sein, die sie sich so sehr gewünscht hatte.

»Ich möchte nicht darüber sprechen«, murmelte er.

»Ich habe mich nie in deine Angelegenheiten eingemischt, Sergej. Nachdem ich dir so lange meine Herkunft verschwiegen hatte, stand mir das nicht zu, fand ich. Damals hättest du mir ein für alle Mal den Rücken kehren können. Doch du hast dich als großherziger Sohn erwiesen. Dafür danke ich dir.«

Verlegen schenkte sich Sergej noch einmal ein. Seinem Vater bot er nichts an, denn er trank nur noch fingerhutweise.

»Also, was treibt sie, meine Nichte Camille?«

»Woher soll ich das wissen? Ich vermute, sie führt die Maison

Fonteroy mit fester Hand. Sonst interessiert sie ja auch nichts auf der Welt. Hat sie dir je gefehlt?«

»Wer?«

»Die Maison Fonteroy. Und alles, was damit zusammenhängt.«

Iwan dachte nach.

»Ehrlich gesagt, nein. Als wir klein waren, dein Onkel André und ich, gab man uns immer zu verstehen, die Firma sei ein geheiligtes Erbe. Ein bisschen wie ein herrlicher Anzug, der uns noch zu groß war, in den wir jedoch hineinwachsen würden, bis er uns eines Tages wie auf den Leib geschneidert passen würde. Anfangs habe ich mir alle Mühe gegeben, schnell zu wachsen, damit mir der schöne Anzug schön stünde, aber immer beulte er an den Schultern, und an den Knöcheln warfen die Hosenbeine Ziehharmonikafalten. Und dann griff eines Tages das Schicksal ein. Und das hat mich wahrscheinlich gerettet.«

Ein Hustenanfall schüttelte ihn, er schlug sich gegen die Brust, um wieder zu Atem zu kommen.

»Nach allem, was du mir erzählt hast, ist dein Onkel André zwar in den Anzug hineingewachsen, aber letzten Endes ist er darin erstickt. Und das tut mir von Herzen Leid. Ich möchte, dass du das Camille sagst, wenn du sie das nächste Mal siehst.«

Sergej stieß aufgebracht den Tisch zurück und sprang auf.

»Ich sehe sie nicht mehr, Papa! Sie lebt in Paris. Mein Leben spielt sich zwischen Leningrad und Sibirien ab. Und in jedem Falle ist es zwischen Camille und mir schon lange aus.«

Iwan Michailowitsch schlug so hart mit der flachen Hand auf den Tisch, dass Sergej sich erschrocken zu ihm umwandte. Sein Vater hatte rote Wangen, die fahlen Augen schleuderten Blitze. Wütend drohte er seinem Sohn mit dem Finger.

»Jetzt weichst du schon seit Jahren der Wahrheit aus, Sergej! Ihr habt euch damals gestritten. Als du ihr gesagt hast, wer du bist, hat sie kindisch reagiert. Sie fühlte sich bedroht. Zu Unrecht natürlich, aber hast du ihr je Gelegenheit gegeben, es wieder gutzumachen? Ich weiß … Reisen in den Westen sind schwierig. Aber in gewisser Hinsicht hat dir das gut gepasst, nicht wahr? Wenn du in London oder Rom gelebt hättest, hättest du dann versucht, sie wiederzusehen? Ich glaube nicht. Du wärest zu stolz gewesen.«

Iwan griff nach der Flasche, goss sich ein und leerte das Glas in einem Zug.

»Und all die Mädchen, die seither dein Leben bevölkert haben, was ist aus ihnen geworden? Du hast uns von einer Schauspielerin erzählt, Tamara, Irina oder so … Wochenlang schwärmte deine Mutter von ihr. Sie dachte, du hättest endlich die Auserwählte deines Herzens gefunden.«

»Olga Andrejewna …«, korrigierte Sergej halblaut.

Was war aus ihr geworden? Sergej dachte an ihren letzten Streit, an die Teller, die ihm Olga so gekonnt an den Kopf geworfen hatte, als sei sie die Heldin ihres eigenen Stücks.

»Ja, genau, so hieß sie. Und nach ihr gab es noch andere. Aber diese Geschichten dauerten nie lange. Hast du dich je gefragt, wieso? Himmel noch mal, Sergej, wann nimmst du endlich deinen Mut in beide Hände und siehst der Frau ins Gesicht, die du liebst?«

Iwan hatte sich halb aufgerichtet. Nach Atem ringend, fiel er auf die Bank zurück.

»Das war's«, sagte er rau. »Ich hab mein Sprüchlein gesagt. Reden wir nicht mehr darüber.«

Er strich sich über den weißen Bart.

»Wir sind zum Abendessen bei den Nachbarn eingeladen. Es wird bald Zeit. Bring mir ein wenig Wasser, meinen Spiegel und meinen Kamm. Ich muss ja zum Fürchten aussehen.«

Sergej zögerte. Er hatte seinen Vater schon seit Jahren nicht mehr so außer sich erlebt. Iwan Michailowitsch war ein freundlicher, sanfter Mann. Ein glücklicher Mann. Als kleiner Junge hatte Sergej einige gesunde Zornausbrüche erlebt, wenn seine Dummheiten ihn und die Familie in Gefahr gebracht hatten, aber diese

Unwetter hatten sich schnell wieder verzogen. Weil sie jedoch so selten waren und weil sein Vater immer Recht gehabt hatte, hatte er sie nie vergessen. Iwan Michailowitsch war nun müde und runzelig wie ein alter Baum in der Taiga, und er selbst war kein kleiner Junge mehr, ganz und gar nicht, aber der Zorn seines Vaters beeindruckte ihn deshalb nicht minder.

»Was ist? Willst du Wurzeln schlagen?«, foppte ihn Iwan.

Sergej gehorchte eilig. Mit einem Mal hatte er einen Bärenhunger.

## *Leipzig, 30. Mai 1968*

Maxence hatte sich auf der geblümten Tagesdecke ausgestreckt, die Hände im Nacken verschränkt, und betrachtete die Decke seines Schlafzimmers. Auf dem Flur hörte er die schleppenden Schritte seiner Vermieterin, die ihr Leben damit hinzubringen schien, von der Küche ins Wohnzimmer und vom Wohnzimmer in die Küche zu wandern. Trotz des weit offenen Fensters hielt sich ein hartnäckiger Geruch nach Kohlsuppe in der engen Wohnung.

Er hatte lieber ein Privatquartier genommen. Nun, da sich Leipzig zur Konferenzstadt entwickelt hatte, wimmelte es in den Hotels von Ärzten, Wissenschaftlern und Leuten aus der Wirtschaft mit ihren ausgefallenen Krawatten, zu eng sitzenden Anzügen und den beflissenen Mienen von Handlungsreisenden. Manchmal stieß man auch auf Sportlergruppen, die zu Sportveranstaltungen angereist waren und die Initialen ihres Landes auf dem Rücken ihrer Acryl-Trainingsanzüge spazieren trugen. Hier bei seiner Zimmerwirtin, einer alterslosen, schweigsamen Frau, fühlte sich Maxence dem Puls der Stadt näher.

Der Wind blähte die mit grellroten Blumen bedruckten Vorhänge. Als er tags zuvor angekommen war, hatte er nur das Gepäck abgestellt und Sonja Krügers Adresse gesucht. Schließlich hatte er vor einem kasernenähnlichen Nachkriegsbau gestanden. Trotz des blauen Himmels und einiger Osterglocken auf dem schütteren Rasen waren die Gebäude von niederschmetternder Hässlichkeit. Bei all seinen Reisen hinter den Eisernen Vorhang war Maxence stets darauf bedacht gewesen, dem Anblick dieser Stahl- und Betonkolosse, die das Umland der osteuropäischen Städte verschandelten, auszuweichen.

Die Farbe im Hausflur war überall abgeplatzt, und auf den Briefkästen standen Dutzende Namen, nur nicht der Name Krüger. Er hatte sich nach Eva und Sonja erkundigt, aber die blondierte Nachbarin, ihr Kind auf der Hüfte, hatte nur misstrauisch die Achseln gezuckt. Dann hatte sie angesichts seiner Enttäuschung anscheinend doch noch Mitleid bekommen und ihm die Adresse einer für solche Auskünfte zuständigen Behörde auf einen Zettel gekritzelt. Als er dort ankam, war das Büro gerade geschlossen worden.

Er schwang die Füße auf den Boden und sprang auf. Bald zehn Uhr. Er musste sich beeilen, wenn er nicht wieder vor verschlossener Türe stehen wollte. Er war entschieden nicht geschaffen für diese nördlich frühen Öffnungszeiten.

Er zog seinen Wildlederblouson über, steckte die Leica in die Tasche und verließ das Haus.

Auf der Straße studierte er noch einmal den Stadtplan und machte sich dann Richtung Karl-Marx-Platz auf. Ein Polizeikordon riegelte die Straße ab und zwang ihn zu einem Umweg. Die Luft roch unangenehm nach Abgasen, aber das Wetter war schön, und er war optimistisch gestimmt.

Er würde nicht abreisen, bevor er Sonja gefunden hätte. Das Schleusernetz, an das er sich das erste Mal gewandt hatte, war inzwischen aufgelöst worden, es hatte mehrerer vergeblicher Anläufe und vieler Monate, aus denen Jahre geworden waren, bedurft, bis er in Westdeutschland eine hinreichend seriöse und erfahrene Fluchthilfeorganisation gefunden hatte, der er vertrauen mochte. Nun musste er nur noch Sonja überzeugen.

Als er auf dem Karl-Marx-Platz ankam, stieß Maxence zu seiner Verwunderung auf eine Menge schweigsamer Männer und Frauen mit verschlossenen Gesichtern. Sofort zückte er den Fotoapparat.

Er schlängelte sich zwischen den dichten Reihen hindurch, die sich lautlos öffneten und hinter ihm wieder schlossen. Dann blieb er wie angewurzelt stehen. Etwa zehn Meter vor ihm stand eine beeindruckende Anzahl bewaffneter Polizisten und Soldaten mit Helmen.

Niemand sah ihn an. Alle Gesichter waren einer spätgotischen Kirche mit einer großen Rosette und einem spitzen Glockenturm zugekehrt. Er konsultierte flüchtig seinen Stadtplan: Neben der Universität stand die Paulinerkirche.

Eine Woge ging durch die Menschenmenge und schob sie einige Meter auf die Polizisten zu. Eine seltsame Intensität ging von diesen Frauen und Männern aller Altersstufen aus, die nicht miteinander sprachen, aber sichtlich mit derselben Absicht gekommen waren und ein fast greifbares Gefühl miteinander teilten.

Diese von einer inneren, geheimnisvollen und wechselnden Kraft getriebenen Menschenmengen erinnerten Maxence immer an den Ozean. Anfang Mai hatte er Pariser Studenten fotografiert, die, wie Nachtfalter zu einer Flamme, zur Sorbonne strebten, rote Fahnen schwenkten und die *Internationale* sangen. Ihre Begeisterung hatte ihn nicht anstecken können. Er hatte sich die Flügel schon an einem anderen Ideal verbrannt.

Die Leipziger schwiegen. Sie forderten nichts. Und dennoch erschreckte ihn die einschüchternde Glut dieses Schweigens. Diese Menge hatte etwas Entschlossenes, Unerbittliches, wie eine Kraft, die sich langsam und geduldig sammelt, eine Faust, die sich ballt, aber zurückhält, schwer von Hass, Sünde und Sühne.

Plötzlich flogen von einem Baum vor der Kirche Vögel auf. Reflexartig hob Maxence seine Leica und drückte dreimal auf den Auslöser, er erfasste die Vögel, die Kirche, die gespannten Zuschauer.

Der junge Mann rechts neben ihm, etwa zwanzig Jahre alt, kurz geschnittenes Haar, helle Augen, warf ihm einen bitterbösen Blick zu.

»Journalist … Französisch …«, murmelte Maxence auf Deutsch, er war froh, dass die Polizisten nichts bemerkt hatten.

Das Gesicht des jungen Mannes entspannte sich, er lächelte bitter.

»Sehen Sie sich die Paulinerkirche gut an«, sagte er leise und zu Maxence' Verblüffung auf Französisch. »Schauen Sie genau hin«, drängte er. »Sie wohnen einem Akt barbarischer Zerstörung bei. Eine Kirche, Ende des 15. Jahrhunderts erbaut, in der schon Martin Luther gepredigt hat. Eine der schönsten Kirchen unserer Stadt, voller Kunstwerke und mit siebenhundert Jahre alten Grabmälern. Sie hat die Bombardierungen durch die Engländer und die Amerikaner heil überstanden. Aber den real existierenden Sozialismus der Deutschen Demokratischen Republik übersteht sie nicht.«

Maxence war betroffen von der Ironie und dem Abscheu in seiner Stimme. Der junge Mann sah auf die Uhr.

»Nur noch wenige Sekunden. Die deutsche Pünktlichkeit wird wohl nicht ausgerechnet heute versagen.«

Eine weitere Woge schien durch die Menschenmenge zu gehen, die jetzt noch dichter wirkte. Eine Frau schluchzte leise auf. Ein eiserner Ring umspannte Maxence' Stirn, aber seine rechte Hand zitterte nicht.

Dann wandte er den Kopf leicht nach links und sah sie. Ihr Profil war immer noch so fein geschnitten, wie er es in Erinnerung hatte. Ihr langes Haar hatte sie abgeschnitten, es reichte jetzt bis auf den Kragen ihrer schwarzen Jacke. Sie stand wie erstarrt, fast in Habachtstellung, und biss sich auf die Lippen.

»Sonja!«, rief er, doch im selben Moment zerriss eine Detonation die lastende Luft.

Die Druckwelle der Explosion erschütterte ihn vom Kopf bis zu den Füßen. Seine rechte Hand schoss Foto auf Foto der dreieckigen Kirchenfassade, die in einer gewaltigen grau-weißen Staubwolke düster krachend in sich zusammensank. Wütende Stimmen waren zu hören: »Mörder! Vandalen!« Er versuchte Sonja wieder in den Blick zu bekommen, doch sie war im Asche- und Trümmerstaub verschwunden.

»Sonja!«, brüllte er und hustete.

Eine Hand griff nach seinem Arm.

»Kommen Sie mit! Wir müssen zurück. Sie hatten nicht so viel Staub erwartet. Schnell, kommen Sie!«

Er wehrte sich gegen den jungen Mann, der ihn mitziehen wollte. Sonja! Er musste sie finden. Vielleicht war sie verletzt ... Doch seine Lunge stach, seine Augen tränten, er gab auf und ließ sich mitziehen. Einmal stolperte er und wäre fast auf die Knie gefallen, doch der andere stützte ihn mit fester Hand.

Schließlich lehnte er an der Tür eines Hauses, ein feuchtes Taschentuch über der Nase, und kam mehr schlecht als recht wieder zu Atem.

»Geht's?«, erkundigte sich der junge Mann, dessen Wange blutete.

Maxence spuckte mehrmals auf den Boden, um sich von dem klebrigen Staub zu befreien. Als er endlich sprechen konnte, war seine Stimme heiser.

»Ich muss zurück ... Ich habe eine Freundin gesehen ... Ich muss sie unbedingt wiederfinden ...«

»Das wäre zwecklos. Die Polizei ist dabei, den Platz zu räumen. Warten Sie besser bei ihr zu Hause auf sie.«

»Aber ich weiß ihre Adresse nicht, ich weiß nicht, wo sie wohnt ...«

»Dann kommen Sie mit zu mir. Ich arbeite im Rathaus. Keine Angst, wir werden sie schon finden.«

Noch ein wenig benommen, ließ sich Maxence ein weiteres Mal von seinem Retter mitziehen.

»Wieso sprechen Sie so gut Französisch?«

Der junge Mann wischte sich gerade die Wange ab, er lächelte.

»In meiner Familie sprechen alle Französisch. Einer meiner Vorfahren kommt aus Montbéliard. Wir sind hugenottischer Abstammung. Ich heiße Friedrich Durbach. Und Sie?«

Mit hochgezogenen Schultern starrte Sonja auf die rauchenden Ruinen der Paulinerkirche. Feuerwehrmänner passten auf, dass kein Feuer entstand. Ein Geruch nach Trümmern und verkohlten Balken lag wie ein Gewissensbiss in der Luft.

Stummer Zorn schüttelte sie. *Gut, dass du das nicht mehr mit ansehen musstest, Oma*, dachte sie. An Konzerttagen hatte sich Eva gern in der alten Dominikanerkirche gesammelt, weil sie sie so inspirierend fand.

Man hatte diese unversehrte Kirche, eine der Perlen Leipzigs, zerstört, allen Protesten von Bürgern, Architekten und sogar von manchen Politikern zum Trotz. Acht Jahre hatten sie gekämpft, um sie vor den städteplanerischen Delirien des Politbüros zu schützen. Nach Büroschluss war es zu spontanen Demonstrationen gekommen, Eva hatte Petitionen unterzeichnet. Vergeblich.

Diese unsinnige und brutale Zerstörung klang wie eine Totenglocke in Sonjas Herz. Sie hatte das Gefühl, noch ein wenig mehr zu sterben.

Ihre Großmutter war sechs Monate zuvor gestorben. Sonja hatte ihr Zeichenstudium abgebrochen, um sie zu Hause versorgen zu können. Zweieinhalb Jahre hatte sie in Heimarbeit als Schneiderin gearbeitet. An Kundinnen hatte es ihr nicht gefehlt, doch nach Evas Tod hatte sie umziehen müssen, und sie hielt es nie für längere Zeit aus in der engen Wohnung, die sie mit einer weiteren Studentin teilte. Auf dem Brühl war ein Kaufhaus eröffnet worden, dort hatte sie als Verkäuferin Arbeit gefunden. Am Montag würde sie ihre neue Arbeit in der »Blechbüchse« antreten. Die Leiterin der Bekleidungsabteilung hatte sie durchs Geschäft geführt: »Es ist das modernste im ganzen Land«, hatte sie so stolz erklärt, als sei sie die Besitzerin.

»Bleiben nutzt jetzt auch nichts mehr«, sagte eine leise Stimme.

Sonja hatte das Gefühl, aus einem tiefen Schlaf gerissen worden zu sein. Eine Frau, ergrautes Haar, schmaler Mund, nickte ihr traurig zu.

»Es ist vorbei. Wir gehen jetzt besser, sonst fallen wir noch auf.«

Bevor sie sich abwandte, strich sie Sonja leicht über den Arm.

»Ich bin gewiss doppelt so alt wie Sie. Und Sie können mir

glauben, was ich sage: Eines Tages lassen wir uns das alles nicht mehr gefallen.«

Dann ging sie rasch Richtung Gewandhaus davon.

Ein Windstoß voller beißender Gerüche brachte Sonja zum Husten. Sie brauchte einen Kaffee, um ihre Lebensgeister wieder zu wecken. Auch sie wandte sich zum Gehen und beschloss, noch einmal in das Kaffeehaus zu gehen, in dem sie Maxence Fonteroy zum ersten Mal begegnet war. In den letzten drei Jahren hatte sie einige kostbare, wenngleich zensurbedingt nichts sagende Briefe von ihm erhalten. Er hatte also Wort gehalten und sie nicht vergessen.

Wie immer, wenn sie niedergeschlagen war, dachte sie an diesen unvergesslichen Tag zurück, an den schwarz-weißen Mantel, der den Vornamen einer Frau trug, an diesen für eine Hochzeit entworfenen, Wirklichkeit gewordenen Traum, der sanft war wie eine Glücksverheißung.

Ein Lächeln trat auf Sonjas Lippen, in aufrechter Haltung und den Valentine auf den Schultern, machte sie sich unter dem Leipziger Frühlingshimmel auf den Weg, der auf dem Laufsteg der Fonteroys begonnen hatte und der sie bis ans Ende der Welt führen sollte.

Alexandre hatte die grünen Fluten des Orestias-Sees, den hellen Himmel Mazedoniens und die Zimtdüfte seines Elternhauses hinter sich gelassen und fand sich in einem unter Hochspannung stehenden Paris wieder, über dem nicht nur eine seltsame Verwirrung lag, sondern auch der Geruch nach Schwefel und verbrannten Autos.

Da er direkt von der Frankfurter Pelzmesse nach Kastoria aufgebrochen war, hatte er den Ausbruch der Revolten einen Monat zuvor nicht miterlebt. Voller Wut darüber, dass er wegen der stillliegenden französischen Bahnhöfe und Flughäfen in Griechenland festsaß, hatte er zweimal täglich in seinem Geschäft angerufen und seinen Werkstattleiter schließlich angewiesen, das Geschäft zu schließen. Aufgrund der Metrostreiks konnten die in den Vorstädten wohnenden Angestellten ohnehin nur unter Schwierigkeiten in die Stadt gelangen, und die Kundinnen hatten sich anscheinend in Luft aufgelöst. Valentines Berichten zufolge lebte man in den reicheren Vierteln nur noch in Angst, hing am Transistorradio und starrte auf die ab und zu aus dem Quartier Latin aufsteigenden graublauen Rauchwolken.

Valentine schien eher amüsiert. »Niemand weiß so recht, wie das weitergehen soll«, hatte sie ihm am Telefon erklärt, als er in Sorge um ihre Sicherheit angerufen hatte. »Aber ich muss sagen, es geht ziemlich gewaltsam zu. Die Studenten werfen Pflastersteine, die Polizisten machen von ihren Schlagstöcken Gebrauch und müssen sich als SS-Leute beschimpfen lassen – wer allerdings die echten kennen lernen musste, so wie du und ich ...«

Er hatte die Rückreise schließlich doch noch zustande gebracht und ging nun die Rue du Faubourg Saint-Honoré hinunter und grübelte über die Amerikanerinnen nach, die den Vulkanausbrüchen in der französischen Hauptstadt offensichtlich lieber fernblieben, und auch über die zehn Prozent mehr Lohn, die seine Angestellten wohl bei ihrer Rückkehr in die Werkstatt fordern würden.

Etwas düster blickend trat er bei seinem Nachbarn ein, der eine Kunstgalerie betrieb. Jean-Pierre Tudieu, ein stets adretter und distinguierter Herr, empfing ihn mit zerzaustem Haar und hochgekrempelten Hemdsärmeln.

»Sieh an, ein Heimkehrer aus dem Totenreich!«, rief er bei Alexandres Anblick. »Du hast es also doch noch zurück aufs sinkende Schiff geschafft.«

Sie schüttelten sich die Hand.

»Es war nicht ganz leicht«, gab Alexandre zu und betrachtete erstaunt das ungewöhnliche Durcheinander.

Mit Decken verhüllte Bilder lehnten an den Wänden. Packpapier, Pappen und schlangengleich geringelte, lange Gurte lagen überall auf dem Boden.

»Ziehst du um?«

»Tolle Idee!« Tudieus Nervenkostüm schien einigermaßen strapaziert worden zu sein. »De Gaulle hat von Pöbel gesprochen, und er hat nicht ganz Unrecht. Wenn Frankreich kommunistisch wird, bleibe ich keine Stunde länger, und dir würde ich dasselbe raten.«

Alexandre nickte.

»Also, was soll das ganze Chaos?«

»Bevor in diesem Land alles auf dem Kopf steht, will ich noch eine Ludmilla-Tikonow-Ausstellung machen, Samstag wird sie eröffnet. Ich hab zwar die Bilder zusammenbekommen, aber meine Angestellten haben sich in Luft aufgelöst, also darf ich alles allein aufhängen.« Er breitete die Arme aus. »Kannst du mir sagen, wie ich das schaffen soll?«

Er ließ sich erschöpft in einen Sessel fallen und trocknete sich die Stirn mit einem getupften Taschentuch.

»Die Einladungen sind vor einem Monat verschickt worden,

und übermorgen ist die Vernissage. Es ist eine Katastrophe, alter Freund, einfach eine Katastrophe.«

»Meinst du, die Leute kommen?«

»Ich hoffe es sehr! Ich werd mir doch nicht von ein paar Revolutionären verbieten lassen, meinen Lebensunterhalt zu verdienen. Ich hab schon genug Geld verloren durch diese Leute.«

»Ich helfe dir. Wir beide schaffen das schon.«

»Bist du sicher?« Tudieu schien wieder Hoffnung zu schöpfen.

»Mein Geschäft ist schon seit zehn Tagen geschlossen. Dann kann es auch noch einen Tag länger geschlossen bleiben. Außerdem warst du so nett, während meiner Abwesenheit ein wachsames Auge auf meinen Laden zu haben. Ich bin nur froh, wenn ich dir auch mal einen Gefallen tun kann.«

Sein Freund sprang auf.

»Du rettest mich vor dem sicheren Tod! Gut, fangen wir mit den Kleinformatigen an. Die sind noch am leichtesten. Kannst du mit einem Hammer umgehen?«

Eine Stunde später sah Alexandre genauso zerzaust aus wie sein Freund, doch die meisten Bilder waren aufgehängt. Einige Stillleben und eine Reihe packender Porträts. Tudieu stellte auf der Suche nach der besten Hängung derart geschäftig immer wieder sämtliche Bilder um, dass Alexandre gar nicht dazu kam, sie genauer anzusehen. Er fühlte sich wie in einem Kaleidoskop tiefer Grün-, harter Blau und wehmütiger Grautöne gefangen.

»Jetzt müssen wir nur noch eins aufhängen, aber das ist auch wirklich das Hauptstück der Sammlung«, erklärte Tudieu ein wenig atemlos, während Alexandre ihm half, das in eine dicke Leinwand gehüllte Bild aufzurichten. »Es hat eine ganz besondere Geschichte, musst du wissen. Damals, 1921, sollte das Bild auf der Herbstmesse gezeigt werden, aber es wurde noch vor der Ausstellung gekauft. Danach hörte man nichts mehr von ihm: verschwunden, in Luft aufgelöst. Man fing an darüber zu reden, es sei das Meisterwerk der Tikonow, und natürlich wurde es, weil niemand es je gesehen hatte, zur Legende unter den Kennern. Stellen wir es hierhin. Danke.«

Er atmete tief aus und rieb sich den Rücken.

»Vor einem Jahr sollte ich das Erbe eines deutschen Industriellen schätzen, der auf seinem Besitz an der Loire gestorben war, und worauf stoße ich mitten im Salon? *Die Ungeliebte*. Ich dachte schon, ich litte unter Sinnestäuschungen, aber nein, sie war's. Nicht zu fassen, oder?«

Alexandre hatte sich gebückt, um Jean-Pierre beim Entfernen der Gurte und Decken zu helfen. Als er den Namen hörte, erstarrte er. Tikonow ... Aber natürlich, warum hatte er es nicht gleich begriffen? Er hatte soeben ein Dutzend Bilder einer der berühmtesten russischen Künstlerinnen der dreißiger und vierziger Jahre aufgehängt. Seit etwa zwanzig Jahren war sie nicht mehr so gefragt. Und dennoch hatte ihm die Malerin im Krieg das Leben gerettet. Dieses Bild hatte ihn gerettet, weil ein Nazi-Offizier seiner Sammlerleidenschaft nachgegeben und befohlen hatte, einen unbedeutenden Menschen aus der Résistance freizulassen.

Valentine war nackt. Mit geöffneten Schenkeln saß sie auf einem strohgeflochtenen Stuhl und bot dem Blick die bläulichen Adern unter ihrer Haut, ihren schimmernden Hals, die roten, vom Begehren geschwollenen Lippen dar. Und dieser Blick, Gott, dieser Blick ... Das leuchtende Wassergrün, diese Arroganz, der sich Unsicherheit beimischte, die Unsicherheit einer jungen Frau, die sich selbst noch nicht kennt und deren einzige Waffe ihr vollkommener Körper ist.

»Alexandre, ist dir nicht gut? Oh!«

Langsam kam er wieder zu sich. Jean-Pierre rüttelte ihn an der Schulter.

»Da, ich hab dir einen Cognac eingeschenkt. Du bist kalkweiß geworden. Was ist los mit dir?«

»Was kostet das Bild?«, fragte Alexandre tonlos.

*»Die Ungeliebte?«* Jean-Pierre war verblüfft. »Wieso, willst du sie etwa kaufen?«

Alexandre leerte das Glas in einem Zug, sein Gesicht nahm wieder Farbe an.

»Was kostet es?«, wiederholte er mit festerer Stimme.

Schwankend stand er auf, Jean-Pierre wollte ihn daran hindern. Doch Alexandre wehrte ihn ab, nahm seine Jacke von einem Stuhl und suchte in der Innentasche nach seinem Scheckbuch. Dann setzte er sich an den Schreibtisch seines Freundes, schraubte die Kappe eines schwarz-goldenen Federhalters ab, der auf einem Stapel Briefpapier lag, und begann, als Jean-Pierre immer noch höchst erstaunt eine Zahl nannte, zu schreiben.

»Was treibst du da eigentlich?«

»Das siehst du doch, ich kaufe *Die Ungeliebte*.«

Er unterschrieb und reichte den Scheck seinem Freund, der ihn bestürzt betrachtete.

»Einfach so? Aus einer Eingebung heraus? Meinst du nicht, du wirst es bereuen? Es ist ja doch eine ziemlich hohe Summe.«

Alexandre deutete ein Lächeln an.

»Vielleicht erklär ich's dir eines Tages. Aber zunächst möchte ich, dass du das Bild aus der Ausstellung nimmst. Es steht nicht mehr zum Verkauf, und ich möchte schon heute Abend jemanden damit überraschen.«

»Also wirklich! Jedes Mal, wenn man sie ausstellen will, entschlüpft einem *Die Ungeliebte*«, schimpfte Jean-Pierre. »Ich weiß von einigen Leuten, dass sie sehr enttäuscht sein werden.«

Aber als er das Bild einpackte, konnte Jean-Pierre seine Genugtuung nicht verhehlen. Nach einem mageren Monat endlich wieder ein Geschäft. Ein gutes Zeichen.

Alexandre versuchte sich vorzustellen, wie Valentine auf das Bild reagieren würde. Sie wollte noch am selben Abend zum Abendessen zu ihm kommen. Würde sie verblüfft sein, verwirrt, bewegt?

Ganz sicher würden sie von der Vergangenheit sprechen, von Pierre Venailles, der schon seit mehreren Jahren nicht mehr lebte, von Odile, die noch einmal geheiratet hatte und meistens auf Reisen war. Sie würden auch von André sprechen, er mit Achtung, sie mit Zärtlichkeit. Sie würde diesen gedankenvollen, rätselhaften Blick haben, und er würde sie so schön finden wie beim ersten Mal, vierzig Jahre zuvor, als eine Frau im grauen Kostüm mit Hermelinmanschetten, einen glockenförmigen Hut tief in die Augen gezogen, in sein Leben getreten war, um es nicht wieder zu verlassen.

Im selben Augenblick ließ Valentine einige Straßen weiter ihren Blick über das Gebäude in der Rue Cambon wandern, in dem ihre Tochter wohnte. Die Fensterläden von Camilles Schlafzimmer schienen ihr geschlossen zu sein.

Sie zögerte, ihre Nervosität ärgerte sie. Jetzt lief sie schon seit zehn Minuten wie eine ruhelose Seele in der Straße auf und ab. *Einfach absurd, schließlich ist sie deine Tochter!*, sagte sie sich, doch in Wahrheit hatte Camille ihr schon immer ein wenig Angst gemacht. Im Gegensatz zu André hatte sie nie gewusst, wie sie auf diese Willenskraft, diesen ganzen kompromisslosen Charakter reagieren sollte, sie hatte das Gefühl gehasst, beurteilt zu werden, weil sie immer vage befürchtet hatte, den Ansprüchen nicht zu genügen.

Am Abend vorher hatte Maxence sie vom Flughafen aus angerufen. Er wollte nach Leipzig fliegen; er machte sich Sorgen um Camille. Im Büro hatte er sie nicht erreichen können, dort war sie schon seit vier Tagen nicht mehr gewesen, und auch in ihrer Wohnung ging sie nicht ans Telefon. »Es geht ihr nicht gut, Maman. Ich kann mich nicht drum kümmern, weil ich nach Sonja suchen will, aber du könntest doch …« Er hatte den Satz nicht zu Ende gebracht angesichts der Beziehung, die immer zwischen ihr und ihrer Tochter geherrscht hatte.

In der Nacht hatte Valentine nicht schlafen können. Sie hatte sich im Bett gewälzt, es war ihr zu heiß gewesen, zu kalt, sie hatte die Decken abgeworfen, sie hatte sich darunter gekuschelt, und schließlich war sie um drei Uhr morgens am Ende ihrer

Nerven aufgestanden und hatte im Salon sämtliche Lichter eingeschaltet.

*Warum?*, hatte sich Valentine gefragt. *Warum habe ich ihr nie sagen können, dass ich sie liebe?*

Aber in dieser Nacht, mit schweißbedeckter Stirn und plötzlich schmerzenden Gliedern, hatte sie es endlich eingesehen: Sie hatte Camille nicht geliebt, wie eine Mutter ihre Tochter lieben sollte. Sie hatte nicht diese spontane Gefühlsbewegung gespürt, diese Zärtlichkeit und den beschützerischen Instinkt, diese Kraft, die einen mitreißt und Berge versetzen lässt, diese wütende Liebe, die sie für Maxence vom Tag seiner Geburt an empfunden hatte, seit sie die Arme geöffnet hatte, um das Neugeborene in Empfang zu nehmen, seit sie seinen Geruch gespürt und den schwarzen Haarflaum auf dem zarten Köpfchen gestreichelt hatte.

Camille hat bei ihr von ihrer Geburt an unklare Gefühle ausgelöst. Eine Mischung aus Furcht, Ungeduld und Hilflosigkeit. Sie hatte nie verstanden, wieso. Und mit ihren damals zweiundzwanzig Jahren hatte sie sich für die einzige ihr zu Gebote stehende Lösung entschieden: Flucht.

Sie war vor dem Baby geflohen und hatte es dem Kindermädchen anvertraut, der braven Jeanne Liesbach, die vor dem Kinderzimmer Wache gehalten hatte, sie war vor dem kleinen Mädchen mit den hellen Augen geflohen, die ihren eigenen zu sehr ähnelten. Vor der schwierigen, unerbittlichen und anspruchsvollen – oh, wie anspruchsvollen! – Jugendlichen war sie geflohen und vor der überaus begabten und selbstsicheren Frau.

Doch jetzt, in diesem überhitzten Paris, das von metallischen Geräuschen widerhallte, weil man die Pflastersteine mit den Pfosten der Verkehrsschilder ausgrub, war es Zeit, mit dem Weglaufen aufzuhören.

Sie stand also vor dem Haus, in dem ihre Tochter wohnte. Es hatte sie Mut gekostet, hierher zu kommen, denn nichts war je einfach im Zusammenhang mit Camille. Und es war nicht Valentine Fonteroy, die zu den geschlossenen Fensterläden aufblickte, sondern die junge Valentine Despresle, die bei der Weinlese half, die ihren großen Bruder mit dem Gartenschlauch bespritzte, die von Festen in einem Zaubergarten träumte und die vor dem Porträt einer Dame in Blau Trost suchte. Jene Valentine Despresle, der das Leben vielleicht zu viel versprochen hatte, als sie noch ein Kind war.

Sie vergewisserte sich, dass ihr helles Leinenkostüm noch gut auf ihrer schmalen Figur saß, strich sich das kurze schwarze Haar mit den Mahagonireflexen – diese gemeinsam mit dem Friseur ausgesuchte Tönung sollte ihr Gesicht weicher erscheinen lassen – glatt und überquerte die Straße, um sich ihrer Tochter zu stellen.

Camille versuchte den höllischen Lärm der Klingel zu ersticken, indem sie sich unters Kopfkissen verkroch. Schon seit drei Tagen hatte sie ihr Bett in der feuchten, dunklen Wärme hinter den zugezogenen Vorhängen ihres Schlafzimmers nicht mehr verlassen, sie war erfasst von einer Schwindel erregenden Schwäche und Feigheit, ihr war übel davon, doch sie konnte diesem Zustand nicht entkommen.

Es hörte einfach nicht auf zu klingeln! Dabei hatte sie Evelyne doch gesagt, sie werde einige Tage nicht kommen, eine Lebensmittelvergiftung, nichts Ernstes, doch sie brauche ein wenig Ruhe, sie, die nie Urlaub machte und die Maison Fonteroy nur um geschäftlicher Reisen willen verließ. Sie hatte den Hörer des Telefons danebengelegt und die Wohnungstür verriegelt.

Die Bilder verfolgten sie immer noch: die zersplitterten Schaufensterscheiben, die wie ein Glasregen auf den Bürgersteig niedergegangen waren, die mit roten Farbbeuteln auf die Wand geschmierten Beleidigungen: »Dreckskerle!«

Zwei Monate vorher, an einem Tag im März, war Evelyne ohne anzuklopfen in ihr Büro am Boulevard des Capucines gestürmt und hatte ihr Transistorradio geschwenkt. Der Reporter berichtete, dass etwa hundert Demonstranten das American-Express-

Gebäude belagerten, das ganz in der Nähe der Maison Fonteroy an der Ecke zur Rue Auber lag. Camille war sofort in die Eingangshalle hinuntergegangen, wo schon Duteil und Cardot waren, beide mit sehr angespannten Gesichtern. »Was tut die Polizei?«, hatte Cardot geschrien und wild gestikuliert. Denn zwei Tage zuvor waren die Büros anderer amerikanischer Firmen im Viertel von Sprengsätzen zerstört worden.

Man hörte das Geschrei der Demonstranten, die am Geschäft der Fonteroys vorbeirannten. Rechts von der Eingangstür stand ein Rolls-Royce in Flammen. Plötzlich trennten sich einige langhaarige junge Leute in Jeans und grünen Parkas von ihrem Pulk und gingen mit Eisenstangen auf die Schaufenster des Geschäfts los. Die Verkäuferinnen stießen Schreckensschreie aus. Camille schickte sie in die oberen Stockwerke. Mit Taucherbrillen und Schals Maskierte zerschlugen schreiend weitere Scheiben. Ein junges Mädchen mit langem rotem Haar stand plötzlich in der Halle. Sie baute sich vor Camille auf, ihr zarter Körper bäumte sich vor Hass und Wut. »Schlampe!«, schrie sie, warf Camille ein Flugblatt ins Gesicht und verschwand wieder. Duteil zog Camille am Arm. »Sie müssen auch nach oben, Mademoiselle. Man kann nie wissen, was sie noch alles anstellen. Sie haben auch Fauchon angegriffen.« »Kommt nicht in Frage!«, rief Camille zornbebend.

Dann verzog sich das Unwetter ebenso schnell, wie es über sie hereingebrochen war. Die Polizei rückte in dichten Reihen vor, und die Demonstranten flüchteten in die Metroeingänge. Camille stand wie versteinert in der in ein Ruinenfeld verwandelten Eingangshalle der Maison Fonteroy. Die Verkaufstische waren mit Farbe verschmiert, die zerbrochenen Parfümflakons hatten ihren Inhalt über Handschuhe und Schals ergossen. Den Holzpuppen in den Schaufenstern waren die Köpfe abgerissen worden, die Mäntel lagen zwischen den Scherben auf dem Boden.

Eine dunkle Vorahnung hatte sie ergriffen. *Das ist erst der Anfang*, hatte sie gedacht, ihre Hände zitterten. Und dann war sie zu den Toiletten gestürzt, um sich zu übergeben.

Schließlich war dieser nicht enden wollende Monat Mai gekommen und mit ihm diese schwer erträgliche Unsicherheit, die über der Stadt schwebte. Seit sie die Firma leitete, hatte sie sich noch nie so hilflos gefühlt. Sie konnte nicht mehr schlafen. Sie hatte das Gefühl, sich aufzulösen, immer neue Spalten und Risse zu bekommen.

Als sie am Abend vorher im Rundfunk gehört hatte, der Aufenthaltsort von General de Gaulle sei unbekannt, hatte sie das Radio ausgestellt und sich unter die Decken gekauert. Der alte Herr hatte Recht: Sie würde es ihm nachtun und für einige Zeit verschwinden. Sie war am Ende ihrer Kräfte, sie konnte nicht mehr kämpfen.

Die Klingel schrillte weiter. Widerwillig quälte sie sich aus dem Bett. Das in den Salon flutende Licht tat ihren Augen weh. Sie schwankte zur Eingangstür. Sie konnte sich nicht mehr erinnern, wann sie zum letzten Mal etwas gegessen hatte.

»Wer ist da?«, fragte sie tonlos.

»Ich bin's. Bitte mach auf, Camille.«

Erstaunlicherweise löste die Stimme ihrer Mutter nicht wie sonst eine Welle von Abneigung und Kummer in ihr aus, diesmal unterdrückte Camille ein Aufschluchzen. Sie kämpfte mit dem Riegel und öffnete die Tür. Das Gesicht ihrer Mutter nahm einen bestürzten Ausdruck an, als sie vor ihr stand.

»Was willst du?«, fragte Camille brüsk, plötzlich war sie sich ihres verwahrlosten Aussehens, der fettigen Haare und des zerknitterten Seidenpyjamas sehr bewusst.

Valentine antwortete nicht. Sie schien kein Wort über die Lippen bringen zu können. Dann machte sie einen entschlossenen Schritt vorwärts und schloss Camille in die Arme.

Camille wollte sie zurückschieben. *Was will sie von mir?*, dachte sie irritiert. Sie schämte sich, sie roch gewiss schlecht. Diese unverhoffte Zärtlichkeit tat ihr weh, brachte ihre Beziehung durcheinander, veränderte die Welt. Doch Valentine hielt sie weiter an sich gedrückt und streichelte ihr Haar. Sie hatte starke, unwiderstehliche Arme, und Camille gab auf, sie schloss die Augen und ließ sich von ihrer Mutter wiegen.

Sie saßen auf dem Sofa im Salon. Camille hatte die Jalousien heruntergelassen, um das Sonnenlicht auszuschließen. Valentine hatte in der Küche Tee gekocht und einen Teller mit Keksen hergerichtet. Sie war erschrocken, wie abgemagert ihre Tochter war, ihre Wangen waren hohl, der Blick leer. *Ich habe zu viel Zeit vergehen lassen*, dachte sie voll Sorge. *Ich hätte sofort kommen sollen, aber ich habe mich nicht getraut.* Doch dann berichtigte sie sich selbst. *Ich hätte schon vor Jahren kommen sollen.*

Mit untergeschlagenen Beinen saß Camille da, die dampfende Tasse in beiden Händen. Valentine sah, dass sie immer wieder von einem Frösteln überlaufen wurde.

»So kannst du nicht weitermachen«, sagte Valentine leise. »Du bist erschöpft. Du machst dich noch krank damit. Maxence sagte mir, die Ereignisse hätten dich sehr mitgenommen.«

»Nett von ihm, dass er sich Sorgen macht, aber ich verstehe nicht, wieso er sich einmischt. Ich habe ihn um nichts gebeten.«

»Ja, eben das ist dein Problem, du bittest nie jemanden um etwas. Vielleicht solltest du deinen Stolz mal herunterschlucken und ein großes Glas Wasser hinterhertrinken.«

Camille war zu müde zu irgendwelchem Widerspruch. Sie misstraute Valentine. Sie hatte ihr immer misstraut, denn ihre Mutter hatte sie als Erste gelehrt, was das Wort Leid bedeutete.

»Wie lange willst du noch so weiterleben?«, fragte Valentine ein wenig sanfter nach.

Camille konzentrierte sich darauf, die Tasse ohne Missgeschick auf den niedrigen Tisch zu stellen.

»Ich weiß nicht, worauf du hinauswillst, Maman. Vielleicht gehst du jetzt besser wieder nach Hause. Ich fühle mich im Augenblick nicht besonders.«

»Mach nicht denselben Fehler wie dein Vater, Camille. Opfere dein Leben nicht der Maison Fonteroy. Was neulich geschehen ist, hat dich in tiefster Seele verletzt. Es kam dir vor, als hätten sie dich angegriffen, aber die Maison Fonteroy ist nur ein Ding ...«

»O nein! Sie hat eine Seele ...«

»Aber sie nimmt dich nicht in die Arme, wenn du traurig bist, sie sagt dir nicht, dass sie dich liebt ... du hast der Firma alles gegeben, Camille, und jetzt bist du allein. Du hast es so gewollt, aber vielleicht wird dir einmal klar, dass auch du nicht ohne die anderen auskommst. Nach deiner Trennung von Victor Brooks ist er zu mir gekommen. Er hat mir von euch erzählt, von seinen Hoffnungen. Er hat mir von dieser unüberwindlichen Barriere in dir erzählt.«

Valentine schwieg einen Augenblick. Ihr Herz schlug, denn sie sah, wie sich ihre Tochter verkrampfte. Nervös schob Camille eine Haarsträhne hinters Ohr. Ihre Hände wirkten fahrig, die Fingernägel waren abgekaut. Sie hätte sich das alles niemals sagen lassen, wäre sie nicht in einem so verwundbaren Zustand gewesen, und Valentine hatte beinahe Gewissensbisse, dass sie diese Schwäche so ausnutzte.

»Es ist Sergej, nicht wahr?«, fragte sie leise. »Sergej Iwanowitsch Wolkow. Léons Sohn. Dein Cousin.«

Camille hob ruckartig den Kopf. An ihrer Schläfe zeichnete sich eine Ader ab.

»Woher weißt du das? Wer hat es dir gesagt?«

»Maxence.«

»Natürlich!«, erwiderte Camille sarkastisch. »Ihr beide seid ja derart miteinander verschworen. Ihr habt keinerlei Geheimnisse voreinander.«

»Ich habe ihm lange nicht gesagt, wer sein Vater ist. Er hat mir lange nicht gesagt, dass er es wusste. Aber dein Bruder ist nachsichtiger als du.«

»Er hat immer Gnade vor deinen Augen gefunden. Ich hingegen nie!«

Valentine litt, als sie ihre sich vor Schmerzen und Kummer krümmende Tochter sah. Sie hatte ihr so viel zu sagen, aber sie konnte nicht in wenigen Augenblicken einen jahrelangen Mangel an Verständnis wieder gutmachen. Und in diesem Augenblick musste sie – zum ersten Mal in ihrem Leben – nur an Camille denken und nicht an sich selbst.

»Eines Tages werde ich es dir zu erklären versuchen. All das reicht sehr weit zurück. Wahrscheinlich bis zu meiner eigenen Mutter, die ich nie gekannt habe, weil sie bei meiner Geburt starb.«

Sie drehte unsicher an ihrem Ehering und zwang sich weiterzusprechen.

»Als kleines Mädchen warst du so ganz anders, als ich erwartet hatte. Ich war jung. Sicher egoistisch. Und vielleicht unglücklich. Ich war manchmal ungerecht dir gegenüber, das muss ich heute zugeben. Du warst meine Tochter, und doch warst du eine Fremde. Ich verstand dich nicht. Ich glaube, eigentlich hatte ich ein wenig Angst vor dir ... Damals hatte ich nicht die Geduld, dich verstehen zu lernen. Das war ein Fehler. Es tut mir Leid.«

Camille fror. Sie wich dem Blick ihrer Mutter aus, weil sie sich zu schwach fühlte. Sie wollte ihr nicht zuhören. Ihre Augen brannten, am liebsten hätte sie geweint, doch diesen Gefallen wollte sie ihr nicht tun. Hatte sie überhaupt noch Tränen, die sie vergießen konnte? Dieser leidvolle Moment würde vorübergehen wie ein böser Traum. Wenn sich ihre Mutter jetzt ihr gegenüber öffnete, wäre das einfach zu schwierig. Dann müsste alles neu überdacht werden, dann müsste sie einsehen, dass sie ihr Leben auf einem Mangel aufgebaut hatte. Auf einem Mangel an Liebe.

Valentines Stimme drang erstickt zu ihr.

»Es ist noch nicht zu spät, Camille. Du musst auf ihn zugehen. Selbst wenn du dann scheitern solltest, du musst dir die Zeit nehmen und auf ihn zugehen.«

*Die Zeit*, dachte Camille spöttisch. *Ich habe doch keine Zeit ... Die Firma braucht mich ... Ich kann sie nicht im Stich lassen ...*

»Niemand ist unersetzlich«, drängte Valentine, als hätte sie ihre Gedanken gelesen. »Hör auf mich, du hast dich ganz dieser Firma gewidmet, dich ganz gegeben, all deine Kraft … aber du lebst auch aus dir heraus. Versage dir dieses Glück nicht. Erlege dir nicht so viel Einsamkeit auf. Du musst das junge Mädchen in dir wieder finden, das immer bereit war, für jene zu kämpfen, die es liebte. Ich habe dieses Mädchen damals bewundert, musst du wissen, auch wenn ich nicht wusste, wie ich es ihm sagen sollte. Heute musst du für dieses Mädchen kämpfen … Sie verdient es, glücklich zu sein … Bitte, Camille, verrate es nicht, wie ich es verraten habe.«

*Herr im Himmel, wird sie nie aufhören, mir wehzutun?*, dachte Camille und ballte die Fäuste.

»Ich habe nie die Kraft gefunden, deinem Vater zu sagen, was ich für ihn empfand. Er hat darunter gelitten, dessen bin ich sicher. Nicht dein Onkel Léon hat ihn im Stich gelassen, sondern ich. Wie sehr ich André liebte, habe ich erst begriffen, als er starb. Ich werde dir nicht erlauben, denselben Fehler zu begehen. Glaub mir, Camille, für dich ist es jetzt an der Zeit, den Mann zu suchen, den du liebst.«

Camille sah zu Valentine auf, die sie aufmerksam betrachtete. Sie hatte sie nie so klar und so sanft erlebt, ihr stockte kurz der Atem. Dann schöpfte sie aus diesem ruhigen, leuchtenden Blick langsam ein neues Vertrauen. Eine heitere Kraft, einen Glauben an die Zukunft. All die Jahre hatte sie von ihrer Mutter eine unmögliche Liebe gefordert, das verstand sie jetzt. Zwischen ihnen beiden gab es anderes, Achtung, Bewunderung und eine Zärtlichkeit, die sie gerade erst entdeckt hatte. Und das war nicht wenig. Ihr Frösteln legte sich. Ihre Hände hörten auf zu zittern. Sie war kein kleines Mädchen mehr, das alles von einer stets ausweichenden Mutter erwartete, sondern eine Frau, die Schlimmes hinter sich hatte und nun ganz einfach bei einer anderen Frau die Kraft zum Weitermachen suchte.

»Und wenn er ein neues Leben angefangen hat?«, fragte sie rau. »Es ist sicher schon zu spät.«

»Das können wir nicht wissen, Chérie, aber dieses Risiko musst du eben eingehen«, sagte Valentine.

Dann lächelte sie.

»Es sollte mich nicht wundern, wenn er gewartet hat. Du gehörst nicht zu den Frauen, die ein Mann vergisst, nachdem sie einmal in sein Leben getreten sind.«

Der Chauffeur stoppte den schwarzen Citroën vor dem Eingang der Maison Fonteroy. Der Portier öffnete eilfertig den Wagenschlag. Valentine stieg aus und blickte an der Fassade empor. Die Fensterscheiben blitzten in der Junisonne. Entschlossen ging sie auf die hohen Glastüren zu, die sich vor ihr öffneten. In der Eingangshalle erstarrten die jungen Verkäuferinnen hinter den Verkaufstischen und sahen Madame Fonteroy nach.

Man wollte ihr den Lift rufen, doch sie lehnte mit einer Geste der behandschuhten Hand ab und stieg die Treppe hinauf.

Langsam durchschritt sie den langen Ahnenkorridor. Zum ersten Mal betrachtete sie die Ahnen ihrer Tochter, die meisten sahen eher langweilig aus, fand sie. Ihr Blick verharrte auf ihrem Schwiegervater; Augustin trug den wütenden Blick und die kampflustig gesträubten Brauen zur Schau, an die sie sich noch gut aus ihren ersten Ehejahren erinnern konnte. Ihm gegenüber Léons verschmitztes Lächeln. Da hatte er all diesen alten Knackern einen feinen Streich gespielt! Sie hoffte, dass er glücklich geworden war in seinem Leben am anderen Ende der Welt. *Wenn ich jünger wäre, hätte ich ihn mal besucht*, dachte sie und malte sich Alexandres Verwunderung über die Ankündigung aus, sie wolle in die Transsibirische steigen, um ihren Schwager kennen zu lernen. Maxence hatte seine Abenteuerlust von diesem Onkel geerbt. Es war ihm gelungen, Sonja Krüger aus Ostdeutschland herauszuholen, sie wohnte jetzt bei Valentine in der Avenue de Messine.

Dann blieb sie vor André stehen. Mit der ihm eigenen Milde und Geduld sah er sie an. Eines Tages würde auch das Porträt ihrer Tochter die rot bespannten Wände dieses ein wenig pompösen, aber nichtsdestotrotz beeindruckenden Gangs zieren. Camille würde die erste Frau in dieser Ahnengalerie der Fonteroys sein, und Valentine empfand eine plötzliche Aufwallung von Stolz.

Eine Tür wurde geöffnet.

»Guten Morgen, Madame«, begrüßte sie Camilles Sekretärin. »Die Herren erwarten Sie.«

Valentine lächelte ihr zu und trat hinter ihr in den großen, holzvertäfelten Raum, der dem Verwaltungsrat vorbehalten war. Der Mahagonitisch schien von einem Kranz dunkler, von strahlend weißen Hemden erleuchteter Anzüge umwogt. Sie trat zu dem Sessel, der Andrés Sessel gewesen war, bevor ihn Camille übernommen hatte, und legte graziös eine Hand auf die Rückenlehne.

Sie sah sie einen nach dem anderen an. Die Verwaltungsräte sahen aus wie Verwaltungsräte. Am anderen Ende des Raums verbreitete Duteil, der Werkstattleiter, päpstlichen Ernst, während der brillante René Cardot eher amüsiert wirkte.

»Wie Sie bereits wissen, meine Herren, hat meine Tochter Camille eine mehrmonatige Reise angetreten. Sie hat Monsieur Hermon beauftragt, während ihrer Abwesenheit die Geschäfte zu führen.«

Ein grauhaariger Mann mit hoher Stirn und gebrochener Nase, die ihm einen gewissen Charakter verlieh, neigte den Kopf.

»Wie Sie überdies wissen, ist es bei den Fonteroys Tradition, dass immer ein Mitglied der Familie über die Geschicke der Firma wacht. Daher hat mir meine Tochter alle Vollmachten übertragen und mich gebeten, bei den Verwaltungsratssitzungen anwesend zu sein. Doch fürchten Sie nichts, ich plane keine Palastrevolution«, setzte sie mit einem Lächeln hinzu.

Die Verwaltungsräte lächelten zurück. Monsieur Hermon rückte ihr den Sessel zurecht, und sie setzte sich. Sie dachte an Camille, als sie langsam ihre Handschuhe auszog. Da oben in Leningrad seien die Sommernächte still und weiß und ohne Schatten, hieß es.

Duteil und Cardot verließen unauffällig den Raum. Valentine

warf einen sehnsüchtigen Blick auf das blaue Himmelsviereck im Fenster. *Ach herrje*, dachte sie eine Spur spöttisch. *Nie habe ich die Schule gemocht, und jetzt drücke ich doch wieder die Schulbank.*

Sie unterdrückte einen Seufzer und konzentrierte sich wieder auf die Männer, die sie anschauten. Die Uhr auf dem Kaminsims begann zu schlagen.

»Meine Herren, es ist neun Uhr, fangen wir an.«

## *Danksagung*

Herzlichen Dank all jenen, die mich durch die Welt der Pelze geführt haben, vor allem Georges Constant und Frédéric Keskinides, die mir so viel Zeit widmeten, aber auch Paul Bévière, Roger Gercault, Jean-Marc Reiner, Edgard Vermont.
Mein Dank gilt auch den Historikern und Autoren, von deren Werken ich beim Verfassen dieses Romans profitierte, unter anderen Henri Amouroux, Michel Besnier, Olivier Deslondes, Martina Güldemann, August von Kageneck, Theodor Kröger, Andrei Makine, Victor Revillon, Maguelonne Toussaint-Samat, Dominique Veillon. Ich hoffe, ich habe den rechten Gebrauch von ihren wertvollen Informationen gemacht.

Ich danke meinen Eltern und Christine Barbaste für ihr Verständnis.
Und schließlich, vom *Pavilhao Chines* bis zum *Duchi d'Aosta*, Dank an A.